"新时期文学"代表作家作品选

航鹰文集

卷五·小说

普爱山庄

航鹰 著

文匯出版社

图书在版编目（CIP）数据

普爱山庄／航鹰著. 一上海：文汇出版社，
2017. 7
　（航鹰文集；卷五）
　ISBN 978－7－5496－1967－2

　Ⅰ.①普… Ⅱ.①航… Ⅲ.①长篇小说—中国—当代

Ⅳ.①I247.5
　中国版本图书馆 CIP 数据核字（2017）第 061655 号

"新时期文学" 代表作家作品选
航鹰文集（卷五）

普爱山庄

作　　者／航　鹰
特约编辑／马津海
责任编辑／苏　菲
封面装帧／航　鹰　张　晋

出 版 人／桂国强

出版发行／文汇出版社
　　　　　上海市威海路 755 号
　　　　　（邮政编码 200041）
经　　销／全国新华书店
排　　版／南京展望文化发展有限公司
印刷装订／启东市人民印刷有限公司
版　　次／2017 年 11 月第 1 版
印　　次／2017 年 11 月第 1 次印刷
开　　本／787×1092　1/16
字　　数／450 千字
印　　张／31.75

ISBN 978－7－5496－1967－2
定　　价／80.00 元

目　录

外 一 卷

自　序

　　作家纷纷出文集那年头我未跟风,自觉还没到火候。如今老之已至,多亏汤吉夫、盛英、李玉林诸友提醒催促,我这才下决心在有生之年把这事办了。

　　搜罗旧作,重读下来竟很吃惊——我并不用功,从来不熬夜,带大一双儿女,过日子琐事哪样都没耽误,近十几年来又忙于创办博物馆,以至文学作品不多,这辈子怎么会写出那么多字儿来呢? 上世纪八九十年代散发于报章的短文已无从查找,大致找到的文学作品已近二百万字了。若是再加上拍摄的电影电视剧本、电视片广播剧脚本、公演的话剧歌剧本,还得再出版二三百万字的剧本集呢!

　　不只是字数超出预计,手捧旧作竟有陌生感,真的想不起来自己当年怎么会有精力有能力写出那么多五花八门的作品。莫非年高健忘到了一个母亲认不出自己儿女的程度? 更可笑的是重读鄙作竟然沾沾自喜,很是崇拜年轻时的自己,文字之生动,叙述之流畅,心理刻画之细腻,想象力之丰富,涉猎题材之广泛,尤其是一些作品中那种对生活的诗意的理解及孩童般纯真的表达方式,那是我吗? 我曾经活得那样精彩吗?

　　如今虽未到风烛残年却也迈入切实思考生死的岁数,朝花夕拾,犹如回眸翻越过来的山峰。心底唯有感谢命运,感谢文学艺术,是文学艺术给了我两度青春——生命的青春与创作的青春。从我 15 岁进入天津人民艺术剧院起始,再过两年就是我的文学艺术生命甲子之庆了,可以说比别人多活了一辈子。

当然这只是自我感觉，文人多为狂徒，不足为凭的。客观评价又该是怎样的呢？我是属于"新时期文学"的作家，在"新时期"我又处于什么位置呢？回首往事，有幸运也有尴尬，有温暖也有愤懑，有欢笑也有泪水。回首往事是晚年的消遣，实话实说再无顾忌则是晚年的"红利"了。

回眸"新时期文学"那一道风景线

文学界所称"新时期文学"之发轫与我国的改革开放同步，清算"四人帮"，"文革"结束不久，一些压抑多年的文学青年早已骨鲠在喉，一遇开闸便如洪水般喷涌，迸发出以"伤痕文学"为潮头的一大批颇具批判现实主义深度的佳作。

那道文学胜景的前提是中国历经长期的文化荒漠，十几亿中国人十年的光阴只能看八个"样板戏"，文化饥渴烧灼着每个人的心。忽然有了几篇敢于说实话的小说，一下子成了压力锅的出气阀，全民都以读小说为宣泄的渠道了。报纸杂志的发行量飞涨，社会人心捧出了文学的盛花期。

各省市的刊物太多了，而广大读者总是想看到最好的小说。于是，《小说选刊》《小说月报》《中篇小说选刊》《长篇小说选粹》等转载性期刊应运而生，跃升为全国级文学展台。每逢佳作问世，亿万读者口碑推荐争相传阅的速度不亚于如今的电子微信。鄙作《东方女性》发表于名刊《上海文学》（1983 年第 8 期），经发行量高达 160 多万份的《小说月报》转载其影响迅速扩大。据资深编辑邓元惠大姐说，那一期《小说月报》除了邮局固定订户，全国各地报刊亭零售的刊物十天之内脱销，许多书商打电话要求增订。如今的青年人或许无法想象，那时候没有电子信息全靠纸媒传播呀！

在那难忘的万众阅读的黄金时期，每年一度的全国评奖，烈火烹油一般助推炸响的轰动效应。全国优秀中篇小说、短篇小说发奖大会几乎成了全民的节日，绝不像如今沦为一种行业活动。最初几年的评奖最为公正，获奖作者大多是无名之辈，其中许多人是从农村、山沟、边疆走出来的。选票附在中国作协主办的《小说选刊》《人民文学》《中国作家》等期刊里寄出，票面含有邮资，每位读者选出自己喜欢的本年度20篇作品寄回北京。那时候的人们很淳朴，还不大懂得贿选、雇佣"水军"等伎俩。

我自诩为"民选作家"，是全国读者投票把我推向文坛的。1981、1982两年我在毫不知情的状态下忽然接到通知去北京领奖，真跟天上掉馅饼似的。那年我女儿12岁，儿子10岁，家里穷得连一件出门穿的体面衣服都没有，我这个孩儿妈妈蓬头垢面地走上了全国领奖台。

家人亲友为我的金榜题名而庆贺，但到了北京我很快就发现自己只是身处光圈的边缘。聚光灯打在舞台上会形成耀眼的光圈，你或者站在光圈里风风光光，或者躲在光圈外的暗处不被人注意为好。最怕的是身处明暗交接线之反差最为强烈的临界点，半张脸锃亮半张脸黢黑，那是一种多么尴尬的处境啊！在北京领奖大会上，我糊里糊涂地扮演了两回"陪衬人"角色：1982年我和王安忆同住一屋，1983年和铁凝同室。记者们编辑们蜂拥围堵两位"超级女生"，我被挤到屋角无所适从，只好躲到别的房间去找那些从农村、山沟来的获奖者作伴。据悉在评委会讨论时某权威人士不喜欢我的作品，只是碍于我得到的读者投票太多（《金鹿儿》获票第四、《明姑娘》获票第一），不好把我踢出去罢了。也正是读者捧场与权威摇头之间的反差，使我痛切地感受到了名利场中的人情淡薄。从此我始终和北京文学圈保持距离，后来又因得罪了天津文坛霸主而被驱逐。远离了是非漩涡，日子过得反倒心安理得，清静遂意，无人喝彩总比横遭冷眼强多了。幸运的是读者始终未忘记我，让我心里感到无比温暖。

小说家是用故事来思维的

回顾创作历程，我总是在想当年自己是出于什么动力写了那么多五花八门的小说呢？出名说？我写的话剧、影视剧本得过七项全国奖，并非只靠小说成名；赚钱说？当年稿酬很低，全国优秀短篇小说奖的奖金只有300元；忧国忧民说？我的题材离政治很远，没有那么高大。那么，当年的写作迸发期又该做何解释呢？

我很欣赏莫言在诺贝尔领奖台上说的话："我是个讲故事的人。"其实作家写作的动力很纯粹，那就是由喜欢听故事发展到喜欢讲故事。19世纪英国作家毛姆有一句名言："听故事的欲望在人类身上就像对财富的欲望一样根深蒂固。有史以来人们就一直聚集在篝火旁或者市井处互听讲故事。"因为大家都想听故事，后来就有了讲故事人的行当，这跟大家需要理发于是就有了理发师行当是一样的供求关系。我想这就是我写作的初心，既然干了这一行就必须把它干好，我把讲故事看作是乐趣，事情就是这么简单。

山东自古盛产思想和故事，孔子孟子曾子墨子董子……水浒聊斋金瓶梅……莫言问鼎诺贝尔奖毫不奇怪。今夏我回到阔别66年的德州、临清，站在运河旧道大堤上，儿时的生活记忆早已模糊了，唯独外婆讲的那些鬼怪故事犹在耳畔……我自幼是个故事迷，6岁来到天津以后把零花钱都用去租"小人书"，上世纪五六十年代出版的所有的"小人书"我几乎都看过，连环画不仅让我爱上了文学也爱上了美术。12岁上初中我参加了学校美术社，同时几乎读遍了中国古典名著，三国、红楼囫囵吞枣，爱看西游水浒聊斋说岳全传杨家将演义封神演义唐宋传奇三言二拍……15岁考入天津人艺舞台美术班，剧院藏书丰富，我由古转洋通读了18、19世纪俄、英、法文学名著和戏剧名作。身处剧院看戏方便，看遍了天津人艺北京人艺上演的剧目。剧院自己的剧场白天演电影，我又有机会看了那个时代几乎所有的电影，遇上根据世界名著改编的影片会看上许多遍，剧中台词都会背。可以说，我是在听（看）故事中泡大的，在讲（写）故事中变老的。

孔子《论语》曰：知之者不如好之者，好之者不如乐之者。人的幸福不在于赚了多少钱，而在于其职业与兴趣的高度契合，苍天赐予我这样的幸运。自幼生活在书籍、戏剧、电影、绘画汇成的梦幻世界，便觉得生活本身过于平淡。我需要虚构另一个文学世界来增添人生的精彩，写作已经成为一种精神需要，而不仅仅是谋生的手段。讲故事既是职业又是乐趣，乐此不疲，我想这就是写作的动力。

形象思维是长着翅膀的

当初有几位评论家可能出于打抱不平的侠肝义胆垂顾过鄙作，但他们抱怨不好评说，发现我的小说题材飘忽不定，不入流，很难归类。诸如"伤痕文学"呀，"知青文学"呀，"寻根小说"呀，"意识流"呀，"后现代"呀什么的，都没有我的份儿，只能是不伦不类的个例。他们好心地试图帮助我归纳出条理来，把鄙作分为"青春题材""伦理道德系列""市井小说""幽默小说"等，但那些作品并不能以时段划分，而是呈花搭交叉的混乱状态。例如有评论文章说《明姑娘》是我的早期作品，失之浅薄单色；《前妻》苍凉深刻，是我后来趋向成熟之作。殊不知两篇小说都是在 1981 年秋季完成的。至于一个作家怎么能同时写出如此悬殊的两篇小说来，那是因为两个截然不同的故事需要不同的讲述语境呀！

小说中的人物、情节为什么那样设置？其实我"设置"的权力有限，只能粗略"设置"个框架。多数情况下"构思"源于灵感，而灵感由某个精彩细节激发，顺着那个"中心细节"向"开头""结尾"两端铺衍故事。还有很多时候是"倒着想的"，先设置故事的结尾，然后往前捯情节，用剧作家的话来说叫作"从高潮看全剧的统一性"。

具体动笔时我是个跟着感觉走的人，故事框架一旦立了起来是有它自己的逻辑的，不是都能由着作家的性子来。很多时候故事的走向是"写"出来的，不是事先想出来的，而"写"是跟着感觉走的。所谓笔下生花，下笔时才能生花；笔走龙蛇，情节的"龙蛇"是随着"笔走"而一路蜿蜒的，尤其是电光石火般的精彩语言更是"下笔"和"笔走"时才会随时迸发的。人物关系"设置"好了以后，每个角色都会按照其性格逻辑行动，沿着各自的"贯穿动作"去完成其"最高任务"。作家若是强行写乱，故事本身的逻辑、故事框架也就倾斜或干脆坍塌了。不让每个人物按照他自己的贯穿动作那样说话那样做事，整个故事就无法向前递进了。尤其像《东方女性》这类内心冲突激烈的故事，所有相互冲突的人物都必须合乎情理合乎逻辑。往往作家写着写着就跟着人物"跑"了，"跑"远的那一段若是离题了只好删去，若是比预先"设置"的精彩，那就割舍别的情节别的人物，顺着精彩的这一段"伸腰"。

我是个十分随性，自由散漫的人，很容易心血来潮忽然对某个题材感兴趣，并无理性的写作计划。又给自己立了个规矩：既不能重复别人，也决不重复自己，于是总是寻求新的题材领域。所幸捕捉素材挺敏感，一旦获得生动的细节即能编织故事，也打下了文学知识和语言的童子功，于是写出了那么多五花八门的作品。

事情就是这么简单，这么随性。我只是个自幼在艺术氛围熏大的人，没有受过高等教育，对文学创作知其然不知其所以然，甚至写出一篇小说自己也掂不出其分量。当初资深编辑崔道怡先生问我："为什么不把《宝匣》给《人民文学》？"我问："《宝匣》有那么好吗？"他惋惜地说："那可是获奖的苗子呀！"果然，它被收入多家"1984年小说遗珠"选集。

评论界说我"形象大于思想"，看来并不冤枉。形象思维是长着翅膀的，无法框定。

作家的本心与政治的本性

我以为鄙作与政治关联不大，但政治却没有放过我。

1983年发表的《东方女性》不巧赶上了"批（精神）污染"，竟被扣上了"（汉奸文人）张资平之流的艳情小说"大帽子，上海、北京多家报刊都登载了批判文章。荒诞的是那些高论从左、中、右三个方面围剿我，分别批我"封建主义"、主张"性解放"、同情"第三者"，令人无所适从。

文友们替我捏了一把汗，嗔怪我本来以"青春题材"开局好好的，为什么要写这么一篇"艳情小说"惹来事端？其实写那篇小说的起因很简单，那年我生病住院，医生不允许写作，只好看书。恰巧读了奥地利作家茨威格的《一个女人的二十四小时》《一个陌生女人的来信》，很喜欢他那种以紧张的心理描写推动情节发展的手法，也想尝试一下"心理情节"。我自少年时就在剧院生活，后来又常住北影厂写剧本，知道许多演艺界的绯闻，好歹虚构一下就是一篇茨威格式的好故事。一气呵成自己先读了一遍，既像茨威格又无抄袭之嫌，很高兴尝试成功。

本来只是一种文学手法的尝试，不料却被拖入政治斗争的漩涡。当时虽然"文革"已经结束七年了，但"左"爷们的文章从思维逻辑到批判用语仍为"文革"遗风。一篇无足轻重的写婚姻爱情的小说，竟然害得天津首脑们开会研究如何应对，市委书记表态"保护天津自己的作家，北京上海批判批他们的，天津不发文章"（大意）。我和那位陈书记并不熟，至今感激他的开明善良。那件事情竟然严重到须得天津市委保护我，试想若是那位官员也是"左"爷呢……不敢想下去了，后怕。

还有一种貌似沾政治光的"被拖入"，也叫人受不了。

我写《明姑娘》的缘由只是受广播电台之托去写盲人听众，因涉及残障人士用笔便温情悲悯，以浪漫主义的诗情画意去慰藉他们生活的残缺。小说发表于1982年1月《青年文学》创刊号，2月《小说选刊》《小说月报》同时转载。做梦也没想到迎头碰上3月全国掀起的"五讲四美三热爱"精神文明宣传高潮，不由分说被绑上了那趟政治列车。沾政治的光大大提高了《明姑娘》的知名度，但也大大地造成了文学圈对《明姑娘》的误解。

有一例证说明我写的是全人类的主题：比利时一位盲姑娘在火车上听了一位老先生念法文《明姑娘》，激动得哭了，为此错过了该下车的车站。一篇好的小说是会跨越国家民族意识形态，博得各种肤色的读者共鸣的。

时过境迁，时间是最好的清洗剂和还原剂，当初被外力强加的抹黑也罢炫彩也罢都会褪去，能够留下来的作品是经得起时间考验的。

说到底《明姑娘》是有福之作，直到2008年广州画家李鸿飞将其绘成同名连环画，不仅荣获全国奖，还带火了他的美术公司。彼时社会政治环境早已改变了，但是读者还是喜欢那个故事。我从网上竟然还发现另外四种连环画版的《明姑娘》，不由得忆起幼时流连忘返的"小人书"摊儿，谁能说《明姑娘》跟那些琳琅满目的"小人书"没有关系呢？

不厌其烦地介绍写作实况，我不是写"创作谈"，而是剖白作家的本心，想说：真正的文学创作其实是遵循文学艺术自身规律产生的，没有那么多的政治考量政治目的，起码我这等家庭主妇式的作家没有。但是，在文学艺术面前政治总是很强势，总是喜欢按政治需要或政治眼光去审查、框定文学作品。或许这就是政治的本性。

"社会小说"之回顾

编文集时我问年轻的责任编辑："你们这一代人读我的作品有疏离感吗？"

她说："那倒没有，老作家写作很贴近当时的社会生活，我可以当作历史资料来读。"

历史资料？此话乍一听令人失望，略作思考便又聊以自慰了。经过岁月的沉淀、筛选、漂洗，如果文学作品在不乏文学性的同时还能兼具珍贵的史料价值，不也是一种独特的历史贡献么！

"新时期文学"涌现了大批"社会小说"，无论是作者还是读者，文化官员还是编辑出版家，全民关心的都是社会问题。中国社会处于大变革大转折时期——官方宣布不再搞阶级斗争了，重心转向经济建设。那是个仅次于新中国建立的重大历史拐点，亿万人民关心国家命运，期盼社会变革。那时候没有电脑、手机，电视剧尚在起步期，电影生产周期太长，只有纸媒承担了传导社会信息主力军的重任。

"社会小说"的万民阅读，当然看重其文学性故事性，但是更看重其反映社会问题的深刻性尖锐性。作者搜寻题材，编辑遴选作品，也都秉持相同标准。

当年的"社会小说"中，兼美社会意义与文学价值的佳作有之，属上乘之作。但也有引起轰动效应的作品是由于其"切中时弊"，其社会意义大于文学价值。当时的社会人心把文学举到能够立言安邦定乾坤的位置上，夸大了文学的作用。

在任何时代任何国家那种图解政治式的时令文章都没有久远的生命力。

斗转星移，沧海桑田，那些红极一时的应景之作总会随着岁月季节的变换褪尽铅华，还原其干瘪乃至投机的本来面貌。毛姆早在一百多年前就指出："小说被看作传播思想的方便讲坛，有不少小说家愿意把自己看作是思想的领袖。他们写小说与其说是小说，毋宁说是报章文字，具有一种新闻价值。缺点是过了一段时期以后，它们和上星期的报纸一样令人看不下去。"

凡是读过"新时期文学"某一类名作的人，看了这段话都会忍俊不禁。

"社会小说"中虽然库存一些"上星期的报纸"，但也留下了一大批"兼美"之作，无论是思想价值还是文学价值都沉甸甸的有分量，一望而知出自作家严肃的社会责任感，不像如今的"私人写作"那样轻飘。

我只是个不入流的边缘作家，旧作虽属"社会小说"范畴，也没有多么深刻的社会意义。尚能有些文学性，也够不上阳春白雪，不过是见长于故事性，供人消遣而已。晚年出版自选文集，只是想给过往人生一个交代。

我生怕当今年轻读者看不下去，如果有人浏览一二看得下去，发现还有几个耐读的故事，我就心满意足了。

决不重复自己

近年来有文友偶见我的新作，不止一人且贺且劝：你的文思如旧并未枯竭，怎么不写小说了呢？还是要写呀！

去年《天津日报》文艺周刊主办"津味小说大赛"，主编宋曙光催我写小说，还限了命题——老天津、租界、侨民生活题材。以我的年龄早该"挂靴"了，还掺和什么大赛呢！《天津日报》文艺周刊是孙犁大师创办的，至今荫泽津沽大地，各地报纸的副刊大都缩版了，只有《天津日报》仍然坚持给副刊很大的版面。为了表示对曙光老弟和他的前任孙犁前辈的尊敬，我专门"做作业"写了小说《洋老乡》。"文艺周刊"整版容纳八千字，分两期发完，大概这是空前的篇幅待遇了。感谢评论家黄桂元在其大作中给予好评。前年我还在"文艺周刊"发了一组幽默小说《批示》《酒局》《红包》《求生有方》，谐谑故伎，逗人开心而已。此番一并收入文集，算是填补近作小说之空白罢！

在小说创作中我下功夫最多的是 90 年代写的长篇《普爱山庄》，却只是事倍功半的收获。自 1988 年我就趁出访奥地利之机去了维也纳儿童村采访，后来又跑遍了天津、烟台、南昌、东北多地的儿童村、福利院、荣军疗养院……《普爱山庄》细致地写了十几位单身女子和十几个孤儿之人物形象，人道主义主题，人像展览式结构，浪漫主义风格，几易其稿，前后写了近十年。初稿先以五部中篇同时在几大名刊上发表，几年后又归于长篇成书。反思事倍功半的主观原因，或许是仍然写女性、儿童、伦理道德、家庭悲剧，笔力虽未滑坡却也难以再登新峰。客观上社会生活趋于商业化物质化多元化，文学则日渐边缘化了，我这等以轰动效应起家的幸运儿，再难重铸昔日辉煌。

世界文学史上不乏高龄作家笔耕不辍之先例，但像杜拉斯那样以七旬之躯写出爱情佳作《情人》再鸣惊人者范例不多。上了岁数写不出大部头小说了，有人开玩笑归罪于"荷尔蒙少了"。体力、心力影响笔力，也不是无稽之谈。

小说创作时断时续还有一个原因，我总是喜欢挑战，对不同门类不同体裁不同题材的尝试总是兴趣盎然，讨厌重复。在文学和影视两个"法门"之间转来转去，结果对文学界若即若离，也未能真正投身影视界。

新世纪以来我仍然难以舍弃老本行剧本创作，和儿子刘悦又花了好几年功夫写了 55 集电视系列喜剧《火凤凰》，剧中以 15 个不同层面的婚礼展现社会百态市井民俗，一并收入文集。

早年我曾发表文章放过大话：我不敢说能够超越别人，但是要超越自己；我不敢说总能超越自己，但是绝不重复自己。至今未敢食言，不愿借名气发些平庸之作。春花绽放时灿若云霞，转瞬间便落英为泥，引得古今多少文人墨客伤春惜春。比起那些吃青春饭的行当来，画家、作家还算是"宝刀不老"的职业，但也不是越老越值钱。古诗曰：自古美人如名将，不许人间见白头。如果你不能攀越新的高度，那就宁缺毋滥，让读者记住你巅峰时期的最佳力作，定格春花烂漫时，也不失为一种明智选择。

敬畏文字与文字自律

我未敢忘记幼时外祖母的教诲："敬圣人书"。或许因为山东是孔孟之乡，姥姥不识字，却能说出许多"圣人曰"。凡是有字的纸，她老人家都不许家人当手纸使，一定要等识字的人来辨认，即使没用了，也把"字纸"叠好了压在炕席底下。姥姥说我躺在铺满了"字纸"的炕上睡觉，夜里做梦有那么多字儿陪伴我，长大了识文断字。果然就应验啦！

这就是对文字的敬畏！我们吃文字饭的人更应该敬畏文字，还要懂得文字自律。

冯骥才曾经对我说：咱千万要保持文字的洁净，在文章里骂人只能弄脏了自己的文字，日后出全集的时候收进去不好、不收进去也不好。此乃至理名言。有的名人写文章泄私愤，甚至动粗口，殊不知文如其人，恰恰暴露其粗鄙根底。

还有一些名家在报上连篇累牍地絮叨些庸常琐事，寡淡无味。名家更需要文字自律，敬畏文字，不能因为你发作品容易，就连洗脚水都敢往字里行间滥泼。

西方古典名著不乏以"忏悔""救赎"为主题的传统，诸如卢梭的《忏悔录》、托尔斯泰的《复活》，我以为文字自律的最高境界是为自己的过失公开忏悔。

这次出文集为了找到小说《房梁上的红布包》，我老伴翻箱倒柜找出了1985年第一期《文汇月刊》（停刊号）。封面上周扬的整身相满头白发，一身灰色中山装，拄着拐杖，稍稍歪着头微笑着观望这个世界。

我对这位前辈的敬重之情，源于他的道歉和忏悔。

"五四"时期他是上海左翼作家代表人物，却被鲁迅骂为"四条汉子"之一；五六十年代任中宣部部长，整过不少人；"文革"中他又被整为"文艺黑线"头目，九死一生；到了80年代似乎又成了"右"的代表人物……他的事情，我们这辈人很难说清，但他却得到了"新时期文学"大多数作家的尊重，只因"文革"后他为自己曾经推行极"左"路线向好几位被整过的人道歉。在漫长的"阶级斗争""政治运动"年代，特别是"文革"十年，有那么多"左"派借整人而飞黄腾达，试问，有几人站出来承担责任公开道歉呢？几乎人人都把自己说成是受害者，谁是加害者呢？

这一荒诞现象突显中国的国民劣根性，我们缺乏担责精神、忏悔意识和道歉的勇气。

我自己也做过亏心事，暗自悔恨多年而没有勇气公开承担责任。

1988 年天津作协换届改选时，我迈入文学圈不久，幼稚浮浅。某人打电话露骨地希望我为他拉选票，出于中青年作家之间的"哥们义气"我加入了他们"倒孙犁"的串联。老主席孙犁先生是个极为自尊、清高的人，本来是坚辞连任的。天津市委为了平衡老中青三代作家、新闻出版各方意见，多次派员恳请人家参选。结果，给老先生的晚年生活造成了很大伤害。"倒孙犁"的后果也伤害了整个天津文学界，失去了"南巴（金）北孙（犁）"大好格局。孙老在任时很超脱，从不过问作协机关日常事务。他懂得文学规律，善待同行，文学出版新闻各方人士相安无事。我们原先期盼文学界新生力量团结共迎创作繁荣的局面，不料迎来的是"春秋战国"之乱，28 年不换届，未开过一次主席团会、理事会的黑暗期。

当我认识到自己的愚蠢行为铸成大错以后，多少次想向孙犁老前辈道歉，却总是怯懦。他病重住院，我曾想去探望并当面道歉，又怕遭到人家家属的唾骂。直到传来孙犁先生逝世的噩耗，我才意识到自己已陷入了永久的遗憾。

痛定思痛，我终于鼓起勇气在《天津日报》发了悼文《大师往生》，向文学大师做了迟到的公开道歉。如今我把那篇悼文也收入文集，留下我真诚的永久的忏悔，见诸报章，又收入自选集，告白天下，这也是敬畏文字与文字自律。

"转身"何须"华丽"

2000 年，也就是我 56 岁的时候，事业突然出现了一个拐点。当时我并未觉察那是一次转身，以为自己仍然是沿着文学之路前行的。不料，那一个拐点竟然转身了 17 年，直到如今决心出文集了才重新拾回纯文学写作。

事情的起始只是为了寻找新的写作素材。

我一向信奉"题材决定论"，题材选对了作品就成功了一半。追求"冷门"堪称诀窍，抢先占领题材高地，"人无我有"，以新取胜；步人后尘，要想做到"人有我优"，写起来可就难了。偶然听朋友说起天津旧租界的洋楼往事，我立即捕捉到这是一块尚未开垦的处女地。天津城市的一大特色是历史上曾有"九国租界"，西方列强把一座城市割裂成九个"国中之国"，各有其市政厅、驻军、法院、税收……是世界城市史的唯一现象。"九国租界"风格各异的洋楼又把天津变成了"万国建筑博览会"，因此有了"北京四合院，天津小洋楼"之说。我是自幼在旧租界长大的，学美术时就对那些千姿百态的洋楼感兴趣。"昔人已乘黄鹤去"，那些洋楼里都发生过什么故事呢……

不料，收集旧租界的第一手素材十分困难，尤其是外国侨民的生活史料几乎是空白。当初在"阶级斗争"年代，即使有的市民家里敢保留那些东西也早被抄家"扫四旧""砸烂"了！于是，我下决心出国去寻访。

资深外交官杨成绪老大使帮助我们取得德国方面的资助，我和老伴带着一架傻瓜照相机一台粗笨的录音机就出发了。这一走不要紧，被记者称为"洋长征"的跨国采访断断续续坚持了十几年。我们走访了德国、奥地利、荷兰、比利时、英国、法国、美国，找到了 50 多位在天津出生或生活过的老侨民，或其后人。那些老人散居于欧美各地，其中很多人住在偏僻的小城，翻译和交通工具都很困难。我们还是坚持入户采访，从外国人家藏的私人相册中找到大量关于天津的历史老照片，记录下了众多老侨民的"口述历史"谈话。我着迷地做那些事情时，没有意识到那已经偏离了作家做文学采访的思维轨道，不知不觉"坠入历史的隧道"出不来了。

其实再转几次身也丢不下文学，多年来我积累了几大本采访笔记，也有不少写作计划。可惜，馆里的事务缠身，总是坐不下来。近两年好了，新馆运转踏入正轨，我忙里偷闲开写历史报告文学《洋楼故事》。这是个系列故事的架式，今后如果健康状况允许，趁着尚未老年痴呆，我会陆续写出一个又一个独具天津味儿的故事。

"转身"何须"华丽"，甘守朴素人生。

我"写"了一座博物馆

本套文集的散文卷有一册书名取自其中的篇名《误攀穹顶》，评家认为是我最重要的一篇散文，说的是在梵蒂冈由于语言不通我于毫不知情的状态下被人群挤上了大教堂穹顶。我患有40多年的风湿性心脏病，根本不能登高，但甬道越来越窄人流拥挤没有退路，最高处的旋转楼梯仅容一人走，只能伏在狭小的窗台上喘息歇脚，让来自世界各地的游人从我背上跃过去……事后深有感慨，因为那次险遇就是我人生事业的真实写照，多少事情我都没有预见，更谈不上预谋，却一次又一次地误攀"穹顶"。

17年前当我为了寻找"冷门"题材出国采访时，纯粹是作家的文学行为，不料却一脚跨入了历史文化保护领域。随着天津经济开发城市建设，许多历史建筑被拆毁了，昔日国人贫穷，拥有照相机的人很少，许多见证城市历史的老房子甚至连一张照片都没留下来就消逝了，取而代之的是高楼大厦。如果我们这一代文化人不能挽留住城市记忆，子孙后代将完全不了解曾经那样丰富多彩的"天津卫"了。我采访的外国老人最高龄的101岁，听到他用中国话喊出"海河""天津"时，我切实地意识到时间的紧迫性。如今，我们采访的老侨民中已有十几人作古，这是一项刻不容缓的文化抢救工作。面对文化毁灭而尽绵薄之力的悲壮感，使我忘记了自己是个作家，变成了一个行动者，相比之下为自己发表作品而写作已经不重要了。

这件事情一旦干起来就收不了工了，如同滚雪球一般越滚越大，让你力不从心，误攀穹顶。我们远赴欧美从外国一家一户搜集来了关于天津的历史老照片，没有地方展示成了新的难题。于是，募集资金找房子，修房子，布置展览，耗去了七八年的时间，终于创办了"近代天津博物馆"。好容易喘一口气了，我也做了重返书斋的素材准备，不想馆舍鉴定成危房，又要为落地重建工程而奔忙了。我馆地处天津原英租界"五大道"黄金地段，小洋楼林立，若想在历史街区交通干线一侧盖房子，谈何容易！又一轮的写申请报告、求首长批示、找钱、规划审批、找建筑设计师、找有资质的国企工程队，光是"走程序"就盖了近百个公章……派年轻人去办事总是遇到冷脸，为了加快速度我只好大事小事亲自出马，时年65岁了，而且刚刚做了心脏换瓣大手术，我又一次九死一生误攀穹顶了！

新楼落成，面临新的布置展览，又遇到一桩事先难以预料的困难：新楼位于历史建筑街区，必须和周边老洋楼风格统一，因此设计了许多窗子，而一般博物馆展厅不设窗子，该如何处理窗口强光"破坏历史氛围"的问题呢？我想起了西方教堂的彩色玻璃镶嵌窗，如果把那种艺术移植来设计成以天津各种小洋楼为主题的彩色玻璃窗，古香古色又突出天津历史建筑特色该有多好呀！经上网查询，我们和上海魏清公司合作"教堂玻璃"工艺品，并培训了自己的工艺师和技术力量。如今展厅拥有60扇彩色玻璃镶嵌工艺窗，阳光照耀下晶莹绚丽，美轮美奂，成为一种古董式展品，参观的人无不称奇。

津津乐道于这些远离了文学的琐事，因为它们毕竟未出大文化的范畴。

有的文友为我的壮年搁笔感到惋惜，一个作家牺牲了写作，耗费十几年光阴只干了这么一件事，值吗？就个人而言既耽误了时间又没有稿酬，当然太亏了！但是就天津这座城市来说，少了一个只擅长写女性、儿童的作家，多了一座填补空白的博物馆，是很有历史文化价值的好事。海河哺育了我，能够为城市留下一部分记忆，也算是我对故乡热土的报答。

一路遇天使

人越老越珍视友情，想念老朋友，值得欣慰的是我在国内外结识了许多朋友，没有众多朋友的后援绝对完不成几次"转身"的事业。

我并不相信占卜，但到各地寺庙道观喜欢凑趣抽签，签上总是写着"有贵人相助"。说来奇妙，每当我想做一件大事而起步艰难时，上苍总是派来一位甚至几位高人鼎力相助，事后他们也不图回报，再说一介文人又能给人家什么回报呢？有朋友说我是文坛福将，幸运之神频频叩门，真不知道几辈子修来的福气。

2010年8月，我赴台湾收集史料，台湾女作家、老朋友张典婉帮忙寻找上世纪初比利时人雷鸣远在天津活动的记载资料。我们在完全没有线索的情况下，经台北、桃园、台中一路热心人士的辗转介绍，获得了大批的翔实史料。典婉驾车在高速公路上飞驰，我俩兴奋地高喊："一路遇天使！一路遇天使——"

一路遇天使，确实是我人生经历的神奇体验。

在文学圈我有幸交下了一群几十年如一日的莫逆老友，诸如鄙作获奖小说《金鹿儿》的伯乐编辑刘品青，获奖小说《明姑娘》的伯乐编辑、中青社原总编王维玲，资深编辑褚建民，学者型作家汤吉夫，评论家盛英、张春生，《今晚报》著名记者杜仲华，天津人艺"发小"高长德、许瑞生，雕塑家刘鑫……每当我心灰意冷时，他们是永远的"供暖系统"。我身边还有一位不善言辞的全天候挚友，和我共同创办《慈善》杂志的作家李玉林，连我老伴都为此感叹："咱能有这么讲义气的老朋友，真是太幸运了！"

我并非纯粹的书斋文人，很多时候都是"行动者"。没有那么多热爱天津历史文化的政界朋友支持，我不可能完成一件又一件文化项目。不论他们年轻还是年迈，在位还是退休，升迁还是丢官，健在还是谢世，我都会牢记他们善待文人的风度，后人将会记住所有的为城市留住记忆的人的历史功德。

我馆展厅"结束语"前面设有"本馆史料收集的国际支持"专栏，陈列了近50位国际友人的照片。他们是我们漫长的"洋长征"一路上结识的"洋老乡"或其后人，没有他们的帮助，近代天津博物馆不可能拥有这么多珍贵的独家史料。

一路遇天使！

朋友的意义不仅在于助你事业成功，更在于友情烘暖你的心房，让你少有孤独沮丧，生活充满阳光。回忆当年呼朋唤友欢聚一堂海阔天空侃大山的乐子，更是一大精神享受。

2016生肖为猴年，是我72岁"本命年"，年初开始了本文集的整理工作。春节一高兴写了一首自嘲诗在手机上发给朋友们。为了表示对朋友的尊重，不是"群发"，写了不同的贺岁词——发出的，录于此作为我晚年生活的写照，逗君一笑。

老猴本命年，
随俗穿红衫。
走路迟跚跚，
上楼气喘喘。
旧友忘不了，
新事记住难。
幸未用人搀，
顾影不自怜。
古稀已不稀，
童心胜当年。
自得乐陶陶，
淡泊名利圈。
金箍量力舞，
筋斗勿再翻。
秋实已累累，
笑坐花果山。

2017 年 7 月 28 日
写于结婚 49 周年纪念日

大 爱 之 作

张春生

　　航鹰的长篇小说《普爱山庄》曾经以五部中篇发表在五家著名期刊上，后又缀连铺排成长篇，同时还有少年儿童版问世。

　　在这部以慈爱为主题的作品里，作家尝试了她的现实手法向象征意味浪漫主义拓展，宽泛了她的女性意识向慈善播爱迈进，显示了航鹰创作上的发展，以对女性问题与儿童权利的呼吁，使作家对人生的探索达到了一个更高的阶梯。

　　综观航鹰几十年的笔耕，她是那种关心社会、注重心灵的女作家。她也亮丽但充满理性；她也尖锐但不失宽厚。在突出正义裁判的内涵与涵盖中，她钟情于弘扬传统美德，又以女性自我的透视对男性中心予以否定，形成了她的女性观：尊重有价值的生命、呼唤互补的人生。在航鹰的作品里，不论是写美好还是鞭笞丑恶，都能传导到对生活环境的解剖，格外关切社会的改善。从《东方女性》到《枫林晚》；从《倾斜的阁楼》到《宝匣》；从《开市大吉》到《老喜丧》；从电视剧《乔迁》到电影《启明星》，都无一例外地把目光对准着世风社情。大街小巷、社区校园，都有着航鹰热情的希冀：手捧绿芽，霞光照人间。

　　然而在这部长篇中，航鹰的观察视角有了变化，她把故事、人物完全放在一个有些封闭的普爱山庄里。尽管这座孤儿院是按国际惯例用现代意识组建的，但与社会的直接联系相对薄弱。何况这处叫"妈妈山"的地方，有着母亲的内涵和哺育的象征，在爱的乳汁下，曾经坎坷的年轻女性和幼时即惨遭厄运的孩子们组成了几个无血缘却更有义务的家庭。从生活层面上看，他们在一起需要爱，并以大地母亲般的胸怀来对待各种矛盾。从艺术视角上说，描绘的眼光由过去的指向环境即"向外"，嬗变为"向内"，表明作家对人尤其是对女性与儿童精神世界的挖掘更为深入。

"妈妈"肖晶和"女儿"唤弟的矛盾发展，鲜明显示了航鹰的艺术构思：肖晶曾于"文革"时无知无意地造成了母亲的自杀。父亲不原谅女儿，又促使肖晶后来在爱情上摆脱不掉沉重的负罪心理，病态地固守贞洁，却又蒙上了破坏他人婚姻的"第三者"坏名声，不得不辞去公职，到普爱山庄当妈妈。然而历史的旧伤未去，又面对着与唤弟这个"蒺藜女"的新冲突。唤弟之父以男人的固执不仅令妻子被误会为有了外遇，而且在妻子死后，把这种"仇恨""传染"给了女儿。唤弟经常虐待胞弟可意，认为他是"野种"。她看肖晶仔细照护着弟弟，刁难肖晶甚至夜里装鬼、杀狗……航鹰在这么一个"残酷"的故事中，采用了肖晶给母亲写信和唤弟回忆父亲的"双心历路程对照"的结构，借以在历史的层面上深掘唤弟畸形性格的成因。然而肖晶的信是无法寄出的，母亲已在"文革"去世。唤弟的想念也是自我观照，父亲种下的仇恨仍然花样翻新地延续悲剧。尽管成年人用人生经历、理性的言行、爱心的温暖试图去改变唤弟的"蒺藜"性格，始终未能成功。

这种越教育越失败的描绘，在航鹰以往的作品中是很少见的。此次她着重刻画了人性的残缺，特别是历史与父辈烙印在心灵中的残缺，不单能封闭正常、熄灭火热，而且会让人由善变恶、由美变丑。一个女孩子几乎完全泯灭了童心、人性，只是去捣乱去破坏，这个因愚昧而骨肉相残的悲剧呼吁人性的提高、善的普及，首先要从廓清历史与父辈的负面影响开始，而且光是对此付出爱和改变环境还不够。怎样去做，作家没有说明，只是从结尾处点出不肯宽恕唤弟的肖晶终于到少管所去看望女儿，并以唤弟收下了她与弟弟的合影照片这一细节，为这个少女的未来埋下了一笔暖色。

航鹰的创作未把写作放在文学能"立言安邦"定乾坤的位置上。她侧重于"立人"，捕捉人生的起伏、抒写性格的扭结，从一个个孤儿的悲剧命运里，去反思造成这种残缺或曰创伤的源头。换句话说，航鹰是痛心这种生活的缺憾和人物扭曲的，但她却以一种爱的方式去揭示恶，以便读者能从人性的罪错去认识人性必须要自我完善。

　　年轻女性和孤儿们带来了各种人生不幸，然而妈妈山上的普爱山庄，似乎有着修补心灵创伤的功能。无血缘的家庭组合，是以胜似血缘的集体互助和爱心世界，使身心的残害得以程度不同的抚平。

　　航鹰在作品中，首先是把历史放在屡析和摆脱负面效应上去匡正人性的缺欠。历史当然是一种宝贵的文化遗产，但对人性的扭曲来说常常是错误与教训。今天要让现实不重复历史的谬误，应该也必须改变人物的人格识定。肖晶等女性虽然不能一下子割断历史的负面影响，但在爱的升华中从内心已划出了界限；而可塑性强的孩子们更是以对新生活的接受，使自己能向前看。这可视为航鹰新作的内驱力。尽管它含蓄在字里行间，但却非常鲜明。

　　这部长篇小说运用了大视角的象征手法。象征，在这里不只是一般的艺术表现手法，而是人物内心和作家营造的情感世界。母亲死于车祸父亲又犯罪伏法的孤儿王克难，在头脑中产生了母亲是白色蝴蝶、父亲会带来冰天雪地的象征。随着岁月增长，这象征越来越强烈。一方面这些象征表示了他的思念、他的生活方式；另一方面又是他的判断、他的道德圭臬。来到普爱山庄之后，面对同病相怜的梦虹和关怀他的"母亲"端仪，他更企盼那冬天的白蝴蝶能真正飞到他的身边。白蝴蝶既能给克难"遮盖心灵的创伤"，又使克难觉得他应当去保护那"过不了冬"的生灵。孤儿的内心，被这白蝴蝶的象征揭示得淋漓尽致，而心理学教授的辅导和展晴阿姨的音乐，终于让一个封闭了自己充满奇想的孤儿打开了心扉。最后，通过他对弱小的弃婴柳絮小妹妹的关爱，和心目中白蝴蝶的复苏，体现了心理教育对人生扭曲性格变异的孩子起了巨大作用。颇具象征主义的艺术处理生动投影出作家对受伤害儿童的深刻理解，她用这种描绘向社会发出呼吁。航鹰的抒写是以一个孩子内心的象征空间、象征思维，以浪漫手法凸显小主人公内心活动的丰富，呼吁成年人尊重儿童，理解儿童，唤回人间的温馨人性的复苏，修正残缺与扭曲。总之，航鹰在她的新作中，以象征手法去写人生社会乃至人物的内心世界，决不只是一种修饰话语，而是渗透通篇文本。

从妈妈山到白蝴蝶，从"眼睛的多雨季节"到"归来的柏拉图"，航鹰面对人生坎坷的独身女子们和悲剧过早降临的孤儿们，体现出格外的关怀。这显示了航鹰创作中人文精神的升华，也说明她对人的内质的进一步反思。一个作家应该也必须从探究人性开始，张扬人道主义的旗帜。其中对人的精神家园的提倡与修补，应视为现代文明的重要内容。

尽管这次航鹰的描绘并不"现代"，但她却以对现实的关注、象征浪漫的情怀，向今天小说应有的制高点走去。不再把笔墨胶着在明显的社会问题上，却以对人性的残缺与扭曲的探索，使读者意识到社会越发展越需要人性的升华、心灵的涤荡。航鹰在她的慈爱主题下，呼唤的是爱的理智、爱的温馨和爱的更新，呼吁人们以博大的爱心去弥补"无爱"造成的扭曲和缺憾。于是她笔下的爱是真实而有力量的。

评论家雷达指出航鹰的《明姑娘》属于另一种品类的小说——抒情诗型小说。她对浪漫主义情有独钟，这种抒写特性便于她以离奇情节的张力形成作品的感染力度。浪漫抒情不只形成了她的写作特点，而且与其他女作家的风格有明显不同。说明这一点的，是山庄医生郭山梅与弃婴的故事。普爱山庄接受一名弃婴，引发了不谈自己经历的郭山梅的回忆。在她那封致女儿的信中，我们知道了即使她曾是个有文化的助产士，在偏僻山区也难以抵挡传统婚姻悲剧。她育有一个女儿，妯娌也生了个女孩，丈夫在封建亲族势力迫使下让她去弃婴。不料女婴被人贩子拾去，给女婴安装了个假的"小雀雀"扮成男孩卖掉。风声传来，郭山梅被丈夫指责为不让夫家传宗接代的恶女人。她只好背井离乡来到普爱山庄，面对今天的弃婴去想昨日的弃婴，沉重的回忆形成了作品的双重比照。"弃婴"的描写是艺术的传奇，但折射的社会人生却能触及封建传统文化的痼疾。作家没有也不去做理性归纳，但却以几近啼血的沉重描画，让人物与情节充满沉甸甸的意味。

航鹰的长篇是在一个大主题下，发生在普爱山庄的故事。由于系列故事的局限，情节人物有交叉，抒写进程有重叠，一些人物有类型化倾向，但是蒺藜女的"批判"层面，弃婴的"揭橥"介质，"柏拉图"的"精神复苏"和白蝴蝶的"象征意义"，都各有内涵与特色。尤其"眼睛的多雨季节"写了温柔女孩梦虹对美的追求。她那温顺懂事的样子，以及和唤弟的矛盾，跟立春的性的萌动，都被作家暖融融地叙述出来，集中体现了航鹰格外注重人物性格刻画的创作特色，同时也显示出作品爱心如注的取向。在普爱山庄，这些命运坎坷的女性和孤儿得到了温暖的抚慰，作家不是以春华写秋实，却以严冬的变暖写春天的明媚。她正视社会的不足、人生的缺憾，努力探究其历史与文化传统的成因。作家以大爱的视野以非血缘家庭的新型组合，给目前正风行的家族小说一个反拨。不少家族小说以家写史，而航鹰是以家写人。正是她对人的格外关注，使她的作品更有生命的气息、生活的气韵。

写于 1998 年春
改写于 2017 年春

上　卷

序　曲

北国的海总是波涛汹涌，难得平静，因为有风。

北国的林总是松涛飒飒，难得平静，因为有风。

北国的丘陵总是起起伏伏，难得平静，因为像女人喘息的胸脯。

在起伏不平的山林中，有一座以女人乳房命名的山，叫作妈妈山。这个地方的土话管母亲叫娘，管妇人的乳房叫妈妈，婴孩吮奶叫"吃妈妈"。妈妈山只是个不见于经传的土峰，在地图上找不到它。不知是山林大海的灵性所致，还是某种缘分的玄机，这里发生了许许多多女人和孩子的故事。

妈妈山成为女人们和孩子们的山，还得从妈妈庙说起。这里地处城市远郊，是一座圆鼓鼓胀嘟嘟的山冈，峰顶正中有高耸的突起，远远望去酷似母亲孕满奶汁的乳房。早先，山顶的"乳头"却是没有的，原是一座妈妈庙，香火很旺。远近的妇女生下孩子奶水少，都来求妈妈庙的娘娘保佑，听说很灵验。母亲们对于主管乳汁的神灵，都是宁可信其有而不信其无的，不仅农妇们前来朝拜，城里的知识妇女也来祈祷。不知是娘娘的慈悲，还是乳汁的分泌受心理作用的影响，女人们在下山路上就觉得乳房膨胀，奶水簌簌，反正娘娘的法力算是真奇了！

可惜，妈妈庙在"文化大革命"中叫红卫兵给砸了。人们怎么也想不通，如果真有能够保佑普天下的妈妈乳汁丰盈的庙宇，那不是至爱至善至美的神圣殿堂么？它又犯了哪家的天条呢？那些残忍地破坏母亲乳房的中了魔的男娃女娃们，难道不是吃娘奶长大的？不过，人间浩劫改变不了上苍的安排，圣地永远是圣地。别看没了庙，女人们照旧来这里拜娘娘。山上林木繁茂，守林人不许烧香，怕引起山火，她们就把孩子的生辰名字生肖属相写在纸条上，把纸条压在石头底下拜几拜，听说也很灵验。娘娘大慈大悲，不收香火钱也要保佑孩子们有奶吃，这名声就越传越远了。

妈妈山上本来没有多少石头，都是女人们从山下搬上去的，长年累月的，用来压纸条的石头越垒越多，那"乳头"也就越长越高。当年的妈妈庙荡然无存了，但那浑圆的山冈却越发高耸。峰顶因为有了无数婴儿的名字生辰和母亲们的祈祷，越发充满了灵性，充满了慈爱，超然成为一座更加神圣的天然庙宇了。

这一年秋天，上山祈求乳汁的女人们发现妈妈山有了奇怪的变化。原先只有一条小河从后山绕过来，又顺着山谷形成哗哗的溪涧往山下流去。现在推土机开出一块块平整的土地，高高低低的平地顺坡而上状如梯田。他们从溪涧边挖出大量的土去平整土地，小河流经洼地便形成了明镜般的湖水。在紧靠湖畔的山坡上围起了栅栏，今后再上山就要绕路而行了。

这一天，几辆小轿车从城里驶来停在湖畔，从车里钻出几个男人和两个女人。男人们是一些普通的国内官员及随员，两个女人有些特别：一位是年过四旬不施脂粉身披袈裟的削发尼姑，听口音是从海外云游而来的；另一位却是个长发披肩一身牛仔装的时髦女郎，说一口标准普通话。她俩一僧一俗一静一动一个素雅一个艳丽一个凝神敛目一个眉飞色舞，奇特的组合形成了鲜明的对比，不知二人是什么关系。

男人们簇拥着两个女人在湖畔浏览一番，然后慢慢爬上山顶，一边上山一边指指点点介绍周围环境。来到山顶看见石块垒成的"乳头"，两个女人气喘吁吁向"乳头"奔去，看来她们早已知道了妈妈山的传说。尼姑肃立在这座神圣母性的天然庙宇跟前，双手合十念起经文。姑娘则绕着"乳头"从各个角度拍了许多照片。她俩在山顶合影留念，随后回到了山坡湖畔。

面朝湖畔的栅栏门入口处平整出一片小广场，他们在这里逗留许久，姑娘又朝山上各个角度拍了许多照片。随员们早已从汽车上抬下来一块扎着红绸的基石，基石上刻着"普爱山庄"四个大字。

身披袈裟的尼姑在一旁捻着佛珠垂目诵经，然后拿起铁锨朝着基石撒了第一锹土。看来时髦小姐受过现代化健身训练，手脚麻利地抡起铁锹挥了一锹又一锹土。男人们一齐挥动铁锹把基石埋上了，完成了奠基仪式。

两个神秘女人走后，妈妈山又寂静了些日子，似乎什么事情也没有发生。不过，这里要修建一座普爱山庄的消息还是流传开来。普爱山庄派什么用场？疗养院，宾馆还是度假村？好奇的人们到处打听。

守林人说，普爱山庄是一座孤儿院，妈妈山娘娘显灵啦，要养活一大群没爹没娘没奶吃的孩子。来年春天，妈妈山就热闹啦，看有多少女人和孩子的故事吧！

一位尼姑十一位独身女人
和四十个孤儿的出场

一

春寒料峭，日映斜晖，妈妈山寥廓静谧。

从东山坡松林里和西山坡柳林里分别上来了两个女人。她俩是从相反的两条山路爬上来的，彼此被山顶高耸的"乳头"挡住了视线。晚来的谷幽兰没有发现坐在柳林边缘的肖晶，而肖晶已经独自呆在这里很久了。

肖晶听见对面上来了人，从脚步声和喘息声断定是个女人。是啊，来这里的都是女人，是来为孩子求奶水的母亲。大概只有我没结婚，更没有孩子，一个老姑娘跑到这里来……她这样想着，仰望苍穹默默苦笑了。天空旷蓝旷蓝的，连一丝寄托愁绪的白云都没有，让人的目光无处附着。

谷幽兰娇喘吁吁，把手里的石头往地上一放便瘫倒下来歇息，好容易喘匀了气，掏了手帕来擦汗。她那单薄瘦弱的身影像一只断了线的风筝，随风飞落在这里，一会儿又不知随风飘到哪里去。她定下神来，便感到山顶上的凉意，身上的汗一下子收敛了，禁不住打了一个冷颤。

荒草簌簌，漫山遍野都像在低低诉说着什么，侧耳聆听却又寂无声息。从纷繁闹市来到这无边无际的空寥境界，望望四周无人，她觉得自己所有的神经一下子舒张迸裂了，积郁已久的委屈苦楚如同开了闸的洪水，"哇——"地一声痛哭起来。

肖晶被这突如其来的哭声吓了一跳，心中好生奇怪，这个女人怎么了？

她看不见新来的女人的面容，听这沉郁的哀号可以猜出女人有刻骨铭心的隐痛。但是，她并没有从柳丛旁站起来走过去劝慰她，素不相识，不该去打扰人家。多年的独居生活，使她的心灵封闭从不袒露心事，也从不探听别人的隐私。再说，独自一人面对大自然，最容易敞开心扉宣泄积郁，刚才自己上山来时，把写给妈妈的祭文压在石头底下，不也是跪着大哭了一场么？现在觉得心里轻松多了。如果这个女人哭一哭痛快，任凭她哭去好了。

谷幽兰抖抖瑟瑟从皮包里拿出一张写好字的纸条，来到"乳头"跟前用石头把纸条压好，又抖出一块餐巾，在上面摆好一只装满牛奶的婴儿奶瓶，旁边摆上橘子汁瓶，小围嘴儿，婴儿衣服和一叠尿布。她一边摆放这些东西，一边哭着念叨："孩子，妈妈来看你来了……请求你原谅妈妈，妈妈有罪，你能宽恕妈妈吗？要是你能够出生，预产期就在这两天了……今天就是你的……你的生日吧！妈妈来找你，妈妈来接你……我的儿子……"

肖晶听见"乳头"那边的女人的哭诉，心里一激灵：这是怎么回事？没有出生的孩子，生日？今天……她发现自己无意中窃听了别人的隐私，知道不该再听下去了，便想站起来离开这里，但是那女人哭得正伤心，此时又不忍惊动她。或许她祭奠完了会很快离去，如果让她先走可以避免她发现自己时的难堪……或是现在悄悄离开好一些，脚步声会不会惊动她呢？……肖晶正在踌躇，忽听那个不知什么模样的女人又痛彻肺腑地哭起来，只好呆坐不动。想到自己陷入偷听别人隐私的不光彩境地，走也不是，不走也不是，一时不知如何是好。

谷幽兰跪在祭品前捶打着自己的胸脯低泣着："天哪，我一时糊涂做了什么事呀……一定是个儿子……儿子，你的小身子还没来得及……你光着身子冷吧？妈妈给你送衣服来了……你还没来得及吃一口娘的奶，就……饿了吧？妈妈给你送牛奶来了……本来我可以成为一个好妈妈呀……一念之差就……把你给丢了……儿子，你去哪儿了？原谅妈妈吧……"

肖晶越听越糊涂，却禁不住泪满双腮。不堪回首的遭遇和多年的形单影只，虽说早已造就了她心冷如铁，但她毕竟是个女人啊！怎么经得起一位母亲，准确地说是一位本应做母亲的女人如此这般撕心扯肺的哭诉呢？这女人有些语无伦次了，孩子究竟是未能出生，还是丢了……由这位伤心的母亲，她想起自己的母亲，想起今天是母亲的忌日。"乳头"顶端石块儿底下压着她刚才放上去的纸页，纸页上只有两个端端正正的字：妈妈，还有一片泪迹。石块儿下面露出纸页的一角，在风中刷刷作响，好像有人颤抖着双手捧信阅读。这篇只有两个字的祭文，放在这荒郊野岭之巅奉给苍天一阅，任凭风吹雨打消失在大自然了。祭奠的话语无须写在纸上，早已刻在心上，那是发自女儿心底的呼唤……

妈妈，今天是您的忌日，二十一年前的今天，那是个寒冷的春夜，您含冤去世了……那时我才十三岁，我不该出卖您。那件事，毁了我的一生，也毁了爸爸的一生……妈妈，我很想保存一件您留下的东西，哪怕是您的一根头发。但是，与您有关的任何一件纪念品都没有了，书信、日记、照片、衣服……什么都没留下。有的东西被红卫兵抄了去，剩下的东西爸爸全给烧了……我想向您忏悔，想求妈妈原谅，连个寄托哀思的物件都没有，我心里感到很空，很空……

我知道这是爸爸对我的惩罚，他已经惩罚了我二十多年，终生都不会宽恕我了……他是那么爱您，是我毁了你们的幸福……但我多么希望您能宽恕我，我那时太小，不懂事，我不知道当年向红卫兵交出照片会逼您走上死路……是我毁了咱们幸福的家，可是我是多么爱您，多么爱爸爸啊……

你说过我出生时奶水不够吃，您曾来妈妈山求娘娘保佑……您没有留下骨灰，今天是您去世二十一周年，我只有来这里——妈妈为我祈求奶水的圣地叫一声：妈妈！您能原谅我吗……

"孩子，你能原谅妈妈吗？不是妈妈心狠，是你那狠心的爸爸把我气糊涂了……那些日子，我就像疯了一样，不知道自己做了什么事情……"谷幽兰泣不成声地倾诉着，说了一遍又一遍。她抹着眼泪满山遍野瞅啊瞅，似乎孩子就躲在哪棵树后和她捉迷藏呢！她痴迷地抓起婴儿奶瓶，用手指挤着橡皮奶头朝垒满石头的"乳头"这一侧转了过来，一滴滴牛奶洒在了地上。

啊！有人！她一下子惊呆了。上山时小路上明明没有一个人呀！看这女人静坐的样子已经来了好久了，这么说，一切都被她听见了……

谷幽兰万分惊恐地僵立着。

肖晶站起身来，万分尴尬地僵立着。

两个女人犹如两尊雕刻的石像。

山野神秘的回响震耳欲聋，却又沉寂得骇人。

两个女人离得这么近，彼此听得见对方急促的呼吸声。两个女人都嘴巴张大双目圆睁盯着对方。

这个忽地一下子从阴影里冒出来的女人个子好高啊，一身黑衣阴沉着脸好吓人！看上去有三十四五岁吧，皮肤已经褪去了青春的光泽，但还属于那种引人注目的女人，冷飕飕像一座冰雕女人！论容貌谈不上漂亮，细端详有许多可挑剔之处，明显的缺点归于一个"高"字——高挑的眉尖，高挑的眼梢，高峭的颧骨，高鼻梁撑着高额头，一双瘦削的陡肩拥着高耸的胸脯，再加上足有一米七的高个子，有一股居高临下的冰傲。真该死！偷听了人家的话，还用这种审视的目光盯着人，紧闭的薄嘴唇有一种拒人千里的敌意。今天碰上这样一个女人真是晦气，还叫她窃听了自己心底的秘密……

能发出那么大的哭声的原来是个这样瘦弱的小女人！白白细细简直像个面捏的病西施。眼睛已经哭成了红桃儿，看不出本来的形状了。小巧的鼻子和嘴唇儿，再配上尖尖的瓜子脸儿，算得上个楚楚动人的东方美人了。只是脖颈这么细，下巴底下松弛的皮肉暴露出不再年轻。手腕也枯瘦得可怜，还有这单薄的腰身，若不是穿着风衣，简直像一片儿半透明的纸人儿！这是怎样一种惶恐遽猝的目光啊，受惊的小鹿似的望着我。好像我是一只狼，一只老虎。这事情真讨厌，难道怪我偷听吗？谁叫你上山来就又哭又嚎呢……

终于，高个子女人恢复了一丝活气，喃喃地嘟哝了一句："对不起，我不是故意的。"

说罢，她转身拾起自己的衣物，朝着丛林中的小路下山去了。

剩下的女人"石像"仍然一动不动，只有双眸在闪烁，目光追随着下山的女人在丛林小路中时隐时现的身影。糟糕，不知后山还有这样一条羊肠小道。老天保佑，今生今世别再遇见这个可怕的高女人！

风止了，松涛叶语沉寂了，万籁无声中却犹如雷鸣当空。夕阳，为丛林的梢梢叶叶都镀上了一层熠熠红金,山野却显得分外薄明清冷,透着一种空灵恬淡的韵律。大自然冷漠地注视着尘世的纷扰,却又无处不散发着摄人心魂的美。

二

普爱山庄的施工速度很快,一座一座小洋楼顺着山坡显出了框架。盖房子的同时,修路工人在修山路,水电工人在接通电线和自来水管道,园艺工人在种花草,一切都在有条不紊地进行。大门入口的小广场上,搭起了一个木棚子,里面从早到晚叮当作响,那是一位雕塑家在创作一组汉白玉石像。在作品揭晓之前他不许任何人看,连工程总管石黑玺也无权进入工作棚。

石黑玺是个黑瘦矮小的半大老头,细如席缝儿的小眼睛隐没在沟坎深陷的皱纹里,蒜头鼻子大嘴叉,紫色的厚唇总像挨饿受冻的样子,秃头顶,窄瘪肩背𪚑细脖儿,火柴棍般的胳膊腿儿,整个一根腌蔫了的黄瓜。他是市民政局的干部,自从局长派他来当普爱山庄的院长,他就搬到工地来住了。虽然他心里对这个要和女人孩子打交道的新职务感到困惑,但复员军人的身份使他早就养成了以服从为天职的素质。普爱山庄的设计图纸是经捐赠人审定的,他知道自己的任务是一丝不苟地完成施工,然后把山庄办成一座孤儿们的乐园。

这些日子,不断地有一些官员坐着小轿车来工地视察,却不见那位捐赠人海外尼姑和陪同她来奠基的时髦女郎。石黑玺心里很纳闷,他还没有见过她们。过去,他只习惯于民政局社会福利处的工作方式,不知怎样和海外华人特别是佛教界人士相处,这也是个新的难题。

有一天,石黑玺从城里捧回一块黄灿灿的铜牌。牌子制作得很精美,上面用中文和英文刻着醒目的大字——"普爱山庄",在大字下面刻有几行娟秀的小字:

献给普天下渴望母爱的孤儿们

释镜智
1988 年春节

石黑玺这才知道那位海外尼姑法名释镜智，至于那位漂亮女郎与镜智法师有何瓜葛，还是无从知晓。石黑玺叫人把牌子镶在大门右侧的大理石门柱上，站在门外久久地端详着它。铜牌在阳光下闪闪夺目，照亮了他的眼睛。他在心里一遍又一遍地问自己：孤儿院院长，可倒是如何当法呢？带孩子，一点经验都没有；五十开外了，一切得从头学起。更难办的是，普爱山庄不同于一般的孤儿院，对孩子们将不采用寄宿学校式的养育方式，这里要建成一片真正的山庄，一座有许多家庭组成的村子！我的官职很奇怪，统领一群女人孩子，每一栋小楼都将住进一户村民。一般孤儿院有老师和保育员管几间大宿舍就行了，镜智法师却追求"母爱温暖，手足温情，邻里温馨"的家庭气氛，要在山庄里建立十几个模拟式家庭。他赞成这个计划，但对未来的一个个家庭是什么样子，会出现什么问题，心里还是感到茫然。如何去实施这一建立村庄的理想，他不仅缺乏经验，还有许多具体事项难以解决。家庭式领养孤儿，既有法律公证手续要一一办理，也有伦理道德方面的观念争论。按照规定来山庄担任"爸爸""妈妈"的人必须符合两个条件：要么由不能生育的夫妇或决心不生育的夫妇组成双亲家庭，要么由终身不嫁的独身女子来组成单亲家庭。要组成双亲家庭首先遇到一个难题："妈妈"的工作实际上是家庭教师加保育员，山庄里好安排，但如何安排"爸爸"们就业呢？这里离城市很远，交通不便，附近没有厂矿企业，"爸爸"们不好找工作，这就影响了不孕夫妇报考应聘的决心了。因此，民政局打算分两步走，第一批招考人员先考虑独身"妈妈"，组成一些单亲家庭摸索一下经验，再慢慢物色组建双亲家庭的合适人选。为了使孤儿们来了能够上学，市教育局指示桃李镇学校接收这些孩子。如果能物色到职业为中学教师的不孕夫妇为普爱山庄领养孩子，"爸爸"白天去中学任教，"妈妈"留在家里照顾孩子们，那是最理想不过的了。

　　目前，石院长面临的是个女人们和孩子们的王国。或许，局长正是考虑到女儿国的环境，才找我这个又黑又丑的老头子来当院长呢……想到这一层原因，他禁不住苦笑了。

　　石黑玺从军队复员到民政局，一直在社会福利处工作，照顾照顾孤老病残，发放发放救济补助费，很得人缘，又不担风险，乐乐呵呵过了十几年。原以为这样安安稳稳混到退休了，没想到有一天局长对他说："我把这些孤儿和单身母亲交给你了！"

他是个心软如水的男人，再苦再累也不怕，怕的是处理感情问题。他想到，不论是单亲家庭还是双亲家庭，经过法律公证确定了领养关系，家长与孩子们就应该是真正的一家人了，共同生活一段时间以后，不仅幼儿认定这就是妈妈或爸爸妈妈，大孩子也会逐渐加深对家长的信赖。到那时候，一旦有"妈妈"或"爸爸妈妈"要求离职，叫我这当院长的如何向孩子们解释呢……对于应聘人员来说，来山庄工作也是一种职业，当然要给他们辞职的自由，但爸爸妈妈哪能辞来辞去换来换去的呢……怎样才能减少新的"家庭离散"给孤儿们造成新的创伤……第二轮、第三轮上任的"妈妈"或"爸爸妈妈"要想和孩子们建立真挚的感情，将会是更加艰难更加漫长的过程，自己又能给他们什么帮助呢……想到这些，石黑玺忧虑地长叹一声，一时也找不到答案。看来，这第一批招考的"妈妈"一定得严格挑选，只有找到适合来给孩子们当妈妈的女人，才能尽力保持未来家庭的稳定。

他在山庄里呆不住了，把工地的事情交给一位助手负责，自己坐上汽车进城了。副院长田淑贤正在市里主持招聘工作，听说报名的人很多，有未婚姑娘，也有离婚女子，都具备高中毕业以上文化水平。第一批备选人员已经通过了文化考试，明天就要面试了，这是些什么样的女人呢？他有些不放心，要亲临面试考场把一把关。要知道，这是在为孩子们选妈妈啊！女人，总是能够在自己的孩子面前表现出伟大崇高的母爱，但让他们去当别人的孩子的妈妈，那可就没有把握了……

三

"你为什么报考这里？"

"我喜欢孩子，这个工作对我合适。"

"你怎么知道普爱山庄需要孩子妈妈？"

"我看了报上的招聘启事。"

"这么说，启事全文你都看了？"

"看了好几遍。"

应试回答问题的是个四十岁左右的老姑娘，面如满月，肤色白净，穿戴素雅，举止稳重，一双清澈的眼睛闪着与世无争的温和笑意，眼角隐约可见的鱼尾纹却难以掩饰淡淡的哀愁。

主考官继续发问："你姓端名仪，这个姓可不多见！"

"我是满族人。"

"有必要再强调一下，这是一项非常特殊的工作，不同于幼儿园教师，也不同于孤儿院的保育员。你要来当妈妈，组成一个家庭，经过法律公证收养几个孩子，是真正的孩子妈妈，懂吗？"

"懂。我会像对待亲骨肉一样对待孩子。"

"可是，你没有结过婚，也没有孩子，会带孩子吗？"

"会。在家里我是大姐姐，做饭洗衣服，照顾弟弟妹妹，都是我的活儿。"

……

市区街心公园旁的老年公寓，今天当作孤儿院普爱山庄招聘孩子妈妈的面试考场，应考的女人一个个被单独叫进来谈话，气氛十分紧张。每个人面试之后，工作人员都引她从考场的另一扇门出去，那里通向院子的后门，后门连接着街心公园，她必须绕过街心公园才能走到街上。这样可以避免前一个考生把面试提问内容泄露给在门外等候的其他考生，那样会减弱她们当场回答问题的真实性。

考官席上除了石黑玺一个男人以外，都是四五十岁的女人。提问题的是副院长田淑贤，石院长把最棘手的管理"妈妈"们的工作交给了她，女人之间打交道方便一些，所以她的提问特别认真。她属于那种最不容易被人认出来却又自认为很优越的那类干部。中国大陆在城市机关里工作的中年女人穿衣打扮几乎都是一个模样：老式的发型衣着，黄黄的脸，胖胖的腰身，矮矮的个子，在她们身上多了一点严肃，少了一点幽默。大半辈子在一种模式中工作生活上班下班，使她们不知道也不想接受另外的生活方式。

考官席上一字排开的其他女人都是临时聘请来的专家：著名的幼儿园主任，小学教师，妇联主任，妇科医生，儿科医生，女法官，某儿童刊物撰稿人，某热心慈养事业的离休老干部，她们大都已经当上了奶奶或姥姥，对孤儿们有一种怜惜的感情。几千年来的习惯心理，又使她们的潜意识早已把来应考的女人当成孩子的后妈，她们觉得只有祖母辈的人才是孤儿们的真正的卫士。想到要替孩子们把好"选择后妈"这一关，她们心中升起了崇高感和责任感，俨然像欧美法庭的陪审团，操纵着生杀大权。

又一个女人被叫进了考场……

考场外面的长廊上，两排椅子上坐满了等待面试的女人。考场门口摆了一张小桌，上面堆满报名表格，工作人员叫到谁的报名号，谁就应声进去。不知道的人，还以为是在做妇科检查呢！

考生们之间很少有熟人，再加上精神紧张心情复杂，她们一个个闷声端坐，走廊上静悄悄很少有人谈话。她们当中多数是三十多岁的人，其中不乏气质文雅、书卷气十足者。令人惊奇的是，也有二十多岁的年轻姑娘，她们处在婚恋的最佳年龄，不知为何报考这份特殊的职业。

谷幽兰坐在一旁想着心事，等待工作人员叫自己的报名号。她看到报上的招聘启事，瞬间觉得受到某种感召。孩子，许多孤苦无依的孩子在召唤自己，似乎……那些孩子中有自己丢了的谅谅……她毫不犹豫地报了名，顺利地通过了文化考试。

她觉得坐得不舒服，换了一个方向倚着椅子，无意中朝走廊尽头望了一眼，一下子惊呆了——前方走来了她在妈妈山顶遇见过的那个穿黑衣的高女人！她很怕再遇见她。冤家路窄，她也来报名了？

肖晶也认出了谷幽兰，朝她微微点了点头。既然命运使她们走到一起来，今后有可能成为同事，应该自我介绍相互认识一下，但想到那次在山顶自己无意中听到了她的秘密，虽说糊里糊涂不得要领，但总是很尴尬的事，不好上前打招呼，一时竟不知所措。

谷幽兰暗暗叫苦，好容易找到了普爱山庄这一方净土，却又碰上了这个煞星！自己的事她都知道了，日后在山庄传开可怎么得了呢……放弃这次报考机会吧，又实在舍不得。她只有盼着对方没被录取，千万别和这个冰雕女人凑到一处……

终于，轮到谷幽兰坐在考场中间的独椅上了，她怯生生地望着考官们。

田淑贤翻看了谷幽兰的材料，感兴趣地把材料交给身旁的石黑玺，示意他注意考虑。石院长一边翻阅一边问："你是幼儿师范毕业生？当过幼儿园教师？"

谷幽兰点头。

田淑贤的口气变得很和蔼："那么，你一定会弹钢琴，教孩子舞蹈和画画了？"

谷幽兰听出来他们急需懂得幼儿教育的人，热切地表示："都会一些，我还学习过儿童时装设计，裁剪缝纫都会做。"

"很好。"田淑贤一边回答，一边低头看材料。她在表格上的"婚否"一栏发现了什么，神秘地问："离婚了？"

谷幽兰低下头："是的。"

"什么时候？"

"半年以前。"

田淑贤紧盯着她的脸问："为什么？"

谷幽兰对这个问题早有思想准备，平静地回答："感情不和。"

看来女考官们对她的回答都感到不够解渴，互相交流着眼神，她们大都主持过不少考试，大概这是最富有刺激性的一次了。由于这个民族血液里沉淀的千年压抑，驱使人们热衷于打听别人的隐私，举凡涉及两性问题都有着病态的兴趣。尤其是一些已婚妇女的内心深处，总是难以克制对离婚女子、寡妇、老处女的幸灾乐祸，虽然同为女人，她们对后者非但不同情反而有某种窥探癖甚至于施虐心理。在这个特殊的考场上，隐私权可以被撕得粉碎，应试的独身女子像战战兢兢的小鹿，被连发的子弹打得无处躲藏。

田淑贤穷追不舍："怎么个感情不和？能说具体些吗？"

"嗯……"谷幽兰没想到会问这个问题，竭力抵挡着。她扫视了一眼考官们，大家一脸正色静等她的回答。为了得到这份工作，她把心一横从实招来："他有了外遇，我发现了……提出离婚。他不同意，说对不起我，请求我原谅，求我再给他几个月的时间……我们努力了，可是……"

一位白发苍苍的女考官性急地催问："后来呢？"

谷幽兰说："他俩还是断不了，我就退出了。"

女考官们有些失望，大家心照不宣，这是个很有色彩的三角故事，当事人概括得过于简单了。

石黑玺暗暗同情这个瘦弱的女孩子，他很想对田淑贤说一句，涉及人家的隐私就不要细问了。但是，他又想到田副院长是主考官，既然今后由她分管"妈妈"们的工作，刚搭班的新同事，自己不好在公开场合指挥她。

田淑贤可一点儿都不心软，她知道如果不戳到对方的痛处，是得不到满意的回答的。她故意提高嗓音问："这么说，你丈夫最终还是选择了她？"

果然，谷幽兰白皙的脸颊涨起红晕，单薄的胸脯急促地起伏，激动地辩白："是我提出离婚的，他求我再给他一段时间，他保证逐渐和……她断绝来往，我拒绝了。"

"为什么不能再等一段时间呢？"田淑贤想引她多谈一些细节。

谷幽兰秀气的脸上浮现一种动人的宽容之色："我们从小一起长大，也算得上青梅竹马，两家长辈是世交。越是这样，我觉得感情越不能勉强，趁着彼此还没有伤害太深，没有吵没有闹，双方都保持了体面和尊严。"

女考官们听了这些深明大义的话，虽然有些不过瘾，却不得不叹服，在众多的怨偶当中做到文明离婚的毕竟太少了。

田淑贤却仍然不甘心："你这么年轻，条件又好，离婚了可以再找男朋友嘛，怎么下决心报考这里呢？"

谷幽兰轻轻叹道："经历了失败的婚姻，也就伤心了。连从小一起长大的男人都变了心……不想再冒险了……"

田淑贤的问话突然拐了弯："你们有孩子吗？"

"没，没有。"谷幽兰惊慌地表白，明明报考规定的条件是不能有孩子，考官怎么会问到孩子呢……她心里犯了嘀咕……她不由得想起了门外那个高女人，会不会是她认识这里什么人，走漏了风声……

田淑贤看她面色发白垂目不语了，猛不丁地又问了一句扎人心窝的话："你到山庄工作以后，如果你前夫来找你，你能要求他留下，组成双亲家庭带孤儿吗？"

"不不，他不会来找我！"慌乱中站起身的谷幽兰发觉自己的失态，重新坐了下去："来了他也不会留下，他不是个有责任感的男人。"

石黑玺实在不忍再听下去了，软声细语地安慰这个可怜的考生："请不要介意，田院长的意思是想找到愿意来给孤儿们当父母的夫妻。看来你们有感情基础，说不定……"

不料，他的话还没说完，谷幽兰掩面大哭起来："他不会来的……他们……已经，结婚了！"

石黑玺的本意是想截住田淑贤的无情追问，不料触发了这离婚女子的眼泪，一时不知如何是好了。田淑贤知道提问不能再继续下去，和石院长交流一下眼神，露齿笑道："好了，没有问题了，回去听通知吧！"

可是，谷幽兰却哭诉不止："我想来当妈妈……就是因为我想……孩子，我的……专业就是儿童教育……我喜欢孩子……我觉得，我的孩子就在普爱山庄里！"

石黑玺听了这番话深受感动，心里很喜欢这个温文尔雅的女人，她有幼儿教育的经验，真是来山庄当妈妈的合适人选，于是他破例当场拍板："你的回答很好，欢迎你到普爱山庄来工作。"

四

面试继续进行，工作人员打开房门朝走廊呼叫："三十六号——"

高个子黑衣肖晶的出现，引起考官们的注意，大家的眼睛像一盏盏聚光灯，一下子集中在肖晶身上。别的考生处在这一时刻都有些慌乱，她却镇静自若淡然置之。石黑玺暗自赞叹：好一个高个儿细挑儿的姑娘！是的，肖晶属于那种引人注目的女人，虽然容貌谈不上俏丽，棱角过于分明，但一米七二的身高使她在人群里格外突出，尤其在女人们中间大有"一览众山小"的架势。她有一双弧线优美的丹凤眼，本来应该很妩媚的，只是眼角过于吊翘了，令人想到戏台上的狐仙妖女。未施脂粉的脸色黄里泛黑，凸起的高颧骨显得傲慢固执。来到独椅跟前，她并不想坐下，冷静的目光居高临下地审视着考官们，好像她是考官，而坐在长桌后面的人们则是一些她瞧不上眼的考生。

肖晶的样子令田淑贤很不喜欢，尤其是这么高的个子从头到脚穿一身皂青皂青的黑衣服，显得更高更瘦了；再加上那副冷脸子，使人想到服丧期间的小寡妇，可她的履历表上却写着未婚。

肖晶不等主考人提问，就不容置疑地表示："你们收下我吧！普爱山庄就是我的归宿。"

考官们没有料到她会先发话，窃窃私语起来。石黑玺听到"归宿"二字心里一惊，看上去才三十多岁的大姑娘，若是结婚生育还是个少妇呢！一团理不清的思绪困扰着他，究竟什么原因使这些女人远离闹市投奔普爱山庄呢？真庆幸自己没有女儿，若是自己的女儿走到这一步，自己还能冷静地坐在这里听她被迫坦露的伤心故事么……眼前的这个肖晶，是什么样的经历，使她的目光中没有一丝温情呢……

田淑贤不高兴地仰视着面前的考生，客气地一指椅子："坐下谈，请坐。"

肖晶坐了下来，仍然比田淑贤高出一大截。田淑贤问了一些例行问题，肖晶对答如流毫无破绽，也毫无感情。女考官们交头接耳，都觉得她的文化水平很高，各方面条件都不错，只是……一个"冷"字，适合不适合当妈妈呢？

田淑贤又拿出了撒手锏："看得出你很能干，怎么没能解决婚姻大事呢？"

"错过了。"肖晶答复得十分简单。

田淑贤故意装糊涂："什么错过了？"

肖晶反问："对不起，请问您结婚了吗？"

田淑贤没有料到她会反问自己，心里不大高兴，却笑着回答："我女儿都结婚了。"

肖晶又问："各位的儿女或亲属里，有当过知识青年上山下乡的吗？如果有，一定能理解我们这一代人错过了什么——青春。回城后，感到自己落在了时代后面，白天工作，晚上上学，一切得从头赶上去。再后来，年岁大了，好男人少，又不肯将就，就是这么回事。各位还有什么问题？"

考官们面面相觑，是啊，凡是对中国的"文化大革命"历史有一些了解的人，都明白这是个普遍的社会现象。

田淑贤翻阅着报考表格问："你家里只有父亲和你，母亲呢？"

"二十二年前去世了，死于1966年红卫兵运动。"

听她说得如此不动声色，考官们不寒而栗。田淑贤追问："你父亲没有再娶？"

肖晶两手一摊，表示无可奈何。

"你不同意父亲续弦？"

"我希望他早些找，可是他不愿意。"

"父亲是疼你？怕你受委屈？"

"不是吧，实际上我从下乡以后，就再没有和他一起生活过，他不想再婚是他自己的选择。"

看来，田淑贤是存心要和这冷血考生比谁更冷酷了，又问："噢？和父亲关系都处不好，那你会带孩子吗？"

"不会。"肖晶坦白地承认，但她诚恳地表示："我想我可以学会，原先我不懂英语，现在也学会了。"

田淑贤打量着她表示怀疑："你觉得自己会喜欢孩子吗？能够当好妈妈吗？"

肖晶直言不讳："没有把握，但我会尽力和孩子们建立感情，我毕竟是个女人。请允许我尝试一段时间，如果我确实不能做个合格的好母亲，我会自动辞职。我愿意签合同，你们规定几条，解聘权在院方。"

石院长既对她的直爽感到满意，但又证实了自己的担忧，于是他说："你有没有想过，来当妈妈不只是一种职业，可以随时辞职。当妈妈首先要对孩子们付出感情，孩子们也会对你回报感情，尤其是一些不记事的小孤儿，他们会认定你就是他妈妈。到那时一旦你辞职，就会给孩子造成感情伤害。那一步不能轻易走，所以现在要慎重考虑。"

听了这一席话，肖晶紧抿的嘴唇张大了，细长的眼睛里涌现一丝红潮，看来她阴冷的心井泛起了微澜，她点点头表示："你说得有道理，我应该为孩子们着想。其实，我既然决心走这条路，就一定不回头。除了婚姻爱情，我干什么都没有认过输。普爱山庄，我已经看过了，妈妈山后山坡上有一块墓地，很安静，日后我的骨灰能够埋葬在那里，心里就满足了。"

考官们听了倒吸一口凉气，这些话冷飕飕地阴气袭人，一个正当盛年的大姑娘就为自己找好了葬身之地，她心中的孤寂悲凉可想而知。这样的人一旦到了普爱山庄是不会轻易扔下孩子走的，但是这样缺乏温情的老处女能够当好孩子妈妈吗……

田淑贤在肖晶的名字下面打了个问号。

石黑玺在肖晶的名字下面划了一条血红的横道。

五

妈妈山演奏着声部丰富的春天交响乐。

桃花卸了脂粉，早早儿地盼着结出桃儿做妈妈了；杨树由羞怯的嫩芽儿变得大胆起来，张扬成满山的碧绿；柳树先是矜持地不肯梳妆，终于禁不住春风的鼓动画出了银色透明的叶眉；迎春花更是抢眼，在万绿丛中招摇着黄灿灿的花枝；还有漫山的灌木丛和青草，一场春雨过去就遮盖了母亲妈妈山裸露的胸脯；高大沉郁的松林一向以自己的常青为骄傲，眼瞅着万木更新，自己也不甘心总披着那一身被朔风冰雪侵袭得发黑的绿袍，暗暗地缀上一层翡翠胸针碧玉头簪。

在蓝天艳阳的映照下，妈妈山郁郁葱葱的乳房显得浑圆丰满生机勃勃，充盈着生命的甘泉。

普爱山庄大家庭的生活就要开始了，镜智法师将专门从海外飞来参加普爱山庄落成典礼。石黑玺和田淑贤率领众人忙得团团转，为迎接法师和孤儿们的到来做着各项准备工作。

普爱山庄居高临下视野开阔；山下公路上人迹稀少，任何动静都会引起山庄里人们的注意。有一辆红色小汽车顺着湖畔朝山上驶来了，在阳光的照耀下显得分外艳丽。坐在办公室二楼窗前的石黑玺说："有人来了！"

正在斟水的田淑贤闻声凑到窗前观看，只见这辆飞驶的小汽车开进了山庄大门，绕过小广场上的白色雕像停在办公楼前。几乎就在停车的同时，从司机座上跳下来一个穿着讲究戴太阳镜的姑娘，长长的浓发一甩利索地关上车门。

不大工夫，两位院长听到敲门声，同时答应："请进——"

随着门被推开，冲进来一片亮丽的色彩和一股清幽的香气，姑娘以外国人的方式打招呼："嗨——二位是石院长、田院长吧？我来啦！"

两位院长起身迎客面露猜测之色，姑娘把墨镜一摘噗嗤一笑："看我，还没作自我介绍！我叫展晴，《七侠五义》里展熊飞展昭的展，晴朗的晴。我爸我妈给我起这个名字，是希望我头顶上永远是晴朗的天空，当然这是不可能的。今后大家是同事了，请二位院长多多关照！"

展晴一口京片子说话嘎嘣脆，石院长一听就乐了，可是，这位自称是同事的姑娘到底是谁呢？市民政局并没有通知调来新职员呀，展晴发现两位院长的迷茫神情，一拍脑门格格大笑，拿出封信来双手递上："我忘了最主要的事情啦！"

石院长接过信来一看落款，立刻肃然起敬，这是一封来自国外的电脑打印信件，下款是镜智法师的亲笔签名。

尊敬的院长先生台鉴：

欣闻普爱山庄筹建工作进展顺利，请允许我向您和各位同仁致以诚谢！

我将准时抵达北京，参加孩子们的家庭见面会。考虑到来自各地农村的孤儿所受教育程度参差不齐，恐一时难以跟上新学校之课程，我聘请了展晴小姐前往山庄任教。

展晴小姐是北京师范大学毕业生，现又在读心理学研究生。我请她来，在不影响她写硕士论文的前提下兼任山庄孩子们的课外辅导教师。展小姐还擅长音乐、舞蹈、体育，可以在诸多方面对孩子们有所教益。

盼望和您及各位同仁的愉快见面！

释镜智
1988 年 2 月 17 日

石院长把信递给田淑贤请她过目，喜出望外地慌忙招呼展晴落座："欢迎，欢迎啊！还是法师想得周到，咱们正缺一位教师呢！能够请到您这样具有高学历的全面人才，真是孩子们的福气呀！"

田淑贤忙着沏茶待客，送上热火盆似的笑容，心里却暗自思量：她小小年纪竟然有自己的小汽车！像这样要学历有学历要钱有钱的洋人儿，怎么会愿意来这偏远山庄当孩子王呢……捐赠人推荐的，没法子就是了，若是由我招聘，我是决不收这等美人胚子的……

石院长给展晴的第一项任务，是让她为镜智法师布置出一处下榻的净室，这项工作对她再合适不过了，只有她和法师熟识，了解法师的秉性志趣生活习惯。

像田淑贤这种循规蹈矩生活在传统家庭中的老女人，是无法理解展晴这样不愁吃不愁穿不愁玩乐的阔小姐为何肯来偏僻山区任教的。在她看来，展晴长得太出众了，既有北方姑娘的白肤色高身材，又有南国少女的深眼窝长睫毛大眼睛。她的口齿太伶俐思维太敏捷知识太丰富见识太广新词儿太多，总之田副院长心里搁不下这样的新潮美女：女人太漂亮了心就稳不下来了，山庄里多了这么个狐媚子，会教坏了那些姐妹们。可是石院长喜欢她，说山庄确实缺乏师资。难得请到她这么个高学历的人才，自己又有什么理由阻拦呢？只怕是往后的日子不素净了……老女人站在风华正茂的洋小姐面前倍觉压抑，并不能因自己的年龄可以当她的母亲而变得宽厚平和。妒意像难以锄净的野草在心里扎了根，借助"正确的原则"作为肥料长成扎人的蒺藜，刺着别人，也刺着自己的感情：老天爷对她也太偏心了，把女人的一切优势都给了她，年轻、美貌、知识、富有，而自己却什么都没有……她对漂亮女人的厌恶还出自一种潜在的压抑，她丈夫曾经是个不大不小的官员，比她大十几岁，早已退休在家，当年的风光与权势随风飘逝，倍感凄凉，不然她也不会争不来院长的职位。她的心井底下还涌动着暗暗的哀怨：家里老头子年轻时还需要我，这几年也冷淡了，夫妻早已分室而眠。山庄工作周末才能回城，老头子见了我也不亲热，一心只顾他的花和鸟……

　　田淑贤正在想心事，只听山坡上飘下来一串燕语莺声，十姐妹听说展晴的到来，互相招呼着跑下来迎接这个漂亮的小妹妹。十姐妹是应聘来到山庄的九个"妈妈"和保健医生郭山梅，中国女人不像西方女人那样讳谈年龄，她们相聚不久就来个大排行姐妹相称。女人们围着展晴叽叽喳喳七嘴八舌嚷个不停，把个田副院长闪在一旁。常言道，三个女人一台戏，何况十一个女人凑到一处呢！

六

　　展晴随着十姐妹朝山坡上走去，这里的山坡很缓，有水泥小路通往各家门前，开出的一块块平地上，小一些的场院只盖一栋楼，大一些的场院并排矗立着两栋小楼，错落有致，花木掩映。展晴每到一座楼前都发出惊叹的尖叫，姐姐们领着她一一参观。这处依山傍水的楼群，就连城里最漂亮的住宅区和它一比也会相形见绌。小楼的式样都一样，只是墙体的颜色迥然各异。每座小楼都有着尖辣椒形状的红屋顶，二楼上有宽敞的大阳台，阳台外沿种满姹紫嫣红的小花。阳台下面的一楼是客厅兼儿童活动间，椭圆形落地窗使得屋里十分明亮。每扇门窗周围都装饰着富有童趣的雕花图案。这些图案一色涂着白漆。走下门口的台阶是一弯五色石径，石径蜿蜒而上犹如花环连接着各个小楼，最后像束起来的彩带通向山庄大门。每座小楼有自己的色调，分别刷成淡粉色、天蓝色、米黄色、淡黄色、淡紫色、银灰色、浅豆沙色、芥末黄色、藕荷色……各色小楼一律配以茜红尖顶，于五彩斑斓中又显得协调整齐，掩映在绿荫丛中，宛若一群穿着各色长裙的美人都戴着小红帽，怪不得展晴说这是白雪公主的童话世界了。

十姐妹以长幼为序住进了标有楼号的新家。三十九岁的大姐端仪住一号楼。她长得白白净净，头发梳到脑后一丝乱发也没有，素雅的衣服平平整整一尘不染，爱干净已经出了名。因为她性格内向，少言寡语，人们只知道她没有结过婚，个中原因无人知晓。

二姐郭山梅只比大姐小两个月，将担任山庄医生，住在二号楼，楼下迎门就是医务室。她对自己的过去避而不谈，大家只知道她原先在西北地区的一个县城当医生，有过丈夫。但这些履历都没有证明材料。田淑贤嫌她来历不明，不打算收留她。她一次又一次地央求，石院长耳软心活，又考虑她当过多年妇产科接生员，又学过妇幼保健专业，普爱山庄正需要这样的人，才答应给她半年试工期，等她的家乡寄来证明再作决定。

三姐尚美凤住三号楼，是个瘦骨嶙峋的离婚女子。和衣着素雅的端仪正相反，她身上总是花里胡哨的，色调很热，红的黄的着了火似的。田淑贤曾透露出来她离过两次婚，都是新婚不久就办了离婚手续。这种消息传得很快，人们便对她生出种种猜测，再加上她性情有些古怪，不大合群，姐妹们不太喜欢她。

再往坡上走，四号楼住着农村来的杨大妮，是个人高马大的壮实女人。别看她年纪轻轻，却完全是个传统守旧的东方女性，她的离婚故事，城市姑娘们简直不敢相信。她说她和丈夫感情很好，结婚十年由于她的原因一直没有孩子，而丈夫是独生子，公婆盼孙子，她和丈夫就"商量着离婚了"。像她这样三十多岁的女人在农村很难再嫁，住在娘家又是父母的一份心思，她就来到了普爱山庄。院方考虑到她的文化程度不高，先派她担任"替补妈妈"，别的"妈妈"生病或休假，由她临时去照顾孩子们。这还是石院长经不住她的苦苦哀求，在学历问题上的破例照顾。

五姐谢圣莲，六姐肖晶，七姐谷幽兰，八姐柳素玉，九妹，十妹各得其所自不在话下。

谷幽兰最担心的事情发生了。肖晶不仅成了她的同事，六号楼和七号楼还是紧挨着的近邻。姐妹们初到优美的环境兴致很高，对未来的生活充满了憧憬。她俩表面上不好说什么，各自却都暗暗地揣着一份心思。

位于山庄最高处还有一栋小楼空着，那里留作镜智法师的净室禅房，供她回国时居住。

郭山梅不带孩子，二号楼到了晚上将会很冷清，她邀请展晴和她住在一起，展晴高兴地答应了。姐妹们帮着她从红色小轿车上卸下行李，搬进二号楼。

大家正在说笑，忽然从山庄大门外传来一声尖叫："还我孩子——那是我的孩子！"

她们吓了一跳，急忙涌向大门口去看发生了什么事，只见守门的周大爷正在往外推一个披头散发的女人，周大爷狠命地才把她推出去，"咣当"一声插上了铁门栓。女人双手伸过铁栅栏抓挠着叫喊："孩子——我的孩子！"

大门里面的十一个女人都吃惊地望着她，不知道她为什么认为孩子在山庄里面。这时石黑玺和田淑贤也闻声赶来了，石院长关心地询问："您的孩子丢了？别着急，我们大家帮您找一找。"

"还找什么？"女人冷笑着质问："不就在你们手里吗？"

大家一脸茫然，田淑贤说："我们这里没有孩子。"

不料，女人一指院子正中那组雕塑石像妈妈怀里吃奶的婴儿，愤怒地大叫："还说没有！那不是吗？你们叫她抢去了我的孩子，还不承认？把孩子还给我！"

大家这才意识到她是个精神病人。石院长叫人去拿些吃的来，司机小杜跑着去饭厅了。他拿来一兜包子和一瓶水递给门外的疯女人，连哄带劝地请她走开。疯女人不再叫喊，却流着热泪朝石院长跪下来哀求："把孩子还给我吧！我知道，你们这里是专收孩子的地方……只要你们肯把孩子还给我，我可以来当妈妈！我不只是疼自己的这个孩子，我疼所有的没爹没妈的孩子……我看了报，我符合条件，我离了婚，我恨男人！孩子，我的儿子……"

大门里面的人们都呆呆地站着，不知如何安慰这个痛苦的疯女人。老姑娘们还能镇静，几个离婚女人早已落下泪来。谷幽兰、杨大妮和郭山梅三个人抽抽搭搭哭作一团，显然是触景生情想起了自己的伤心事。有人说女人的心是一口深井，井底藏着多少难以对人倾诉的秘密呢……

女人们不忍再听疯女人哀怨的哭诉，默默地退回到自己的小楼里去了。

七

孤儿名单送来了，第一批有四十个孩子，以后还要陆续送来。这些父母双亡的孩子大都是北方农村来的，其中最大的十三岁，最小的才一岁半。因为需法律公证确定认养母子关系，石院长和田副院长找八个"妈妈"一一谈话，给她们看孩子的照片和家庭简历，请她们每人挑选五个。这样做可以使妈妈加深对孩子的感情，原先田淑贤是要进行"组织分配"的，还是石黑玺出了这么个主意，要让妈妈觉得孩子是她自愿领养的。每个家庭收养的孩子的年龄要形成阶梯式兄弟姐妹关系，又本着同胞骨肉不再拆开的原则，石院长仔仔细细地把孤儿的资料分析了一下，按照年龄段和血缘关系分成了五组，八位妈妈认领起来也无争执。但是，也出现了一些特殊情况，某一位妈妈非要认领某个孩子，院方一般都满足她们的愿望。石黑玺以为她们只是看了孩子的照片心里喜欢，细心而又多疑的田淑贤却猜测个中隐情，偷偷地把这些情况记在了本子上。她当过多年"政工科长"，有做这类记录的习惯。

肖晶来得早，在众多孩子的资料中一眼看中了崔唤弟和崔可意姐弟俩，唤弟十二岁，可意只有五岁。她翻阅了两个孩子的父母死亡原因的记载，一向冷漠的脸上浮现激动的红晕，当即决定收养这两个孩子。她又挑选了女孩于梦虹，梦虹的照片非常漂亮，梳着两条又粗又长的辫子，一双大眼睛梦幻般地望着你。另外，她又按照年龄阶梯的要求随便要了两个七八岁的孩子，梦虹比唤弟大两个月，有两个大姐姐照顾弟弟妹妹们，可以减轻自己的负担，她这么想着，心里十分满意。

肖晶走后，田淑贤仔细看了唤弟姐弟和梦虹父母死亡的情况。唤弟的母亲上吊自杀，父亲患癌症去世。梦虹的父母双双死于唐山大地震，算起来当时梦虹还是个刚出生的婴儿。谁见了容貌美丽的梦虹都会喜欢，哪个妈妈先来了都会挑她作女儿，肖晶选她并不奇怪。但是，唤弟姐弟为何引起肖晶如此关注呢……

还有一件奇怪的事情使田淑贤百思不得其解，那就是臭儿的认养问题。臭儿是这批孤儿中最年幼的孩子，只有一岁零四个月，父母死于触电。田里的抽水机坏了，他父亲下水去修理，触电身亡；不懂电工常识的妻子慌忙去拉他，夫妻同归于尽。臭儿的父母没有近亲，目前臭儿寄养在远房亲戚家里。普爱山庄刚一创建，当地民政局就为臭儿报了名。本来，田淑贤担心谁都不愿意带这个拖手拖脚的小孩子，没想到谷幽兰第一个就看中了臭儿。

大男孩王克难也是个难题，他父亲是个被处决的杀人犯，扔下母子俩没有家庭经济来源。小克难五岁那一年，有一天傍晚他母亲去娘家借钱回来路过铁路道岔，于神情恍惚中没有注意飞驰而来的火车，惨死在车轮下。叔叔婶婶霸占了房产不肯抚养小克难，年迈的姑奶奶暂时照顾他。

起初，田淑贤不肯收留罪犯的孩子，担心在他身上有遗传因素造成的恶劣品性。善心的石院长看这孩子无依无靠，认为孩子是无辜的，不应沿袭"文化大革命"时害人的"血统论"。事实证明田淑贤的担心不是多余的，好几个妈妈看了克难的材料都摇头，说这种家庭背景太凶险，血淋淋的叫人害怕。田淑贤表面上不说什么，暗中却等着看石院长的笑话。不料，最后一个来的端仪，认真地看了克难的材料，脸色变得惨白，眼圈一红说："这孩子也是满族人，我收他作儿子。"

田淑贤提醒说："他已经快十三岁了，这么大的小子不好管教了，听说脾气很怪，你可要想好了。"

端仪却颇有信心地表示："我年岁最大，也只有认我这个妈妈才合适。他父亲出事那年他才三岁，还不记事。村里报上来的材料说，没有任何乡亲告诉他他父亲是罪犯，只说病死在外乡了。他妈妈又是被火车轧死的，这孩子真可怜，只要我好好待他，我想会处好感情。"

认养孩子的工作顺利完成了，石黑玺脸上露出了笑容。孤儿大多来自北方贫困地区，将由当地民政局派人把孩子送到市福利院，然后由妈妈们去市里接孩子。还有几个偏远地区的孩子，石院长派妈妈们到他们的家乡去接他们，这样做很有益处，既让妈妈对孤儿原先的生活环境有个了解，又让孩子看到"城里妈妈"来接自己，容易建立感情。

八

肖晶带着崔唤弟和崔可意姐弟俩坐在回普爱山庄的公共汽车里，一路上唤弟对她都爱搭不理的，坐在前排椅子上头也不回，嘴里却不停地吃着她给两个孩子买的食品。

肖晶和可意坐在一起，可意一直怯生生地连大气也不敢出。肖晶问了他很多问题，他都支支吾吾地用手指指姐姐的后背。肖晶看见他的脸蛋和小手都皴裂了，掏出润肤膏给他敷上，用手心均匀地揉搓他的两颊和手背。开始他有些躲闪，揉着揉着，他那双凹凹的大眼睛里闪出亲昵的柔光，依偎在新妈妈的怀里。肖晶想起自己小时候依偎在妈妈怀里的情景，胸中涌动着一股从未体验过的酸酸的热流，闭上眼睛陷入了沉思默想。

她万万没有料到，自己选中的唤弟竟是这样一个古怪的女孩。她无心欣赏路旁的景色，默默地反复捉摸去两个孩子的寄养人家里的每一个细节，想从中理出个头绪……在我去接唤弟和可意之前，真没想到大城市还会有那么低矮拥挤的穷街陋巷。陪同我去接孩子的干部说："两个孤儿寄养的这家主妇是这一带有名的泼妇，绰号大相扑，形容她肥胖的程度。她每天不站在当街高声叫骂一顿就过不去，孩子跟她生活在一起影响很不好。"

我问："那为什么把孩子寄养在她家呢?"

街道干部说："是孩子父亲生前所在的筑路公司给找的寄托户，听说是公司的职工家属。大相扑每月可以领到两个孩子的抚养费，还觉得不上算，对孩子非打即骂，唤弟成了她的使唤丫头。这么小的孩子不让她好好上学，成天帮她看摊儿做小买卖。我们早就向上级申请，把孩子送到正经收养的地方，你来了太好了!"

大相扑果然名不虚传，见了我劈头就把两个孩子臭骂一顿，什么不听话不干活偷嘴吃，然后当街吆喝一通把两个孩子喊回来了。唤弟和可意破衣烂衫，还是农村式样，早已穿小了露出半截胳膊半截腿，鞋趿拉袜趿拉的，头发沾满了尘土，大概从来就没有梳洗过。

　　两个孩子盯着我的表情，太叫人吃惊了，毫不夸张地形容，唤弟那恶狠狠的目光像一只狼见了羊，而可意那战战兢兢的眼神却又像一只小羊见了狼！真的，当时我的感觉，唤弟不是个小女孩而是一只随时都会扑咬过来的小母狼，可意不是个小男孩而是一只惧怕宰割的羔羊，这是怎么回事呢？我仔细端详两个孩子的五官，同样的容貌特征，黑黑的肤色，宽宽的额头，凹凹的眼窝，大大的黑眼睛，塌塌的鼻梁，厚厚的嘴唇，连嘴角向下紧抿的弧线都互相酷肖。但是这样两个一望而知出自同一血统的面孔，却有着天壤之别的神情，太令人不可思议了！

　　大相扑继续高声数落："这不你们的小妈来接你们了嘛，快滚吧！小杂种死随你们那吊死鬼妈！你妈不守妇道，气得你爸爸长了毒瘤儿，他们一撒手倒躲清净去啦，把两个孽障扔给了我！成天伺候两个小崽子，把我都给累瘦啦……"

　　她挥舞着比我的腿还粗的胳膊，浑身的肥肉乱颤。听她越说越不像话了，我不客气地制止道："当着孩子的面，请别这么讲话。"

　　"哟，瞧不出你还这么文明，我说什么啦？"她依然满口污言秽语："你自个儿问问，这死丫头什么不知道？唤弟，你不知道你妈为什么往脖子上套根绳儿踹腿啦！你爸就是让你妈给气死的！喂，你这个文明人儿甭这么讲究，回头有你受的！带这俩山里来的野种那么容易？不信，让喊你一声妈试试，她要喊你才怪呢……"

　　不料，她还没咆哮完，唤弟忽然充满敌意瞪了她一眼，龇出一对虎牙冲我一笑，冷不防大喊一声："妈——"

　　她的喊声是那么尖利，我被吓得一激灵。

　　河东狮吼气怔了，脸上的横肉痉挛着。

　　我急忙笑着答应，心里却不寒而栗。因为唤弟刚才虽然朝我露齿一笑，黑森森的大眸子里却闪着冷光。她绝不是在笑，而真的像一只小母狼冲我龇了龇牙，一个十二岁的小女孩怎么能够作出这种恶意的怪笑，真是一团难解之谜。

我拿出一串人工养殖的珍珠项链作为给女儿的见面礼，这种小珍珠并不昂贵。唤弟一见两眼发光，劈手就从我手里夺了过去，黑黑的尖指甲把我的手心挠得生疼。我又拿出了一个黑白花皮的小足球送给儿子，小可意一看就跑了过来。不料，唤弟把眼一瞪大喝一声："嗯？"

可意立刻触电似的站住了，眼睛贪婪地盯着小足球。唤弟又用锥子似的目光剜了大相扑一眼，冲弟弟一努嘴朝我侧歪了一下脑袋，然后幸灾乐祸地颠着腿乜斜着大相扑。

可意那羔羊般的目光可怜巴巴地望着我，憋了好一阵才从嗓子里挤出一声："妈——"

他那颤颤的声音真像小羊羔在叫："咩——"我忙蹲下身子递给他小足球，把他紧紧地搂在怀里……

想到那条肮脏的小街，那个母夜叉一般的大相扑，还有这小姐弟俩之间奇怪的关系，她对自己今后如何处理好和两个孩子的关系感到很惶恐。想到还有梦虹、剩儿、石头三个孩子未曾见面，她心里就更加紧张。梦虹由别人顺路去接了，她和唤弟同岁，不知她是什么脾气禀性……虽然忧虑重重，但肖晶还是难以抑制心中的兴奋，自己毕竟要当妈妈了！

由神圣的"妈妈"二字，她想起了自己的妈妈。车窗外面向后闪去一行行绿森森的树，映衬着车窗玻璃像一面时明时暗闪闪晃晃的镜子，镜子里是自己懵懵懂懂的面容。看这影影绰绰的眉眼多么像当年的妈妈呀！她望着、望着，心中默默地诉说……

亲爱的妈妈，这是我认领的第一双儿女，您也有了外孙女外孙子啦！尽管唤弟的叫法是那样的言不由衷，尽管可意只是"咩"了一声，我还是激动得难以形容。尤其是小儿子用他那稚嫩的童声怯怯生生地喊我时，我全身的神经都像风中的树梢似的震撼摇晃起来。说来奇怪，最初的感觉并不像小说中形容的"心头一热"，敏感的反应首先来自皮肤表层，生平头一次听到这一声"妈妈",皮肤一阵发凉发麻,犹如毛毛细雨浇洒,又好似无数针尖儿轻轻扎过。瞬间,皮肤的凉意渗透到体内,浸润到心腑,不知为何却激起滚烫的水花儿。然而,这股温热的暖流只有短暂的熨帖,却又把心房烫疼了——"妈妈"的叫声使我想起了您!想起您生我养我的艰辛,想起我对您的背叛……

九

大批的孤儿就要来了,小杜已经开车去市里接他们去了。来自各地的孤儿们先在市民政局所属的福利院集中,然后由普爱山庄的汽车把他们接回来。各地民政局干部或孤儿的亲戚送孩子来的车次不一样,有坐火车来的,有坐长途汽车来的,几乎每一趟班次都有要接的小客人。田淑贤率领山庄妈妈们分成几路人马接站,忙碌了一天一夜,总算到齐了人数。

石院长没有到市里去,因为他要在山庄接待镜智法师。镜智法师已经抵达北京机场,市佛教协会派车去接了。石院长留下展晴和杨大妮帮忙接待法师,法师是出家人,女人们出入她的净室方便一些。谷幽兰也留下照看唤弟、可意、克难、臭儿几个孩子。

市佛教协会派专人送法师来到山庄,法师一下汽车,双手合十向大家问候。众人见了镜智法师都暗暗吃惊:世上真有这等超凡脱俗的丽人!山风吹动着她宽大的袍袖,勾勒出灰色袈裟里面苗条身段,只有腰肢纤细的柳素玉才能和她相比;和尚领衬托着她的脖子的柔美曲线,比肖晶那天鹅般的颈项还要修长;削去满头青丝反而突出了她俊美的面容,清癯秀气的脸上闪动着一双南国型的大眼睛,那一副安闲沉静与世无争的神态,独具一种众人不及的野鹤闲云般的风骨。

镜智法师自幼出家,从名师修行,虽然才四十多岁,已在海外佛教界取得了很高的声望。她曾云游印度、缅甸、泰国、日本,拜谒著名寺庙。她还遍访中国大陆的佛教圣地,出版过介绍名山古刹的游记。她曾攻读中国古代典籍,佛经周易老庄孔孟无所不通,后来又去英国名牌大学专修宗教神学,了解天主教基督教经典，对东西方宗教进行比较研究，博采百家之长为佛家所用，她懂得英语、梵文、古汉语和现代汉语，在国外用英文翻译了多卷佛经，并发表了多篇论文，获得神学博士学位。近几年她又去美国哈佛大学专修心理学，获得心理学硕士学位。这样一位博学高尼来到此地，远近寺庙和佛教团体都邀请她去下榻讲学。她执意住普爱山庄，说要日夜诵经祈求佛祖保佑在普爱山庄安家的孩子们和妈妈们幸福。

展晴为双方一一作了介绍，法师见谷幽兰怀里抱着臭儿，喜爱地逗着孩子问："这就是那个最小的孤儿吧？叫什么名字？"

谷幽兰答道："在他老家时叫臭儿，来到咱这儿我给起名叫亮亮。"

法师点头笑道："这个名字好，明亮。"

谷幽兰没有说出她给臭儿改名的真正用意，她暗自想的是"谅谅"，求得那失去的小骨肉原谅，谁又能猜出她心中的这番隐痛呢？

石院长从来没有和出家人打过交道，又是一位海外尼姑，很有些拘谨。他客气地请法师去办公楼落座："请法师到二楼贵宾室喝茶。"

镜智嫣然一笑，摆了摆长袖说："我怎么是客人呢？更谈不上是贵宾。从市里坐车来这里才一个多小时，不累，先看看山庄吧！"

石院长的黑脸有些涨红，说起来真不该把法师当成客人，她不仅是捐赠人，今后还负责在海外募集普爱山庄的育儿经费，是理所当然的主人。不过，这位来无踪去无影四方云游的海外高尼，不是贵宾又是什么呢？究竟该如何对待她，石院长心里犯开了嘀咕，忙赔笑往山道上让："这样也好，法师的住处在最高处那座小楼，她们姐妹俩知道您爱干净，擦洗了一遍又一遍。杨大妮吃素，请她给您做饭，您想吃什么，只管告诉她。"

"谢谢石先生和二位小姐，房间只要洁净就好，斋饭简单一些才好。"

镜智说着，款步朝山上走去。

农村妇女杨大妮生平头一次被人称作小姐，脸儿臊红到耳朵根，三步并作两步跑到前面引路。谷幽兰在来山庄之前，曾在城里一座寺院当了居士，见了法师自然钦敬，也抱着亮亮跟在他们后面。

他们参观了一座小楼又一座小楼，镜智仔细察看了客厅兼起坐间、餐厅、厨房、卫生间、儿童活动室，又到二楼看了几间儿童寝室和妈妈的住室。她表示很满意，对妈妈们布置房间的本领深为赞赏。

在肖晶的楼外花坛旁，发生了一件令人不愉快的事。提前到来的唤弟和可意在玩耍，但是，唤弟的玩法很叫人看不下去，她骑在可意身上让小弟弟学狗爬，展晴和杨大妮急忙跑过去把他俩拽起来。

唤弟一眼盯上了镜智的光头，好奇而又不礼貌地直瞪着法师。

镜智和蔼地招呼："小姑娘，你好！你叫什么名字？"

唤弟直瞪着大眼不回答。

镜智转向可意："小弟弟，你叫什么名字？"

可意怯怯地回答："可意。"

镜智笑了："可意？这名字好！可心可意，如愿如意。我叫镜智，今后你们叫我镜智姑姑好了。"

可意乖乖地叫道："姑姑！"

镜智更高兴了，伸手拉住可意的沾满泥土的手，笑眯眯地问小姐弟俩："你们愿意跟我上去玩吗？"

不料，唤弟一把推开镜智的手，搡了可意一个趔趄，恶狠狠地咒骂："秃驴！"

成年人都窘住了，杨大妮喝道："这是怎么说话呢！你妈妈把你们交给我，看我回头告诉你妈！"

展晴也严厉地申斥："怎么这么不懂礼貌！法师姑姑喜欢你们……"

镜智却淡然一笑转身走了。

石院长追上几步歉疚地说："实在对不起，这些孩子大多来自农村，又没父母，缺少调教……"

镜智反而豁达地安慰他："请别介意，小孩子嘛！教育这些孩子，您的担子很重啊！"

石院长只能讷讷地附和，被这个意外事件气得好半天缓不过神来。

一行人拾级而上，镜智又一一察看了几个家庭。特别关心孩子们的起居环境和饮食营养，作了一番叮嘱。

终于，他们来到了山庄的至高点，石院长早已派人把法师的行李箱送到这里。虽说这座小楼不是尼庵山门，但已作为法师下榻的净室，石黑玺自觉不便进入，便在门外止步笑道："法师请歇息，我还有事情，失陪了。你们几位帮忙把法师的行李提进去，茶叶盒里已备了上好的龙井。住下来以后看看还需要什么，请随时吩咐。"

镜智双手合十致谢："谢谢石院长这么细心照料。接孩子的汽车什么时候到达？"

石院长："下午两点多钟。"

镜智表示："下午一点五十分，咱们在大门口见面。"

石院长答应着走了。

十

女人们走进小楼。杨大妮手脚麻利地去沏茶烧热水，好让法师洗脸歇息。展晴和谷幽兰陪着法师看一看室内陈设，镜智只略看了一眼便惊讶地笑道："真像禅房佛堂呢！想得真周到！"

展晴听了夸奖得意极了，学着佛家腔调说："阿弥陀佛，法师不嫌弃就好！"

她曾经为了如何布置法师的住处煞费苦心，似乎只有把佛堂与书房融为一体，使小楼突出清净典雅书卷气，才符合法师的修养品位。

她在进门左侧布置出一间佛堂，香案、木鱼、蜡烛、供果、蒲团一应俱全。关于供奉的佛像，法师曾来信说从台湾请来一尊观音菩萨坐像。果然，法师打开了一只特制的箱子，请出一尊流光溢彩的观音像，恭敬地摆到了佛龛上。

佛龛面前虽然备有香案和香炉，却没有焚香，而是供奉了两瓶鲜花。展晴知道法师不主张烧香，佛堂里日夜烟雾缭绕造成环境污染，天长日久连佛像都熏黑了，菩萨也未必喜欢，供奉鲜花表达信徒的心意不是一样吗？再说，观音菩萨手里托着柳净瓶，不也是以净水供养一方生命的绿色吗？镜智法师款步来到这幽香弥漫的佛堂，亲手把瓶花插出优雅的韵致，双手合十向菩萨拜了几拜。

佛堂隔壁是居室，展晴知道出家人不喜奢华，只摆了一张单人硬木床，一只床头柜，一张写字台，一只古式铜灯和一把木椅，素色被褥床单，素色窗帷帐幔。

镜智看了点头微笑，说："难为你小小年纪，能够理解出家人的心境。"

至于那间有椭圆形落地窗的客厅，考虑到法师要接待客人，展晴还是叫人摆了一套沙发，但其他现代新潮陈设一概不要了。她听说法师喜欢看书和擅长丹青字画，特意购置了一套素雅的书柜，临窗明亮处摆了一张大画案。书柜里摆上了《二十四史》《资治通鉴》《古文观止》《全唐诗》《宋词选》等名著，还找来了新版的几位著名书法家的手写印刷本《金刚经》《大悲咒》等佛经，此外还有《宗教词典》《禅宗妙语》《周易通解》等书。画案上文房四宝俱全，宣纸颜料摆放得整整齐齐。

大落地窗上挂什么颜色的窗帷，直接影响室内的气氛和色调，斟酌再三，她选用了浅黄色的暗花绸，既接近佛堂常用的明黄色，又比较柔和淡雅。

镜智法师走进客厅一看，看见墙上挂着一尊硕大的佛头浮雕，是三分之二侧脸的弥勒佛，胖胖的笑容可掬，紫铜色含有金光，华美而典雅，慌忙双手合十礼拜。墙根立着半人多高的济公活佛整身黄杨木雕，蒲扇破衣，神情生动，法师又虔诚揖拜。礼毕，她扭头看见与窗相对的墙上横挂长幅《清明上河图》，细细观赏却含笑不语。

展晴忽闪着大眼睛揣摩法师的心思，没有听到她的评价，有些失望，她曾经为墙上挂什么画好费了一番脑筋，自己对这一选择心中很得意。一般表现出家人的居室总是以荷花喻圣洁，以松竹喻清高，或以山水喻空灵出世。她想，大雅多了反而有了流俗之嫌，看来大雅大俗是可以互相转换的……她忽然灵机一动，何不来个逆向思维，挂上一幅表现俗世的画呢？她毫不犹豫地跑去买了一幅《清明上河图》临摹绢画长卷，挂在了进门左侧的墙上。她很想得到法师的理解，但法师没说什么，她也不便追问，只好让座请法师休息。

这时杨大妮端来热茶，又端来一盆热水请法师洗脸。法师洗罢，邀请大妮也来落座。

四个女人一边喝茶一边闲谈，很快地就亲热起来了。法师问及谷幽兰和杨大妮的身世，两个离婚女人先就眼圈红了。谷幽兰性格内向，在生人面前羞于暴露自己被丈夫抛弃和人工流产的隐私，只是简单地说了离婚的缘由。杨大妮见了法师就像见到亲人，一下子敞开了心扉哭诉起来："是俺提出离婚的，两口子的感情不错，可惜俺不会生孩子，俺丈夫是独苗儿，俺不能断了人家的根，离婚以后也不想再嫁了。听说这里孩子多，俺稀罕孩子……"

尽管倾诉衷肠，她也是话到嘴边留半句，在她心头还有一块更加痛楚难言的伤疤，那是对人难以启齿的往事。

法师脸色沉了沉，转而笑道："女人免遭生育之劫，这样也好。这里的孩子，和自己生的是一样的，万物生灵，都要以大爱去保护。天主教基督教讲，人人都是上帝的孩子，上帝的孩子是平等的。佛教讲，人人都有佛性，佛在心中，讲的都是慈悲大爱。"

听人一提孩子，谷幽兰的眼泪早已忍不住，忙以亮亮要撒尿为名，去了洗手间擤鼻涕，擦了脸才又出来。

大妮神色开朗了，虔诚地表示："法师说得是，早认识法师，俺就不至于苦了那么多年了。当初，俺到妈妈山来许愿吃素，盼着有个孩子。孩子没盼来，俺也吃素吃惯了，再没改回去。"

镜智客气地说："我在这里住，诸事劳烦你了。斋饭随便做一些什么就行，我吃不多的。"

大妮忙不迭地表示："法师见外了，这是咱的缘分。知道法师爱干净，青菜碗碟，俺都是洗了又洗。别看俺是个粗人，体格壮实，啥病没有，俺直怕腌臜了法师……"

镜智忙说："这话见外了！出家人化缘随缘，托钵僧托钵尼还吃百家饭呢！你只要别以为我太讲究就行了。"

展晴趁机试探："石院长把布置房间的任务交给我，我虽然走过不少地方，毕竟是个俗人，这些摆设，不知合适不合适？"

法师心里已经把展晴视为知己，她指着两尊佛像和对面墙上的画笑道："你这鬼丫头，就像钻到我心里去了似的，弥勒佛，笑口常开，大肚能容，他和观音菩萨，还有济公活佛，是三位最有民间性的佛。你们看这弥勒浮雕，圆圆的佛头，圆圆的双下巴，过肩大耳圆圆的轮廓，这些圆圆的弧线表现的是佛的圆觉智慧。看来，这位雕刻家很懂些佛学。小展啊，我领会你请来济公佛也是有一番深意。在诸佛中，唯有济公貌似大俗，也最入世，酒肉穿肠过，四处奔走惩恶扬善抱打不平。而你又选了这幅闹市俗景《清明上河图》，无非是想说佛家也可入世，只有接近民间疾苦才能普度众生，以此来暗喻开办普爱山庄的意义，是吧？"

展晴早已听得入神，只能钦佩地点头。

镜智继续侃侃而谈："佛门弟子居住的净室，偏偏挂了一幅世俗画，正说明一个开悟过程：从俗到雅，从雅到俗，大俗大雅，最后才是无俗无雅了。"

谷幽兰对这些道理似懂非懂，颇感兴趣。听着听着，她的那颗悲苦焦灼的心觉得舒畅清凉一些了。

大妮傻瞪着眼听了个懵懵懂懂，问："怎么又无俗无雅了呢？"

法师讲解："修行达到了三界之外，也就是无我境界，还不是无俗无雅了？如果能达到这样的境界，也可以说有孩子就是没孩子，没孩子就是有孩子，自己的孩子也是别人的孩子，别人的孩子也是自己的孩子，这样你就不会有'人皆有眷属，唯我独无'的悲哀了。女人，不管僧俗，都要解脱烦恼丛生的小爱，培养大爱。爱得清净高洁，爱得普遍，达到冲破小我，和合于天地大自然，这就是大爱了。"

谷幽兰听到这里，搂紧亮亮亲吻他的小脸蛋，两行热泪沾到亮亮的腮上，亮亮懂事地叫道："妈妈不哭！妈妈不哭！"

镜智法师和展晴都觉察到谷幽兰的反应有些过于激动，猜想个中必有隐情，却又不便多问。

大妮好奇地打听："那你们二位是……我瞅着你们长得很像，跟母女俩似的！"

展晴嗔怪道："四姐这话谬了，法师是出家人哪！"

大妮臊红了脸慌忙道歉："打嘴！法师请您别介意。"

　　镜智法师豁达地笑道："没关系！像母女俩也是缘分。"

　　展晴说："我和法师原先素不相识，只因在美国纽约机场一起等候起飞，这才走到一起。当时我觉得法师很面熟，不记得在哪里见过，上前攀谈，十分投缘。经你这一提醒，我才发现自己长得确实有几分像法师，只是空有皮囊，缺少法师的境界和学识。"

　　法师笑道："不必过谦，以你小小年纪，悟性已是很高了。"

　　谷幽兰问展晴："那你怎么跟着法师来这里了？"

　　展晴说："在飞机上我和法师的邻座换了座位，一路请教到北京。下了飞机我就改变了原先的计划，决心跟着法师投身慈善事业。我父母都是驻国外的职员，祖父和许多亲戚都在美国，我自幼过着锦衣玉食的生活。祖父立下遗嘱把很大一笔财产留给我，名牌服装、房子、汽车、存款，这些普通人梦寐以求的物质享受，对于我来说都不在话下。当然还有爱情，追求我的男人足有一个加强排了。从小父母不在身边无人管束，我为所欲为更换一个又一个男朋友……可是，在达到肉体的享乐之后，我心里总是体验到一种莫名其妙的难以解脱的失望、空虚、烦恼，甚至有一种幻灭感。在纽约机场遇见法师，我很想知道出家人清心寡欲的修行生活的精神支柱到底是什么。看法师的风度是位知识分子，一位受过高等教育的人不会像普通善男信女那样迷信，难道真的仅凭为了那看不见的来世幸福而放弃今生的幸福么？法师说，她并不是为自己的来世修行，而是为了弘扬佛法普度众生。我直言不讳地说，我一直认为佛教是一门消极遁世的宗教，把从信徒那里化缘募集的钱修庙，往佛像身上刷金粉贴金箔，就能够普度众生么？法师听了我的话，不但没生气，还讲了她对这个问题的思考，就是那三位天主教修女的故事……"

　　展晴端起茶杯来喝了几口水，谷幽兰和杨大妮一齐把目光投向了镜智法师，法师接着往下说："大约在二十年前吧，有一天来了三位天主教修女，和我就彼此的教义交换心得，修女原是要向我传教，最后却折服于我的坚定信仰，了解佛陀慈悲，一如天主的博爱，同样值得尊敬。但是她们说，佛教对社会缺少具体表现，佛教徒似乎只求独善其身，而很少顾及兼善天下。不然，为什么只有天主教、基督教盖学校，设医院，却很少看到佛教徒有所行动，对社会有所捐助呢？修女们的这一席话，给我极大的开导。是啊，我想，佛家说，千手千眼观世音，救苦救难观世音，是要世人学习佛陀的慈悲：千眼是到处观察，千手是任何善事都做，只要众生需要。若是能集合众人的善心与力量，济贫救难，扶老助孤，那该多好哇！于是，我发起创办了佛教慈善会，到世界各地募集善款。普爱山庄孤儿院是我们慈善会援建的慈善项目之一。"

展晴激动地补充："我还听说法师与我国民政部领导人有君子协定，鉴于我国国情，法师来内地只作慈善项目，不搞传教活动。法师不仅抛却了个人功利之心，也毫无教派一门之见，全心全意救助没爹没娘的孤儿们，我从内心深处升起一种感动。虽然我对佛学的知识只是停留在'知识'层面，也并无皈依佛门之意，却下决心追随法师的足迹，跟到山庄来了。"

谷幽兰和杨大妮听了这番话，眼睛里都闪烁出晶莹的光点。

十一

下午，石院长率领留守人员，陪同镜智法师久立于山庄大门口，终于迎来了满载着孤儿的汽车。

事先，田淑贤和妈妈们教会了孩子们，让他们见到法师要热情礼貌。孩子们知道法师捐助了普爱山庄，小小心灵懂得感激。他们像一群小鸟飞下汽车时，一齐叫喊：

"镜智法师，您好！"

"谢谢镜智法师！"

镜智法师苍白的脸上泛起激动的红晕，挨个摸着孩子的头顶为他们祝福。

田淑贤又大声向孩子们介绍了石院长、展晴、谷幽兰和杨大妮，孩子们又齐刷刷地高喊："石爷爷好！四姨好！七姨好！展老师好！"

石院长松了一口气，没有一个孩子表现出对法师头上没有头发的惊奇，总算没有发生唤弟那样不愉快的事情。看来一路上田院长和妈妈们费尽了口舌，才完成这场有纪律的见面仪式。

在猎猎山风中，镜智法师以微颤的声音高声致辞："孩子们，欢迎你们来到普爱山庄，今后这里就是你们的家了！你们会有新的妈妈和兄弟姐妹，院长老师们都会爱护你们！你们也要爱这个家，爱妈妈，爱兄弟姐妹，爱院长和老师们，爱山庄的一草一木。我叫镜智，你们叫我镜智姑姑好了。咱们山庄将有许多幸福的家庭，有慈爱的父母，互相关爱的兄弟姐妹，村落邻居使孩子们从小懂得社会责任。我们认为，只有让孤儿们享受到母爱，体验到手足人伦亲情，学会和邻居和睦相处，才能克服不幸命运造成的孤僻性格和封闭心理，消除人格障碍，长大了成为社会和谐一员，为社会作出贡献。妈妈山的土地播种爱，普爱山庄在孩子的心田播种爱。祝你们在这里生活愉快，学习进步，健康成长！祝你们在这里享受到爱，也学会去爱别人！谢谢大家！"

孩子们静静地听着，大些的孩子十分感动，小些的孩子虽然听不大懂，但也体会到了镜智姑姑像亲人一样爱他们。他们的小小心灵受到了感召，列队肃立无人嬉闹。

田院长宣布解散，各家的妈妈招呼自己的孩子回家去。她们一说出自家的楼号，大孩子们便领着小孩子们三五成群呼啦啦朝山路上跑去。

妈妈们要去为孩子安排住处准备晚饭，匆匆地和镜智法师相互认识。镜智法师说："晚上等孩子们睡了，欢迎各位到我那里坐坐。"

孩子们来到山庄的第一天，每家的妈妈都为这个新家庭的头一顿饭做了精心准备，端上来丰盛的饭菜。这些城里姑娘早就听说农村孩子饭量大，特意加大了饭菜的数量。不料，每端一道菜，孩子们都风卷残云般地一扫而光。个中原因，有的孩子确实是肚里没油水，见到好吃的就狼吞虎咽了；有的孩子却是听从了农村亲戚们的教唆，和陌生的兄弟姐妹抢吃抢喝，一直吃到肚皮滚圆直想呕吐还怕自己吃亏；还有的饿怕了的孩子一边吃一边偷偷往衣袋里装，留着晚上再吃；唤弟则要存心给"后妈"来个下马威。于是好几家的妈妈临时又焖米饭又添炒菜，仍然供不上孩子们饕餮的速度。

两位院长陪同镜智法师到各家巡视，更增加了初上任的妈妈们的心理紧张。

肖晶为了这顿开张家宴累得腰酸腿疼，饭菜一添再添，厨房里可供烹调的鱼肉青菜全部用光了，要想把冰箱里冻成冰疙瘩的肉类临时化开已经来不及了。不知为何，餐厅里的五个孩子仍然围坐饭桌等待上菜。她自己的晚饭已无着落，饥肠辘辘地重新给孩子们做蛋炒饭。

正当蛋炒饭也被孩子们一抢而光时，镜智法师一行人来了，郭山梅背着药箱，展晴捧着花名册，一一点名让法师和两位院长认识孩子们。

镜智法师慈祥地笑问："孩子们，饭菜好吃吗？"

"好——吃——"孩子们齐声回答。

田淑贤问："饭菜够不够，吃饱了吗？"

不知为何，孩子们都望着唤弟不吭声。

田淑贤瞥了一眼桌上光光的菜碟，又瞥了肖晶一眼，找展晴要过来花名册一个个地盘问："梦虹，吃饱了吗？"

梦虹闪动着美丽的大眼睛抿嘴笑道："吃饱了。"

田淑贤又问："崔可意，你呢？"

"吃……"可意刚说了一个字，忽然脸色惨白，改口说："没……没吃饱。"

肖晶脸色绯红，低头不语。

唤弟刚才偷偷地狠掐了弟弟一把，这会儿不等问就大声嚷起来："田姥姥，吃不饱！我们都没吃饱！"

她瞪了其他两个孩子一眼，在院里集合后，两个小男孩石头和剩儿就领教了二姐的厉害。只好附和说："没……吃饱。"

"嗯？"田淑贤侧视着肖晶吩咐："孩子们正在长身体的年龄，饭菜要供足。"

肖晶不好辩白，低声回答："知道了，我再去做一锅挂面汤。"

唤弟龇出虎牙幸灾乐祸地笑了。

镜智把这一切看在眼里，捻着佛珠颔首不语。

肖晶送法师和两位院长走出楼门，眼泪刷地挂满双腮。她岂是肯在人前落泪的人，转身跑进厨房。

　　展晴和山梅同情地留下帮忙做汤面，肖晶一面打着鸡蛋一边强忍着泪水。这时，餐厅里一场恶战在即，梦虹发现唤弟的衣袋里兜满了排骨、鸡块和馒头，惊讶地问："唤弟，你偷东西！"

　　唤弟忽地站了起来，恶狠狠地骂道："就你好，臭巴结狗子！"

　　梦虹生气地要去告诉妈妈，唤弟扑上去照准她的手腕就咬了一口，疼得她大哭起来。

　　三个女人闻声冲出厨房，一看餐厅的场面惊呆了。两个大女孩滚在地上扭打，撞到桌腿上，碰下来几只碗碟摔得粉碎，三个小男孩吓得哇哇大哭……

十二

　　别的楼里也不安静，吵闹声此起彼伏。

　　孤儿们大多来自贫困的农村或山区，性格、年龄、习惯、口音都不同，乍一聚集在这座关上大铁门的陌生庄园，犹如野马入笼如何能忍受！而妈妈们是城市姑娘，不少人有洁癖，首先在卫生习惯上受到了农村孩子的顽强抵制，日后漫长的冲突就从这里开始了。

　　晚饭以后，各家的妈妈都忙着给孩子们洗澡理发换衣服。石院长吩咐锅炉工老赵把热水供足了，整个山庄开始了对孩子们的个人卫生大清理。

　　石黑玺、小杜、叶舟、尚美风等几个会理发的分别去为孩子们理发，一个个忙了个不亦乐乎。

　　一号楼里，端仪把淋浴喷头对好了水温，把大儿子克难、二儿子栓锁、三儿子小蛋叫到浴缸前，说："你们身上太脏了，好好洗洗！这是洗发膏，好好挠挠头皮。全身都要洗干净，互相搓搓后背，一会儿我要检查，看谁洗得干净！"

　　栓锁和小蛋高声答应着，克难却臊红了脸低头不语。他从来没有洗澡的习惯，更没有和别的孩子们一起脱得赤条条的经历，在东北老家时，村里的孩子们夏天下河游泳不带他玩，他身体又弱，所以也不会游泳。他央求妈妈："俺……不想洗。"

端仪耐心诱导："不洗可不行！以后要养成卫生习惯，用热水烫一烫可舒服呢！你是大哥哥，不但要自己带头爱干净，还要帮助弟弟们搓背擦澡，听见了没有？"

她把三套新内衣挂在门后的衣钩上，吩咐："洗完以后换上干净衣服，脏衣服扔在洗衣机上。快洗吧，一会儿妹妹们还要洗呢！"

端仪叮嘱完毕，关上浴室的门出去了。

她去忙别的事情，眼看时间不短了，浴室里又喊又叫的还没有出来的意思，她来到浴室门外催促，一看可不得了，地上早已水漫金山，门缝里还在往外涌水。

她顾不了许多了，推门进去问："怎么回事？下水道堵了吗？"

透过热气腾腾的水蒸气，她这才看清三个孩子在打水仗。栓锁和小蛋把克难逼到墙角用水泼他，克难用手捂着眼睛只有招架之功。

端仪喝住了两个调皮鬼，克难听见妈妈进来吓得转过身去用手捂住了羞处，妈妈怎么叫他从浴缸里出来他也不肯动弹。

其实，在一般家庭里妈妈给十二三岁的儿子洗澡是常事。可是，端仪是个老处女，克难又是这样一个古怪的男孩。

她迟疑了一下，横下一条心伸手拉他。克难羞得爬出浴缸向窗口方向退缩，眼看无处躲藏，他竟然打开窗子慌慌张张跳了出去。

"哎呀——"端仪惊叫："不能出去，外面冷，刚洗完澡要感冒的，快回来——"

窗外夜色朦胧，寒风袭人，赤条条的克难已跑得无影无踪。

端仪慌忙关上窗户，吩咐两个男孩快穿衣服，自己跑回卧室抱起一条毛毯就往外追，扯开喉咙大喊："克难——克难——"

岂料，克难越是看见她追来越跑得快，钻进了树丛里。

石院长和小杜几个男人闻声跑来，端仪气喘吁吁把毛毯塞给小杜。

小杜在一棵松树后面找到克难时，他已经冻得浑身发抖动弹不得了，小杜用毛毯裹住他把他抱了回来。

镜智法师和田淑贤闻声赶来时，坐在门外台阶上的端仪朝她们直摆手："让男人们照顾他吧……"

她已经泪如雨下。

七号楼谷幽兰家里是另一番景象。

谷幽兰是一位瘦弱娇小的女人，此时已累得满头大汗。虽然她曾经当过幼儿园教师，面对几个从不同地方的农村来的孩子已经显得手忙脚乱了。

首先是二儿子九岁男孩雨生一个劲儿地啼哭，躲在墙角里不敢动弹，也不敢吃饭。怎么问他，他也不说话。后来还是大儿子郭立春发现雨生吓尿裤了。

出了什么事会把他吓成这个样子呢？经立春再三询问，才知道什么大事也没有，只是因为一下子见了这么多生人，来到了这个陌生的环境。

谷幽兰为难地瞅着雨生，一个男孩子胆子这么小，以后可怎么办呢？她只好让立春哄着还不到两岁的小儿子亮亮，自己帮助雨生洗澡换衣服。

多亏了有大儿子立春，立春也才十二岁，但生活自理能力很强。雨生洗澡更衣以后，立春又带着小亮亮进了浴室。

三个男孩子梳洗一新。

她让大儿子郭立春哄着亮亮，自己忙着安排两个女孩洗澡。不知为何，两个女孩躲进卧室插上门不肯出来，幽兰把门敲得山响："青凤，大菊，开门！好闺女，快出来！"

大姐青凤是唐山大地震造成的孤儿，十二岁了。二姐大菊十一岁，来自内蒙古草原，也受姐姐的影响，把洗澡看成是一件非常可怕的事情。

幽兰继续敲门："快开门，听话！"

青凤在屋里央求："俺们不洗澡！"

幽兰规劝："不洗不行！明天人家女孩们都干干净净的，就你们俩又脏又臭，多难看呀！"

大菊说："俺们从来不洗澡，也长这么大！"

幽兰说： "那是不卫生的习惯，往后在这里生活了，一定要讲文明卫生。"

青凤大声哭喊："逼俺洗澡俺就不呆在这了，俺要回家，姥姥呀……"

大菊也跟着大哭起来，吵着要回家，叫着："奶奶——"

幽兰生气了，吓唬道："有话开开门，好好说！再不开门，我告诉田奶奶去！"

女孩子一听说要找田淑贤，都有些害怕，只好打开了门。这时，展晴和郭山梅听到哭声赶来帮忙，好说歹说把两个女孩拽到浴室，帮她们脱衣服。青凤死死地抓住衣领不让展晴给她解扣子，瞅着喷头里洒下的热水，她吓得哆哆嗦嗦活像一头要被宰的小猪。

展晴看着好笑，问："你这孩子也够怪的，洗澡有什么好怕的？"

青凤哭诉："俺姥姥说了，闺女家不能洗澡。"

展晴问："为什么？"

"俺姥姥说，脱光衣裳洗澡是要流氓。"

大菊一听推搡着山梅："你别对俺耍流氓！"

三个女人瞠目结舌，哭笑不得。

双方正在僵持，忽听外面有人大喊："抓住她——。快抓住她——"

十三

三个女人急忙冲出七号楼，只见尚美凤的大女儿晚珠疯了似的朝松林跑去，奇怪的是晚珠剃光了头发，她原来有一头浓密的黑发，梳着两条粗辫子，这会儿却只剩下青白色的头皮，在路灯下闪烁着跳跃分外刺眼。

尚美凤追到七号楼门前，上气不接下气地说："快……她要寻死……"

展晴急忙追了上去，凭着多年体育锻炼的长跑基础，她很快地追上了晚珠，一把拉住她问："你这是怎么了！"

晚珠泣不成声地挣扎着："别拦着俺！俺没脸见人了……俺不活了！俺找俺亲娘去……"

两个人正在拉扯，小杜追了上去，晚珠一见男人，猛地挣脱开展晴，双手捂住光秃秃的脑袋就跑。当兵出身的小杜跑得飞快，眼看就要追上她了，她又羞又急猛地朝一棵树干上撞去，光秃秃的脑袋碰在皲裂的树皮上立刻流了血。小杜一把抱住她不许她再去撞头，她在他怀里挣扎疯闹，本来撞破的伤口就不小，再加上她跑得急，心跳加速情绪激动血管膨胀，血顺着额角流了很多，她挣扎了几下昏了过去。

石黑玺、田淑贤、镜智一群人赶了上来，法师一见女孩脸上都是血，闭上眼睛念起佛来："阿弥陀佛，善哉！菩萨保佑这孩子转危为安……"

石院长指挥人们送晚珠去医务室，尚美凤一屁股坐在地上号啕起来，大家对这一突发事件感到莫名其妙。

田淑贤问尚美凤："这是怎么回事？谁把她的头发剃光了？"

尚美凤抽泣着回答："……我。"

田淑贤奇怪地问："为什么？"

尚美凤说："她，头上……有虱子！"

田淑贤生气了："有虱子，你就可以把她的头发剃光了？"

尚美凤委屈地辩解："不剃光了怎么办呢？她会把大家都传染上！"

展晴不以为然："你早该问一问山梅，医务室有杀头虱的药。"

尚美凤却说："我一会儿也受不了，觉得浑身痒痒，心想……剃光了就根治了，十天半个月的，头发不就长出来了吗？"

田淑贤声色俱厉地批评："这么大的姑娘，又刚从农村来，你把她剃成这个样子，叫她如何见人？你要是孩子的亲妈，能这样强迫孩子吗？今天她没事还罢了，要是撞成脑震荡，你要负责任！"

尚美凤哭道："我是……好意呀！"

田淑贤又仔细盘问："她不让剃，你是怎么剃成的？"

"我……"尚美凤嗫嚅地回答："叫几个孩子按住她……"

"太不像话了！"田淑贤更加愤怒，转身就扔下一句话："写检查！交给我！"

大家来到医务室，见晚珠已经清醒过来，脑袋上缠着绷带趴在病床上哀哀低泣，石院长和小杜正在哄劝。

镜智问："打了破伤风针没有？"

郭山梅回答："打了，血也止住了。"

晚珠一听镜智的声音，翻过身来看见她的秃头，"哇——"地一声又大哭起来。山梅连忙过去制止："晚珠，不能哭啊，哭厉害了伤口又流血了！"

晚珠和梦虹两个人一见面就很投缘，已经成了好朋友。晚珠羡慕梦虹有两条又粗又长的大辫子，本来打算把自己的辫子也留得长长的，这下子成了泡影。

晚珠想到此处更加伤心了，在床上打着滚一个劲地哭叫："我要头发——我要梳辫子！"

镜智则笑道："好孩子，没头发有什么关系？你这孩子有福气，斩去烦恼丝，换得清净心。你来山庄开始了新的生活，过去的孤苦都随着那些头发丢开了。你看姑姑，我就光着头走遍全世界。"

晚珠哪里听得进去这一番开导，在床上打着滚一个劲地哭叫："我要头发——我要梳辫子！"

还是展晴会想办法，她掏出自己的花丝巾给晚珠系在头上，又拿出小镜子给她照了照，说："看，多漂亮！"

晚珠把丝巾往脸上拉了拉，这才安静些了。

大家好不容易哄着晚珠闭上眼睛躺一会儿，偏偏这时尚美凤做了鸡蛋肉丝挂面汤端了来。晚珠一见她又大哭大闹，险些被面烫着。

大家又好气又好笑，旁人又不好多嘴。田淑贤吩咐尚美凤回避，暂时由杨大妮照顾晚珠的起居。

尚美凤抹着眼泪走了。

那一夜，克难发了高烧，浑身滚烫，急坏了端仪。她没有带过孩子，自己先慌了手脚，眼泪汪汪地来找山梅。大家又随山梅看望克难，只留下杨大妮守护晚珠。

来到了一号楼，山梅给克难打了退烧针。大家坐在她的白色客厅里商量两个孩子的病情，山梅担心克难这样骤热骤冷会得急性肺炎，她还表示自己不懂神经外科，对晚珠是否撞成脑震荡诊断不出来。

为了防备病情恶化，三位负责人一致决定连夜送两个孩子去市里大医院。

小杜要去开汽车，展晴说："你明天还要送法师去独乐寺拜佛，我开车送他们吧！"

普爱山庄的大铁门打开了，展晴开出了红色小轿车，石院长坐在她的身旁亲自护送，郭山梅坐在后面座位上照顾两个孩子，汽车开亮大灯缓缓驶下山路。

镜智法师率领众人一直站在大门外，望着崎岖漆黑的山路上那两束闪动的车灯，渐渐远去。

镜智手捻佛珠低声诵祷："救苦救难观音菩萨，保佑克难晚珠平安无事。吾佛圆觉智慧，开悟人的心灵而体察众生的善根……"

十四

幸好，晚珠的头部没有撞出大毛病，在市里医院神经外科观察了几天；克难也渐渐退了烧。

镜智法师因海外有事要回去了，石院长送她去飞机场。临走之前，法师来医院看望小病号，祝福一番，和展晴依依惜别。她作为出家人本不留意来来去去，但她心里很喜欢这个眉眼与自己相像的姑娘。

郭山梅和展晴一直留在医院照顾两个孩子，端仪和尚美凤家里的孩子小，无法分身来医院守护，每天打电话问候。

几天来，无论两位阿姨怎样好言相劝，克难始终沉默不语，晚珠始终哭哭啼啼，可把她俩急坏了。

展晴开车来接他们出院时，座位上放着一个圆圆的花纸盒，山梅问："这是什么？"

展晴狡黠地笑道："化妆品，放在后车窗台儿上吧！"

红色小轿车出了城，朝郊外驶去。

克难坐在展晴旁边的座位上，闪烁不定的眼神在展晴脸上扫来扫去。展晴一面开车一面从眼角的余光发现克难的神色不安，扭头询问："你有事吗？"

克难涨红了脸，憋了好一会儿才结结巴巴地问："嗯……回，回去，还住在我……我妈家吗?"

展晴说:"当然!你妈妈是个好人,很喜欢你。这几天,她为你急得茶不思饭不想,人都瘦了,你可不能让她伤心!"

克难听了没再说话,一脸的无可奈何,扭过头去望着窗外深秋的景色。他很想念家乡的雪原,想念老姑奶奶,但他知道年迈的老姑奶奶无力抚养自己,想到自己命中注定要孤身一人在这个世界上漂游,他埋怨父母不该把自己生下来。记得老姑奶奶说,爷爷就是觉得活着没意思,两次寻死都被人发现救活了。家里人处处防着爷爷自杀,一个没看住,他又跑出去跳了河……老姑奶奶还说过,爸爸的性情也随爷爷,平时胆子小,有话闷在心里,遇上事又管不住自己,要不也不会……老姑奶奶多少次说过我出生时如何如何憋青了脸,不喘气儿,不会哭,让人倒提着脚丫打脊背才会哭的……所有这些故事,都使克难情不自禁地想象死亡并不难受,要不怎么爷爷、奶奶、爸爸、妈妈都早早地就去死呢……

汽车里的两个女人都不曾猜到克难心里在想什么,她们只是以为男孩子一时不好意思罢了。在正常情况下,谁能料到,一个小小少年的血液里,会隐藏着他的祖辈对生的厌倦,对死的激情呢?

一路上,晚珠把脑袋蜷缩在花头巾里,也是一语不发扭脸望着车窗外面。山梅想陪她聊聊天,看她阴沉着脸一时也不知如何劝解。像晚珠这么大的姑娘,一想到还要等几个月头发才能长长,她就觉得没脸见人,眼泪也忍不住往外涌,要是头发能够像眼泪这么快地挂满双腮就好了……想到村里的女孩子们那么羡慕自己的又黑又长的粗辫子,她难过得大口大口地喘着气,在心里恨恨地说:"要是早知道来到这个陌生的山庄会受这种欺负,打死我绝不到这个鬼地方来……谁叫自己是个没爹没娘的苦孩子,老家也没有亲人了呢,不回山庄又能到哪里去呢……可是,回到山庄小姐妹们能不笑话自己吗……"

离妈妈山越来越近了,汽车路过桃李镇学校,晚珠想到那天来山庄的路上田院长告诉大家,今后要进这个校门上学,全校师生都会盯着自己看,新到一个学校就这么丢人……这么一想,她哭得更加伤心了。眼看要到普爱山庄了,她怕见小姐妹们,号啕起来:"我不下车!回医院,回医院!"

郭山梅急忙哄劝，但晚珠又哭又闹。

展晴不急不忙地把车停在了路边，下了车拉开晚珠这边的车门，对山梅说："把你身后的纸盒子递给我！"

山梅把花纸盒递给她，她神秘地问："晚珠，你猜猜，这里面装的是什么？"

晚珠只顾伤心，不理睬她，山梅替晚珠猜道："我们晚珠这会儿最需要什么呢？嗯……准是一顶好看的帽子！"

展晴解开系盒子的彩带，掀开盒盖抖出一样东西，山梅惊叫起来——这是一副精致的假发套！连神情淡漠的克难都扭过头来看新奇，他和晚珠、山梅都是小地方来的人，还没见过这种时髦玩意呢！假发制作得太逼真了，捧在手里细看才知道柔软的乌丝是织在纱套上的，太神奇了！

"来，戴上试试！"展晴帮晚珠解下头巾，小心地把假发戴在她贴着药布的头上，拉下几簇刘海来遮住了额头的药布，山梅大声叫好。展晴又从提包里拿出小镜子，笑道："自己照照，看看漂亮不漂亮！"

晚珠对镜一看，兴奋得脸蛋都红了，镜子里的小姑娘有一头波浪般弯弯的卷发，乌黑发亮，真跟变戏法似的把个秃头丑小丫变成了美丽的公主！

晚珠高兴得不知说什么好，扑上来搂住了展老师的脖子。她不好意思告诉这位俊俏又善良的老师，每个农村小姑娘几乎都幻想过像城市姑娘一样去烫个卷卷的头发，今天，她的这个梦想实现了！

汽车开进了山庄，引来一大群孩子尾随围观。当晚珠神气活现地从车上跳下来的时候，孩子们都惊叫起来：

"呀，真漂亮呀——"

"咦，几天时间头发就长出来了？"

石黑玺欣慰地拍拍展晴的肩膀，庆幸自己聘请到了一位好教师。

尚美凤拉着山梅和展晴又哭又笑，说了许多感激的话。

晚珠一见她就吓得躲在展晴身后，说什么也不肯跟她去，田淑贤决定叫晚珠还是跟着杨大妮吃饭住宿。从此，杨大妮有了一个女儿，为自己不再只是"替补妈妈"而感到脸上有了光彩。

克难像个小犯人一样乖乖地跟着端仪回到一号楼，开始了日常生活。端仪对他很好，小心翼翼地照顾他，但他比从前更加沉默寡言了。在他们母子之间，还没有来得及建立深厚的感情，就裂开了一条难以弥合的心理鸿沟。

克难回来之后的日子，真是度日如年。其实，是他自己的心理负担，把大家的玩笑看得太重了。心理学的知识，在这个国度里还没有为大众所掌握，尤其对不同孩子的心理特性，成年人还缺乏深入的研究。

"克难光着屁股出去跑了一圈儿"的笑话，早已在山庄里人们中间传遍了，大家都以为他只是思想封建，都喜欢拿这件事找他寻开心。叔叔们见了他逗笑："好小子，亮瓜儿啦！"

姨妈们见了他都说："你可太吓人啦！你妈为你哭了好几泡！"男孩们一见他就要扒他的裤子，吓得他到处躲藏。女孩们见了他，有的抿嘴而笑，胆大的则用手指划着脸蛋羞他。大家都没有想到，在克难那颗封闭的小小心灵里，已经把自己捆绑得越来越紧了。他为自己那天做出了那样的事情而感到羞愧，常常一个人躲在房间里发呆。本来，他非常喜欢普爱山庄这个新家，这里吃得好喝得好，新妈妈的脾气也好。现在，他却觉得新的集体生活非常可怕，似乎别人都对他怀有敌意。他越来越想念唯一疼他爱他的老姑奶奶，不能回家去看老姑奶奶，使他常常独自烦恼。山庄里孩子多，谁也没有注意克难会把那件小事如此看重和夸大，以至加深了他内心的孤僻和忧郁。

端仪是个性格内向的老姑娘，极爱面子，不善辞令，不善交际。在山庄姐妹中她是大姐，本想处处做出表率，不料开头就碰上了克难发高烧这个"责任事故"，在姐妹中留下笑柄。从此，她很怵和克难打交道，对他的热情也就减了大半。她只注意保证他的温饱，督促他学习，对他独自发呆的怪脾气渐渐也就习以为常了。

十五

使肖晶和端仪气恼的是出事一周以后，田淑贤在工作小结会上的那次讲话。那一次在办公楼会议室，山庄的全体职员都到齐了，小结会气氛很紧张，因为孩子们刚来就出了不少事情。石院长的开场白还是那么温和厚道，说了一些"万事开头难，大家很努力，慢慢就会适应了"之类的鼓励话。田副院长的讲话可就不客气了，她不仅批评了尚美凤，也捎带着点了端仪的名。她知道肖晶嘴巴厉害，对于她的事情斟酌着词句，准备在后面谈伙食问题时再敲打她。

田淑贤属于那种说话不中听的女人，尤其对待同性决不吝惜尖刻，为此她有一套理论，曾对石黑玺表示："这么多大人孩子，没有一个压得住阵的人不行。你这么一副老好人心肠，我只好得罪众人唱黑脸了。"

她在会上的讲话挑不出毛病，但谁都听得出来弦外有音："……这些没爹没娘的孩子很可怜，组织上把他们交给你们，你们要培养自己真正的母爱，不能强迫孩子。晚珠被剃光了头，不吃不喝光是哭。如果是亲生的孩子，当娘的舍得吗？有的大小子光着身子在洗澡，你去抓他就不合适。孩子冻病了，首先是我的责任，我是真正的母亲，生养过孩子，我应该教给你们带孩子，但是谁能想到会出现剃光头，抓光腚这种怪事呢？"

男女同事们听了她的俏皮话，忍不住哄堂大笑。

端仪羞臊万分，恨不能有条地缝钻进去，觉得脸上被电烙铁烫了似的灼热发烧，心想：叫田淑贤这么一说，似乎自己一个快四十岁的老姑娘喜欢去抓男孩的裸体……她这么想着，眼泪夺眶而出。她想站起来争辩几句，无奈嘴巴不跟劲又没有当众讲话的勇气，况且，由于自己处理不当，害得克难大病一场，还有什么好争辩的呢？她只好保持沉默，无地自容地垂头落泪。

孩子妈妈们窃窃私语，不免生出惺惺惜惺惺之意。她们认为尚美凤确实是做得太过分了，挨几句批评也是应该的。美凤本人对自己的莽撞造成的后果很害怕，连着几天失眠眼圈都黑了，姐妹们很同情她，可又不能帮她说话。相比之下，大姐并没有做错什么，田院长不问根由就这么尖酸刻薄地当众挖苦大姐，是不是想从大姐开刀，给我们来一个下马威呢？心中有了种种戒备心理，她们便有了抵触情绪。

肖晶按捺不住替大姐抱屈了，说："浴室发了水，大姐进去看看出了什么事，是必要的。克难那孩子脾气太怪了，怎么能怨大姐呢？"

田淑贤一听涨红了脸，领导干部讲话，下级人员竟然敢顶撞，太不给自己面子了！她冷笑道："孩子小，不懂事，我们只能找出自己的责任，总结工作嘛，就是找出差距。我还没有讲完，有的孩子向我反映吃不饱，请各位妈妈注意。孩子正在长身体，作为一个母亲，最起码的责任是供孩子们吃饱。院部把每个孩子的生活费发给了你们，又有汽车为大家供应粮食肉菜，当妈妈的不过多受点儿累多做些饭菜……"

她还要讲下去，肖晶刷地一下子站起来，走到田淑贤面前交给她一件唤弟的衣服，衣袋外面有大片油渍。肖晶又从一个纸包里拿出几块排骨和鸡块给大家看："这是我从垃圾箱里捡回来的，唤弟他们吃得太饱了，把好好的肉装进衣兜里，说是留着下顿饭再吃。每顿饭菜都很好，她就把这些鸡块排骨扔进了垃圾箱。"

会场顿时活跃起来，人们窃窃私语：

"哟，小小孩子够难对付的……"

"那个小丫头又刁又野，幸亏咱没赶上收养她……"

"好好的新衣服，沾上油渍不好洗呀！"

田淑贤感到下不来台了，气黄了脸冷笑道："孩子小，懂什么？要不还要家长管教吗？"

展晴出来解围了，心平气和地说："我看大家的心气儿是一致的，都希望把工作做好。只是突然从四面八方来了这么多性格不同的孩子，妈妈们没经验。凡事都有个熟悉和适应过程，何况还是这么一种尝试性的模拟家庭方式呢！我认为发生冲突的主要原因，是咱们一时摸不准孤儿的心理特征。这些孩子，和在幸福家庭长大的孩子不一样，他们当中有的非常敏感、多疑，有的孤僻、懦弱，有的甚至形成了病态心理。再加上他们大多数来自封闭落后的农村，文明礼貌卫生习惯都得慢慢来。从各方面讲，都需要咱们的启发教育，我这里有一些心理学的书刊，专门研究儿童心理的文章不多，研究孤儿心里的文章尤其少见。希望各位注意这方面事例的积累，这对咱们大家都是个新课题。"

她的一席侃侃而谈，大家听得很入神。石院长不失时机地作了总结发言：

"我很同意展老师的意见，这份工作不仅对你们是生疏的，对我们来说也是大姑娘上轿——头一回，靠大家共同摸索着把山庄办好。有一点我想强调一下，那就是，咱们之间应该互相信任，相信大多数人是爱孩子的，大家都是为了孩子好。在第一线当孩子妈妈的，请不要把领导的批评看成是挑剔；做行政管理和后勤工作的员工，也不要用传统观念先入为主地把孩子妈妈们看成是后娘。咱们从事的是人道主义慈善事业，希望人际关系中多一些温暖，多一些理解，咱们叫普爱山庄嘛，希望多一些爱心。"

肖晶第一个离开了会场，一出楼门看见梦虹坐在喷泉的石台上望着雕像在发呆，忙招呼她回家去。好几天了，她发现梦虹一放学就喜欢一个人望着这群雕像发呆，有时在寒风中坐到天黑，直到喊她回家吃饭才肯回来。莫非这孩子是为了躲开唤弟？肖晶暗自叹息：唉，这些孩子太怪了！当他们的妈妈，太困难了……

她拽着梦虹回到家门口，又看见小可意独自一人坐在石阶上哭泣，忙问："可意，怎么了？"

可意一见她，惊弓之鸟一般地站起来垂手肃立，支支吾吾："没，没……"

肖晶拉起他的手一看，只见手背上流血了。奇怪，这孩子每天都负伤挂彩的，一问他就这么吓吓叽叽的，不是说不小心摔倒了，就是说和别人家的男孩打架了。开始，她批评他太顽皮了，可是，几乎天天如此，事情就有些蹊跷了。如果往后老是这么青一块紫一块的，叫田淑贤看见了可不得了……

她把可意领进屋，给他的伤口消毒敷药，瞅着他那双凄惶的小鹿般的眼睛，心里猜忖：这又是为什么呢……

女孩心中会爬满蒺藜吗？

一

尊敬的镜智法师：

　　您好！您的来信拜收了，两位院长和姐妹们传阅了大札。您这样惦记大家，惦记孩子们，大家深受感动，委托我写信向您问安，并汇报一下山庄的近况。

　　您问到克难的病情和晚珠的伤势，请您放心吧，两个孩子都好了。晚珠不愿意跟着尚美凤，田院长就让她搬到四号楼和杨大妮作伴去了。大妮姐姐特别喜欢孩子，不会错待晚珠的。克难是个快十三岁的大孩子，悲惨的遭遇给他留下很重的心理阴影。端仪大姐对他很好，只是相处不久，一时还难以做到心灵的沟通。不过请您放心，我正在帮助大姐想办法了解克难，接近克难，尽一切努力使他开朗快乐起来。他虽然早熟，毕竟还是个少年，可塑性还是强。

　　唤弟对您那样不礼貌，您在信中还问到她，说您很喜欢他们小姐弟，您的宽厚善良给我们做出了榜样。说实话，对于这个性情乖戾的唤弟，不仅肖晶姐感到头疼，连我也不喜欢她，这样的女孩子实在太少见了！您在信中反复强调"众生平等，尊重生命，要爱所有的孩子"，我们都会努力领会您的慈悲大爱。您把这些失去父母的孩子交给了我们，我们会善待他们，努力还给他们一个幸福的童年。

　　说实话，您提出的"母爱温暖，手足温情，邻里温馨"之家庭式办院模式，极具理想主义色彩，实施起来困难很多很多，况且从石院长到我们所有的职员都没有经验。或许，正是因为这种尝试富有挑战性，大家才乐于投身这项全新的事业。幽兰姐就说过，同样是带孩子，在山庄当妈妈和她原先在幼儿园当教师的感觉完全不同。

我答应过您，在山庄创办期留下协助工作一年，然后再回去攻修学业，我一定履行诺言，决不中途反悔。除了恪守信用，还有一个重要的因素——自从见到这些孤儿，我已经喜欢上了他们。若不是在纽约机场和您见面的缘分，我这个在蜜罐儿里长大的女孩，从来没有想过世上还有那么多无助的孤雏。现在，您伸出慈悲之手牵起一道无形的线，把我和他们连在一起了。您曾给我们讲解佛家提倡的"无缘之慈"，慈就是爱，是清净的爱；无缘大慈，他与我虽然无缘无故，而我却能爱他；爱，给他快乐，我也没有烦恼。这就是最大最清净的爱。我想，这也就是您为孤儿们的新家命名为普爱山庄的初衷了。

从俗家的感受来讲，虽然我还没有为人妻，为人母，但是孤儿们望着我时那种渴求关爱的目光，给予了我某种难以言传的感召，唤起某种藏于我血液中的神秘的原始冲动，或许这就是母性的本能罢！

我感到很荣幸，借助于您的声望及教师的身份，姐妹们谁有心里话都愿意找我倾诉，孩子们也都盼望得到我的注视。我是教师，却又和许多学校里板着面孔讲课的教师不同，我同样的是山庄大家庭的一个成员。这样一种特殊的地位，使我加重了自己的责任感。我真的很感谢您给了我这样的机会，使我从锦衣玉食的云端落到大地上最为不幸的人群中，我这才能够真正地了解社会，了解民间，了解人性，这对我今后的专业研究也是大有裨益的。

我在和妈妈们及孩子们的接触中，听到了许多闻所未闻触目惊心的故事。自愿来山庄工作的妈妈，大都有过一段艰难曲折的心路；被送到山庄来的孤儿，又都遇上了家破人亡的悲惨遭际。社会上少见的偶然事件在咱们这里却来了个大集合，真叫我长了见识。

您嘱我常给您写信，您说您想知道每一个孩子的生活情况，如果他们有了困难，您会随时帮助他们。我也愿意讲讲发生在每一座小楼里的故事，但是妈妈们和孩子们的故事太多了，我都不知道该从哪里说好了。为了理清线索，请容我一个家庭一个家庭的慢慢道来……

恭祝

大安！

展晴　敬上

1988 年 3 月 1 日

二

翻过妈妈山，再走十几里山路，有一座桃李山，桃李山脚下的桃李镇是方圆百里的商业中心，郊区区政府的驻地。这里建镇历史悠久，有古寺、古塔、古墓。相传几个朝代都出过状元和文官。现在，镇上的人也有自己的骄傲，仅有一墙之隔的桃李小学和桃李中学，都是远近闻名的优秀学校，多少年来有许多学生考上了大学从这里飞出去，人才辈出，桃李满天下。

展晴找石院长商量，宁可路远接送孩子麻烦一些，也要把孤儿们送到桃李镇学校去上学。石院长非常支持，派出一辆大轿车和专职司机小杜，每天清晨送孩子们去上学，下午再把他们接回来，各家的妈妈给孩子们带上盒饭，中午学校食堂给焗一焗。每一位妈妈都怕自己做的饭菜被别的孩子带的饭菜比下去，因此孩子们饭盒里的午餐都很丰盛。

农村来的孩子都喜欢坐汽车，他们和司机杜叔叔混得很熟，每天一路上欢歌笑语，日子过得倒也开心。

山庄里的单身女人们凑到一起经常发牢骚，倾诉心中的苦恼，她们自从收养了这么多的孩子，才知道当妈妈的不容易。她们大都能够细心地照料孩子们的饮食起居，也严格地过问孩子们的品行和功课。比起保育员来，她们确实更多了一层家庭式的温情；比起老师的管教方式来，她们也更加负责任和细致入微。但是，她们与孩子们的关系，却仍然处于阿姨不像阿姨，老师不像老师的尴尬境地。至于妈妈，年龄小的孩子可以很快地认同这里的妈妈是自己的亲人，但稍有记忆力的大孩子喊妈妈不过是留于口头上的称呼而已。无论你如何努力增进双方的感情，也无法真正打开孤儿们的封闭的心扉。别看他们中最大的还不到十三岁，却失去了在幸福家庭生长的孩子的天真烂漫。再说，母子关系是人世间最亲密的天然情感，让一群没有生养过孩子的女子当妈妈，无疑是一个在短时间内难以实现的超高的目标。

这里的学龄儿童都在桃李镇中学和小学上学，每天清晨和下午，院部派出大轿车往返十几里山路接送孩子。大家都住在一座大院里，谁家的孩子学习成绩如何，便成了妈妈凑到一处时的家常话题。

谷幽兰的儿子立春长得魁伟结实，白净端正，浓眉大眼虎虎有生气，是个难得的小男子汉。他既聪明又用功，虽是农村来的插班生，头一学期考试就考了个全班第三名。肖晶的大女儿梦虹考了个第七名，也算很不错的学生了。梦虹心中暗暗地以立春为榜样，发狠要在期末考试时追上他。

立春和梦虹的学习成绩在这群孤儿中属于凤毛麟角，谷幽兰和肖晶引为骄傲，两个女人又在孩子功课上暗中较上了劲，加强了对孩子的辅导。

肖晶一向心高气傲，看到自己的女儿不如幽兰的儿子，觉得脸上无光，每天晚上帮梦虹辅导功课，可气的是唤弟总跟着捣乱。

在学校的班级里，优等生和差等生之间往往存在着距离感，所谓人以群分物以类聚。学习差的学生往往又是调皮捣蛋打架骂街的角色，好学生瞧不起他们又怕受他们欺负，只好对他们敬而远之，梦虹对唤弟就是采取这样的态度。唤弟的学习成绩在全班倒数第一，几门功课都不及格。上学时间不长，桃李镇学校的老师已经把肖晶请到学校两次了。展晴和肖晶商量了许多办法，试图启发唤弟的学习兴趣，但都拿这个古怪的野丫头没办法。

梦虹不愿意和唤弟接近，而立春却因为生就一副温和的性格对唤弟很好。放学以后，梦虹喜欢到七号楼找立春一起做功课。为的是得到他的帮助，尽快赶上他，为自己的妈妈争光，这一点她已经向妈妈保证过了的。其实，做功课只是一个借口，她那双总有些泪蒙蒙的忧郁的大眼睛，只有在望着立春的时候，才露出一丝快乐的光芒。她自己也不清楚自己为什么总喜欢和立春在一起，只是觉得有这么个大哥哥作伴心里就不孤单了，也不那么思念老家了。她也曾生出少女的幽怨,在她和立春中间要是没有唤弟搅和就好了。但这还没形成成年女人之间的嫉妒,只是一种连她自己也捕捉不到的早春萌芽。

无巧不成书,唤弟和立春竟是同岁同一天生日,尚美凤就逗他俩说是"四同兄妹"。有一部香港电影《三笑》中说过"四同兄妹做夫妻",孩子们虽然不知道这个典故,但是从几位姨妈暧昧的笑意中揣测到了某层意思。立春是个傻小子并不在意,早熟的唤弟却领略到了一股朦胧的萌动,从此那双凹凹的大眼睛就很注意立春了。

她不高兴做功课,又不甘心让梦虹和立春在一起,每天领着顽皮孩子在七号楼窗外打打闹闹,不是爬窗台,就是怪唱怪叫,或是在窗外树上吊起谁的衣服,变着法子吸引立春注意她。

谷幽兰对于肖晶的两个女儿都来纠缠自己的儿子,心里很是不愉快,但孩子们还小,当姨妈的又不好说什么,慢慢的,她听说了肖晶和唤弟母女关系紧张,自己作为近邻只好谨慎地回避是非。有时,她也恼火肖晶不该放任唤弟来七号楼门外打闹,害得亮亮睡不了觉,而亮亮下午睡觉是她白天唯一的歇息时间,是不是肖晶故意叫那野丫头来打扰自己呢……

说也奇怪,世上的事总是一物降一物,唤弟也有怕的人,只有立春能镇住她,立春只要好言好语说她几句,她就会龇牙一笑变得温柔了,对立春服服帖帖。但也正因为如此,立春对梦虹好,她心里就更加恨梦虹,只因梦虹处处表现都极佳,一时找不到借口报复她。

三

妈妈们公认的两个最好的孩子,男孩子中当属立春,女孩子中当属梦虹了,因此大家都说谷幽兰和肖晶有福气。对此尚美凤又有一番感叹:"千顷地一棵苗,只要赶上立春梦虹这么一个好孩子,就不白当一回娘了!不像我命苦,晚珠那丫头只因一次剃头发的事,至今记恨我不回家,管大妮叫妈妈!要是亲生的,能这么生分吗……"

梦虹这小姑娘不仅长得漂亮,还特别勤快,爱清洁,衣服穿在身上好几天也不见脏。她很快地学会了使用洗衣机，经常帮助妈妈洗衣服。每天晚上，她还把弟弟妹妹们脱下来的臭袜子用手洗干净，用小夹子夹好一排排晾在盥洗室。后来，她又对城市风味的炒菜方法产生了兴趣，细心地跟妈妈学习切菜炒菜，本来肖晶的烹调技术并不高明，看到孩子这么好学，进城买来了好几本菜谱，母女二人照着菜谱切磋技艺，炒菜本领都有了提高。

肖晶有了这么个好帮手非常高兴，梦虹学会了炒一种新菜，她总是端几小碟去请姨妈们尝。姨妈们听说是梦虹做的菜，都说好吃，羡慕肖晶有福气收养了这么个好女儿。为此尚美凤又风风火火地说："你这俩闺女可倒好，一天一地！要是都像唤弟似的，还不把人愁死了！要是都像梦虹似的，还不把人美死了！日后，不知哪个小伙儿有福气，娶了梦虹当媳妇儿！也不知哪个小伙儿倒霉，把唤弟娶了去！"

她这番评价在山庄传开了，渐渐地传到唤弟耳朵里，唤弟心里更加嫉恨梦虹了。

唤弟是个老大难，除了对谷幽兰的大儿子立春有好感，她几乎跟任何人都不能合作，甚至跟自己都找别扭，真不知这孩子心里中了什么邪魔。她喜欢爬房上树，好好的衣服总是扯破了。肖晶爱面子，总得给她做新衣服或补衣服，多少次劝她爱惜衣服，她也不听，时间一长，肖晶也就烦了，索性不大管了，或者把破衣服大针小线地缝上不露皮肉就行了。

唤弟在山庄里跑来跑去，时常破衣烂衫鞋趿拉袜趿拉的，田院长见了，几次找上门来批评肖晶对孩子不经心，气得肖晶哭了一顿又一顿。

剩儿这孩子总是叫人觉得他很虚假，刚刚十岁的男孩学会了看大人脸色见风使舵，可能是原先在农村跟着亲戚寄人篱下时养成的毛病。肖晶很不喜欢他，却又抓不住他的把柄，每一次孩子们淘气惹祸，他都能推得一干二净逃避批评。肖晶也想改变他，但如何才能使他恢复儿童的天真和诚实呢？石头快八岁了，因在老家时没有上学，现在无法插班，只好等下一学年再上学了。不知是由于遗传基因，还是缺乏早期智力开发，他显得比同龄孩子愚钝，只懂得贪吃贪喝傻淘气，长了浑身的蛮力气。他在唤弟和剩儿面前又显得奴性十足，心甘情愿替他俩做坏事当打手。这种智商不足又贪心容易受人指使的孩子，长大了会发展成什么样的人呢？

　　小可意身上还是经常带着伤，不是鼻青脸肿，就是一瘸一拐的，本来深凹的大眼睛因为总是哭得肿泡泡的变成了金鱼眼，小鼻头永远红红的拖着鼻涕，小脸蛋常挂泪水再被寒风一吹皲裂成树皮似的。肖晶看了很心疼，又怕田院长知道了批评自己对孩子不好，多亏山梅知道肖晶的苦处，时常悄悄来为可意治伤。

　　肖晶自认晦气，却不敢和别的妈妈们一起发牢骚。她知道，自从那次"不给孩子吃饱"事件和她为了替大姐抱打不平而顶撞了田院长之后，田淑贤一直盯着她挑毛病。少年时的遭遇和爱情上的失意，使她不敢相信任何人，家里事还是少对外人讲为妙。可是，她没有想到，正是因为她的不合群的性情和不向人诉苦，人们反而怀疑她做了不可告人的事。她的孤傲与要强，使她自己陷入了内外交困的境地，虽然她没有直接听到那些风言风语，但聪慧过人的她已经预感到某种潜在的危机，只是不屑于替自己辩解。

　　平时，肖晶对可意特别仔细地照料，及时给他敷药，洗脸，搽护肤膏。她多次把可意叫到自己的房里关上门，问他是不是有人欺负他，可意仍然矢口否认，不是说和别人家的男孩打架了，就是说自己摔的，树枝挂的。追问他是谁打的，在哪里摔的，他又总是支吾不清。

　　肖晶找唤弟单独谈话，问："你弟弟身上总是带伤，你知道是怎么一回事吗？"

　　唤弟把眼一瞪，没好气地反问："我怎么知道？"

　　肖晶和蔼地叮嘱："你要多关心你弟弟，多注意照顾他，提醒他别太顽皮了，有别的孩子打他你跑来告诉我。"

　　唤弟却充满敌意一口回绝："我管不着，你自己管吧！"

　　肖晶尽力表现得亲切："你是他的姐姐呀，在这个世界上他是你唯一的亲人了……"

　　不料，唤弟一听这话龇出虎牙来顶撞道："他是他，我是我！你不是看孩子的吗？要问你自己去问！"

　　肖晶一看这小姑娘蛮不讲理，只好作罢。她又去问梦虹，梦虹回答："不清楚，可意很怕他姐姐，唤弟不叫他理我，他总躲着我。"

肖晶又问："可意常和哪些男孩子一块玩儿？"

梦虹："我们上学去，家里只有他和剩儿。"

肖晶让梦虹把剩儿叫来，剩儿一进门就甜甜地叫了一声："妈——"

别看剩儿长得獐头鼠目尖嘴猴腮的，嘴巴特别甜。因他自幼寄养在亲戚家，乖巧早熟，会察言观色，说话跟个小大人儿似的。

肖晶问："今天可意的右腿又破了一块，红肿流血，你和他打架了？"

"没有哇！"剩儿急忙否认："妈，您叫我关心小弟弟，我记着妈妈的话哩！"

肖晶又问："平常，他和谁家的男孩一起玩，你注意了吗？"

剩儿作出后悔的夸张表情："哟，没理会。妈，我知道了，以后注意着点儿！"

肖晶只好摆摆手："好，玩去吧！"

"妈，您没事儿了吧？我不跑远了，我看着可意弟弟，我听妈妈的话，不让妈妈生气。"剩儿亲热地说了一大堆好听的话，才一溜烟走了。

肖晶想到这些性格各异的孩子，苦笑着摇摇头。

千层篱笆没有不透风的墙，尽管肖晶和山梅不声张，田淑贤还是听说了可意时常"挂彩"的事。

肖晶十分气恼，又多了一份猜疑：谁的嘴这么快，给田院长打小报告呢……

肖晶明明知道田院长在怀疑自己打可意，心中气愤难忍，但想到可意"挂彩"的事实俱在，至今查不出原因，自己也就只好吃哑巴亏了。

四

其实，肖晶也很为梦虹操心，梦虹样样都好，就是心事太重了，她的早熟忧郁，和她的小小年纪不相称。只要一听到"我是一棵无名的小草"或"有妈的孩子是个宝，没妈的孩子是棵草……"这类歌曲，她的眼泪就会挂满双腮。平时做完功课和干完家务活，她总爱跑到小广场喷泉那里望着石像发呆，不知想些什么，问她，又不肯说。

每到黄昏暮色降临，闲下来的梦虹便有些焦灼不安，跑到喷泉台阶上独自坐着，有时望着石像默默垂泪。这时候若是叫田淑贤看见了，一定会以为肖晶给她气受，因此肖晶心里很紧张。

梦虹为什么对那些石头雕像百看不厌呢？肖晶捉摸不透个中缘由，特意跑到喷泉跟前去察看一番。她围着喷泉端详了一圈又一圈，也弄不清是什么使梦虹如此痴迷。珠帘般的喷泉簇拥着一组汉白玉雕像，这组群像是一群快乐的男孩女孩围着一位慈眉善目的妈妈，妈妈正在为怀里的婴儿喂奶。婴儿的小嘴吮着乳头，胖胖的小手还抓着另一个乳房，生怕别人抢去似的。妈妈身旁还站着一个笑嘻嘻的男孩正在撒尿，小雀雀"尿"中的水花汇入喷泉……这组群像究竟有什么细节吸引着梦虹呢？肖晶百思不得其解。

近来，家里又出现了更叫肖晶不安的现象——小可意越来越瘦了。她偷偷地请郭山梅来给可意检查身体，山梅说他只有外伤没有病。肖晶努力改善伙食，想让小家伙吃胖了。但是，她发现不知为什么这个本来非常贪吃的孩子这些日子却吃饭很少，几乎不敢夹菜，她往他碗里夹鱼夹肉，他也磨磨蹭蹭不敢吃，眼睛偷偷地瞅着唤弟的脸色。

后来，唤弟不但自己变本加厉欺负可意，还威胁剩儿和石头听她指挥，三人串通一气孤立可意，可意年小力单忍气吞声惶惶不可终日。

梦虹本来不爱答理唤弟的弟弟，但她发现三个大孩子合伙欺负一个小孩子，想说几句，又顾忌到唤弟和可意是亲骨肉，自己只是个"法律上的姐姐"，不好多管闲事。她不愿意向妈妈告状，怕唤弟又骂自己是"巴结狗子"。吃饭时，她总是偷偷地在自己碗底存一些菜，上面用米饭盖上，故意磨蹭着慢慢吃，等唤弟剩儿石头吃完了，她就表示："你们走吧！我来刷碗收拾桌子。"

唤弟看到不用干活，当然高兴，三个人一哄而散，饭厅里只剩下梦虹和可意时，她把自己碗里的菜拨给可意吃。

可意贪婪地吞着饭菜，眼睛不时地溜着门外，生怕唤弟他们进来。吃完饭，他主动抢过抹布帮大姐擦桌子，闪动着又黑又亮的凹眼睛悄悄俯到梦虹耳边叫："大姐……"

梦虹点点头，眼睛湿润了。在这个世界上，她只是孤女一人，多么盼望有个小弟弟呀……为什么可意是唤弟的弟弟，而不是自己的亲弟弟呢……唤弟有这么可爱的弟弟，她为什么偏偏不喜欢他呢……自己不是可意的姐姐，可意却拿自己当成亲人，人世间的事情，为什么总是这么怪呢……由于琢磨谁和谁是亲骨肉这个念头，她又想起自己死去的双亲，又想起自己从来不知道爸爸妈妈的模样，这个新家的弟弟妹妹都保存有父母的相片，或记得父母的模样，唯独自己没有……

大地震时自己才三个月，连妈妈的一丝影儿都不记得，家里的照片，都砸在废墟里了……

这个永远解不开的心结，时时困扰着梦虹，任何一种相关的或不相关的刺激，都会使她陷入永无休止永无答案的苦思冥想，爸爸妈妈到底是什么样子呢……

在厨房里，她一边刷碗，一边问帮助摆好碗碟的可意："你有爸爸妈妈的照片吗？"

可意摇摇头："没有，可是我记得妈妈的模样，我妈妈可漂亮呢！可是……姐姐不许我对人提妈妈……"

梦虹很奇怪："那是为什么呢？"

可意委屈地说："爸爸恨妈妈，人家都说他就是因为恨妈妈才得了癌症，爸爸临死前对姐姐说，他就是被妈妈和改福舅舅气死的……"

"改福舅舅是谁?"梦虹越听越糊涂了。

"改福舅舅是我姥姥家村里的……"

可意不想多说什么，伤心地哭了，梦虹用毛巾替他擦着眼泪哄劝："别哭，你比我有福气，你还记得妈妈的模样。"

可意的大眼睛里闪出晶亮的光芒："人家说我的眼睛像妈妈。想妈妈，我就照镜子，瞅自己的眼睛……嘻嘻你猜咋着，瞅着，瞅着，真觉着妈妈在看我，朝我笑……"

可意说着说着，大眼睛涌出了泪水，小嘴一撇一撇说不下去了。

"好弟弟,别伤心,你比我强多了。"梦虹搂住了可意,羡慕地说:"你这么小,都记得爸爸妈妈,我比你大多了,一点儿都不记得……"

可意天真地问:"那,那是为什么呢?"

梦虹说:"因为那时我出生还不到一百天,爷爷奶奶爸爸妈妈叔叔姑姑一大家子人都砸死了,只活下来我一个……"

她也伤心地哭了起来,可意伸出小手为她抹眼泪:"大姐不哭,大姐不哭……"

梦虹紧紧地搂住可意:"好弟弟,往后大姐疼你,你认我当亲姐姐好吗?"

可意把脸蛋贴到她的脸颊上呼着热气喊:"姐姐……"

夜里,梦虹怎么也睡不着觉,悄悄地起来摸进盥洗室,把灯打开关紧了门。这里有八个白瓷洗脸盆,每个脸盆上方都镶着一面大镜子,她凑近镜子端详自己的眼睛,试图从自己脸上寻找妈妈的影子。她跑到一面镜子跟前,又跑到另一面镜子跟前,朝着镜子里的自己喃喃呼唤:"妈妈!妈妈?妈妈呀!妈妈……"

明亮的镜子里,只有一个目光茫然的小姑娘。明亮的镜子渐渐模糊了,浸在了汪汪水波中,两排长长的睫毛挂满了晶莹的光点,像雨滴,又像露珠。

唤弟发现梦虹对可意好,更加恨可意,也更加恨梦虹了。

没有当过妈妈的老姑娘肖晶,未能发现这一切。

喷泉雕塑中石像妈妈怀里的婴儿,就吮着妈妈的乳头,梦虹觉得那个婴儿就是自己。继而,她就觉得自己的妈妈就像石像妈妈那个模样了。她明明知道自己记不得母亲的慈颜,却克制不住地瞅着石像妈妈揣摩着,想象着,妈妈呀,您到底是什么样子……灰云密布,细雨霏霏,此时已分不清是天上雨蒙蒙,还是眼睛泪蒙蒙了。唉!眼睛的多雨季节……

五

星期天,孩子们不上学,山庄大院成了欢乐的儿童世界。

晚珠和青凤、大菊、小霞几个女孩子在玩跳橡皮筋,一边跳一边齐声唱着童谣。晚珠个子高，腿又长，跳得很好，满头漂亮的假发随着她的跳跃在翻卷飘扬。青凤和大菊站在两端，拉直的橡皮筋不断地升高，就像运动员跳高的横竿。大家事先讲好，谁的脚尖够不到橡皮筋的高度了，无法把橡皮筋钩到自己腿上继续跳出花样了，谁就得下去负责拉着橡皮筋。这种"输家下场"的法则适用于许多体育比赛和游戏活动，是人人都要遵守的规矩。

唤弟跑来了，看到小姐妹们又跳又唱玩得开心，也要求参加。但是，她一个人霸占在中间跳个没完，跳输了也不肯下去"支杆"。晚珠不高兴了，说："不带你玩了，你赖皮！"

唤弟把眼一瞪，命令青凤和大菊："好好给我抻着！"

青凤大菊惹不起唤弟，只好乖乖地抻直了橡皮筋，唤弟旁若无人地跳起来。

晚珠长得又高又大，哪里吃她这一套，劈手夺过橡皮筋团了起来："不玩儿了！不讲理，不玩儿了还不行吗？"

唤弟抓住橡皮筋的一端不放，大吼大叫："就玩儿！就玩儿！"

晚珠理直气壮地说："橡皮筋儿是我的！放开！"

唤弟不但不松手，还跑了几步把橡皮筋抻得又细又长，突然故意松开了手，紧绷的橡皮筋反弹回去，啪地一声打在晚珠手上，疼得她"哎哟"一声流出了眼泪。

青凤和大菊也不怕唤弟了，朝她嚷叫："你怎么欺负人哪？告诉你妈妈去！"

唤弟毫不示弱："告去！我才不怕她呢？"

她不但不认错，还趁着晚珠揉手之际猛扑上去，一把将下了她的假发套，把发套往树上一扔，漂亮的假发高高地挂在树枝上下不来了。

晚珠的秃头刚刚长出一层头发茬儿，这下子暴露在光天化日之下，羞得她双手捂住脑袋跺脚大哭。她是个自尊心极强，性情刚烈的小姑娘，不然那天也不会因为被剃光头就撞树寻死。秃头问题是她心里最为脆弱的伤疤，唤弟显然是故意出她的丑，此时的晚珠像一头疯狂的小母狮，哇哇吼叫着冲向唤弟。

一场小母狮与小母狼的厮杀。

起初，霸道惯了的唤弟并没想到要躲闪，勇猛迎战一副势在必胜的架势。不料，几个回合下来，她就被晚珠撕咬得伤痕累累了。两个小姑娘滚在一起一顿好打，引来了好多孩子看热闹。俗话说，横的怕不要命的，晚珠狂怒得豁上性命了，唤弟哪里是她的敌手？别看唤弟渐渐败下阵去，嘴里却不干不净地叫骂："叫你臭美……叫你卷毛儿……小破鞋！勾引野男人……"

晚珠岂能听得了这种脏话，又扑上去没头没脸一顿乱捶乱打。这下子唤弟可真吃了大亏了，连还手的气力都没了，只能躺在地上乱蹬乱踹乱骂："秃驴！叫展老师偏向你！秃驴……"

因为她平时横行霸道，孩子们都恨她，只是不敢惹她。此时看热闹的孩子们又笑又叫，没有一个人过来拉架。

幸亏有人去报告了肖晶和杨大妮，两位妈妈赶来各自拉开自己的孩子，唤弟才算没叫晚珠打成重伤。

这时，立春和梦虹闻讯跑了过来。立春拿了一根竹竿来，把树枝上的假发套挑下来，梦虹接过发套拍打干净，整理好被树枝挂乱了的发丝，给晚珠戴好。

唤弟把立春、梦虹的行动看在眼里，狠狠地瞪了他们一眼，才被肖晶拽走了。

肖晶拽着女儿路过七号楼时，看见谷幽兰家楼门紧闭，心里很不痛快：刚才这一场恶战发生在你家门外，这里还有你的两个闺女，你却装聋作哑不出来劝架，这不是成心扩大事态好叫田院长知道吗！唤弟是我的女儿，这是冲着我来的吗……

其实，幽兰抱着亮亮去大姐家串门聊天去了，根本没在七号楼里。生活中有许多没有机会解释的误会，不断地加深着人与人之间的隔阂。

唤弟回到家里，大口大口地喘着恶气，目光凶狠得像一头饿极了的猛兽。梦虹、剩儿和石头都静静地在儿童活动室里看连环画，回避和唤弟接触，可意更是躲在一旁连大气也不敢出。

肖晶把唤弟拉到盥洗室，给她洗脸洗头、敷药、换衣服，和颜悦色地劝道："唤弟呀，你也不小了，来到山庄要学会过集体生活，和小朋友们搞好团结。"

唤弟不搭腔，只是闭着眼任妈妈给她洗头，刚才在地上滚打沾了满头的泥土。

肖晶又说："常言说，打人别打脸，揭人别揭短，小姐妹们为了玩游戏闹意见，你不该把晚珠的发套摘下来扔到树上去。你明明知道她最怕秃头难看，这样伤人太重了，不改掉这种毛病，长大了你会吃亏的。"

唤弟仍然一语不发，从肖晶手里夺过毛巾擦干头发，噔噔噔跑回楼上卧室里生闷气去了。

晚上九点多钟，肖晶安排孩子们睡下了。她来到可意床边时，发现可意蒙着脑袋，就帮他把被子拉下来。不料，可意的双手在被窝里死死地抓住被头，不让她往下拉开。她哄道："蒙头睡觉可不好，听话!"

她用力拉开了可意的被子，一看吓了一跳，可意鼻青脸肿满眼是泪，今天的伤势比往常都要重，连手背也有一道道猫挠了似的抓伤。她急忙问："你这又是怎么闹的?"

可意不回答，只是默默流泪。

肖晶问同屋住的剩儿和石头："你们知道这是怎么回事吗?"

两个男孩都摇头表示不知道。

肖晶追问："吃晚饭时还好好的，晚饭后可意出去了吗?"

剩儿说："出去了，回来就变成这样了。"

肖晶拍哄着可意追问："好孩子，别怕，告诉妈妈，你出去和谁在一起了?"

可意支吾着："没……没，我自己，自己天黑，摔的……"

肖晶见仍然问不出来，焦急万分，只好又偷偷找来郭山梅给可意上药。

郭山梅的言谈举止透着一种西北女人特有的气质，皮肤黝黑粗糙遮不住眉清目秀的美貌，是北方民间形容的"黑翠儿"。可惜，她的年纪未及四旬却皱纹早生满脸沧桑，不仅眼角刻下了深深的鱼尾纹，眉心也因为常常紧锁而形成了几条抹不去的竖沟。做过多年助产士的职业训练使她眼尖心细手指灵巧。医学专科的学历，走南闯北的阅历及书本的熏陶，也使她看上去颇有见识。

郭山梅了解六号楼的情况，知道肖晶一心善待孩子们，并不像人们说的那样阴冷。她很同情肖晶，乐于帮助肖晶呵护小可意。肖晶很感激这位医生，两人很快地建立了友谊。

山梅一边用酒精棉球给伤口消毒一边说："可意呀，这样长此下去怎么得了呢？看颧骨这么肿，差一点就碰瞎了眼睛，多悬呀！告诉妈妈和二姨，我们一定找出欺负你的坏孩子！"

"真，真的！"可意撇着嘴，委委屈屈却又口气坚定："我自己……摔的。"

山梅也没办法，只好给可意吃了消炎药。两个女人下楼来，商量半天也想不出个对策，肖晶送山梅出了楼门，看着她走上甬道进了二号楼，这才熄了门灯。

她回到自己的卧室，长吁短叹百思不解：小可意到底是怎么回事呢？唤弟和可意这姐弟俩太叫人操心了，小小年纪性情如此古怪，这可怎么好呢……今晚可意的伤势这么重，明天人们不可能看不出来，田淑贤要是发现了……唉，越是要强，越碰上这种事情……可意受伤的时间大多在晚上，这又是为什么呢？是不是唤弟……可她是她的亲姐姐呀！不管怎样，不能再这样继续下去了……

六

为了防止可意受伤，肖晶决定叫可意到自己房间去睡，每天加紧看护他。本来，她和许多老姑娘一样有洁癖，绝不会允许别人睡到自己的卧室去。但是，为了可意别出大事，也为了自己的名誉，她不得不改变自己的生活习惯。

第二天下午，梦虹、唤弟放学回来，她叫唤弟帮她把可意的小床搬到自己的房间去。唤弟一听立刻大喊："偏向！你偏向！"

肖晶奇怪地问："他是你的小弟弟呀！难道你不喜欢自己的小弟弟吗？"

唤弟仍然大喊大叫："偏向！臭偏向！你们都喜欢他，看我不顺眼！"

肖晶反问："这和你有什么关系呢？"

唤弟无言答对，一跺脚跑出去了。肖晶只好叫梦虹帮助她搬床，梦虹干得很卖劲，把可意的生活用品一趟一趟都送到妈妈的房间去了。

不了解儿童心理的老姑娘没有料到，此举在孩子们中间引起了强烈的反应。可意搬到妈妈卧室的头一晚，肖晶安排他上床以后，唤弟、剩儿、石头一个个都跑来观瞧，嫉妒艳羡溢于言表。

从第二天起，剩儿和石头就串通一气不和可意一块儿玩耍了。孤儿们都渴望妈妈更爱自己，看到可意独得专宠，就把他当成了共同的敌人。刚来的时候，他们惧怕唤弟厉害，以为姐姐总要护着弟弟，不敢欺负可意。现在，他俩发现唤弟总是在找茬儿骂弟弟，也就欺负可意人小力单了。现在，除了梦虹，其他三个孩子都认为妈妈偏爱可意，说可意的受伤是装神弄鬼糊弄人，为的是引起妈妈注意他。他们都不答理可意，不许他和大家一起做游戏，看电视，不许可意走进他们的宿舍。吃饭时，三个人抢菜吃，可意胆小不敢夹菜，只能吃到一些残羹剩饭。他什么话都不敢说，整天一个人孤孤单单处境更可怜了。

唤弟发现梦虹对可意好，更加恨可意，也更加恨梦虹了。

没有当过妈妈的老姑娘肖晶，未能发现这一切。

这两天可意没再挂彩，她觉得放心多了。她身后多了一个小跟包，几乎走到哪里就把可意带到哪里。可意也把妈妈当作保护神，一会儿不见妈妈就吓得六神无主，只有偎在妈妈身边才感到安全。这孩子不再伤痕累累，她舒了一口气。

然而，她没有注意到，有一双仇视的眼睛在盯着小可意，有两双嫉妒的眼睛在盯着小可意。

奇怪的事情又发生了，盥洗室里可意的毛巾牙刷总是不翼而飞。肖晶再三盘问也追查不着，只好重新发给可意洗漱用具。

孩子们看到可意因祸得福，总用新毛巾新牙刷，愈加不甘心愈加嫉妒，剩儿出了一个馊主意，唤弟听了怪笑一声朝厨房努了努嘴，她跑到厨房偷来了辣椒面、胡椒面、芥末油，又在药箱里找来一瓶风油精，把这几样东西都抹在了可意的新毛巾上。新毛巾是红黄两色花格的，抹上辣椒面也看不出来。

晚上，可意洗完脸拽下毛巾就擦，哇地一声哭了起来，辣椒面和风油精辣得他满眼流泪，芥末油和胡椒面呛到鼻子和嘴里，呛得他又咳嗽又打喷嚏，鼻涕眼泪一塌糊涂。

肖晶和梦虹听到盥洗室里的尖叫声，急忙跑进来察看，发现可意惨状，她俩都惊呆了。

肖晶慌慌张张用冷水给可意洗脸冲眼睛，可意忍不住用手揉眼睛，他的手上也沾满了辛辣呛眼的混合物，火辣辣烧得他满地打滚，肖晶只好重新给他冲洗，并且把他的双手洗了又洗。

折腾了好一阵，可意的眼泪鼻涕还是止不住。肖晶怕惊动田院长，提防谷幽兰去告状，让梦虹悄悄地去请二姨来。

山梅来了，用药水给可意冲洗了面部，又给他吃了一片治疗过敏的镇静药，不大工夫，可意睡意来临，总算安静地躺下了。

在肖晶的卧室里，两个女人望着睡着了的可意，他的眼睛鼻子嘴唇都肿得红桃似的。山梅叹道："唉，这孩子太可怜了，怎么事情总出在他身上呢？"

肖晶也叹道："是啊，这孩子很乖，不招人不惹人的，怎么总是有人和他作对呢？真是见鬼了！我这人太命苦，越是要强，越出这种事，田院长又要在大会上点我的名了……"

山梅安慰道："放心，我不会说出去的，你嘱咐孩子们别对外人说。"

肖晶思忖了片刻，伸出三个手指作了"七"的手势说："别人家离得远，只是这位，梦虹、唤弟都往她家跑得勤，最近剩儿也常去……"

山梅说："幽兰不像个多事的人，我和她还算说得来，回头帮你探探她的意思。可意的事，不管是谁在背后指使的，我看总是出在你们家内部。你抓紧查清楚。万一出了大事，大家都兜不住。"

肖晶点了点头，从心里感激这位好心的二姐。

送走了山梅，肖晶把四个孩子都叫过来盘问。她同意山梅的分析，这桩残忍的恶作剧显然出自家庭内部。她在厨房找到了所剩无几的辣椒面瓶子、胡椒面瓶子和芥末油瓶子，摆在桌上问："说，这是怎么回事？"

孩子们都说不知道，唤弟还煞有介事地表示："查出来谁害我弟弟，我掐死他！"

剩儿仍然嘴巴甜甜的："妈，您交给我的任务照看小弟弟，我记着哩！我怎么能做这种坏事儿？妈，我听话！"

石头把脑瓜摇得拨浪鼓一般，什么话也问不出来。

肖晶只好挥挥手，让他们睡觉去了，她陷入了深深的迷茫，当妈妈太困难了，如何才能让孩子们对自己讲实话呢……正因为她是老姑娘，而不是个妈妈，别看孩子们嘴上叫妈妈叫得甜，实际上在心里只把她当成老师或阿姨，怕她、防她、敬她，就连梦虹和可意也谈不上亲她爱她。

可意自从搬到妈妈的房间睡觉以后，表面上不再挂外伤了，小脸却蜡黄蜡黄的日渐消瘦，他见了人总是缩头缩脑吓吓叽叽的，夜里常常做噩梦惊叫起来。肖晶起床打开灯把他拍醒，问他梦见了什么，他又总是凄凄惶惶摇头不说。有一天夜里查铺，她发现他的一条腿露在了被子外边，替他把腿搬进被窝时，他竟然疼得呻吟起来。她觉得很奇怪，打开被窝一看，他的两条大腿的内侧红一块紫一块，像是被人掐的。这部分的肉最娇嫩，是谁对一个老实的小男孩下此毒手呢？

七

山庄里有些议论，说肖晶脾气阴冷待孩子不好，这些话传到了田淑贤耳朵里，更加深了她对肖晶的怀疑。为了弄清六号楼里几个孩子的真实处境，她便常常以到七号楼谷幽兰那里看小亮亮为名，故意从六号楼门外路过，借机查看一些情况。她要抓住肖晶虐待孩子的真凭实据，才好向石院长汇报。老石这人是个好好先生，总说妇女儿童的事都是家常过日子的事，没什么原则问题。发现问题反映到他那里，他总是大事化小，小事化了，你算是白费口舌。

山庄里的妈妈们对肖晶虽然在背后窃窃私语，却只是谈论唤弟、可意这一对小姐弟的种种怪事。她们并不清楚她心中的苦恼，甚至很羡慕她有梦虹那样懂事的大女儿。俗语说：媳妇是人家的好，孩子是自己的好，但那指的是真正的血缘家庭，对于普爱山庄组成不久的模拟家庭来说恰恰相反，孩子们总觉得别人家的妈妈好，而妈妈们又总觉得别人家的孩子好。这种离心力，使每个家庭里要想真正形成亲密无间的母子关系还需要一个漫长的历程。没有血亲关系的成年孤独者和童年孤独者很难做到心灵的沟通。

肖晶听了一些风言风语，心里很别扭。又不愿意去找人们作解释，独自憋在家里生闷气。郭山梅一有空闲就来陪她聊天，劝她想开一些。山梅经常到各个小楼去给孩子们看病，串门的机会多，听说的事情也多。她叹道："唉！说起来，咱这儿的妈妈们和孩子们，差不多都是苦命人。别以为只有你们家烦恼多，家家都有一本难念的经！从大姐说起，若论人品的稳重厚道，谁也比不上大姐！她从十几岁就去边疆建设兵团当知识青年，有一个相爱很深的男朋友。他俩的恋爱号称'抗战八年'仍然不结婚，因为在当时一旦结为夫妇就不能被选调回城了。他俩等啊盼啊，好容易盼到她的男朋友选调回城了，只要男方在城里落了户，她就能得到照顾随着回家。可是，就在她的男朋友回家途中火车出了事故，好端端的一个小伙子说没就没了！把大姐给坑的呀，她说那几年她就跟傻了似的……她没有再爱过别人，眼看四十岁了，来到山庄死心塌地当妈妈了。"

肖晶听了唏嘘不止："大姐那么一个安安静静的人儿，也有过这等悲惨的经历！怪不得领养孩子时她一眼就挑中了克难呢，克难的母亲也是被火车轧死的，有一份同病相怜的感情啊！"

山梅说："没想到克难这孩子成了大姐的一块心病！克难小小年纪患了忧郁症，整天沉默寡言木木呆呆的。别看你们唤弟这么让你劳神，她不会出什么危险；克难总觉得活着没意思，一不留神他就可能走上绝路，大姐整天为他提心吊胆的。我总有一种预感，克难早晚要出大事！"

肖晶听了神色很紧张："哎哟，可吓死人啦！幸亏克难没给我当儿子！比起来，还是唤弟这种浑打浑闹的野丫头好应付！"

山梅又问："大妮的身世，你知道了吧？"

肖晶不由得又是一阵叹息："听说了，只因为她不能生小孩，婆家就逼她丈夫和她离婚。太不公平了，女人成了生育工具啦！"

山梅同情地补充："还不只是离婚呢！当初出嫁时，她娘家收了婆家不少彩礼。后来两亲家一商量，又让她妹妹嫁给了她的前夫，演了出《姊妹易嫁》！你想想大妮是什么心情！"

肖晶吃惊地问："这是为什么呢？这两家人怎么这么糊涂！"

山梅长叹一声，心情沉重地说："还不是叫一个'穷'字给逼的！在我们西北穷山区，千奇百怪的事情多着呢……"

她的皱纹早生的眼角忽然涌出晶莹的泪花，嘴唇张了张却又沉吟不语了，肖晶觉察到她的神色，又不便追问。

稍顿，山梅转移了话题："幽兰有立春，又有小亮亮，算是好命的了。你以为她就省心吗？她的二儿子雨生，给她增加了不少负担。"

肖晶思忖道："雨生那孩子挺高的个子，不知为何见了谁都吓吓叽叽的……"

"雨生的父母是被雷电电死的，当时他在现场看了个满眼儿，受惊吓落下了毛病。怕黑，怕下雨打雷打闪，夜里常常做噩梦吓醒。恐惧症也是一种很难治好的心理疾患，幽兰找了我好几次想帮他克服胆小的毛病。我学的是妇幼专科，不是心理医生，也没什么好法子。"

听山梅讲了这么多，肖晶重重地舒了一口气，心情开朗多了。她感激地表示："山梅呀，我明白你的意思了，你可真会劝人呀！原先我总以为自己是最苦命的人，经你这么一说，我想起书上说的那句话，大家同是天涯沦落人哪！"

听她说起"同是天涯沦落人"这句古语，山梅倏地眼圈一红哽咽了。肖晶知道她心里也有一腔苦水，出于礼貌仍然佯装不觉。况且，自己的往昔也还未敢向这位好心的朋友倾诉啊……

山梅却主动表示："你知道我的处境，田院长怀疑我的历史不清白。等到我留与走的大事定下来，一定给你讲讲我经历过的磨难，你听了会吓一跳，说它是真事儿谁都不会相信……"

八

肖晶和郭山梅成了闺中密友，她俩虽然尚未把自己昨天的经历告诉对方，但在两人之间形成了一种默契，都知道对方有一段为了自身生存安全不敢轻易泄露的秘史，都相信双方迟早会毫无保留地互相倾诉。甚至，她俩都觉得没有必要对对方的昨天知道得那么清楚了，今天她们脾气投缘互相帮助这就足够了。女人的直觉使她俩相互视为知己引为同类，她们意识到双方都曾陷入泥潭身败名裂，虽然做过一些错事，但还保持了一颗善良的心。朋友之间还有什么比理解、信任和尊重更为宝贵的东西呢？

当然，她俩的投缘还有一个不很重要但也不容否认的原因，那就是田淑贤的存在。然而，她们只是有更多的共同语言而已，并非存心结盟和田副院长作对。

由于山梅的经常造访，肖晶的朋友圈子越来越大，六号楼经常高朋满座，慢慢地改变了肖晶的孤傲性格。

首先是杨大妮的加入。大妮和山梅是好朋友，以朋友的朋友为朋友也是很自然的。晚珠跟着大妮妈妈一起生活，而晚珠和梦虹是好朋友，梦虹当然很欢迎晚珠常来作客。

后来，展晴有时也来凑热闹，展晴和山梅住在一座楼里，两个人都是不带孩子的职员。山梅大妮跑到肖晶这里变着花样鼓捣些好吃的饭菜，叫上展晴一块儿品尝，她当然高兴。

展晴和谷幽兰的关系也很好，如果周末她不进城，幽兰也常请她去七号楼作客。她能歌善舞，篮球、排球、乒乓球样样都会，高兴的时候还跟男孩子们踢足球呢！她只身一人回国来投身慈善事业，每一位妈妈都欢迎她，大人孩子都喜欢她。别看她有钱，但她不会做饭。成为吃"百家饭"的美食家以后，她常开车从城里捎回各种高档食品，到谁家去作客就带去一些。

比起来最成气候的当属六号楼，山梅做的西北风味的饭菜独具特色。呼朋唤友共度周末，对于这些独身女人和孤儿们来说也是一大乐事。居住在偏僻的山庄里，人们需要一些群体活动人际交往，也是人之常情。

这些私人之间的松散交往，完全没有针对任何人的企图。然而，田淑贤却把它们的聚餐视为"小团体"的地下活动。

田淑贤对发生在六号楼里的事情知道的这么详细，因为她有了唤弟这个小"情报员"。

唤弟并不关心成年人之间的事情，但她恨晚珠更恨梦虹。晚珠常跟着大妮妈妈来串门，唤弟认为梦虹有了同盟军来孤立她。

事情怎么就如此凑巧，六号楼社交圈儿里的人，都是田淑贤不喜欢的人，肖晶、郭山梅、展晴。原先她对杨大妮印象不错，对大妮"也跟着小集团跑"很失望。她几次找大妮谈话，希望大妮"靠近组织，多反映情况"。大妮总是傻乎乎地说大家凑到一块儿只是吃吃饭打打牌说说笑话，从来没涉及过山庄的公事或别人的私事。

田淑贤以为杨大妮文化水平低，"看不清问题的实质"，又找展晴了解情况。从美国回来的展晴对这位政工科长出身的女干部的这套思维模式既不理解又不买账，只用一句礼貌的话回敬了她："这是我们的私事。"

展晴是镜智法师聘请的教师，又是一位满口洋文的时髦小姐，田淑贤不敢惹她。肖晶的脾气，田淑贤是领教过的，准备抓住她的把柄再收拾她。于是，田副院长把满腔怒火集中发泄在郭山梅身上，因为她获悉展晴和杨大妮都是郭山梅给肖晶引去的。她敏感地分析出来郭山梅和肖晶结盟是为了和自己对着干，自己对郭山梅历史不清白的问题多次提出意见。要不是石院长执意留她，半年试工期一过就会请她走的，留着她果然是个祸害！

田淑贤的工作作风一向是雷厉风行的，何况事情关系重大，要及时掐灭不良苗头，以免助长了歪风邪气。到那时更多的孩子妈妈会跟着她们跑，领导的威信摆在哪里？首先要调查清楚郭山梅的来历，只要查出一个坏人，其他的人就都老实了，小集团也就瓦解了。

田淑贤有多年的工作经验，她不露声色地找出人事档案中记载的郭山梅身份证上的出生地，郭山梅提供的毕业文凭上标明的妇幼医护专科学校的名称，还有几张郭山梅参加合影的照片底片。她亲自跑回城里去冲洗出十几张照片，把照片和盖上公章的外调函寄往西北某省某县城的卫生局和妇产科医院，请对方协助指认郭山梅的身份。

这一连串的动作连石院长都不知道，郭山梅、肖晶一干人等更是被蒙在鼓里。

九

夜深了，一弯硕大的新月斜挂当空，银瓶泻浆似的洒下漾漾天水，令人的这一份无边无垠的寂寞寻不到寄托的沙岸。月儿如钩，钩起沉沉往事不堪回首；月儿如镰，却割不断苦煞人的绵绵情丝……

小楼里静悄悄，孩子们都入睡了，患有失眠症的肖晶又在日记本上奋笔疾书。她喜欢使用老式的蘸水笔写字，写不了多少字就得往蓝墨水瓶中蘸一下，因此一行行字迹的颜色忽浓忽淡，宛若她起伏不平的心潮。如今有许多时兴的笔，很少有人再用蘸水笔了，但她只要握住这种轻巧纤细的笔杆，手指感受到笔尖微微的悸动，心灵即会随之颤栗。这种笔使她想起妈妈，自她记事起，几乎每天晚上都看见妈妈抱着厚厚一摞学生作业本在工作。妈妈为学生批改作业就使用这种笔，只是妈妈蘸的是红墨水。多少年过去了，那盏小台灯的光圈里妈妈伏案书写的背影，至今历历在目。或许只有感情无处宣泄的人才爱写日记，伴随着沙沙的写字声，手指神经末梢体味到的笔尖富有弹力的颤动，似乎有着通灵功能，使她能够和妈妈进行阳间与阴界的对话。一行行忽浓忽淡时深时浅的字迹，也就如同春蚕吐丝一般倾诉着她隐秘的心声了。

亲爱的妈妈：

今天发生了一件大事，我非得告诉您不可，您听了一定会流下欣慰的喜泪……爸爸来山庄看望我了！

今天是星期日，孩子们都到大院门口广场上玩游戏去了，我守着洗衣机洗衣服，孩子多，他们的衣服脏得又快，每星期都要洗一大堆衣服。

忽然，梦虹大喊大叫着跑进来一把拉住我就往门外拽："妈妈——姥爷来啦——"

姥爷？我一时没有反应过来她指的是谁，只见唤弟、剩儿、石头、可意簇拥着一位提着行李箱的客人正往山上走来，孩子们每个人手里都捧着礼物，见到我齐声欢叫："妈妈——姥爷来啦——"

这时我才认出爸爸，他才五十多岁，就已经白发苍苍腰背佝偻了。望着瘦了许多的老爸，我的热泪一下子挂满了双腮，慌忙跑了几步迎接父亲，但是来到父亲面前我却未能像电影里那样扑到他怀里，只是接过了行李箱哽噎地叫了一声："爸爸……您怎么找到这里来了？"

爸爸伤感地点点头："我早该来的……"

我歉疚地低下了头，来普爱山庄当孩子妈妈的事，我并没有告诉父亲。长期的孤独生活使我们都不善于表达感情了，爸爸尽力做出轻松的样子笑道："一进大门，我刚跟人打听你，这几个小家伙正在门口玩，跑过来问我是谁，我说我是肖晶的父亲，他们就亲热地叫姥爷！哈哈哈，我一下子有了这么多外孙女外孙子……"

来到家里，梦虹懂事地去沏茶，我领着爸爸楼上楼下参观了每个房间，回到客厅他哄着孩子们讲故事。没想到，父亲还是个出色的好外公，孩子们一下子都喜欢上了他，连性格乖戾的唤弟都亲昵地依偎在他身旁听故事。

这些故事，我小时候爸爸都给我讲过，听着听着我就躲进厨房里落泪。那时候他曾是个出色的父亲。自从您去世之后，我们父女之间阻断了倾心交谈的渠道。现在，他一定是听说了我的生活选择，赶来弥补他内心的歉疚。其实，我何尝不是苦于无法弥补对父亲、对您的歉疚呢？

爸爸带来的手提箱里，都是我小时候的衣服，从婴儿服一直到我十二岁穿过的各种衣服，爸爸都珍藏至今。想到这是爸爸对我深深的挚爱，而我竟始终躲避着他，我真想扑到父亲怀里大哭一场。当年爸爸和您的工资很低，买不起漂亮衣服，但您手很巧，从选料到裁剪缝纫都是您亲自动手，踩着缝纫机给我做了一件又一件花衣服。其中，有好几身衣服现在梦虹、唤弟穿上正合适，美得她俩又蹦又跳，可惜剩儿他们三个是男孩子，爸爸说小一些的衣服可以送给山庄里其他孤儿穿。抚摸着您千针万线做的衣服，如同看见您的慈颜，妈妈呀，今世今生我如何才能卸下悔恨的重负？

爸爸说下周要带孩子们进城逛游乐场，引起孩子们的欢呼。看来，是孩子们拉近了我们父女之间的距离。以后，我要逐渐学会做个好女儿，照顾好爸爸的晚年生活。

爸爸没有问过我的婚姻问题，对于我为什么决心走了这条路，他只是以沉默表示理解，为此我很感激他。如果他像一般做父母的那样刨根问底地问我为什么不嫁人，有没有爱上过什么人，会使我更加难堪。爸爸是个很守旧的人，我怎么能够说我爱上的温浩宇是个有妻室而又无法离婚的男人呢？

提起浩宇来，我只能对您诉说我心中这份难以泯灭的痴爱了。为了逃避他，也为了逃避我自己，我才躲到普爱山庄来的。

亲爱的妈妈呀，你的女儿已经三十五岁了，可我对人世间的男女之欢仍旧茫然无知，这场爱情悲剧就这样不了了之了……

今晚，爸爸和我们全家祖孙三代吃了一顿团圆饭。郭山梅也来帮厨了。山梅成了我的好朋友，是我不幸中的大幸。可意常常莫名其妙地受伤，每次都是山梅来给他治疗。此事不能让田淑贤知道，凡事山梅都有个担待。田淑贤不喜欢我，对山梅也不信任。其实山梅对医务工作非常认真负责，对孩子们很有耐心，也没有得罪过田淑贤。听山梅说，只是因为她除了身份证和医专毕业文凭之外拿不出履历档案证明，田淑贤就不打算正式聘用她。要不是石院长决定再延长她一年试用期，田淑贤就下逐客令了。虽然是好朋友，我也不好意思问山梅，为什么她老家迟迟未寄来证明呢？看来她和我一样也有难以启齿的复杂经历，她几次想告诉我什么重要的事情，都是吞吞吐吐欲言又止。即使是好朋友之间，我也绝不打探人家的隐私。山梅是个诚恳善良的人，她不愿意或者不敢泄露往事，一定有她的理由。我不是也有不敢对任何人讲的不光彩的过去吗！

记得有一篇文章中说，女人的心是一口深井，这话一点也不错。

十

初夏来临了，妈妈山上嫩绿的丛林变得油绿苍郁。山花追随着春风而去了，枝头结出了青青的杏子、毛桃、海棠、李子、山梨，核桃树宽大的叶簇中也隐约可见碧绿的嫩核桃。

熏风吹拂，昼长夜短。山庄里的孩子们除了上学就在院子里嬉戏。因为互相接触时间多了，也难免发生一些纠纷。

好几家的妈妈都来找肖晶告状，让她管好唤弟。唤弟经常欺负别的孩子，打架骂街比男孩子还粗野，收养了这样一个女儿真叫肖晶头疼。

唤弟还有许多怪毛病，喜欢虐待小动物，捉了蜻蜓掐掉肚子，捉了蝴蝶撕碎翅膀，捉了毛毛虫放入别的女孩的脖子里，吓得她们哇哇大哭。她在男孩面前也要称王称霸，为了一点小事就和他们形成一场恶斗，动不动就咬人踢人。因为她长了一对尖利的虎牙，咬住人不撒口，孩子们骂她"狗牙""狼牙"，见了她就躲，都不喜欢和她一块玩耍。

五号楼的谢圣莲带着孩子们回娘家，新认的舅舅送给孩子们一只出生不久的长毛小叭狗作为礼物。这只漂亮的小狗名叫贝贝，成了山庄所有的孩子的宝贝。贝贝跟着孩子们跑啊跳啊，还学会了表演各种节目，为孩子们的生活增添了欢乐。孩子们争先恐后疼爱贝贝，连六姨谷幽兰的小儿子亮亮都懂得把好东西留给贝贝吃。亮亮是出了名的小馋猫，谁都休想从他手里要出东西来，可他对贝贝却毫不吝啬。不知为什么，唤弟连贝贝都不肯放过，总以折磨它取乐，变着各种法子虐待它。贝贝一出生就来到山庄受到孩子们宠爱，它对人类毫无戒心而只会亲昵，因此唤弟很容易引诱它上钩。只要她逮住它，就远远地把它扔到湖水里，看着它吃力地游上岸。她抓起湿漉漉的小狗再扔，再看着它惊叫着游上岸，再扔……她还喜欢把它放到高高的树杈上，她自幼生长在山区，练就了猴子般爬树的本领，而贝贝是小狗不是小猫，只能哆嗦着在空中嗷嗷哀叫了。要不是孩子们赶来解救贝贝，可怜的小狗早就丧命了。

唤弟在孩子们中间成了众矢之的，肖晶也就成了妈妈们埋怨的对象，时间长了，要她管好唤弟的呼声越来越高，她无计可施，只好请教研究儿童心理学的展晴了。

她找展晴商量对策，展晴摇头叹道："我跟着刘教授编写《儿童心理初探》时，作过广泛的社会调查，还真没有见过性情如此怪异的女孩子。我想……是不是她妈妈死得早，没有人教给她女孩子应该有的温柔、细心，比如说家务活呀，针线活呀，绣花儿呀，剪纸呀，练一练这些活儿，是不是能把她的野性收一收呢？"

肖晶思忖道："一上来教她做太细的活儿，怕是她没有那份耐心，再说，我也不会绣花什么的。我倒是会织毛衣，先教教她织毛活儿？"

展晴拍手笑道："好，织毛衣很能磨性子，使人安稳下来。明天周末我回市里，给她拿个大洋娃娃来，我家有许多好看的洋娃娃，送给她和梦虹一人一个。我再去买些毛线、毛衣，还有毛衣时装图样。先教她们给洋娃娃织衣裙，这样可以培养爱心，女孩子都天生地喜欢洋娃娃，当小姐姐，甚至幻想当小母亲。只要唤弟不出去野跑，爬房上树打架骂街了，咱们再帮她补功课。"

肖晶十分感激："那就谢谢你了！"

展晴爽朗地表示："谢什么，我是辅导老师，这也是我的职责。"

果然，下一个星期一的早晨，展晴开车从市里回来，兴冲冲来到六号楼，打开旅行包拿出两个一米高的大洋娃娃，都是金发碧眼，长睫毛会眨动，使不同的劲儿按肚子会发出哭声和笑声，弯一弯它的腰，它会说"How are you？（你好！）"，抬起它的双臂它会说"I love you！（我爱你！）"，这样精巧的洋娃娃，肯定是舶来品。

肖晶惊叹："哎呀，太漂亮啦！这么贵重的洋娃娃，怎么舍得叫孩子摸脏了！"

"娃娃嘛，就是给孩子玩儿的嘛！美国的亲友们知道我喜欢洋娃娃，总给我寄来，家里都快放不下了！"展晴说着，又从提包里拿出各种色彩的毛线和十几支毛衣针，又拿出三把玩具手枪："这是给三个男孩的。"

肖晶过意不去地致谢："这可太叫你破费了，怎么还给小子们买手枪呢？"

展晴笑道："这可是涉及儿童心理了，要送礼物，必须每个孩子都有份，以免某个孩子觉得自己受冷落，嫉妒收到礼物的孩子。"

肖晶点头领悟："你想得真周到，以后我也得注意这一点。"

孩子们上学的上学去了，玩的玩去了，她俩商量着把礼物放在每个孩子的床头，让他们回来有一个意外的惊喜。

可意和石头还没有到学龄，为了不使他俩提前发现，肖晶锁上了孩子卧室的门。到了下午，大孩子们放学回来了，肖晶笑道："上楼回房间去，看看有什么！"

五个孩子争先恐后跑上楼去，随即传来一阵欢叫。肖晶跟上楼来笑道："这是展老师送给你们的礼物，喜不喜欢？"

孩子们齐声叫喊："喜——欢！"

肖晶又说："晚饭以后，咱们去谢谢展老师，好吗？"

"好——"

三个男孩挥舞着手枪跑下楼到外边玩军事游戏去了，屋里只剩下两个女孩子。肖晶拿起了毛衣针和毛线说："看，这些毛线多漂亮，愿意学织毛衣吗？"

梦虹表示愿意，唤弟没有说话，只顾按娃娃的肚子，一会儿要它笑，一会儿要它哭，它说英语时，唤弟问："她嘀里嘟噜说的什么？"

"她说，你好！我爱你！让展老师教你们英语，好吗？"

梦虹点点头："好！"

唤弟却说："这太难学了！"

肖晶用双手做着织毛线的示范动作："学英语不忙，你们看，这样钩线，这样起头儿，这是最简单的平针。先学着织平片儿，我再教你们加减针，织领子、袖子、上肩……等到冬天天冷了，洋娃娃就不能只穿纱裙了，你们学着给娃娃织毛裙，外面再套上一件小毛大衣，还可以织小帽子、小围巾、小手套、小毛裤、小毛袜、小毛鞋，怎么样?"

两个女孩都饶有兴趣地学着，不大工夫就学会了起头，织出书本大小的一块平片来了。梦虹心灵手巧，又向妈妈请教如何加减针，织成一条喇叭状的小毛裙，在娃娃身上比试着。唤弟却只学了织平片就不耐烦了，一个劲地按着娃娃的肚子，惹得它哇哇地哭。

肖晶夸奖道:"好，手真巧! 学得都很快，今天就学到这里吧! 该去做饭了，梦虹跟我去帮厨。唤弟，你抓紧时间补补功课。"

梦虹答应着，把洋娃娃郑重地放在自己枕边，又把毛线和织针放进床下抽屉，跟着妈妈下楼干活去了。

卧室里只剩下了唤弟，她并没有马上去学习室补功课，而是气恼地把刚织成的毛线片拆乱了，把乱成一团的毛线扔到床上，又使劲拍打洋娃娃出气。

其实，她非常喜欢美丽的洋娃娃，从小就盼望着有个洋娃娃。那只是货郎挑到山区去的还不如一根玉米长的小娃娃，妈妈都舍不得给她买。家里穷，哪里有这份闲钱呢! 后来妈妈死了，更没有人顾及一个女孩的小小渴望了。她做梦也没想到，自己会拥有这么大这么漂亮这么活灵活现的洋娃娃，乍一见到它时心里真是乐开了花。但是，当她发现梦虹也有一个大洋娃娃时，高兴的心情就减弱了一半。她偷眼比较一下两个娃娃，除了衣裙色彩不同，其他地方几乎一模一样，难以找到自己的娃娃比梦虹的娃娃更优越的地方，她心里便来了气，展老师为什么不能只送给我一个人? 偏偏也送给梦虹一个? 梦虹什么都比我好，长得漂亮，功课好，妈妈、姨妈们、老师们都夸她，立春哥哥也喜欢她，为什么我一样儿也不能占先? 为什么她有的我没有，我有的她都有……想起立春，她心里更加气恼，对洋娃娃的满腔喜爱，竟然一下子化为怨恨厌恶了……

展晴和肖晶毕竟都不太了解儿童，尤其不大理解唤弟这样在悲剧家庭生长的山村女孩的变态心理。如果展晴只送给唤弟一个洋娃娃，她会抱着它去山庄各家炫耀，会对它爱不释手，说不定还会像其他女孩一样对娃娃生出小母亲式的温柔亲昵。可是，那样做对梦虹公平吗?

十一

因为山庄还有二期工程开工，向东侧延伸还要盖十几座小楼，明年还有第二批孤儿要来这里生活，石院长把主要精力放在基建工程上了，对妈妈和孩子们的日常管理由田院长负责。

田淑贤叫人把办公楼一层大厅的三面墙布置成壁报展览，上端贴满横幅标语，可惜小舞台后面的墙上挂着银幕和丝绒幕，不然她也会叫人贴满大字标语的。中国大陆的政工干部总是喜欢用标语来作宣传，所以中国堪称世界上标语最多的国家。普爱山庄是外籍人士捐建的慈善机构，院子里和家庭式的小楼里不适宜张贴政治标语，田淑贤就把标语都集中到员工聚会的大厅里来了。她自幼在标语的树林中长大，眼前看不见标语便会觉得空落落的。嘴巴尖刻的肖晶把这里叫作"田院长的标语自留地"，很快地在妈妈们中间传开了，后来互相通知开会地点时，只要一说几点钟在"自留地"开会，大家就会来办公楼三层大厅集合了。

田淑贤叫人布置的壁报展览，分别开辟为孩子们的学习成绩汇报栏、作文展览、绘画展览、手工艺作品展览等，这些栏目都是展晴和郭山梅编选，办得很活跃，也很有必要。东面墙上是山庄员工工作展览，有《妈妈手记》《儿科家庭医疗常识》《儿童心理初探》《家庭菜谱》《童装裁剪》等，这些栏目比较实用，也由展晴和郭山梅操办。

还有一项人人望而生畏的栏目，它是一张居于大墙中心位置颇具威慑力的大表格，是田淑贤亲自过问的，图表名称叫作《母爱促进岗》。"母爱"还须人为地"促进"，虽说有些牵强，却也符合山庄模拟家庭的实际，但又加上一个军事化的"岗"字，把母亲当成了站岗的哨兵，细细推敲起来则不伦不类了。由"文化大革命"上溯几十年，先是由于战争后又来自阶级斗争理论的影响，中国大陆的汉语语言发展出现了一个怪现象，喜欢用军事术语来表达日常生活中的事物，例如把工农商科学技术等行业说成是"战线"，把建设工程、抗洪防旱等说成是"战役"，把对工人的技术训练说成是"岗位练兵"，把报纸刊物说成是"宣传阵地"……这么说来，《母爱促进岗》的名称也就不足为奇了。再看这个"岗哨"的内容，果然充满了火药味儿：田院长把妈妈们的工作成绩和孩子们的考试分数、日常表现、生病与否、卫生水准、伙食情况等联系起来，每个月搞一次评比。排行榜一经公布，谁先谁后孰优孰劣，赫然在目，这下子妈妈们的心理压力可就大了。

唤弟爱打架功课差衣服又脏又破，肖晶的名次总是排在最后，这真比打她的耳光还难受。

一粒老鼠屎，坏了一锅汤，只因为这一个野丫头唤弟，自己在各方面做得再好也白搭了……肖晶正坐在家里生闷气，梦虹放学捎话回来，班主任老师又为唤弟的事情请家长去学校。桃李镇中学离普爱山庄有十几里路，山庄每天派班车接送孩子们上学。肖晶只好骑上自行车，趁着老师还没下班往学校赶去。

孤儿们来山庄时是在深秋时节，只好作为插班生分散在各个年级，当初展晴跟校长讲好，因距离寒假考试太近，不论孤儿们考试分数及格与否，一律跟班，到这学期期末考试后再决定升降。老师们知道孤儿们来自偏远农村或山区，功课参差不齐，对他们个别辅导，期望成绩差的学生尽快跟上班。很多孤儿学生都很努力，但是崔唤弟实在太让班主任失望了。为了这个不可造就的女生，老师不止一次地请肖晶去学校谈话，要求家长配合老师抓紧她的学习，不然就有降班的危险了。

肖晶怎样规劝唤弟都没有效果，终于想出个办法，她把唤弟找来，用很知己的口气说："唤弟呀，妈妈是个要强的人，你也是个要强的孩子，距离暑假考试只有两个月了，咱们的功课一定得追上去。你看，山庄里几个大孩子都在初一年级，人家克难、晚珠在老家时都荒废了学业，来这里以后进步很快。立春、梦虹，在班里是功课拔尖的好学生。老师说，如果你再不用功，就要降班了。到时候人家四个都上初二了，只有你一个留级生，不仅妈妈没面子，你脸上也不好看，你又不比他们傻，不比他们笨，只要用功决不会总是比他们差，你服这个输吗？"

唤弟眨巴着大眼睛不说话，但从她的表情可以看出来，这番话触动了她的自尊心。

肖晶趁机又故意说："如果你留级了，就不能和立春他们一个班了，立春看不起你，说不定就不带你玩儿了！"

唤弟的黑眼珠骨碌碌地转动着，心里很紧张。肖晶虽然没有提到梦虹将和立春一道升班，但敏感的唤弟已经预感到单独被甩下的滋味。这一招儿果然灵，不服输不甘心被淘汰的倔强，年纪虽小却很强烈的醋意，使她决不肯让立春只喜欢梦虹。意识到问题的严重性，她龇出虎牙咬着下嘴唇忐忑不安了。

肖晶趁机用商量的口吻说："如果你肯下狠心追上去，现在时间还来得及，我去求七姨，让立春每天下午来咱家帮你补功课，好吗？"

唤弟一听说把立春请来，眼睛一亮，痛快地答应了："好，我就不信追不上他们。"

"这就对了！"肖晶赞许地表示："不过有一条，立春来了，你可要表现好一些，不许和梦虹吵架，也不许欺负弟弟妹妹们。"

唤弟也都痛快地答应了，和往日的刁蛮判若两人。

肖晶来到了七号楼门外，犹豫再三还是喊道："幽兰——幽兰在家吗？"

谷幽兰开门出来一见是素无往来的肖晶，吃了一惊，但她转瞬即把眼睛笑成了弯月牙儿，热情地往屋里礼让："哟，是六姐呀！快请屋里坐！"

肖晶尴尬地说："总说来串串门儿，家务孩子缠着，越是近邻觉着容易走动，反倒拖延了。"

幽兰附和着笑道："谁说不是呢！我这也正想着抱亮亮去看六姨呢！"

两个女人小心翼翼地客气着，来到客厅落座。肖晶局促不安地寻思如何说明来意……

十二

幸好，亮亮摇摇摆摆跑来了。幽兰吩咐："亮亮，快叫六姨！"

亮亮对这位从未抱过他的六姨感到生疏，但他很快就乖乖地喊：

"六姨——"

肖晶急忙把他抱了起来，揽在腿上坐在沙发里。有个孩子调节气氛，两个女人谈话顿时轻松多了。

肖晶知道不好上来就单刀直入说正题，还是先融洽一下感情为好，于是，她拿出带来的巧克力逗弄亮亮："六姨听说你会念诗，还会唱歌，表演一个节目好吗？"

亮亮一见巧克力糖，急不可待地撅着小屁股奶声奶气朗诵起来："鹅，鹅，鹅，曲项向天歌。"

他敷衍地说着，伸出胖胖的小手就去抓肖晶手里的糖，幽兰嗔道："亮亮，这也太简单了！再给六姨唱个歌儿吧！"

亮亮张口就唱，歌词却无头无尾："……妈妈的吻，纯洁的吻，伴我思念到如今……"

他好歹唱了这么两句，扬手夺过了巧克力，挣脱开肖晶爬到幽兰的怀里，凑到妈妈脸上"叭"地一声吻了一下，然后熟练地剥开花纸吃起巧克力来了。

幽兰笑着拍打他的屁股："打你这个小馋猫儿，也不怕六姨笑话，快谢谢六姨！"

亮亮又不假思索地双手抱着巧克力兔子捣蒜似的作揖不停，不知谁教给他的这种感谢方式。憨态可掬的亮亮把肖晶逗得哈哈大笑，她不由得羡慕地说："还是你养个小不点儿好，他真跟你亲啊！不像我那几个大的，整天淘不完的气！"

幽兰叹道："大的让人操心，小的又太累人，都不省事啊！我那立春还好，青凤大菊那两个丫头，唉，真没法子！"

肖晶趁势说明来意："女孩子大了，更不好管教！青凤她们两个，也赶不上我们唤弟一个！这不，老师又把我找了去，说期末考试再不及格，就要降班了。你想想，她那个怪脾气，真成了留级生，破罐子破摔，可就更不求上进了！谁也管不了她，就是你们立春有面子，我想请立春每天下午到我家去做功课，顺便帮助唤弟补习补习。听说唤弟总招一群孩子在你窗外吵闹，影响亮亮睡觉，不如让他们都到我那儿闹去算了。"

幽兰这才明白她的来意，满心不情愿，碍于情面也只能爽快地答应了。别说两人关系刚刚解冻，就是来往密切的朋友之间，也不好意思当面拒绝的。但是，她心里实在不愿意立春和六号楼的两个女孩混在一起，梦虹太漂亮太早熟，唤弟又太粗野太古怪，她真怕自己的大儿子被她俩勾引坏了，可又有什么法子呢？唤弟引一群孩子天天在自己窗外吵闹，肖晶一直装聋作哑，现在为了叫立春帮唤弟补课，才想起来关心我们了……幽兰心中有些不悦，脸上却还是含笑应酬着，毕竟是近邻，从此若能改善关系也好。

第二天下午放学以后。立春背着书包来到六号楼，见了肖晶有礼貌地说："六姨，妈妈让我来这儿，和梦虹、唤弟一起做功课。"

肖晶像接待成年人那样热情地请他到客厅沙发上落座，端出糖果点心请他吃，立春也不忸怩，适度地剥了一块糖吃。因为两家没有来往，肖晶还没有在近处端详过这个孩子，这才发现他来山庄以后个子蹿高了许多，俨然初具小男子汉的体魄了。他长得方面大耳，五官端正，尤其眉宇之间透着一股正气，目光聪慧而又忠厚，真是个难得的好男孩。肖晶心中暗暗后悔，当初挑选孩子时，她看过这孩子的照片，乡镇照相馆拍摄水平太差，一点也没拍出这孩子的虎虎英气。当时，选孩子的年龄要大小搭配，她以为挑两个大女孩能帮助做家务，不料挑中了唤弟这么个小魔鬼，都怪自己瞎了眼！立春、梦虹这一对金童玉女要是成为自己的儿女，那该多好哇！

她这样想着，越发打心眼儿里喜欢立春，郑重拜托道："立春啊，山庄里除了克难比你大，你就是二哥了。唤弟功课不好，再不抓紧补课就要留级了。本来梦虹也可以帮助她，但女孩儿之间不容易团结，麻烦你来带一带唤弟，多谢了！"

立春脸儿一红笑道："谢什么，我是班上的学习委员，应该做的。"

这时，梦虹、唤弟闻声从楼上跑下来了，一见立春哥哥立刻围了上来，这个给他拿糖果，那个让他吃点心，叽叽喳喳像两只快乐的小鸟。

肖晶特意把儿童活动室收拾干净，让他们三人在中间的大桌子上做功课，让剩儿、石头、可意使用学习室，以免三个小男孩打扰他们。虽然可意还没上学，肖晶已经教给他算数识字，小家伙非常聪明，和剩儿、石头在一起学习，比石头认识的字还多。有立春在场监督，唤弟果然沉稳地坐住了，不仅能够完成当天的作业，慢慢地把落下的功课也补上了。

事先，肖晶悄悄叮嘱梦虹："你不用过问唤弟的功课，说她，她也不听你的，让立春管她好了，免得她又跟你打架。"

梦虹心领神会，每天做完功课就自动退席，不是帮妈妈下厨，就是上楼去给洋娃娃织小毛衣。

活动室里只剩下立春和唤弟时，唤弟变得更加文雅，对立春的指教不仅认真听讲，还主动提问，学习进步飞快。肖晶在一旁看了心里直念佛，纳罕地自言自语："这可是太阳打西边出来了！"

梦虹一向学习好，面临期末考试也没有精神负担。她心灵手巧，跟妈妈和展老师学会了织毛衣的各种花样针法，不仅给自己的洋娃娃织了一身毛衣裙毛帽毛鞋，还给唤弟的洋娃娃也织了一套。唤弟早就不大理会洋娃娃了，把它立在脚底下的床角里，洋娃娃却不生她的气，仍然睁着蓝眼睛笑眯眯地望着小主人。

眼看期末考试快要到了，肖晶把梦虹叫到一边询问："你看唤弟这些日子补课的情况，应付考试及格有希望吗？"

梦虹抿嘴笑道："差不多吧！其实她脑子很好，只要下一点工夫就能追上来。"

肖晶高兴地盘算着："如果唤弟考试成绩门门及格，咱们应该好好谢谢立春。"

梦虹热烈地响应："对！可咱们怎么谢谢立春哥哥呢？"

肖晶思忖着，忽然把手一拍："哎，想起来了！立春和唤弟不是同一天生日吗，正巧在考试以后，你们也放春假了，咱们为他俩庆祝十三岁生日！"

梦虹笑道："太好了！可是……送给他们什么礼物呢？"

肖晶一时也想不出好主意："让咱们好好想一想，反正时间还来得及。"

梦虹的大眼睛一闪，兴奋地说："我想用毛线给立春织一顶帽子，一副手套，还有一条脖套。冬天戴着又暖和又漂亮，您说好吗？"

"好极了！"肖晶鼓励说："展老师送给咱许多毛线，还可以给他织一件同样花色的毛衣，配成一套，算是咱们全家送给立春的生日礼物。"

梦虹搂住了妈妈的脖子："太棒了！不过……要保密！"

肖晶笑道："好，一定保密。别人问，你就说是给自己织的。"

梦虹仍然意犹未尽，追问："过生日怎么过呢？我要单独炒几个菜，炒什么呢……"

肖晶表示："我和展老师商量商量怎么过，她点子多。"

"那我现在就请展老师去！"梦虹说着蹦蹦跳跳地跑走了。

肖晶从窗口望着梦虹的背影，心里好生奇怪：又不是给她过生日，立春也不是给她补课，为什么她不但不嫉妒，还这么兴高采烈呢……肖晶像梦虹、唤弟这般年纪时，还完全陷在时代悲剧家庭悲剧中，根本不晓得少女情怀青春萌动，或许因为老姑娘的爱情来得太迟了，她对两个小姑娘的复杂心态估计不足，把她们想得过于幼稚过于单纯了。

十三

唤弟通过补课，各门功课都及格了，可以跟立春、梦虹一起升级了。肖晶心里很高兴，非常感激立春的帮助。恰巧，唤弟和立春的生日快到了，他俩是同一天生日，应该好好庆贺一下。城里有一家专门为人过生日的西餐厅，名字就叫"生日快乐"，孩子们还没有去过，她决定带着孩子们去"生日快乐"，为两位小寿星开一次生日冷餐会。

肖晶考虑到，既然邀请立春，出于礼貌也应该邀请谷幽兰及其他孩子。于是，她来到七号楼，找幽兰商量这件事。谷幽兰本来不愿意和肖晶交往过密，无奈前些日子立春帮助过唤弟补课，两个孩子恰巧又是同一天生日，不好拒绝肖晶的一番美意，她只好接受了肖晶的邀请，但执意要两家共同出资支付餐费。肖晶再三推让不过，也只得答应了。

农村来的孩子们没有吃过西餐，一听说要去"生日快乐"，高兴得又蹦又跳。尤其是立春和唤弟，从来没有人为他们过过生日，着实兴奋了好几天。

男孩子们还简单一些，女孩子们早早就为那一天的梳妆打扮发起愁来了。最动心思的还是唤弟，身旁总有一个小美人儿梦虹受到人们的赞美，她早就心怀嫉妒，好容易轮到自己唱主角，一定要超过梦虹去。妈妈给她买了一件白底桃红色花点点的裙子，飞边儿领子灯笼袖儿，裙子下摆也有乍翅飞边儿，后腰系上巨大的红绸蝴蝶结，还有崭新的白袜子红皮鞋。穿上在大镜子跟前一照，甭提多漂亮了！外面套上长大衣、红马靴，一点也不冷！

她心里十分满意，只是为头发着急：梦虹留有一双城里人少见的又粗又长的大辫子，而自己的又黄又细的小辫儿简直像两根撅撅着的老鼠尾巴，这可怎么办呢……她一直羡慕城里的女人烫发，要是能够把头发烫成花儿该多好哇！山庄里只有三姨尚美凤会给人烫头发，虽然她很讨厌三姨，还是得去求她。于是，她征得妈妈的同意，跑去请三姨给她烫了头发。

尚美凤的理发技术很好，剪发、烫发、吹风、做花样，成了山庄的专业理发师。她用冷烫精细心地为唤弟烫了头发，不料，唤弟的头发枯黄稀疏，发质还又细又软不成型，烫出来竟然成了烧煳了似的羊毛卷儿。她只好给唤弟抹了些发乳，力图使头发有些光泽，不想这么一来显得头发更加稀疏了，紧贴头皮可怜兮兮的。她只得又用吹风机把头发吹得蓬松一些，为了遮掩唤弟又光秃又凸突的宽额头，她找出一只桃红色有机玻璃大发卡给唤弟遮在发际，看上去这才漂亮多了。

唤弟蹦蹦跳跳回家来，妈妈和妹妹弟弟都说好看。她站在大镜子跟前左照右照，发现红发卡，红花点儿裙子和红皮靴，几乎能配成一套，心中十分得意。

肖晶暗中观察她，发现这个平时野小子似的小魔鬼竟然也有如此爱美的女性心理，很是纳罕，期望着利用过生日的机会感化她，进一步建立母女感情。

这一天傍晚，在"生日快乐"餐厅一间长长的餐厅里，肖晶、谷幽兰、展晴率领十个孩子团团围坐，欢声笑语，热闹非常。

立春和唤弟坐在长桌的上首，每人面前摆着一个奶油蛋糕，蛋糕上面浇着红字"立春生日快乐""唤弟生日快乐"，周围插着十三支彩色小蜡烛，烛光摇曳,喜气洋洋。他俩都很奇怪自己的名字怎么会跑到蛋糕上去,左瞧右瞧,兴奋得眼睛大放异彩。

饭店的服务小姐来了,为立春戴上一顶金色纸箔制成的王冠,王冠顶上有一只展翅雄鹰,为唤弟戴上一顶镶满各种花朵的花冠,冠顶有一颗闪光的星星,引起大家阵阵喝彩。孩子们羡慕得直嚷嚷,一个个缠着妈妈央求:

"等我过生日,也来这儿!"

"等我过生日,蛋糕上能有我的名字吗?"

"我也要戴花冠!"

唤弟看着立春头上金光闪闪的王冠,又从对面墙上的大镜子里看到自己头上美丽的花冠,联想到童话里的国王与王后,不免有些想入非非。平时焦黄的小脸儿上今天搽了口红胭脂,多少有了些红润,这下子又添了几分娇羞,竟也有些少女的楚楚动人了。

服务小姐往餐桌上摆满了水果沙拉、冷盘、面包、果酱、黄油,还有冰淇淋和汽水,生日冷餐会开始了。

两位妈妈、展老师和一大群弟弟妹妹唱起了歌:"祝你生日快乐——祝你生日快乐——祝你生日快乐——祝你生日快乐……"

在展老师的示意下,立春和唤弟站起来凑近蛋糕,使劲吹灭了蜡烛,大家热烈鼓掌。

展老师又递给他俩每人一把西餐刀,叫他俩为大家分蛋糕,让大家分享他们的幸福。

因为有了展晴事先帮孩子们排练,第一次见识西式生日宴会的孩子们做得很得体,宴会顺利地进行着。

估计孩子们快吃饱了的时候,展晴开始给大家照相留念,分成各种组合拍了一张又一张合影。她为两位小寿星拍照时,唤弟高兴地偎近立春,动情地露齿一笑,初次露出了羞答答的温柔女儿态。

肖晶注意到唤弟不同于往日的情态,自从认养了这个女儿,还是第一次看见她发自内心的笑。她笑起来其实很漂亮,小脸浮现出少有的红润,凹凹的眼睛一眯一眯地好似两条对着嘴儿跳跃的鱼儿,圆鼻头儿一耸一耸更加翘得调皮，露出的一对小虎牙也显得分外娇俏。只是那双黑玻璃珠般的大眸子仍旧犹如无底的寒洞，缺少少女应有的天真热情，幸好周围橘黄色的华灯盏盏，为她的眼睛映出点点暖色。

肖晶暗暗舒了口气，心想：原来这小丫头也有这么天真可爱的小模样！这个生日晚会，真是个良好的开端啊！

她正在高兴，生日晚会却出现了料想不到的变化。

十四

事情的起因是展晴热情地要为唤弟和可意拍照。她不像郭山梅那么了解六号楼的内情，肖晶发现她把可意领过来时已经来不及阻拦了。

展晴把可意拉到唤弟身旁，说："来来，小姐弟俩照一张合影！"

可意受宠若惊地挨近了姐姐。

唤弟的注意力一直在立春这边，没有听清展老师的话，当她发现可意站到了自己右侧时，顿时黑唬下脸来狠命地把可意推开："我不跟他照相！"

她的叫喊把大家吓了一跳，可意慌忙退到了后面，惊恐地望着展老师。肖晶怕惹出不愉快使大家扫兴，连忙对展晴说："好了好了，给唤弟一个人照吧！"

唤弟这才恢复了笑意，展晴按动快门为她拍了一张单人相。关于唤弟的乖戾和他们姐弟关系不好，展晴早有耳闻，但一个小姐姐竟然恨小弟弟到连一张合影都不肯照的程度，却使这位心理学研究生百思而不解。刚才她从照相机的取景框中看到可意怯生生地躲在姐姐身后的暗影里，不动声色地拍下了这不规范的姐弟合影。她想，唤弟还年幼无知，长大以后再看这张自己十三岁生日时的姐弟合影，才会懂得它的宝贵。

躲在暗影里的可意长睫毛眨巴了又眨巴，还是挡不住晶莹的泪珠滚将下来。梦虹见他委屈得小嘴一撇一撇，忙走过去哄劝："来，咱俩照一张！"

展晴朝他俩对准了镜头，可意一下子伸出细胳膊搂住了梦虹的脖子，把脸贴在了她的脸颊上，悄悄地叫了一声："姐姐……"

展晴拍下了这姐弟亲昵的一瞬，不知内情的人还以为他俩才是一对同胞姐弟呢！

眼尖的唤弟怎么会对这一场面无动于衷呢？正待发作，却听谷幽兰说："唤弟，过来！"

原来，下面一个节目开始了，两个家庭互相向小寿星赠送礼物。

青凤代表大家向唤弟赠送的生日礼物是一个软塑大铅笔盒和一个精致的笔记本，铅笔盒里装满了彩笔。唤弟看了心里喜欢，这才止住了怒意，不等肖晶提醒就乖巧地说："谢谢七姨，谢谢青凤，谢谢立春，谢谢大菊……"

她还没有谢到雨生和亮亮，只见坐在高椅上凑在桌旁吃蛋糕弄了满手满脸奶油的亮亮，圆脑袋像磕头虫似的点个不停，也跟着大声嚷嚷起来："谢谢！谢谢！谢谢亮亮！"

他的憨态把大家逗得哈哈大笑，展晴连忙为他拍下了这可笑的尊容。

梦虹代表全家向立春赠送了生日礼物——一套紫白两色花线的毛织物，毛衣、帽子、围巾、手套，冬天时穿上戴上一定特别漂亮。立春收到这份隆重的生日礼物，高兴得两眼发光，趁着餐厅里开着冷气，当场就把毛衣帽子围巾手套穿戴齐全，引起大家一阵喝彩。他转身朝着大镜子照了，兴奋地搂着梦虹转起圈来，一个劲地说："谢谢六姨全家！谢谢梦虹！"

肖晶笑道："还得谢谢展老师呢！毛线是展老师送的！"

立春又朝展老师鞠了个深躬。

展晴手里的相机闪光灯闪了又闪，抢拍下了刚才的热闹场面。

谷幽兰向肖晶和梦虹道谢，夸奖道："梦虹小小年纪手真巧！只是太费工夫了，耽误了功课我们怎么担当得起！"

梦虹甜甜地笑道："刚学着织，织得不好！"

众人说说笑笑谁也没有注意到，唤弟早已蜡黄了脸闪到一边生闷气，朝着梦虹怒目而视：好个丫头片子，我们过生日你抢什么风头！这些日子你一直闷头编织毛线，我还以为你是给自己织的，原来是为了讨好立春！立春这么亲热地搂着你，看把你美得……

只有躲在暗影里的可意滴溜着眼睛留意姐姐的神色，经验使他知道姐姐此时的盛怒非同往日，而这就意味着自己又要倒霉了。他吓得魂不附体，本能地寻找保护伞，凑到了妈妈身后拉住了妈妈的手。

唤弟却不动声色地跟了过去，站到了可意旁边，朝着身旁的青凤龇出雪白的狼牙一笑，暗中却把手伸到可意的腋窝找准胳膊内侧的嫩肉，下死劲狠狠地用指甲深掐了一把，然后若无其事地去桌旁吃蛋糕了。

肖晶正在看立春脱毛衣，忽觉手心被可意狠命地握紧了。她觉得奇怪，回过头来看可意，只见他满眼含泪额头上冒出豆大的汗珠，脸色惨白肌肉抽搐几乎站立不住了。她急忙蹲下掏出手帕为可意擦汗，关切地问："你怎么了？不舒服？"

可意摇了摇头，两行热泪瀑布似的挂满双腮，嘴巴却又勉强露出笑意："没，没事儿……"

肖晶满腹狐疑，看了看周围，没有发现任何反常现象。唤弟坐在餐桌旁大口大口地吞着蛋糕，扬脖喝着汽水，朝这边连瞧都不瞧一眼。肖晶知道再问可意也是白问，不知为什么这孩子似乎有满肚子委屈，但又无论如何不肯讲，这小姐弟俩到底是怎么回事呢……

生日宴会尽欢而散，大家高高兴兴走出了"生日快乐"。刚来到华灯璀璨的大街上，忽然迎面来了一群外国人。因为山庄的孩子们早就受过展晴的训练，见了外宾很有礼貌，齐声用英语问好。外国人非常高兴，喜爱地围住了孩子们问这问那。孩子们只会说两三句英语，一个个睁大眼睛茫然地望着展老师，展晴用英语回答了外国人的问题。当外国人知道了这些孩子是普爱山庄的孤儿时，更加来了兴趣，纷纷赠送给孩子们礼物，和孩子们合影照相。

一位扛着摄像机的外国记者发现了梦虹，用英语赞美说："啊，东方维纳斯！"

他们听他这一喊，都注意看梦虹，齐声赞美鼓起掌来，"维纳斯""维纳斯"说个不停。

孩子们不知道维纳斯是谁，展晴笑着翻译："他们说梦虹长得很美，维纳斯是西方神话中主管爱与美的女神。"

唤弟弄懂了外国人的意思，差一点给气了个筋斗，把脸一扭躲到一旁去了。不料她这一躲闪损失巨大，外国记者开始给孩子们录像，她失去了上镜头的中心位置。

一个金发女人非常喜欢梦虹的两条又长又粗的辫子，把辫子掂在手中吻了又吻，摄像师又请展晴把梦虹的辫子打开，披散的黑发遮过了她的臀部。摄像师又围着她前前后后拍了一圈，说要把东方的黑发美女带回去介绍给本国观众。

这时，一位胖胖的外国老太太一手拉过来立春，一手牵住可意，凑到梦虹身边合影留念，并要展晴留下山庄地址，说圣诞节时要给孩子们寄礼物来。

这下子更把闪在一旁冷眼观看的唤弟给气昏了，恨不能把梦虹和可意给撕碎了。虽然她还不知道心胸狭隘的嫉妒者周瑜那句"既生瑜何生亮"的名言，但心中早已为自己身边有梦虹这个人见人爱的小美人儿而怨愤不平。自己和立春同一天过生日，本来应该自己唱主角，全叫这个臭丫头片子给冲了！自己找三姨精心烫卷的头发这么漂亮，外国人偏偏喜欢她那两条臭辫子！那个神经病外国胖婆子，为啥单单挑立春和可意去梦虹身边照相呢？这不是成心和我过不去吗？瞧梦虹披散着头发那副浪样儿！你不就是会勾搭立春吗？本来立春对我很好的，帮我补功课，要不是被你迷住了，怎么会不拉我一起照相……可意，好你个野杂种也敢笑，这不是笑话我吗？小杂种你盯着我点儿的……

这时，带队的外国老先生提出大家拍一张全体合影，于是外国人和孩子们簇拥在一起。摄影师发现站在一旁的唤弟没有入镜，比划着招手叫她。她扭着身子执意不来，肖晶连忙跑过去拉她，她把手狠狠一甩头也不回地朝公共汽车站走去了。

十五

夜里，肖晶到孩子们的卧室进行例行的查铺。本来她并没有这样的细心，自幼单独生活缺乏照料孩子的常识，夜间查铺，是田院长对妈妈们的要求，别看她对妈妈们很苛刻，对孩子们还是非常关心的。孩子们刚来山庄时，天很冷，田院长说："孩子夜里睡觉爱打把式，蹬掉了被子容易凉着，咱们这里又是山区，夜里特别冷，冻感冒了就麻烦了。哪个当娘的带孩子，夜里也没睡过囫囵觉，你们要学会真正当妈妈！"

田院长不仅这样要求大家，自己也以身作则常常半夜突然亲自来查铺。她手里有一串能打开各个楼门的钥匙，说不定哪一天就会长驱直入来到孩子们床前，只要发现孩子的被子没有盖好，第二天就在大会上对这家的妈妈一顿劈头盖脸的批评。对于田院长这样恪尽职守的女干部，妈妈们是又钦佩又恼恨，钦佩的是她每星期才回一趟家，日夜在山庄不辞劳苦为孩子们操心；恼恨的是她总像防贼似的提防着妈妈们，总以为"后妈"不疼孩子，只有她才是孩子们的守护神。就说这钥匙串儿吧，既然从理论上说，妈妈和孩子们是经过法律公证的单亲家庭，难道就不可以有自己的隐私吗？难道允许外人随时可以打开家门查来看去吗？这些怨言，大家都只是存在心里，谁叫她是为了疼孩子，谁叫她总是有"正确"的理由呢……

性格倔强的肖晶尤其反感田淑贤这一套工作方法，而且她敏感地发现，自从唤弟对温浩宇两次来访盯梢之后，田院长半夜来查铺的次数增多了。肖晶心里感到深受屈辱，但这种心照不宣的事是摆不到桌面上去谈的，只能暗自冷笑罢了：我要是想和温浩宇上床早就上了，还等到今天你来查我？为了嘲讽田淑贤的瞎操心，她想了个馊主意，给三个男孩把被子都改成了美国兵式的睡袋，夜里怎么打把式也蹬不掉被子了，看你还来抓我的把柄！

习惯的养成，有时会培养出感情。肖晶每天夜里还是照样去查铺，一天没有去看孩子们睡得怎样，自己躺下也心里不踏实。有一次，她发现石头夜里去撒尿回来没有钻进睡袋，倒头又睡着了，她及时查铺他才没冻坏。幸好那一夜田院长没有来，看来，带小孩子是一点儿也马虎不得的。

肖晶看了男孩子的卧室，剩儿和石头睡得很暖和，她熄灯掩门，又来到女孩的房间。

她推开房门，顺手摸到门框的左侧打开了电灯，突然的明亮把一幅恐怖的景象显现在眼前，吓得她险些惊叫起来——随着开门送进来的一股气流，墙上晃动着一个悬在空中上吊的人影！乍一望见，她以为自己看花了眼，又是那抹不掉的妈妈自杀的幻觉，惊恐地按灭了电灯，带上门退回到走廊上倚着墙大口大口地喘息。

她定了定神，默默地祈祷：妈妈，别吓唬我了，您不该在孩子屋里出现……您不原谅我，到我屋里去说吧……

楼里静悄悄的，只有孩子们均匀的鼻息。她捏了捏自己的额头，胆子壮了，相信刚才的幻觉已经消失，重新推开了房门打开了灯。

啊！随着开门吹进来的凉风，墙上的黑影不但没有消失，反而晃动得更厉害了！她定睛一看，顿时浑身发凉头皮发炸，恐怖的感觉不亚于刚才看到往昔的幻象——在唤弟的床头墙上，唤弟用织毛衣的扦子捆成了绞刑架，把毛线当成了绳索，吊住洋娃娃的脖子，悬在空中的洋娃娃和那绞刑架投在墙上长长黑影，摇曳着，晃动着……

她回首看看梦虹的床，梦虹搂着洋娃娃香甜地睡着。可能是两次突然明亮的灯光打扰了她，她伸出胳膊轻轻哄着洋娃娃，嘴里发出含混的梦呓："噢噢噢……小宝宝，睡觉觉……"

这才是个充满爱心充满柔情的正常的小姑娘啊！她来到梦虹床前，把她的手臂放回到被窝里去。洋娃娃躺在梦虹的脸蛋旁边，也垂着长睫毛闭着眼睛。枕头上露出的两个脸儿，像一对小母女，又像一对小姐妹……

对面唤弟的床上，却是这样一幅残忍恐怖的图景，此时的唤弟还能够坦然地熟睡，一个十三岁的女孩儿的花儿一般娇嫩的心，怎么会如此冷酷无情肆虐成性？怎么忍心对这样美丽的洋娃娃施以绞刑？难道在她的心的沙漠中就没有哪怕是一点点爱的绿荫么？难道在她的梦乡里就没有哪怕是一声春鸟的歌唱？对于这样一个恶魔般的女孩，今后又该怎么办呢……

肖晶不能容忍让洋娃娃继续吊在空中，哆哆嗦嗦把它解下来，放在了唤弟枕边，又把毛线和织针拆下来放进床下抽屉里，织针又长又尖，唤弟起床时扎着眼睛可不得了……

她熄灯掩门离开了女孩们的卧室，回到自己床上却怎么也睡不着了。当初，自己从唤弟的简历资料中发现她母亲也是上吊自杀的，出于同病相怜之心才收养了她，原以为这样的孩子很可怜，只要付予爱心她就会知足，没想到她小小年纪竟是这样少见的蛇蝎心肠！山庄里那么多孩子，为什么偏偏叫我赶上了她呢？她怎么会生出如此歹毒的主意，把洋娃娃吊死呢？难道这一切都是偶然的巧合吗？是不是命运对我的捉弄和报复……

躺在床上辗转反侧，毫无睡意，她起身打开台灯伏在桌前写日记。她有写日记的习惯，每晚照料孩子们入睡以后，她总是在日记里追忆往事抒发情怀。明明知道这些话只是写给自己看的，但是写出来心里就觉得轻松多了。长年累月地写呀写呀，一些情感已经写过多少遍了，她还是乐此不疲，不过是借着自己对自己的倾谈打发孤寂的时光罢了。

今夜，她记下了看到唤弟吊死洋娃娃时的恐怖感觉，和受到突然刺激时想到母亲上吊自杀的悲惨往事。她一边奋笔疾书一边流着辛酸的泪水。

今晚给唤弟过生日，她本来很高兴，不知怎么就变了脾气。无法想象，一个女孩子会把洋娃娃吊死！难道她的心中就没有一点点儿阳光，春天，鲜花吗？

我真不知道该如何面对这些孩子，尤其是这个可怕的唤弟！现在我才知道，成年人与孩子是很难沟通的。

最令我痛苦的是，两个女孩都是十三岁，这个数字时时敲击着我的心。我在她们这个年龄时犯下了不可饶恕的错误，沉重的犯罪感压得我透不过气来，毁掉了我的全部生活。当年我的背叛造成了家破人亡，我不敢面对父亲，多亏了爸爸来山庄看望我和孩子们……

我生活中有过的唯一的欢乐，是我也曾轰轰烈烈地爱过一场。我爱上浩宇的时候，还不知道他是个有妇之夫。他在"文化大革命"中被打成反革命，下放工厂劳动改造时，于无奈中娶了一个低俗习泼的女人。后来，他的冤案得到了纠正，恢复了名誉和工作，但是形同死亡的婚姻又如何纠正呢？他的妻子大吵大闹要搞臭我们，他提出离婚，他妻子以上吊来威胁……妈妈就是上吊自杀的，如果因为我再造成另一个女人自杀，那我的罪孽就更深重了！我退让了，逃走了。然而，面对世俗社会我又能逃到哪里去呢？普爱山庄会是世外桃源吗……

她写啊写啊，痛骂自己，直到身心疲惫不堪才歇笔。她觉得室闷难忍，想洗洗澡清爽一下，推开日记本，拿起洗漱用具去了浴室。

她站在淋浴喷头下面任水花浇洒着，又洗头发又洗澡，这才觉得冲刷掉了压在心头的积郁。

当她端着洗脸盆从浴室出来回到二层楼时，忽然看见一个黑影从自己的卧室蹿了出来，闪进对面梦虹、唤弟的房间去了。

她回到卧室一看，桌上的日记本虽然摆在原处，但本子原先是翻开的，现在却合上了。她心里一惊，后悔不迭，往常她都很注意锁好日记本，这会儿这么晚了，她以为孩子们都睡了，一时大意被人偷看了透露出去就坏事了……

她推开了女孩卧室的门，梦虹睡得很安静，唤弟却鼾声大作。每天夜里她都来查铺，唤弟从来不打鼾的，她断定刚才跑出来的是唤弟。唤弟有好几次来她房间探头探脑的，她本来应该警惕的，却出现了不该有的疏忽。

她没有质问唤弟，惹恼了她更会张扬出去，但愿她没有看懂更多的内容。肖晶忍气吞声回到自己的房间，满腹狐疑，辗转反侧，一夜无眠，直到天快亮时才昏昏沉沉睡着了。

她一觉醒来已经九点多钟了，慌忙起床，幸亏今天是星期天，不然就耽误给上学的孩子们做早点了。她下楼本想去厨房，却听到孩子们在餐厅说笑，她来到餐厅一看，原来梦虹已经做好了早点，正在照顾三个弟弟吃饭。她感激地笑道："谢谢你呀，我起晚了。"

梦虹说："谢什么呀？平时都是您给我们做，今天好容易多睡一会儿。"

肖晶发现少了唤弟，问："唤弟呢？"

梦虹说："一早儿就去七姨家了，我喊她回来吃早点，七姨留她在那儿吃了。"

肖晶听了顿生疑窦，这么早唤弟去谷幽兰家做什么呢？再说，谷幽兰一向讨厌唤弟，嫌她总在她家门口吵闹，今天怎么一反常态留她吃早点呢……准是唤弟把偷看我的日记的内容说给谷幽兰听了，谷幽兰和田院长关系好，她肯定会告诉田院长的……想到这种可怕的后果，肖晶心里怦怦地激跳起来，从此便埋下了对谷幽兰的芥蒂。

其实，唤弟在七号楼始终没有找到机会向谷幽兰透露肖晶的秘密，她是抱着这个目的去的，但有立春哥哥在场，她不愿意落个自己是小长舌妇的形象。她偷看了妈妈的日记异常兴奋，今天醒得比往常都早，恨不能立刻把这天大的新闻去告诉田院长。但是今天是星期日，田院长回城里休班了。于是，她以找立春问功课为由来到了七号楼。谷幽兰摆好了早餐，见她仍然滞留不走，只好客气地留她一起用餐。她正愿意和立春多呆在一起，便高兴地答应了。

骇人的秘密在唤弟肚子里存了一天半，憋得她好难受。

十六

星期一下午学生们放学回来，唤弟迫不及待地跑到办公楼找田院长，向她汇报了这桩天大的新闻。田院长听了惊喜地瞪大了眼睛，亲昵地拍着唤弟的肩膀说："好孩子，这件事跟谁都不要讲了，以后发现什么情况随时告诉我。"

唤弟蹦蹦跳跳地走了，能够有机会报复一下肖晶，使她获得极大的心理满足。当她还小的时候，爸爸回老家探亲临走时就嘱咐她替爸爸监视妈妈，发现妈妈和改福舅舅有来往要写信告诉爸爸。村里的婶子大娘奶奶们背后议论可意的爸爸是那个野男人，可是爸爸回来了她们谁都不肯告诉爸爸。只有她对爸爸最忠实，把那桩灼人的秘密汇报给爸爸。不料，妈妈和爸爸大吵一场，爸爸把妈妈打得死去活来，妈妈就上吊自杀了……后来，爸爸又得了癌症……

以她这样的年龄还不懂得家庭悲剧给她造成了怎样的精神创伤，在她的心灵深处是对妈妈的自杀抱有深重的愧疚的。但她不愿意承认这一点，只有把家破人亡归罪妈妈的不贞，只有把满腔仇恨转嫁给野种小可意，她才能为自己开脱，觉得自己没有做下对不起妈妈的事，而是这个世界对不起自己。这种变态心理麻醉了她天性中的人伦之情，使她相信自己是正义的，是理直气壮的。

现在，她窥视了肖晶的日记，虽然有些字不认识，但有两件事她是清清楚楚地看懂了的：肖晶也揭发过她的亲妈妈，她妈妈也是因此上吊自杀的！肖晶也有一个野男人，那男人的老婆为此也要上吊自杀！看到这篇日记时她高兴得几乎笑出了声音：你总是一本正经地教训我，总是偏向梦虹和可意，原来你也和我是一样的人！原来人的心底都隐藏着一些不可告人的罪恶！原来人们都在装模作样地冒充好人欺骗别人！

她以自幼在恶劣环境中生存的本能，扩大了周围人们对自己的威胁和敌意。她喜欢立春，可偏偏有个漂亮的梦虹；她恨可意，可偏偏大家都喜欢他，肖晶更是疼爱他；她畏惧田院长，想讨好田院长，借以提高自己在山庄的地位，可偏偏又找不到机会靠近田院长，现在机会终于来了。田院长那样亲昵地拍着自己的肩膀，说明她已经完全信任自己了。虽然在她的小脑瓜里对这件事情的内在联系还缺乏成套的逻辑推理和理智的思考，但生存的本能足以使她凭着女孩的直觉去行动了。想到田院长不会再小看自己忽视自己了，她很有些得意洋洋了。

田淑贤得到了唤弟送来的"情报"，又惊又喜，精神立即亢奋起来。从招聘面试时她就反对录取孤傲自许的肖晶，无奈石院长一直偏爱她，说她文化水平高，有利于教育孩子。哼，害死亲生母亲，又破坏别人的家庭，这样的人还怎么能带好孩子！她很为自己看人的准确而得意，但她不想去告诉石黑玺。在她内心深处对局里任命石黑玺当院长是不服气的，以她干过多年"组织工作"的资本和女性的优势，这个职务本来应该属于自己的，不料却屈尊当了个副职。虽然她常常以自己代表"组织"自居，却和许多普通女人一样克制不住传播"桃色新闻"的兴趣。她懂得这种事不适宜大范围张扬，却又急于找个知己女伴密谈一番议论一番发泄一番。谷幽兰胆小嘴严，是最好的倾诉对象，她兴冲冲来到了七号楼。她喜欢亮亮，常来哄孩子玩，和谷幽兰的关系比跟别人亲密一些。谷幽兰听了田淑贤绘影绘声加油加醋的讲述，惊得脸色煞白，指了指六号楼的方向说："您千万别对人说我知道此事，我可惹不起她！"

田淑贤白了她一眼嗔怪道："这是什么傻话！全山庄的孩子妈妈，我只有你是知己，还会跟谁说去？你不往外说，就只有你知我知了！"

谷幽兰郑重发誓："这些话就算烂在我肚里了，我绝对不会对任何人说。"

田淑贤忽然一拍大腿说："咱俩赌誓有什么用，小唤弟要是愿意说去，谁也封不住她的嘴！"

说罢，她幸灾乐祸地笑了。

发生了这件事，以后的日子表面仍然平静，六号楼与七号楼两家邻居相安无事地过着各自的日子。肖晶与谷幽兰虽然各自揣着一份自己的心事，见了面却总是笑脸相迎嘘寒问暖的，倒也互不妨碍。

说来也巧，地球是变得越来越小了。这一天，谷幽兰正哄着小亮亮在家门口玩，青凤和大菊坐在台阶上玩抓子儿。有一位客人来访，远远地幽兰就看着她似曾相识，可一时又想不起来在何时何地见过了。正在寻思，女客已经走近了，幽兰忽然认出了她，顿时脸颊发烧，慌忙抱起亮亮转身进了楼门。

女客找青凤、大菊打听："小朋友，哪里是六号楼呀？"

青凤指给了她，她便奔六号楼而去，只见肖晶闻声跑出来迎客，二人热烈地拥抱着旋转起来。

来访者是肖晶的高中同学、知己朋友李梅梅，听说肖晶选择了来普爱山庄当妈妈这条路，特意从城里赶来看望她。在肖晶的那段伤心的"婚外恋"危机中，肖晶曾经住在这位老同学家里"避难"。现在，老友重逢，又是患难之交，自然是亲热异常，叙旧畅谈，有着说不完的话题。

两个老朋友坐在客厅里品茶聊天，梅梅无微不至地关心着肖晶目前的生活状况。忽然，梅梅想起了什么，问："旁边那座楼里抱着一个小男孩的女人，是不是叫谷幽兰？"

肖晶惊奇地反问："是呀，你怎么知道？"

梅梅冷笑道："怪不得见了我就躲呢！原来她也来这儿了。"

肖晶更加觉得奇怪了，追问："你怎么认识她的？"

梅梅说："你还记得我在滨海区妇产科医院当过护士吧？两年前她去做堕胎手术，是我给妇产科医生当的助手。"

"她打过胎？"肖晶吃了一惊，随即想起了当初在妈妈山顶的情形。

　　"那是一点都错不了的！她是有夫之妇，又是怀孕第一胎，这样的情况去人工流产的并不多，何况她的丈夫又没有陪她去医院，所以我记得非常清楚。"梅梅十分肯定地说，又描述了当时的详细经过："我记得她的事连妇产科主任都惊动了，主任告诉她，怀孕第一胎如果堕胎，今后会有不孕的危险。她还是坚持要做手术。主任问她的丈夫是否同意，她哭了，说丈夫在外面另有新欢，他们夫妻已经决定离婚，但这时发现怀孕了，她不想再生下他的孩子，也不愿意离婚以后带孩子。主任很同情她，但还是让她和丈夫一起来共同表示态度。她说她已到寺庙里拜一位高尼为师，先带发修行然后剃度出家，是断然不能继续怀孕的。主任见她哭得可怜，才同意给她做了人工流产手术。她这个人也真奇怪，过了几个月又来了，又找主任哭诉，还拿来了离婚证书，说她现在孤身一人，后悔做了流产，现在她做梦都想有个孩子，问主任能不能帮她抱养一个儿子。主任说等机会吧，她哭着走了，以后就不见影儿了。"

　　肖晶听了恍然大悟，叹道："怪不得她愿意领养全院最小的孩子亮亮呢？她总是说亮亮就是她的亲儿子，为这个田院长表扬过她好几次，说她对孩子有无私的母爱。"

　　李梅梅问："亮亮就是她抱着的那个小男孩吧？她要是不做流产，自己的孩子也跟亮亮一般大了。这个人也真够怪的，自己的亲骨肉硬是狠心打掉，再来抱养别人的孩子！"

　　两个老朋友又聊起许多往事，越谈越投机，一直坐到夕阳西斜。肖晶仍然舍不得放她走，又留她吃了晚饭，才依依不舍地送她上了返城的公共汽车。

　　当她从公共汽车站回到山庄大院时，天色已经完全黑了。路过七号楼时，她望见谷幽兰的房间亮着灯，心中升起一股快意：哼，这回可好了，弄清楚到底是怎么一回事了！如果你敢败坏我，我手里也捏着你的把柄呢……

　　人与人之间最荒谬的关系，是两个好人有时不得不处于交战的边缘，双方或者退避三舍守口如瓶，或者互相攻击两败俱伤。这两个聪明的女人似乎都明白这一点，然而，女人能够守口如瓶么？即或她俩能够做到，那么田淑贤呢？那么唤弟呢……

眼睛的多雨季节

一

镜智法师：

惊悉您玉体欠安，推迟了回来视察的日期，山庄同仁都很关心您的健康，祈盼贵恙早日痊愈。

您在病榻上还在关心孩子们的生活与学习，大慈大悲之佛心，令我们十分感动。石院长嘱我写信向您禀报，孩子们在山庄生活得很好，您再来时看到他们的身高长得这么快，一定会感到吃惊的。孩子们的学习成绩参差不齐，这是因为他们在农村时文化基础不同。立春、梦虹来到新学校很快地就超过了城市学生跃为班上的优等生，而唤弟、石头的学习却总是不稳定，别的孩子功课也有些吃力，课外辅导的担子很重。我和桃李镇中学和小学的校长、老师们经常联系，他们都愿意帮助孤儿们。我们的共同看法是，这些来自农村和偏僻山区的孩子，在智力上并不比城市孩子差，只是因为贫困，闭塞，父母双亡，寄人篱下等原因，缺乏良好的早期教育，差距只是暂时的。我们会尽力给孩子们补课的，请您放心。

孩子们的生活条件和学习环境都很好，令人担忧的倒是他们在心理素质方面的问题。和幸福家庭的孩子相比，孤儿中孤僻早熟者居多。幼年时深重的心灵创伤，使许多孤儿患有各种各样的心理障碍，健全家庭的孩子中间很少见的心理疾患，在咱们山庄却来了个集中大串演。可以说，我们面临的是一个心灵扭曲变异的儿童群体。如何针对不同的孩子找到不同的心理治疗方案，我们都没有经验。对于我这个攻读心理学的研究生来说，也是新的挑战，我愿意接受这一挑战。

石院长真是一位难得的好院长，他的工作热情早已超过了职务的范围，把山庄当成了自己的家，真的成了孩子们慈祥的爷爷了。但是，他却不好意思给您写信，总是把这个任务交给我。他说您是一位出家人，他不知如何掌握和您对话的语言分寸。其实，出家人已经抛却了性别的羁绊。我注意过佛学书籍，对比丘尼并不写成代表女性的"她"字，而是与和尚相同一律称为"他"。这就是说，不论男女出家之后便都是佛门弟子了。佛教既然讲"四大皆空"，"一切诸法，无来亦无去，不生亦不灭，故无得亦无失"，怎么还会在意男女之别呢！如此说来，出家人还有什么话不能对俗家人说，而俗家人又有什么话不能对出家人讲呢？您看我对"无生无灭，无得无失"的悟性如何？

别看我有了这一层悟性，我和您交谈仍然有所忌讳，比如情欲问题。出家人是禁欲主义者，但芸芸众生却很难超越情欲二字。山庄姐妹们大多是些多情女子，她们经历的爱情磨难和婚姻失败，真是一言难尽……所幸的是她们在个人感情上遭受的挫折，不仅没有影响她们对孩子们的爱，反而强化了这种爱，或许是一种受到压抑的爱的转移和释放罢！有了这样一些山庄妈妈们，真是孤儿们不幸中的大幸！

昨天晚上我看了一部拍摄动物生存状态的电视片，摄影师花了许多时间实地跟踪狒狒群体的活动。一群狒狒中只有一头雄狒狒，其他全是雌狒狒及其幼小的孩子们。有一个情节使我十分感动，有一头雌狒狒生下孩子以后死了，嗷嗷待哺的初生婴儿眼看着要饿死了，另一头雌狒狒跑来给它喂奶，一直到这头小狒狒能够独立生存。当然，动物的这种救助本能是为了物种的繁衍，但从中也可以发现我们人类的原始本色。您说过，佛心存在于众生，不论其肉体形式是人，是鱼，是猫，还是狗。那么，那头母狒狒抚养了并非自己亲生的孩子，也是一种与生俱来的佛性了。

我不是佛教徒，但是，我希望在当今人欲横流、以恶相争的世风下，人人都多一些佛性。

　　祝您

健康！

展　晴
1988 年 3 月 20 日

二

　　黎明，大地还在沉睡，第一缕朝霞伸出金色的柔臂拭亮了妈妈山巅，缓缓地往山腰抚摸着。那浑圆的胀鼓鼓的山冈，像是暗海中升起的一座新岛，在朦胧的天幕衬托下熠熠生辉。远远近近的鸟儿为新的一天唱起了赞美诗，在鸟鸣大合唱中，乳房般的妈妈山整座地沐浴在绚丽的晨光中了。满山的林木花草都激动得泪光点点，那是晶莹的露珠，每一滴露珠都反射出朝阳的虹彩，山上山下宛如会聚了无数的小太阳。

　　在妈妈山向阳的山坡上，长满了低矮的马尾松林和柳树棵子，还有叫不上名字来的灌木丛，独有一小片高大的白杨林卓立于山坡，油亮的大叶子在晨风中沙沙作响。当地人管这种杨树叫"大眼睛杨"，因为它的树干上长满了疤纹，活像一双双大眼睛。杨树林里有许多鸟巢，大多是些喜鹊巢，巢里传来雏鸟稚嫩的叫声。

　　石院长每天清晨都来到白杨树下散步，独自一人和山林花草、鸟雀昆虫"交谈"。喜鹊的叫声并不优美，却总是引人开心，使他暂时忘却孤儿院院长这个新职务给他带来的心理压力。他仰望树冠摊开双臂，像是对喜鹊又像是对自己说："普爱山庄也是一棵大树，树上搭满了鸟巢，专门收留那些没爹没娘的孤雏儿。唉，瞧我这份差事！"

　　石院长遛早遛完了回到办公室开始了一天的工作，靠近杨树林的六号楼和七号楼这才响起了起床的喧闹声。

　　七号楼二层楼的男孩卧室和六号楼二层楼的女孩卧室正好可以隔窗相望。

这边立春和雨生并未注意到这一点，他们这个年龄的男孩对女孩不感兴趣。那边梦虹和唤弟两个早熟的小姑娘，却都偷偷地朝对面窗口看了又看。两个小姑娘同住一间卧室，但是从第一天开始她俩之间就开始了"冷战"。她俩不约而同地都把自己的小镜子摆在了窗台上，这样，每天早晨她俩就可以面朝对面窗口对镜梳妆了。

比起烦恼丛生的六号楼来，七号楼可以说是吉门福地。

立春自幼随远亲堂叔度日，处处小心谨慎，懂得眉眼高低。堂叔娶弦以后，新婶婶带来了自己的儿子，立春更尝到了寄人篱下的滋味。他来到普爱山庄喜出望外，简直有了一步登天的感觉。

像立春这么大的少年，虽然不能从心底真的把谷幽兰当成自己的妈妈，但他很喜欢这个文雅的城里女人，和老家那位愚蛮刁泼的堂婶相比，能有谷幽兰这样知书达理的养母他感到万分幸运。

就连立春这样的孩子，也有一些怪毛病。他刚来的时候，幽兰趁孩子们去上学打扫房间，从他的床底下发现了一包破烂东西。那是一件又脏又破的上衣，包着一把联接着锁鼻的生了锈的铁锁，几块旧砖头，和用旧报纸包着的一些烧过的柴灰。她嫌这些东西脏，顺手把它们丢进了楼后面的垃圾箱。不料，第二天她擦地板时，伸到床底下的墩布又触到这些东西。她想，这些破烂对于立春来说一定有着特殊意义，便不露声色地找来一个小纸箱，把破包袱装入箱子仍然放在了床底下。

后来，立春显然发现了纸箱，但他没有对妈妈讲这些东西的由来，幽兰也没有问立春为什么舍不得扔掉这些宝贝。由这件事她明白了，立春还没有把她当作真正的妈妈，或许时间能够使他们之间建立更亲密的关系。

唉！毕竟不是亲生儿子，孩子大了，有些事情不愿意讲，是不好追问的。幽兰这么想着，深深地叹了一口气。

幽兰不知如何与这么大的儿子相处，对他总是客客气气的。为了带好孩子，她看了许多关于教育和心理学的书。一本外国人写的《如何当好父母》的小册子说，西方的儿童和成年人享有平等的隐私权，父母进入孩子的房间都要敲门，以示对孩子的尊重。立春虽然刚过十三岁，但个子高高已经初具小男子汉的体魄了，幽兰小心翼翼地与他相处，从不以命令的口气让他做事。自从知道他床底下藏了一些东西，她在进入他和雨生的卧室时，总是先要敲敲门。

立春在农村时从五六岁就成了堂叔的小帮工，后来又成了新婶婶的小家奴，何曾受过这等礼遇？他从心眼里喜欢山庄这个新家，敬重这位文雅的妈妈。他很想和妈妈建立无话不谈的真正的母子关系，男孩子的自尊和羞涩却使他找不到表达感情的语言，只会以多干活和带好小亮亮为报答。

砰砰砰砰！

幽兰拖着墩布敲了敲立春卧室的门，只听里面一阵声响，立春才应声："妈妈请进！"

立春开门时表情不太自然，一看妈妈要来擦地，抢过墩布说："我来吧！好容易亮亮睡着了，您抓空儿休息一下。"

幽兰笑道："不了，白天睡不着觉。"

立春卖力地擦着地板，幽兰用抹布擦拭家具。立春擦到床底下时，只听嘭的一声碰到纸箱的声音，他用墩布把那纸箱推到里头去了。幽兰上一次打扫房间时把纸箱推到床底下紧靠墙角的地方，现在箱子跑到外边来了，她就猜出了刚才立春在房间里做什么了，但她仍然什么也不问。

立春对移动箱子的声音也很敏感，他想应该把这件事告诉妈妈。擦完了地板，他说："妈妈，是您给我找来的箱子吧？里面的东西是我从老家带来的，我怕您嫌脏，没敢告诉您。"

幽兰也就不好否认自己看过那些东西，点点头说："收在箱子里屋里整齐些。"

立春伤心地说："大地震时我们家房倒屋塌，家里只活下来我一个人，那时我还不到一周岁。听堂叔说，他把我抱走时，三爷爷找出了一张我们家的全家福照片，把我家的门锁摘下来，从废土堆里挖出几块垒炕的砖，又从灶台里捧了一捧做饭烧过的柴灰，把这些东西交给堂叔说：'好好一大家子人说没就没了，给孩子留个念想吧！小猫小狗还有个出处呢，这张照片给孩子存好，他长大了好知道他们一家人的模样。这是他家的门锁，他和爹妈一起躺过的炕砖，他家烧火做饭的灶灰……'"

幽兰听着眼圈红了，道歉地说："实在对不起！我不该没问清楚就扔掉。留着吧！你这么一说我就理解了，在你心目中这些纪念物就是家啊……希望你能拿咱这儿也当成真正的家，咱这不又有一大家子人了么？我没当过妈妈，有什么做得不对的，你就提出来。"

立春忙说："没有没有，您真的很好，真的，其实我心里真的很……"

他想说"很喜欢您这位妈妈"，却未能说出口。他看到瘦小的幽兰妈妈还不如自己高，而他听说自己的亲妈妈是个高大的漂亮女人。

这时小亮亮醒了，大声哭叫着找妈妈。幽兰和立春一齐奔向了幽兰的卧室，立春把亮亮从儿童床里抱了出来。亮亮还没有完全睡醒，从立春怀里挣脱着扑到妈妈怀里，这才破涕而笑了。立春佯装生气："亮亮，不跟哥哥好了？"

亮亮勾住妈妈的脖子不放，立春见他和妈妈这般亲热，脱口说道："我要是也像亮亮这么小就来咱这儿多好，看他真把您当成……"

他意识到自己说话冒失了，慌忙掩口而止，脸儿一红泛起歉意。幽兰听懂了他的未尽之言，反过来安慰他："是啊，才来了几个月，他就不记得老家的事了，他比你们这些大孩子有福气。不过没关系，今后日子长了。咱们也会相处得跟亲骨肉一样。"

立春仍然为自己说错了话不好意思，为了摆脱这种窘迫的交谈，他想抱着亮亮到院子里去玩，于是从衣袋里掏出葵花子来引逗亮亮。亮亮特别爱吃葵花子，自己又不会嗑皮，都是立春耐心地嗑了皮喂他。果然，他笑着扑向了哥哥，立春抱着他逃也似的离开了幽兰。

这样的尴尬，只有在这种组合的家庭里才会发生。母子之间客客气气，小心翼翼地弥合着彼此的感情，日子过得倒也相安无事。

三

幽兰和孩子们想在小楼门前开出一块平地来种些花草，大家商量种什么花，立春说："我们老家有大片大片的向日葵田，金黄金黄的大花盘特别好看，亮亮爱吃葵花子儿，咱们就种向日葵吧！"

大家齐声赞成，亮亮听说有好多好多葵花子吃，也蹶着小屁股表示赞成。于是，立春带着雨生开始平整土地，梦虹、石头、剩儿、可意也过来帮忙，就连懒惰的青凤、大菊也参加了劳动，不出半天就开出了一块花畦。

谷幽兰去山下村里找花农要来了上好的向日葵种子，分发给每个孩子，要他们每人种几棵，就连小亮亮都伸着小手要了一粒种子，蹲在畦边把种子埋进泥土里。

种上葵花子浇好了水，他们怕别的孩子来踩踏，又到山庄各处找来一些砖头石块，想砌一圈花坛矮墙。

石院长闻讯带来了水泥沙子，教给立春砌墙。立春在老家有干活的底子，不大工夫就俨然像个泥瓦匠师傅了。立春砌着砌着，忽然放下瓦刀跑进家门上了楼。来到卧室，他跪在地板上从床铺底下掏出纸箱，把照片和铁锁拿出来放进抽屉，端着纸箱下了楼。来到花坛跟前，他对妈妈说："我想过了，长大以后不可能走到哪里都带着这几块砖，我想把砖砌在花坛里，把灶灰给花当肥料。"

幽兰高兴地表示："太好了，老家的东西砌在咱这儿，这里就是你的老家了！"

石院长明白后激动地搂住了立春："好孩子，你能把山庄当成真正的家，往后这里就是你的根了！"

立春拿起瓦刀，郑重地把故园的炕砖砌进了新家的花坛，又把亲人烧过的灶灰撒进花畦里当作肥料，好让向日葵长得高大苗壮。

日子不久，花畦里长出了碧绿的嫩苗，孩子们高兴地围着花畦又叫又跳直拍巴掌。

小苗一点点长高了，叶子一点点长大了，转眼间长得比立春还要高。一株株葵秆又粗又壮，挨挨挤挤织出一块小小的青纱帐。不知什么时候，一个个金黄色的小脑袋像是约好了似的一齐冒了出来，开始还羞羞答答合拢着花瓣，后来和孩子们熟了，就张开圆圆的笑脸。金色的花盘越长越大。

两家孩子对门前这片向日葵已经习以为常，不大注意它了。只有立春和梦虹天天来照料它们，浇水、锄草、施肥，成了他们的日常劳作。立春对向日葵花畦倾注了深厚的感情，见到了这片金黄就想起了故乡的向日葵田。梦虹爱花，什么花都喜欢，来照料花畦也是愿意接近立春。

梦虹每天起得特别早，她知道一大早立春就去浇花了。她总是把自己的衣服洗得干干净净，熨得平平整整的，每天去上学时都换上一身干净衣服，大辫子总是梳得光光亮亮顺顺溜溜。她还不懂得化妆，其实她也用不着化妆，白净的脸蛋上两颊泛着红润，双唇生就得宛如红玫瑰花瓣。她梳洗完毕悄悄溜出楼门时，唤弟还在酣睡。唤弟懒惰贪睡，每天都得让妈妈叫几遍，她才起来好歹梳洗一下去吃早点。她哪里知道，当梦虹坐在餐桌前的时候，已经从花畦浇完水回来了。

立春和梦虹每天踏着朝霞无约而会，围着一片金黄浇洒着美丽的梦幻，他们这样的年龄心地如同朝露一般晶莹透明，虽然有朦胧的情愫却还没有学会表达。其实他们也无须表达，因为他们只有享受这份萌动的好奇与惊喜，只有对某种神秘感情的向往，并没有成年男女相处时那么多的杂念和欲望。

有一次，梦虹弯腰浇花时辫子垂了下来粘上了泥土，立春伸手帮她拾起辫子，拂去辫梢上的土说："你的辫子真长！"

梦虹心花怒放，嘴上却抱怨："是啊，洗头发梳辫子特别费事，真想剪了它！"

立春抚摸着辫子制止道："别！千万别剪，我就爱看你的大辫子，真好看！"

脱口而出，立春脸儿一红低头去拔草了。

从那以后，梦虹浇花时总是弯腰让辫子垂落下来，辫梢上变换着各种颜色的蝴蝶结。

他们在盼着葵花结出饱满的果实。

还有一个孩子对向日葵充满了期盼，那就是小亮亮。立春哥哥说过等葵花子熟了以后剥下来给他吃，勾起了他肚子里的馋虫虫，他老追着立春哥哥问："花子子，什么时候，熟?"

一个个葵花盘长得比娃娃脸还要大了，结出了密密匝匝的花子，那子儿嫩嫩的像孩子的童心。花冠终日仰着脸儿痴情地追逐着阳光，尽情地享受着春晖的爱抚，它们还不忙于成熟，因为成熟就意味着收割。

真的，不忙于成熟是一种幸福。

四

这一天，学校放学了，大轿车缓缓驶回了普爱山庄。车门一开，即像打开了鸟笼子，叽叽喳喳飞出了一群小鸟，欢笑着，鸣唱着，蹦蹦跳跳，你追我打，寂静的山庄立刻喧闹起来了。

梦虹从车门口踏板上往下蹦，忽觉下身湿乎乎涌出一股发热发黏的液体，咦，并没有憋尿的感觉，怎么……她怕同学们发现，慌忙用书包挡在臀后，躲躲闪闪一溜小跑往家奔。她跑进卫生间低头一看，吓得失声大叫，裤子上猩红猩红的一大片血迹！这个没娘的孩子，从来没有人对她讲过女孩子会有月经初潮的事，她以为自己得了怪病，坐在马桶上哭了起来。心情一紧张，血流愈加不止，她愈加害怕起来：这么流下去，血液流干了人会死的……她颤声呼喊："妈妈——妈妈——快来呀!"

这时唤弟跑回家来放书包，本来她想放下书包出去玩的，听见梦虹的呼喊，幸灾乐祸地凑过来想看个究竟。

肖晶闻声从楼上跑下来，却推不开卫生间的门，梦虹只顾在里面哭叫："妈妈——我要死了……"

肖晶拍着门说："怎么了? 开开门让我看看呀!"

梦虹这才打开了门插销，发现唤弟在妈妈身后探头探脑，示意只让妈妈进来，又把门关好才给妈妈看自己的"病情"。肖晶一看抿嘴乐了："哟，我倒忘了这件事! 没关系，这不是病。"

梦虹仍然怕得发抖，不相信地问："不是病怎么会流这么多血?"

"过几天就止住了。女人都有这一天，你这是长大了，成了一个女人了……"肖晶说到这里，心中倏地缩紧了——这不是当年自己那个可怕的初潮时，邻居大娘说的话么？现在，自己无意中一字不差地重复一遍。时光已经过去了二十五年，可是自己仍然未能成为一个真正的女人。虽然历经一般女人所无法承受的心灵煎熬，并且已经为人母，连女儿都有了初潮，而自己却还守着一副童贞女儿身……

"我怎么出去见人哪……"

梦虹的哭泣，打断了她的思绪，她这才发现自己走神了，忙说："没关系，我替你想办法去，你等着。"

她来到客厅，却空着双手一筹莫展。因为她从未想到要为女儿准备妇女卫生用品，只好给保健医生郭山梅打了电话。

唤弟躲在学习室里虚掩着门，似懂非懂地偷听她们的电话，忽闪着大眼睛判断着梦虹发生了什么问题。

郭山梅很快地拿着两套崭新的妇女卫生用品，一进门嗔怪道："也难怪了，你们这些大姑娘真不会当娘，早该给孩子预备下的！"

说着，她把一套用品塞给肖晶，自己拿着另一套去卫生间教梦虹使用方法。肖晶懵懵懂懂地问："怎么给这么多？"

山梅白了她一眼："越说越不像个当娘的了！唤弟也差不多的年纪，日子还远得了吗？省得到时候抓瞎！"

肖晶这才搓手笑道："还是你想得周到！"

唤弟在学习室里听见这些话，心里一激灵：这么说，自己也快和梦虹一样了……可是梦虹到底怎么了呢？她为什么关在卫生间里又哭又叫的呢……这时，她忽然想起来在寄养人家里的时候，寄养人逼着自己给她洗血内裤什么的，还嘻嘻笑道："学着点儿，过几年你月月得洗，这叫来'天水'，嘿嘿！"莫非……梦虹是来"天水"？这么说自己也快了……

她正在胡思乱想，忽听卫生间里梦虹又大哭起来，山梅和她的对话也听得一清二楚：

"以后月月得流这么多血呀？二姨，我不要！不要嘛！您给我吃药，打针，我不要，不要……"

"傻丫头，女人一辈子就得这么过！长大了你就知道了，女人无经血，影响内分泌，枯干黄瘦的，男人不喜欢你！"

"我不要男人喜欢……"

唤弟听了此话又犯狐疑，不由得想起来自己拒绝替寄养人洗那些脏东西时，"大相扑"的咒骂："叫你这个小狼崽子来不了天水，得干血痨，没有男人要你……"想到这些，唤弟有些担心，梦虹变成了"女人"，立春就会更喜欢她了，而自己却还不是"女人"……她恨恨地嫉妒梦虹，为什么所有的好事都由梦虹占先，总是轮不上自己呢……

这个既早熟又蒙昧的小女孩盼望着早日来"天水"，但是，好几个月过去了仍然不见动静。每个月有好几天梦虹都能享受着特殊照顾，妈妈不让她干重活，不让她沾凉水刷碗洗衣服，在学校还能以"例假"为名免上体育课。这些唤弟都看在眼里，嫉妒非常。不知是由于她的敏感，还是梦虹确实多了几分"女人"的魅力，反正梦虹的脸蛋愈来愈娇艳，大眼睛越来越妩媚，立春望着梦虹的眼神越来越专注了……

干瘦干瘦的唤弟却还是像一棵枯黄的小草。

是的，对于唤弟来说，这个世界是一片干涸的沙漠，她是一棵渴望甘霖滋润的枯黄的小草。立春的出现犹如一汪令人惊喜的泉水，但那耀眼的水花儿总是去浇洒像梦虹那样美丽的花朵。枯黄的小草愈加凋零，美丽的花朵愈加鲜艳，天下的事为什么总是这般不公平啊……

唤弟愈加仇视周围的一切。

五

在普爱山庄里，只有大眼睛杨树能够为唤弟撑起一片绿荫。

趁着无人注意的时候，她就爬到树上去玩儿，躲在茂密的树冠叶丛中，透过叶隙眺望远方。山庄里谁都不知道她能够像一只灵活的猴子似的嗖嗖地飞身上树。

在遥远的老家，村头就有一棵大杨树。

老家的大杨树上也有喜鹊窝。

老家的大杨树干上也长着一只只大眼睛。

坐在绿荫中的树杈上，透过叶隙能够看到妈妈山顶。白云一忽儿把太阳遮住，一忽儿又急急地赶着去哪里玩耍；妈妈山那圆鼓鼓的乳房，朝着蓝天高高耸起的乳头，就忽明忽暗变幻万端。每当云影缓缓往山下退去，沐浴在阳光中的乳头便显得徐徐高挺，宛若母亲呼吸起伏的胸脯。每当这个时候，唤弟就分外想念自己的爸爸妈妈。只有藏在黑黝黝的浓荫里，听着厚重油亮的杨树叶子发出的喧响，她才敢于承认自己不仅非常想念爸爸，也很想念妈妈。可是自己不应该想妈妈，自己不是一直恨妈妈吗？

妈妈常常领着我在村头大杨树下面远望，那是一片高地，站在树下能够望见远处公路上来来往往的车辆，她指着树干说："你看，这么多大眼睛！杏核儿眼，鱼尾眼儿，丹凤眼儿……"

我问："杨树长眼睛干啥？"

妈妈说："望远啊！要不它就蹿这么高了？蹿高了才能望远啊！"

"可是……远处，你瞅见了什么呢？"我仰着头问大杨树。

妈妈替大杨树回答："它替咱瞅着你爸爸啥时回来呀！"

"是吗？"我惊喜地叫了起来："爸爸一回来，打老远它就瞧见了？"

"听，喜鹊喳喳叫，爸爸快回来了。"妈妈用手遮住额头朝公路上望着。

从那以后，我总爱爬到树上去等爸爸。杨树的大眼睛们都帮我朝远处盯着爸爸的身影。

妈妈发现我上了树，大声嘱咐："小心点儿，别摔着！别祸害喜鹊！你爸爸要是回来，它会给咱报喜的——"

我高声答应着："哎——知道啦——"

这几天喜鹊叫得特别欢。我急忙爬上了大杨树，朝远处望啊，盼啊……果然，爸爸搭乘乡亲的拖拉机从公路上下到进村的小道，越来越近了。我大声叫喊："爸爸——爸爸——"

爸爸抬头望见我，老远地朝我张开双手大声招呼："唤弟——好闺女——你怎么像个小猴子攀在树上呀？"

"我在等你啊——"说着，我就飞快地从树上滑落下来，还没落地，爸爸已经跑到树底下，张开双臂一把接住了我，我和爸爸亲啊，搂啊，笑啊……

可是，很快地爸爸妈妈就开始吵架，越吵越凶。爸爸打妈妈，妈妈总是哭，从不还手，爸爸还是狠狠地打妈妈。每当他们吵架时他们都赶我出去，可我在门外都听见了……爸爸骂妈妈不要脸，说妈妈在家里找野男人，说妈妈肚子里的孩子是野杂种，爸爸表示绝不承认小杂种是自己的孩子……

后来爸爸气哼哼地走了，我哭着送爸爸到村口……

后来，妈妈生下可意这个小杂种。爸爸又回来了一趟，但他俩吵得更厉害了。爸爸在乡亲们面前打妈妈。还找了本族几个叔叔拿着刀要去我姥姥家村里杀死改福舅舅。妈妈拦不住他们，上吊寻死了……

再后来，爸爸得了重病。临死前，他说只是舍不下我这块亲骨肉……他说他是被妈妈和可意小杂种气死的……

唤弟想起往事，搂着杨树枝哭了起来。

对面的杨树上传来小鹊雏儿的欢叫声，是大喜鹊飞回来喂它们来了。

唤弟从来不爬到有喜鹊窝的杨树上去。她只是坐在旁边这棵杨树的枝杈上，透过叶隙观察鹊巢里面的动静。在老家时她捉麻雀，把麻雀活活地团在泥巴里扔到灶膛里烧熟了吃，但她从来不祸害喜鹊……

对面树上鹊巢里的小鸟一个个张大了嘴，鹊爸爸和鹊妈妈轮流飞回来，把存在嗉子里的食物一点一点喂给雏儿们。

唤弟瞅着瞅着，羡慕的热泪挂满双腮。我小的时候多幸福啊，那时候爸爸每年回来，家里都充满了笑声。爸爸让我骑在他的脖子上，扛着我满村去串门儿。妈妈给我们做好吃的，把菜里少得可怜的几根肉丝都拨到我和爸爸的碗里……

她不愿意再回忆那些情景了，她用指甲狠狠地掐自己的手腕：叫你又想她！叫你又想她！爸爸临死时告诉过你，她不是好人，是她和小杂种气死了爸爸……

六

又一个星期天来到了，孩子们又可以不去上学了。普爱山庄又热闹起来了。

梦虹和可意在杨树林里玩耍，发现一只扑扑腾腾不太会飞的小喜鹊，他俩东追西截，没费力气就捉住了它。他俩高兴极了，蹲下来摆弄小鸟。梦虹轻轻地把小喜鹊捧在手里，可意凑近了伸出小手抚摸它的花羽毛。小喜鹊只有巴掌般大，又黑又亮的圆眼睛闪着惊讶的光。可意一碰它，它就把嘴巴张得老大老大，让人一直能看到它的喉咙，可意吓得把手缩回去。梦虹的手心感觉到了雏鸟的小心脏怦怦地激跳，告诉可意："它不会咬人，它是害怕，你摸摸，它心跳得可厉害呢！"

可意问："那它为什么老是张大嘴巴？"

梦虹想了想："它准是饿了，喂喂它吧！"可意从衣袋里拿出饼干，掰成小块喂鸟，小喜鹊不吃。梦虹说："它准是嫌干，嚼嚼喂它！"

可意把饼干嚼了嚼，放在手里喂鸟，它还是不吃。可意着急地说："它会饿死的！"

梦虹又想了想，说："大鸟都是捉虫来喂小鸟，它准是爱吃肉，你捧住它，我回家找妈妈要火腿肠去！"

可意小心翼翼地接过了雏鸟，梦虹跑回家去了。小鸟仍然张大嘴巴仰天找啊找啊，发出微弱稚嫩的叫声，大概它只能这样张大嘴巴等着妈妈来喂食，或者它以为只要做出这样的姿势和发出这样的叫声，妈妈就会来救它。可意发现它完全没有咬人的意思，亲热地把它凑到自己的脸蛋上亲吻着它光滑的羽毛，喃喃地说："小喜鹊，你也没有家了？你爸爸妈妈呢？我亲爸爸亲妈妈都死了……姐姐不喜欢我，总打我……你愿意做我的朋友吗？跟我回家好不好？我让妈妈给你做好看的笼子，我和梦虹姐姐给你好吃的……"

他正在亲热地和小喜鹊说话，冷不防身后有人大喝一声："你一个人瞎叽咕什么？"

他吓了一跳，回头一看是唤弟，他慌忙站起来倒退几步把鸟藏在背后。

唤弟厉声喝问："你手里拿的是什么？"

可意惊慌地说："没，什么也没有……"

唤弟一把拧过弟弟瘦弱的胳臂，一看是只小喜鹊，劈手就夺。她一直认为喜鹊和大眼睛杨都是属于自己的，自己会爬树从来没有逮过小喜鹊；现在可意却拥有了一只，这下子可把她给气坏了。可意怕伤着小鸟，扭着身子护住小喜鹊，脊背上便挨了姐姐狠命捶来的拳头。可意挣脱了姐姐撒腿就跑，唤弟追着喊："给我！这是我的！"

可意奇怪地争辩："大姐刚刚逮住给我的，怎么会是你的呢？"

唤弟一听是梦虹捉了她的小喜鹊，更加恼怒了，威胁道："给我！不给打死你！"

可意撒腿就跑，唤弟玩命追赶，可意围着杨树绕来绕去。

眼看要追上了，可意气喘吁吁求饶道："真的不是我的，是梦虹姐姐捉住的……她回家给……小喜鹊拿吃的去了……"

唤弟一听梦虹更是有气了，揪住弟弟就夺鸟："不管是谁的，都得给我！"

可意知道姐姐有残害小动物的恶习，弄死过无数蝴蝶蜻蜓蝈蝈什么的，眼看自己人小力弱敌不过姐姐，为了放小喜鹊一条生路，手一松放开了它，小喜鹊扑扑腾腾逃走了。

唤弟气急败坏地把弟弟按在地上一顿狠揍，可意哭喊着："小喜鹊，快跑——快飞——飞到树上——找妈妈去……"

可是，小喜鹊的翅膀还嫩，飞了几次飞不到高大的杨树树冠上去，只能在林间草地上扑腾着。唤弟发现这小鸟很好捉，扔下可意跑去逮鸟。

梦虹拿着火腿肠回来了，看到这种场面，大声嚷道："唤弟，小喜鹊是我的！"

唤弟蛮横地反问："谁说是你的！谁捉到算谁的！"

两个女孩便在树林里追起鸟来了。

此时树上喜鹊大噪，原来是两只大喜鹊给小宝宝衔食回来了。它们发现巢里少了一只雏儿，又看见下面发生的事情，俯冲下来试图帮助自己的孩子飞到树上去。

　　唤弟追上来了，两只大喜鹊各叼起雏儿的一只翅膀，想把它带到树上去，无奈唤弟用木棍驱散它们，喜鹊爸爸和喜鹊妈妈一次又一次的尝试都失败了。

　　梦虹追上了小喜鹊，但她怕伤着小喜鹊不忍心去狠扑它，只想轻轻地捧住它，就在她马上就要捉住它之际，赶上来的唤弟伸腿一个绊子，把她绊倒在地。唤弟乘机又去追小鸟，两只大喜鹊又一次俯冲下来要啄唤弟，唤弟一边用手里的树枝在空中抡来抡去打它们，一边对雏鸟穷追不舍。

　　这场大战早已惊动了在大院里各处玩耍的孩子们，大家一齐凑到杨树林里来看热闹。两只大喜鹊见人多势众，只好回到树上大声嘶叫着。这个喜鹊家庭的灾难惊动了所有的鸟巢，各种各样的鸟儿都从林中飞腾而起，在山庄上空盘旋着。这个季节是鸟类的育雏期，大鸟们觉察了危险的信号，因惦记巢里的雏儿不肯飞远，在空中凄厉地鸣叫着。

　　孩子们从四面八方包围了小喜鹊，眼看小喜鹊无处可逃了，唤弟霸气十足地大喝一声："谁敢动它！它是我的！"

　　孩子们都怕唤弟，没有一个人敢再捉鸟了，唤弟轻而易举地抓住了小喜鹊。孩子们围上来央求着要看小鸟，唤弟把鸟举得高高的不给大家看。

　　梦虹的膝盖被摔破了，渗着血滴，她顾不上疼痛追上来说："还给我！它是我发现的！"

　　唤弟得意地说："凭什么给你？大家都看见了，它是我逮着的！"

　　她怕鸟儿被别人夺走攥得死死的，小鸟在她手心里吱吱哀叫。

　　梦虹心疼地制止道："别使劲抓它！它还太小，会被你攥死的！"

　　可意也哭着央求："姐姐，放了它吧……"

　　唤弟一见可意站在梦虹一边更加恼怒，举起小鸟作出往地上狠摔的姿态："谁也甭想得着！"

　　孩子们一齐惊呼起来，唤弟忽然止住了手，故意残忍地折磨梦虹和可意："我才不摔死它呢！活着给它糊上一层泥，点着了火堆烧熟了吃！烧好了一掰泥块，毛就粘在泥上掉下来了，光剩下嫩肉，啧，啧，啧，那才香呢！"

她说一句，孩子们惊呼一声，一齐央求她别那样做。梦虹使眼色让可意去叫立春，可意悄悄地溜走了。

七

立春正在家里做功课，可意在窗外喊他，说了小喜鹊的遭遇，他立刻放下书本跟着可意跑来了。

立春来到唤弟跟前笑道："给我看看！"

唤弟立刻变得温顺了，乖乖地把鸟递给了立春，立春抚摸着花鸟羽说："小喜鹊多可爱呀，我做个鸟笼子，咱养着它吧！"

唤弟说："这你就不知道了，喜鹊脾气大，喂它也不吃食，养不活，反正是个死！"

这时石院长闻讯赶来了，看看小鸟，像逗小孩一样用手指点一点小鸟的额头笑道："哟哟，你这个小家伙还没学会飞，就从窝里跑下来玩啦？看把你爸爸妈妈急的，嗓子都喊哑啦！你也想爸爸妈妈了吧？树那么高，咱又没学会高飞的本事，这可怎么办呢？"

经他这一番温和的诱导，孩子们一齐仰望树顶，听着一对大喜鹊声嘶力竭的呼唤，大家七嘴八舌地为如何送小喜鹊上树出开了主意：

"用竹竿送它上去！"

"它会在竹竿上老实呆着吗？摔死怎么办？"

"把它拴在竹竿头上！"

"那举上去以后它怎样回窝里？"

"把他装在鸟笼子里，用竹竿把笼子举上去！"

"还是不行啊！笼子开门不开？开着门，它一害怕飞出来，又得摔死，关着门，到了树顶它还是出不去！"

石院长安慰大家："没关系，小杜叔叔当过兵，会爬树，晚上他出车回来，让他把鸟送上去。"

孩子们齐声叫好，唯有立春仍然忧心忡忡，抚摸着小鸟说："等到晚上，大鸟一直这么叫，得急死。小鸟的嗓子瘪瘪的，又饿又吓，闹不好会生病的……石爷爷，我会爬树，我送他回家吧！"

石院长担心地问："这树太高了，你在老家爬过这么高的树吗？"

立春诚实地摇摇头，但又勇敢地表示："我能够上去。"

唤弟担心立春弄不好会摔伤，恳切地央求："石爷爷，我特别会爬树，让我上去吧！"

石院长拍拍唤弟的肩膀表示赞赏。他看看立春，又看看唤弟，觉得男孩子力气大胆量大，还是决定让立春上树。

如果他选择了唤弟那就好了，唤弟就会像一只灵活的小猴子一样嗖嗖地爬上树去，给大家来一个惊喜。那样她就会在梦虹面前显示一回自己的能耐，连立春都会佩服自己。那样她会觉得扬眉吐气，心理得到一些平衡。现在她心里沮丧极了，为什么一切好事和表现自己的机会都没有我的份儿呢？

石院长虽能掌握一些少年儿童心理特点，但他一个老头子毕竟不会这么细腻。尤其是处于性萌动状态下的早熟少女的种种微妙心理，也真够叫人难以揣摩的。

石院长捶了捶立春的胸脯，鼓励道："好孩子，像个男子汉！长大了你会记住这次爱心活动的！别慌，稳住了，我年轻时也攀过悬崖峭壁呢！"

他叫人找来一个盒子和一个尼龙网兜，把小鸟装在盒子里，把盒子放在网兜里，把网兜系在立春的脊梁上，立春背着小喜鹊走到大喜鹊鸣叫着的那棵大杨树底下。

唤弟还是不放心立春的安全，追到他身边小声说："我真的比你会爬树，还是让我上去吧！"

立春颇有英雄气概地回绝了："你是小丫头啊，当然应该是我上。"

唤弟只好叮嘱："小心点儿！别往下看！"

"知道了。"立春答应着走到树根前，往手掌上唾了唾沫就要攀援。

"等一等——"梦虹跑来了，不知什么时候她回家找来一副护膝，气喘吁吁地递给立春。立春一见就笑了，连声道谢，他穿着短裤，树又高，爬上爬下很容易磨破膝盖，正用得着护膝。

唤弟一见梦虹比自己更加殷勤周到，跑到一旁生气去了。

孩子们都屏住呼吸仰头瞅着立春爬树，开始大家还吵嚷，赞美的，鼓劲的，警告小心的，石院长嘘了一声让大家保持安静，不要让立春分神。

立春迅速又稳健地攀援而上，这大杨树太高了，树干上又长满了大眼睛疤纹，攀起来很费劲，他爬到中途手脚发酸有些吃力了。

石院长在下面叮嘱："别着急，累了歇一会儿，喘匀了气儿再上。"

立春听从石院长的指挥，休息片刻又稳稳而上了。他攀上了树枝，坐在树上仰望树叶丛中的鹊巢，选择攀枝而上的方位。他的造访惊动了一对大喜鹊，惊飞起来又冲向鹊巢保护窝里的几只雏儿。立春接近了鹊巢，大喜鹊以为他要来抢夺自己的孩子，愤怒地冲过来啄他。他好气又好笑地一边护住脑袋，一边吃力地从背后把网兜转到胸前，打开网兜和纸盒拿出了小喜鹊。

大喜鹊一见自己的孩子，这才明白了立春的善意，不再啄他，只在他身边惊叫着。立春把小鸟放在树枝上，小鸟扑腾了几下险些掉下去，引得树下一直仰视的孩子们一阵惊呼。喜鹊爸爸和喜鹊妈妈围着归来的游子亲切地叫着，似乎在用鸟类的语言教给它如何飞回巢去。小鸟终于镇静下来，抖了抖羽毛，用稚嫩的翅膀飞上了一条树枝又一条树枝，跳跃加短程飞翔，终于飞回了鹊巢。巢里的雏鸟抖动翅膀吱吱叫着欢迎它归家，两只大喜鹊的叫声也变得欢快起来，双双回到巢里，亲热地用喙为失而复得的孩子梳理羽毛。看来鸟儿是通人性的，当立春从树上下来时，喜鹊夫妇从巢里飞了出来，在他身旁回旋鸣叫，却没有再啄他，表达了感激和送客之意。

立春的双脚刚一落地，孩子们立刻围了上去，"哥哥""哥哥"叫个不住。在山庄孩子们心目中，他俨然成了凯旋的小英雄。

可意仰望鹊巢说："我真想当一只小喜鹊飞到树上去，它有爸爸妈妈……"

梦虹听他这么一说，也抬头仰望鹊巢，望着望着，热泪刷地一下子挂满双腮。

躲在山石后面的唤弟听他这么一说，也抬头仰望鹊巢，望着望着，热泪也刷地一下子挂满双腮。

八

  小喜鹊的历险，只给梦虹带来短暂的欢乐，她笑起来很迷人，但她很少笑。十三岁还不到沉思的年龄，但她总是默默沉思。除了看书和沉思，她还喜欢独自一人在山林中漫步，看见什么感兴趣的东西便会驻足不前，有人看见过她竟然跟蚂蚁说话，她蹲在蚂蚁窝跟前看啊看啊，对着进进出出大群蚂蚁叹息："唉——看你们这一大家子多好！你们有家，我没有。"

  肖晶听说此事以后，特意跟上山去观察她的动静，只见她蹲在路边看那些小草，一蹲就是个把钟头，肖晶凑到她身后她都浑然不觉。只见她伸出食指不断地轻轻触摸着一簇含羞草叶。含羞草两排羽毛般的秀叶便合拢了起来。她耐心地等待叶羽张开，又用手指拂过叶尖，叶羽即又合拢。她就这样循环往复不厌其烦，口中还喃喃地说："你的眼睫毛合上了，睁开了，又合上了，又睁开了，真漂亮……你的妈妈在地下，我的妈妈也在地下……"

  肖晶不忍心打扰她，悄悄地离开了。

  梦虹在山林里逗留不大被人注意，但她常在喷泉塑像边上呆坐凝望，小广场上人来人往可就众目睽睽了。尤其田院长办公室的窗子正对着小广场，见到她这个样子一定会以为她受了委屈，肖晶为此常去喷泉把她拉回家。

  为了使小姑娘愉快起来，肖晶总是寻机会和梦虹谈心。问她心里有什么别扭，她又都说没有。这孩子爱看书，字也写得好，肖晶自己喜欢文学，有写日记的习惯，便鼓励梦虹多写多记。她送给梦虹两个漂亮的本子，一个日记本，一个作文本，让她把心里话写下来。她想用这个方法使梦虹有个情绪宣泄的渠道，以免憋闷出毛病来，她自己就是这么做的。梦虹很喜欢这两个每页纸都印花朵的笔记本。肖晶给她的抽屉安装了锁头，把钥匙交给她，说："如果你不想给我看，我保证不看你的日记，你可以把日记本锁在床头柜抽屉里，这是属于你自己的秘密。这个作文本你有了好文章或好诗，希望给我看看，我帮你出出主意，看看能不能改得更好。"

  梦虹高兴地答应了，肖晶对她有些放心了，只要她不像个梦游人似的坐在办公楼对面的喷泉旁发呆，引起别人的误解就好。

这一天晚饭以后，母女二人一边在厨房刷碗一边闲聊，肖晶问："你的名字起得这么有诗意，你爸爸妈妈一定有文化吧？"

梦虹说："没有，听我姥爷说，爸爸妈妈只上完小学就回家种地了。我的名字，是村里小学白老师给起的，白老师爱写文章，常在报上登稿。妈妈生我那天夜里梦见天上的彩虹，农村人叫做绛，白老师听说了，说这个梦太美丽了，就给我起了这个名字。"

肖晶说："这个名字算是起对了，你这么爱看书、写诗，说不定借了白老师的文才呢！"

梦虹无比怀念地说："白老师很喜欢我，是他教我作文写诗的。他在村里小学教书，工资很少，多亏他还懂得动物、植物，业余时间养蓝狐、银狐，种药材，人工栽培木耳、银耳，卖了钱都买成书和报纸刊物。我从小就帮他干活，在他屋里看书。他的书房和狐狸房就在一间小石屋，书刊都是狐狸味儿的！来到这儿看书，没了狐狸味儿，总像少了点儿什么似的。您见过狐狸吗？蓝狐长着圆圆的脸，大大的眼睛，不像画上画的那样尖嘴奸相的。银狐的尾巴尖儿是白色的，可好看呢！我真想回老家抱几只回来，咱们也养着！"

肖晶笑了："你们几个我都玩不转了，再来几只狐狸，咱楼里就更热闹了！也巧了，我和白老师都喜欢文学，你想要什么书，我给你买去！"

梦虹谢了妈妈，忽然眼睛一红，泪珠儿吧嗒吧嗒落了下来。肖晶连忙涮了毛巾替她擦脸，哄劝："刚才还说得好好的，怎么又伤心了？"

梦虹哽哽咽咽地说："我想姥爷，想白老师，想老家，不知什么时候才能回去看看……姥爷要是还活着多好哇！我姥爷可疼我呢！姥爷在时，我没觉得孤单……姥爷也走了，临死时他说要找姥姥去……我爷爷家和姥爷家都是一个村的，大地震时两大家子都砸死了，只留下姥爷和我……爷爷奶奶，姥爷姥姥，爸爸妈妈他们的坟都在一起，只有我一个人活着……想回老家去上坟……"

小姑娘越说越伤心，肖晶不知怎么劝才好，慌忙说："怎么只有你一个人呢？咱们这不又是一大家子人嘛！"

梦虹点头表示同意："是啊，我也总对自己这么说……白老师和我告别时说：梦虹啊，别看你失去了父母亲人，你将来的生活一定会像天上的彩虹一样美丽多彩。"

肖晶趁机诱导："白老师说得对，你要相信明天，要努力使自己心情好，性格开朗一些。"

梦虹却说："可是，我总觉得天上的彩虹转眼就没了，就跟我全家亲人一样……"

肖晶急忙劝慰："天灾人祸不可避免，但又不会总让一个人遇上。你来到了山庄，这儿离大城市近，学校教学水平高，你们会有前途的！春节晚会上你朗诵的诗，展老师说你很有天才呢！最近又写诗了吗？"

梦虹不好意思地笑道："写了两首，不好，一会儿拿给您看看。"

母女二人干完了活来到楼上宿舍，肖晶催促："该看你的诗集了吧？"

梦虹羞红了脸，递上笔记本说："什么诗集啊，瞎写，总也表达不出来想说的意思！"

肖晶翻开了笔记本，笔记本上一笔一画地写着工整的字体，一首自由体诗《我从哪里来？》，一首散文诗《石像妈妈》。肖晶拿起铅笔，一边细细阅读，一边帮她推敲词句和修改错别字。

肖晶越看心情越沉重，如果不是亲眼所见，真是无法想象这些人生悲叹是出自一个十三岁女孩的本来应该天真快乐的心灵：

> 我从哪里来？
> 有一首歌儿唱道，
> 不要问我从哪里来……
> 可是我总想问，
> 我从哪里来？
> 山庄里的姐妹兄弟，
> 都没有爸爸妈妈，
> 可是他们都知道，

爸爸妈妈的模样。
他们保存着亲人的照片，
只有我没有，
我不记得爸爸妈妈的模样，
想也想不出来。
于是我总想问，
我从哪里来？
姥爷说人死后去了阴间，
亲人们在那里团圆。
我真想去阴间啊，
好知道爸爸妈妈的慈颜。

肖晶看了这首情真意切的诗，心里一激灵：想不到一个记不得父母容貌的孩子，会对骨肉亲情有如此无望的追寻。由于这种与生俱来的孤独感，小小女孩竟然不自觉地思考到生与死的奥秘，并把这份无望的渴求寄托于来世。自己多少年来的孤独苦旅，何尝不是这样渴求着亲情、温情与爱呢？自己何尝不盼望着到另一个世界去叩见妈妈表达女儿的忏悔呢……看来，自己把儿童的内心世界看得过于简单了，虽然他们年纪幼小，但他们的心灵已经背上了太多的重负，该如何引导和安慰她呢……肖晶一时不知如何是好，沉吟之下继续翻阅下面一首散文诗：

石 像 妈 妈

喷泉日日夜夜冒着水花儿，水花儿围着一群孩子，孩子围着一位年轻美丽的妈妈。妈妈怀里搂着一个婴儿，婴儿鼓起小嘴儿正在吃奶。老家的方言把婴儿吃奶叫做吃妈妈，这个胖胖的婴儿吃着一只妈妈，小手还抓着另一只妈妈，圆圆胀胀的妈妈呀，流出的乳汁一定比糖还要甘甜，要不这孩子怎么生怕妈妈被别人抢去呢？

村里人说，大地震房子塌下来的那一刻，爸爸和妈妈同时扑向我，他们用身体给我留了一条活路。那时我只有三个月，正甜甜地睡在妈妈怀里。为了使我能活到有人来相救的时候，妈妈一直到临死还在给我喂奶，人们把我扒出来的时候，我嘴里还在吮着死去了的妈妈的乳头……

这都是别人告诉我的事，我恨自己记不得。我想享受偎在妈妈怀里的温暖，我想知道吮着妈妈乳头的滋味，我想摸一摸妈妈那圆圆胀胀的乳房呀，我想尝一口妈妈甘甜的乳汁。贪吃的小弟弟呀，你为什么吮着一只妈妈，小手还要抓着另一只妈妈呢？把这一只妈妈让给我亲一亲，尝一尝行吗？

石像妈妈呀，你望着怀中婴儿的目光是这样的温柔，不肯抬眼看一看我，您有这么多孩子，把我也收下行吗？我也愿意站在喷泉围成的水花里，日日夜夜围绕着您。让我叫您一声妈妈行吗？妈妈……

肖晶读着读着，热泪簌簌地落了下来，一把搂住梦虹说："傻孩子，怎么还去管石像叫妈妈呢？我不就是你的妈妈吗？我不已经收下你做女儿了吗？你就把我当成你的亲妈妈吧，咱们一起过日子，彼此都不孤单……你不知道，不只是你们小孩子想妈妈，我这么大了也想妈妈，我心里很苦，许多想对妈妈说的话来不及说了……也把希望寄托在来世相见……可是，咱们还是要抓住今生今世，你还这么小，将来会有幸福。别再想这些永远找不到答案的事了，你就从心里把我当成你的妈妈吧，行吗？好孩子，行吗？好女儿，行吗……"

梦虹泪眼汪汪地端详着肖晶的面庞，可怜巴巴地说："我想这样做，要是我心里真的把您当成妈妈，就好了……可是，可是……我想知道妈妈的模样……越是明白不可能，越想知道，怎么也绕不开这个念头……妈妈，我知道您对我好，可是，没法子，非那么想不可，我想知道亲妈妈的模样，连一张照片也没有……"

她伏在肖晶怀里大哭起来。

肖晶抚摸着她的大辫子，不知是为了她的身世，还是为了自己的遭遇，流了许多眼泪。

九

这一天是星期六，石院长又来到设在大院门口的供应部帮忙卸菜。自从当了这个婆婆妈妈的院长，他很少回城休假，老伴有时来山庄住几天，帮他料理料理家务。带着这么一大群孩子过日子，离开山庄一会儿他都不放心。

供应部是山庄自己开办的小铺子，粮油肉菜水果点心，学生文具卫生用品应有尽有，各家的妈妈可以来这里买东西，省得跑山路到镇上去采购了。司机小杜兼当采购员，每天开车接送孩子们去桃李镇上学时，顺路买些生活必需品回来。传达室守门的周大爷兼当售货员，石院长有空就来帮忙，几个人齐心合力保证山庄大家庭的后勤供应。

石黑玺说是个院长，实际上是个柴米油盐吃喝拉撒都得操心的大管家。

今天，石院长发现了一桩怪事——好几位妈妈都来买学生作业本，说是她们的孩子把作业本丢了。因刚开学不久，每个学龄孩子都有好几册崭新的作业本，所以供应部没有购进这种文具。小杜刚从镇上买菜回来，只好又开车去买本子，以免耽误学生做作业。石院长好生奇怪：怎么这么多孩子都丢了本子呢……

他一家一家走访问个明白，当他听说丢本子的大多是十二三岁的大孩子时，心里更犯开了猜忖。肖晶和谷幽兰告诉他，连立春、梦虹这样的好学生也丢了本子，这愈加使他感到情况异常了。

下午，学生们放学回来以后他让各个小楼的妈妈找孩子谈话，把事情问清楚。妈妈们找一个个孩子都问遍了，所有的孩子都一口咬定说本子丢在学校操场上了，回去找时不见了。

石院长要随社会福利考察团出国访问，学习外国慈善机构的管理经验，半个月以后才能回来。出访之前，考察团成员要去北京集合做些准备，今天下午就要进城上火车了。他临走前把此事交给了田淑贤，叮嘱她先问清事实，不要草率作出处理，田院长满口答应。

石院长一走，田院长自有她的"破案"招数。她把唤弟叫到了办公室，唤弟是她的小心腹，经常偷偷地找她汇报情况。田院长问了丢本子的事，唤弟却说不知道。

田淑贤启发道："再好好想想，昨天有什么不对头的情况没有？"

唤弟想了又想，说："昨天放学回来的路上，梦虹、晚珠、玉莲、小锁、牛牛、雁来、克难，还有……立春，他们几个在汽车里躲到后头嘀嘀咕咕的，到家以后他们悄没声地去了后山，没有叫我。回来时一个个眼睛红红的，像是哭过似的。"

"眼睛红红的？哭过……"田淑贤当机立断："走，到后山瞧瞧去！"

她俩来到后山，发现一块空地上有个新挖的小坑，坑里堆满了纸灰。田淑贤蹲下用木棍拨了拨纸灰，从下面找出几片未烧尽的白色纸钱，残片上还能看出作业纸上印出的横格。她对发生的事情作出了判断，从衣袋里掏出手帕兜了一些纸钱残片，就往回走。

唤弟卖乖地说："准是他们来这儿把作业本烧了！可是，为啥要烧作业本呢？"

田淑贤已经胸有成竹："他们几个人的亲人都是死于唐山大地震吧？"

"除了克难，都是。"唤弟不解地反问，"这和大地震有什么关系？"

田淑贤说："唐山大地震发生在 1976 年 7 月 28 日，昨天正是 7 月 28 日，是他们的亲人十三周年忌日。他们用作业本当纸钱，烧纸是搞封建迷信！"

唤弟见田姥姥脸色不好看，知道梦虹、立春他们惹了大祸，心里又高兴又担忧。高兴的是梦虹一向以学习好傲里傲气的，这回可要挨批评了，担忧的是这件事把立春哥哥也扯了进去。她怕立春哥哥知道了是她告密生她的气，乖巧地表示："田姥姥，我先走啦！我怕……"

田淑贤明白了她的意思，挥了挥手，唤弟小兔子一般跑走了。

田淑贤认为在山庄里蔓延封建迷信活动是很严重的问题，早把石院长"勿作草率处理"的叮嘱抛在脑后了。她以雷厉风行的一贯作风，当天晚上就把几个地震孤儿叫到了办公室，把包着纸灰的手帕往桌上一摊，厉声问话："说，作业本哪里去了？"

立春、梦虹、晚珠、小锁、牛牛、雁来、玉莲、克难几个大孩子一字排开垂首肃立，一言不发。

克难是大姨端仪的大儿子，虽然他的父母不是在大地震时去世的，但他听说了立春他们要去后山祭奠亲人，也要和大家一起去，于是也成了"同案犯"。

田淑贤在他们面前踱来踱去，生气地质问："老师怎么教给你们来着？石院长和我怎么教给你们来着？妈妈怎么教给你们来着？全都当成了耳旁风？都忘了？你们是大哥哥大姐姐，要给弟弟妹妹们作出榜样，你们可倒好，带头搞封建迷信！好好的作业本，剪成纸钱烧掉了，可惜不可惜？还编瞎话骗妈妈，说本子丢了？"

她这样长篇大套地训斥着，没有一个孩子应声。她越说越生气，逼视着孩子们追问："说，谁出主意把作业本剪成纸钱？烧纸时你们都说了什么啦？"

孩子们还是不应声，她大发雷霆："你们不说明白了，谁也别想回去！你们的妈妈都在外面等着呢，不查清了大家都甭想睡觉！别看今天是周末，我也不回家了，奉陪各位到底！照你们这样起坏的带头作用，把你们退回老家去！我看你们是没有享福的命！怎么都不说话啊？说，谁挑的头儿？"

立春老老实实举手承认："是我出的主意，要处分就处分我吧！"

田淑贤痛心地说："立春啊立春，你是班上的好学生，全院孩子的大哥哥，你怎么也这么不顾及影响呢？"

立春无法掩饰自己的抵触情绪，嘟哝着申辩："毁坏本子是不对的，但是，我们……在老家时，年年这一天都纪念纪念的。今年，不能在爸爸妈妈坟前磕头了，烧烧纸钱祭一祭亲人……村里祖祖辈辈都是这么做的……"

梦虹怕立春吃亏，也站出来承认："不是他，是我挑的头儿。我从家里拿的剪子剪的纸钱。要退回老家，就退我一个人好了，我还想家呢……"

晚珠也站出来说："我也从家里拿剪子，剪纸钱了！"

玉莲说："还有我，我也剪了！"

田淑贤冷笑道："啧啧，还挺有风格呀！看电影看的吧？争着承认自己是八路军？把我当成日本鬼子了？"

男孩子们听她这么说，忍不住噗哧一声笑了起来。

她更加恼怒了："还有脸笑？谁也跑不了，都给我写检查！检查不深刻不许回家！"

调皮鬼小锁作了个鬼脸，故意问道："田姥姥，检查写什么？"

田淑贤两手一摊呵斥："讲了半天，对问题还没有认识？当然是检查封建迷信思想！人死了没有灵魂，死了就是死了，懂不懂？你们在这烧纸磕头的，亡人根本不知道，看不见，毫无意义，懂不懂？"

晚珠也上来了犟脾气，反驳道："我姥姥就说人死魂儿不死！谁说亡人什么都不知道？我爸爸妈妈不会忘了我！昨天是他们的忌日，前天夜里他们就给我托了梦！是我告诉他们我梦见了爸爸妈妈，大家才商量去烧纸的，处分我一个人好了！"

田淑贤见她胆敢顶撞自己，继续宣扬迷信，冷笑道："晚珠，你才十三岁，地震那年你还不到一周岁，根本记不得你妈妈的模样！却说梦见了你妈妈？太唯心主义了吧？"

晚珠从内衣口袋里掏出当年的全家福合影，理直气壮地说："我有爸爸妈妈的照片，我梦见的爸爸妈妈就是这个样子！"

晚珠一拿照片勾起了梦虹的伤心事，她又想起了自己连一张亲人的照片都没有。在后山祭奠亲人时，大家都拿出了父母的照片，立春还把从老家带来的门锁摆在了面前，唯独自己什么都没有，永远不知道爸爸妈妈的模样……越想越委屈，她哇地一声痛哭起来。

她这一哭，孩子们都想念故土和亲人，一齐嚎啕起来。立春不好意思哭出声，低着头吧嗒吧嗒掉眼泪。

晚珠哽哽咽咽地掏出几元钱放到桌上："妈妈给我的零用钱我都没花，赔你们作业本！"

几个孩子都仿效她，一个个把钱放到了桌上。

田淑贤有些下不来台了，一把推开了门，招呼等候在外面的妈妈们进来："快听听你们的好孩子！他们倒逮住理啦！"

妈妈们走进来，赔着笑脸劝田淑贤，又黑虎下脸来训孩子。克难的妈妈端仪，在山庄妈妈中排行大姐，稳重文雅，说话办事有板有眼，连田淑贤都敬她三分。她见事情越闹越僵，适时地为田院长解围，搭了收场的台阶："都怪我们没有教育好自己的孩子，回家我们好好说说他们！天不早了，最后一班车快来了，您一个礼拜没回家了，家里人都等着您呢！还是回家看看吧！明天，各家的妈妈帮助各家的孩子写好检查，星期一交给您，您看行吗？"

田淑贤挥了挥手："看在妈妈们的面子上，就这么办吧！把钱都收回去！"

星期一早晨，八个妈妈，一一来到院长办公室，替自己的孩子交了思想检查。田淑贤随手翻阅了一下，小孩子工整稚嫩的字体，用词却都是在这块国土上成年人们惯用的政治词汇，显然是妈妈们拟稿叫孩子们抄写的。田淑贤也不作追究，只要能够起到惩戒作用就行了。

石院长在离开中国之前不放心山庄的事情，打长途电话给田淑贤询问情况。田淑贤表示家里一切正常，讲了"烧纸钱事件"的调查经过，和妈妈们督促孩子们写检查的事。

石黑玺听了心里略噔一下，在电话里不好多讲什么，只好又叮嘱一番，无非是"咱们的工作是一项新尝试，对待孤儿要有爱心、耐心和细心"等等，田淑贤又满口答应着。

石院长放下电话心情很沉重，如果他留在院里决不会这样处理问题。对于反对封建迷信，他不能说同事田淑贤不对，可是，孤苦伶仃的孩子在父母的忌日以民间习俗祭奠亲人，也是人之常情啊……他居住的这座海滨城市离唐山不远，大地震后的第二十一天，他曾随民政局慰问团去唐山地区赈灾。那个日子他记得非常清楚，是因为那是民间丧习祭奠亡灵"三七"，到处是新坟，到处是幸存者的哭声，烧纸钱的火焰和飞烟弥漫不散。一个最令人哀痛的场面至今历历在目，一位失去孩子的母亲在小坟前痛哭，烧掉一件一件小衣服……

他坐着飞机冲向蓝天时，从舷窗口俯视这块古老的国土，又一次陷入了沉思：我们成年人历经各种政治运动，多年来形成了这个国家所特有的思维定式和办事习惯，可是孤儿院毕竟是个特殊的地方，我们面对的是一大群没爹没娘的孩子啊！普爱山庄的建院宗旨是追求人伦亲情，家庭温馨，要让孤儿们逐渐地从感情深处把这里当成家，真正意义上的家。那么，该如何估计这件事给孩子们造成的心理影响？如果他们由此而产生对立情绪，只会加剧他们的无家无亲人的孤独的心理……

老院长苦思冥想，希望找到一条和孩子们心灵沟通的途径。

十

事实证明，石院长的忧虑不是多余的。

田淑贤让立春、梦虹等八个孩子交出"思想检查"，也就不作追究。在她看来这种处理方法很正常，甚至还很宽宏大量。这块国土曾经盛产"政治运动"，成年人几乎都有过写一份检查应付交差的经历，对这类小小的感情伤害他们已经司空见惯麻木不仁。田淑贤也正是考虑到当今不是"搞阶级斗争"的时代了，犯错误的又是些孩子，才只是吓唬一番以示惩戒就罢休了，以她的思维模式无法理解这样做给孤儿造成的心理阴影。

来自四面八方的孤儿们刚刚适应普爱山庄的大家庭生活，院长、老师和妈妈多次告诉他们，这里就是他们的家。他们也努力使自己从感情上承认这座新家园，承认一个陌生女人是自己的妈妈。做到这一点，低幼龄孩子还容易一些，但要想叫十岁以上的孩子在短期内摆脱"故园情结"，弥补家破人亡造成的心灵创伤，还需要一段漫长艰难的心路历程。

立春、梦虹这么大的孩子，正值心灵敏感，情绪波动，容易产生过激反应的年龄，不幸的遭遇使他们小小年纪已尝够了寄人篱下的苦涩，尤其有一种强烈的不安全感，在这个新环境稍受冷遇，他们就会哀伤自己失去亲人的孤苦身世。他们因在"七二八"地震纪念日祭奠亲人就受到训斥还得写检查这件事，在他们看来田院长公开漠视他们失去亲人的伤痛，还有什么亲切可言呢？普爱山庄还算个什么家园呢？充其量这里只是一座寄宿学校或收容院罢了！成年人们整天高唱什么"家"呀"爱"呀的美妙词句，孩子们却觉得自己受了欺骗，加倍地感受到自己的弱小无助的生存困境。于是，他们彼此之间的认同感，有意无意地结成了"抵抗运动阵线"，两代人之间的沟通变得更加困难了。

肖晶、谷幽兰这些没有真正地当过母亲的女人，也低估了少年男女的逆反心理。他们已经摸透了田院长的脾气，只要顺着她的要求应付一下检查，此事就算过去了。当他们发现立春、梦虹一直闷闷不乐时，竟有些摸不着头绪了。

梦虹这几天常常暗自垂泪，肖晶见她眼睛红红的，问她她不说。每到残阳斜照的黄昏，她又独自一人坐到喷泉台阶上望着石像妈妈发呆了。肖晶很无奈，好容易哄着这忧郁的小姑娘欢快些了，现在又故态重萌了。她以为她的情绪和月经初潮有关系，可能有些周期性，也就没有当回事。

月经初潮的来临，确实使梦虹惶惶然，朦胧地意识到自己是个"女人"了，更叫她不知如何独自面对这世界。然而这不是唯一的原因，更使她受刺激的还是"写检查"这件事使她感到受了莫大的委屈。大地震纪念日，是他们这些地震孤儿生命中的大事，却遭到别人的漠视甚至蔑视，这是她无法理解更无法原谅的。小小孤女的脆弱心灵，敏感到这座山庄并不安全，为此郁结于心难以释怀。今天天不亮，她就从噩梦中惊醒了。唤弟还在酣睡，她起来凭窗独坐，闷闷不乐想着心事：田院长大权在握，随时可以处置我们这些孩子，与其在这里受气，还不如回老家守着姥爷留下的小屋独自生活……

想到这里，她分外思念姥爷活着的时候，她不觉得这么孤单。她一遍又一遍地回忆着和姥爷一起生活的那些日子……

每到亲人们忌日这一天，姥爷都领着我去扫墓，摆上两碟供果，烧烧纸钱。姥爷总是在坟前长叹："唉！两大家子人家，就剩下了俺和这棵小独苗苗儿……等俺死了，谁管这孩子呢……"

姥爷每年都祈祷："老老少少的亲人啊，你们地下有灵，都来保佑咱这孤苦孩儿，没灾没病，时来运转，日后找个好男人，生儿育女，才又是一大家子人家啊……"

姥爷病重了，知道自己不行了，拉着我的手念叨："村长找了县民政局，县里答应了，等俺咽了气，送你到孤儿院去……听说那里可好呢，离城里近，转成城市户口，俺就放心了……闺女啊，你长大了要留心寻个好男人，只要有个好男人作伴，小时候这段孤苦命就算过去了……姥爷没别的心思，就盼着日后有个好后生疼你，稀罕你……"

姥爷的这些祈祷，使梦虹把改变命运的希望寄托在"寻个好男人"上，这也是她比一般女孩早熟的缘由。自从遇上了立春，她心中早已期待的"好男人"的形象由模糊变得清晰起来，立春哥哥哪样都好哇……心中藏了这份情愫，她愈加多愁善感起来：立春对我好，对唤弟也不错，在我们两个中间，他到底更喜欢谁呢……

她正这样想着，只见立春比往常要早地走出了家门，朝着向日葵花畦去了。她急忙悄悄地溜到盥洗室去梳洗，又悄悄回到卧室挑选衣服。想了想，她穿上一件黄色的连衣裙，在两条辫梢配上黄色的蝴蝶结，立春说过她穿这件衣服很漂亮。

立春这几天心里也非常烦恼，夜里睡得惊醒。同屋的雨生爱尿床，妈妈嘱咐他叫弟弟撒尿。天快亮时他叫醒雨生撒了尿，自己却睡不着了。躺在床上憋闷得慌，他蹑手蹑脚溜出了楼门，来到花畦旁浇花。他自幼跟随远房堂叔生活，寄人篱下懂得约束自己，表面上是个低眉顺眼的听话孩子，人们都以为他很老实，谁也没有注意到，对苦难的隐忍同时也造就了他内在的倔强。在他的故乡，每逢清明节、大地震纪念日、农历7月15"鬼节"和入冬时节"烧（捎）寒衣"，村里家家户户都要上坟烧纸。在他这个农村孩子看来这是天经地义的常情，只是为了幽兰妈妈不挨批评，他才同意把妈妈拟的"检查"稿抄写了一遍，并签上自己的名字。签名时他觉得自己受到了奇耻大辱，想到自己孤苦无依才违心地屈服了。

交出"检查"后他回到楼上卧室插上房门，从底层抽屉拿出全家福照片和那把门锁，久久地摩挲着，凝视着。木头相框已经很旧了，父母搂着他的黑白照片已经发黄，家门的锁头也已经锈死，永远也打不开了。

立春的心室也有一个角落锈死了，永远也打不开了。

踏着草地上的露珠，他来到花畦跟前，比他还要高的葵花彼此扶助着组成了一片金黄，娃娃脸似的大花冠齐刷刷地面朝着东方，迎接着日出的光芒。他把长长的水龙放在地上，并不着急接通自来水龙头，而是蹲下身去抚摸着矮堰里的那几块炕砖，后悔地想：我想有个家，真心实意把这里当成家，才把老家的炕砖砌进花坛……可是，我们却连祭拜亲人的权利都没有，看来，这里并不是个家……可是，我小小年纪不在这里呆着，又能到哪里去呢……幽兰妈妈是不错，可是，她毕竟不是自己的亲妈妈呀！田院长一发脾气，没有一个妈妈敢站出来为自己的孩子说句话……

他正这样左一个"可是"右一个"可是"越想越别扭，忽听一阵轻捷的脚步声，是梦虹一身黄灿灿的衣裙在晨风中飘摆着走来了。他觉得眼前一亮，笼罩在心头的阴霾倏地消散了，站起来笑道："你也起得这么早？"

梦虹说："我在窗口看见你，才提前下来的。"

他俩开始浇花，立春打开了院中的自来水龙头，举着冒出水花的胶皮管，俏皮地说："躲开点儿！你穿着这件黄裙子，在花坛跟前这么一站，我真以为你也是一棵向日葵了，看浇你一身水！"

"你敢！你敢！你浇！你浇！"梦虹嚷嚷着越发靠近了花坛，嘴上嗔怪着，心里却乐开了花。立春注意到她的漂亮衣服，把她比作美丽的葵花，正是她心中的期盼。

立春真的举起水龙朝她浇来，她一甩大辫子敏捷地跳开，辫梢的黄蝴蝶却被打湿了。她娇嗔地埋怨："瞧你！把我的辫子浇湿了！"

立春笑道："谁叫你的辫子这么长，蝴蝶结都过了屁股！"

他脱口而出才发觉对女孩子说此话有些造次，脸儿讪讪地只管浇花了。

她一听这话也有些害羞，蝴蝶结湿淋淋地垂在臀后。她怕打湿了裙子，把两条辫子拿到胸前来解开蝴蝶结拧着水。

两个人都找不到适当的话语了，一个怔怔地站着，一个默默地浇花。黄灿灿的花瓣上滚动着晶莹的水珠儿，宛如梦虹那双水汪汪泪蒙蒙的眼睛。

立春浇完花关上了水龙头，哗哗的喷水声止息了，周围的山林显得分外寂静。他放下水管站起身来，发觉梦虹那双毛茸茸的大眼睛正含情脉脉地瞅着自己，他一下子觉得喉头发紧说不出话来了，只能痴痴地望着她。

初升的朝阳照射过来一缕金光，她的黄裙子便像发光体一般烁烁灼目。温柔的红日徐徐上升着，一点一点照亮了她的胸脯，颈项，尖尖的下巴颏儿，直到她绯红的脸颊，妩媚的眼睛都在霞光中熠熠生辉。

他看呆了，忘情地久久地凝视着她，无法把目光移开。

梦虹的红唇蠕动着想说什么，却又找不到适当的话语。立春这般深情地注视自己，心底的感动化作一股热泪挂满双腮。她恨自己的爱哭，泪水竟这么不听话地涌出来捣乱。她知道属于他俩的这段晨光是短暂的，两座小楼里马上就会传来人们起床的喧声。她急忙从衣袋里拿出一张写好的字条，羞红了脸塞给了立春，转身跑走了。

立春打开字条一看，上面写着一行工整娟秀的小字：

立春：
    你愿意做我的哥哥，弟弟，还是朋友？

梦虹

立春的心怦怦地激跳起来了：这封信虽然简短，女孩子的心意已经写得很明白，我该作何回答呢……我们两人同岁，做哥哥和弟弟都是可以的，石爷爷不是总说山庄的孩子都是兄弟姐妹么……可是做朋友和当兄弟怎样不同，在他这个年纪的男孩子还想不清楚。如果他是个成年男子，以过来人的目光回首当年的初恋，他会老练地告诉小姑娘：咱们还有足够的时间和岁月，既做兄妹姐弟，又做朋友啊！可是，对于一个还不到十四岁的男孩子，要想准确而恰当地回答这个微妙的问题则是太困难了。

立春和梦虹都没有发觉，六号楼楼上女孩卧室的窗子内，有一双充满敌意的眼睛一直在盯着他俩的一举一动。

梦虹每天清晨早早起床悄悄下楼去和立春一起浇花，唤弟在梦境的边缘影影绰绰已经有所察觉，今天一早听见梦虹又是梳洗又是打扮，等她一走立刻清醒了。她来到窗前掀开一角窗帷，花坛跟前的情景尽收眼底。

她看见梦虹竟敢递字条给立春，登时气黄了脸。

十一

当天上午，学生们上学去了，田淑贤给六号楼打电话叫肖晶到办公楼去一趟。副院长召见，肖晶急忙来到了办公楼。

她进了院长室，见田院长黑虎着脸端坐桌前，便赔着小心问："您找我有事儿？"

田淑贤朝沙发扬了扬下巴，肖晶不安地落座。田淑贤冷冷地问："最近你们家的孩子怎么样啊？"

肖晶一时摸不着头脑，只能笼统地回答："还不错。"

"还不错？"田淑贤怒目而视。

肖晶揣摩着发生了什么事情，支吾着说："只是唤弟还是太淘气，可意受伤的事还没弄清楚……"

田淑贤打断她的话："没问你这些小事，你们家出了大事，知道不知道？"

肖晶一脸茫然，摇摇头表示不知道。她了解田院长的脾气，摆出一副任人训斥的姿态。

果然，田淑贤按捺不住心头的怒火，点到了正题："说说你们家的大小姐！"

"梦虹？"肖晶奇怪地反问："梦虹怎么了？"

"问你呀！发生在你眼皮子底下的事，你都不知道？"田淑贤冷笑道："我把这些孩子交给你，你这个当妈妈的就得对孩子负责任，随时掌握孩子的思想情况，免得他们走歪路！"

面对这顿劈头盖脸的训斥，肖晶心里很不痛快，又不好顶撞，只好说："您了解的情况多，梦虹有什么缺点告诉我，我说说她，那孩子挺听话的。"

田淑贤教训道："不能看表面现象！别看唤弟淘气，心里没什么。梦虹看上去文文静静的，小小年纪思想太复杂！"

肖晶不得不为梦虹辩解了："梦虹就是太多愁善感了，心事重，爱哭，孤女嘛，可以理解。"

"如果你还看不出她的思想苗头，那可就害了她！"田淑贤站起来，用手指画着说："难道你看不出来，她一天到晚凑到窗台上照镜子，梳辫子，换衣裳，朝着对面窗口递飞眼儿！变着法子勾引立春！立春傻小子本来不错，这些日子也呓呓怔怔的，盯着梦虹两眼发直。照这么发展下去，出了大事你我都兜不了！放任不管哪行啊？"

肖晶这才听明白是怎么回事，她知道这些细节都是唤弟汇报的，心里有些不以为然。以她这一代知识女性的观念，认为女孩子爱打扮，男孩子女孩子喜欢接近是正常现象，于是她笑道："是这么回事啊？我们两家离得近，几个大孩子爱在一块儿玩，是很自然的。说梦虹爱打扮，其实她只有我给买的那几件衣裳，人长得漂亮，穿什么都照眼就是了。"

田淑贤是个容不得别人违拗自己的人，当过多年的"政工干部"、"人事干部"，同事们不敢惹她，或者不愿惹她；在家里有个比她大二十多岁的老丈夫，对她百依百顺，年长日久她便形成了一种错觉，以为自己的意见永远是正确的。从初次见面时她就不喜欢肖晶这个性情孤傲伶牙俐齿的老姑娘，又听说她和一个有妇之夫有过一段沸沸扬扬的婚外恋，愈发对她抱有成见了。

肖晶却还不知趣地问："您听到什么具体反映没有？告诉我，我好……"

"这还不具体？你认为什么才够上具体呢？"田淑贤打断她的话，焦黄的冷脸子更加像青杏似的发涩发酸了，厚唇往下一撇，目光锐利地乜斜着肖晶说："当妈妈的要给孩子起表率作用，梦虹、唤弟都大了，说话做事也该避讳些。"

肖晶一听这话嗖地一声站了起来，嘴唇颤抖着质问："这么说，是我把梦虹带坏了？请你把话讲清楚，我做了什么见不得人的事情了？梦虹又做了什么出格儿的事情了？"

她个子太高，田淑贤不得不仰视她。这个孤傲倔强的老姑娘真要发起怒来，田淑贤也有些惧她三分。刚才那番话已经触到她的痛处，田淑贤心里已有快意，忽然露出龇牙一笑："瞧你，怎么说急就急了呢？我不过是提个醒儿，让你们多注意罢了！"

肖晶却不肯再坐下，以一种结束谈话的口气问："您说吧，梦虹到底做了什么错事？"

　　"也没什么大事，不过，应该提早发现一些苗头。"田淑贤变得和善了，摆出一副很有涵养的领导者的宽宏大量。

　　肖晶疾步走到门口，头也不回地走了。

　　当房间里只剩下田淑贤一人时，她的脸色立刻恢复了阴沉。早晨唤弟找她汇报情况之后，送学生上学的班车就开走了，她还没来得及查清"情书"的内容，因此不想告诉肖晶。等到学生们放学回来，她会很快地追查清楚，到时候再要肖晶的好看。

　　本想下午再去追查此事，但她的心神又处于亢奋状态：肖晶啊肖晶，这回我可抓住你的把柄了，看你还敢傲慢！看你还敢藐视领导！还有那个郭山梅，还有那个展晴，看你们还有什么话说！梦虹小小年纪出了这样丢脸的事，难道不是受了你们几个整天在一块儿鬼混的浪女人的坏影响么！

　　这件事使她兴奋还有一层说不出口的原因：十三四岁的少男少女的"情事"，大大地出乎她的意料。勾起她隐秘的心思，使她躁动不安，平添一股刨根问底的激情。虽然每个周末她都进城回家住宿，但她与老丈夫分室而居已经好几年了，老伴的理由是嫌她打鼾，其实是躲避夫妻间的那件"周末大事"。当初她嫁给这位不大不小的官员，年龄的悬殊没觉出妨碍。夫荣妻贵，她才能大半辈子坐在办公室里喝茶看报享清福。不料，老伴年迈退休，她却还在盛年，生活中便出现了重大缺憾，这也是她同意到远离城市的郊区来工作的原因。儿女成家另过，无须她操心。老伴迷上了养花养鸟练气功，随他去罢，眼不见心不烦，免得耳鬓厮磨勾心思。

　　她脚底生风来到了七号楼。

<h1 style="text-align:center">十二</h1>

　　谷幽兰一见田院长，就张罗着要去叫醒亮亮。田院长喜欢亮亮，常来逗着他玩。今天她却一脸神秘地摆了摆手，示意幽兰到客厅说话。落座以后未

多加寒暄就伸出手指比画着"六"字，问谷幽兰："最近，这一位跟你怎么样？"

谷幽兰明白她问的是肖晶，田院长与肖晶关系不睦她早就知道，她怕落个挑拨离间，言语一向谨慎。自从那位找肖晶的女客来访，她很后悔自己一时慌乱躲避人家，如果热情地把客人让到家里，拜托她切勿声张堕胎的事，人家或许嘴下留情，可是自己冷淡了人家，人家见了肖晶是一定会说出那件事的。心中藏着这份惧怕，她更不敢随便得罪肖晶了，于是轻描淡写地说："大人之间倒没什么，各过各的日子呗！只是她家唤弟领着一群小孩子总来窗外吵嚷，踢球、爬窗台、打碎玻璃，吵得人心烦。六姐也该管管那丫头，不能只图自家门前清静。"

田淑贤有些失望，诱导地问："除了唤弟，还有谁常来找立春？"

"还有梦虹。"幽兰并不讨厌梦虹，补充道："那孩子不言不语挺文静的，她是来和立春一起做作业的。"

田淑贤抛了个意味深长的眼神，撇了撇厚嘴唇。

幽兰警觉地询问："您是说梦虹……"

田淑贤伸出食指戳了一下说："你这人呀心眼太实，别看外面明闹的那个，倒是个还不晓事的傻丫头。屋里文静的这个，在男女的事上倒是早早儿地开了窍的！立春是班上的优等生，又是全院孩子的大哥，我惦记树他为孩子们的学习榜样。你可要把住喽，防止他走了邪路。"

幽兰一听唬得脸色煞白，追问："他俩做下出格儿的事了？"

"那倒还不至于，不过见到不好的苗头就得管呀！"田淑贤又老道地分析："梦虹那眉眼儿是太妖媚了些，依我看立春还是个傻小子呢，才多大的人儿呀？"

说罢，她格格地笑了起来。幽兰却并不觉得可笑，仍然焦急地追问："他们俩究竟……"

田淑贤以夸张的表情说："你还蒙在鼓里呢！今天一大早儿，梦虹就追到花池子那儿，偷偷递条子给立春，立春看了傻站了好一会儿，把字条儿藏起来了。"

幽兰惊异地问：“会有这种事儿？字条上写的什么呢？”

田淑贤嗔怪地白了她一眼：“我要是知道，就不来找你了！立春是你的儿子，你们娘儿俩说得来，你背地里单独问问他。”

幽兰沉吟了好一会才说：“立春个子比我都高了，毕竟不是亲生的，有些话我也不好硬问。这些没爹没妈的孩子心思特别重，我与他相处很小心，进他的房间都先敲门。他不愿意告诉我的事，决不勉强他，母子关系处到这一步不容易……”

田淑贤是何等精明的人，从她这番话中早已听出了婉言谢绝的口气，心中十分恼怒。

幽兰看到她脸色阴沉，思忖如何缓和气氛。幸好这时壶里的水烧开了发出了哨音，她起身到厨房一边沏茶，一边琢磨对策。

田淑贤坐在客厅里也在寻思如何达到目的。原先她以为谷幽兰是自己的心腹，不料她竟敢当面给自己一颗软钉子碰，怎样才能让她采取积极合作的态度呢？令人气恼的是，她为了笼络自己的人马可没少在谷幽兰身上下工夫，当初在考场上面试时她就物色到她了。当时她追问她离婚的原因，她心平气和地说了因她丈夫另有新欢而文明分手的经过，表现出一般女人无法做到的涵养。

田淑贤又想起了认领孤儿那件事，当时自己只看到了谷幽兰勇挑工作重担的优点，也就没再多想曾经浮现过的疑惑……

在妈妈们认领孤儿的时候，别人都是挑三拣四的，谷幽兰走进办公室来到堆满孤儿名册的桌前，并不急于挑选孩子，谦恭地含笑问候田淑贤，又懂事地问：“有什么为难事吗？比如说有需要特殊照顾的孩子，交给我带好了。”

田淑贤见谷幽兰这么礼貌周到，笑道：“没什么大难处，孩子按年龄分了组，大小均有。只有一个最小的男孩叫臭儿，才一岁半，缠手累人，怕是谁都不肯要……”

谷幽兰听了“一岁半”三个字先就眼圈红了，忙从低幼组抽出臭儿的简历，仔细地端详照片上瘦弱的小男孩。瞅着瞅着，她竟落下泪来，毫不犹豫地表示："这个儿子是我的了！"

田淑贤在高兴之余又暗暗纳罕：她明知要吃苦受累却自愿抱养这么小的孩子，究竟是出于心肠太软，还是另有隐情呢……

田淑贤是个"心比比干多一窍"的人物，素有打听别人隐私的癖好，对待多么要好的朋友也留个心眼，何况和谷幽兰相识不久。她又一次打量谷幽兰，想从她的脸上窥探她心底的秘密。身架单薄的谷幽兰皮肤白皙宛若颦眉病西施，细眉细腰细腿，简直像一片儿半透明的纸人儿！不知她哪里来的一股内在定力，对生活中的任何变故都能够隐忍承受。

田淑贤心存疑窦，嘴上却体贴地建议："一岁多的孩子太拖累人，挑个大姑娘给你作帮手吧！"

谷幽兰答应着在大龄组孩子的简历中翻阅着，忽然，她的目光停留在男孩立春的照片上了。立春比梦虹大半岁，也是唐山大地震造成的孤儿。他一直由堂叔抚养，后来堂叔娶了继室，新婶婶自己有带来的儿子，对立春不能相容，当地民政部门只好把他送到孤儿院来了。照片上的立春眉清目秀相貌忠厚又透着灵气，让人一望而知是块好坯子。谷幽兰笑道："我需要这样的小男子汉日后给家里顶门立户。"

她又认领了十岁女孩青凤，九岁女孩大菊，九岁男孩雨生，成了五个孩子的妈妈。做过多年政工科长的田淑贤，沿袭以往的思维方式把她定为"依靠对象"。再说她是个离婚女人，田淑贤觉得和她交往容易一些，可以毫无避讳地说些女人之间的私房话，不像和那些老姑娘接触得处处小心，在女人和老姑娘之间总是有一道无形的冰墙。

现在，田淑贤感觉到了谷幽兰也并不和她一条心。失望情绪使她几次想发作，但谷幽兰赔着笑脸殷勤让茶，竟像个没事人儿似的。对这个温文尔雅的离婚女子，她不好像训斥肖晶那样对待她。吞下怒火压进了肚里，不知怎么一经发酵，再冒上来的竟是一把辛酸的眼泪，她委委屈屈哭了起来。

幽兰见田院长这么伤心，有些不好意思，起身去拿毛巾递给田院长。田淑贤一边擦泪一边说："我心里就是素净的么？这大大小小七八十口，全得我来管。石院长是个菩萨心肠老好人，没个镇得住立规矩的人行么？我只好当那个得罪人的了！上头把这么多孩子交给咱，操心受累都不怕，最怕出些伤风败俗的丑闻。那样一来，人家不说当今的孩子思想复杂，落个咱把孩子带坏了。普爱山庄的名声是最要紧的！"

现在是幽兰陪着田院长落泪了，但幽兰却有以柔克刚的蔫主意，不管她怎么说，自己决不兜揽逼立春交出字条这种伤害母子感情的事情。

幽兰心里一直怀疑肖晶散布她离婚和堕胎的隐私，虽无落井下石之心，也暗中揣着推卸责任之意，便说："您问六姐了吗？她闺女写的条子，她们母女俩还好谈些，不像我是个半大小子……"

"快别提那一位，我还没说什么呢，她就鼻子不是鼻子脸不是脸地顶撞我。她那点事儿你也听说了，怕的就是上梁不正下梁歪啊！"田淑贤说着起身告辞，宽宏大量地表示："得啦，我来处理罢！挨骂的角儿，全都由我一个人当得了！"

谷幽兰送走了她，长长地舒了一口气。

肖晶挨了一顿羞辱回来，正坐在屋里生闷气，忽然从窗口看见田淑贤从七号楼出来，谷幽兰抱着亮亮亲亲热热送她老远。肖晶不由得气怔了，同样一件事情，一个叫去训斥，一个登门拜访，亲疏远近待遇分明。

从此，她怀疑是谷幽兰告了梦虹的状，越发对谷幽兰心存芥蒂。

十三

第二天下午，学生们放学回来，田淑贤把立春叫到了办公室。

立春垂首而立，暗自琢磨着自己有什么过失，却没有想到昨天早晨的事这么快就暴露了。

田淑贤照例讲了一些"你是大哥哥，要做出好榜样"之类的道理，见立春只是呆呆地听着，便不想再兜圈子了，抹奄着眼皮问："说说，你和梦虹是怎么回事？"

立春的脸登时涨红了，嗫嚅地说："没，没什么……"

田淑贤平心静气地诱导："你是个聪明孩子，应该明白，我既然把你找来，就是掌握了情况的。你这么大了，等我说出来就不好意思了，你还是主动跟姥姥说了好。"

立春的心怦怦直跳，但还是硬着头皮抵挡："真的没什么啊……"

田淑贤仍然和颜悦色地说："别不好意思，跟姥姥还有什么话不能说的？"

立春心里有些反感，见田院长那副慈祥的笑容又不好顶撞，只能嘟哝着："我不知道您要我说什么……"

"那好，我问你！"田淑贤摆出了摊牌的口气："昨天早晨，梦虹递给你一张字条，上面写了什么？"

立春吃了一惊，纳罕只有他和梦虹知道的事怎么会传到田院长耳朵里，他决定以沉默来抵抗。

田淑贤说："怎么样？没话说了吧？拿出来给姥姥瞧瞧就还给你。"

立春搪塞说："我……已经撕了。"

"撕了？这么说你自己也知道写的不是好话了？"田淑贤追问不舍，幼稚单纯的立春哑口无言。田淑贤宽宏大量地表示："撕了也好，你只要告诉我写的什么内容，姥姥不批评你。"

立春辩解道："真的没什么，是一句很平常的话……"

田淑贤乘胜追问："如果是一句平常话，整天生活在一起，何必不当面说呢？又何必背着人偷偷地塞给你呢？你又何必撕掉呢？"

立春脸色煞白，暗暗寻思：既然连细节田院长都知道了，想必是瞒不住了……她是怎么知道的呢？也许她也找了梦虹，梦虹已经承认了？不管怎么样，梦虹对我这么好，我不能出卖梦虹……于是，他努力招架着："真是一句很平常很平常的话，您为什么要问这么清楚呢？"

田淑贤说："因为我代表院部组织呀！组织上是关心你们对你们负责呀！既然是一句好话，就该对组织忠诚坦白。我知道了，也不告诉别人，只是想帮你出出主意，看看今后怎样处理好男女同学的关系。"

她说话的语气亲切诚恳，娓娓动听，立春不免有些犹豫了。他确实不知道该如何回答梦虹提出的问题，今天在学校里一直躲避梦虹的目光。是啊，今后该怎样处理好男女同学的关系呢？怎样回答梦虹，才能做到既不伤害她，又不惹恼田院长、妈妈和老师呢？这些大人们对我们怎么什么事情都要管呢……如果他是个西方少年，他会毫不含糊地保护自己的隐私权，理直气壮地回绝成年人的干涉。可是，他是个在东方古国的农村长大的孩子，自古以来"君君臣臣父父子子"的社会伦理观念从来没有给予过儿童地位，在他身上还没有来得及树立独立民主的自我意识，在田淑贤软硬兼施的攻势下，他的心理防线彻底崩溃了。

田院长知道时机成熟了，忽然变得声色俱厉："你们明明知道，学校和山庄都有规定，不允许过早地谈恋爱。你们要是不听话，就把你们退回农村去！本来你是优等生。日后上高中上大学，有远大前程。要是回到你远房婶子那里去，她能供你上大学吗？离开了普爱山庄，哪儿能收留你们？连打短工你们都不够年龄，国家禁止使用童工。你只要听话，告诉我字条的内容，今后改了就是了。我保证不处分你们，也不告诉别人。"

立春忽闪着大眼睛问："您真的不告诉别人吗？"

田淑贤把手心捂在胸口立誓："我保证谁也不告诉。"

立春还是不放心，又哀哀央求："连我妈妈也别告诉。"

田淑贤满口答应："我保证连你妈妈也不告诉。"

立春想到了梦虹，追问："那……您还找梦虹吗？"

田淑贤安慰他说："只要你把字条内容写下来，我看看没什么犯忌的话，就不找梦虹了，你自己注意和她保持正常的同学关系就行了。这回放心了吧？那就快写吧！"

眼看水到渠成，她把纸和笔推到立春面前，立春老老实实写出了那句问话。

田淑贤看了这行字，有些失望，追问："就这么一句话？"

立春郑重地回答："就这么一句话。"

田淑贤相信他的诚实，笑道："好了，回去吧，没事了。"

立春给她鞠了个躬，转身走了。

田淑贤把纸上这句简短的问话读了一遍又一遍，脸上浮现出胜利者的微笑。

立春心事重重低着头走在回家的路上，冷不防有人伸出双手拦住了他。他抬头一看是唤弟。问："你在这儿做什么？"

唤弟笑道："我在等你呀！"

"等我有事吗？"

唤弟从衣兜里拿出一块裹着漂亮的包装纸的巧克力糖，塞给立春说："这是外国人来参观时送给我们家的，我特意给你留的。说这是德国的，名叫巧……巧克力，可好吃呢！到嘴里就化，不粘牙，你尝尝！"

立春心里正烦，把糖塞回她衣兜里说："德国阿姨也给我们家了，我尝过了，是挺好吃的。你留着自己吃吧！"

立春扭头就走，唤弟追上他问："我看见你从办公楼里出来，是不是田姥姥批评你了？"

立春觉得很奇怪，停住脚步问："你怎么知道的？"

"我……"唤弟有些张口结舌，支吾道："看你脸色不好，猜的。"

立春是个厚道孩子，未及多想，只顾闷头走路。

唤弟心里有鬼，觉得自己有些对不起立春，又亲热地劝道："其实田姥姥那个人挺好的，她问你什么话，你只要照实告诉她，就没事了！"

"我知道！"立春有些不耐烦，转身又要走。

唤弟一把拉住他问："立春哥哥，你是不是生我的气了？"

"没有哇！"立春诚恳地表白："你一直对我很好，我为什么要生你的气呢？"

唤弟听了十分惊喜，跳起来一拍巴掌："你知道我对你很好？"

立春也笑了："我又不是傻子，怎么会不知道呢？"

唤弟不放心地表白："立春哥哥，不管别人跟你说我什么坏话，你都不会相信吧？都相信我对你很好，对吗？"

"当然了！"立春被她缠得有些莫名其妙，解释说："可是并没有人跟我说你的坏话呀！"

"那好！"唤弟举起巧克力糖笑道："你要是真相信我，就吃了这块糖！"

"吃就吃！"立春接过糖只打开一半包装纸，掰下一块糖递入唤弟口中，又掰下很小的一块自己尝尝，赞叹着："啊，真好吃！妈妈给我的那块，我给小亮亮了。亮亮他们老家特别穷，孩子们从来没尝过糖果的甜味。妈妈说去村里接他时，只给了他几块糖吃，他就扑到妈妈怀里，跟着妈妈来咱这儿了。亮亮一沾巧克力就馋得没够，这一半我给他留着。"唤弟劈手夺过糖来说："他吃多了糖会长虫子牙的！这是我给你留的！"

说着，她掰下一大块糖塞进立春嘴里，剩下的一小块自己吃了。

立春临走时表示："谢谢！以后我有好吃的也给你留着！"

唤弟望着立春的背影快乐地笑了，含在嘴里的糖真甜呀，一直甜到心里去……

十四

这天晚上，田院长召集所有的妈妈到院部开会。幽兰让立春哄亮亮睡觉，又嘱咐青凤、大菊、雨生看电视别太贪晚，十点钟准时熄灯。孩子们都答应着，她才走出家门。

立春耐心地给亮亮洗了澡，把他抱到小床上哄他睡觉。妈妈每天晚上都得给亮亮讲故事，他才肯睡觉，他缠着哥哥讲故事。立春挖空心思讲了一个又一个故事，小家伙总算睡着了。

立春来到客厅和青凤他们一起看电视，忽听窗外狂风大作，满山的树叶发出海涛般的巨响。他忙去楼上妈妈的卧室关窗户，以免冷风把入睡的亮亮吹病了。工夫不大，瓢泼大雨倾泻下来，电闪雷鸣，风雨交加。雨生的父母是被雷劈死的，一到雷雨之夜就吓得睡不着觉，此时在楼下客厅里尖叫："哥哥，快来呀！"

妈妈不在家，立春俨然是个小家长了，来到客厅安慰弟弟，又劝青凤、大菊："打雷打闪时在山上看电视有危险，还是早些睡吧！"

两个女孩正看得入迷，执意不肯，雨生也请求等雷雨过后再睡觉，立春只得作罢。他怕妈妈散会回来淋着，找了两把雨伞去接妈妈。

他走出楼门，看见梦虹也打着伞出来了，便在雨中大声招呼她："梦虹，你也去接妈妈呀？"

梦虹用雨伞挡着雨线看见立春，高兴地说："是呀！看这雨一时半会儿停不了，去给妈妈送雨伞。"

"那咱们一块走吧！"立春说着，拉着梦虹的胳臂，两人互相扶持着沿着山路往下走。

他们来到办公楼门外，看见一层楼会议室灯火通明，田院长正在讲话，风雨声中也听不太清楚。梦虹说："还没散会呢，进去告诉妈妈一声，把雨伞放在走廊吧！"

他俩进了门，来到寂静的走廊上，这里阻隔了风声雨声，田院长讲话的声音在空空的长廊上回荡着：

"……关于抓紧孩子功课，迎接期末考试的工作，就讲到这里。下面，还有一个新遇到的问题需要提醒各位妈妈注意：咱们有些十三四岁的大孩子，这些孩子在老家时大都寄养在亲戚家中，没有受到良好教育。孤儿的身世又使他们早熟，男孩女孩住在一座大院里，在一所学校上学，接触机会多，要严防出现早恋现象……"

她讲到这里，传来妈妈们的笑声和议论：

"这我们倒没想过，才多大的孩子呀！"

"我们家大小子就知道傻玩儿，压根儿不和女孩接近！"

"我们大闺女别看个子高，完全还是个孩子……"

走廊上的立春、梦虹听了田院长一番话非常敏感，这时他们已经接近了会议室，不约而同停住了脚步，把伞立在了墙根。

花玻璃门里清晰地传来田院长的声音：

"院里有一股歪风邪气，一些成年人总爱扎堆儿，叽叽咕咕，讲吃讲穿，对孩子形成了不良影响。肖晶，你该管管你们梦虹，整天花枝招展的，动不动就哭鼻子，明明是个农村丫头，却装成小姐胎子……"

梦虹听见田院长当众如此挖苦自己，完全没有思想准备，一下子怔住了。立春预感到事情不妙，但他天真地以为田院长只不过批评几句，不会再往下说什么了，因为田院长保证过，对任何人都不讲的。但是，他想错了，花玻璃门里继续传出的讲话对他们来说太残酷了："肖晶，我找你谈话，你还包庇她！出在你眼皮子底下的事，你都不知道？昨天一早儿，趁着大家还没起床，梦虹又去花池子那儿和立春凑合，递给立春一张纸条，你们猜上面写的什么？写着'立春，你愿意做我的哥哥，弟弟，还是朋友？'你们听听，这叫什么话？这不是明显地要交男朋友搞对象吗……"

梦虹惊愕地睁大了眼睛，直瞪瞪地逼视立春。平时，黑森森的长睫毛总是遮掩着她的一双妩媚的眼睛。现在，长睫毛突然像两排帘子一样撩开了，眼球瞪得无比巨大，急剧泛起红潮的眼白托着瞳孔陡然放大的眸子，凝固了似的一动不动逼视着立春。这目光由惊愕，转而变成恐惧。不解，失望，转而又变成怨愤，伤心，鄙夷，最后变得彻底绝望了！立春受不住她这般拷问式的逼视，刚要解释什么，只见这双炯亮的眸子剧烈地抖颤起来了，阴森森的睫毛上下忽闪着极力阻挡着泪水，可是两泉热泪还是一下子涨满眼窝，冲破睫堤溢满双腮。

"梦虹，你听我说……"立春不知如何安慰她，刚一开口，梦虹的双唇和下巴颏触电般地痉挛起来了，身体也筛糠一般抖个不停，她未能说出一句话，掉头就朝着楼外跑走了。

立春怕会议室里的人们听见，也不敢喊她，外面雨这么大，她没有带伞，他急忙从墙根拿起伞飞速追了出去。

出了楼门，透过密集的雨线他恍惚看见她的身影朝着杨树林跑去了。风雨中顶着伞跑不动，他收拢雨伞冒雨直追。他仍然不敢大声呼喊，因为大院门口传达室周爷爷的屋里还亮着灯。

他俩一前一后闷声疾跑着穿过了杨树林，翻过一块高地是一个陡坡，从陡坡下去即是一片湖水了。如果从传达室那边绕过去，有一条平坦的小路通向湖畔，但要是在大雨滂沱的黑夜从陡坡这边滑下去是非常危险的。立春意识到梦虹想干什么了，他害怕极了，不顾一切地喊叫："梦虹——梦虹——等等我……"

梦虹仍然头也不回疯狂地跑去，不顾脚底水滑拽着树干攀上了高地。

立春声嘶力竭地呼唤："别上去——陡坡危险……"

梦虹攀得更快了，立春奋力追上去。梦虹已经跑到陡坡的边缘，立春扑上去一把抱住她。但是，奔跑的惯性使他俩都刹不住脚步了，连泥带水顺着陡坡朝湖边滚了下去。立春力气大，一只手死死地抓住梦虹的胳臂，另一只手不断地用雨伞的弯柄勾住一些树棵子，降低了下滑的速度，在湖边一条窄窄的小路上停了下来，才没有滚落到湖里去。幸亏这条沿湖小路上有路灯，他才分辨得清哪里是岸边哪里是湖水。

两个人都喘息着瘫倒在水畔，刚才这一番狂奔、攀登与滚落，已经耗尽了郁结于梦虹心中的羞愤，此时只能躺在泥水里啜泣着。立春扶她坐到湖畔长椅上，打开雨伞遮挡风雨。她虚弱地倚在立春怀里，他拍哄着她的脊背说："好了好了，没有危险了！你可吓死我了……"

这时梦虹歇息过来了，猛地挣脱开立春朝湖面扑去："我没脸见人了，我要找爸爸妈妈去……"

立春一把没拉住她，"哇"的一声大哭起来，跟在梦虹后面说："你死了，我还怎么活着……死就死！反正在这个世界上也没有亲人心疼咱们，我也要找爸爸妈妈去……"

十五

一道强烈的闪电把妈妈山照得明如白昼，山顶浑圆的乳房与高耸的乳头凸显在夜空中。随之一阵阵震人魂魄的霹雳炸响了，似乎要以万钧之力把妈妈山摧毁。然而，当又一道更加强烈的闪电把山林照亮时，那浑圆的乳房与高耸的乳头岿然安在，而且显得愈加壮美了。

两个孩子先是被惊天动地的霹雳吓了一跳，紧紧地搂到了一起，在这个骇人的瞬间忘记了寻死的念头。他们从来没见过忽明忽灭的妈妈山如此奇丽的景色，一时都看呆了。当眼前陷入漆黑的时候，他俩盼望着下一道闪电再把妈妈山照亮。雷公电母没有让两个孩子失望，闪电连成一串，不断地把这座母亲大地的乳房带给他们。在大自然无与伦比的伟力面前，人类会觉得自己很渺小，同时也就缩小了自己所感受到的苦痛。两个孩子冷静下来了，或许这就是妈妈山神秘的母性的保佑。

梦虹觉得自己不应该连累立春，拉着他说："你不能死！老师说你功课好，聪明，将来能考上大学！"

立春哭着说："老师也说你将来能考上大学！你姥爷说，你是你们两大家子人家留下来的独苗苗儿，盼着你……长大成人……"

梦虹哭着说："你更不能死！你也是两大家子人家留下来的独苗苗儿，不能绝了你们家的香火……"

他俩又坐在了湖边长椅上，说着知心话。雷公电母怜惜这一对孤苦无依的孩子，悄悄地收住了雷电雨水，湖畔寂静下来。背后的路灯往长椅上洒下柔和的光圈，勾勒出岸边粼粼波影，湖水向远处洇漫着，隐遁在无边的夜色中了。空气是这样湿重，悬浮着无数细密的雾珠，宛如含在眼眶里的泪水不肯落下来。

立春痛心地表示："都怨我……经不住田院长再三盘问。她作了保证不对任何人讲的，连你妈妈和我妈妈都不告诉，我相信了她。真没想到，当院长的还骗人……"

梦虹立刻原谅了他，只是奇怪地问："昨天早晨的事儿，田院长怎么知道的呢？"

"我也不知道，小汇报也太快了！"立春愤怒地表示："找出这个人来，我打扁了他！"

梦虹又羞涩地问："我给你写了字条，你会不会看不起我？"

立春急得直发誓："谁瞧不起你谁是小狗！"

梦虹可怜巴巴地解释："我姥爷活着的时候总说：'你长大了找个好男人，就不孤单了！'我觉得你好，所以，所以才……"

立春也颇有同感地说："我也是一样！我堂叔送我出村时说：'别看你现在孤苦伶仃的，出去了好好学本事，长大了娶个好媳妇，又是一家子人家啦！'我也觉得你好，只是不敢对你说……"

梦虹惊喜地追问："这么说你愿意跟我好了？"

立春诚实地表示："这还用说吗？你长得这么漂亮，要是别的男孩子要跟你好，你可不许反悔！"

这一回该轮到梦虹用孩子气的语言盟誓了："我只跟你一个人好，谁反悔谁是小狗！"

梦虹的大眼睛刚刚闪出快乐的光芒，转瞬又黯淡下去了，想到今后的处境，她伤心地说："这个地方呆不下去了，咱们一起走吧！"

立春为难地问："到哪儿去？哪里是咱们的家？"

梦虹热烈地幻想着："进城去！咱们不怕干活，一边打短工一边上学！"

立春想起田院长的话，颓唐地告诉梦虹："法律规定，不许用童工，找活干还不到年龄……再说，市里的学校不会收咱们……"

梦虹绝望地反问："这么说，只能在这里受气了？"

立春劝道："这里也有好人，你妈妈，我妈妈，待咱都不错，还有石院长……时间不早了，趁着他们还没发现，咱们还是回去吧！妈妈散了会，回家找不着咱们，嚷嚷开了更坏了！"

梦虹执拗地说："可是，我真的没脸再回去了！"

立春拽起她就往回走："咱们都快十四岁了，再忍几年，上完高中考大学，就能远走高飞了！再忍几年吧……快，到家先洗个澡，别叫人看见咱这个样子！"

梦虹思前想后，确实感到无路可走。刚才立春在情急之中喊出一句"你死了，我还怎么活着"，使她心里深受感动，还有什么比这句话更能表达立春对自己的真心呢？心中涌起这番柔情，纵有一百个不情愿，她还是跟着立春往回走了。

他俩悄悄溜过办公楼时，会议室里仍然灯火通明，隔窗传出一片吵嚷声。听到肖晶和谷幽兰在互相高声叫骂，两个孩子又一次惊呆了：

"……这么说，全是我们梦虹不对了？你们立春就没有责任？"

"叫大伙听听，她家两个丫头都来纠缠我儿子，我儿子又没给你闺女递字条儿！"

"你儿子要不勾引她，她女孩儿家有那么大的胆子吗？"

"你闺女勾引我儿子!"

"你儿子勾引我闺女!"

"谁的家风好,大家自有公论!上梁不正下梁歪!"

"你把话说清楚,我这个上梁怎么歪了?"

"寻思人家不知道呢?你二闺女满处给你卖报儿去!害死亲娘,拆散人家夫妻当第三者!"

"我害了亲娘可没刮掉亲生儿子!第三者夺走了你丈夫,你一气之下打掉了他的骨血!"

"我撕了你这张臭嘴!"

"我打你这个假正经!"

田院长的制止声,众姐妹的劝架声,哭声,骂声,推桌子声,撞椅子声,会议室里乱糟糟一片喧哗。失去理智的女人们以为大风过后夜深人静孩子们都睡了,疯狂地发泄着心头的积郁和怨愤。

窗外的两个孩子几乎不相信自己的耳朵了,大人们这是怎么了?平时他们总是以正确的道理教育孩子,以远大的理想指引孩子,教孩子好好做人,好好学习,可是……当他们自己聚到一处时,怎么会变得如此凶恶,如此仇恨,如此疯狂呢……

两个孩子不敢再偷听下去了,急速朝家里走去。

立春轻手轻脚推开家门,客厅里的电视机仍在播映着节目,青凤、大菊、雨生只顾看电视,没有发现立春淋成了落汤鸡。

立春来到浴室,洗衣服刷鞋又洗澡,折腾了半天,妈妈还没回来。那个可怕的会开得这么长,又吵得这么厉害,使他心里忐忑不安。刚才他劝梦虹时说得头头是道,但是回到家里来心情变得很烦躁。这个刚刚觉得有些温暖的家,忽然变得陌生冷漠起来。他来到客厅,"啪"地关掉了电视机,大吼一声:"睡觉去!"

青凤、大菊和雨生从来没见过哥哥发脾气,没有一个人敢吭气,乖乖地上楼去了。

他独自摸黑坐在客厅里,雨后的暗夜出奇地寂静,周围的墨色似乎隐藏着某种危险，充满了敌意。

梦虹走进家门时，唤弟、剩儿、石头、可意他们也在看电视，幸好客厅的门关着，唤弟没有发现她浑身泥水的狼狈相。她径直朝浴室走去。

她光着身子站在淋浴喷头下面，任凭水柱浇洒着自己。想到今后的处境和难熬的漫长岁月，她的泪水夺眶而出，和淋浴水花汇合起来顺流而下，分不清哪里是泪水哪里是水花了。她在水花中闭着眼睛张大嘴巴哭泣着，尽情地哭诉着："爸爸呀——妈妈——你们在哪里？你们长得什么模样？什么模样啊……"

她洗完了澡，趁着唤弟还没回到卧室，悄悄地摸黑上了楼，进了屋也不开灯，也不等到湿头发晾干，拽过被子面朝墙里恹恹地睡了。

杨大妮送肖晶回来了，让肖晶在客厅里歇息，自己帮她哄孩子们去睡觉。安顿孩子们睡下之后，大妮回到客厅温言软语开导肖晶。肖晶对她十分感激，劝她早些回去休息。

送走杨大妮之后，她独自一人久久地坐在客厅里生闷气。冷静下来想一想，她对顶撞田淑贤并不后悔，但对自己一时冲动当众揭露谷幽兰的隐私而懊恼，今天这是怎么啦？莫非大家都疯了……今后还得长期做邻居，该如何与谷幽兰相处呢……

更叫肖晶不安的是，散会时她在会议室门外发现两把家里的雨伞，一定是梦虹送去的，真怕梦虹听见了那些可怕的话语啊……

谷幽兰气得心悸胸闷，郭山梅和展晴陪她去医务室听诊开药，两个人又把她送回家。她走进楼门，看见立春一个人坐在厅里，她知道立春在等她，但她只招呼了一句"睡吧"，就逃也似的径直上楼回卧室去了。她怕见儿子，怕立春发现妈妈哭得眼睛红肿的狼狈相，该如何对孩子解释呢……

下　卷

离婚女人和老姑娘的心里
都有一口深井

一

六号楼和七号楼妈妈的卧室都亮着灯，今夜，谷幽兰和肖晶谁都甭想睡觉了。

谷幽兰在房间里来回踱步，想到自己的隐私暴露在众人面前，她感到羞恼交加无地自容。起初，她恨透了肖晶，恨不能冲出去砸开她家的门和她以死相拼。肖晶的谩骂，像一把利刃扎在了她的心窝，一下子揭开了她最为脆弱的伤疤。她那颗原本就很脆弱的心流血了，一滴一滴鲜红的血，止也止不住。

她走到窗前，把窗帷掀开一条缝朝六号楼窥视，发现肖晶的卧室也有灯光，知道她也无法入睡。想到自己也狠狠地骂了她，也揭了她最见不得人的伤疤，她的心也在流血，谷幽兰胸中的怒火平息多了。

稍稍冷静一下，她开始感到奇怪：为什么这个莫名其妙的会上大家都发疯了似的丧失理智呢？仔细地回忆争吵的起因和每一个细节，都怨田院长把事情闹大了！想到这里，她也记起来是自己先骂肖晶"害死亲娘，拆散人家夫妻当第三者"的，自己一向做人以善为本，这回怎么如此恶语伤人呢……她望着对面窗口彻夜不息的灯光，心里对肖晶涌起一丝歉意。

她躺在床上想睡一会儿，头脑却变得更加清醒。往昔的痛苦经历，一桩桩一件件重现在眼前……

女人们哪里知道，幽兰把亮亮视如己出，除了亮亮年幼容易建立真正的母子感情之外，另有一层内心的隐秘。

　　她与彭程自幼两小无猜青梅竹马，两家父母又是老邻居老朋友，一对小伙伴从小学到中学都是同班同学，每天一起上学一起放学回家，几乎形影不离。彭程爱好体育，是学校篮球队的主力队员，以后又上了体育学院，长成了一个身高足有一米九的黑铁塔。幽兰成年以后却仍然像个瘦小的小女孩，两个人站在一起，她的头顶还够不到彭程的肩膀。尽管如此，双方父母亲戚朋友街坊邻居都说他俩是天造地设的一对，彭程也说他就是喜欢娇小玲珑的姑娘。婚后，幽兰把小家庭收拾得优雅洁净，过着平静安逸的生活。她在幼儿园当教师，工作不用多费脑筋。彭程在运动队先是打篮球，年纪大些了当教练，收入不菲，家里什么都不缺。只有一点小小的遗憾，丈夫经常去外地集中训练或比赛，不能常住家里。幽兰独守空闺也心安理得并无怨言，她可以到双方父母那里去吃饭，并不觉得孤单。她性格内向温柔平和，像一池在无风天气里不起波澜的秋水。在夫妻性爱方面她也欲望不高，甚至……难以适应身强体壮的运动员丈夫的要求，彭程常常住在训练地或比赛场，她倒也……乐得清静省事。就这样，相安无事五年多的光阴过去了。

　　然而，生活不是一台恒温箱。

　　她从未料到平静的日子会突然掀起惊涛骇浪，当她在无意中撞见丈夫与一个女运动员通奸时，简直惊得目瞪口呆。她不会吵架，更不会打人骂人，只是泪流满面默默地退出了。自幼相伴的知心人都做出了这等背叛行为，还有什么话可说呢？还有什么架可打呢？

　　她提出离婚时的口气也是平和的，只有文明地分手才能保持最后一点女性的尊严。他不同意，再三表示自己从未想过离婚，说："这是两码事。"

　　她无法理解彭程的观念，这怎么是两码事呢？爱情与婚姻怎么会是两码事呢？她百思不解，但她知道问不清楚，问了他也说不清楚，她也就不再问，只默默地收拾属于自己的东西。房子是他的，她今天就搬回娘家去住。

　　他给她跪下了，流着泪央求："我保证和她断，请你给我一次机会，咱们重新开始。"

她相信了他的誓言。不相信自幼相伴的知心人，还能相信谁呢？他真的回到她身边来了，只要不出差，他连运动队的营养餐都不吃了，尽量回家陪她吃晚饭。床笫之上，他热情如初，似乎什么感情裂痕都不曾发生过。她虽然不甚情愿，为了笼住丈夫的心，也只好勉为其难曲意温存。

可是，几个月以后她发现彭程并未和那个女人断绝关系。她可以原谅丈夫的过错，但不能容忍和另一个女人争夺男人的屈辱，再次提出了离婚。

或许因为是老同学的缘故，彭程对她有些"熟不讲理"了，又一次痛哭流涕地请求："请再给我一段时间。"

这一回她说什么也不迁就了，不吵不闹搬回了娘家。两家父母是老邻居老朋友，如何肯断了这门亲？公爹婆婆押着儿子来到亲家跟前负荆请罪，让儿子给儿媳跪下，公爹当着亲家的面抽儿子的耳光，婆婆老泪横流也要陪儿子跪下，央告亲家母："看我们的老面子，再给他一段时间。"

她的母亲急忙把亲家母拉起来，以后的事情已经不以她的意志为转移了，爸爸妈妈把她押回了她和丈夫的小家。她是个连说话都不会大声大气的温柔女子，心软如水经不住别人的几句好话，再加上毕竟割舍不下这段自幼的情缘，明知彭程是个被父母宠坏了的自私任性的大男孩，仍然委曲求全地留下了。

又过了一段时日，好景不长，彭程还是经不住那个女人的勾引，再一次故态重萌了。

离婚的结局已经不可挽回。

不料，偏偏就在双方达成离婚协议的时候，她发现自己怀孕了！一纸妇科检查的诊断书犹如晴天霹雳，震塌了她的精神支柱，她的身心彻底崩溃了。此时此刻如果多了一个孩子，无疑会使离婚问题变得复杂化，这可怎么办呢……

她恍恍惚惚从医院走出来，横穿马路时险些被汽车撞上。司机吓坏了一个急刹车，蹿下车来骂她。她却吃吃怔怔埋怨司机："你怎么不撞死我？你真该撞死我呀！撞死了都省事啦……"

"神经病！寻死别拉我当垫背的呀！"司机骂骂咧咧开车走了。

她在马路中央的车流中茫然呆立，引起过往司机们一声又一声惊呼，她仍然如入无人之境，不知该往何处去。

交通警察闻讯跑来了，把她扶到了人行道上，问她家住哪里，要送她回家。

她这才想起来该回家了，可是回哪一个家呢？她不愿意让父母发现自己的新情况，一旦老年人知道怀孕的事一定又劝自己委曲求全；她更不想让公婆介入这件事，彭家上溯三辈人都是一脉单传的独生子，他们肯定会把我当成为他们传宗接代的生育工具……为了不使双方老人发现自己的秘密，她决定回到小家去休息一下，调理一下纷乱的思绪再作定夺。听说彭程出差，那套房子空无一人。

她做梦也没有想到，她回到当时还属于自己的家里躺下不久，就遇到了一桩对爹娘都羞于启齿的龌龊事，使她蒙受了难以容忍的奇耻大辱。

二

幽兰步履艰难地往家里走着，一路上觉得心房发颤浑身发软双腿沉重只想找张床铺歇息一下，恍惚地凭着直觉和习惯摸进家门之后，又被一种透心彻骨的凄凉感所侵袭了。这里曾是她与丈夫共同营造的安乐窝，每一件家具，每一件摆设，都记录着新婚时的欢乐。可是，这个家很快地就不属于自己了……

她躺在记录着往日温情的婚床上哭了个昏天黑地，捶打着肚子喃喃自语："不识时务的苦命孩儿呀，你怎么偏巧在这时候来凑热闹呢？你明明知道自己不是爱情的结晶，为什么还要投胎到这个恩断义绝的家庭来呢？你那个寡情薄义的爹一次又一次伤我的心，我们分手已成定局，你来了只能成为我的累赘，只能给我带来更大的痛苦啊……"

她正在肝肠寸断之际，忽听有人打开门锁的声音，听熟悉的脚步是彭程回来了。她猜想他可能是出差回来了，转身朝里躺着不理睬他。

岂料，随着彭程打开房门传来女人的说笑声，他把那个姘头带回来了！

幽兰的心怦怦地激跳起来，但她克制住自己的气恼一声不吭，琢磨不出自己该如何高贵地应付这个尴尬场面。

彭程没有发现卧室里有人，高高兴兴地领着女友来看房子，两个人亲亲热热地商量重新装修布置房间的事。

在卧室里躺在床上的幽兰听见他俩的谈笑好生气愤，这边的离婚诉讼还没办利索，那边就急着张罗办喜事了，这也欺人太甚了！她曾在无意中发现过那女人给彭程写的情书，知道那女人的名字叫金芳。后来，她又从运动队的朋友那里打听到那女人姓贺，那么今天彭程领回家来的一定就是他的姘头贺金芳了……

幽兰正在寻思，又听彭程低声下气地央求："你看这些家具都挺新的，卖掉仨瓜不值俩枣，多可惜呀！重新油漆一下行吗？"

贺金芳撒起娇来："不嘛，换新的嘛！"

彭程劝道："这可是我花大价钱从香港订购的外国家具，要不是经常出国比赛，一般的工薪阶层的老百姓谁能买得起呀？你看，真正的欧洲式样，市场上可没有这么好的货色！"

贺金芳嗲声嗲气地说："得了吧！谁不知道你的鬼心思！看见这些家具，你就会想起她来！一日夫妻百日恩嘛，听说你们一块儿长大，哪能舍得下呀！说，你还想不想她？"

彭程赌咒立誓了："看你，又多心了不是，我想她干什么？想她不得好死！她怎么能跟你比，你是我的宝贝儿……"

贺金芳故意追问："那你说说，你到底为什么要我不要她？她到底什么地方不能跟我比？"

"我这就告诉你她什么地方和你不能比……"

幽兰听见彭程竟然如此贬低自己，气得浑身打颤，本想夺门而走，又听见后面这句话，她很想知道他下面要说什么话，于是躺在床上没有起来。只听贺金芳催促："你可倒是说呀！都是女人，你老婆跟我怎么个不一样？"

彭程说："她是一块冰，你是一盆火！"

幽兰听了此话一激灵：我待他这么好，把他伺候得无微不至，怎么还是一块冰呢？若不是不愿撕破脸皮吵闹，幽兰真想冲出去当面质问他。

贺金芳浪声浪气地大笑起来，故意刨根问底："冰怎么样？火怎么样？"

彭程说："我这就告诉你！"

幽兰正待听出个结果，他俩却都不说话了，客厅里悄无声息。难道他俩走了？没有听见关大门的声音呀……她正在猜忖，忽听贺金芳挨杀挨宰一般嚎叫起来，吓了她一跳，慌忙下床穿鞋好应付紧急情况。

"哎哟……哎哟……快，快……求你了……"贺金芳像是得了急病，颤声哀叫着。彭程却狠狠地下命令："说！不用换家具了，说你很喜欢！"

"不嘛……就不嘛……就换……换……"

"我叫你换……叫你换……我还不知道你这两下子？不改口甭想……"

"就不……哎哟……"贺金芳的嘴被堵住了，客厅里又寂静下来。

这一回幽兰知道了他们正在接吻，脑袋嗡地一下子发胀了，立刻意识到此地不可久留，可是自己被堵在屋里，该如何脱身呢……此时出去撞见他们抱在一起，双方都会感到难堪，等一会儿再找机会离开……

贺金芳又颤声叫唤起来了："快……快……求求你了……受不了……"

彭程鄙夷地讥笑："瞧你这点出息！一盆火这么容易就点着啦？也够不值钱的！说！"

贺金芳上气不接下气地呻吟："哎哟……不换了……我喜欢……还不行吗？"

彭程继续追问："不换什么？喜欢什么？你不说我可走啦！"

贺金芳简直像乞丐似的哀求了："别走，求你了……妈呀，我活不了了……不换家具了，我喜欢这些家具……只换一张床行吗？那是你们的婚床呀……我总不能睡她剩下的旧床呀……"

彭程却毫不退让，斩钉截铁地说："床也不能换！你给我滚出去！"

贺金芳立刻让步了："行，行，怎么都行！挨千刀的你太损了！你把我……这盆火点着了，净等着看乐儿呀……"

客厅里出现了响动，两个人不再斗嘴，只有粗重的喘息和互相抽打的声音。

幽兰一刻也不能忍耐了，必须马上离开这个肮脏的地方。她抖抖瑟瑟穿上外衣拿起提包正要夺门而去，卧室的门却被人撞开了，彭程抱着一丝不挂的贺金芳进来了！

彭程不曾料到屋里会有人，一下子惊呆了。

这一对尚未离婚的夫妻四目相视僵立着，失去了说话能力失去了思维能力失去了呼吸能力艰难地僵立了一个世纪。

幽兰苍白的脸儿胀得通红，冷冷地直瞪着丈夫，随即把目光移向他怀里的女人。

幽兰从未在近距离看见过如此丰健的裸体女人，这女人浑身的肌肉几乎要绷破皮肤流出来了！尤其令人惊骇的那一双硕大的乳房，乳头尖挺在发酵般膨胀的双峰顶上！更加令人难堪的是这女人闭着眼睛瘫在他的臂弯里，竟然没有发现情况的异常！彭程从脸到脖颈都臊得紫红，惊慌中跟跄了几步把怀中的女人往床上一扔，她就像一口死猪似的瘫倒在床上，喉咙里还哼哼唧唧地呻吟。

幽兰乘机冲出房间，砰地一声摔门而去。来到了楼梯口，她双腿发抖怎么也迈不开脚步了，只好瘫坐在楼梯上定一定心神。彭程没有追出来，只听贺金芳大声浪笑着叫喊："刚才跑出去的是谁呀？怎么屋里还藏着个女人呀？你这挨千刀的，是想三人同床呀？哈哈哈……"

幽兰记不清自己是怎么跑下一层又一层的楼梯的了，恍惚中只觉得脚底生风跑啊，跑啊，逃啊，逃啊，哪里才是寂静的角落？逃到哪里才能洗刷自己蒙受的这莫大耻辱呢……她一时理不出个头绪，却于不知不觉中像个梦游人一样奔向了妇产科医院。她的脑子一团纷乱，只有一个清晰的声音发号施令：打胎！打胎！打掉他的孩子！一定要打掉他的孩子……

三

离婚以后的谷幽兰在娘家居住并不愉快，虽然父母很疼爱她，她还是觉得自己是家里的一个不和谐音符。

种种烦恼与不便缠缠绕绕，使幽兰穷于应付，心力交瘁。

造成离婚的责任虽然不在她，但她与彭程的离婚破坏了双方父母多年的友谊。两家是近在咫尺的老街坊，原先四位老人经常来往聊天，围在一桌打麻将，现在双方儿女离了婚，两家老人也不好串门聚会了。幽兰回娘家居住出入总是觉得不自在，前婆家离娘家的距离不出百米，双方在街上碰面的机会是很多的，见了前公婆是叫爸爸妈妈还是恢复未嫁时叫伯父伯母的称呼呢？为了回避尴尬的见面，她总是缩头缩脑躲躲闪闪左顾右盼像个怕人家逮住的小偷似的，这么不舒心的日子可怎么过得下去呢？

这还不是让她心里别扭的主要原因，更加令人气恼的是还得看弟媳的脸色。娘家只有两室一厅单元住房，她出嫁以后不久，弟弟也娶亲了。大间房子住着两位老人，小间房子住着弟弟夫妇，她搬回娘家只得睡在过厅里。过厅面积不小，搭个单人床并不显得拥挤，她没结婚以前住在小屋，弟弟就住在这里，自己的亲弟弟，那时没有觉得有什么不方便。但是现在不同了，别看只多了弟媳一个人，全家的人物关系角色认知都变了，大家出门进门，去厨房去卫生间都得经过这里，有个大姑子睡在这里十分不方便。这些虽然都是生活琐事，但家庭生活的乐趣就在于安闲舒适随意自在，人们上班累了一天回到家里还得小心翼翼顾虑重重，有血缘关系的亲人们还能容忍，大姑子与弟媳之间就不好相处了。幽兰是个寡言少语的闷嘴葫芦，骨子里是何等纤细敏感？在自己家里反而成了寄人篱下的多余人，内心深处又多了几分无奈与凄凉。

不仅在居住方面出现麻烦，如何开火做饭也成了问题。原先父母和儿子媳妇吃一锅饭菜，有妈妈伺候着，小两口回到家吃现成的，也不用交多少钱。儿媳妇很满意，甜言蜜语哄着公婆，左右是小两口划算，大家相安无事。大姑子回来以后可就不同了，尽管幽兰是最为温文尔雅的老实疙瘩，不知怎么还是多了不少口舌是非。任凭妈妈再怎么往日子里搭钱搭物，儿媳妇也不领情了，总是怀疑婆婆偏向了自己的闺女。任凭幽兰给家里交多少伙食费，买多少东西，弟媳妇背地里也跟丈夫埋怨大姑子占了便宜。父母心疼儿子，同样心疼女儿，尤其为了女儿的归宿操心焦急，终日里唉声叹气，家庭生活失去了愉快的气氛。

幽兰知道这一切都是因为自己的归来，这样下去不是长法子，但她所供职的小小幼儿园不可能给员工分配住房，也只好在娘家暂且忍耐。

所有这些外部的烦恼和不便还都能够克服，更为可怕的煎熬则是内心的痛苦。自从撞见了彭程与那女人通奸的丑恶场面以后，她几乎变得疯狂了，心中只有一个念头：和彭程断绝一切关系。关于自己怀孕在身和蒙受耻辱这两件事，她没有对任何人讲，独自一人吞咽着难以忍受的人生苦酒。她不顾一切地到医院做了人工流产，又不顾手术后身体虚弱多次到法院催促判决，终于等到了一纸离婚书。当她摆脱了这场可怕的婚姻，面对清静的一人世界时，身心疲惫得呈现虚脱状态，倒在床上一睡就是两天两夜。

然而，一人世界的清静并未维持多久，她的体力恢复之后，一种茫然若失的感觉很快就袭击了她，她开始后悔打掉了腹中的胎儿。是啊，要是有个可爱的孩子陪伴自己，那该多好哇！当初自己是被他俩气疯了，怎么一心只想到那是他的孩子，而没有想到也是自己的骨肉呢⋯⋯她痛下决心终身不再嫁人了。当然不是对彭程还有什么忠贞，而是出于对爱情彻底失望对婚姻彻底惧怕。自幼相伴的挚友说背叛就背叛到这等地步，陌路新逢的男人就更不敢使人相信了。当她重新安排自己今后的生活时，觉得自己并不需要男人，但是非常需要有个孩子！孩子，白白胖胖的婴儿，美丽的小天使，和妈妈相依为命的小亲亲，已经和妈妈心连心肉连肉了，自己怎么因一念之差把孩子打掉呢⋯⋯痛惜，内疚，失落，自责，追悔莫及。种种迟到的醒悟像一条条蘸血的鞭子无情地抽打着她本已伤痕累累的心，或许正是因为铸成的大错无可挽回，这种自我鞭笞才越来越强烈，以至于后来她想孩子想得都有些痴痴呆呆的了。

幼儿园主任见她整天神情恍惚，日渐消瘦，以为她得了什么大病，劝她休息一段时间再上班。本来，因为幼儿园无力给员工分配住房，为了拥有一间容身的住室，她也想另谋职业。经主任一说，她也就顺水推舟不去上班了。

为了回避父母的苦脸子和弟媳的冷脸子，每天她照例早出晚归，常常深夜才回家。同龄的朋友们都成了家有孩子，常去他们那里串门会惹人家讨厌。

她只好终日在街上游逛。书店、电影院、图书馆、商场、公园，她像个断了线的风筝随风乱飘乱飞，全无定向。有一天她在商场迷上了婴儿用品，买了奶瓶、尿布，坐上通往郊区的公区汽车，爬上了妈妈山顶，神经兮兮地演出了祭奠"儿子"的那一幕。

几天以后，她在报上读到了普爱山庄招聘"孩子妈妈"的启事，尽管这份职业闻所未闻十分奇特，她却有了一种"踏破铁鞋无觅处，得来全不费工夫"的庆幸感，兴冲冲地奔到了报名处。

现在，她成了全山庄最幸福的妈妈。终身不再嫁的意愿已成铁定，对男欢女爱已心灰意冷，逃离了娘家的窘境来到了幽静的山区，身边又有了亮亮这么个小开心果，她对生活已经别无他求。失而复得的孩子，使她恢复了平和的心态，宛如一簇甘愿生长在空山幽谷的兰花，默默地散发着清雅的冷香。

每天夜里，她唱着催眠曲哄着亮亮入睡，心中洋溢着母性的柔情。臭儿、谅谅、亮亮，偎在她身边熟睡的这个男孩不管叫什么名字，对于她来说都是一样的，她从内心深处早就滋生出一种幸福的错觉——他就是自己失去的那块小骨肉……

四

谷幽兰来到普爱山庄很快地适应了"单身妈妈"的生活。她本来的职业就是幼儿园教师，来这里仍然带孩子，可以说是轻车熟路。她像一艘远涉重洋历经狂风大浪损舵折桅的航船，好容易驶进了一方僻静的港湾，也就不作他想，乐于永远停泊在这里了。

从表面上看日子过得很平静，姐妹们见了面总是亲亲热热谈笑风生。幽兰不想对任何人谈起自己的过去，偶尔有人问起她离婚的原因时，她也总是像报名面试那天一样轻描淡写从容道来。唯一使她提心吊胆的事情是和肖晶做了邻居，生怕肖晶把妈妈山顶相遇的情形说了出去。提防了一些日子，也没听见山庄里有什么风声，看来肖晶也不想与她为敌。两人碰面时除了简短的寒暄，似乎都小心翼翼地回避着什么，叫人捉摸不透这究竟是一种心照不宣的友好默契呢，还是怀揣把柄后发制人的敌视态度？

谷幽兰摸不清肖晶的底细，心里总有些忐忑不安。她想，只要自己不伤害对方，在一般情况下对方不会无缘无故与自己为敌。于是，她时时告诫自己，凡是涉及六号楼的是是非非，自己决不多说一句，借以求得大家相安无事。

岂料，六号楼偏偏是个是非窝子，常常成为人们议论纷纷的"新闻热点"。梦虹虽说功课优秀又爱干活，却整天忧郁伤感泪眼蒙蒙，不知受了什么委屈。唤弟整天出去打架骂街在孩子们中间称王称霸，惹来一位又一位妈妈拉着孩子来找肖晶告状，见了幽兰也不免诉说一番。可意整天吓吓叽叽可怜兮兮不像个顽劣孩子，不知为什么却总是鼻青脸肿受伤挂彩的，更加引起人们的揣测猜疑。居住在这些层出不穷的是非漩涡的跟前，幽兰怎么能够躲得一身清静呢？

田院长的时常造访，显然会叫肖晶怀疑幽兰是个告密者。幽兰从来不敢在田院长跟前说肖晶一个不字，她深感自己的无辜，却没有向肖晶解释的机会。她知道许多事是解释不清的，说多了反而落个此地无银三百两，这才叫做树欲静而风不止。

她打定主意，两耳不闻窗外事，关上家门过日子。

幽兰终于从离婚后的痛苦中解脱出来，找到了有所寄托的快乐——天真可爱的亮亮，她的小谅谅。

亮亮来到山庄以后智力开发很快。他天资聪慧，在农村时无人对他进行早期教育，有了幽兰妈妈的爱，他的小脑瓜立刻变得神奇了。幽兰发现这个小娃娃有着惊人的记忆力、极强的好奇心和不知疲倦的表现欲，教给他的歌谣学几遍就会，让他说给谁听，他都摇头晃脑表演一番，逗得大家都喜欢奖励给他好吃的东西。这样一来，他对学习"节目"有了更大的积极性，很快地就奶声奶气地背诵起"鹅，鹅，鹅，曲项向天歌""春眠不觉晓，处处闻啼鸟"了，还会咿咿呀呀地唱上几句"妈妈的吻""外婆的澎湖湾""我是一棵无名的小草"等歌子。这个聪明伶俐的小家伙，成了山庄全体成年人和孩子们的"宠物"，大家抢着抱他背他哄他玩儿，哪家姨妈做了好吃的全都给他端一碟来，他的身体和智力飞快地成长了。他灵活得像一只猴子，人群跟前出脱成了落落大方的小歌星小诗人，手舞足蹈眉目传情。幽兰又为他做了几身漂亮的花童装，臭儿俨然是个脱胎换骨的小少爷了。

田淑贤在大会上表扬了幽兰好几次，说她不但主动领养了难带的幼儿，还对亮亮表现出真正的母爱。同时，田副院长不点名地指出："有的孩子身上总是带着伤，如果叫我查出任何人虐待孩子，将从严惩处。"

肖晶明明知道她在怀疑自己打可意，心中气愤难忍，但想到可意"挂彩"的事实俱在，至今查不出原因，自己也就只好吃哑巴亏了。不过，田淑贤这些日子没有进过六号楼，可意身上有伤的事她是怎么知道的呢……嗯，对了，这些天她总往七号楼跑，是不是谷幽兰对她说了什么……这么一想，肖晶从眼角瞥着谷幽兰，怎么看怎么觉得她在眉飞色舞，怎么看怎么觉得她在幸灾乐祸。

谷幽兰自从来到山庄，一直对肖晶不冷不热，敬而远之。今天田淑贤说了一大堆好话表扬谷幽兰，却含沙射影敲打肖晶。肖晶无辜落下虐待孩子的坏名声，不由得不生出种种猜疑了。刚来山庄时，她想找机会向谷幽兰表白，保证不把春天在妈妈山顶听到的秘密泄露出来，她也确实没有对任何人讲过，但是，谷幽兰却总是提防着自己，看来她是个心里藏奸的人……

肖晶怀疑谷幽兰串通田淑贤整治自己，其实幽兰只是有些惧怕这个冷傲的邻居。幽兰并没有听说过可意时常带伤的事。亮亮小，两个女儿不合作，她有些自顾不暇，再说她也不是个在领导面前多嘴多舌巴结讨好的女人。

田淑贤爱往七号楼跑，因为她喜欢亮亮，一有空就去逗他玩。虽然她已经察觉到谷幽兰和肖晶关系不睦，问过幽兰，但幽兰什么也没说，她也不得要领。人与人之间很容易裂开一条鸿沟，要想修补可就难了。尤其女人与女人之间，哪怕只是凭借某种误会和猜疑，也会生出相互的敌意。男人与男人之间可以做到漫不经心地相处，而凑到一处的两个女人，很难做到彼此漫不经心。不知为何，她们总是要找出种种令人不愉快的细枝末节来困扰自己。

从这个角度看，儿童是最幸福的，年龄越小，他们的心灵越不会与别人为敌。儿童的世界是不设防的，因而是单纯欢乐的，哪怕是不幸的孤儿。

幽兰喜欢带亮亮到妈妈山顶上去玩，亮亮去过一次就爱上了那里，动不动就伸出小手朝山上指："妈妈，去，妈妈山！妈妈山！"他到底是山里来的孩子，大概从血液里就流淌着先祖们对山的眷恋和激情。

如果星期日是个好天气，幽兰就带孩子们去爬山。立春、青凤、大菊、雨生都喜欢去山上玩，一呼百应抢着要去。一路立春、雨生轮流背着小弟弟，他们知道妈妈身体单薄，背不动越来越胖的亮亮。两个儿子这么懂事，两个女儿反而从来不知道体贴妈妈，上了山路就钻入丛林自顾自疯玩去了。

从远处望妈妈山犹如母亲胀满奶水的圆圆的乳房，身临峰顶时，这里却是个平缓的坡地，周围有茂密的丛林簇拥着。在这里玩耍可以不必担心孩子们会摔下山去，妈妈山实在是一座温柔的母性的山。两个哥哥带着亮亮跑啊，跳啊，简直成了三匹脱缰的小马驹。

幽兰坐在用石块垒成的"乳头"旁边，身旁放着供孩子们吃喝的食品，如果孩子们跑得太远了，钻进丛林不见了，她就会喊他们几声。

春风和煦，午后斜阳，碧空如洗，一丝白云也没有。天蓝得纯净不染，蓝得高远深邃，就这么一直蓝到地平线以外茫茫无际的远方，山川大地都像是罩在晶莹剔透无边无垠的蓝玻璃下面。太阳似乎也躲进蓝色帷帐里打盹了，阳光变得薄明清淡，一点也不刺眼。幽兰久久地望着一丝云彩也没有的天空，目光无处附着地就在飘渺碧穹散漫地徜徉着，清爽而惬意，焦虑、紧张、苦痛、不安，全都被这空中的蓝海荡涤了，给人安适宁静的蓝色啊！

亮亮玩累了，倒在妈妈怀里睡着了。幽兰给他披上斗篷，立春背着他，一家人说说笑笑下山了。

他的小小心灵早已和幽兰妈妈融为一体了。山庄里有这么多人爱他，他早已把这里当成自己的家了。像他这么大的幼儿还未形成长时记忆，对老家穷山村的印象已经淡忘了，这真是他的福气。别人告诉他幽兰是他的亲妈妈，他听了伸出小舌头舔幽兰的脸颊，活像一只小狗崽子。

幽兰舍不得让亮亮睡小床，每天晚上都把他抱到自己的卧室，亮亮成了家里唯一能睡在妈妈床上的孩子。他没完没了地要妈妈讲故事，凡事架不住时间长，幽兰肚里适合给幼儿讲的故事都掏空了，只好买来各种童话图书不断补充。

幽兰很感激她的亮亮，管亮亮叫"小大夫"。自从发现丈夫的背叛行为，她就落下了神经衰弱失眠的毛病，吃什么药都不管用。现在白天很累，晚上又有亮亮作伴，每天讲些美丽的童话，慢慢不再依赖安眠药了。身边有个胖乎乎的小肉体，她睡得很安稳。每当亮亮睡熟了，她抚摸着他的头发，用指尖轻轻划着他的小眉毛、小鼻子、小嘴巴、小下巴颏儿、小耳朵。亮亮在甜蜜的梦中受到骚扰，不高兴地扭动身子，那种憨态可爱极了。尤其那两排合上的长睫毛十分敏感，用指尖儿轻轻一划即抖抖动动，像两片含羞草的叶羽。每当这微妙的时刻，她的心房也会同频共振，又酸又苦又甜又酥地震颤起来。

五

幽兰完完全全把亮亮当成了自己的骨肉，不知是出于巧合，还是心理作用驱使，她越看亮亮越像自己那个负心的前夫彭程，一样的长睫毛，一样的翘鼻头，一样的大嘴巴，还有方脸膛……她不敢追问自己为什么想起他，不敢深究自己为什么希望亮亮长得像他……现在，他已经和那个女人结婚了，早已断了音讯。幽兰一直以为自己早就把那段尘缘忘了，心里的伤口慢慢地愈合了。不料，那伤口留下了脆弱的伤疤，经亮亮的小手轻轻一揭，心口又悄悄地渗血了……

幽兰来到普爱山庄以后，以孩子拖累为理由很少回娘家。听说彭程的父母搬家了，两家彻底脱离了干系。幽兰的爸爸妈妈有时来山庄看望女儿和外孙外孙女们，也从来不提彭程一个字。从各方面来看，彭程这个男人都从幽兰的生活中消失了。可是连幽兰也不敢追问自己：你为什么还是希望亮亮长得像他呢？莫非你心里对他仍然留存着一丝……唉，女人呀，自古痴心到如今的女人呀……

想到这里，那个时时萦绕心头的声音又在耳畔回响了：

"她是一块冰，你是一盆火！"

她常常不由自主地琢磨彭程这句话的缘由，当初听了只顾生气，未及多想。分手以后打发孤寂的日子，熬过清冷的长夜，她对前夫的这种形容犯了寻思：他为什么说我是一块冰呢？我从小就把他当成知己朋友，非他不嫁的誓言从来就没有动摇过，还没过门就去伺候他的父母，结婚以后更是把家务活全都包下来，人人都夸奖我是个贤惠温柔的妻子和儿媳，可以说我把满腔热血都泼给了他，他怎么还说我是一块冰呢……贺金芳长得远不如我漂亮，听说小学毕业就进了少年体育学校，是个田径运动员，看那样子是个四肢发达头脑简单的粗女人，彭程究竟为什么迷上了她呢……若不是亲耳听见，真不敢相信世上会有那种欲火狂烧不顾廉耻的女人。哦，是了，他夸她是一盆火，指的就是欲火，这么说男人就是喜欢性欲亢奋的女人了？他说我是一块冰，当然也指的是男女性爱之事了……

幽兰是个非常害羞的人，独自一人私下里悟出这一层意思都耳热心跳起来。她觉得很委屈，结婚以后，自己对丈夫的每一次要求都是温顺服从，从来没有违拗过他呀……他是搞体育的，身强力壮热情洋溢，几乎是夜夜求欢搞得我筋疲力尽。我只是好言规劝，虽勉为其难也从不驳他的面子，还要我做到怎样呢……

别看幽兰有过一次婚史，关于性爱的常识至今所知甚少。中国人耻于谈性，当幼儿好奇地问起自己的出处时，父母往往骗孩子说："你是从垃圾箱里捡来的。"幽兰的父母更是对她管教极严，从来没有人告诉过她性爱是怎么一回事。外国人听了一定会不相信，一个成年女子结婚前在这方面始终只是朦朦胧胧混混沌沌，结婚后仍然懵懵懂懂半知半解，甚至至今对前夫的不满之言感到茫然。

思前想后，她不免生出种种哀怨，责怪父母对自己的过分封锁了：虽然我和彭程从小就相好，但那只是小伙伴——同学——朋友的自然演变和纯真友谊。再大一些的年龄，妈妈时常告诫我："咱们两家住得这么近，你可要给父母保全面子。不到结婚那一天，决不能答应程程那小子的过分要求。女孩子在出嫁之前不知自爱，嫁过去以后就会被男人瞧不起，切记切记！"

我听了妈妈的话，结婚前一直守身如玉。青年男女在一起拥抱接吻是免不了的，但我只觉得那是一种相爱的感情表达，是一首抒情诗，是一曲深沉的恋歌，对于女人来说更多的是一种精神享受心理满足。那几年他忙于出去打比赛，一走就是几个月，运动队为了取得好成绩对运动员们又有严禁早恋早婚的规定，彭程也就未敢造次。出嫁那天一早，妈妈来到我的房间关上门，悄声叮嘱："今晚就要入洞房了，有些话妈妈也不好细说，你只记住一条：男人要怎样都依着他，别拗着他，天下夫妻都得有那个事儿的，女人就是这个命，记住了吗？"

我羞答答地点点头表示记住了。妈妈神秘地拿出一块漂白布，说："晚上睡觉时把它铺在身子下面，三天回门时拿回来给我看。唉！你们这年头的孩子，上体育课，骑自行车，活动太大，但愿能够见红，让妈也在亲家母面前光彩光彩！"

我奇怪地问："要这块白布干什么？为什么还得给您拿回来？什么叫见红？"

妈妈笑道："傻闺女，冲你这一问，妈心里就有底了。甭打听了，照着我的话去做就行了，明天你就明白了！"

新婚之夜，我照着妈妈的话做了，果然见了"红"。三天回门时，我把白布还给妈妈，妈妈一见有"红"，高兴得容光焕发，收起那块白布兴冲冲地去亲家母家"亮红"去了。

然而，我并没有因为拥有处女宝而享受到性爱的欢乐。彭程在我心目中一向是个疼我护我的大哥哥，是个可以信赖的好朋友。或许我只是习惯了我俩作为老同学的友情，对于肉体之交的动物性缺乏充足的心理准备。他突如其来不可遏制的粗暴行为把我给吓坏了，随之而来的是一阵被撕裂被肢解般的剧烈疼痛，对于瘦小的我来说他太高大太威猛了……经历了如此可怕的初夜，我从骨子里滋生了对他的惧怕，但我牢记妈妈的叮嘱任由他摆布，努力作出迎合的笑脸，我以为这就是"女人的命"。

要说一个发育成熟的姑娘对异性没有生理上的需求与期待，那也是假话，但我对他的爱情更多地飞翔于精神的云空，把日后的两性相悦想象得过于美好，怀着多年的梦幻期待着这神秘的一天。或许我把新婚之夜估计得过于美好了，未承想竟是这等令人失望，甚至……简直可以说是一种令人难以忍受的酷刑。

眼看天就要亮了，彭程仍然意犹未尽，无奈今天还得去拜见父母，必须抓紧时间睡一会儿只得暂且作罢。他躺下入睡前笑道："可盼到这一天啦！你怎么样！满意吗？"

我只好作出害羞默认的姿态，从那以后我一直把自己的真实感受瞒着他。我无法向他表达我的这种莫名其妙的失望感，乃至幻灭感，因为我也不知道自己多年来希望的到底是什么。由于对他的挚爱，我努力克制住自己的厌烦心理，像书上说的妓女一般曲意承欢，小心翼翼地满足他的需要。明明自己内心里觉得没意思，表面上却总是努力配合，只是为了尽到为人妻的义务与职责。

我曾供职的幼儿园里有一个粗犷泼辣的保育员，喜欢开一些女人之间的玩笑，她是唯一的和我谈论过性的人。有一天她说起她家接待了两位来自国外的女客，女客们说笑话时，谈起外国的新潮女性公开打出写着"要性高潮，不要性骚扰"的牌子。当时我听了只当个奇闻一笑了之，如今回想起来，结婚好几年了，我一次也没有体验过什么是性高潮……或许，彭程就是为了这个才形容我是"一块冰"？或许，他早已觉察我的冷淡，也和我一样掩饰着自己对性爱的失望？或许，男人都是更喜欢热烈如火的女人？小说里不是有一句名言说男人爱荡妇吗……这么说来，造成两人分手的原因并不只是他的责任了……可是，我究竟有什么错处呢……

独身生活久了，身体像一块荒芜了的土地，有时很想……春暖花开，万物复苏了，近来常常觉得身子发软发飘……昨天夜里梦见了他，他用一把血淋淋的利刃一下一下地割开了我的胸口，腹腔，全身……吓醒以后，体内不知什么隐秘处一蹦一跳个不停。奇怪的是，我不但没有感到难受，反而很舒服，甚至对此时醒来有些遗憾，盼望睡着了再做同样的梦，再受二次那种撕碎全身的割裂……

时间的流逝真是一瓶漂洗剂，慢慢地使一切恩恩怨怨都漂洗褪色趋之淡然，谷幽兰已经不那么痛恨彭程了。人的醒悟大都为时已晚，可惜没有重新开始的机会了。

六

肖晶是个大姑娘，受到羞辱的感觉自然比谷幽兰更为强烈。杨大妮走后，展晴和郭山梅都打来电话安慰她。展晴说她给石院长打了长途电话，向他通报了山庄近来发生的事情，表示她要进城去找民政局领导反映情况。石院长说请大家先消消气，等他回来处理这起纠纷。

肖晶很理解山梅和展晴今晚不来陪自己的原因。好朋友之间都没有倾诉的秘密，被人家当众揭了老底，朋友见面大家都会很尴尬，还不如让自己先冷静冷静。再有，她俩和谷幽兰关系也很好，如果此时来看望我，也要去七号楼。那样串来串去会惹出许多嫌疑。

肖晶一向心高气傲，这回落个"上梁不正下梁歪"的坏名声，今后还怎么做人呢？她恨透了田淑贤，都是这个黄脸婆挑唆得把事情闹大了！本来，梦虹和立春只是两小无猜的纯真感情，不该这么兴师动众激化矛盾。伤害了成年人我们还能够自制，伤害了孩子，说不定影响到他们一生啊！她不由得又想起自己在十三岁时遇到的两个女左派，是她俩无耻地利用我的年幼无知诱骗我出卖自己的生身母亲，那件事成了我的终身悲剧。

谷幽兰的咒骂提醒了她，谷幽兰说："寻思人家还不知道呢？你二闺女满处给你卖报儿去！害死亲娘，拆散人家夫妻，当第三者！"听话要听音儿，这么说，田淑贤早就收买了唤弟，又串通谷幽兰算计我了！既然大家早就知道了，那我还有什么可怕的呢？起初，她决定仍然不做任何解释，让人们随便议论去。然而，人言可畏……跟姐妹们去说说？人家会相信么？唉，逃到山庄来为什么还是摆脱不掉这一身的恶名？难道命运对我的惩罚还不够么……

这个意外事件的强烈刺激，使她不能不又一次重温自己陷入爱情炼狱的种种痛楚的欢乐与欢乐的痛楚……

自幼的孤独生活，使她养成了自己与自己对话的本事。这其实是一种默想或追忆，在心灵深处把自己称作"你"，便能产生似乎是两个人对话的错觉，好像是在对另一个人倾诉。这样的"对话"毫无阻碍一吐为快，心里还

觉得好受一些

你俩的初会，在一个荒谬的时刻荒谬的地点，同一座城市的人不约而同地跑到千里之外去寻求寂静寻求心灵的解脱，却寻来了这场差一点粉身碎骨的苦恋……

你第一次见到他，是在你二十八岁那年那个遥远小城的春节……

自从回城以后，你最怕过春节。平时你住在单位的单身宿舍里，可以不回家看望父亲，春节是中国人传统的团圆节，不回家就说不过去了。刚从乡下返城后那年春节，你还回家包过团圆饺子，但父亲那沉默寡言的冷面孔实在让人受不了。除夕之夜父女二人找不到更多的共同话题，便一个思念亡妻一个思念亡母令家里的气氛冷清中透着尴尬。后来的春节，你干脆就不回家了，只给父亲打个电话表示问候，不是推说节日值班，就是假借朋友有请，逃避了那倍受良心折磨的无法团圆的团圆节。然而，爸爸是躲过了，却躲不过无处不在的节日气氛。开始有不少同事热情相邀，你也去过一两个朋友家里，但是，你很快发现自己在别人家里是个多余人。春节是家庭的节日，有外人在场是不相宜的，尽管主人夫妇热情招待，宾主双方却都觉得疲劳和不便。

二十八岁这一年的岁末又到了，从腊月二十三开始年味儿就很浓了。家家户户忙着扫房，贴春联挂吊钱，采买年货，街上飘着熬鱼炖肉的香味，鞭炮声此起彼伏，商店里张灯结彩，整座城市浸沉在节日的欢乐中。

大年二十八傍晚，单位里提前放了假，同事们都回家忙碌去了，只剩下你一个人独守单身宿舍里的一盏孤灯。漫漫长夜总得设法消磨，你拿了一些钱上街闲逛。

暮霭沉沉，华灯初上，你无目的地遛了几条街，进了几家商店，买了点儿吃的，又不知到什么地方去了。忽听"当啷"一响，原来脚下踢到了一个装过饮料的空铁盒，在黑暗里声音甚为悦耳，你顺脚又踢了一下，铁盒蹦蹦跳跳朝前滚动，你走到跟前又神差鬼使地踢了一下，黑暗中"当啷""当啷"的响声竟产生了魔力，犹如消失了的童年的铃声，把你牵回消失了的无忧无虑的人生早春。你头也不抬地这样"当啷当啷"地踢下去了，跟着滚动的铁盒不知走过了多少大街小巷。终于，一片耀眼的灯光和嘈杂的人声惊扰了你，抬头一看原来到了火车站。广场上有几个迎接亲友的人用诧异的目光望着你，不懂一个高大的成年女人怎么会像个顽童一样在大街踢罐玩耍。你不理会人们的注视，昂首挺胸进了售票处。

可是，为什么要进售票处呢？你仰头望着密密麻麻的站名表陷入了迷茫。忽然，你被一个远在南方的站名吸引住了，记得中学地理课本上说那里有温泉，何不躲开这座熟人多的老地方，到南方去过个真正属于自己的清静春节呢？你为这个念头惊喜了，不假思索地掏钱买了去那个温泉小站的火车票……

多么好的温泉浴啊！你躺在浴缸里享受着这一份温软滑柔，紧绷的神经疲惫的筋骨无人触摸过的肌肤一下子松弛下来舒张开来。

第二天一早，当你看清楚温泉疗养院的环境时，一股特殊的孤寂冷清袭上心头，昨天夜间到达时一路疲劳，没有发现偌大的疗养院空荡荡的竟然只有你一个客人！你这才想起今天是大年三十，客人们也都赶回家去过年了。只要不是动弹不得的重病号，连医院里的病人也要回家过团圆节的，怪不得昨晚登记时值班员用那种怪异的目光盯着你瞧了……

在同样空荡荡的餐厅里，只有你一个人用餐。餐饮部只留下一人值班兼厨师和服务员，点了菜他现去做，只好坐在角落里一张桌前耐心等待。你一个人面对陌生环境时总是本能地选择角落面朝大厅，为自己跑到这样偏远的地方来过春节感到很荒诞，不禁用双手捂住额头暗自苦笑了。

当你抬起头来时，发现大厅另一端角落里的桌旁坐了一个男人，这里总算还有别的客人，你的心情开始好了一些。服务员兼厨师端来了饭菜，你慢条斯理地吃了起来。服务员绕过大厅里 S 形甬道走到那位男客跟前，两人商讨了菜谱以后服务员又回厨房劳作去了。你一边用餐一边从眼角的余光感觉到对面角落里的男人在注视自己，下意识地抬眼打量了他一下，只觉得他的满头黑发很漂亮，眉眼却看不大清楚，他穿着一件天蓝色毛衣，色彩也很清亮淡雅。餐厅很大，而你俩又坐在对角线的两端，所以只能看个大概轮廓。这个男人为什么也在外面过春节呢？为什么不回家？他家里有什么人……这些问题刚刚涌出，你就觉得挺好笑，自己这样猜测人家，人家也一定这样猜测自己，管人家的事情干什么呢！

　　你吃完了饭起身离开了餐厅，到小镇上遛了遛，到山上转了转，又在有南方特色的竹林里逗留了许久，为的是打发时光。平日这里是旅游休养胜地，现在却一个游人也没有，小镇居民都忙着过年了，无人理睬你这个孤独的游客。

　　晚饭时的大餐厅，仍然只有一男一女两个陌生旅客，仍然坐在对角线两端的老座位上，中间仍然隔着许多空桌子。

七

　　今天夜里的感觉远远不如昨晚好了，洗罢温泉浴出来，便觉得周围太空旷、太寂静，一点声息没有的年三十之夜真叫人受不了……人的追求真奇怪，千里迢迢跑到这里来不就是为了过个真正属于自己的清静春节么？不就是为了这一份空旷这一份寂静这一份没有他人打扰么？怎么身临其境又有些恐惧不安了呢……笑话自己，解劝自己，鼓励自己，然而无论怎样努力都驱赶不走由于过度的寂静而膨胀起来的恐惧感。外面太黑了，或许灯光能使这套空荡荡的大房间充实一些？你打开了所有的灯，房灯台灯床灯地灯门灯走廊上的灯卫生间里的灯，一片辉煌似乎好了一些。但过不多久，这无声无息中的明亮愈发突出了夜的沉寂。你想起了在餐厅里遇见的那个穿着天蓝色毛衣的男人，他住在哪一座楼呢？此时在做什么呢？他们男人也会难耐这孤寂的大年夜么…你努力打消这种念头，并为此而烦恼，这是怎么了？为什么要关心一个陌生人呢……都怪周围太静了，要是有些声音就不会胡思乱想了，身居闹市的人们总是向往寂静，一旦处于万籁无声之中却又渴望声音。你在床上躺了许久许久，睡意全无，耳膜为了捕捉声息加倍工作已变得嗡嗡作响，心跳的通通声甚至脉管里血液流动的汩汩声都清晰可辨了。人多么需要声音啊，外面世界没有，就要从身体内部发出响声来填充了……

　　你从床上跳起来冲到卫生间，打开了水龙头，哗哗的水声冲凉了心头的焦灼，觉得舒服多了。你又打开了浴池上方的温泉喷头，水声越发大了，倾泻不止冲刷着心头的积郁。你回到房间躺回床上，倾听着水流声穿过几间空房发出的回响，犹如自己跳入山间湍溪顺流而下……

你终于经受不住水声的诱惑，重新脱光衣服跳回浴池里。好温暖好柔滑的泉水啊，在氤氲的蒸气中撩着水花抚摸自己的肌肤，泡着泡着紧绷的神经松弛下来，全身的汗毛孔也都舒张开来，筋骨瘫软得难以扶持无处交代……

大年初一的早晨，你在老座位坐下，目光不由自主地寻向对角线的另一端，好了，他在座，蓬着满头浓发。心头为什么涌出"好了"二字，也想不清楚，反正你希望有他在座。你接收到他投来的目光，甚至……还有他投来的微笑。究竟有没有微笑呢？又有些把握不准，因为餐厅太大了，远远的看不清楚。

你们就这样默默地各自用餐，坐在对角线的两端，中间隔着许多空桌和一条 S 形的甬道。两天过去了，初三一早你买了返程票，下午就要上火车了。午餐时间你一进餐厅，看见他已经坐在那里。不知为什么，几天来每顿饭他都是先来晚走，对你来说好像他永远坐在那个角落里似的。

这是在温泉餐厅的最后一顿饭了，今生今世也许不会再来这里。想到自己跑到这个陌生地方来过年，竟是受了一个空罐头盒的引诱，你觉得人生际遇有时真是荒谬。

你正沉思默想，忽见他站了起来绕过 S 形甬道朝自己这边走来，而且面露微笑，明确无误地朝着自己微笑。他竟是这样魁梧的高个子，拥有这样一片清亮的天蓝色，令你感到突兀，几天来只看到他坐着，现在却显而易见地想和自己攀谈凑近过来。你万分惊慌，手足无措地望着他越走越近了，顾不上看清他的面容，只是战战兢兢地随着他的目光。他的眼睛是这样的奇特，一双眸子又黑又大，注视你时有些发凝发滞，固执的光点熠熠灼人。眼看他向自己伸出了手要作自我介绍，你慌乱得推开碗筷，受惊的小鹿一般逃离了餐厅……

当你坐在北归的列车上望着车窗外向后闪去的南国景色时，心中升起一股遗憾，自己为什么要逃开他呢？若是认识一下交谈交谈又会怎样呢？他是个什么样的人？为什么也和自己一样躲到外面过年……这些已经永远得不到答案了，但那个有着浓密黑发有着灼人的黑眼睛的高个子男人，却在你心中留下了难忘的印象。

你以为那不过是人生道路上一次擦肩而过的相遇，不料三年以后你们又在一间咖啡厅重逢。那以后发生的事情，唉……

八

你和他在南方温泉那次未曾相识的相遇，只在你心中留下一缕诗意的惆怅，随着岁月的流逝慢慢地也就不去想它了。想，也想不出个头绪，不知道他来自何方，叫什么名字，什么职业身份，结婚了没有，可以说你对他一无所知，有些后悔没有和他相识，然而人生有多少次的失之交臂啊！

三年的光阴过去了，生命就像捧在手里的沙子慢慢地顺着指缝流失了，你仍然守着老姑娘的孤独打发日子，也仍然常有人给你介绍男朋友，你也总是无情无绪。生活犹如一幅挂在墙上的旧画，静止不动，慢慢褪色。这段时间里你换了一份职业，在一家技术学校任中文教员。你住在技术学校后院一幢古旧木楼的单身宿舍顶层小阁楼里了，业余时间仍然以书为伴。不远处新开张了一家咖啡店，布置很优雅，又可以听听音乐，你成了那里的常客。

每到周末晚上，你都会来到咖啡店选个角落里的小桌坐下。谢老板已经熟悉你的需要，不等你点饮料就会自动端来高高一杯泡着冰球的橙汁。你并不急于喝它，缓缓地用长柄勺搅拌着大冰球，看着白色冰球在黄色橙汁的涡流中旋转，慢慢融化，直到消失，伸出双手捧着玻璃杯慢慢地感受着它的凉意，然后一小口一小口地啜饮着橙汁，你看过手表，完成这一过程大约可以消磨一个钟头。如果有好听的音乐，就用指甲敲打着玻璃杯击出节拍。

这时，老板就会端来第二杯冰球橙汁，你又开始了新一轮的期待，耐心地用长柄勺慢慢搅拌冰球，望着它在橙汁涡流中旋转，等着它慢慢融化，直到消失……

等到谢老板把第三杯橙汁端上来，你仍然望着慢慢融化的冰球发呆，就这样或慢慢呷着，或静静地听着音乐，独坐两三个钟头，然后起身离去。

又是一个周末之夜，你又在这里以冰球为伴消磨时光，没有发现幽暗的角落里有个男人一直在注视你，而那个座位恰巧和你形成了对角线的两端，和那年在南方温泉餐厅一样。

从此，谢老板发现每到周末都会来两位奇怪的顾客，一位独坐厅堂这一角，一位独坐厅堂那一角，一呆就是整个晚上。男顾客往往来得早，他总是关上身旁的壁灯，只留下小桌上的蜡烛，他的身影隐没在幽暗中，只有一双眼睛熠熠闪光。这是后来你才知道的，那时你全然不知幸福和痛苦正在同时向你走来。

这天晚上，你正望着橙汁杯中的冰球出神，咖啡厅里回荡起一首你喜欢的歌：

冷漠只是我的保护色，

保护我心中不熄灭的火……

你反复品味着歌词的内涵，又搅动起那冒着凉气的冰球来。

冷不防一杯滚烫的咖啡放到你面前，随之而来的浑厚的男低音把你吓了一跳："来一杯热的吧！"

你顺着声音抬眼一看，浑身立刻触电一般颤栗起来，是他——三年前在南方温泉疗养院遇见的那个男人！他好像从地里冒出来似的，高大的身躯突然横在你面前。

"您……你，还记得我？"这话有点不打自招，你有些语无伦次了。

男人黑亮的眼珠凝视着你，自信地说："你也记得我！我已经坐在那边看了你两个周末晚上了，而你刚刚看见我，就认出了我。"

你顿时两颊发烧飞红了脸，心里咚咚直跳活像个被抓住了的小偷。

男人伸出手来自我介绍："我叫温浩宇，可以坐在这里吗？"

你没有伸出手和他相握，也没有自我介绍，却下意识地点了点头。他就势坐下了，笑道："你不说我也知道了，肖晶，水晶的晶。我问了老板，看来你是这里的常客，以后就叫你晶晶好吗？"

你没有答话，实际上已经没有力气说话。他那浑厚低沉的喉音有一种特殊的磁力，震得你脑袋里轰轰作响。中国汉族人中很少有他这样又黑又亮的大眼睛，专注地盯着你时眸子几乎是凝固的，灼人的目光具有如此厉害的穿透力，脆弱的心，一下子被射穿了，浑身传导着微微的电流颤栗不止。

他很兴奋，孩子般地得意洋洋："两个星期前我到这边来办事，走渴了，进来歇一歇，不料看见了你！真没想到咱们住在一座城市里，世界太小了是不是？"

你仍然不想说话，瘫坐在椅子上动弹不得。

九

大概是你的温顺的表情鼓励了他，他把脸凑了过来低声说："在温泉餐厅看见你的那一刻，我才相信了世上真有一见钟情，过去我以为自己这辈子没有这样的幸运了。"

来到世上三十一年，头一次听到男人对你讲这样的话，你的心海卷起了惊涛骇浪。听了这明确无误的爱情表白，所有的神经末梢都快乐地颤抖起来了。自从少女时代起就做着爱情的梦，看了太多的描写爱情的书和电影，想象过多少次自己成为简·爱、卡尔曼、塔吉亚娜、林黛玉、朱丽叶，以及所有的多情女子，到头来那不过是雾中花水中影。如今在真实的生活中一个你默默地爱了许久的男人，对你说了盼了多年的话，而且是这样突如其来，这样单刀直入，这样叫你喜出望外。巨大的幸福感堵塞了喉咙，使你不知该用什么语言作怎样的回报。

或许他把你的迷醉误以为是羞涩，继续热烈地表白："真的，遇见你我真幸运！谢谢你那年春节跑到那么远的地方让我碰见，谢谢你在这里等我……"

这时，你平时的伶牙俐齿才恢复了活力，惊讶自己竟能找回少女娇嗔的感觉："你可真会讲话，照你这么说，是我跑去找你，又在这里等你呀？"

他慌乱得像个做错事的孩子，急忙改正道："啊不，是我跑去找你，是我在这里等你，还不行吗？"

你竟会那般风情万种地瞟了他一眼，竟会抛给他那样含情脉脉的眼风，一向拘谨冷傲的你都不相信原来自己骨子里是这样一个骚女人。正当你的心情像蝴蝶似的翩翩飞舞时，一个理智的声音提醒：总该问一问他的情况，对他太缺乏了解了……

于是，你问道："那年春节，你为什么不回家过年？"

他的脸色沉了沉，说："我并不是出差在外面耽误了归期，也是从家里跑出去的。"

一个"也"字使你五雷轰顶，两个不相识的人竟然有如此深刻的了解和共鸣，简直不可思议。你想多听他说一些这样震撼灵魂的话语，故作不懂地问："也字怎么讲？"

他胸有成竹地笑了："也，就是和你一样。别看没有机会问你，但我知道你是躲避世俗，去追求清静，到了那里太寂静了，又难耐孤独，只得又跑了回来。人，都厌恶世俗生活，可又离不开。"

此时，你在内心修筑了多年的防御堡垒已经彻底崩溃，感情的洪水已经冲垮理智的堤坝，觉得自己变得很小很小轻盈地飞进他明亮的黑眸子里去了，浸泡在他温柔的目光中。已经听不清他又低低地在倾诉些什么，记不清怎样跟他离开了咖啡店，怎样和他手挽手走过长长的夜路，又怎样义无反顾地允许他陪你回到了技术学校宿舍木楼顶层小阁楼。宿舍可以从学校后门进去，从窗口能够看见院墙外僻静的小街。

"你住单身宿舍？"

他变了声调的问话惊醒了你，这才发现他的脸色很苍白，你莫名其妙地点点头："是啊，你以为我住宫殿吗？"

他目光闪烁不定，紧拥着你的臂膀也拉开距离："对不起，我以为你是一位留守女士。"

你从来没听说过这个词儿，问："什么叫留守女士？"

他却坐在了椅子上颓丧地自言自语："听说留守女士爱泡咖啡厅……"

你提高了声音追问："请问，留守女士是什么意思？"

"丈夫出国了，女人在家留守。"

听了他的解释你笑了："我哪里来的丈夫！"

他的目光烁烁有些惊慌："这么说，你还没结婚？"

"太荒诞了！我要是结婚了怎么还跟你……"你说不下去了，意识到问题的严重性，试探地问："这么说，你……"

他抬起眼睛正视着你，诚实地承认："是的，我结婚多年了……"

意外的变化使你惊呆了，想质问他，想怒骂他，想逼他解释为什么如此残酷地捉弄人的感情，但你只是瘫坐在床上什么话也说不出来，毕竟才认识了几个小时，彼此并没有承担什么许诺和义务。

你的脸色一定是太苍白了，他斟了一杯水送到你面前，又慌乱地碰洒了它，不顾手烫疼了跑到门后拿来抹布把桌子擦干净，拿起暖瓶重新斟水时手臂抖得厉害。你接过暖瓶尽力客气地说："我会照顾自己，请你走吧！"

他却把椅子拉近了坐下央求："请允许我解释，刚才在咖啡厅我说了，我是从家里跑出去的……'文革'开始那年我刚考上大学，因为在校刊上写文章反对'个人迷信'被打成反革命，下放到农村劳动改造。后来虽然返城，也被分配在最苦最累的翻砂车间当工人……我没有父母亲人，又看不到希望，孤身一个熬到了1976年初，本来还有半年多，就打倒'四人帮'有出头之日了，但我没能等到时来运转那一天，经人介绍，草草地和一个女工结了婚。这样的婚姻悲剧，你听了很多了，时代的牺牲品……我在农村时就刻苦自学，回城后一直没有放松过自修，通过了成人自学高考，取得了大学本科文凭，调离了那家小钢铁厂，在中外合资计算机公司当工程师。若不是走错一步陷入了不幸的婚姻，可以说我的后半生是很顺利的……多少次提出离婚，她都不同意，她很爱虚荣，明明知道我们之间的关系名存实亡，也决不肯落下离婚的名声。我到法院问法官：'"文化大革命"造成的遗留问题，政治上可以落实政策，谁能给我的婚姻落实政策呢？'法官只能苦笑着摇头说：'婚姻落实政策？爱莫能助。'她长得并不丑，但是文化水平低，性情暴躁，说话粗野，打扮俗气，整天唠唠叨叨，把钱看得很重，我每月的工资都得交给她。这些都依了她，只有一点我顽强地坚持，不能让她生我的孩子……我对她没有欲望，实际上已分居两年。每到过年过节，她娘家都来许多亲戚，她逼我做出模范丈夫的样子挡面子，我受不了这种虚伪，总是寻找借口躲出去……

实在对不起，我以为你也和我一样，家庭生活不幸福。如果我知道你还是个姑娘，不敢这么打扰你的感情……"

听了他的倾诉，你内心的愤懑减轻了一些，却又陷入深深的悲凉，有满肚子的话想说，却是连喉咙的肌肉都疲软无力。既然彼此之间有着不可逾越的障碍，那就什么话也别说了罢！你吃力地举起手臂朝门口摆了摆，示意他离开这里。他站了起来，走到门口又转回身来央求："我只有一个请求，以后你还去咖啡店，还让我从远处看着你。我决不冒犯你，只要从远处看看你，能够重温在温泉餐厅看见你的那一时刻，就知足了。求求你，下个周末晚上，一定去咖啡店，求你答应我！"

你仍然失去了说话的功能，又一次吃力地举起手臂朝门口摆了摆，示意他赶快离开。

他轻轻地掩上门走了。

你的耳膜追寻着他的脚步声，你的心伸出千只手想拉住他，你的喉咙想大喊一声召回他，当走廊尽头消失了最后声响时，你觉得整个世界都变空了……

十

无星无月的暗夜，你瘫在床上死人一般没有生息，躯体的乏力与脑海的汹涌形成了古怪的反差。迟来的爱情是这样迅猛地浸透了身心灵魂，及早退却太不甘心。但是，爱上一个有妇之夫，驱赶不走的犯罪感发出了狞笑，难道这就是你身上根深蒂固的罪孽么……妈妈吊在空中时投在墙上的身影，又一次在眼前晃动……虽然妈妈是在红卫兵私设的牢房里自杀的，你并没有亲眼看见那恐怖的景象，但多少年来总是有一堵大墙向你压来，墙上总是晃动着妈妈悬空的黑影。今夜，这恐怖的幻象又历历在目了，你出了一身冷汗，翻身坐起打开了电灯

你扑到窗前打开窗子，大口大口地喘着气，虚弱地倚在窗台上，目光徒劳地搜寻着暗夜的裙边，墨色深不可测无垠无际。或许，看不见摸不着的夜

幕就是命运女神的裙袈？你想扯住她的裙袍诘问：为什么总是对我这样残酷？这颗饥渴的心好容易扯起了爱情的篷帆，它却是一块属于别人的舢板……

一个星期的时间在精神恍惚中过去了，周末晚上你没有去那片可怕的咖啡店，仍然黑着灯蜷缩在小阁楼里。知道他会在那里等待，但是没有勇气去和他相会。十点钟以后你掀开窗帷一角向外窥视，小街对面的树影里有一星香烟的光亮，那是他寻到了这里在仰望你的窗口。捂住怦怦激跳的胸口，流下酸热的泪水，多少次拉动了门柄，终于还是没有出去……

又有一个星期的时间在精神恍惚中过去了……

你患了厌食症失眠症，体重迅速下降引起同事们的关注，他们劝你去医院看病，你总是苦笑着支吾。他们轮流从家里做了好菜来让你换换口味，你总是从礼貌性的品尝中暗羡着别人家的幸福温馨，倍觉自己的孤苦凄凉。支撑着虚弱的身体又讲了几天课，终于在周末上午昏倒在讲台上……

又一个周末之夜到来了。床头柜上摆满了从医院拿回来的药瓶，幽暗的小屋里充斥着药味。推开了那些开胃药安眠药，不知从何时起，竟然从自我折磨中觅得了快感与宣泄。知道此时他又会在咖啡店的角落里苦苦等待，摇曳的烛影中他的眼睛熠熠闪光，多么想飞奔了去，投入他的怀抱，可是自己多年来对爱情的期待，绝不是去当一个已婚男人的情妇，不论你是多么爱这个男人。宿舍里仍然没有开灯，黑暗中理智与感情的两面利刃把脆弱的心绞割得七零八碎……

"这会儿该有第三杯冰球橙汁了……"你自言自语着，告诫自己不要走近窗台，然而神差鬼使地还是掀开了窗帷的一角，小街树影里又闪烁着他的香烟火星。火星一下子掐灭了，他高大的身影穿过马路朝这边走来……

你吓了一跳，强烈地感觉到后心撞击墙壁的轰响，就这么呆呆地倚在墙上，竖起耳朵倾听门外走廊上的脚步声。他上楼来了，老式木地板发出了越来越近的吱嘎声……

砰砰！砰砰！

轻轻的敲门声，加剧了你胸口的怦怦激跳，连大气儿也不敢喘，既祈盼他快些走开又渴望他破门而入，用手掐住自己的脖子，遏制住想要高声答应的冲动。黑暗的屋里悄无声息，但愿他误以为室内无人。

"开门！请开开门！我知道你在里面。"

他的低沉浑厚的喉音在黑暗里轰轰作响，一下子把你击瘫了："开灯，开门，我有话要对你说！不开门，我就在门外坐到天亮。"

他的声音又发出了难以抗拒的神秘的磁力，你不由自主地打开了电灯。突然的强光刺痛了你的眼睛，犹如赤身裸体暴露在太阳底下，后悔开了灯，但已经来不及了，冲动的灯光早已从门窗跑了出去迎接他。当他又以富有胸腔共鸣的喉音温柔地唤着你的名字时，你像飞蛾扑向火焰，从床头到门口大约蹭了一个世纪，不管怎样还是来到了门前。现在你和他只有一板之隔了，可以听到他急促的呼吸……

"晶晶，求求你，我只想看看你，决不冒犯你……上星期六我在外面站到半夜，今天又站了好几个钟头了，腰都酸了，还让我等到什么时候呢……"在这么近的距离听到他的呼唤，你的手背叛了大脑颤颤地摸到门插销，终于把门打开了……

一定是你骨瘦如柴的鬼样子吓着了他，他瞪大眼睛瞳孔里闪出吃惊和恐慌的神色，两行泪水从那双凝视着你的大眸子里涌了出来。他掩上门一把抱住你，喃喃地说："傻丫头，半个月不见你竟瘦成了这个样子……看了真叫人心疼啊……是我害了你，对不起你……"

你"哇"地一声伏在他胸前恸哭起来，像个委屈的孩子哭了个痛快淋漓全无遮拦。依偎在这个年龄大你许多的男人怀里时不禁想起了自己的父亲，想起自从十二岁母亲自杀以后，再没有亲人拥抱过你，爱抚过你。他温柔地用手指梳理着你的乱发，轻轻地抚摸着你抖瑟的肩膀。他火热的大手似乎具有魔法，渐渐地使你停止了哭泣不再颤栗，昏睡了一般瘫在了他怀里。恍惚中弄不清是他抱起了你，还是自己变成了一团轻柔绵软的云，眩晕中飘落到了床上。

他高大的身躯跪在了床边，用额头抵住你的腰际久久地伏在那里，像是苦修士供奉他心目中的女神，又像是屠夫在祭奠他宰割的牲灵。这时你的肉体虽然完全不能自已，灵魂却插上翅膀翩翩起舞，幻想自己成了服下假死毒药的朱丽叶躺在灵床上，你的罗密欧赶来殉情……不知为什么，只有残忍的精神折磨和生命悲剧才能引起你的快感。可是，现实中的罗密欧并不想死，他开始抓住你的手热烈地亲吻，狂风暴雨的热吻顺着手臂朝肩上袭来，你立即像雨中荷叶一样抖起了筛子……他浓密的头发拂痒你的耳鬓，坚硬的胡茬扎痛了你的颈项，当他搜寻的嘴唇找到你的下颏，口鼻热烘烘的喘息直冲你的脸颊时，忽然，从遥远的天边飞来一股超人的力量帮你举起了手掌，挡在了两张凑近的口唇之间。你惊奇自己的声音的冷静："求你可怜我，不要迫使我违背自己的心愿……当知识青年时在内蒙古农村，有好几年我身边只有两本喜欢的书，《简·爱》和《卡尔曼》，书都翻烂了，几乎能背出每一句话。多年来，卡尔曼的不自由毋宁死，简爱的独立人格，深深地影响了我，记得简爱对罗彻斯特说过的话吗？只要你还有妻子，我就不能越过她的婚床。"

他默默地跪回了床边，重新把额头埋在了你的腰际。许久许久，他才抬起头来以同样冷静的声调说："请放心，既然我爱你，就要对你负责任。请你等着我，我会把我的事情处理清楚。在我搭好属于你的婚床之前，决不夺走你的处女宝。我有一个请求，求你常去咱们的咖啡店，我只想看着你，和你说说话，听听音乐，不敢再有更高的乞求。"

你伸出手握住了他的手，他狠狠地攥紧你的手指，你发出了疼痛而又欢乐的呻吟。

十一

当时你是那样固执，除了摆脱不掉内心深处的犯罪感，还因为你看过一本西方的理论书。书上说，男人和女人对爱情有着不同的追求，一般有教养的女人的爱，是心理上的或是精神上的，而不是肉体上的，而男人的爱是肉体上的，生理上的，贪欲的和渴望性的，是被女人生理上的吸引力或美貌所吸引的。当然你这只是纸上谈兵，他说过"你并不理解你的拒绝对爱你的男人来说是怎样的灾难"。

在后来相处的日子里，他已变得举止得体，目光柔和，还有这宽容的微笑。生活的悲剧在于，当他对你的爱转变成纯精神的，来看望你只是为了寻找心灵寄托时，你内心深处却感到了落寞和失望。当你意识到他对你的贪欲已经遭到社会和你们自己的抑制，暗暗哀叹自己在肉体上失去他了……

或许这就是罪孽……妈妈悬在空中投在墙上的身影又在眼前晃动，一堵大墙又一次挡住了你的生活之路。关于你对妈妈抱有的深入骨髓的犯罪感，和它怎样影响了你的性格和生活，你是后来才告诉浩宇的。在你终于有勇气说出埋藏心底的隐痛之前，他对你的肉体表现了怎样强烈的贪欲和渴望，你们之间进行了怎样惊心动魄的灵与肉的撕扯，现在，那样暴烈的场面一去不返了吗……

你怕他那犀利的目光看出你心底的秘密，把头歪在沙发背上闭上了眼睛。他并不惊动你的冥想，是不是连你灵魂深处的这点儿秘密都能洞察了然呢……这个念头吓得你睁开眼睛去揣摩他，他的目光似乎有一种揶揄的笑意……

多么留恋和他在一起的那些时光啊！可以说那是你成年以后一段最欢乐的日子，而欢乐对你是多么宝贵呀！浩宇向法院递了离婚起诉书，为了赎得自由身，他答应把住房、存款、家具、家用电器，所有的东西都给他妻子。他从法院出来去技术学校单身宿舍的小阁楼找你，苦笑着问："我准备好了赤条条被家里扫地出门，你还要我这个穷光蛋吗？"

"要！"你快乐地大喊起来："我愿意跟你到森林里去当原始人！钻木取火，裹树叶，我都要你！"

他却趁机抱住你嬉皮笑脸地央求："那咱们还等什么？你现在就要我吧！"

你狠命推开他，恼怒地嗔怪："你这人怎么不讲信用？你不是发过誓吗？在我搭好属于你的婚床之前，决不……"

他打断你的质问，用一种你没来得及发现的玩世不恭的语气笑道："小姐，你看过那么多书，难道不知道这句话：女人千万别相信男人的誓言！"

这回你可真的生气了，命令他立刻走开。这一回他可没有上一次那样自制，不顾一切地紧紧抱住了你。你拼命挣脱，可是一个女人哪里能够挣得脱男人铁钳般的双臂。两人正在扭打之际，突然你的小腹一阵剧痛，月经不期而至了。你素来有痛经的痼疾，每月来潮都得休假几天，躺在床上疼得死去活来。此时你已站立不住伏到床边，豆大的汗珠沁出额头，疼得滚来扭去忍不住呻吟。

你这突然的变化把他吓坏了，慌手慌脚地问："你怎么了？弄疼你哪儿了？我并没有……"

你咬牙忍痛朝他摆了摆手："没你的事，快……走吧！"

他仍然关切地追问："到底哪儿不舒服？到医院看看去？"

你顾不得害羞了，只好照实说了："是女人家的事……老毛病了……看也没用，你走就是了！"

他的酒早已吓醒了，弄清楚是怎么回事以后也有些忸怩，男人毕竟不好过问大姑娘这种事情，只好唯唯告退了。

十二

在这段等待法院判决离婚或经过法院调解协议离婚的时间，心中满怀对幸福的期待。你们的约会还是限于周末晚上在咖啡店里谈心听音乐，然后他送你回到小阁楼，小坐一阵你就催他走，他也总是表现得温顺而有绅士风度。叫人心碎的是，每次他临走时回眸的眼神，都充满了掩饰不住的惆怅，感受到他无言的责怪，独守空屋时久久地六神无主。相比之下，你更喜欢小咖啡店里的浪漫情调，坐在那里使你怡然安心，不必总是经受灵与肉的拼搏。小小圆桌围成了二人世界，精致的烛台捧起闪烁的火光，馨香的红玫瑰传递着爱情的花语，还有轻柔的乐曲把人的浓情蜜意延伸到夜空……浩宇是个热情奔放的男人，话题像一只活泼的小鸟飞来飞去。你斜倚在小沙发上，臂肘挂在桌边把修长的脖颈依托在手掌里，歪着头聆听他的倾诉。他恭维这个姿势很优雅，你就尽量注意衣着仪态把美感亮给心爱的人。多年来，几乎忘记了自己是个女人，枯燥古板冷若冰霜，现在，这块荒芜的土地一点一点被他重新开发了。

你正这样想着，浩宇忽然笑道："你重新开发了我！"

你听了吓一跳，简直怀疑他窥探了自己的心，灵魂共鸣心频共振到如此程度，真令人感到吃惊和狂喜。

"真的！你重新开发了我。"他热烈地表示："小丫头，你使我变回到青年时代！原先我很健谈，富于幻想，追求诗意，还喜欢画画，后来都被庸俗烦恼的生活磨没了……在家里我沉默寡言，话不投机半句多。在公司里也只谈公事。我的生活没有欢乐，成了一架只会工作的机器。你不愧是当教师的，替我补上了初恋课！"

你听了深受感动，几次想说自己也有同感，想说你内心对他充满了感激，想说是他使你枯燥的生活有了生气和色彩，是他帮你补上了初恋课。女人的聪明狡黠使你没有表露这些，不能宠坏了他！两性战争女人总是处于劣势，还是让男人对女人心存感激为妙。于是，你只是抿嘴儿笑道："你是过来人了，我怎么会是你的初恋？"

浩宇急白了脸，信誓旦旦了："苍天作证，说谎话烂舌头！你知道我把初恋藏在哪里了吗？告诉你吧，我把它藏在衣柜里面了！"

你听了哈哈大笑："荒诞！初恋藏在衣柜里，亏你想得出来！"

"真的！就是这件毛衣！"他那皱纹浅生的脸上竟然浮现少年维特式的迷醉，喃喃絮语："因为它见证了在南方温泉咱俩的相逢，我一直把它藏在衣柜里，每年春节，我都拿出它抚摸一番，惋惜一番……虽然结婚多年，却真的没有过初恋，没有过爱情，我这样的男人很可怜，很病态，恋物癖……"

听了这番肺腑之言，你再也支撑不住了，女人的聪明狡黠娇嗔巧笑美目顾盼摆姿势作媚态装模作样欲擒故纵一切一切小鬼点子都跑得无影无踪，热泪又簌簌地挂满双腮。你老实地承认："记得，都记得，那间空荡荡的大餐厅，那些空空的白餐桌，中间 S 型通道，所有的细节都记得……我第一眼注意到你又浓又密的黑头发，然后是你与众不同的亮眼睛……"

浩宇的眼睛也湿润了，显得更加晶亮，伤感地点点头："是的，我已经步入人生的秋天了，你还年轻……"

你激烈地表示反对，喃喃倾诉："从我还是少女时，心里就没有过春天……”

你抚摸着他身上的天蓝色羊绒衫，当初那个春节你在远方见到他时，他就穿着这件蓝毛衣。他用大手上下抚摸着柔软的羊绒，却又叹息一声：“唉！这不愧是你喜欢的颜色！知道天蓝色给人的感觉是什么吗？我看过两张心理学家调查的色彩感觉价值表，一张是美国人的，一张是日本人的……”

他总是有一些冷僻的学问引起人的兴趣，你好奇地问：“对于天蓝色，美国人和日本人怎么说呢？”

他口若悬河讲起色彩学来了：“东西方人大体上的感觉是一样的，有些小的差异：看到蓝色，很多西方人联想到了眼睛，而黑眼睛的东方人就不大会想到这一点，蓝，是大自然最多的色彩，天空、大海、远山、湖泊、月光、星空……宇航员从太空看到的地球也是蓝色的，可以说咱们是生活在蓝色的星球上！蓝色给人的感觉是安静，镇静自若，寒冷，退缩，与世无争，不像火热的红色家族那种进攻性霸道的美。尤其这浅浅的淡蓝，优雅清冷，显得神秘而旷远，令人联想到灵魂，天堂，甚至死亡后通往彼岸的冥河……钢琴的宽广音域和小提琴的高音，都表达了这种无边无垠的空灵色彩。不过，也许它太清雅了，与人总有一种高远的时空距离，也容易引发孤独的人回忆往昔，忧郁伤怀……比如说我，已经步入人生之秋，而你对于我来说总是一片空灵的天蓝……”

你正为他的广读博学所倾倒，忽听他又要扯回到关于灵与肉的老话题，只好以羞答答的沉默为盾牌了，此时，咖啡厅里正在放送着小提琴协奏曲《蓝色的多瑙河》，千回百转抒情活泼像一个蓝色的梦……

你暗暗咀嚼着浩宇对于天蓝的联想，尤其记住了寒冷、退缩、忧郁、伤怀、灵魂、天堂、彼岸、冥河等词句，是了，当你仰望苍穹时，总是想到妈妈是不是早已乘着冥河之舟到达彼岸，消融在光明的天蓝中了……

优雅清冷的淡蓝，尽管令人生出种种感伤，你却没有意识到它所预示的不祥之兆。当时你还沉湎于诗意的蓝色梦幻中，而两年后来到普爱山庄，布置出这间蓝色客厅时，则是独自吟唱爱情的挽歌了。

浩宇在约会时总爱穿这件羊绒衫，还送给你这双水晶玻璃天鹅，羊绒衫与天鹅成了难忘的定情之物。灵魂的对话与合鸣，给你俩带来一阵又一阵的庆幸惊喜，对婚礼的安排与婚后的生活作了甜蜜的畅想……

然而，现实生活有时容不得浪漫与诗意，不久你们就受到了残酷的打击——虽然法院多方协商，他妻子仍然拒绝离婚，她宁可固守名义上的婚姻。

十三

回忆起这些往事，肖晶觉得胸腔里窒闷焦渴，大口大口地喘着气。她斟了一杯凉开水，咕咚咕咚地灌进喉咙，心里这才觉得清凉一些。

她把自己和浩宇的这一段情缘早已熔铸进血液中，满腔柔情无处寄托，便在心坛密封发酵。年长日久，这一份深厚的情愫犹如一瓶陈年老酒，封存得越久，那种苦涩的芬芳越是浓烈。孤独寂寞的漫长岁月，她总是自斟自饮着这精神的苦酒……

当初，为了要强和自尊，经历了怎样难以言传的灵与肉的拼搏啊……

想到浩宇，她又陷入沉沉冥想，又和心灵深处的那个"你"开始了交谈，一遍又一遍地回味着自己曾经体验过的那种精神恋爱竟能把肉体的欢乐推向极致的奇妙感觉……

那是在浩宇离婚不成的时候……

浩宇变得焦躁不安，脾气粗暴，整天蓬头垢面，由于失眠眼睛熬出了血丝，又恢复了酗酒抽烟。

这一个周末之夜，在咖啡店他不听你劝阻，啤酒葡萄酒白兰地乱喝一通，几种酒混合下肚不久就显出醉态。你虽然喝得不多，也陪了几杯，耳热心跳不胜酒力，便劝他早些回去。

你扶着他来到街上，他吵着要送你回宿舍，你则坚持要送他回他的住处。他一直住在朋友的一套空房子里，虽然离开这里很远，还是送他回去为妙，以免他醉倒在你的宿舍里，传扬出去不好听。

你陪他坐车回到他的住所，安排他躺下，他却死死地抓住你的腕子不放，你只好多留一会儿照顾他。他跑到卫生间插上门大口大口呕吐，用冷水浇了头发和脸，出来时显得清醒多了。你趁机告辞，他又抓住你的腕子，以一种可怕的异样眼神盯着你质问："你说！既然咱们两情相悦两心相通，为什么要受她的制约？"

你不知如何回答，他攥得你太疼了，也顾不上回答。他又瞪着血红的大眼质问："你说！既然咱俩在灵魂上已经成为一个人，为什么你不肯把身子给我？我作为男人的最好年华被她拖没了……她存心要拖死我，你又这么折磨我，我还能活吗？嗯？你说！"

你惊恐得目瞪口呆，委屈得有口难言，以前他也有过几次自食其言，纠缠不放，但最后总是以失败告终。这一次，近乎疯狂的他五官都扭歪了，你吓得心里怦怦直跳。

其实，你内心何尝不在时时经历理智与感情的冲突，灵魂与肉体的较量？每一次他送你回小阁楼，你都舍不得放他走，而又不能不下逐客令，因为你怕自己，怕他，怕四目相视时不可抗拒的吸引力。你是那么想听，又怕听他的声音，那样想看，又怕看他的眼睛。他充满磁力的浑厚嗓音，总是能够震撼你的心灵，他充满爱意的目光，总是让你读懂本能的渴望。关于原始的本能欲望之释放，虽然你还没有过经验，但你自少女时代就看了那么多描写爱情的书，会背那么多抒情诗，对于男女之爱有过那么多绚丽的想象，绝非是个不解风情的女人。但是，你以一个老姑娘的固执，守着自己的贞操，"我等了这么多年，一直想等个堂堂正正的婚礼，求你帮我做到"。

他以悲悯的眼神辩白："你还不了解男人，如果他爱你，而又不想……那他的爱就是假的！我知道你也很难克制，这是何苦来呢？"

你苦笑道："没法子，我克服不掉犯罪感……"

他简直要大声疾呼了："现在都到了什么年代了，想不到你还把贞洁看得这么重！"

你解释道："贞洁对我来说不成问题，我从初潮来临的年岁就觉得自己不贞洁……深重的犯罪感一直追着我到今天。求求你，我再不敢犯新的罪孽了……"

他吃惊地问："你怎么会有这种病态心理？"

你不敢再说下去了，把脸埋在双手里低下了头。他却仍然耐心地开导："在我和你认识之前，早就和她没有感情了，你不是什么插足者，不必有什么犯罪感，真正的爱情是神圣的！"

你哀哀地申辩："我并不是封建保守，而是觉得……期待，其实是最幸福的，我有耐心等到你离婚。"

他在屋里踱来踱去，摊开双手愤懑地质问："那你说，咱们既然真诚相爱，为什么要被她拖着走？你这样一个超凡脱俗的人，为什么也屈服于世俗偏见，在乎一张薄纸的名分？"

你深觉自己的无辜，为他这翻来覆去的质问着实生气了，斩钉截铁地表示："我不是被谁拖着走，也不怕世俗议论，是为了自己做人的信念。"

"要是她一辈子不同意离婚呢？"

"那我就等你一辈子！"

他厚厚的嘴唇撇出男人的自尊："但愿此话不被你言中！她要是再拖我几年，受罪的是你自己！"

你第一次领略到男人的傲慢，昂起头倔强地反抗："难道只有我受罪？你就不受罪？"

他胸有成竹地冷笑道："我是为了成全你才受这份罪！要不是爱护你，尊重你的意愿，我不费吹灰之力就可以得到你，只要有了第一次，你就离不开我了。从咖啡店你抬头望见我的第一眼，就知道你已经是我的俘虏了，小羊羔儿！"

你的性格本来就不是弱女子，屈辱感使你暴跳如雷："那你是什么？大灰狼？男人，莫名其妙！没有你，我也活了三十多年！我走，从此一刀两断！"

你拿起提包冲出门去。

十四

他气急败坏追出来，老鹰抓小鸡似的把你拽回屋，砰地一声甩上了门，倚在门上拦住了你的去路。你狂怒地挥手打了他一个耳光，打完连自己都吓呆了。

他粗暴地用老虎钳子一般的双手死死地抓住你瘦削的肩膀，轻轻一转身就把你抵在了墙上，威严地命令："抬起眼睛，望着我！"

你不得不迎受他的注视，野性的肆无忌惮的注视。开始，你俩都虎着脸沉默地对视着，你暗自告诫自己不能示弱，但不知怎么渐渐地就败下阵去了，想起在谁家里见过书法横幅上写着三个大字：默如雷。

两双眸子离得这样近，从他乌黑的瞳孔里看到了自己战战兢兢的面容，阴森森的黑洞中的你是那么渺小，觉得自己掉进了无底的深渊。他的眼睛闪着挑逗的光，发出空前厉害的穿透力，你又产生了那种奇妙的反应，浑身像被抽了筋似地瘫软无力，从四肢往胴体传导着簌簌的电流。他铁钳般的双手抓着你的肩膀开始往上提，因为你已经站立不住身子往下坠落……

你迷离的目光抚摸着他额头眼角的每一道皱纹，对他脸上一切细微之处都充满了爱意。他的黑发蓬乱怒竖，令人想到雄狮威风凛凛的鬣毛。他的嘴角坚毅地抿着，方方的下巴倔强地翘起，又大又厚的嘴唇与你颤抖的双唇只有方寸距离，眼看就要凑了过来……你失去了抗拒能力，无可奈何地闭上了眼睛。既然人皆如此，哪怕是犯罪也偿还了这笔孽债罢，既然相爱必须献身，那就听天由命罢……

然而，你可怜巴巴等了又等，什么事情也没有发生。除了两个肩膀被越抓越疼，他一丝一毫没有触你。他好比花猫捉住老鼠并不急着吃掉，用利爪翻来覆去地玩弄；雄鹰抓起小兔在空中盘旋，久久地炫耀宽大的翅膀；刽子手往囚犯的脖子上套了绞索，却不忙踢掉脚下的木凳。你的神经紧张到了极点，浑身抖抖瑟瑟像一棵秋风里的小树……

你睁开了眼睛，仍然挣不脱他浓黑的睫毛布下的铁丝网。只要你的眼神躲开这种直言不讳表达欲念的专横凝视的控制，他的大手就把你的双肩狠狠一抖，你就又望见渺小的自己掉进阴森森的瞳孔。你慌乱的目光在他脸上奔逃，怎么也逃不出铁蒺藜一般的浓发和络腮胡茬围成的强大磁场。他细密的唇纹微微蠕动撒下了天罗地网，又一次凑近了你哆嗦的双唇……

这时你已心甘情愿地闭上了眼睛，甚至暗自生出幽怨与渴求，难耐这次生命洗礼之漫长。你感觉浑身膨胀扩张压得毫无空隙，筋骨发酸发软酥塌得毫无支撑，灵魂早已被挤出了酸胀的躯壳，只剩下隐秘的生命之泉汩汩流淌。等着，等着，仍无动静，你陷入了巨大的失望。除了感觉到他粗重的鼻息，他仍然近在咫尺远在天边对你秋毫无犯……

当你再度睁开不解的眼睛时，吓得险些惊叫起来。他汗津津的脸紫红紫红的，眉头紧皱，眉梢高挑，额角青筋暴露，从两腮颌骨的滚动可以看出他在咬紧牙关与你对抗，最可怕的还是微微张开的充血的厚唇，油亮的津液沾满双唇，使得细密的唇纹格外清晰地颤栗着。更加令人毛骨悚然的是，在这张激荡着暴风雨的脸上，却有两片绝对静止的死海——一双阴森森深不见底的眸子仍然一动不动地凝视着你，甚至连睫毛都不曾眨一下！该有多么坚强的毅力，才能让最易流露感情的心灵之窗如此镇定冷酷，把锥子般尖利的目光始终钉在你的心房……

你迷醉地望着这双亮闪闪的眼睛，眩晕中看到了朝阳透过云层投向大地的万丈霞伞，光芒四射，灿烂辉煌。一道道迸溅着火星的光剑灼目地向你射来你忽然痛苦而欢乐地体验到了被击穿的破碎感觉，忍不住惨叫了一声。天旋地转中你觉得自己破碎成片片云絮腾空而起，在云端上起伏飘飞着。朝霞的道道光剑挥舞着，一刀一刀把你斩成了碎片，随着一阵大风把云彩吹得无影无踪，你便觉得自己不复存在。苍穹空空只剩下无际无垠的淡蓝，秋天寂寞的高空一阵鸽哨呼啸而过……

当你醒过来的时候，看见的仍是一片淡蓝——那是浩宇的羊绒衫，你发觉自己和衣躺在浩宇的床上，身上盖着他的被子。他和衣坐在紧靠床头的小沙发里，头歪在沙发背上睡着了，显得十分疲惫的样子，瞅着他身上的这片淡蓝，你努力回忆刚才的幻象，却怎么也捕捉不着那种欲仙欲死的奇妙快感了……你只好轻轻抚摸身边这片真实的淡蓝，它记录着你们的初恋。浩宇这雄狮鬣毛般的黑发更加蓬乱，面色苍白而沉静，睫毛低垂的样子像个可爱的大男孩，与刚才的粗野冷酷判若两人。你感觉到被窝的温暖，贪婪地朝被子嗅了嗅，成年以后头一次闻到男人的被子的气味，竟有了一种令人伤怀的归宿感，回想自己二十多年来的孤程苦旅，蜷在被子里哀哀地哭了起来。

浩宇被哭声惊醒了，绽开了笑脸亲切地凑到你面前，温柔地安慰："好了吗？别怕，我并没有……违背你的意愿。"

你听了这话羞恼万分把脸藏进了被子里，事情实在太荒诞了！闹不清自己是痛苦还是幸福，是庆幸还是失望，是获得满足还是茫然若失，是原来的自己还是经历了生命的涅槃。似梦非梦，懵懵懂懂，百感交集，无以表达，只有号啕大哭了。

他慌忙跪在了床前，掀开被角扳过你的脸真诚地道歉："对不起！我真不该这样欺负你，你是无辜的。我心里烦，不该拿你来撒气。好在我太爱你了……不忍强暴你。我太混账了，欺负你这样无辜的小姑娘……"

你的心地平和了，竟然一点都不生他的气了，这么快地就原谅他，连自己都无法理解。经历了刚才那场灵与肉的拼搏，你更加痛切地知道了自己是多么爱浩宇，一刻也不愿意离开他了。

你正这样沉思默想，他又一次令人震惊地表现出两人的灵魂相通，热烈地表示："虽然我没有得到你的身子，仍然觉得非常幸福。从你的眼睛里看到了你是多么地爱我，你是用生命在爱，超出了我的估计和想象。猜一猜，刚才看你昏睡在床上的时候，我想了些什么？"

你只是伸出仍然无力的手温柔地抚弄他的乱发，并不想猜什么。他自问自答笑道："我想起《红楼梦》里的贾宝玉那句傻话：男人是泥做的，是浊物，女儿是水做的。我真的觉得自己很浑浊，浑浊得甚至不大理解你的冰清玉洁。"

不知为什么你从内心里表示抗议了，你想说你并不愿意永远冰清玉洁下去，现在想和他浑浊在一起合成一团泥巴，你已经真正地把他当成自己的亲人，已经不满足与他作灵魂和鸣了。然而，这些想法羞于说出口，只能脸儿讪讪地把他的双手拉向自己胸前，示意他解开自己的衣扣……

他弄懂了你的意思，非常高兴，神采飞扬，却又不好意思地摇头笑了，重新为你披好被角窘迫地说："看来你还不了解男人，刚才我已为你耗尽了精力……等着吧，我一定给你一个真正的婚礼。"

他又说："时间太晚了，你不能回学校了，住下吧，我到小屋去睡。"

他俯身吻了吻你的额头，但这已不是人间情欲之吻，充满了天堂的光辉。他抱着毛毯转身走了，你依依不舍地目送着他。

他拉开门时，回过头来灿烂地一笑，露出洁白闪光的牙齿，却扔出一套把人气昏的话来："我的女神，你胜利了！从社会文明的角度，或者干脆用报刊爱用的词儿——道德法庭的角度来看，你没有犯罪。但是，刚才你已经在性想象中正视了自己原始的本能的欲望。如果这就叫做'原罪'，咱们都无法逃避这个'原罪'。其实，我并不是存心欺负你，是想叫你摆脱你那莫名其妙的犯罪感。"

他轻轻地掩上门走了，你躺在床上怔怔地望着天花板，心里一遍遍默念着：原罪，原罪……又想到了妈妈之死，但是这一次眼前没有浮现那堵倾压下来的大墙，也没有浮现妈妈悬在空中晃动的黑影……

后来发生的事情，把你推向了绝境。想不到，你和浩宇如此苦苦地保持下来的纯洁关系，仍然为世俗所不理解。不久以后，你遭到了他妻子的当众辱骂疯狂毒打。

十五

你在一个朋友家里见到过一幅隶书横幅，上面写着刚劲的大字：默如雷。看着这三个字你感到五雷轰顶，因为你太有切身体会了。两年来，你就是沉默地在无垠无际的心灵云空中挟持着情感的雷电驰骋，沉湎于精神的炼狱。如果说有一种人以玩味痛苦作为享受，这还能够找到一定的心理依据。但是，若要说一个人竟然以自我虐待为乐，甚至在遭受他人的当众辱骂殴打时能够从中觅得宣泄与快感，那简直太令人不可思议了。

大概只有你经历过那种奇特的事情……

浩宇的离婚官司长期拖延着，使你俩陷入难以解脱的痛苦境地。他找法院多次申诉："事实上夫妻分居已超过了两年，足以说明夫妻感情确已破裂，再维持一纸婚约毫无意义。我愿意把住房和属于我的这一份财产全都奉送女方，请求法院终止调解，判决离婚。"

法官是个好心人，找到女方耐心开导，劝她为自己着想，趁着年岁还不太大另觅佳偶，不必把终生幸福葬送在这桩名存实亡的婚姻上。不料女方一口咬定："谁说我们两口子感情破裂了？我们是贫贱夫妻，患难夫妻。当年温浩宇倒霉的时候，我一个黄花大闺女便宜了他！我父母看不上这个穷小子，我瞎了眼非跟他，现在我人老珠黄了，他又想起来挑剔我没文化了？嘛玩意儿？离婚？美得他！不怕你笑话，我外面也有人儿，不短他×！还留着他每月交钱孝敬老娘呢！他外面有第三者插足，破坏我们家庭，等我找着那个浪货打××的！你们法院要是敢向着姓温的判离婚，我就半夜吊死在法院大门上，留下遗书说是你逼的！"

法官看她言语粗俗脾气暴戾，未敢贸然判决，以免自己脱不了干系，官司又这么拖下来了。

浩宇只好又找熟人出面斡旋，这位中间人名叫王丽霞，她建议花些钱缓和一下僵局，浩宇也表示愿意用钱赎身。他找朋友借了两万多元，你拿出了全部存款，凑了五万元钱交给中间人，按当时协议离婚的行情，这笔钱算是很高的了。不料，王丽霞回来说女方同意做金钱交易，但她狮子大张口开价三十万！多年来她把浩宇的工资盘剥一净，明知他拿不出这笔钱。中国大陆的普通工薪阶层，一辈子也存不下这些钱，实际上她这是故意刁难。

浩宇气得简直要疯狂了，但一分钱难倒男子汉，何况是洋洋三十万巨款。在咖啡店见面时，他变得沉默了，只顾闷闷地喝酒抽烟。

过了些日子，浩宇说："我想去深圳闯荡闯荡，南方城市开放得早，挣钱容易。以我在计算机方面的专长，不愁找不到好工作。"

你表示同意，说："这样也好，你先去安排一下，在那边落下脚，我就去找你，找份工作做，当教员，当秘书，或者打工干粗活，做什么都行，只要跟你在一起，奋斗三年五载，不信咱俩挣不来三十万给她。"

他听了很受感动，内疚地说："我真是个无用的男人，害得你也要背井离乡跟我去受罪……"

你笑道："反正咱俩都是清爽爽无牵挂的人，谈不上背井离乡，四海为家，见见世面也好！"

于是，你们商量了他尽快起程的事宜，又一次对未来充满了憧憬。

这一天晚上，你来到咖啡店等待，谢老板说有你的电话，是浩宇打来的，他说："今晚请一位深圳朋友吃饭，要多应酬一会儿，拜托他帮忙去深圳找工作。你多等我一会儿，我大约九点钟赶到。"

你叮嘱他不用着急赶来，你会等他到半夜。放下电话回到座位上，点了一杯茶怡然自得地听音乐。

这时，有一位胖胖的四十多岁的女人来到柜台，向老板打听什么，老板朝你这边指了指。浓妆艳抹的女人走到你跟前，堆下笑脸问："你认识温浩宇吗？"

你见她笑容可掬的样子，忙站起来让座："认识，他一会儿就来，您请坐。"

她并不想落座，仍然粉面含春笑问："你是肖晶吗？"

你点了点头，客气地问："您贵姓？"

她怪怪地笑道："我就是谭翠娥，听说过吧？"

你茫然地摇摇头："对不起，请问您是……"

她突然变了脸怒喝："好哇！姓温的活王八连老娘的名字都没提过！我明人不做暗事，今天我叫你认识认识老娘！"

你正在猜度，冷不防她抡圆了肥胳膊狠狠地抽了你一个大嘴巴。你毫无思想准备被打了个趔趄，用手捂着腮帮愣住了。还没弄清是怎么一回事，她已经饿虎扑食一般蹿上来，劈头盖脸一通乱打乱抓乱挠，伴随着高声叫骂。谢老板和在座的顾客们都被惊动了，大家急忙跑过来劝架：

"哎哎，这位大姐，有话好好说吗，怎么上来就打人呀？"

"打人可不对呀！"

"别打啦！再打叫警察去啦！"

面对众人的劝解她毫不买账，蛮横地骂道："吃饱了撑的多管闲事，嗯？拉偏手怎么的？你们问问她，我为嘛打她！她抢走了我爷们儿！我们这是家务事，大太太管小婆子来了，你们谁敢掺和？"

顾客们听她这么一吆喝，退闪在一旁不好介入了，只有谢老板还拉住她笑嘻嘻地解劝。她一头撞到老板怀里威胁："你可拽我摸我啦，占便宜是怎么的？叫警察？我还要找派出所告你耍流氓呢！听说她和我爷们儿常在你这儿闹狗，你就是老鸨子吧？她是你养的野鸡，窑姐儿，卖×的，替你勾人儿接客是吧？怪不得你这儿买卖挺兴隆呢！这些个大老爷们儿都轮着×她是吧……"

谢老板一看她如此撒野慌忙退避三舍，吩咐小伙计几句小伙计跑出去了。女客人们听得羞红了脸，拉着男朋友走了。文明一些的男客对她的粗鄙表示了义愤，坐回自己的座位上去了，只有几个闲人嘻嘻哈哈看热闹。

你一个大姑娘从来没听过这样满嘴喷粪的脏话，一句也对骂不上来，只能气黄了脸怔怔地掉眼泪。

十六

她治服了众人，又扑向你又撕又咬，揪着你的头发往墙上撞，骂着更加不堪入耳的脏话啐了你一脸唾沫。你被打得鼻青脸肿伤痕累累，却既不能还嘴骂她，也举不起手来打她，甚至连抬手抵挡的能力都没有。对于你这种反常的懦弱，围观者议论纷纷：

"太欺负人啦，还手呀！"

"这个女人太老实了，怎么不还手呢？"

"夺了人家的丈夫，理亏呗！"

"这个娘们儿太厉害了，再这么疯打下去非出人命不可……"

谭翠娥见你老实可欺，越发打得顺手了，如果只是徒手打人不会太重，但她双手戴满了廉价戒指，几下子就把你的脸打开了花，看得出她是有备而来。你个子高出她一头，她又是个胖身子年岁也不小了，只要你肯还手她绝对会吃亏，但是你只是任她凌辱殴打。起初，当众受此奇耻还使你觉得无地自容，但是看到浩宇的妻子竟是这样一个粗鄙泼妇，对他的痛苦处境才有了切实的理解。由于政治迫害使一个高层次的男人跌入生活的谷底，误娶了这样一个河东狮而无法摆脱，他内心经受了怎样的煎熬，吞咽着怎样的苦水，这是怎样可怕的生活啊！如果早一些知道内情，你会给他更多的温柔，甚至会满足他的渴欲……当你想到自己是在替深爱的人受难时，心底涌起了阵阵激情，竟把这份羞辱当成痛快的宣泄了……

突然，一阵剧烈而熟悉的小腹痛袭倒了你，你一下子瘫坐在地上双手捂着肚子咬紧牙关不发出呻吟。你知道，受了这般刺激，每月"升堂开审"的行刑官又提前光临了，疼得你几乎昏死过去。这一次的来潮比哪个月都迅猛，下体涌出大股大股的血污，很快就流在水磨石地面上，人们看了惊慌起来。谢老板要去打电话叫救护车，你摆了摆手制止道："不用了，我自己会好的，谢谢了……"

起初，谭翠娥见你浑身颤抖摔倒在地，还以为是自己出手厉害，甚是得意。当她发现你身下的一大摊血泊时，则作出了她的判断，疯狂地大喊大叫："哎哟哟，大伙快看那，这个破鞋小产啦！她怀上了野种又掉啦，啧啧啧，大闺女当众掉孩子，这也叫老天报应，现眼啦……"

听了她这以小人之心的揣度，你顾不得腹痛笑了。生活竟是这样的荒谬，你苦苦保持着贞洁，竟然成了当街示众的淫妇。出现这等残酷的巧合，今后谁还相信你的清白呢？事到如今你才大彻大悟了，世上根本无须清白二字，一切都如此污浊，连贞洁都成了被嘲笑的对象，那我们就笑对这一切吧……

谭翠娥被你的镇静和冷冷的笑意激怒了，高声叫骂："不要脸的浪货，还笑？夺走我爷们儿，觉着自个儿胜利了是不是？还想把我爷们儿拐到深圳去，告诉你没门儿！老娘得不着，你也甭想浪×美！我打的就是你这个破鞋、浪货，叫你笑，叫你笑……"

她双拳上的戒指把你的脸划出一道道血痕，鲜血滴满胸前，低头望着殷红的热血，你想起了红卫兵抄家时把爸爸妈妈打得遍体鳞伤鲜血淋漓……妈妈在上吊自杀之前，哪怕狠狠地打你一顿也好啊，那样多少还能减轻一些心灵的重负。妈妈去世以后，爸爸被释放回家，你在家里战战兢兢地等待着挨父亲的一顿狠揍，但爸爸回到家只是冷冷地看了你一眼，始终保持着沉默，一直沉默到今天，连骂你一声也不肯。你——家庭的叛徒，害死亲生母亲的罪人，多少年来一直感到内心的饥渴肉体的饥渴，渴望一种惩罚的酷刑。如果流出的鲜血能够赎罪，能够释放有罪的灵魂，那就让鲜血痛痛快快地流罢……想到此处，你全身充满一种自虐的激情和快感，简直想跪在地上求这个胖女人更残酷地鞭打你了……

可惜，小伙计引来了警察，警察们把谭翠娥架走了。你浑身哆嗦着跪在了地上，发出了唯一的喊声："妈妈——妈妈……"

老板娘问明情况扶你到后堂，帮你换衣服洗脸洗头发。谢老板要送你去医院你怕见人不肯去。店里没有别的药品，老板娘只好找出龙胆紫创可贴敷在伤口上。血总算止住了，但鼻青脸肿的脸上涂满紫药水粘满创可贴，镜子里的自己有了一张变形的鬼脸。

你怕浩宇来了见到自己这副鬼模样，决心离开这里。老板娘要送你回宿舍，你摇了摇头，学校是回不去了，咖啡店离学校不远，风声传扬出去自己如何再为人师表？你叮嘱老板夫妇不要把此事告诉浩宇，只说你有事情先走一步了。

艰难地蹒跚在秋风瑟瑟的林荫道上，漫卷的落叶打在伤口上生疼，不得不用纱巾蒙住脸，眼前的夜路变得更加朦胧了。学校一时是回不去了，带着这一脸伤无法给学生讲课，技术学校的学生虽说年岁相当于高中生了，也会对你的脸大惊小怪而不能集中注意力听讲，再说同事们会怎么议论呢……

偌大个城市到哪里投宿呢？这时你想起了爸爸，冷若冰霜的爸爸，已经有二十多年没有和爸爸住在一起了，现在爸爸在做什么呢？是不是有时也想念不争气的女儿呢……亲生骨肉同在一座城市，却恍如隔世恩断义绝，一个不肯原谅，一个无颜拜见，今生今世还有没有团圆之日呢？何时妈妈悬在空中晃动的黑影才能从父女之间消失？何时这堵阻隔的大墙才能在父女之间倒塌……浩宇的住处更不能去，他看见你被他妻子打成这样，一定要气疯了，冲动之下不知会惹出什么乱子。在伤口痊愈之前不能见他，不然无法解释。看来得躲他一些日子，编个谎话说是有急事去外地出差了……无处落脚，只好去投奔老同学李梅梅了，梅梅的丈夫很忠厚，家里住房又宽敞，老同学老知青老朋友，这副鬼样子也就不怕她笑话了……

梅梅一边披衣服一边打开了房门，瞪大了惊恐的眼睛没有认出你来，听了你的声音才颤声问："晶晶，是你？这是怎么了？"

你无力地倚在了门框上，她慌忙扶你进屋，喊道："大张，快出来！是晶晶！"

她丈夫大张穿着睡衣从卧室出来，一见你的样子也满脸惊愕，但他很有礼貌地没有多问，只是热情地让座，忙着沏水让茶，然后知趣地退回卧室去了。

你俩坐在客厅里，梅梅问："谁打的？"

"他老婆。"

梅梅摇头叹道："这婆娘手够狠的，唉！我早就替你担心，你和温浩宇的事怎样才叫个结局呢？"

"他要去深圳了，过两年再说吧……"你不想多谈，只提出了请求："我想在你家住些天，添麻烦了！"

她嗔怪道："哪里话，见外了！你愿意住多久就住多久。"

你又叮嘱："如果他打电话问，别告诉他我在你家，等伤好了再见他。"

梅梅答应了，室内的温暖令人生出困倦。她见你的眼泡青肿得厉害，怕见灯光，也就不便多谈，安排客房被褥劝你早点安歇。你知道今夜很难入睡，找她要了一些止疼药安眠药，吞下好几片，不久药力发作昏昏沉沉地睡了。后半夜，伤口疼醒了，你又多吃了几片止疼药安眠药，强迫自己入睡。

十七

睁开眼睛时觉得阳光刺目，当你看清楚床前坐的人时吓了一跳——浩宇正在泪汪汪看着你。不愿意让他看见自己的丑样子，你伸出双手捂住了脸。

梅梅在一旁解释："浩宇来了一会儿了，不让叫醒你。昨天晚上他一到咖啡店，就发现店里人神色不对，再三追问，老板讲了发生的事情。他跑了一夜到处找你，连河边水上派出所都去了，怕你一时想不开……早晨找到这里来，我看他急成那个样子，不忍心瞒着他害他再去疯找……"

你点了点头，艰难地说："谢谢……"

梅梅说："你们聊着，我去做早点，大张上班去了，我请了假，照顾伤员。"

浩宇千恩万谢着，梅梅退出去了。

你望着浩宇蜡黄的脸熬红了的眼睛，心疼地说："你真傻，我不会自杀的，要死早就死了……"

他却毫无温情，阴着脸问："为什么不还手？听谢老板说，你一动不动，任她打，为什么？"

你不想回答，把脸扭向墙里。

他仍然怒问："难道连自卫的本能都没有？哪怕抬起胳膊抵挡一下，你这么高的个子，也不会让她打成这样！"

你只能保持沉默，不愿意回答。

"我替你说罢！还是觉得自己有罪，理亏，对不对？觉得咱欠她的，莫名其妙的犯罪感！什么时候才能够克服这种病态心理？"他激动地大喊大叫，然后痛苦地诉说："你，我，咱们都不欠她什么！本来，她的丑事我不愿意说，我毕竟是个男人……我们分居好几年了，她已经另有打算，在厂里找了个相好的，年纪比她小好几岁，名叫霍金龙。她每月把我的工资要了去供霍金龙吃喝，公开地出双入对……我提出离婚，她实际上也想离，想跟霍金龙结婚，但人家不肯为了她抛弃家庭，听说人家很喜欢自己的儿子。替咱们当调解人的那个王丽霞，和她在一个车间工作，王丽霞的丈夫姓吴，和我是老同学，他们夫妇对几方面的消息都很灵通。王丽霞那人很奇怪，既给谭霍二人充当耳目，又通过她丈夫给我通风报信，还不辞辛苦地几次为咱们当中间人，找谭翠娥调解出钱离婚。谭翠娥能够去那么远的咖啡店找到你，说不定也是她提供的线索，这种女人究竟什么心态，真叫人费解！昨天她还告诉我，找咱要五万元协议离婚的主意，其实是谭翠娥出的。她想用钱去收买霍金龙的心，哄着他离婚娶她，没想到姓霍的开价三十万，她就又逼咱们……她听说我要去深圳，怕落个人财两空，就找你打架去了，目的是把事情闹大，使我受到舆论谴责……这些事情如此肮脏，龌龊，她爱的是霍金龙，只是利用婚姻关系盘剥我的钱。她对我毫无愧疚之意，你为什么要有犯罪感呢？"

你默默地听着，心中充满了对浩宇的同情怜惜。他见你总是不回答，焦躁地催问："你倒是说话呀！"

你苦笑道："能够为你挨打，我心甘情愿。"

他又暴跳起来："问题是我根本不欠她的，我要是在场，打扁了她！如果你克服不掉总觉得自己对不起全世界的内疚感，你会活得很苦！"

听了他后面这句话，你心里一酸热泪涌出眼角打湿了枕头，哇地一声哭了起来："我是活得很苦，从十二岁起就活得很苦……我只对你说过妈妈是在'文革'中自杀的，没有勇气告诉你是我向红卫兵告发了妈妈，交出了妈妈的所谓罪证，害死了妈妈……他们把爸爸妈妈抓走以后，我一个人留在家里又怕又饿，家里被抄得四壁空空，没有钱，没有吃的，我去垃圾箱捡些人家倒掉的东西充饥……后来来了两个笑眯眯的女人，她们说只要我找到一张照片交给他们，就放爸爸妈妈回来……我饿得肚子咕咕叫，翻遍全家寻找她们说的那张照片，怎么找也找不到。我想起来有一天深夜，爸爸妈妈在阳台上藏什么东西，还听见花盆响，就跑去翻花盆，从埋着土的盆底找出一包照片，其中有那一张……我把照片交给那两个女人，高高兴兴盼着爸爸妈妈回来。没想到不久全城都贴出了大字报，把照片放大了在街头示众，说妈妈年轻时当过美国军妓、吉普女郎，只因为照片上的妈妈坐在吉普车上，旁边有个美国军官。其实，那是日本投降时，北京大学生和盟军联欢。妈妈是个优秀教师，忍受不了这种污辱，在红卫兵私牢里自杀了……当天，红卫兵在我家窗外墙上刷上了写着'许雅静自绝于党自绝于人民死有余辜'的大标语，一个个血红的大叉叉打在了妈妈的名字上，我还不明白是什么意思。一个好心的同学偷偷跑来告诉我：'今天清晨天还没亮，你妈妈趁看守睡着了，上吊自杀了……'我一个人坐在床上蜷缩在墙角里，哭着喊妈妈，哭哑了喉咙。忽然，床单上出现了斑斑血红，和窗外打在妈妈名字上的红叉一个颜色。我不知怎么回事，趴在床上观看，血迹越来越多，慌忙躲开坐到干净的地方。不料，工夫不大这里又是一片殷红，我滚来滚去寻找血迹的来源，这才发现是从自己的下体涌出的，我吓哭了，觉得自己快要死了……正在这时，蓬头垢面的爸爸被红卫兵放回来了，两眼直勾勾像个地狱里冒出来的幽灵。我准备好了挨爸爸一顿狠打，战战兢兢地缩在床角。爸爸看见了满床血污，一下子愣住了，呆呆地立了好一会儿，转身走了……邻居大娘送来了卫生带卫生纸，叫我别害怕。她一边帮忙拆洗褥子床单，一边抹着眼泪说：'女人都有这一天，你这是长大了，成了一个女人了……你妈妈还没来得及给你讲，就……'我一遍又一遍地默念她的话：成了女人……妈妈去了，而我成了一个女人了……我弄不明白这是怎么一回事，忽然，小腹部剧烈地疼痛起来，疼得我额头冒汗，满床打滚。邻居大娘拍哄着我说：'女人月月来经水，过几天就好了，是不会疼的呀！好孩子，你这是吓的，伤心难过急火攻心。只要不害怕，别伤心，就会好的，就会好的……'可是我还是疼得死去活来，往后，每个月都有几天要受一回千刀万剐般的活罪。我对你讲过，从那以后我就认为自己不干净、不贞洁……我不敢看爸爸的脸，不敢面对天长日久每月一次的来潮……只要受到一点精神刺激，眼前就浮现妈妈悬在空中晃动的黑影……有时精神一紧张，经期还会紊乱，说不定什么时候就会疼得直不起腰来……"

浩宇听了恍然大悟，同情地说："怪不得那天在你的宿舍里，突然你就……怎么不早说？应该找妇科医生去治病。""多少医院都去过了，医生都说没有毛病，是心理因素造成的。"你苦笑着又说："这样沉重的心病，又如何能除得了的？这么多年来，月月下一次地狱，看来一直要受折磨到老的……"

他捧起你的手劝道："千万别这么想，咱们再想办法治病，只要放下心理负担，结了婚就会好的！"

你却冷笑起来："到了这个地步，还谈得上结婚？昨天晚上谭翠娥打我，当众污辱我，我就突然小腹剧疼跪在了地上……说实话，她打的还不如我体内的疼痛厉害，那时心里的……疼痛啊……我发现自己一直在渴望一种惩罚的酷刑，天长日久，我甚至从这种慢慢流血的苦刑中获得某种快感，玩味痛苦也成了一种享受。说真的，挨打时看见血，心里感到一阵轻松，痛快极了……应该感谢她，是我自己愿意的，千万别怪她……"

听了你撕心扯肺的自白，浩宇惊愕地睁大了眼睛，瞠目结舌说不出话来。怔了好一会儿，他心疼地一把搂住了你："我可怜的孩子，你太不幸了……要是早知道你心里有这么沉重的创伤，当初真不敢那样逼你……说出来心里好些了吗？说出来，就把那些事忘了吧，好吗？今后有我疼你，我好好疼你……"

他泣不成声退回到椅子上，挥动双拳打着自己的脑袋："我真该死！给你带来了新的痛苦……这个混账娘们，欺负人到这种地步，看我怎么收拾她！"

他咬牙切齿站起来，噔噔噔跑走了。

这时，梅梅端着早点进来了，说："哎哎，跑了一夜了，吃点东西再走啊……"

你翻身下床趿拉着鞋追到门外："快把他追回来，千万不能去惹祸呀……"

梅梅放下餐盘追下楼去，过了一会儿气喘吁吁回来说："追不上，跑远了……"

你无力地倒在了床上，焦虑的心提到了嗓子眼儿，设想着各种可能发生的事情，内心充满了恐怖。

到了晚上，出去打探消息的大张回来了，带回一个叫人万万料想不到的消息：谭翠娥上吊自杀了！

大张说："人已送往医院抢救，是死是活还说不清，警察正跟着温浩宇坐在医院走廊里等候消息。我追到了医院，浩宇告诉我，弄不好他要坐牢了。他跑回家找他老婆算账，不巧正遇上他老婆和那个姓霍的在大吵大闹。姓霍的一见浩宇回来，没说话走掉了。盛怒之下的浩宇摘下腰里的皮带，把他老婆狠抽了一顿，出了口气走了。谁知道他老婆脾气这么暴，竟然上吊自杀了！多亏了姓霍的及时赶回来，听说抱下来时已经没气儿了……在医院她娘家来了许多人，要不是警察赶来了，可把浩宇打惨了……"

你听着听着，眼前一阵发黑昏了过去……

十八

谢天谢地，谭翠娥总算没有死。但是，她被抢救过来以后，虽说没有生命危险了，却留下了后遗症。绳索套紧脖子时颈椎受到损伤，造成了腿脚不灵活半瘫痪状态，心脏停跳好几分钟，造成了大脑缺氧缺血损伤，再加上强烈的精神刺激，她变成个神经兮兮半呆半傻的人。

这样一来，舆论对浩宇太不利了，医院出具了谭翠娥自杀前被皮带抽打得遍体鳞伤的证明。公安局对浩宇实行了刑事拘留。谭翠娥的娘家人向法院递交了起诉书，状告他"喜新厌旧，虐待发妻，打人致伤，逼人致死"。她娘家人还到浩宇的公司混闹，造成他丢了工作。她娘家人还不依不饶，找到报社投诉，几家报纸都登出了大幅标题《当代陈世美》，《不道德的男人鞭打妻子，险些造成人命案》，《第三者插足的危害》，《妻子自杀未遂，丈夫拘留待审》……

你躲在梅梅家里，每天以泪洗面。看着梅梅出去买回来的报纸，你叫天天不应叫地地不灵，更加担心浩宇在拘留所里的处境，干着急爱莫能助。

报纸开始刊登读者来信，许多妇女要求"重判当代陈世美"，认为"如此残害妇女，必须绳之以法"，"不判刑不足以平民愤"……一旦浩宇被判刑，他的前程就要葬送了，为了挽救局面，你不怕丢丑找到法院申诉自己无辜遭打的事实，请法医验看自己被谭翠娥打伤的伤痕。你还说明自己是处女，要求医院验明你的处女膜。

法官听了你的申诉深表同情，但又摇头叹息："不管怎么说，女方是挨打以后自杀的，温浩宇用皮带抽她留下的伤痕也太重了，有照片为证。再说，她又落下了身心残疾。此案社会影响太大，民愤不小，除非她娘家人主动撤诉，法院怕是不好替他开脱……"

必须有中间人和原告方对话，担子落在了梅梅和大张身上。

他俩真不愧是多年的知己朋友，找到王丽霞和老吴请求帮助。经过两对夫妇的共同斡旋，谭翠娥的娘家人终于同意撤回起诉，先决条件是温浩宇必须回家照顾妻子，今后不得打骂妻子，并保证和第三者断绝来往。

大张去拘留所把斡旋结果告知浩宇，但是浩宇宁肯去坐牢也不愿意回家。大张苦口婆心讲明利害："你是个高级技术人员，判过刑的污点会影响你今后谋求去大公司工作的机会。再说，报纸掀起的社会舆论压力太大了。就是坐牢出狱以后，你也不能丢下病老婆不管。一天未解除婚约，你就无法推脱当丈夫的责任……"

浩宇听他分析得有理，万般无奈只好硬着头皮答应了。其实，谭翠娥的娘家人是因为不愿意伺候半瘫半傻的病人，才甘心不送浩宇去坐牢的。

　　大张和梅梅回来告诉你官司了结的消息，你不知该为浩宇高兴，还是该为他难过……他曾经说自己是"男娜拉"，现在，冲出家庭的"男娜拉"不得不回去了。对于他来说，回到那样的家庭牢笼，还不如去过几年铁窗生活。坐牢，总还有个刑期，而忍受着人们的白眼伺候病妻的没有尽头的苦日子，简直就是无期徒刑了……你想大声疾呼，告诉人们浩宇也是牺牲者，浩宇是无罪的，可是谁肯听你的话呢？

　　浩宇的悲惨命运是注定了，你开始考虑自己的去路。他给你带来的温情，诗意，幻想，灵魂的欢歌，肉体的激情，一切一切都化作了泡影，只留下深深的凄凉。你的心又恢复了原来的冰冷，僵硬，封闭，孤独，如果说当初还像一根未经点燃的枯柴，现在则已经是热情烧尽的死灰了……

　　技术学校是回不去了，必须到一个新的环境去找一份新的工作。可是，哪里才是安放受伤的心灵的一方净土呢……正当你去意彷徨的时候，看到了报上的一则启事：普爱山庄招聘孩子妈妈……为没爹没娘的孤儿当妈妈说不定能够赎回有罪的灵魂……自从他妻子上吊自杀以来，你几乎夜夜失眠，一堵倾压下来的大墙上，晃动着两个悬在空中的黑影，原先只有一个，现在变成两个了……在这个叫人伤心欲绝的城市，你是一天也待不下去了……

　　你决心已定，毅然到普爱山庄市内招生处报了名，并通过了文化考试，只剩下面试最后一道关口了。回到技术学校的小阁楼，开始整理物品打点行装，尽管还没有收到录取通知书，你已经认定普爱山庄就是自己的归宿。

　　砰砰！砰砰！

　　听到轻轻的敲门声，你的胸口怦怦地激跳起来了，凭借第六感觉就知道是浩宇！听说前天他被释放了，他是一定会来找你的。打开门一看，果然不出所料，浩宇幽灵一样飘了进来，轻轻地掩上了门。

　　一切语言都是多余的，当初相识是从默默凝视开始，那么仍旧以默默凝视告终罢！今天天气很冷，他特意穿上了在南方温泉餐厅穿的那件天蓝色厚毛衣，更令人心酸地渲染了这一段情缘的首尾呼应。他怀里抱着那件皮夹克，夹克卷得严严的不知里面包着什么东西，小心翼翼地放在了床上。他的头发胡须梳理过了，一身整洁全然不像个刚从拘留所放出来的落魄之人。

你为他斟了一杯水，他接过杯子时目光仍然没有离开你的脸。他沉静地坐在椅子上，脸上呈现出殉道者赴死的决绝和圣徒的苍白光洁，犹如一池暴风雨过后没有涟漪的湖水。

沉默良久，他无限留恋地环视小屋的角角落落，凄然笑道："我一直想解脱你内心的犯罪感，不想却加重了它……关在里面的时候，每时每刻都在想你，每天夜里都祈祷让你别害怕，睡个好觉……一想到你眼前那堵大墙上会有两个悬在空中晃动的身影，就恨不能搂着你保护你……可是现在我没有这个能力了……"

你又一次为两个灵魂的相通震撼了，他竟然不用问就知道你在漫漫长夜里的恐怖幻觉。你安慰他说："过些日子就好了。大张说，只是叫咱们躲避一时风头，以后咱们……"

他打断了你的话："没有以后了！我不能娶你，就不该再打扰你的生活。我想过了，不该让你成为我的家庭的殉葬品……我一时冲动打了她，失去了挣钱赎身的机会，今后的活罪该让我自己去受，不能拉上你。"

你已经珠泪涟涟："跟着你我不觉得受罪，我永远对你心存感激，你使我知道了什么是爱……现在我也不在乎一纸婚约的名分了，甘愿一辈子做情人……"

他苍白的脸上却显出了坚毅决绝的冷静："此事依不得你，我年纪比你大，知道该如何处理。谢谢你给了我这段幸福的时光，这段日子的每一个细节，我都会反复回味，够我回忆一辈子的了……"

你还要争辩，他站起来凑近了你，用一双冰冷的手捧起了你的面庞，深情的目光久久地凝视着你，这是想把你的肖像底片永远摄入他的心室。你又一次在如此近的距离望着他又大又黑的眼眸，把自己深深地嵌在他晶莹的瞳孔中；又一次用目光抚摸着他额头眼角的每道皱纹，对他脸上的一切细微之处都充满了痛切的爱意；又一次伸出五指去梳理他浓黑的头发，用手心摩挲着青青的络腮胡茬儿。他细密的唇纹微微蠕动着凑近了，你第一次主动迎上了哆嗦的双唇，闭上眼睛喃喃地央求："把我给你吧……也不枉爱了一场……

还等什么？要了我吧！"

你像一摊泥似的瘫在了他怀里，双臂无力地搭在了他的臂弯里，身子不由自主地向后仰去。昏眩中你感觉到了他温柔地托住你，把你轻轻地放在床上……

十九

你的眼睛已经无力睁开，四肢蔫耷耷地一点儿也动弹不得。然而，你这不再属于自己支配的躯体，却犹如地壳掀起造山运动，只觉得胸脯倏然升起了两座山峰，高耸的峰顶刺向苍穹。封藏于地底的生命之泉啊，化作飞泉响涧顺着峡谷奔涌而下，一发而不可收拾……

"不……"

这不是你的声音，却是他的恳求。

"不！"

他的语气变得坚定了，你失望地睁开眼睛，看到他扭过脸去坐在床边。你拉他的手，他头也不回地说："你还年轻，今后你还会有新的生活，会遇到比我好的男人。"

你激烈的反对："不会了，我永远不会忘记你。"

他惨然一笑："人生是一条长河，两岸总有一道道新的风景。"

你悲愤地表示："离开你，我的心已成一潭死水，不会有新的风景了……社会已经把咱们搞臭了，我再也不是冰清玉洁的了，何必枉担了虚名？"

他重新捧起你的手，像个大哥哥似的教训："咱们不是做给社会看的，是做给自己看的。说实话，在南方温泉餐厅看见你，和在咖啡店注意你的时候，我的感情还是轻佻的，后来在和你相处中，才爱得越来越真诚了。太真了，就会感到沉重，就要为你的一生负责，现在甚至想……等风声过去，帮你介绍一个好男人。我唯一的安慰是……把完整的你留给了你未来的丈夫……"

现在轮到你来质问他了："你还把贞洁看得这么重吗？"

他正色解释："不不，不是那个意思。我不能保护你了，就没有权利……

好男人都懂得权利和责任是相等的。"

他打开了床上的皮夹克，从里面拿出一束罩着透明塑料保护膜的红玫瑰花来。你这才知道为什么外面大冷的天他却抱着皮夹克，原来是为了保护娇嫩的鲜花不被冻坏。

他双手捧着红玫瑰郑重地献给了你，你激动地捧过了艳红如火的花束。他像躲避什么似的迅速穿上皮夹克，头也不回转身走了。

你捧着红玫瑰跑到窗前，推开了窗子，寒风扑面而来。他高大的身影穿过小街，一步三回首地仰望你的小窗，后来干脆跑了起来，想尽快从你的视线中消失。那头浓密的黑发在寒风中飘飞着，这是他留给你的最后的印象……

不料，短短的一年后，当你再见到他的时候，他的满头黑发已无影无踪，头上竟是白雪皑皑了……

额头被寒风吹得麻木了，你才想起来关上窗户。回到桌前打开了保护花朵的塑料膜，把花束插在平时用来喝水的咖啡瓶子里，摆在了桌子上。这是你生平第一次收到男人送的鲜花，却成了告别的红玫瑰。红玫瑰的花语是表达炽热的爱情，像这花儿浓烈的颜色一样。寒冬时节在北方的花店里买这束鲜花是十分昂贵的，你完全理解他最后的心意。

你双手捧着水杯呆坐着，热泪点点滴在了花瓣上，滚动着，像一颗颗晶莹的露珠。就这么双手捧着水杯呆坐着，不知坐了多久，花瓣上滚动着越来越多的晶莹的露珠……

望着镜子里的自己和绽开在胸前的红玫瑰，鼻子凑近花心嗅了又嗅，闻了又闻。玫瑰花散放着浓郁的芬芳，香气弥漫了整个房间，浸润到你的胸腔肺腑，熏染了浑身的毛孔，并且顺着毛孔侵袭了所有的神经末梢……

可能因为这是断了根的切花最后的绝香罢，十几朵开不了几日的花拼命地演奏忧郁的香气，以芬芳的音符合唱出悲怆的挽歌。

你觉得自己从灵魂到肉体都浸泡在这浓烈的绝香中了，犹如赤裸裸地浸泡在温热的浴缸里，令人忧郁的芬芳从四面八方向你压挤而来，不容推拒地来了个里外夹攻。先是鼻孔口唇咽喉不由自主地大口大口地吞进香气，慢慢地连皮肤也有了饥饿感，每一根毛细血管都吮着香气，把袭人的芬芳输送到血液，汇入到心房……

你被花香熏醉了，身体软软的，轻飘飘地无处交代，无处依托，烂泥似的瘫在椅子上，捧着瓶花的双手举不起来了，无力地垂在了椅子两侧。当你的手从桌上滑落时，有一枝花被碰掉了。你捡起花枝想插回水杯里去，玫瑰刺儿扎了手指尖儿，酸酸麻麻的连举起花朵的力气都没有了……

就这么痴迷地望着红玫瑰，呆呆地瘫坐着，不知过了多少时间。

暮霭沉沉降临，室内一片死寂。

天色越晚花香越浓，浓得令人有些窒息。似乎这份馥馨充塞了整个胴体，渐渐地凝固成一团海绵样的物体，又轻又软却又蕴足了某种吸力，涌出心房的血液都叫它一滴滴吸吮了，变得沉甸甸湿漉漉，滞重拖赘得人喘不过气来，你吃力地做深呼吸喘着大气，不想这样一来使得胸中堵物愈加扩张膨胀，压迫心肺。如果再找不到出口疏导宣泄，整个胸腔快要爆炸了……

你的躯体陷入了蒸腾着香气的泥沼，越陷越深，软塌塌抓不起摆不脱甩不掉的香泥淹没了你的胸膛，脖子，喉咙，眼看就要没顶了，眼前飘来一根救命的树枝……急切地抓起倒在桌上的玫瑰枝，冲动地凑到唇边去亲吻花朵。柔软的细腻的光滑的香气四溢的花瓣触到唇上，引起一阵意想不到的狂喜，浑身快乐地颤栗起来了……

你狂热地去吻这朵花儿，开始是轻轻地触吻，频繁地亲吻，继而忘情地用舌尖去舔那香瓣儿，到后来弄不清是用双唇揉搓它还是用牙齿啮咬它了。花瓣一片片散落在桌上，裹得紧紧的花心，也成了一簇沾满唾液的酱紫色的烂泥，一些残存在花蒂上，一些沾满了你的双唇……

你目光迷离地望着镜子里的自己，颤抖的双唇上面紫红色的花泥酷似凝固了的血痂。忽然想起在咖啡店挨打时的快感，渴望鲜血，渴望疼痛，渴望看到血滴艳丽的伤痕，不顾一切地抓起花枝去吻上面的尖刺，用尖刺狠狠地扎着自己娇嫩的口唇。一滴晶亮温热的血珠渗了出来，在唇上打着旋转，颤颤地扶持不住，终于经不住越涌越多的热血的冲击流了下来。你盯着被灯光照耀得红宝石般的血滴，全身涌起一阵癫狂的快感，由于疼痛引起的灼热的欢乐深不见底，还有着巨大的潜能未能释放……

　　渴望受到酷刑惩罚的隐秘激情，又一次驱使你狂热去吻那一根根尖刺，在双唇上胡乱扎出一个又一个血滴，直到镜子里的自己成了涂着血色口红的浓艳女人，眼睛里闪烁着极度兴奋的光……

　　经过这一番自戳自伤，你觉得胸中堵物冲散了一些，心里痛快多了。看到镜子里自己的鬼样子，你突然觉得万分委屈，哇地一声痛哭起来。热泪止不住挂满双腮，和唇上的鲜血花泥融汇一处，又咸又甜又腥，酸热苦涩，百味钻心，你越哭越委屈，像个小女孩似的用手背把眼泪横抹一把竖抹一把，脸上血泪模糊了……

离婚女人和老姑娘都
有一段未了情

一

那个暴风雨之夜的转天早晨，肖晶勉强打点起精神给孩子们做早点，叫学生们起床，叫了几次梦虹都不起来。这是少有的事情，平时梦虹总是第一个起床的。肖晶到楼上来叫她，只见她头发蓬乱满脸通红昏睡不醒，一摸她的额头滚烫滚烫的，这才发现她发烧了。

肖晶打电话叫来了郭山梅，山梅给梦虹做了检查，量了体温，打针吃药，肖晶用湿毛巾给梦虹擦了脸，端来漱口水给她，又帮她梳好了辫子，问她想吃什么早点，她摇了摇头又面朝墙里躺下了。

郭山梅说是伤风感冒，退了烧就好了，又嘱咐了一些护理事项。肖晶送她下了楼，悄声说："昨晚下雨时，梦虹给我送伞去了，不知道为什么放在门外两把伞，是不是她自己淋着回来了？我真怕她听见了……"

"但愿没有吧！"山梅安慰道："这孩子心眼好，备不住多送一把伞让姨们用？也许夜里贪凉晾着了。过一会儿我再来看她。"

肖晶这才稍稍安心了。

梦虹这一躺就一个星期，可把肖晶急坏了，这几天学校里该考试了。令人生疑的是，梦虹生病第二天就退烧了，却一直推说有病不肯去参加考试，她一向看重学习，这可是从来没有过的事情。她不肯下楼，不愿见人，整天闷声不语躺在床上。田院长来看望过她，她面朝墙里装睡觉一声未吭。各家的妈妈们都来探视梦虹，送来各种慰问品。她们绝口不提那个雨夜会议的事情，却不约而同地用一种意味深长的目光端详梦虹，好像梦虹一下子长大了成了个风流女人。梦虹感受到这种无形的压力，更加郁郁寡欢了。

肖晶做了各种清淡可口的饭菜，每天变换着花样端到楼上去，她却不肯动筷，谁劝也没有用，眼看着人一天天消瘦下去。可意常跟妈妈一起上楼送饭，见到姐姐总是不吃饭，端起饭碗捧到姐姐跟前，哭着说："大姐，吃一点吧！不吃饭人会死的……"

他这一哭还真奏效，梦虹安慰着他，喝了一碗面汤。从此，劝饭的任务就落在可意身上。

可意和梦虹的感情这么深，唤弟在一旁看了怒火中烧。自从梦虹生病家里人来人往太多，她没有机会惩罚可意，妒意和报复心越积越深了。本来，前些天她心里挺高兴的：原先以为梦虹犯了错误一定会受到处罚，大家都不会喜欢她了。没想到，她这一装病，大家都来看她，给她送好吃的，她倒成了香饽饽了！可意这个小杂种跟她这么亲，小杂种你等着，看我怎么收拾你……

肖晶察言观色，暗自思忖：看情形梦虹不像只是生病，倒像是心病，莫非那天晚上开会的事，她真的听见了……立春来看望梦虹时，两个人的脸色都讪讪的，也令人生疑。唤弟这些日子显得特别高兴，整天哼哼唱唱的。她从来不关心梦虹，立春来了她却一直在跟前凑合，也没见梦虹、立春单独说什么话，反而只听唤弟咋咋呼呼又说又笑喧宾夺主地表现一通，立春也就快快地走了。这三个大孩子之间到底是怎么一回事呢……

谷幽兰这一边也揣着满腹心事，梦虹病了她当姨妈的本该去探望，碍于刚跟肖晶吵过架也不好去六号楼了。立春天天阴沉着脸，也不帮妈妈做家务活抱小亮亮了，放了学就钻进卧室插上门不出来。老师打来电话说他的考试成绩大大滑坡，几门主课都勉强及格。

幽兰是个细心的人，个中原因早已揣摩清楚。自从那个风雨之夜后，立春就像变了一个人，梦虹也是从那以后病倒的。那天幽兰在办公楼会议室门外发现了自家的雨伞，回家后又在浴室看见另一把湿淋淋的伞，还有立春洗过刷过的衣服鞋子，显然是挨了雨淋。那么，显然是他和梦虹一起去送伞的，显然他俩什么都听见了……既然如此，幽兰觉得自己应该和立春好好谈谈，但又不知如何捅破这一层窗纸。在成年人社会与少年儿童社会之间，在很多方面存在着难以逾越的鸿沟，她苦苦寻找着和养子倾心交谈的契机。

这一天清晨，孩子们还没起床，肖晶正在厨房准备早餐，忽然看见梦虹笑眯眯地下楼来了，径直朝门外走去，肖晶擦着手追到走廊问："出去走走？"

梦虹回过头来点点头，肖晶高兴地说："好好，散散步就好得快了。"

梦虹一甩长辫子飘然而去。

肖晶又惊又喜，急忙跑到客厅的大落地窗前，掀开窗帷一角观察梦虹的动静。只见她走到向日葵花坛那里，围着花坛转悠了一圈，用手指轻轻拂着葵叶，又摆弄着一个个结子的花盘观看，掰出一粒嫩子放入口中尝了尝，很喜欢的样子，然后顺着小路下山，朝着小广场喷泉塑像去了。肖晶又跑出家门朝山下观察了一会儿，看见梦虹围着塑像转悠着，也就放心了。

肖晶回到了厨房做好早点，叫唤弟他们起床，照料他们的洗漱用餐日常事项，又督促他们检查书包里的书本文具是否齐全，催促道："快，马上就要开车了！"

她正在送三个学生出门，忽见司机小杜呼叫着跑上山来说："肖姐，快看看你们……梦虹去吧！"

肖晶忙跑出门外顺着小杜的手势往下看，喷泉塑像那里只有银白的水花没有人影，她正在奇怪，小杜说："我在大门口检查汽车，看见梦虹越过喷泉石阶跑到水池里，在喷泉里淋着还不算，又爬到石像身边，摸那个喂孩子的妈妈的奶子，还……还趴到那石头奶子上去亲那奶子！我怎么叫她，她也不出来！"

肖晶脸色灰白，立刻随着小杜飞奔下山。

喷泉周围来了好几个背着书包准备上汽车的孩子，指指点点嘻嘻哈哈地笑着。

肖晶上气不接下气地跑来一看，隔着层层水帘只见梦虹坐在高高的塑像台基上，依偎在石像妈妈怀里。要不是她的手在抚摸那石头乳房，真能够加入到周围各种姿势的儿童雕像中去了。

肖晶焦急地召唤："梦虹，快下来！看你浑身都湿透了，感冒刚好别再病了！好孩子，快出来！"

唤弟也跑来了，幸灾乐祸地又蹦又跳拍着巴掌叫喊："哈哈！神经病！神经病！"

肖晶顾不上斥责唤弟，脱下鞋子爬上石阶要去拉梦虹，忽见水池另一侧有个人影把书包一扔钻进了水帘，利索地攀上塑像台基。等他从水花中闪身而出，肖晶才看清楚他是立春。

立春拉住梦虹的手只是简单地说："走吧！"

梦虹乖乖地站了起来，随着立春下了台基，两个淋透的水人儿走出了喷泉。

这时，谷幽兰闻声赶来，见到这种情状说："立春，快回家换衣服，马上就要开车了！"

立春没好气地拎起书包往家就走，斩钉截铁甩出一句话："还上什么学？不去了！"

谷幽兰一溜小跑追着他苦苦规劝着，母子二人回家去了。

二

田院长、郭山梅等人闻讯都赶来了，梦虹一见田院长就大哭起来，山梅好说歹说劝着她去了医务室。田院长催促学生们上汽车出发，肖晶跑回家拿了梦虹的衣物送到医务室，大家好一阵忙乱。

田院长送走了学生们，来到医务室查问梦虹的病情。梦虹已经平静下来，肖晶正在帮她换衣服鞋袜。可是，她一见到田院长又大哭大闹起来，口口声声嚷着："我要回老家！我想家！你们赶紧送我回家！"

山梅哄劝道："傻孩子，这里就是你的家呀！老家没有亲人了，回老家找谁去？这里有妈妈、弟弟、妹妹……"

梦虹仍然哭叫："这儿不是我呆的地方！我要回家！我家还有姥爷留下的小屋，我一个人去住！我可以一个人生活！姥爷呀，我守着您老人家的坟，总算还有个亲人……"

田淑贤示意郭山梅出去说话，她俩来到隔壁房间，田淑贤问："你看她犯的是不是精神病？"

郭山梅憋着一肚子气，田淑贤在那个大会上含沙射影地对我们几个人横加指责，当时真想顶撞她。但她没有点名道姓，自己也不好发作。再说，自己拿不出履历证明，去与留的决定权掌握在她手中。人在屋檐下，怎敢不低头？石院长出国去了，我们有意见也无处反映。其实，即使石院长在家，院部分工由田淑贤主管妈妈与孩子们的事情，石院长也只能委婉地提出一些希望。再说，即使批评了她，她也不会接受，她这种人永远也不肯改变自己的思维模式。展晴却无法容忍田淑贤这种侵犯人权的行为，非要去民政局交涉此事。她原来答应等石院长回来的，但山庄里这几天又发生了这些新问题，今天一早她就开车进城找局长去了。虽然她有着能够代表捐赠人镜智法师的身份，但这个洋学生也太不了解中国国情了。田淑贤的丈夫在位时是个不大不小的官儿，在市里上上下下根子很深……

听到田淑贤怀疑梦虹有精神病，郭山梅更是不以为然。看梦虹这些日子的情状，是不是孩子听到了什么……但是，她不想得罪田院长，含糊地沉吟道："目前还说不准，也可能是心理障碍或是癔症，我没有学过精神病学。"

田院长说："那就送她去市里精神病院检查一下，照这么胡闹下去，出了事我可担不了责任。"

郭山梅表示："好吧！"

田院长说："你和肖晶送她去吧，石院长不在家，家里一大摊子事，都得我一个人盯着。"

田淑贤打电话叫司机小杜备车，郭山梅回到诊室和肖晶商量去医院的事。她俩哄着梦虹说要陪她去城里玩玩，顺便请医生检查一下她的感冒是否完全康复了。梦虹听说要进城玩，没有表示反对。不巧此时隔壁房间传来田院长给司机小杜打电话的声音："……去精神病院，你认路吗？那好，你陪她们去吧！"

梦虹一听又哭闹起来："我没有精神病！我只是想妈妈……想知道妈妈的模样……想摸摸妈妈的乳房……我喜欢石像妈妈，我不是疯子！不去！不去！就是不去！"

肖晶和山梅左哄右劝，说只是陪她进城逛逛，说去精神病院看病的不都是疯子，那里还有心理咨询中心、儿童心理门诊，有一位老专家特别理解孩子，孩子们心里有什么疙瘩都可以对他讲，他会替孩子保密……她俩费尽唇舌终于把梦虹哄上了汽车。

谷幽兰追着湿淋淋的立春回到家里，听见小亮亮醒了正在哭叫着找妈妈，一边朝楼上跑着一边吩咐立春："你赶紧去洗个热水澡，我把干衣服放在浴室门外，一会儿到客厅去，我有话要对你说。"

她到卧室去抱亮亮，立春闷头不语进了浴室。她抱着亮亮给立春送去衣服鞋袜，又忙着给亮亮洗脸喂早饭。等到立春换洗干净出来，她把亮亮交给他说："去客厅等着我。"

立春一语不发抱着亮亮去了客厅，幽兰忙着洗刷孩子们早点用过的餐具，然后擦着手来到客厅，说："我一直想找个没人的机会，跟你好好谈谈。这些日子你变化很大，能对我说说心里话吗？"

立春抱着亮亮低头不语。

幽兰又给亮亮在地板上摆满了玩具，让他自己玩。然后，她坐到了立春对面，母子二人沉默了好一阵，她艰难地开口了："下大雨那天开会的事，你都听见了？"

立春默认地把脸扭向窗外。

幽兰正要继续说下去，电话铃响了。她忙去接电话："是我，田院长呀……我到得很晚，前面的情形没看见……送医院了？好，这样大家都放心了……嗯……他还好……"

田院长在电话里说了一些话，幽兰下意识地瞅了立春一眼，无可奈何地表示："好，我这就去。"

她抱起亮亮说："田院长找我，回头再谈吧！"

她抱着亮亮走了，寂静的小楼里只剩下立春一个人闷坐着。不知呆坐了多久，他烦躁不安地在屋里来回踱步，像一头被困住的小兽，当他走近落地窗时，止住了脚步——他望见了门外那片向日葵，黄灿灿的花冠在阳光的照耀下闪烁着灼人眼目的金光。

他一跺脚跑到厨房拿起一把锋利的菜刀，嗖嗖嗖蹿到了葵花坛旁，挥起菜刀嚓嚓嚓，把一棵棵即将成熟的大花盘全都砍下去了。向日葵种得那样密集，他砍呀砍呀，累得筋疲力尽，才完成了这不到成熟季节的毁灭性的"收割"。现在，花坛里只剩下一株株光秃秃的葵秆了，被砍杀的顶端渗出一滴滴白色的血液。

立春看也不看遭殃的葵田，提着菜刀跑回楼里，进了厨房把菜刀冲洗干净放回原处。

他跑进自己的卧室插上门，一头扎在床上，发出低沉的窒闷的却无助的哀号……

谷幽兰抱着亮亮从办公楼回来了，受到田院长好一顿盘问，一边走一边生着闷气想心事，忽听亮亮哭叫起来："妈妈，花！花，没！没！花籽籽！我要吃花籽籽！"

幽兰顺着亮亮伸出小手的方向看去，发现葵花坛里一片凌乱，所有的花盘都被砍落了。她猜出这准是立春干的事，"咯噔"一下心中一片空白……

三

石黑玺出国考察才半个月，回到普爱山庄大吃一惊，家里发生了这么多棘手的事情，使他穷于应付一时找不到扭转局面的良策。他在国外访问了好几座孤儿院，带回一箱人家的管理经验的资料，归途中在飞机上就草拟了一些新方案，雄心勃勃准备来一番改革。不料，他回到办公室还没有坐稳，就不得不扮演起"难断家务事"的"清官"角色了。

田淑贤坐在石黑玺对面办公，见了面未及多问国外见闻，就一五一十地讲开了"烧纸钱""递纸条""两家妈妈互揭老底"等一连串的事件。然后，她郑重地表示："我认为组织上不能迁就这些不良倾向，应该抓住这几个典型，批评教育，好好整顿一下纪律了。"

石黑玺只是含混地说："我刚回来，先了解一下情况，究竟该如何解决矛盾，回头咱们再商量。"

他的话音未落，电话铃就一连串地响了起来，肖晶、谷幽兰和那些参加"烧纸钱"的大孩子的妈妈，都打来电话反映孩子们近来的抵触情绪，郭山梅也来电话介绍梦虹的病情。她们都不约而同地要求和石院长单独谈话，他都笑呵呵地答应了。

田淑贤坐在对面有所觉察，脸上立刻变颜变色，不无醋意地甩出酸话："既然都信你这尊佛，我就省心了。你是一把手，水平比我高，办法比我多，得，我矛盾上交！"

石院长还是满脸堆出菊花纹儿笑道："我走了这么多天，先听听再说，先听听再说。"

考虑到自己和田院长共用一间办公室，在办公楼里找人谈话而又回避她是不合适的，为了给她留面子，他轻描淡写地说："我回来了，也该去看看各家的孩子。"

他扮演了巡回大使的角色，准备逐座小楼遍访一圈。经过考虑，他想还是先易后难，最后再拜访六号楼和七号楼。他先听取了其他妈妈们的意见，虽然大家各有看法其说不一，但已经基本掌握了事情的概况。

只剩下肖晶与谷幽兰两家没有去了，这时已是夕照时分。他不急于去职工食堂吃饭，漫步在杨树林里思考着对策。他已经意识到自己和田院长在办院风格和思路上存在着很大的分歧，多年来她已经形成了固定的思维模式和工作习惯，要想改变她是很困难的。即使如此，他还是觉得成年人之间的矛盾是有办法解决的，不管怎样他还是院长，可以拍板说了算。何况这次出国考察是叶局长率队，叶局长非常支持他提出的"给孤儿一个真正的家"的办院方针。即使是肖晶与谷幽兰之间的严重隔阂，一时不好解决还可以冷处理搁置一段时间，再寻找弥合的契机。相比之下，更加棘手的是如何面对孩子们，尤其是如何消除大孩子们对院方的敌视心理。妈妈们都反映那几个参加过"烧纸钱"的大孩子都站在立春、梦虹一边，他们经常聚在一起抒发思乡之情，诉说妈妈的坏话，还搞了一些恶作剧报复田院长，给她起了一连串绰号"狼外婆""大肚囊""大龅牙"什么的，偷偷编了顺口溜，低龄孩子们不知道内情，也都跟着唱："狼外婆，大肚囊，鼓着龅牙骗小羊……"

石黑玺听了这些情况，不免为田淑贤叫屈了，她只是思想有些僵化，工作作风有些专制，对孩子们还是很关心的。她经常去各个家庭检查伙食标准，要求妈妈们保证孩子们的营养。夜里值班时还常常去查铺给孩子们盖被子。只是因为她待人总有些霸气，说话总是不中听，落得个妈妈们和孩子们都对她有意见。她自己觉得自己一贯正确，并没有觉察到问题的严重性。封建家长制的传统思想使她心目中完全没有尊重儿童的平等观念，因此也对儿童们的反抗力量和破坏作用估计不足。这八个大孩子是各家孩子的大哥哥大姐姐，是孩子群体的头羊，实际上他们已经于无意中组成了对付田院长的"抵抗阵线"，今后用什么方法缓和双方的紧张关系呢……

更叫石黑玺忧虑的是，这些事情的发生增加了他这次回来推行办院新思路的难度。"给孤儿一个真正的家"，这句话听起来很平常，实施起来可不是一件容易事，要想让低幼儿童认可这一点还不难，只要给他们吃饱穿暖疼他们爱他们就可以建立感情，小亮亮不就以为谷幽兰是他的亲妈妈了吗！年龄越大的孤儿心灵创伤越重，要想让他们从心底真正地把这里当成家园，那是非常困难的。严酷的现实是，这里的"爷爷""姥姥""妈妈"的称呼都有某种职务色彩，而非天然的血缘亲情。身为一院之长，该如何引导从事这一特殊工作的同事们以一颗真正的"祖父祖母心""父母心"去对待孩子，爱孩子之所爱，痛孩子之所痛，想孩子之所想呢？对于成年人与儿童双方来说，这些都是一种后天的需要精心培育的感情，需要一些双方都能接受的措施来消除隔阂，建立信任，增进感情。可是，怎样才能找到这样的方法呢……

火红的晚霞照耀着杨树林，杨树的叶子变成闪光的金子了，一阵风吹来，金亮亮的叶子发出的喧声犹如众人鼓掌，热烈欢迎石院长的归来。树，是有灵性的，它们没有忘记这个善良的老头阻止砍伐的恩德。一棵棵树干上的一只只大眼睛深情地向石院长行注目礼，它们看出了他的一筹莫展心事重重，却又无法为他分忧。于是，一双双大眼睛露出焦急而无奈的神色。

一时找不到良策，他想去听听肖晶和谷幽兰的意见，绕过杨树林顺着山坡路来到了六号楼。

肖晶和孩子们正在客厅里看电视，听见石院长的声音，立即开灯出迎，孩子们有礼貌地喊："石爷爷好！"

石院长笑道："好，好，接着看电视吧！"

孩子们都坐回自己的座位上去了，只有梦虹懂事地去厨房为客人沏茶。

石院长随肖晶来到了儿童学习室，悄声问："梦虹这不是挺好嘛！"

肖晶说："帮我干活，疼小弟弟，都能做到，只是一直情绪低落，关在楼里不愿见人。见到您还笑了笑，平时很难有笑容。"

石院长体贴地表示："我知道你这里很困难，我也很担心梦虹的病，听山梅说医生诊断是癔症，精神郁闷造成的，咱们得想法子让她开朗愉快起来。"

肖晶说："本来她就为自己的孤苦身世多愁善感，明知无法做到的事却非去想不可，例如她想知道妈妈的模样，既然连一张照片都没有，还总去想这事做什么呢？我劝了多少回也不管用。尽管如此，她从来没有耽误过学习，这一回闹得没有参加考试，我正为劝她准备补考的事着急呢！您来了太好了，帮我劝劝她。"

石院长安慰道："有些事直着劝反而不好，先想法子让她卸下心理负担。"

肖晶为难地说："很难开导她，那件事张扬出去了，她觉得抬不起头来，总把自己关在家里羞于见人。照这样封闭自己，恐怕开学以后还是不肯上学去……"

石院长点点头："我就是放心不下她的学业才来的，想和她好好谈谈。"

肖晶叹道："唉！什么话都劝了，什么法子都试过了，我是无计可施了。"

走廊上传来梦虹的脚步声，石院长诙谐地朝肖晶眨了眨眼睛。

四

梦虹端了茶盘送进来，她只是显得清瘦了些，看上去并无病容。石院长逗她说："听说梦虹想爷爷想病了，我是来谢谢你的！"

梦虹没料到院长会这么说，脸儿一红忸怩地笑了。

石院长从提包里拿出一个漂亮的礼品袋，从袋里抽出一张画来交给梦虹："这是德国孤儿院的小姑娘海蒂送给普爱山庄孩子们的礼物，上面画的是你，我特意给你留的，快看看像不像！"

梦虹本来一脸淡然，听说一个未见过面的外国孤儿画了自己，好奇地接过画来看，肖晶也凑到跟前来瞧个究竟，只见画的中心有一道七色彩虹，虹桥的左端地上躺着一个金发女孩，虹桥的右端草地上躺着一个梳着黑色长辫的东方女孩，两个女孩都闭着眼睛在睡觉。梦虹发现这个黑发女孩真的很像自己，不由得抿嘴笑了。

这张画还有两处细节令人猜不透：在彩虹上端的云朵里，有一座冒着炊烟的农舍；而在彩虹下面的山坡上，有一座心形拱门，两旁是一排排小洋楼。

肖晶和梦虹看了又看，不解个中含义。石院长解释："那个小姑娘通过翻译告诉我：'这座农舍是我从前的家，爸爸妈妈和我住在那里的时候，是我最快乐的日子。可是，后来爸爸妈妈都住到天堂去了……下面这排房子是孤儿院，是我新的家。'"

梦虹一听这番话，长长的睫毛顷刻挂满了细密的泪珠，睫毛忽闪忽闪用力眨了又眨，终于拦住了差点儿就要落下来的泪水。

石院长继续介绍："当时我问她：'这个新家多漂亮呀？你喜欢这里吗？'没想到，她回答：'这里是很漂亮，可是，比起我和爸爸妈妈住过的家来，说实话，我并不喜欢它，我现在太小了，只能耐心地住在这里，等我长大了要去许多地方。'"

梦虹惊奇地问："那里的院长允许孩子当着客人的面说不喜欢这个家？"

石院长听出了话中的批评之意，宽厚地笑道："我想我们也应该鼓励孩子说实话。"

他又指着画角上的德语文字说："这张画的题目叫作《梦》，海蒂说："想到云彩上去找爸爸妈妈，和想去中国看看，都是我的梦。'你看这有多么巧，你叫梦虹，这中间就有一道美丽的彩虹。你看，你们两个在做着同样的梦！"

不料，梦虹却摇了摇头："她比我有福气，她能梦见爸爸妈妈，我想梦见都梦不到，连爸爸妈妈的模样都不知道，怎么能梦见呢……"

石院长与肖晶交流了会意的眼神，石院长笑道："我对海蒂介绍了你，说她画的很像你，她说长大了要来看你，你想不想去看她呀？"

梦虹不假思索地表示："当然想了！"

石院长夸奖道："这就对了！外面的世界大得很呢！你先在咱这儿好好生活，好好学习，长身体，长本事，长大了可以去许多地方，海蒂就是这么想的！"

梦虹点了点头，石院长指着画的背面说："这里有海蒂的通信地址，你可以给她写信，我给你找翻译。"

"谢谢爷爷！"梦虹的神色开朗多了，郑重地伸出双手捧过画向石院长鞠了一躬，转身走了。

石院长和肖晶重新落座，肖晶佩服地表示："真该谢谢您了！您这一席话，比我跟她唠叨多少次都管用！"

石院长品着茶说："你不是要找我吗？有什么意见只管提吧！"

肖晶沉默片刻，说："我是有意见，但是自己也……很惭愧，不该和谷幽兰吵架，不该揭人家的伤疤说她打胎……不过也得说清楚，事情闹到这步田地，大人与大人，大人与孩子，孩子与孩子之间，本来就有矛盾，这不假，是不是非要激化到不可收拾的程度？这里有没有人为的因素？"

石院长颇有同感地叹道："是啊，咱们国家多年来一直在搞阶级斗争，造成许多人脑子里只有斗争的哲学，不懂得缓和，调和，平和。古训讲和为贵，家和万事兴啊！可惜，咱们一些同志已经不会做和解的工作了。"

肖晶看到石院长肯于推心置腹说真话，并不摆出领导者的架子教训人，心里很受感动，讲话也就没有顾虑了："我最不能忍受的是成年人欺骗孩子！1966 年我在梦虹、立春这样的年纪，就是受了两个女造反派的欺骗才做下傻事的。当年的那两个成年人对一个孩子的无耻欺骗，毁了我全家，毁了我全部的生活！社会充满了陷阱和欺骗。这一阴影，至今笼罩在我心头，影响我与人交往。当然，田院长哄骗立春写出字条内容，和当年造反派骗我的性质不同，她的本意可能是为了孩子好。但是，既然她向立春作了保证不对任何人说，却又在大会上讲出去，成年人对儿童就应该有这种特权吗？我看过一些关于儿童心理学的书，孩子对自尊、尊严的需求并不低于成年人，应该享有和成年人同等的权力！可是，多年来咱们连成年人的隐私都得不到保护，更谈不上尊重儿童的隐私权了！是的，孩子弱小，特别是孤儿更加无助，但我们不能把自己的逻辑、自己的意志强加给孩子，尤其不能骗孩子。大人骗孩子，孩子不就学会了骗大人？将来就去骗社会！我是被人骗苦的，希望人与人之间少一些虚伪欺骗，多一些真诚和爱心！"

她的话语像开了闸的洪水似的倾泻着，抑制不住滔滔不绝地发泄着心头的怨愤。石院长仔细地听完她的诉说，郑重表示："你的这些意见很好，我会以我自己的方式给田院长提一些建议。你和谷幽兰的关系，我也会想法子慢慢做缓和工作。不要让梦虹老是憋在楼里，憋闷久了还会闹出病来，这不放暑假了吗，我让杨大妮来帮你照看孩子，你可以带她出去玩玩。"

肖晶为难地说："她哪儿也不愿去，怕见人，见了外人就脸红心慌出虚汗。她就是想回老家，可她老家一个亲人也没有了。"

石院长说："那你就陪她回老家看看去嘛！见见原先的老师、同学、乡亲，都能起到异地治疗的作用。"

"对，这个主意我怎么没想到呢！"肖晶高兴地表示赞成，转而又担忧地说："可是她还得准备补考呢！"

石院长劝道："她这么聪明，平时功课又好，只要心情愉快了，复习功课并不困难。涉及女孩子的事儿，我这个老头子不好多说，路上你们母女俩谈谈心，主要是解除她的心理负担，告诉她人人都从这种事儿上经历过，正常现象，正确引导，哈哈哈！"

肖晶高兴地一一答应着，石院长便告辞了。

天色已晚，石墨玺还是叩开了七号楼的门。

<h1 style="text-align:center">五</h1>

石黑玺作了充分的思想准备也挨谷幽兰一顿言语轰炸的，不料幽兰一见院长造访眼泪就像断了线的珍珠，哭了个不可收拾，一句整话也说不出来。

她正在给亮亮洗澡，听见石院长来了把亮亮交给立春，请院长到客厅落座，未及敬茶，她就委委屈屈哭将起来。

亮亮听见了石爷爷的声音，在浴室里大喊："爷爷——爷爷——"

立春只好给他擦干了身子包上毛巾被，抱起他来到客厅，见了院长有礼貌地问候："石爷爷您回来了！"

石院长夸奖立春："嘿，还会给小弟弟洗澡，真有个大哥哥样儿呀！"

立春意识到院长为何而来，恭顺而尴尬地立在一旁。

亮亮早已张开胖胖的小手蹿到爷爷怀里，亲热地搂住了爷爷的脖子。他扭头发现妈妈哭了，又挣脱开爷爷蹿到妈妈怀里，伸出小手给妈妈擦眼泪，哄劝："妈妈不哭！妈妈不哭！爱哭不是好孩子！"

他见妈妈仍然哭个不住，甩开裹在身上的毛巾被跳到沙发上："妈妈不哭！亮亮给妈妈唱歌！有妈的孩子是个宝——没妈的孩子是棵草……"

他光着小屁溜儿在沙发上又唱又跳，石院长被他逗得哈哈大笑。幽兰哽咽着吩咐立春："看……冻着，哄他睡觉……去吧！"

立春抱走亮亮时，亮亮一个劲地叫喊："妈妈不哭！亮亮听话，亮亮睡觉觉，妈妈不哭……"

客厅里只剩下石院长和谷幽兰两个人了，大菊、青凤、雨生他们也都上楼熄灯了，正是倾心交谈的好机会，石院长劝道："别伤心了，我知道你受了委屈，今天来就是听你的意见的，有话别憋在心里，看得起我这老头子，就跟我念叨念叨！"

幽兰听了院长这番知冷知热的贴心话，心头滚烫鼻头一酸，哇的一声哭得愈发全无遮拦了。

刚才肖晶的满腹牢骚像山洪暴发，现在幽兰的泪水又像大雨倾盆，搅得石黑玺心里很不是滋味。他心软如水，最见不得女人哭泣，怎么劝也止不住幽兰的悲声，怎么问也勾不出幽兰的一句意义完整的话。幽兰涮了一把湿毛巾不住地擦着眼泪，抽出一张张软纸不住地擤鼻涕，瘦削的肩膀抖动得胜过寒风中的秋叶，眼睛鼻头嘴唇儿红淹淹地肿成一堆水桃儿。石院长再三劝慰，幽兰哽哽咽咽断断续续反反复复地表示："我……对别人没，意见，只恨我自己……全都怨我自己……一念之差，打掉了亲骨肉……您无法了解一个女人……一个妈妈，失去孩子的心情……为了夫妻感情危机……打胎，我……永远不能原谅自己。见到小亮亮，我真的以为找回了儿子……亲儿子……孩子已经投胎到我肚子里，我这狠心的娘硬是，硬是把他给打掉了……后悔一辈子，后悔一辈子啊……"

石院长是个看一出苦戏都要掉泪的软心汉子，哪里经得住她这般撕心扯肺的哭诉，鼻子一酸也跟着落下泪来。一个大老头子没劝住女人，反而陪着女人哭将起来，他觉得很不好意思，却又管不住自己。

谷幽兰见到院长竟然陪着自己落泪，深受感动，止住哭泣说："看我，这是怎么话儿说的，害得您也……有您这番实心实意，什么都有了，您放心，我一如既往当好这些苦孩子的妈妈。"

石院长趁机说："刚才我去了六号楼，肖晶表示很后悔，我代她给你赔个不是。你们俩都别记仇，以后还是好姐妹。"

谷幽兰点点头，石院长又关心地问："听说立春考得不好，跟他谈了吗？"

谷幽兰表示歉疚："一直想跟他好好谈谈，他一直躲着我。儿子大了，我又没真正当过娘，事关男孩子的早恋问题……再说，又扯着田院长……"

石院长听懂了她的意思，频频点头："我明白了，看来你是有难处。这么着吧，我找他聊聊，男孩大了，更需要父爱。"

幽兰感激地表示："这就太谢谢您了，太叫您费心了！"

石院长起身告辞了，立春在楼上已经哄亮亮睡着，听到动静懂事地下楼送客："石爷爷再见！"

石院长拍拍他的肩膀说："还没睡呀？听说你着急给亮亮剥葵花子吃，不等长熟就砍了！"

立春不好意思地垂头不语，石院长爽朗地笑道："没关系！赶明儿我给你找点儿上好的葵花子，明年开春再种！不过，你们开出的那块地闲着怪可惜的，你在农村长大，知道现在的节气还能种什么吗？"

立春熟悉农谚，回答："头伏萝卜二伏菜，三伏种荞麦。"

石院长夸奖道："嗯，不愧是干过农活的孩子！现在刚进三伏天，马师傅正张罗着在咱菜园子种白菜呢！我这就去找他要些菜籽，明天一早咱爷儿俩种菜怎么样？"

立春高兴地答应："行！"

谷幽兰和石院长交流了会意的眼神。

第二天清晨，石黑玺带着农具和白菜籽来到七号楼门前时，立春已经在花畦里干上活了。他把荒芜了的向日葵秆拔掉，正在用锄头平整土地。石院长笑呵呵地打招呼："你起得真早啊！已经干这么多活了？"

幽兰听见石院长的声音，从窗口探出身子来说："立春怕您干重活，天不亮就起来了！你们爷儿俩先忙着，我给你们做早点，茶杯放在窗台上啦，渴了自己来喝吧！"

石院长和立春就在花畦里忙活开了，锄地、拔草、播种、浇水，两个人干得都很在行。石院长笑道："嘿嘿，过年时咱们就能吃上自己种的白菜包的饺子啦！"

立春干活很卖力气，但仍然脸色讪讪地不爱讲话。石院长似乎无意地聊天："说起种白菜来，我想起小时候办的一件荒唐事。我们家是菜农，家境比较好，我爹种了各种新鲜蔬菜，赶着牛车拉到城里去卖。我们家种的大白菜远近闻名，当时我才十二三岁，心里就喜欢上了邻居家的女孩水仙，暗暗地想：等我长大了一定娶她做媳妇……"

立春听到此话眼睛一亮，惊奇地问："您也那么小就喜欢女孩子了？"

"当然！咱们都是男子汉嘛！"石院长亲昵地朝立春眨眨眼睛，又扭头朝楼里看了一眼，压低声音神秘地说："别叫她们女的听见，哪个男人不是如此？只是人家外国人敢说，咱中国人内向，不敢说罢了！听说大文人郭沫若自己承认，他从六七岁就喜欢上他的舅母还是婶婶了。"

"是嘛？那么小？"立春阴沉的脸变得生动了，眉飞色舞笑嘻嘻地问："刚才您说十二三岁时就偷偷地喜欢上邻居家的女孩子水仙，后来怎么样了呢？"

石院长又朝楼里看了一眼，凑到立春耳边小声说："我一直想向她献殷勤，也找不着个机会。大年三十，家家都准备包饺子，因为我家的白菜有名，年年都送给乡亲们做饺子馅儿。爹妈从菜窖里取出白菜来吩咐我去给乡亲们送去，每家两棵。我抱着白菜走出家门，心里想：别人家都有白菜，干嘛还要给他们送？水仙家里穷，没有菜地，多给她家一些，够她全家人开春吃的了。于是，我就跑了一趟又一趟把堆在院子里的白菜都给她家送去了。"

立春哈哈大笑起来，双手拄着锄头肩膀笑得直颤："后来呢？"

石院长笑道："两家父母知道了这件事，说要给我和水仙订娃娃亲。"

"真的？那太好了，后来订亲了没有？"立春迫不及待地问，石院长却说："大人们不过说说笑话儿，说等俩孩子大一点再说。"

立春仍然不甘心地追问："后来您长大了，娶得是不是水仙？"

石院长摇摇头说："小时候的事儿，哪有准儿呀？我十八岁当兵离开了老家，跟着部队在福建那边呆了好几年，后来又去上军校，后来又复员在咱们市里民政局工作。水仙早嫁了人，我也在外面成了家。男子汉四海为家，人这一辈子，路长变化大呀！"

立春听了个似懂非懂，觉得有些遗憾，又觉得有些道理。不管怎么说石爷爷拿他当个男子汉，肯把埋在心中多年的秘密告诉他，和他做男人之间的谈话，他觉得很骄傲。石爷爷说的"哪个男人不是如此？"更是使他放下心头的重压。

这时幽兰做好了早点，从窗口探出脸来喊他俩去吃饭。他俩表示地里的活马上就完，等一会就去吃。幽兰怕早点凉了，一遍又一遍地唠叨着来催促。餐厅里传来了青凤、大菊的吵闹声，不知两人发生了什么冲突。石院长又朝立春眨眨眼睛说："唉，三个女人一台戏！"

立春开心地笑了，享受到成年男人式的平等交谈，顿时他感觉自己长大了许多。

他俩把花坛周围打扫干净，来到水龙头旁洗了手，亲亲热热往楼里走。石院长忽然想起一件事，拉住立春小声说："哟，差一点忘了，还有一件事要拜托你。"

立春一听院长对自己竟然用"拜托"二字，受宠若惊地挺起了胸脯："有什么事您就说吧！我一定做好。"

石院长郑重地表示："请你替我向梦虹、晚珠、小锁、牛牛、雁来、玉莲他们道个歉，你们几个人的父母都是唐山大地震遇难的，我却疏忽了7月28日这么重要的日子。往后，每年的'七·二八'这一天，咱们院里都要举行纪念活动。"

立春没有料到院长会向孩子们道歉，更未敢奢望院方会把自己父母的忌日列为纪念日，热泪一下子涌满眼眶，感动地连声致谢："谢谢，谢谢爷爷，我这就去告诉他们。"

他转身就要跑，石院长一把拉住他："先吃早点，不然你妈妈又要着急了。我还有一件事请你们帮忙呢！"

立春迫不及待地问："那您快交给我们吧！"

石院长说："你们七八个是院里的大哥哥大姐姐，请你们帮我摸清楚一些底数：第一，每家的孩子要知道妈妈的生日，记着给妈妈过生日，妈妈带你们不容易，要从小学会孝敬妈妈。"

立春高兴地一拍胸脯："行，这事包在我们身上。"

石院长继续说："第二，问清每个孩子的生日，弃婴和拐卖来的孩子不知道自己生日的，以民政部门收留他的那一天算作他的生日，每家每年要给每个孩子过生日。吃顿面条儿啦，切切蛋糕啦，唱唱生日歌啦，体现家庭温馨，促进姐妹兄弟之间的感情。"

立春一蹦老高，拍手笑道："太好啦！"

石院长又说："第三，还要记下来每个孩子父母去世的日子。既然咱们是个大家庭，兄弟姐妹的亲人就是每个人的亲人，到了那一天，每个小家庭可以为这个孩子的父母举行一些祭奠活动。爱人之所爱，痛人之所痛，这才像是一家人啊！"

立春见石院长为孩子们想得这么周到，激动得蹿上来搂住了石院长的脖子，把脸蛋紧紧地贴在他的胡茬子上亲昵地叫着："爷爷！好爷爷！"

石院长被他扑得直趔趄，呵呵地笑了。

立春蹦蹦跳跳地跑走了，石院长舒了一口气。他心里刚刚松弛下来，转而又长吁短叹了，想起了梦虹。他对梦虹还是不放心，女孩子比男孩子心思重，等到放暑假时让她妈妈陪着她回老家看看，能不能使她快乐起来呢……

六

七号楼的危机过去，谷幽兰的情绪特别好，这个星期日要给孩子们包饺子吃。她给展晴打电话，邀请她来共进晚餐，展晴最爱吃饺子了，也正在跟谷幽兰学包饺子，所以她高兴地应邀："好呀，什么馅儿的？"

幽兰问："你想吃什么馅儿的？"

"嗯……好几种馅都想吃。"展晴干脆开了菜谱："猪肉三鲜馅儿的，放韭菜、鸡蛋、木耳，多放些海米。再放些芝麻油就行了，别放味精，要这些东西的天然鲜味。"

"好嘞！冰箱里有猪肉馅和冻虾仁，一会儿我去小卖部看看有什么菜。"幽兰干脆地答应着，又问："还想吃什么馅儿的？反正我这儿孩子多，爱吃什么馅儿的都有，你就点吧！"

展晴连忙说："你别去，我这就开车去镇上采购，嗯……买点羊肉馅怎么样？西葫羊肉！"

幽兰热烈响应："好极了！立春特别爱吃西葫羊肉馅的饺子！"

展晴笑道："有一种馅儿大概你们没吃过——羊肉洋葱头！"

果然，幽兰表示奇怪："洋葱头能当馅儿吃？不辣吗？"

"嘿，尝尝吧！"展晴极力推荐："煮熟了一点都不辣！我去美国时在亲戚家里吃过，可好吃呢！"

展晴知道立春和雨生都不会包饺子，青凤、大菊又指望不上，于是又问："要不要请山梅、大妮过来帮忙？"

幽兰略作停顿，说："不用了，咱们两人慢慢包吧，正可以说说话儿。"

"好，下午见。"展晴的语气表示出某种意会，轻轻地放下了电话。

幽兰愿意和展晴说说女人之间的私房话。她是个离婚女人，离婚女人比起老姑娘们来说另有一种守活寡的苦楚。山梅、大妮虽说也有过婚史，但山梅闭口不谈自己的过去，别人和她也就没有倾诉心声的默契。大妮的观念又太封建，听了稍微"过分"的话都会脸红。展晴虽然未婚，但她不避讳自己在美国和北京都曾有过同居的男朋友。有一次幽兰跟她提起过自己的心境，吞吞吐吐羞于说出那一份难言之隐。展晴却大方地表示："我知道你心里很苦……我理解。没结过婚的姐妹们，一些话不好对她们讲，我虽然没领过一纸婚书，却是个过来人，你有话可以跟我说……哪天有时间我去陪你聊聊。"

下午三点多钟，展晴提着大包小包来到了七号楼，两个人挽起袖子忙了个不亦乐乎。功夫不大，一切准备就绪，面案旁边摆了三盆香味各异的肉馅。她俩坐下来喝了一杯绿茶，离晚饭时间还早，可以消消停停地包饺子了。

星期天，做完功课的孩子们在屋里呆不住，立春带着雨生、亮亮到山上玩"侦探逮贼"去了，青凤、大菊去找女孩子们跳橡皮筋去了。偌大个小楼只有两个女人一边干活一边聊着家常，幽兰问："听说你在市里找到房子了？"

展晴说："是北京一个朋友在这边一处长期不住的空房，锁着也是锁着，就借给我了。我家在北京，回去一趟太费时间，何况北京家里房子也空着，回去也只有我一个人，没什么事先不回去了，在这边市里安个落脚之处。我这人到哪里都热闹，北京的朋友已经介绍这边一大堆朋友给我了，一到周末他们就打电话叫我进城。来山庄没清静几天，交际应酬又越来越多了，没法子！"

"我真羡慕你！当初我要是能找到一间房子安身，也许就不来这儿了。"幽兰叹息着，又问："那天你说自己也是过来人，又听说你至今也没个正式的男朋友，我就想不明白了。你这么漂亮，有高等学历，有思想有能力，家里又富裕，亲属还都在国外，条件太好了，哪个男人见了不喜欢？怎么也……"

"嘿！这五样算叫你说中了！"展晴把擀面杖往面板上一敲，笑道："女人别说具备这五样条件，只要有两样就找不着好男人了——漂亮加有思想！如果是只有漂亮没有思想的小花瓶儿，男人们都抢着要把她摆在客厅里，摆在社交场的餐桌上、茶几上、花架上，摆在哪儿都好看，又没大妨碍，夺不了男人的风光，只能为男人增添风光。男人把拥有漂亮女人当作自己成功的标志，要的就是那种'出得厅堂、入得厨房、上得睡床'的好太太！"

几句话下来，幽兰笑得把手里的饺子都挤破了："什么话到你嘴里就热闹啦！"

展晴愈加滔滔不绝地继续宣泄说："漂亮加思想，坏啦！别说你比男人还有思想，你就是和男人有同等水平的思想，男人都不敢娶你！别看男人身强力壮的，心胸特狭窄，别说你夺了他的风光，你就是和他平分秋色他都不舒坦！面对这么一群脆弱的男人，本小姐还能找得着丈夫么？不是我说话狂，具备我这五个优越条件的女人能有几个？有好几个男朋友都恭维说我是天鹅，可是你知道天鹅的命是什么吗？天鹅遇到的不是癞蛤蟆就是猎人，癞蛤蟆咱当然看不上了，猎人把你逮了去养在家里当玩物！《天鹅湖》里的那个白马王子，可以说世上难找！真正的爱情，正因为世上难见，文艺作品里才从古写到今从古唱到今。要是现实中的男人都成了白马王子，人们还巴巴地奔到剧场去看《天鹅湖》做什么？"

她说一句幽兰笑一阵，听完这一大套高论都快笑出眼泪了，用筷子指戳着展晴说："我算是服了你了！明明是心中的苦恼，你却能够当笑话说。我要是能像你这么看得开，也就不至于苦着自己了。"

展晴忽然严肃下来，长叹一声："你以为我心里就不苦么？因为闷在心里太苦了，才说说笑话发泄发泄。"

"我要是也有你这种本事就好了，可我连发泄发泄的本事也没有……"说着，幽兰又低下头包饺子了。

展晴言犹未尽："其实，发泄出来也就是心里痛快痛快，什么现实问题也改变不了。你问我为什么至今没有正式的男朋友，这也正是我的苦恼，不是不想找，是很难找到理想的人啊！在一般人看来，我那个阶层的好男人是很多的。我也交往过几个真正像样的。可是，真正成功的男人都想找个温柔贤惠的太太，他们已经不需要女人的拼搏去帮助他的事业了。他们只愿意和我做情人，说到做太太，你猜他们说什么？"

幽兰不解地反问："说什么？"

"说我太棒了，应该去当女外交官、女学者、女富商，只当个太太太屈才了！"展晴的嘴角笑着，眼睛却笑不出来了，一改自我解嘲的口气娓娓倾诉："七姐呀，你有你的苦处，我有我的苦处呀……遇到过几个中意的男朋友，相好一场都是刚才说的那种结局。那好，咱们克服'男尊女卑'的传统观念，面向平民罢！只要真正相爱，不计较金钱地位，本小姐下嫁！你以为，下嫁就容易么？后来，我又认识了几个下层出身本人出色的贫寒子弟，自以为找到了纯洁的爱情。起初，每个人都表白只爱我这个人，别无贪图。同居久了，跟夫妻一样无话不谈了，他们不是剜着心眼儿哄我的钱花，就是提出要我把他办到美国去……一次又一次让人寒心，后来我就决定只恋爱不结婚了。正当我苦恼的时候，遇上了镜智法师……"

幽兰点点头："唔，我说呢，你怎么就跟着镜智法师来咱这里了呢！可是……像你这样活跃的人儿，这里怕不是你的归宿吧？"

展晴诚实地回答："我没有想以这里为归宿，只是想找个歇息身心调理精神的驿站。我答应法师山庄创办期在这里工作一年。"

幽兰惊讶地表示："是吗？我们可真舍不得你走呀！"

展晴笑了："离走还远着呢，没准儿到时候真不想走了！"

七

幽兰佩服地说："我要是能够像你一样，什么事都拿得起放得下就好了！我这心里总是……"

展晴发现她几次欲言又止，同情地开导："我知道来山庄工作的姐妹们在个人经历上都是有一些原因的，只听说你离了婚，具体情况不清楚。离了就离了呗，你这么年轻，有合适的再找一个呗！"

幽兰学着她的腔调嗔怪："再找一个呗！说得轻巧！论各方面条件我是不如你，可你也别把我们这等女人找男人看得太轻便了。你自己找男人高了不行低了不行的，还不是追求个精神层次？我就那么容易碰上合适的了？"

展晴意识到自己无意中刺伤了幽兰，慌忙解释："我不是那个意思，只是看你心事太重了，劝你想开一些。"

幽兰未及道出心中的苦水，眼圈一红先落下泪来："我知道你是好心！你一个'找'字说得我好伤心！唉！我那次失败的婚姻，原先瞒着背着，就怕这里的姐妹们知道了瞧不起我。自从那次吵架的大会上把什么老底儿都抖落了，我也没什么好瞒的了。倒想找个人说说，心里一想起过去的事就憋得慌……我原先的丈夫叫彭程，前程的程，我们两人打上幼儿园时就形影不离，一起上小学、中学……连这样亲如兄妹的情义都靠不住，半路上找来的更没把握了……我恨自己贱骨头，明知彭程伤我伤得太狠了，可还是不由自主去想……原先我以为来山庄住久了，有小亮亮开心解闷，慢慢就会忘了过去，可是这心里总是……"

展晴直截了当地断定："这说明你心里还在爱着他！"

幽兰的脸颊羞红了，含糊其辞地表示："爱，不爱，我自己也闹不明白。我从小到大从来没怀疑过我俩关系就是爱情，两家老人都说我们是天生的一对，我也就认为他就是我的男人。刚离婚时我恨过他，恨不能把他和他那个女人杀了……慢慢地这份恨也淡了，反倒常常想起小时候他待我的好处。否定了他，就是否定了我的少年时代、青春时代那份纯洁的情感，难哪，太难了……"

她一五一十地诉说了自己的恋爱、结婚、离婚的经过；诉说了发现丈夫有外遇的痛苦与绝望；诉说了回娘家以后的窘境。吐了长埋胸中的苦水之后，心里觉得畅快多了。

展晴听完她的经历之后，沉吟良久，表示费解："按理说你们的感情基础够牢固的，彭程怎么就到外边找女人呢？那个贺金芳，是怎样的女人？"

幽兰又把那天在家里撞见彭程和贺金芳的龌龊事详细描绘一遍。展晴听了抿嘴一笑：“嗯，听明白了，你和彭程在性生活方面可能不太和谐。你是不是……有点性冷感？”

幽兰满脸通红，支支吾吾羞于回答，展晴见她这般窘状，哈哈笑道：“咱们中国人真逗！难怪人家美国人说，对于性爱，他们是又说又做，中国人是只做不说，别看不说，做出来的人口比哪个国家都多！西方早已把性当作一门人类认识自身的科学来看待了，中国人连女人之间还羞于出口呢！”

幽兰听她说得这般轻松幽默，也就释然，含羞笑道：“我正想问问你这个明白人呢！那天彭程把我和那个放荡女人作了比较，说她是一盆火，说我是一块冰，依你看女人究竟怎样才对呢？”

展晴听了又哈哈大笑起来：“这个问题叫人怎么回答呀？两性之间的事儿很难讲对还是不对，只能讲和谐不和谐。不同的男人和女人的情况千差万别，只要两人觉得合适就行。依我看，几千年来的封建观念一直在压制女性，‘万恶淫为首’本来应该是针对男性的，反而变成专门惩戒女性的理论了。受这种道德观念的禁锢，中国女人中的性冷淡、性无知是比较普遍的。妻子性冷感，如果偏巧遇上一个性欲旺盛的丈夫，男人就可能到外面去寻求满足。”

幽兰一脸茫然：“我不知道自己的问题出在哪里。从感情上说，我并不是一块冰，我很喜欢他，愿意和他亲近。但是，从新婚第一夜起，他把我弄得太疼了，从那以后他一上身我就害怕，一紧张就意境全无，或许我太追求精神境界了，稍一勉强身体就成了一口枯井，干涩难耐，心里只盼他快些完事，又不得不假装哄着他。自己再为难，我也没有拒绝过他，怎么能说是一块冰呢？”

展晴发现这位有过婚史的女人对性爱的真谛近乎一无所知，感慨万分：“唉！很多女人就这么糊里糊涂地和丈夫过了一辈子！我家里有一些这方面的书，下星期拿来你看看就懂得了。”

幽兰噗嗤一声苦笑了：“现在再补充这方面的知识，可真是马后炮了！”

展晴却堂堂正正地宣称：“人，有权力了解自己的身体，如果连自己身体的功能都不清楚，那不是太蒙昧了吗？男女性事，不仅仅是肉体的接触，也是一种高层次的精神活动，双方的感觉再灵敏微妙不过的，你说你再为难也假装欢喜哄着他，这种事是假装不出来的，也哄不了他的。我想，问题不止在你这一方过于害羞、害怕、被动，彭程那家伙也太性急粗暴了，他不懂得女人更注重精神上的审美层次，也就是你说的意境，需要长时间的爱抚，不知不觉地进入状态。他不管你这一套，结果是你得不到美感，他也索然无味。可惜国内这方面的医院和心理咨询机构不发达，其实你们的问题都不大，如果能及时得到指导，感情不至于破裂。唉，现在说什么也晚了！看来，彭程和那个贺金芳也只是碰巧了。有一种女人属于她那种沾火即着的自燃型，也许过于亢奋了，用不着男人发动，甚至比男人还要性急，彭程遇上她就合适了！看透这些，你也就不必为往事伤心了。我很理解，你们几位离婚的，比起那些老姑娘来更苦一些。她们只是精神上觉得孤寂压抑，肉体上的需求是模糊的、朦胧的，她们压根就没有体验过，早已习惯于独身生活了。咱们的日子不好过，恨男人，又想男人，也许这就是女性的悲剧。"

这时候，楼门外边传来一阵咚咚咚的脚步声，孩子们大喊大叫着跑回来了：

"妈妈——饺子包好了吗?"

"一想到吃饺子，我早就饿啦!"

"哎呀，好香的饺子馅儿呀……"

幽兰端着饺子板去厨房之前，感激地对展晴一笑："谢谢你，陪我说说话儿，我心里豁亮多了!"

八

这一天上午，四个大孩子上学去以后，谷幽兰想进城去买些东西，天热了，得给孩子们买些夏季衣服。孩子们穿鞋特别费，也该去挑选一些夏天穿的鞋子。她想去市里大商场逛逛，趁便去看望父母，加上往返路程得用一天的时间，便把亮亮送到杨大妮那里，由她当一天"替补妈妈"。

为了让爸爸妈妈放心，她梳洗打扮了一番，穿上一身讲究的套裙，又精心化了淡妆，对着镜子照了又照，镜子里的女人并不显老，亮丽照人。

她找了个大旅行包准备盛东西，兴冲冲地准备出门。不料，她刚一拉开门，只见门外站着一个高大的男人，吓了她一跳。若不是反应快，她险些撞到这男人的怀里。定神一看，她怔住了，是彭程！他怎么来了⋯⋯她一阵昏眩有些站立不住倚在门框上。

彭程脸色讪讪地说："他们指给我你在这里住，我在门外站了半天了⋯⋯"

幽兰的耳膜里轰轰作响，只听见自己心脏怦怦急跳的声音，倚着门框呆呆而立。

彭程问："你这是要往哪儿去？"

幽兰还是说不出话来也动弹不得。

彭程低声下气地央求："我负荆请罪来了，总得让我进屋坐坐，看看你的新家吧？"

说着，他径自进门了。当他的高大躯体擦身而过的时候，她闻到了那种熟悉的气味，两行热泪瞬即挂满双腮。她在门口呆立良久，镇定了一下心神，恢复了女人在此时此刻应该保持的尊严。她先去厨房点燃煤气灶烧上一壶水，准备沏茶，又去盥洗室擦干眼泪，对镜子里的自己下了命令：不许哭，在他面前不许哭！你过得很好，这不是很好吗！

当她不卑不亢走进客厅时，又吓了一跳——窗帘被拉上了，他直挺挺地跪在地上，见她进来伸出了双臂。她没有接应他的手势扶他起来，绕过他坐到沙发上。她转过身来，见他满脸愧色仍然跪在地上。她冷笑道："看来你挺习惯给女人下跪呀！你这可是第三次给我跪下了！"

这个男人真够厉害的，他一句话也不说双膝在地上挪动着来到她脚下，一把搂住她的腰把脸埋进她的双膝之间，久久地埋着，一动也不动。

她没有提防他来这一手，刚刚镇静下来的心房又颤栗起来了。她闹不清楚他这种表现是真情流露呢，还是事先设计好了的。不管怎样，她那颗善良的心都容易受到感动，何况他这一扑就拽着她扑回到他们的童年去了，毕竟有过自幼耳鬓厮磨的缘分啊！她想：过去的就叫它过去吧，不是夫妻了，但不一定成仇人，还可以是老同学老朋友嘛！今天他能来看望自己，总还算是有情义的，自己应该大气一些，大度一些……于是，她平静地说："起来吧，用不着装模作样的了！"

彭程这才站起身来，做错了事的孩子似的站在前妻面前，挠着头发不知如何说明来意。

幽兰不知哪里来的一股傲气，一改往昔的温柔，一扬下巴颏儿朝旁边的沙发歪了歪头："坐呀！挺大的个子让我仰视着你说话吗？"

彭程乖乖地坐下了，干咳了一声，问："你过得还好吗？"

"挺好的！"幽兰回答得很干脆，指了指客厅的陈设："我这个家还不错吧？"

彭程赞叹："真不错，这片小洋楼，跟到了外国似的，超出了我的想象！"

"你以为我离开了你就……"她脱口而出，随即又止住了，一切怨恨、咒骂、委屈，都没有意义了，她决心不吵不闹以礼相待。厨房里的自鸣壶鸣鸣叫起来，告诉主人说水煮开了，她起身去沏茶。当她端着茶盘回到客厅时，她对自己很满意，端茶的手一点都不抖，这说明自己已经能够平心静气地面对他了。

彭程粗大的手端起小小茶杯反而有些颤抖，原先他准备好了抚慰流泪的前妻，以他对这位柔弱前妻的了解，她见了他一定会哭得不可收拾，而伤心哭泣的女人是经不住男人的爱抚温存的，只要把她拥在自己怀里就什么话都好讲了……不料，她对他的突然来访除了一时惊讶之外，几乎完全平静自若，淡然置之。这么一来，这个高大威猛的汉子反而有些张皇失措，掏出香烟来点燃一根大口大口地吸着。

她端详着他，发现他和两年以前相比明显地消瘦了，尽管皮肤黝黑也未能遮住焦黄的气色，曾经炯炯有神的目光如今黯淡萎靡了。还有耳朵的变化也令人吃惊，只有亲近的人才如此熟悉对方的耳朵。当初，可能因为他喜欢跑跳的原因，他的耳朵总是红红的，大大的耳垂简直红得像大公鸡的冠子！不知为何，这双充满生气的耳朵变得单薄透明蜡黄蜡黄的了。还有，原先他不抽烟的，两年不见，夹烟的手指竟然都熏黄了……从这些细微的变化上她揣测出他的生活并不愉快。他是个永远成熟不了的大男孩，自幼离不开女人照顾，先是母亲，后来是妻子，看来，他的第二个妻子没有照顾好他，甚至还拖累了他……想到此处，她有些心疼他，同时又有些幸灾乐祸。

他看到她这么不动声色地打量自己，慌乱地整理一下衣服。他知道前妻眼尖心细，今天特意换上一身崭新的孔雀蓝运动服，从她怜悯的目光中他已经知道了，鲜艳的新装也未能掩盖自己的颓唐之色。

她问了一个同样的问题："你过得还好吧！"

"不好。"他索性直截了当地说，"我们离婚了。"

她吃惊地瞪大了眼睛，转而露齿一笑："佩服！佩服！你可真利索呀！怎么，又要换老婆了？"

他认真地央求："别挖苦我了！我是万般无奈才和她走了这条路，实在过不下去了！唉！当初太草率了……"

听了这个意外的消息，她沉吟良久，琢磨着自己该对他的第二次婚姻失败作何反应，并思忖他跑来告诉这个消息意味着什么。

九

他期望她会问到离婚的原因，他愿意把自己的自食恶果婚后不幸原原本本地倾诉出来，求得她的原谅。但是，她什么都没有问，他只好主动说了："光打离婚就打了半年多，这一回是我提出离婚的，她死活不同意。起初我以为她对我还有感情，后来才知道她拖着不离是想要钱要房子，我狠狠心把房子、家具、存款都给了她，这才自由了！只要能摆脱她，倾家荡产也值，值！"

看到他咬牙切齿的样子，幽兰禁不住好奇心的驱使，撇了撇嘴说："哟，你们男人可真是的！爱人家的时候什么都不顾了，怎么一下子又把人家恨到这个地步了呢？咱们离婚以后，你在背后是不是也这么说我呢？"

彭程急白了脸："你和她可不一样！你什么也没要就走了！当初你要是肯收下我给你的钱，我心里还好受一些……你倒是保持自尊了，让我一辈子背上了道德的十字架，一想起你来我心里就愧得慌，我还是个男人吗，我？"

幽兰感到很好笑，反唇相讥："照你这么说，倒是我的责任了？"

他慌忙解释："不是这个意思！我是说，她和你没法相比！说实话，当初我跟她并没有作过认真的打算，你非要离婚，她又穷追不舍，这才草率结婚的，结了婚才发现，她根本不会过日子，好吃懒做花钱无度，不孝敬老人，日子不长和我爸爸妈妈的关系就恶化了。她从小就上体育学校，正经功课没有学过多少。到了田径队，别看比赛没有拿到成绩，风流成性倒是出了名。我也听说了她名声不好，但是她那出奇的床上功夫也真勾魂儿……"

他意识到自己说话造次了，偷偷观察她脸色，见她并无怒气，心中好生奇怪，他哪里知道，自从她和展晴作了深谈，又阅读了展晴送来的书，对男女性爱的奥秘已经有了新的了解。她专注的目光鼓励了他，他无所顾忌地继续讲下去："说实话，刚刚接触她那样的女人时，觉得太刺激了，还有点新鲜劲儿，可是时间长了就有点……受不了了。她天天死缠活摽，到手以后她就像一辆踩了油门不用人驾驶的汽车，自顾自癫狂起来。更叫人厌烦的是，她还不管不顾，杀猪般嚎叫，夜深人静，也不怕邻居听见！我紧张得要命，没意思透了！楼里住的都是我的同事，你知道的。有一天早晨，男子击剑队的大张在楼道里碰见我笑着说：'对不起，你能不能让你这位夫人小点声儿？这座楼的隔音效果不好，影响大家休息。'臊得我恨不能找个地缝儿钻进去！本来，我不该说她这种坏话的，毕竟夫妻一场。你不知道，她伤我伤得太深了！半年以前，我带队去南方打比赛，原定二十天回来，后来体委有个会议，我提前几天回来了。因为要参加第二天的会议，我坐飞机赶回来已经半夜了。

"提着行李箱回到家，正在找钥匙开门，就听见她那种杀猪般的嚎叫了。你说，这个家门我还怎么进去？进去和她那个野男人打架吗？同事们都知道我出差了，我不在家的这些日子，邻居们都听见了，都知道了……现在我明白了，当初你为什么不哭不闹保持沉默。当一个人处于那种绝境的时候，只有保持沉默才能维护自己的尊严，现在我才理解当初你是多么痛苦多么艰难了……我真佩服你的坚强，是你教会我保持沉默维护尊严的毅力。那天夜里我悄悄地离开家门，到运动员集体宿舍住下了……离婚官司对我很不利，因为那天夜里我没有进去捉奸，在法庭上她不承认，我也没有证据。她反咬一口，说我喜新厌旧，玩弄女性，抛弃前妻，死拖了半年不肯签字。趁我从家里搬走之机，她一点一点把贵重东西都搬到她娘家去了，最后还提出要钱要房子。为了尽快了结这场令人恶心的婚姻，我作了让步……我知道你听了一定会说：'报应！'我就是来听你一声骂的！你怎么不说话呀？你说呀，报应，报应啊！现在我才知道了，当初我伤你伤得有多么深，你骂我吧！打我吧！笑话我吧……"

彭程痛苦地捶打着自己的脑袋，重新扑倒在幽兰脚下，抓起她的双手捶打自己的脸，伏在她膝上号啕大哭。她哪里经得住这一番搓弄，千仇万恨都抛到九霄云外去了，抽回手来温柔地抚摸着他的头发，哄孩子似的安慰："好了，好了，别难过了。快起来，幸亏孩子们上学去了，让人看见多不好……"

他伏在她怀里许久许久，一动不动睡着了一般。她就这么捧着他的头默默流泪，恍惚觉得又回到了他们的童年。有一次他在小学操场上磕破了脑袋，她就这么哄他来着。要是那一场噩梦没有发生，那该有多好啊……

他似乎想起了什么，仰起脸来央求："我爸爸妈妈让我来接你回家，他们都很想你……街坊邻居都指责我，说是我把你逼走的。我爸爸妈妈觉得抬不起头来，换房搬家了。他们说让我来接你回家认认门儿……我也没个兄弟姐妹，妈妈一直把你当成女儿……我很早就想来找你，求得你的原谅……我一时糊涂破坏了咱们好好的小家庭，一想起你，我心里就愧得慌！你要是改嫁了，我心里还好受些，可你不声不响走了这条路……求你再给我一次机会，咱们重新开始，好吗？"

她早已哭成了泪人，一句话也说不出来了，只能无力地摇了摇头。他不由分说地抱紧了她的双腿，用额头、鼻子和嘴唇摩挲着她的双膝。她的肌肤感受到了他热烘烘的气息，而且那股热流越来越粗重。她伸出双手想推开他，但双臂软软的没有力气，反而被他抓住一只手狂吻起来，她努力严厉地表示："不，不！别，别……"

然而，她却闭上了眼睛。

他一只手轻轻地托起她的后腰，另一只手急速解开了她的衣扣，脱掉了她的外衣，一双雪白的玉臂便裸露出来。她的身子往后仰了仰努力挣脱，但她娇小的躯体钳在他钢铁般的臂弯里几乎成了个薄片儿，那是休想挣脱的。他从容地顺着她柔嫩的手臂一路吻去，肩膀、颈项、耳鬓，缓缓烙上温热的唇印。她沉睡的肌肤惊醒了，宛若熏风吹皱的一池春水，顿时荡起细密的微波。犹如艳阳催融了封冻的土地，期待着耕犁划开松软的酥泥。她的心井深处发出惋惜的回响：若是当初你就懂得舒缓与从容，那该有多好……

他顺势坐到了沙发上，把她拥在自己怀里，久久地拥着，越拥越紧。她已经无力挣扎了，或者说，她已经背弃理智放任本能了，或者不如说，她的潜意识里早就梦想着这一刻。不过，她又一次被肉体的痛楚骇住了——他的铁臂把她箍得太紧了，箍得全身发胀胸口发闷几乎窒息。曾几何时，他粗暴的初吻就给她留下了惊骇的记忆，还有那个可怕的初夜……看来他又要故伎重演了，她不由得惶惧起来，拼命抽出了双肘抵住了他的肋骨，这才为自己争得片刻喘息之机。

或许他忽然有所醒悟，松开了胳臂，双手捧起了她的脸颊，凑过双唇吻着她的双唇，哦，何等温柔细腻的吻呀！蜻蜓点水一般轻巧，甚至小心翼翼到若即若离若有若无了。她反而有些难以承受这若有若无之轻，竟然送上微启的朱唇寻找着他了。他敏锐地觉察到她的变化，全身冲起一股惊喜的悸动。他又一次忍住了抱紧她的欲望，甚至连捧着她脸颊的双手也垂下了，仍然只是努起双唇，小心翼翼若即若离地轻触着她。现在他俩的身躯只有双唇衔接了，她瘫软的胴体无以附着愈加衔紧唯一的依托。此时她想起了那一对表演"空中飞人"的杂技演员，双方仅靠口唇咬住一朵花就在空中荡来荡去，她便也觉得自己处在失重状态，被他轻轻一衔就飘飞到云端了……

十

谷幽兰此时还没有完全失去理性，心底深处有一个愤怒的声音在抗争：你是那样狠心地伤害过我，你为了一个骚女人完全不念咱们从小一起长大的情分，把我推向了痛苦的深渊……我不能跟你重归于好，你这个没良心的东西！破镜是不能重圆的，说不定日后你还会抛弃我……

然而，肉体的原始本能吹响了胜利的号角，把理性踩在了脚下……

她浮在空中有些眩晕，身子一点一点坠落下去，只有张大嘴巴叼牢那一线依托了。幸好，他伸出了有力的舌尖来援救她了，她欢叫一声迎了上去，他便带着她飞回到大地上。不料，他们陷在稀软的泥沼中了。她想抓住岸沿拔身出去，但是周围一切都泥泞泞软塌塌什么也抓不住，奇怪的是，随着这柔软的搅拌，她的皮肤血肉筋骨经络每一根毛细血管每一根神经末梢都涌动起来，一股蕴藏很久的地底岩浆奔突着，翻腾着，找不到喷泻的山口，她的胸脯也便剧烈地起伏着，奔突着，想喘出一大口气。但是，她的口唇早已被他的口唇堵得严严实实，可怜的躯壳就像闷了火的炉子，再也找不到烈焰迸发的出路了。她觉得自己快要死了，那么，就这样死在他的怀里罢……

隐隐约约，茫茫天外传来一个嘶哑的喉音："卧室在哪里？"

她不愿意回答，然而，幽幽地送上了微弱的回应："楼上……"

他伸出手来只轻轻一提就把她平平抱起，如同托着飘渺渺一片云，如同托着湿软软一团泥，出了客厅，穿过走廊，迈上楼梯……

午后慵怠的斜阳倚着窗棂懒懒地铺下几道耀眼的光束，好似一张闪光的软床，令人直想躺上去。房间里怎么这么亮啊，这还是头一次在大白天里……谢天谢地，他拉上了窗帘。天蓝色的窗帷虽然厚重，仍然未能完全遮住天光，总算好多了，室内光线幽暗下来，总算能够遮羞了……

弥漫着的蓝色的雾霭，如暮色，又如晨曦；如云空，又如大海。海边的沙岸上，倒扣着一条小船，小船离开大海已经很久了，搁置在沙滩上无人理睬。风刀霜剑，烈日炎炎，它的舷板已经干枯开裂了。不远的岸边，多情的潮一波又一波地涌来，永不止歇地召唤着它，却怎么也够不着它，只能眼睁睁地看着它慢慢地化为一段朽木……

终于有一天，久违了的渔人回来了。渔人把船儿翻了过来，给它装上了舵与桨，一步一步把它拖回到海里。啊！它全身沉浸在温暖的海水中了，湿润的舷板膨胀着苏醒了，重新燃起了远航的勇气。

渔人轻轻地划起了桨，船儿便在平滑如镜的海面上箭也似的向前冲去，舵尾留下一道长长的雪浪花，风平浪寂，万籁无声，天水一色，寥寥茫茫。

从未见过如此静谧的大海呀！水面细密的微波，犹如闪闪发光的蓝色毂纱，只有随着桨儿的耕涛播浪才能荡起阵阵涟漪。船儿沉醉了，尽情伸展着躯体，在广袤无垠的大海上仰泳着、仰泳着……

起风了，海平线那边卷起一团团镶着银边的灰云。大海躁动起来，掀起一波又一波的浪涛。渔人稳操船舵，任暗涌回流旋涡凶险勇往直前。

飓风呼啸着扑来，眨眼间天空乌云翻卷，闪电密集，大群大群的海鸟腾空而起鸣叫着。鸟儿们的合唱充满了激情与欢乐，它们似乎并不害怕暴风雨的来临，可是船儿已经快被冲天大浪撕碎了。渔人奋力划桨，已经无法把握航向，只能在波谷浪峰中竭力保持船儿的平衡。

滂沱大雨倾泻下来了，犹如无数天兵射出的响箭。船儿已经是万矢穿心，怎堪这又一番的冲撞撕扯？渔人和船儿都浑身湿透，分不清雨水海水汗水还是泪水。空中，风雷雨电海鸟嘶鸣难分难解；海里，水花狂卷明涛暗涌搅作一团。渔人和船儿紧抱着，一忽儿抛向云端，一忽儿坠入海底，狂颠着，颤抖着，倾斜着，最后陷入一个巨大的旋涡陀螺一般急速旋转着被大海吞没了……

灿烂的瞬间，他和她都觉得自己不复存在了，完完全全给了对方。奇怪的是在这失却自我的时刻，心灵重负却得到了最大的释放。

灿烂的瞬间，他和她都体验到自己的知觉全部隐退了，只有对方的生命在自己的灵魂与肉体中悸动，跳跃，恣肆汪洋。

灿烂的瞬间，他和她已经分不出彼此，分不清临界点，找不到结合部，变作你中有我我中有你你亦是我我亦是你浑然一体一团泥巴了。

蔚蓝的大海恢复了沉寂，风平浪静，万籁无声，天水一色，寥寥茫茫……

幽兰舒展地躺在床上，肢体一动也不动。彭程在她身旁香甜地睡着了，她却很警醒，思绪飘得很远，很远。经历了欲仙欲死的生命激情，她不仅体验到了失而复得的欢乐，并获得了一种重新发现自己的惊喜。对于未来的日子，她不仅抱有幸福的憧憬，也做了具体的安排。听石院长说，山庄里缺少一位体育教师，如果彭程能够来任教，我们共同哺育这几个可爱的孩子，那该有多好哇！

小屋里弥漫着的蓝色雾霭，越来越幽暗了。两情缱绻，如胶似漆，忘却了时间与空间，现在暮色真的降临了。

窗外传来一声汽车的鸣笛，这是学生们放学的班车回来了，司机小杜鸣笛，周大爷打开山庄大门。幽兰一下子着慌了，坐起来催促彭程起床："快！孩子们放学了！还没去接亮亮呢！"

彭程有些舍不得离开幽兰，却也无可奈何地穿上衣服。说到孩子，幽兰觉察到他那惊愕与厌烦的神色。她这才想起来，自从他登门，连一句话都没有问到孩子们。

大院里响起了孩子们的喧哗，幽兰的心倏地缩紧了。

十一

谷幽兰的前夫来普爱山庄看望她，除了展晴知道这件事以外，没有人知道底细。谷幽兰对人说来访的是她的老邻居老同学，女人们也就没有多加猜疑。

有一个魁伟潇洒的白发男人来找肖晶的消息，却轰动了普爱山庄。那天孩子们正在小广场上玩耍，传达室周大爷朝唤弟喊："叫你妈妈来，有人找！"

唤弟不愿意去叫妈妈，支使可意去。可意跑回家叫出妈妈时，唤弟发现了一个奇怪的情况——肖晶在半山腰远远地看见大门口的白发男人，就停止了脚步站住了，白发男人也久久地朝她望着。肖晶来到大门口时，两人见了面也不说话，仍然"傻傻地你瞅着我我瞅着你"。这话是事后唤弟对姨妈们说的，这是在谷幽兰家里，在场的还有田淑贤、大姨端仪、三姨尚美凤和五姨谢圣莲。女人们对这种事情总是特感兴趣。

尚美凤性急地问："你妈妈见了客人，连个招呼都不打？"

唤弟想了想说："打了，我妈问：'才一年多不见，你的头发怎么都白了？'那个人说……说什么来着……噢，对了，说有个姓武的也白了头。"

大家听了一时全都成了丈二和尚摸不着头脑，还是大姨满腹经纶，抿嘴笑道："他回答的是'伍子胥一夜愁白了头'。"

田淑贤若有所思："呦，愁成了这样！"

尚美凤催促唤弟："接着说，后来呢？"

唤弟从她们急切的目光中得到鼓励，更加来了精神。她六七岁时爸爸在城里当工人，回老家探亲临走时，总是暗地交给她一个任务："替我盯住你妈，不许她和那个野男人来往。"所以，她从小就对男人和女人的事情十分敏感，替爸爸当了几年小特务，妈妈上吊自杀以后，她和弟弟被送到城里"大相扑"那里寄养，"大相扑"也是三句话不离男女之事。来到山庄以后她打探男女"情报"的才能受了压抑，现在终于有了用武之地。她绘声绘色地说："到我们家客厅里以后，我妈沏了一杯茶端给他，然后两个人就脸对脸坐着，傻傻地你瞅着我，我瞅着你，一句话也不说。"

"真的一句话也不说？"尚美凤有些失望，用右拳头打着左手心思忖："这么大老远的奔了来，一句话也不说，这就奇怪了……"

还是田淑贤老练，她问了一些有待深究的细节："他俩坐中间的大沙发上？"

唤弟回答："不，一个坐这头小沙发，一个坐那头小沙发。"

田淑贤追问："你看了多久？"

唤弟得意地表功："一直到白头发离开山庄。"

谷幽兰遇到有关肖晶的事情总注意回避，这会儿也经不住好奇心的诱惑了，笑问："照你这么说，他俩总不能真成了傻子，坐到后来怎样了呢？"

"坐到后来……"唤弟努力回想当时的情景："我妈把头歪在了沙发背儿上，睡着了一样。"

大家越听越糊涂了，互相交流眼神，都猜不出是怎么一回事。

田淑贤不大相信孩子话了，诱导地询问："白头发在你们家呆了多长时间？"

"好久好久。"唤弟翻白着眼睛回答。这个刁钻精灵的小姑娘已经意识到田姥姥和姨妈们都想知道更多的秘密，可她搜肠刮肚地想了又想，仍然想不出有价值的情报，只好从实叙述供成年人们挑选了："后来……白头发问：'有什么活儿？我来帮你做。'我妈说：'电视机图像不清楚，有双影儿，声音也不好。'白头发就捣鼓起电视机来了。"

尚美凤一听这话风风火火地说："他会修电视机？我们家的电视机也不清楚，下回他再来让他帮我调一调。"

田淑贤瞪了她一眼："别打岔！唤弟，他修电视机时你妈做什么？"

"我妈去厨房做饭了，做完饭她留白头发吃饭，他说不了，就走了。"

田淑贤仍然不甘心，追问："是不是你妈叫梦虹和你照顾弟弟妹妹吃饭，她送客去了？"

"是呀！"唤弟很钦佩田姥姥的料事如神，又卖乖地显示，"别看我没有跟出去，端着饭碗跑到客厅大窗子跟前，一眼能看到大门口！我妈送那人出了大门，两人又站着傻傻地你瞅着我我瞅着你，后来我妈又送他下山，一直送到汽车站。回来以后也没吃饭就上楼了。我假装送饭去她屋里，见她正在抹眼泪……"

"嗯……"田淑贤意味深长地向众人使了一个眼风，转而吩咐唤弟："以后那个人再来，有什么事情你再告诉我。不要对别人乱讲，好孩子，没什么别的意思，咱们只是关心你妈妈，懂吗？"

"懂——"唤弟乖巧地回答，领了圣旨一般兴冲冲跑走了。

四个女人面面相觑，都在揣测这默默相会后面的故事……

肖晶仍然在夜深人静的时候，在日记本上自己对自己倾诉心声。她仍然使用那支老式的蘸水笔。她喜欢看一行行字迹的颜色忽浓忽淡，很像自己起伏不平的心潮。不时地往墨水瓶中蘸一蘸，一次一次看着饱蘸墨水的笔尖写到枯竭，再重新吸满感情的笔墨。这使她觉得是在饱蘸自己的心血在写，永远有写下去的激情……

　　浩宇啊浩宇，你还是找到这里来了。第一眼见到你，我真是吓了一跳，才一年多没见，你满头乌亮浓密的黑发竟然变得雪白雪白的了！

　　我俩坐在客厅里默默相视，既没有久别重逢时的热烈拥抱，也找不到足以表达思恋之情的话语。未见面时梦萦魂绕，见了面反倒言不及义。两个人除了各自咀嚼着心井的苦楚，都找不到适当的话语安慰对方，反而有了几分相敬如宾的客气，爱到痛切爱到极致爱到刻骨铭心，示爱就变得多余了。

你的满头白发在阳光下熠熠闪光，刺得我泪眼模糊浑身颤栗，但我连抚摩一下那蓬乱的银丝的勇气都没有，我早就觉察落地窗外面有两个孩子在窥视着我们。山庄是女人和孩子的世界，来任何一位陌生的男客都会引起人们的好奇。刚才传达室周大爷打来电话，我到大门口迎接客人时，孩子们刚刚放学回来。一定是咱俩见面时的神态使鬼精灵唤弟产生了猜疑，她就和剩儿挤眉弄眼，尾随着咱俩回了家却不进门，在窗外探头探脑鬼鬼祟祟令人好气又好笑。

你平静地说："我来看看家里有什么要男人干的活儿。"

你说着就去干活了，好像这里真的是你的家，好像你是这个家里出远门回来的男人。电视机是我让你修理的，除此以外的活儿都是你自己找的。你闷声不响地检查检查这儿，搬弄搬弄那儿，清洗了天然气灶上沾满油污的部件，修好了窗户插销。孩子们总爱从楼梯扶手上滑下来，把木头扶手摇得有些活动了。你怕出危险，又熟练地干起了木匠活，用木板和木柱把楼梯外侧牢牢地加固以后，还油上了油漆……

不管女人多么要强能干，没有男人的家也不是完整的家啊！我明白，你已经把对我的超世俗的爱转化为"世俗"的体贴与帮助了。你知道我一个人带着一群孩子过日子不容易，特意来尽这家"男人"的义务。

我默默地低下头双手捂住了脸，任泪水顺着指缝流淌。

我留你吃晚饭，你说不了，怕赶不上回城的这班公共汽车。其实离最后一班车时间还早，我想我们两人都怕自己克制不住感情的迸发，也就没有执意挽留你。

我已经做好了晚饭，叮嘱梦虹招呼弟弟妹妹们吃饭。我俩走出楼门，看见落地窗外面跑走了两个小小的身影，我知道那是唤弟和剩儿。

我送了你一程又一程，两人在长途汽车站呆了很久很久。在寂静无人的山路上我们可以放心大胆地倾谈，不必担心被人偷听。但是，你只是淡淡地谈起分别后发生的事情，我也只是淡淡地说些山庄里的情况。

那平缓而冷静的语调，似乎不是在描述自己毁灭了的生活，倒像是在闲聊别人的传闻。我知道，如今你已经处于暴风雨后的沉寂状态，不再抗争，不再拥有激情，哀莫大于心死啊！

汽车来了，告别时，我只说了一句："你千万别再来了。"

你只说了一句："我会再来的。"

我们两个人心里都清楚，我抵挡不住你再来，而你再来多少次也无法改变严酷的现实。生活的大河平缓无声地流淌着，我们两人就只能这样不能相爱也不能分手相互折磨下去，直到生命的尽头。

十二

过了一些天，温浩宇那边的状况发生了重大变化。

肖晶获悉这个消息的时候，正在洗衣机旁给孩子们洗衣服。唤弟跑来喊："妈妈，电话！姓温，是不是那个白头发叔叔？"

肖晶擦着手往客厅里走，心里有些不痛快。自从浩宇来访以后，唤弟总是抢着接电话，也爱把对方盘问个底儿掉。小小孩子对大人的事过于感兴趣不大正常，她是不是田院长发展的小"谍报员"呢……

肖晶拿起了话筒："浩宇吗？是我。"

电话里传来了温浩宇激动的声音："有件事我必须马上告诉你，太气人了！咱们当了人家的替罪羊，蒙在鼓里一年多了……善良人总是受欺负……"

肖晶越听越糊涂，说："慢慢说，别生气，发生了什么事？"

"昨天碰上了我那个老同学，可能见到我这一脑袋白头发，良心发现了，刚才把他老婆带来了……"

肖晶还是听不明白，问："哪个老同学？他老婆又是谁？"

"就是王丽霞和她丈夫老吴呀！老吴毕竟是老同学了，今天特意叫王丽霞告诉我事实真相，不听则已，听了真把我气坏了！现在咱们必须商量对策……"

肖晶又一次提醒说："我说浩宇，冷静一点好不好？慢慢讲嘛，什么事实真相？说清楚嘛！"

这时唤弟磨蹭着在客厅摸摸这，看看那，显然想偷听电话内容。肖晶生气了，说："唤弟，出去玩儿吧！"

唤弟不情愿地走了，却仍然在落地窗后面逗留。

肖晶继续打电话："是孩子讨厌。你说吧，到底怎么回事？"

听筒里浩宇的声音这才平静一些了："王丽霞说，当初谭翠娥上吊自杀的主要原因，并不是因为我打了她！我回家时正碰上她和她那个相好的霍金龙在吵架，霍金龙见到我就走了。我气急了就把她狠打了一顿……"

肖晶着急地打断道："这些我都知道，后来呢？"

"我打她时说了：'我要去深圳，再不同意离婚连这五万元也不给了，我永远也不回来了……'我走了以后，谭翠娥怕落个鸡飞蛋打，给霍金龙打电话，逼他同意先收五万元现金，他俩结婚后再让我在两年内补齐剩下的二十五万元。她知道我这人讲信用，奉公守法，只要签了协议决不会赖账。可是，霍金龙不答应，两人在电话里吵了起来，霍金龙竟说根本不想马上娶她，要了钱是想去做生意，结婚的事得慢慢来……谭翠娥威胁他说：'你马上来我这儿，不然我就上吊自杀，留下遗书说是你逼的！'霍金龙一听吓坏了，立刻骑自行车往她那儿奔。她在楼上窗子里看见他来了，才去上吊吓唬他。事先，她把遗书揣在身上，上面错别字连篇地写着：'霍金龙霸占我多年，又不同意和我结婚，我是让霍金龙逼死的。此字据另有一份我给好朋友王丽霞寄去了，由她交给我娘家。'她满以为这样可以逼霍金龙就范。不料，霍金龙忘记了带她家的门钥匙，他俩通奸多年他一向可以进出自由的。叫门叫不开，又不见答应，他爬到窗口见她真的上吊了，急得踹开了门，跑进去救她时，已经耽误了时间，落下了后遗症……"

肖晶听了气得手脚冰凉，问："谭翠娥语言表达能力已经没有了，这些细节王丽霞是怎么知道的呢？"

"霍金龙从谭翠娥身上搜出了遗书，把她送到医院就不管了，跑去找王丽霞，一五一十告诉了她，许给她一万块钱，条件是她收到谭翠娥寄来的遗书后立刻交给他……"

肖晶气愤地追问："你这老同学夫妻就答应了？"

"当时，霍金龙威胁说，如果她不答应或泄露实情，就杀死她。他们吓坏了，没敢声张……"

肖晶悲愤地补充说："于是，责任就落在了你一个人身上；于是，咱们就受到社会舆论的谴责和声讨；于是，你就永远沦为伺候病妻的男保姆；于是，咱们去深圳的计划成了泡影……是的，老吴现在良心发现了，但是知道了实情除了增加咱们的气愤和痛苦，又有什么用呢？一切都晚了！"

电话里传来温浩宇激动的声音："不晚！老吴毕竟是个有文化的人，当初他把遗书交给霍金龙之前，跑去复印了一份副本，刚才已经给了我，这就是证据！"

"太好了！到法院去告霍金龙！"肖晶惊喜了一阵，又悲观地说："官司打赢了又有什么用呢？你是谭翠娥的合法丈夫，他又有老婆孩子，总不能把个失去自理能力的病女人判给他吧？"

"判决由我们两人共同负担她的生活费也好哇！那样，她娘家人不敢再要挟我了，可以给她雇个保姆，把我从繁重的家务劳动中解脱出来。这一年多日子，真不如死了好！她一直糊里糊涂地喊我'金龙'，我也得忍气吞声答应着……如果胜诉，我还是想去深圳闯闯……"

肖晶这才高兴了，笑道："如果取得那样的结局，那可真是老天有眼了！"

电话里温浩宇的声音变得平缓而深情了："晶晶，那些还都是次要的，我急着告诉你，最主要的是想使你解脱内疚感。只要你抛掉心灵的重负，日后我在南方再苦再累也是……幸福的……"

他哽咽着说不下去了，放下了电话。

肖晶久久地坐在沙发上，真想放声痛哭一场，但她已经欲哭无泪了。

她冷笑一声，自我解嘲地自言自语："人生，真有意思！是吧？人在命运面前，渺小，无奈，挺有意思的……"

十三

尊敬的镜智法师：

获悉贵恙康复，我们大家非常高兴。我不是佛教徒，但为了这件喜事念了一声佛号：阿弥陀佛！石院长和姐妹们都让我代他们向您问好，您在康复期还要注意保养和休息。

山庄同仁工作都很努力，对我都很关照。面临这项全新的工作大家都缺乏经验，但大家有一个共同点——爱孩子。您为咱们这所家庭式的孤儿院命名为普爱山庄，这个名字太好了，时时刻刻都能提醒大家一个"爱"字。一位诗人曾经说过：人若有爱，一片枯叶也是美丽的。

山庄里也出现了一些问题：有成年人的，有孩子的，也有两者交织在一起的。不过请您放心，我们正在积累经验逐步解决。从我的专业角度观察，很多问题属于心理学范畴。在这个特殊环境里，妈妈们和孩子们几乎每个人心中都有一个敏感的疼痛点，哪怕谁和谁无意中碰一下都会引起过激反应，何况彼此的摩擦与碰撞并不都是无意的。"疼痛点"作为一种比喻，我是从吉尔吉斯作家艾特玛托夫的一本小说中看到的："人们按照自己的疼痛点去寻找生活。只要灵魂有一个极微小的疼痛点，它就会渐渐地决定人的自我感觉和他与周围的人的关系。"何况，这些独身妈妈和孤儿心中的疼痛点并不微小啊！

您知道我来山庄以后的心理变化吗？刚来时，我还认为我是在给您帮忙，在山庄创办期帮您打理一段时间。现在我则深刻地体会到是您帮助了我。帮助我发现了自己本性中最宝贵的东西——善良和富于爱心。佛教讲"普度众生"，您把我这样一个极少有机会接触不幸人群的现代青年，引导到为众生谋福的慈善事业中来，使我从只关心自己变得关心他人，这也是走向彼岸，也是一种自我完善。您还帮助我找到了一座从事心理学研究的富矿，山庄里集中了各种各样不幸的儿童和女性，表现出由于各种不幸遭遇造成的心理疾患。我已经开始注意收集这方面的资料，我的硕士论文选题定为《孤儿心理特征之初探》，导师说这是个冷门选题，如果写得好日后可以出版专著。

现在我爱上了这项事业，日后即使我离开普爱山庄也要为弘扬人类之爱的事业大声疾呼。喜欢这个工作并不都是出自对我自己的专业研究的考虑，而是看到了它的人道主义伟大意义。我一向推崇人道主义和人文精神，但过去只是流于口头或书面，现在才是脚踏实地一件事一件事地去做。在和孩子们的接触中，我这才理解了为什么说欧洲文艺复兴最伟大的历史意义在于它有三大发现：人的发现，女性的发现，儿童的发现。联合国《儿童福利公约》的精神是"儿童第一"，我们的工作的意义恰恰是唤起社会对人的尊重，对女性的尊重，特别是对儿童的尊重。我加了"特别"二字，因为成年人社会往往不尊重儿童，把自己的意志强加给孩子。世界上一些著名教育家有着不约而同的共识："教育的核心就其本质来说，就在于让儿童始终体验到自己的尊严感。""儿童一旦懂得了尊重和羞辱的意义之后，尊重和羞辱对于他们的心理便是最有力量的一种刺激。"

从旁观察山庄里出现的矛盾，我以为可以简言之为"尊重与羞辱之争"，而后者往往戴着"好心与严教"的面具。

您是出家人，凡事都讲超脱、忍让、圆融，山庄里发生的具体事情就不一一向您汇报了。请您相信我们大家的敬业精神，我们会尽力找到化解矛盾的方法，改善山庄的人际环境，为孩子们提供一个适宜他们健康成长的"普爱"大家庭。

我还不由自主地做了一件事情——为了给写论文做准备，我把遇到的每一个有关孤儿心理特征的个例都记录下来。我的导师刘教授看了这些资料说："你写的感性素材这么丰富，笔下的孤儿几乎个个栩栩如生，不像是为了写论文搜集论据，倒像是在写小说。这些素材非常独特，如果只写一篇论文就作罢，太可惜了！稍加整理和虚构，就可以写成一部题材新颖的小说呢！"

我听了导师的建议感到十分吃惊，我却从来没有想到过要写小说。尽管大言不惭地说，我的文化准备、生活阅历和想象力都具备写小说的能力，但那是和心理学研究完全不同的两种功夫。虽然至今我还没有认真考虑刘教授的建议，不知怎么在记笔记时却不由自主地增加了细节的描写，如今已经记了厚厚的几大本了。

　　我自幼喜欢读书、看电影、听音乐、跳舞，内心深处有一股蠢蠢欲动的激情，想去尝试一下这一具有挑战性的工作。未曾动笔之前却又发愁了，发愁的是山庄里可写的人物太多了，简直是发生了素材"堵塞"的"交通事故"。精彩的故事俯拾皆是，甚至不用你去俯拾，各种难以想象的奇闻逸事随时会找上门来。别的先不提，单说六号楼七号楼两位妈妈和她们的孩子们各自的经历、性格、心态、欲望……纠纠缠缠、恩恩怨怨，就足够写一部长篇小说的了。咱们山庄的十几座小楼里居住着那么多由非血缘关系的人组成的家庭，几乎每一家都在上演着一部独特的家庭伦理剧。目前，大姐端仪和她的儿子，那个总想放弃花朵般娇嫩生命的十三岁少年克难，谷幽兰的那个怕雷怕闪电怕雨怕黑的二儿子雨生，神秘的妇幼保健医生郭山梅与那位承受着"姊妹易嫁"痛苦的替补妈妈杨大妮，还有一个和她有缘分的哑巴弃婴……那么多人物命运尚未来得及记录下来，而他们的故事丝毫也不比六号楼七号楼两家人逊色。目前我已经把他们列为重点研究对象，准备亲自给克难和雨生做些心理辅导。待到我做出了成绩，我会写出详细的分析报告。我真的很感谢您，您给了我深入了解社会问题的机会。下一次您来山庄时多住些时日，我给您讲发生在身边的真实故事，几天几夜也讲不完。

　　这封信写得太长了，我有那么多心里话要对您讲。本想收笔，我又想起了西方哲学家弗洛姆的一句话："女人从本质上说不是被爱的，是去爱的，她的全部生命几乎就是为了付出爱。"读到这句话时我真是有如醍醐灌顶，大梦初醒。过去，我一直以为被爱是一种幸福。人家都说命运女神对我有些偏爱，给了我比别人多一些的优越条件。自幼有父母亲人的呵护，少女时代就有许多男孩子喜欢我。我一直是大家的宠儿，但随着年龄的成熟却没找到精神家园。我得到了太多的男人的爱，但至今自己似乎还没有真正地爱上过谁。相比之下，我反而很羡慕肖晶、谷幽兰、端仪，她们最终都没有得到，但她们都忘我地付出过，义无反顾地去爱过。可惜的是，我从来没有体验过像她们那样震撼灵魂的爱情经历。

　　和您这位佛门弟子只顾谈些红尘男女之爱，您一定会微笑不语。更高层次的爱应该是关爱人类命运的大爱。天主教基督教讲博爱，但他们的教义只提到了关心人类。佛教不仅爱人类，也爱动物，尊重一切生命。我想，应该从这个意义上去理解女人的"全部生命几乎就是为了付出爱"这句话，您一定会赞成吧？

　　祈颂

万福！

展　晴

1988 年 8 月 3 日

是人生的驿站
不是命运的归宿

一

又一个星期天的清晨，唤弟从床上蹦下来就到窗前朝对面窗口探视。梦虹仍然面壁而卧没有起床，近来她一改过去早起的习惯，经常恹恹地赖床不起，干什么都打不起精神来。

唤弟在窗台跟前一边对镜梳妆，一边观察对面立春的一举一动。她换上一件红花衬衫，想吸引立春的目光，可是立春一点都没有注意到她。他正在忙着招呼雨生起床，等到雨生下楼去洗漱了，他又帮他叠床。唤弟这边看在眼里，心中便生起一丝哀怨：立春真会照顾人，你要是也能这么关心我就好了……

忽然，她看见可意出现在立春身边，笑嘻嘻地不知跟立春说了些什么，立春转身去开小桌的抽屉。他的抽屉还锁着，他掏出钥匙打开抽屉从里面拿出一件鼓鼓囊囊的牛皮纸大信封，交给了可意。可意转身刚要走，立春又叫住他给了他一小袋东西，又凑到他耳边叮嘱了几句话。可意点点头，撒腿就跑了。

唤弟很纳闷，可意和立春的年龄相差六七岁，平时玩不到一块儿，他和立春之间会有什么勾当呢？立春交给他的两件东西又是什么呢？一会儿找个没人的时候，我把小杂种拽到背静地方去，非得叫小杂种说清楚不可……

她正在这么寻思着，忽见可意轻轻推开了门探头探脑露出了小脑袋，一见她吓得吐了吐舌头转身就跑走了。

唤弟一下子就明白了，可意在梦虹和立春之间传递着什么东西！她立刻冲出去要抓住可意问个清楚，追到门外一看，可意像一只小老鼠似的蹑下楼去了。这时屋里响起了梦虹下床的动静，妈妈又在楼下喊孩子们去吃早点，唤弟只好暂且作罢，伺机再找可意问个究竟。

吃早点时，可意吓得小脸煞白，闷头吃东西连头都不敢抬。吃完早点，可意又寸步不离地围着妈妈转，还和梦虹到学习室去嘀咕。唤弟知道他在躲着自己，而且已经把立春让他转交梦虹的东西给了她了。唤弟恨得火冒三丈，当着妈妈和剩儿、石头他们又不好发作。

好容易找到一个机会，唤弟向可意使了一个眼色，示意可意跟她出去，可意的大眼睛里立刻噙满了泪水，说什么也不敢跟着姐姐走。唤弟凑到他跟前恶狠狠地威胁："你走不走？"

可意知道自己如果胆敢违抗姐姐的命令，就意味着要遭到一顿毒打，只好乖乖地跟在她后面出了家门。

唤弟绕过楼群，走下山坡，一直走进白杨树林里才停住了脚步。这里离楼群远，今天是星期日，办公楼里的职员们大都进城回家了，一个人影儿都没有，可意抬头一看，只有一棵棵杨树干上的一只只大眼睛惊恐地望着自己。

"说！怎么回事！"

唤弟突然大喝一声，可意吓了一哆嗦，支吾着："没，没怎么呀……"

唤弟俯身拾起了一块石头举得高高的，一瞪眼睛："快说，立春让你给梦虹什么东西！"

可意知道瞒不过去了，只好说："没，没什么，只有一个笔记本。"

"笔记本，写什么的本子？"

"就是妈妈给大姐的，让她写诗。"

"那本子怎么跑到立春手里了？"

可意吭吭哧哧不敢往下讲了，唤弟又一扬手中的石头："找倒霉是怎么着？说！"

可意嗫嚅地说："是……大姐给立春哥哥看……立春哥哥也在上面写文

章，写完再让我拿给大姐看。"

"什么？有这样的事？"唤弟震怒了，她以为他俩是在传递"哥呀妹呀爱呀"什么的情诗，追问："立春在本子上写些什么，你知道吗？"

"知道，立春哥哥给我念过。"可意坦白地说，"他俩写的都是小时候在老家的事。立春哥哥说他在老家时虽然受堂叔堂婶的气，可他还是很想老家。姐姐，我也很想咱们老家……"

可意讲述这些的时候，唤弟一直瞅着杨树的眼睛。她想起了老家村口的大眼睛杨，想起了爸爸，还有……妈妈……但是，她很快地就从这种情感共鸣中惊醒过来，胸中被一种空前炽烈的怒火把那一点点思乡的温情燃烧成灰烬，冷笑着质问可意："这么说，你在他俩中间传来传去不是一次两次了？"

可意垂下头默认了。

唤弟又问："立春还给了你一包东西，那又是什么？"

可意并不觉得这里面有什么问题，高兴地回答："是青凤姐姐老家来人捎来的榛子、花生、柿饼子。立春哥哥把他的那一份儿分给大姐和我吃，立春哥哥还说也给你吃！"

唤弟一听气得真想号啕大哭一场，这些日子的怨愤不平聚积成一座即将爆发的火山。她不相信可意后面的补充。即使立春说了也给自己吃，自己也无法忍受这个"也"字！我有好吃的巧克力专门给你留着，你却只惦记梦虹！给可意吃因为他是个小跑腿儿，我更是成了捎带脚儿的次要的人了！我不要你这种顺水人情！好你个可意小杂种，竟敢帮着梦虹欺负我！我豁出去了，非把你打死不可……

她正要狠揍可意一顿，忽听远处传来石院长的咳嗽声，石院长经常来杨树林遛弯儿的。她只好冲着可意一扬下巴颏："滚吧！往后看我怎么收拾你！"

可意像一只虎口逃生的小兔子撒开腿就跑得没影儿了。

夜里，梦虹起来下楼去小解。从厕所出来后，她发现厨房亮着灯，以为是妈妈上楼时忘记关灯了，便推门进去关掉。

她一进厨房吓了一大跳，只见可意躺在地上一动不动。她扑过去抱起可意颤声呼唤："可意，可意，你怎么了！可意……"

可意脸色惨白，双目紧闭，额头上肿起一块块青紫色大疙瘩，太阳穴后侧的头发茬里还渗着鲜血。

她见叫不醒可意，慌里慌张蹿上楼去，推开妈妈的门大喊："妈妈！妈妈……"

肖晶翻身坐起，开灯一看可意的小床上被窝空着，急忙跟着梦虹下楼去看。来到可意身旁，她大声唤他，无论怎么喊他也不应声。再看他躺的地方靠近天然气灶，白色的灶台角上留下了殷红的血迹。

她知道这回可意的伤情不比往日，再耽误会出危险，慌忙跑到客厅给郭山梅打电话，要她快来抢救可意。

郭山梅闻讯赶来，察看了可意头上的伤，焦急地说："怕是脑震荡造成的休克，要立刻送医院！"

肖晶哆哆嗦嗦地拨着电话机："石院长吗……"

二

在医院病房里，躺在病床上的可意睁开了无神的眼睛，似认识似不认识地望了望守候在床前的肖晶和郭山梅，便又睡着了。

肖晶忙凑到他耳边呼唤："可意，可意，你可醒了！睁开眼看看，认识妈妈吗？你看看呀，这是二姨呀……"

但是，可意却听不懂她的话，一脸惧色说起胡话来："……姐姐，饶了我吧！姐姐，求求你……哎哟！别打我了，下回不敢了……"

可意扬起胳膊来抱住脑袋，他手腕上插着输液的针头，郭山梅急忙把他的手臂放平按住，不让他乱动。

待他平静一些以后，肖晶走出病房向守候在走廊长椅上的同事们报告病情："他睁眼了，可还是不认识人，胳膊乱动护住脑袋，直说胡话。"

石院长、田院长、小杜等人听了又喜又忧，来到医生值班室向医生请教。值夜班的医生说："病人已经脱离危险了，他的左前额受钝器损伤，后脑磕在地上，脑震荡很严重，看样子像是被人猛推倒地的。"

田淑贤看见肖晶，沉下脸说："大夫说前额受钝器损伤，又被人猛推倒地，我把孩子交给你了，深更半夜的又没有外人进你们楼里，这是怎么回事呢？"

肖晶知道她怀疑自己虐待孩子，有口难辩，红着脸表示："我一定把这件事查清楚，再向您汇报。"

田淑贤瞟了她一眼说："事情闹得这么大，恐怕民政局知道了也得过问，院部不得不调查此事了。"

肖晶早有思想准备，不卑不亢地回答："欢迎院领导帮我把事情搞清楚。第一个发现可意倒在厨房的是梦虹，山梅和我都看见了灶台角上的血迹，刚才可意说的胡话，山梅也听到了……"

田淑贤不等她说完，便抢白道："昏迷中的胡话怎么能当真？"

肖晶仍然镇静自若地建议："那么等可意完全清醒过来，您问他自己不就清楚了吗？"

田淑贤哪里是在部下面前甘居下风的人，沉下脸回敬："即使他清醒过来了，或他一个小孩子家受到某种威胁不敢说实话，这一回组织上也非得查个水落石出不可。"

"这也是我最大的希望。"肖晶说罢转身回病房去了。

肖晶的强硬态度，把田淑贤气得噎住了。她心中暗想："六号楼里出了这么多事情，证明了当初我的意见是对的。从山庄来医院的路上，肖晶抱着可意一个劲地哭，谁还看不出来，这是她害怕了，把孩子打成这样，装模作样逃避追查。可是石院长这个老好人，不但不批评他，还安慰她说：'别着急，先给孩子治病，再查清楚事情原因。'原因还用查吗？深更半夜的，楼里只有一个大人五个孩子，石头、剩儿两个还小，早就睡了；梦虹从来不会打架骂街；再就是可意的亲姐姐唤弟了，一奶同胞的亲骨肉，怎么会毒打自己的小弟弟呢？头号嫌疑犯当然是阴冷傲慢的肖晶，可意一定是冒犯了她，看她那目中无人的模样就像个狠毒的后妈……"

这几天，有一个人比在医院里守候可意的肖晶还着急，她就是杨大妮。

石院长吩咐杨大妮临时照料肖晶的四个孩子，她就带着晚珠住到了六号楼。原来她以为这个差事很容易，年龄最小的石头也快八岁了，并没有亮亮那样拖手拖脚的幼儿，每天只要打扫打扫房间，给孩子们做好饭，换洗换洗衣服就行了。

　　不料，连日来小楼里闹了鬼，出了一连串无法解释的怪事。不仅本楼的孩子成了惊弓之鸟，睡觉时不敢熄灯，楼上楼下整夜灯火辉煌，别的楼前也发生了恐怖事件，搞得人心惶惶，谈虎色变。

　　可意住院以后，山庄里大人孩子的注意力都在可意身上，两位院长和展老师都往医院跑，各位姨妈们也都打听可意的病情，立春、梦虹、晚珠等大孩子吵着要去医院看望可意，人们对可意充满了关切与怜爱。

　　可意醒过来的消息传回山庄，各家的妈妈们又轮流值班去照顾可意。肖晶一直守候在医院，另一位看护就由姨妈们替换了。每位姨妈进城时，都送去好吃的东西，还有本楼孩子们托妈妈捎给可意的小礼物。

　　可意因祸得福，受到了大家的宠爱，成了山庄的头号人物。

　　当山庄里的人们都在祝愿可意早日康复时，六号楼开始闹鬼了。

　　这一天清晨梦虹一觉醒来，睡眼惺忪地恍惚觉得身上少了点儿什么，伸手一摸吓出一身冷汗——两条又粗又长的大辫子没有了！她慌忙翻身跳下床，发现床头有东西在晃动，仔细一看更加吓得动弹不得，只见自己的两根辫子勒住了洋娃娃的脖颈吊在了空中！她哇地一声大哭起来："妈妈——四姨快来呀——"

　　她的哭喊惊醒了旁边床上的唤弟，唤弟不高兴地坐起来伸着懒腰打着哈欠说："大清早儿，喊什么呀？"

　　早早起床在厨房里做早点的杨大妮闻声跑上楼来，一瞧屋里的情景也吓坏了。查看了屋里的角角落落并没有发现剪刀，可是梦虹的头发却变得遮不过耳朵凌乱不堪。杨大妮问："唤弟，夜里你听见什么动静没有？"

　　唤弟转过身去一边叠被一边说："没有呀！昨天晚上我们一块儿睡的呀！一觉到天亮，什么动静也没有啊！"

　　梦虹早已哭成了个泪人儿，她心爱的大辫子已经留了五年了，黑油油的长过了腰。现在城里很少见到甩着长辫子女孩儿了，常常受人羡慕，那天在"生日快乐"餐厅门前连外国人见了都喜欢，就这么神不知鬼不觉地失去了。更叫人毛骨悚然的是，长辫子竟然成了绞死兰兰的绳索！兰兰，是梦虹为洋娃娃起的名字，因为它有一双碧蓝的大眼睛。唤弟的娃娃早已被她卸掉了胳膊腿儿，漂亮的脸蛋上也给画得五颜六色成了个小魔鬼，后来不知扔到什么地方去了。兰兰却成了梦虹的宝贝女儿，梦虹当起了小母亲，给兰兰做了各种美丽的衣服，每天晚上都拍哄着兰兰睡觉。看到自己心爱的兰兰给绞死了，她哭了个声嘶力竭。

晚珠和大妮妈妈睡在肖晶和可意的房里，闻声跑来安慰梦虹。晚珠想起自己曾被尚美凤剃光了头，特别理解女孩子失去美发的痛苦，赔了许多眼泪。

杨大妮面对这件怪事情，想起了在农村时听到的传说，脱口而出："莫不是……鬼剃头？"

唤弟一听龇出尖利的虎牙乐了，故意大声重复："哎哟，鬼剃头？梦虹，你做了亏心事了吧？半夜鬼来剃你的头了！"

梦虹一把掳下悬在床头的辫子和兰兰，扑到床上抱着兰兰打着滚号啕起来。

晚珠自从和唤弟打过架，一向不答理她，冲过来替好朋友梦虹说话了："你怎么总是欺负人哪？你才是鬼呢！"

晚珠只是无意中骂唤弟，唤弟却露出心虚之色。她惹不起人高马大的晚珠，哼着歌儿下楼洗脸梳头去了。工夫不大，六号楼半夜出现了"鬼剃头"的说法就在山庄里传开了。

郭山梅闻讯来看望梦虹，尚美凤也来为梦虹剪齐了头发，梦虹这才渐渐止住了哭泣。山梅察看了梦虹的头发，给大家解释道："民间说的鬼剃头，是指头发突然一片一片脱落，出现大小面积不等的斑秃。病因可能是病菌感染，或者高度精神紧张，或者过度疲劳造成的突发性脱发。你们看她的发根和头皮都好好的，根本没有斑秃，分明是在熟睡中被人偷偷剪了辫子。"

经她从医学角度这么一讲，大家的情绪才安定一些了。但是，深更半夜的，梦虹的辫子怎么会变成套住洋娃娃脖子的绞索悬在床头呢？人们仍然猜测纷纷，找不到答案。

　　当天晚上，杨大妮安排孩子们上床睡觉，惊魂未定的孩子们一致要求关紧门窗和不要闭灯。大妮心里也很害怕，虽然天气很热，还是带着晚珠把全楼上上下下的门窗都关上了。剩儿和石头年幼，即使开着灯也嚷着要四姨陪着他们别走，大妮只好说："晚珠，你先去睡吧！等他俩睡着了我就来。"

　　晚珠来到了肖晶的卧室，看到床上的被窝已经铺开了，以为是大妮妈妈为自己铺的床，脱了衣服就往被窝里钻。忽然她的大腿触到了一种凉凉的蠕动的东西，掀开薄被一看竟是一条活蛇，吓得她七魂出窍惨叫一声滚下床："妈呀——长虫！长虫！妈妈——"

　　杨大妮正在剩儿、石头的屋里哄他们睡觉，忽听隔壁晚珠叫岔了声，急忙跑出来问："晚珠，怎么了？"

　　晚珠光着脚丫子跑到走廊上喊叫："蛇！长虫！"

　　杨大妮大惊失色："在哪儿？"

　　"屋里……床上……被窝里……还爬呢！"

三

　　杨大妮生性怕蛇，哪里敢进屋去捉，慌忙把门关严，拉着晚珠跑下楼到客厅去打电话。

　　石院长和小杜赶来了，每人手里拿着一根竹竿子。两个人进屋以后却找不见蛇了。他俩估计钻到床底下去了，便关上门打开了窗子，用竹竿往床底下角角落落一通敲打轰撵。那条蛇无处奔逃，便缠绕在了竹竿上，小杜举起竿子朝窗外一甩，连蛇带竿子一齐像投标枪似的扔到外面去了。

　　他俩下楼来到客厅，安慰了杨大妮和孩子们。石院长笑道："没事啦，小杜把长虫扔出去啦，都回去睡觉吧！"

　　蜷缩在沙发上的女人和孩子们仍然战战兢兢不敢上楼。刚刚入睡的梦虹、剩儿、石头听见晚珠的叫喊都惊醒了，跑到客厅里来聚在一处。只有唤弟在楼上卧室里打着鼾，好像什么动静也没听见似的照睡不误。

石院长见大家还不肯回卧室，又笑着说："你们都是从农村来的，又不是没见过蛇，怕什么呢？山庄紧靠着山林草地，有蛇不新鲜。我问过附近老乡，这一带没有毒蛇，不过样子吓人罢了！"

杨大妮听了这才哄着孩子们上楼睡觉去了，又从衣柜里拿出新洗的床单和被罩，交给晚珠说："换上干净的，去去疑心病，快睡吧！"

石院长也思忖道："是啊，事情总是出在关上楼门以后的晚上，肯定是楼里的人干的，会是谁呢？"

小杜说："田院长怀疑肖晶待孩子不好，可昨天夜里和今天晚上的事，肖晶在医院守着可意了呀！"

"别看肖晶个性比较强，可我看她待孩子不错，绝不会揪着可意的脑袋往灶台角上撞，把孩子撞休克了自己扬长而去睡大觉，这不合乎有理智的成年人做事的逻辑。"

石院长说到这里站在山坡上止住脚步，望着满天星斗陷入了沉思。

夜里，杨大妮翻来覆去难以入眠，也思量着自己来六号楼当替补妈妈以来出的怪事。

第二天吃早点时，她对孩子们说："你们几个吃好，听仔细了，虽说放暑假了，吃完饭趁着上午凉快就呆在家里做暑假作业，别出去疯跑。你们的妈妈在城里看护小弟弟，回不来，等她回来以后要检查你们的作业。俺看不明白，你们也别糊弄俺，好歹有你们的妈妈和展老师查看呢！上午谁也不许出去，石头也要跟姐姐学着写字，听见了没？"

孩子们一齐回答："听见啦！"

杨大妮又说："俺来了这几天，楼里连着出事，别寻思俺没文化就看不明白事理！依俺看，赖外人是赖不着的，事情都出在关了楼门的晚上，落嫌疑的就在咱们几个人中间！梦虹好端端的一双辫子，剪了它你怎么个美法？再说这蛇，就算长虫能隔着纱窗进来，怎么那么巧就钻进晚珠的被窝里？不是一个娘肚子里爬出来的姐妹弟兄，容易冲冲撞撞闹别扭，可你这别扭闹出了圈儿了！别寻思没法子治你，查出来，把你送回原先呆的地界儿去，看你到哪里还能找到像这里吃得好喝得好穿得好住得好的地界儿！我看你这不是害别人，是害自己！"

孩子们都默默吃饭不说话，避免眼神的交流。只有唤弟抬眼在人们的脸上瞟来瞟去，当她发现杨大妮和晚珠都盯着自己的时候，慌忙垂下眼帘去喝牛奶了。

吃罢早饭，大妮去山庄供应部买菜。孩子们都听话地坐在学习室里做作业和学写字，只有唤弟心神不定地把桌椅弄出各种声响。梦虹和晚珠都淡淡地疏远她，她俩都怀疑这些坏事是唤弟干的，几天来一直在背后嘀嘀咕咕，也没少对大妮妈妈讲。大妮妈妈告诫她俩没有凭据的猜疑不可乱说，梦虹便把唤弟平时欺负可意的事情说了一大堆，大妮纳罕道："这就奇了，一奶同胞，世上只有他们姐弟俩是亲人了，怎么忍心下得了这样的毒手呢？"

杨大妮虽然文化低，却有一份农村妇女的泼辣和机警，这几天仔细留意唤弟的神情，发现她失去了以往的霸气，却总是溜瞅着眼儿偷看人们的脸色。全山庄的大人孩子都关心可意的病情，她却从来不问一句，还装出若无其事的样子。尤其是肖晶陪可意住院以来，六号楼夜里又出了"鬼剃头"和"蛇钻被窝"的怪事，这就完全排除了肖晶的嫌疑。联想到唤弟平时打遍山庄的种种劣迹，大妮心里便明白了八九，所以，她在孩子们吃早点时说的那些话，另有一番敲山震虎的用意。

在学习室里，晚珠和梦虹发觉唤弟无心做作业，两个人都不理她。她偷偷溜出了家门，两个人也装作看不见，她不在家里折腾，她俩觉得更清静，既然管不了她，那么就随她去好了。

杨大妮买了菜，又在大门口和姐妹们闲聊了一会儿。每天早晨姐妹们都到设在传达室旁边的供应部买菜，这里便成了大家聚谈的场所。这几天的热门话题当然是可意的病情和连日来的怪事，而大妮是目睹现场的当事人，姐妹们拉住她问长问短，作出各种揣测。虽然她不愿冒失地说出自己心里的怀疑，却也有意在言谈话语中为肖晶作了开脱。

常言说，三个女人一台戏，何况八九个女人的聚谈呢！女人们来买菜的时间有先有后，首尾相连，这里的聊天便成了四川人说的摆龙门阵了。

杨大妮站了个腰酸腿疼，终于回到了六号楼。她来到学习室一看，发现少了唤弟，问两个大女孩，她俩都说不知道。

大妮知道唤弟一向不服管，也就不多问了，径自去厨房做饭了。

快到中午的时候，唤弟回来了，悄悄地坐回到学习室的桌子旁，低头做起作业来了。

大妮招呼孩子们吃午饭时，看见唤弟也不追问，只说了一声："摆碗摆筷子，吃饭了！"

三个女孩便一齐到餐厅忙碌起来了。

吃完饭，唤弟一反常态主动提出去刷碗。平时她不爱干活，都是梦虹和晚珠刷碗。所以她俩也不客气，把一大摞碗筷碟子往厨房里一推，由唤弟一个人去刷洗归置。

大妮和几个孩子在客厅里看午间电视，忽听山下一片吵嚷。

哭声来自位于高处的五号楼，这么多孩子齐声号啕，真是一件怪事！

"贝贝……贝贝……"

"贝贝死了……"

"贝贝吊死了……"

她们气喘吁吁跑到近处，才听清孩子们围在五号楼门前的哭喊，仔细一看，发现是小狗贝贝被人用绳子套紧脖子吊死在门梁上了。

贝贝是全体孩子宠爱的小宝贝，不料死得这么惨！是谁，出于什么动机如此残酷地把一只小狗处以绞刑呢？又为什么要把小狗挂在与世无争的五姨谢圣莲门前呢？莫非，山庄这个靠近坟茔的地方，真的有鬼了……

小杜闻讯赶来，把绳子从门楣上解了下来，抱起小狗到松林里去埋葬，孩子们哭号着跟着他走了。

几个女人这才进了屋，扶出了面无人色哆嗦成一团的谢圣莲……

四

连续闹鬼的怪事，在山庄里传得沸沸扬扬，搞得草木皆兵，风声鹤唳。偌大个院子里女人孩子多，男人少，许多人成了惊弓之鸟。尤其到了傍晚和夜里，听到一点儿响动，看到一片树影，也打电话呼叫办公室值班人员。

田淑贤为了证实自己对肖晶的怀疑，一直没有停止调查。她是个组织观念极强的人，自从肖晶在医院里顶撞了她，她就写出一份材料要报告市民政局，被石院长制止了。他说："先给孩子治病，弄清事实再说吧！"

她的《孤儿受伤事故报告》中虽然没有点名追究肖晶的责任，却已表明了怀疑倾向。石黑玺不愿意让上级主管部门过多地知道山庄里的事情，因为在他看来这些都是"一大家子人过日子难免马勺碰锅沿儿"的事，他有能力处理好这些问题。因此，他这个性情随和的老好人，却坚决反对在没有调查清楚事实真相之前过早地向局里报材料。

石黑玺不同意草率地向上面递报告，还有一些缜密的考虑：一方面，他一直不相信是肖晶虐待孩子，经过半年多的观察，他深知肖晶的要强性格，这个独宿惯了的老处女为了保护可意能够让他搬到自己屋里去住，为什么又要把他打休克呢？郭山梅常把六号楼发生的事情告诉他，诸如肖晶为可意无端受伤而哭泣，辣椒面风油精事件，洋娃娃风波，唤弟对可意的违背人情的憎恶和可意对姐姐的深入骨髓的惧怕。同胞手足之间关系如此反常，此中必有隐情。如果局里接到报告以后派人下来以"伤害孤儿"案件展开调查，一旦查明不是肖晶的责任，那就十分被动了。以肖晶的个性她绝不会善罢甘休，到处去告状造成大家都不愉快。

另一方面的考虑，他凭着直觉怀疑前前后后的怪事都是一个孩子干的，尤其这几天发生的剪辫子、抓蛇、吊死小狗，更加不像是成年人所为。至于这个孩子为什么要做这些故意伤害别人感情的事，他一时还理不出个头绪，有时按照成年人的逻辑是无法理解孩子的行为的。对于找出这个小肇事者，他不想采取"立案侦察"的办法，因为他相信孩子不会像成年人那样善于隐瞒，很快地就会暴露自己。研究心理学的展晴也说，这孩子这几天加紧"作案"，是因为她（他）内心充满焦虑和某种惧怕。展晴还引经据典地说：被父母亲人抛弃而觉得自己孤立无援的孩子，会感受到强烈的不安全危机，这种恐惧感导致一些孩子具有破坏性性格和攻击性行为。许多成年人无法理解，这种破坏行为原本是为了引人关注，是出于一种极端强烈的渴求被人爱的欲望。

对于心理学的深奥理论，石黑玺不大能复述，但他那颗朴素而善良的心，使他觉得自己在普爱山庄的身份不是一位领导，而是一个父亲，一个爷爷，他要用爷爷和父亲的满腔慈爱，去处理大家庭里发生的事情。

田淑贤仍然固执己见四处调查，找唤弟谈话，唤弟提供了许多对肖晶不利的口供。剩儿和石头也能证明平时可意受欺负的事实，但问他俩是谁欺负可意，他俩却摇头说不知道。

田淑贤又分别找杨大妮、晚珠和梦虹了解情况，谈话结果令她非常不愉快。三个人都很袒护肖晶，口径一致怀疑唤弟。田淑贤问："唤弟是可意的亲姐姐，怎么会下此毒手呢？再说，你们怀疑是你们楼里的人干的，那么大姨家、五姨家都出了事，又怎么解释呢？"

大妮和两个孩子一时无法解释，也就不敢多言了。

田淑贤走后，大妮闪着眼神努力回想昨天上午的事情：俺去供应部买菜，又在大门口和姐妹们凑群儿说话工夫不短，回来不见了唤弟……楼里几个孩子上午都在家里做作业，只有唤弟一个人到外面去了，到吃午饭时才回来，吃完饭她抢着刷碗，这真是破天荒的事……五号楼吊死小狗，那么多人都去看，唯独唤弟一个人躲在家里，而她一向是爱看热闹的呀……对了，因为吃早饭时俺说了：事情都出在关了楼门的晚上，落嫌疑的就在咱们几个人中间，别寻思没法子治你，查出来把你送回原先呆的地界儿去！她就存了心眼儿，到外面惹祸去了，以为那样就查不到她头上了……可是，她为啥要做这些坏事，为啥一点儿也不疼小弟弟呢？要是田院长问起来，俺可说不上来……俺只是替补妈妈，肖晶带着可意一出院，俺就交差了，这种没凭没据的猜疑，还是少说为好……

大妮想到这里，决定缄口不语。

深深受到伤害的晚珠和梦虹，可不想保持沉默。这个年龄的女孩儿，温柔时胜过小鸽子，激怒起来却可以成为凶猛的小母狮，这在"假发事件"中晚珠已作了充分的表现。至今使唤弟不敢和她正面较量，所以才偷着放蛇报复她。梦虹虽然性情温和，这一回失去了心爱的大辫子，再加上有晚珠从旁边怂恿，也下决心治一治家里的这个霸王。

她们不同于成年人，她们有自己解决问题的方法。

她俩找展老师要求去城里看望可意，正巧展晴明天要开车去医院替换肖晶，便答应带她俩一起去。

在儿童医院脑外科病房里，可意坐在病床上不断地问："妈妈，姐姐什么时候来？"

肖晶趁机问："你指的姐姐，是哪个姐姐？"

可意脱口而出："梦虹姐姐！"

肖晶故作惊讶："怎么不是你亲姐姐呢？"

可意的眼睛里闪出复杂的表情，委屈中又带有某种热盼，转而又变得失望："亲姐姐……不会来看我的……"

"为什么呢？"肖晶坐在了床边，仔细观察可意的表情。

可意难过地说："我总惹姐姐生气……"

肖晶又问："你什么地方惹姐姐生气呢？"

可意抬起大眼睛望着天花板想啊，想啊，迷茫地说："不知道，姐姐看见我就生气……"

肖晶追问："她生气了对你会怎样呢？"

可意的小脸上露出了胆怯之色，摇摇头表示："不怎么样，没有……"

看到孩子支支吾吾的样子，肖晶叹了口气，知道问不下去了。自从可意伤势见好，她总想寻找话题引导他说出挨打的真相，但他每次都躲躲闪闪不肯透露，她也就不好逼问。

五

杨大妮给医院打来了电话，把这几天在山庄里出的怪事都告诉肖晶了，肖晶仔细回忆半年多以来围绕这一对姐弟发生的事情，嫌疑对象已经十分明显了，但是，正因为自己作为养母也遭到田院长的怀疑，才不好过于着急地追问可意。传扬出去，反倒说自己为了洗清自己来逼迫一个生病的孩子。再说，人家是一奶同胞，手足之情，即使查清楚是姐姐打弟弟，又能拿一个未成年的女孩子有什么办法呢？

睁一眼闭一眼装糊涂吧，万一她恶习不改再把弟弟打坏了，自己也脱不了干系……铁面无情调查清楚吧，今后的母女关系、姐弟关系都会遇到更加棘手的新难题……不管怎样，今后大家还要在一座楼里生活，闹得太僵了更难相处……左思右想，肖晶都找不到一条解除困境的出路。

病房的门被推开了，梦虹和晚珠抱着许多食品冲了进来，可意燕子似的张开了双臂："姐姐——晚珠姐姐——"

三个孩子嚷着笑着在床上滚成了一团。

可意摸着梦虹又秃又短的头发问："咦，姐姐的大辫子呢？"

梦虹轻描淡写地回答："剪了，利索！"

展晴跟着进来了，笑道："这两个丫头跑得真快，几天不见，瞧把你们想的！可意恢复得不错呀！"

肖晶点头："是呀！医生说，再观察几天，就可以出院了。"

展晴看到可意头上的绷带已经拆掉了，只在额角伤口处贴着一块药布，便问："伤口还疼吗？"

可意摇摇头："不疼了。"

肖晶制止两个女孩说："那也别叫他动作太大了，伤口还没有拆线呢！"

梦虹和晚珠吐了吐舌头，这才老实地坐在了床边。

晚珠催促道："展老师，您不是和六姨去洗澡吗？只管放心去好了，我们俩陪可意就行了。"

展晴和肖晶答应着，嘱咐了一些注意事项。正巧护士推着药车来送药，她们看着可意把药吃了，又拜托了护士多来照看，这才高高兴兴走了。病房里只剩下了三个孩子，梦虹凑到可意面前，伸手轻轻地捂了捂他额头上的药布，心疼地问："真的一点儿也不疼了吗？"

可意老实地回答："还有一点儿疼。妈妈，姨，老问，我就说不疼了。"

晚珠跪在床上说："来，姐姐给吹一口气儿，就不疼了！"

可意睁大眼睛问："真的吗？"

晚珠说："真的！我妈妈活着的时候，我磕着了，碰着了，妈妈'呼——'的一声吹口气儿，就不疼了！"

说着，她咕嘟起嘴唇朝着可意的额角吹了几口气，问："怎么样？"

可意晃了晃脑袋，感觉了一下，惊奇地表示："咦？真的不疼了！"

他笑着笑着，忽然嘴角一撇一撇的，长睫毛上挂满了泪珠："我不记得妈妈了……"

梦虹听了这话也落下泪来，把弟弟搂在怀里哄道："我也不记得妈妈了，可你还有妈妈的照片呢！姐姐连妈妈的照片都没有，不哭了，啊？"

晚珠掰下一个香蕉递给可意："好了，你看这香蕉多大、多黄！"

说着，她朝梦虹递了眼神，梦虹却一时不知从何说起。她只好自己问了："可意，告诉姐姐，到底是谁，总这么欺负你？"

可意听了面露惧色，摇头说："没……没有……"

晚珠严厉地训斥："还说没有？看一次一次把你打成这样。不说，我们也知道，是唤弟！"

可意一听吓得脸色发白，结结巴巴地央求："别，别告诉妈妈……"

梦虹焦急万分："这回都快把你打死了，为什么还不告诉妈妈？"

可意更加可怜巴巴地说："姐姐说……妈妈是假的，在山庄呆不长，等她一走……就……就……"

"就什么？唤弟说就打死你，对不对？"梦虹真的生气了，夺过可意手中的香蕉往桌上一放，嗔怪地问："你认了我这个姐姐了，是不是？"

可意点点头。

梦虹又正色地问："把我当亲姐姐了，是不是？"

可意伸出双臂搂住了她的脖子："比亲姐姐还亲！"

梦虹抚摸他的脊背说："那好，告诉姐姐，她为什么打你？"

可意把手松开了，低着头吧嗒吧嗒掉眼泪。

晚珠柔声劝慰道："傻弟弟，你怎么不想一想，就算妈妈呆不长，姐姐们可走不了呀！有我和梦虹姐姐护着你，别怕她！告诉我们，我们好帮助你呀！"

可意想了想，央求道："你们不能告诉妈妈，行吗？"

两个小姑娘一齐保证："好，不告诉！"

可意张了张口，又说："也不告诉展老师……"

"决不告诉！"

"也不告诉石爷爷、田姥姥……"

"保证，谁也不告诉！"

可意伸出了右手食指钩成了钩："拉钩上吊……"

两个小姑娘一齐伸出右手食指钩住了他的指头，三个孩子一起盟誓："拉钩上吊，一百年不许说！"

晚珠催促："好了，放心了吧？说吧，她为什么拉你到厨房下毒手打你？"

可意说出了那天夜里发生的事情："我都睡着了，姐姐偷偷进屋把我拉出被窝，妈妈也睡着了……她揪着我的耳朵往楼下拽，说：'敢叫唤，打死你！……'到了厨房，她关上门打我，说：'叫你臭美！叫你梳大辫子！叫外国人喜欢你！叫你给立春织毛衣！写条儿……'"

两个小姑娘听了十分惊愕，交流了一个眼神，梦虹问："这不都是在骂我吗？为什么打你呢？"

可意委屈地说："姐姐在外头和谁生了气，都要打我……那天跳猴皮筋儿，姐姐打不过晚珠姐姐，回来把我身上都掐紫了……"

晚珠的宽脸庞由于愤怒而扭曲了，竖起眉毛冷笑："原来如此！惹不起大的，欺负小的，算什么本事？"

可意却说："我也惹姐姐生气……"

晚珠问："你怎么惹她生气了？"

"我跟梦虹姐姐、立春哥哥照相。是外国人让我照相的，展老师说过对外宾要有礼貌。"可意本来还想说他在梦虹和立春中间传递笔记本的事情惹怒了唤弟，但他想起来自己答应过梦虹不对任何人讲的，话到口边又吞了回去。想到自己被逼得没法子告诉了唤弟，他觉得很对不起梦虹。

晚珠气愤地骂道："照相怎么啦？没见过这种小肚鸡肠的人！外国人请她

来照相、拍电视，她跑了，反过来怨别人！"

可意眼泪汪汪地哀求："你们俩真的不要告诉别人，行吗？告诉了，姐姐说就把我推到山谷里摔死，还说是我自己掉下去的……"

"真不明白，她是你的亲姐姐，怎么这么狠毒！"梦虹说着，又问："剩儿和石头也跟着她一块欺负你，对不对？"

可意难过地撇了撇嘴唇，点了点头。

晚珠到卫生间洗了一把毛巾，为可意擦眼泪，安慰道："等着，我们有法子治她，叫她以后再也不敢欺负你！放心，我们不会告诉大人的！"

可意睁大惊恐的眼睛，瞅瞅这个大姐姐，又瞅瞅那个大姐姐……

六

早晨八九点钟，是山庄大门口最热闹的时候，各个小楼的女人都提着菜篮子走了出来。她们伺候孩子们吃完早点，吩咐孩子们做暑假作业，便来到大门口的供应部买菜了。

晚珠瞅准了这个机会，要在这段完全由孩子们"自治"的时间里实施一项策划了好几天的计划。

今天上午可意就要出院了，石院长和小杜已经开车去市里接了。今天上午所有的成年人都会在大门口逗留很久，迎接可意出院归来才会散去。

这是一次最好的机会。

早饭以后，唤弟刷完碗从厨房出来，发现楼里一个人也没有了。大妮妈妈肯定是去大门口买菜去了，但晚珠、梦虹、剩儿、石头怎么都不见了呢？她正在纳闷，忽见剩儿悄悄地推门进来，讨好地说："立春哥哥让我来叫你。"

唤弟听了眼睛一亮："立春？去哪儿？"

"松树林子那边，说有话和你说。"

唤弟惊喜地站了起来："还有谁？"

剩儿笑嘻嘻地说："没有谁啦，只有立春哥哥一个人。"

唤弟高兴地跑出了家门。

她来到了山坡上的松林里，却不见立春的身影。她以为他只是晚到一会儿，便坐在一棵松树下的石头上等待。等了好一会儿，仍然不见人影，她正在奇怪，忽听身后有动静，准是立春躲在树后边逗人呢！她头也不回娇嗔地说："快出来吧！我看见你啦！"

突然，有一条什么东西兜头套在她胸前，勒住了双臂。她急忙用双手去抓，觉得滑溜溜的像一条蛇，吓得她大叫起来，低头一看却是黑色的，原来是两条大辫子。

"你也有害怕的时候！"唤弟一听是晚珠的声音，立刻叫骂着扭动身子想挣脱，无奈晚珠从背后死死地抓住辫子任她怎么挣扎也摆脱不开。

不知何时，山坡上、松林里站满了孩子，大家都阴沉着脸默默地瞪着唤弟，唤弟的脸色一下子变得煞白了。她睁大了恐惧的眼睛环视一个个孩子，除了立春，山庄里大大小小的孩子几乎都来了，连跟谁都不来往的克难都站在远处看着。谢天谢地，幸亏立春没有来。要是立春哥哥见到我这副倒霉样子，算是把脸丢尽了……

唤弟这样想着，坐在石头上不起来，摆出了一副豁出去的态度。

晚珠用力一提双手攥紧的辫子，命令："站起来，走！"

唤弟知道惹不起这么多人，乖乖地站起身来，被晚珠推着来到了一处高地。孩子们呼啦啦地在前面跑着，看来大家都知道到什么地方去。

这里有一块矗立的巨石，像一块天然的石碑。巨石下面，鼓起了小丘小坟。坟丘有倒扣的铁锅那么大，新土还是潮湿的，上面留下了许多用手掌压实时留下的手印。小坟前面有一块木头墓碑，写着"可爱的贝贝之墓"，贝贝墓前摆放着它的食盆，盆里放着火腿肠、肉块、排骨等许多好吃的东西，显然，孩子们已经为他们亲爱的动物朋友举行了隆重的葬礼。

晚珠把唤弟推到这座小坟跟前，栓锁和国柱两个大男孩一齐动手把她按倒在地。她知道斗不过这么多人，只好听天由命赖在地上不起来了。晚珠松开了手，把一双大辫子扔在了她面前："你为什么这么欺负梦虹？"

牛牛、雨生、青凤、大菊几个大孩子也冲到跟前来，你一言我一语地质问：

"贝贝招你惹你啦？你为什么要害死它？"

"你为什么剪梦虹的辫子？"

"是不是你把蛇放进晚珠姐姐的被窝里？"

"你为什么总欺负自己的亲弟弟？"

在这所有的事情里，最叫孩子们伤心的是贝贝之死，贝贝是孩子们共有的宠物，弄死贝贝触犯众怒，所有的孩子齐声大吼："你为什么要害死贝贝？打她！打她！以后谁都不理她！"

连雨生怀里的亮亮都伸着小手哭叫："贝贝——我要贝贝——"

唤弟吓坏了，但还是抵赖狡辩："少赖人！你们怎么知道是我？谁看见啦？"

连性情温柔的梦虹都愤怒了，说："当然有人看见！小娟，翠翠，你们俩到前边来，别害怕！"

五岁的小娟和四岁的翠翠都是谢圣莲的女儿，她俩怯生生地来到贝贝坟前，还没说话先哭了。小娟抹着眼泪说："是你害死了贝贝……用绳子吊在我们家门上……"

翠翠也说："我在窗子里看见了……去叫小娟姐姐……我们都看见了……"

晚珠招手喊道："剩儿、石头，出来！"

躲在人群后面的剩儿和石头这才怯生生地蹭到前面来，晚珠歪歪头给他俩使个眼色，示意他俩讲话。他俩瞅瞅晚珠、梦虹的脸色，又瞅瞅唤弟的脸色，支支吾吾欲言又止。这时，人群里不知谁大喊："别怕她！她要是还敢欺负人，大家一块儿打她！"

孩子们齐声喊叫："对！一块儿打她！"

石头壮了壮胆，说："二姐，你说你们老家是山区，蛇多，你不怕蛇，敢抓蛇。我不信，你就找来一条裤子，系紧裤腿，说：'走，我发现有个蛇洞，抓一条给你看！'我跟你到了后山，真的抓到了一条蛇。你把蛇放进裤腿里兜了回来，说吓唬吓唬晚珠，还说我要是告诉别人，就打死我……"

人群里议论纷纷，孩子们七嘴八舌指责唤弟。

晚珠又朝剩儿扬了扬下巴，剩儿只得蹭到唤弟跟前，赔着笑脸说："二姐，可意是你弟弟，你要是不说话，我们哪敢欺负他？你说他不是你的亲弟弟，是你妈妈和野男人生的杂种，你说你看见可意就有气，每天晚上不打他一顿就睡不着……你在外面有什么别扭事，回家都拿可意撒气，我们也就……也就……"

人群寂静得可怕，孩子们都不能理解唤弟的父母之间曾经发生的事情，死去的成年人为什么要给孩子留下这么深的仇恨。不过，山庄里发生的怪事已经完全明白了，大家对唤弟无法原谅，虎视眈眈地包抄过来，慢慢地围拢了贝贝的小坟，不知谁喊了一声："打！"

七

孩子们一拥而上，对唤弟来了一顿拳打脚踢抓头发啐唾沫，吓得亮亮哇哇大哭，克难和雨生也吓白了脸，慌忙哄着亮亮退了出来。

"住手！不许打人！"

从巨石后面传出一声大喝，这是立春的声音，随即他出现在巨石旁边，孩子们立刻止住了殴打，看来立春比晚珠更有威信。

立春朝大家摆了摆手，孩子们听话地离开了松林，连晚珠和梦虹也没有留在这里。

小坟跟前只剩下了立春和唤弟，两个人久久地沉默着。唤弟头发蓬乱满脸唾沫瘫坐在地上抬不起头来，立春站在一旁不知该批评她还是安慰她，过了一会儿，他掏出手帕蹲下来替她擦脸，她一动不动任他擦着。

立春尽力寻找着温和的词句，劝道："你不该做那些事。"

唤弟抬起头来，以绝望的眼神盯着他的脸，问："你都听见了？"

立春不说话，站起身来沉默着。

唤弟追问："刚才你躲在石头后面来着？"

立春点了点头。

一直强撑着自己的唤弟一下子泪满双腮，忽地一下子站了起来，冲着他恶狠狠地大喊：“我恨你们！你们串通一气对付我！我恨你！恨你！恨你——”

说罢，她疯了似的转身跑出了松林。

立春追赶着喊：“不是这样的——你听我说，我是为你好——你别恨大伙……”

唤弟头也不回地往家里跑。

立春仍然追着说：“你总是叫别人伤心，这样你心里也别扭，只要你愿意和大家好，我去和大家说……”

唤弟从小道上拐到了家门口，忽然止住了脚步，她看见石院长、田院长和一大群姨妈正簇拥着妈妈和可意走来，大家说说笑笑祝贺可意康复出院。人们一见唤弟，不由自主地放慢了脚步。石院长为了缓和关系，招手笑道：“唤弟，快过来，看看谁回来啦！”

唤弟仍然僵立在原地一动不动。

这时立春已经追上了她，在一旁小声规劝：“你该去叫声妈妈，问问可意好了吗，院长都在这儿，快去！”

唤弟却只顾用手指梳理蓬乱的头发，用衣袖擦着脸一声不吭。

可意看见了姐姐，松开了妈妈的手，从背着的书包里拿出一盒儿童食品，双手捧着试探着朝姐姐走来，咧开大嘴甜甜地笑道：“姐姐，这是我给你留的，可好吃呢……”

不料，唤弟狠命地推了他一把，把他推倒在地，食品盒甩出老远。肖晶急忙上前一步扶起了可意，气恼地责备唤弟：“你还有完没完啦？弟弟在医院里很想你，给你留着好吃的东西，你怎么这样对待弟弟？”

唤弟恶狠狠地回敬：“他不是我弟弟，少来这一套！”

肖晶一边给可意拍打身上的土，一边说：“即使他不是你的亲弟弟，是和剩儿、石头一样新认的弟弟，你也不能欺负他！”

憋了一肚子气的唤弟又当着众人挨妈妈一顿训斥，像一只小母狼似的嚎叫起来了：“你们都向着他，你们都整治我！我怎么欺负他了？是他欺负我！你们都偏向！偏向！偏向！”

"莫名其妙！"肖晶说道，"叫大家说说，可意敢欺负你？我倒要听听，他怎么欺负你了？"

唤弟又朝可意扑去，吓得可意躲在妈妈身后，唤弟大哭大叫："他把我妈妈害死了！把我爸爸气死了！自打这个丧门星来到我们家，我们家就倒霉！妈妈呀，爸爸呀——你们都走啦，扔下我一个人活受罪呀……"

她一屁股坐在地上捶胸跺脚闹了个昏天黑地，这一套撒泼打滚的本事和数落的语言，是她从原先的寄养人"大相扑"那里学来的，所以不像个孩子，倒像个泼妇。刚才遭到孩子们的包围，她不敢抵抗，因为她知道愤怒的孩子们真会打她，她也知道妈妈和成年人们都不敢打她，便借机尽情发泄心中的积愤。

成年人们不知道刚才在孩子们之间发生的事情，都对唤弟的过激反应感到愕然。

田淑贤走过来拽起唤弟，好言劝道："别哭了别闹了，看叫姨们笑话！"

不料发疯的唤弟连田姥姥的面子也不给了，更加大声地指着肖晶骂起来："我怕什么笑话？她往家里招野男人，都不怕别人笑话，我更不怕了！"

肖晶气黄了脸，质问："你说谁？"

"说的就是你！"唤弟一跃而起指着她的鼻子骂道："你是臭破鞋！臭浪货！怪不得你这么偏向小杂种，你和他一路货！你也害死了你妈妈！那个白头发野男人来找你干什么，别寻思我不知道！破鞋！破鞋！浪货！浪货！害死亲娘，装什么好人……"

未成年的女孩不知轻重地叫骂着，听了这些隐私的成年人们可陷入了尴尬境地，大家留也不是走也不是，劝也不是不劝也不是，一个个瞠目结舌呆住了。

田淑贤似笑非笑地瞅着肖晶，尽量掩饰着幸灾乐祸的态度。

一向心高气傲的肖晶哪里受得了这等污辱，不顾一切地朝着唤弟冲去，被展晴和郭山梅一左一右死死拽住。她日日夜夜在医院守护可意这么多天，不料刚回来就迎头遭到了自家女儿如此刻毒的辱骂，她觉得浑身的血管都要爆裂了，剧烈地颤栗着站立不住。

"滚——滚——"

她撕心扯肺地怒吼了两声，又朝着石院长张了张嘴，似有求他做主之意，但未等她把话说出，就觉得天旋地转两腿发软，眼前一黑昏死过去。

展晴和郭山梅慌忙攲住了她的腰，她的身子还是像一摊泥似的倒了下去……

八

肖晶苏醒过来以后，发现自己躺在卧室床上，大家见她醒来，脸上都绽开了笑容。石院长俯身问道："好些了吗?"肖晶点点头，张口想说话，但只见嘴巴开合，却发不出声音。

石院长安慰道："我都明白，别着急，先休息。"

门口挤满了姐妹们，七嘴八舌安慰肖晶。肖晶心里一阵感动，胸口发热鼻子发酸两行清泪顿时挂满额角打湿了枕巾。她朝姐妹们扬了扬手，想说声谢谢放心回去吧我好了，但她仍然只是张了张嘴发不出声音来。

肖晶失声了，不但无法发音说话，连哭声都发不出来了。自从可意受伤住院，连日来担惊受怕，彻夜守护，饮食失调，喉咙早已红肿疼痛，今天又当着众人遭此恶辱，急火攻心，便成了这副样子。越是发不出声音，她越急于想说什么，脸都憋紫了，双手比画了半天谁也弄不懂她的意思。她抬手指了指桌上的纸和笔，展晴忙拿过来递给她。她在纸上写了一行字，交给石院长。

石院长拿过这页纸来一看，只见上面潦草地写着：

唤弟这个孩子我不要了，还给院部，叫她立刻走!

石院长只好点点头，安慰说："先养病，唤弟……我们先领走，有什么话等你病好了再说。"

说罢，他让大家离开这里，让肖晶服药睡觉。

人们离开了肖晶的卧室，只留下郭山梅照顾她。大家下楼来到客厅，商量如何处置唤弟的去向。田淑贤不放心地问："唤弟呢？她别再出什么事情。"

展晴说："我叫立春和她谈话呢，看，就在花坛那儿！"

人们顺着她的手势从落地窗往下一看，果然立春和唤弟坐在花坛边上，唤弟低着头听立春的批评呢，大家这才放了心。

石院长以商量的口气问田淑贤："看来，唤弟是得离开六号楼一段时间了。"

田淑贤无奈，一一央求各位妈妈暂作收留，但是所有的妈妈都把脑袋摇得拨浪鼓似的，没有商量的余地：

"这样的女孩没见过，我不敢带！"

"我刚把我那几个孩子调理顺了，唤弟去了可就乱了。"

"听她骂肖晶那些话，像个小女孩该说的话吗？谁还敢要她？"

田淑贤只好表示："唉，大家都不收她，只好叫她先跟我住几天，再商量怎么办吧！"

田淑贤揽下唤弟，既出于不得已，心里也另有打算，想借机和唤弟好好谈谈，探明六号楼里的隐情。她仍然固执地怀疑肖晶虐待孩子，而唤弟的揭发是重要的人证。

她还不知道刚才孩子们聚在松林里发生的事情。

所有的成年人都不知道松林里发生的事情，成年人往往爱犯一个错误，他们容易低估孩子们的能力和道德评价，习惯于对孩子们指手画脚。殊不知，有时候在成年人看来十分复杂的事情，孩子们却能以他们爱憎分明的行为方式简单地解决了。

几天以后，各家的妈妈从自己孩子口中听说了松林里发生的"儿童法庭"的故事，确认了唤弟的种种劣迹，更加坚定了不肯收留唤弟的态度。

肖晶昏昏沉沉躺了两天，扁桃腺溃脓引起了发烧，使她的身心更加焦灼疲惫，只能在昏睡中求得安宁。

几天以后，"松林儿童审判会"的事情传到了田淑贤的耳朵里。她知道唤弟在山庄里已经陷入老鼠过街人人喊打的孤立境地，既然已经弄清那些怪事都是唤弟一人所为，也就抓不住肖晶的把柄了。清醒的政治头脑使她立刻意识到这个女孩留在自己身边已经没有意义了，当机立断设法摆脱她的拖累。可是，哪一位妈妈都不肯收留她，把她安置到哪里去呢？看来，只好退回到她原先的寄养人那里去了……想到这种后果，多年来养成的政治素质又使她意识到必须采取一个重要步骤：不能由自己手里把这孩子退回去，得先把她塞回肖晶那里，由她嘴里说把孩子退回去，以免自己落下恶名声……这般盘算以后，她买了一些水果来到六号楼探望病号了。

肖晶已经能够下地活动了，头晕目眩喉咙疼的症状有所减轻，但仍然失声说不出话来，和人交流只能靠写字。好在有杨大妮帮助做家务活，姐妹们又常来劝慰开导，她心里这才觉得平静多了。

今天上午，她正在学习室检查孩子们的作业，田淑贤提着水果进来了，含笑问候："怎么样，好多了吧？"

肖晶对于副院长的探望，感到意外和尴尬，又有些受宠若惊，连忙让到客厅里落座，诚惶诚恐地在茶几上的专用便条本上写道：

　　我已经好了，只剩下发音的毛病了，谢谢！

田淑贤看了纸条，先是笑着点点头，忽又眼圈一红，长叹一声说："唉——做女人也真不容易！我这人爱得罪人，管着这么个特殊的大家庭，有时不得不唱黑脸，立规矩。其实，我心里何尝不知道你们的难处……"

肖晶心里很感动，前嫌顿释，不住地点头表示理解。

田淑贤趁机说："这几天唤弟跟着我住，我已经掰开揉碎地批评了她，她也知道错了，求你原谅她。如果你肯让她回来，我叫她当着众人给你赔礼道歉。"

肖晶听了这话脸色一沉，不假思索地在便条上写道：

　　此事没商量，我绝不要唤弟了。她伤我伤得太重了，骂出那样难听的话，我怎么能再当她的妈妈？

田淑贤看了看，仍然和颜悦色地劝导："小孩子家年幼无知，一时气话何必认真？你们母女俩相处快一年了，也是缘分，真格的下狠心把孩子轰走了？"
肖晶又写道：

> 不是我狠心，是她对可意太狠心了。留下她，今后可意再出危险，我担不起责任。

田淑贤仍然苦口婆心规劝："说起可意，他俩毕竟是一奶同胞，咱也不能生生拆散了人家姐弟……"
肖晶一听这话，倔脾气又上来了，在纸上急速写出潦草的大字：

> 她差一点把她弟弟撞死，还用得着我来拆散他们？请别再说了，我决不认崔唤弟为女儿了，请院领导另行安排她的寄养一事。
>
> 肖晶

她决绝地签上自己的名字，把笔一扔，站起身来朝着落地窗走去了。表示自己已经不愿意再进行这场谈话了。
田淑贤却一点也不生气，慢条斯理地收起了肖晶写的三张纸条，站起来告辞说："好，你一时想不通，我也不逼你，把你的意见带回去，和石院长再商量商量。"

九

她在回办公楼的路上，心里一阵轻松：拿到了肖晶写的文字凭据，自己就可以摆脱退回唤弟的恶名。唤弟回到原先的寄养人那里出了任何事情，都追查不到自己的责任了。肖晶啊肖晶，别看你这么傲气，在处事上你可太嫩，太嫩了！

　　石黑玺看了田淑贤交给他的三张纸条，一个劲地摇头叹息。田淑贤说："该劝的话我都说了，磨破嘴皮子，她也不同意。事已至此，我看也只好让唤弟先回去住些日子，等肖晶消消气再做商议。孩子们也对唤弟这么仇视，双方谁伤了谁也很危险，何况还有可意的安危，肖晶的担心也不是没有道理。"

　　石黑玺想了又想，最后无可奈何地表示了同意："只好先把唤弟送回去，双方隔离一段时间，我再做做肖晶的工作。跟那寄养人说好，唤弟的生活费用山庄按月寄去。肖晶和唤弟的母女关系经过了法律公证，说到哪儿唤弟也是普爱山庄的孩子。"

　　田淑贤要找唤弟谈话，把院部的决定告诉她。但是，她怎么也找不到唤弟。她感到奇怪，这几天唤弟一直躲在我的宿舍里不愿意见人，这会儿跑到哪里去了呢？可千万别再出什么事了……这么一想，她心里很紧张，跑出办公楼大呼小叫地召唤："唤弟——唤弟——"

　　"田姥姥——您是叫我吗——"

　　田淑贤听见了唤弟的回答，东找西找不见她的身影，只好又喊："唤弟——你在哪儿？"

　　"我在这儿——"

　　田淑贤顺着声音寻去，抬头一看不禁吓了一跳。唤弟正像一只猴子似的从高高的大杨树上下来。

　　田淑贤气急败坏地跑到树下仰首训斥："谁让你上树来着？你上树干什么去？摔着怎么办？"

　　唤弟顺着树干滑下来，蹦到地上拍打拍打身上的土说："摔不着。"

　　田淑贤生气地质问："万一摔下来谁的责任？别忘了，现在你暂时跟着我！"

　　唤弟不以为然地嘟哝："在老家时我从小就爬树，从来没下来过。"

　　"好！好！反正我也……"田淑贤不愿再和她多说什么，干脆利索地把院部的决定通知她。唤弟听了"哇"的一声哭了，踩着脚说："我不回大相扑那儿去！我哪儿也不去，我就在山庄呆着……"

田淑贤嗔怪道："你这个孩子忒不懂事，既然喜欢在山庄生活，又得罪这么多人，惹祸惹出了格儿，我有什么法子呢？"

唤弟毕竟是个孩子，一改往日的骄横，可怜巴巴哭着求饶："我错了，我愿意找妈妈承认错误，以后不骂她了……"

田淑贤说："我替你找她说好话了，但说什么她也不要你了，我又求了所有的姨，人家都不敢收你。你忒厉害了，现在自己吃亏了吧？"

唤弟仍然孩子气地存在着幻想，央求："田姥姥，那我就跟着您，我改，我给您干活……"

田淑贤尽力掩饰着不耐烦，劝道："我工作这么忙，要管全院的事情，日子长了也顾不上你。好孩子，听话，先回去住一段时间，让你妈妈消消气，等我们劝她回心转意，再把你接回来。"

唤弟无论如何也不肯回到大相扑家里去，说："我要回老家！"

田淑贤反问："你老家已经没有近亲了，回去谁照顾你呢？"

"我不用人照顾，我已经大了，可以自己干活儿。"唤弟坚决表示："宁可回老家我也不回大相扑那儿去！我去我姥姥家！"

田淑贤只好给她讲道理："你姥姥也瘫痪在床上了。你舅舅、舅妈恨你还恨不完呢，肯收留你？"

唤弟一时无言答对，低头不语。

田淑贤只好哄劝她："再说，你们老家民政局已经和我们办了收养你的法律手续。你暂时先回原先的寄养人家里住些日子，生活费还是由山庄支付。过一段时间，我再帮你想想法子。"

唤弟知道再哀求也无济于事了，恢复了平时的神情，眼睛里冒出冷光说："我知道，你们都不要我了，都嫌弃我，那好，我走！"

田淑贤头也不回地走了。

唤弟不愿意让别人看见自己哭泣，又嗖嗖地上了树。她坐在树杈上哀哀低泣。起初她咬紧牙关决不哭出声来，以免让梦虹、晚珠她们听了去看笑话。

呜呜咽咽哽哽咽咽，渐渐地她再也忍不住了，哇哇地号啕起来："妈妈——妈妈呀！我不恨您了，我想您呀亲妈妈……您和爸爸都走了，在这个世界上谁疼我？谁爱我？谁管我呀……"

她的泪水打湿了杨树的眼睛，一棵棵白杨树睁着一只只大眼睛同情而又无奈地干瞅着这个得不到爱，也不懂得爱别人的孤独女孩。

起风了，墨绿的杨树叶子发出巨大的喧响，遮住了她的哭声。远远近近的山林，传递着飒飒叶语。松、柳、枫、榆、桑、槐、杉、榛……全都叹息着，爱莫能助地摇着头。

暮色中的妈妈山显得幽暗沉郁，高高在上不动声色地静观人世间的悲欢离合。妈妈山啊妈妈山，你不是保佑孩子们的圣灵么？你的乳汁不是慷慨地哺育所有的孩子么？

最后一抹晚霞先还有些暖色，这会儿褪为朦胧黯淡的灰紫色了，勉强地衬托出妈妈山的轮廓，显得她很远很远。林中的鸟儿都无声地在巢中安歇了，只有一群迟归的寒鸦在空中低鸣。它们用嘶哑的喉音召唤着同伴：天黑了，回家吧！该回家啦……

除了普爱山庄，哪里还有唤弟的家呢？

唤弟离开山庄的这一天，肖晶拿出一个准备好了的提箱交给杨大妮，哑着嗓子以勉强听得见的声音说："我去医务室拿药，就不和唤弟道别了，一会儿你替我送送她吧！这是她四季的衣服和用品，都送给她了。"

杨大妮接过箱子，神色凄然。肖晶又拿出一个小钱包交给她："这里是二百块钱，让唤弟自己收着，别乱花，以备个急需……我们总算是母女一场，这是我的一点儿……"

她说不下去了，眼圈一红走出了楼门。

杨大妮接过了钱包，自己又往里面添了一百元，擤了一把鼻涕朝楼上喊："一会儿唤弟来拿东西，你们不下来送送吗？"

楼上悄无声息，似乎一个人也没有，其实，晚珠、梦虹、剩儿、石头、可意都躲在楼上听动静，却没有一个人下楼来。

田淑贤陪着唤弟来了，唤弟走到门外扭着身子不肯进来。杨大妮提着箱子迎了出去，一见唤弟止不住又要伤心，连忙拉住她的手笑道："你妈妈身体不好，看病去了，四姨送送你吧！"

唤弟冷冷地抽回了手，头也不回就走，田淑贤和杨大妮紧紧追赶她。

跑过七号楼时，立春从家里跑出来，手里拿着一簇荔枝和一盒草莓，说："这是我留着给你路上吃的。"

唤弟一脸傲气，推开水果："谢谢，我不要。"

立春陪她走了几步："那我送你上汽车。"

唤弟止住脚步，一挥手恶狠狠地说："不用。"

立春只好站住了，田淑贤和杨大妮跟上来时，他默默地把两样水果交给了田姥姥。田淑贤也给唤弟买了食品，把荔枝和草莓装进了食品袋里。

立春站在小路上，呆呆地望着唤弟的背影。

唤弟在下山的甬道上一溜小跑，眼睛直视前方，路过一幢幢小楼，每座小楼都静悄悄的，大院里连一个孩子也没有。唤弟知道，所有的小楼窗子后面都站满了人，一双双眼睛都在瞅着她，她挺着胸脯做出若无其事的样子从楼间穿过，甚至还蹦蹦跳跳着跑走了。

当她跑到小广场的喷泉旁边时，突然被一阵尖利的叫喊震得一激灵，不由自主地停住了脚步。

"姐姐——"

可意哭喊着冲出家门，追着姐姐跑来了，梦虹怕他吃亏，也跟在后面追了出来。

"姐姐——"

唤弟回首看了看他，似乎有片刻犹豫，但很快地一扭头朝着办公楼走去。小杜叔叔把汽车停在了那里，老远地就朝她招手了。她来到汽车旁边，拉开车门就钻进了汽车，砰的一声把车门关上了。小杜看见杨大妮提着箱子，忙跑过去接过来。三个成年人都回头望着跑过来的可意，一时不知如何应付这样的场面。

可意看到姐姐理也不理他就钻进了汽车，失望地止住了脚步，远远地朝这边望着。

田淑贤、杨大妮和小杜来到汽车旁，小杜拉开车门说："你弟弟来送你了，快下车，姐弟俩说说话儿！"

唤弟端坐在车里说："不用了，快走吧！"

杨大妮劝道："好孩子，去和弟弟说句话，怎么说你们也是从一个娘肚子里爬出来的亲骨肉！"

唤弟气急败坏地叫嚷起来："跟你们说过多少遍了，他不是我弟弟！"

田淑贤朝杨大妮使了个眼色，示意她上车。小杜已经把手提箱放在了后车厢里，杨大妮叹了口气，只好上了汽车。

汽车缓缓地驶出了山庄，田淑贤送了几步，转身走进了办公楼。

可意从山坡上跑了下来，追到了大门外，望着朝山下驶去的汽车背影大喊："姐姐——"

梦虹和立春追了上来，眼看着汽车拐下盘山路不见了。可意扑到梦虹怀里，双手搂着她的后腰大哭："姐姐……"

梦虹不知道他是喊唤弟，还是喊自己，但眼泪像断了线的珍珠滚将下来……

汽车在盘山路上绕行，唤弟从车窗里又一次看到普爱山庄时，山庄的小楼已经隐没在树丛中。只有一棵棵高大的杨树还伸着脖子朝她招手，一只只大眼睛还在依依不舍地目送她……

十

幽兰和彭程的破镜重圆好梦不长，两人之间很快地又出现了新的摩擦。尤其是幽兰这方面，新的痛苦使她陷入进退维谷的境地。

不知为何，这一对自幼相伴的情人婚后的共同生活总是遇到难以化解的冲突。当初，他俩实现了多年梦想，建立起舒适的小家庭，双方在精神生活与物质生活方面趣味一致，并无龃龉，不料却在肉体上难以达到美满结合。性爱的和谐，是夫妻之间不可或缺的感情要素，他俩却是一个粗暴，一个纤弱，一个沉湎于肉欲刺激，一个注重心理上的爱悦美感，相悖相离，差之千里。如今，他俩不约而同地走出封闭、无知的误区，享受到了性爱的巨大欢乐。彭程郑重地提出复婚，幽兰愉快地答应了。然而，他俩在商量如何重建小家庭的时候，却遇到了难以逾越的障碍，他俩这才意识到肉体的满足并不是生活的全部。

矛盾的焦点是亮亮。为了小亮亮，他俩在山庄与市区之间来来去去十几次了，仍然未能就孩子问题取得一致意见。

起初，幽兰为如何安排今后的生活做了周密的打算。她早就听说石院长想为山庄孩子们聘请一位体育教师，彭程已经三十多岁了，运动队毕竟是个吃青春饭的地方，不如来山庄工作。她还听说桃李镇中学篮球队很有名，校方为了提高篮球队在市里参赛的名次，也在物色一名有经验的教练。如果彭程不愿意来山庄当课外辅导教师，可以去桃李镇中学当正式的体育教师。那样也可以跟山庄孩子们一起坐班车，上下班很方便。她先找了石院长商量，石院长不仅表示欢迎彭程来山庄工作，还热心地帮忙和桃李镇中学接洽，校长也表示了欢迎的姿态。

幽兰和彭程的事，只有石院长和展晴知道。因为复婚的事不可草率，双方有许多事需要商议，幽兰请求石院长和展晴为她保密。两位知情人果然做到了守口如瓶，他俩不仅出于对幽兰的尊重，也考虑到山庄妈妈们都是独身女人，对这类事情敏感。最近彭程经常来山庄，幽兰请假进城的次数也增多了，替补妈妈杨大妮住进七号楼临时照料孩子，这么大动静，姐妹们不可能不知道。石院长帮助统一了口径，说彭程是幽兰的亲戚，最近家里有一位高龄老人去世了，涉及遗产分配方面的纠纷，需要亲戚们共同商量云云。这样的掩护，还真的瞒过了大家。

另外，还有一个人知道实情，那就是立春。幽兰觉得自己不应该瞒着大儿子，对他讲了自己与彭程的感情曲折。她对立春说话的口气完全像是对一个成年男人，充满了尊重和信任。早熟的少年听懂了，妈妈爱彭叔叔。虽然他担心失去这位好妈妈，但他还是愿意帮助妈妈。

周末下午，彭程又来了，立春懂事地抱走了小亮亮，带着弟弟妹妹出去玩了。

幽兰迫不及待地把可以调动工作的好消息告诉彭程，不料，他听了一愣："你想叫我来当孩子王？"

幽兰奇怪地反问："你在运动队不也是训练少年队员吗？"

"那不一样啊！那是搞专业啊！"彭程耐心地解释："少年队到省里、全国比赛，拿了成绩是我们当教练的业务成绩。我喜欢走南闯北打比赛，憋在这个小地方我可受不了。再说，工资待遇、出国机会等实际问题，咱也不能不考虑。"

幽兰沉吟良久，心里有些失望，却又不好勉强，他正当中年，舍不得自己的专业也是可以理解的。于是，她退让一步问："体委有可能再分配给你一套房子吗？"

彭程一看有商量，高兴地说："有哇！我正在申请。在咱有自己房子之前，爸爸妈妈欢迎咱回家去住。"

说着，他把她拥在自己怀里，吻着她的额头央求："跟我回家嘛！我一天都不能等了！爸爸妈妈说，他们住小屋，把朝阳的大屋让咱住。"

幽兰温柔地表示："那怎么可以呢？应该让老人住大屋。反正我一星期才回去一次，住在哪间屋都没关系。"

彭程撅起了嘴巴："这么说，你还想在这儿当孩儿妈妈？一个星期才回一趟家？"

这一回轮到幽兰惊愕了："是啊！难道你看不出来吗？我喜欢这里，喜欢孩子。"

"不行，那可不行！"他执拗地说着，有力的厚唇从她的额头滑到她的眼前，摩挲过脸颊寻到双唇，热烈地长吻，长吻。她便又觉得身子软绵绵地飘向云空，又坠落在难以拔身的湿软的泥沼里了。好容易等他有个停歇，她听见了自己无力的颤音："好吧……依你，我回家……"

他这才放过她，笑问："什么时候？"

"容我安排一下，唉！"她长叹一声眼圈红了："好在立春他们都大了，我去求田院长给孩子们再找个好妈妈……亮亮太小，我想申请领养带回咱家去，你说好吗？"

"什么？你想把亮亮带回咱家去？"他听了此话不仅吃惊，简直是不相信自己的耳朵，把双手一摊质问："为什么？"

"为什么？"她有些不高兴了，"因为他是我的儿子！"

他觉得很可笑，提醒道："他只是你的养子！你应该明智一些，这里的孩子虽然叫你妈妈，但这只是个称呼！他们是属于孤儿院的，你走了，院长会派来另一位女人，他们仍然叫她妈妈！称呼，只是个称呼，你懂不懂？我知道你喜欢孩子。我也是快四十岁的人了，也想有个孩子了。爸爸妈妈只有我这根独苗，盼孙子孙女盼了多少年了，这一点咱们并没有矛盾。可咱俩有生育能力，为什么要领养人家的孩子呢？咱们可以生自己的孩子呀！"

幽兰依然慢声细语，但却不容置疑地表示："不带走大孩子们，我可以让步。但是，亮亮不能离开我，他太小，扔下他就走，对孩子伤害太大。"

彭程不解地问："对亮亮能有什么伤害呢？你本来就不是他的亲妈妈嘛！"

幽兰说："亮亮以为我就是他的亲妈妈，我一直对孩子说，我生下他以后因为工作忙，把他寄养在亲戚家里，后来又把他接回来了。现在我怎么能又说我不是她的亲妈妈，扔下他就走呢？"

他仍然很不理解："说归说，事实是事实，石院长和田院长会把事情处理好的，这么小的孩子还不好哄？"

她激动地表示："问题不只是孩子，也包括我自己，从我心底里早就把亮亮当成自己亲生骨肉了。"

他简直觉得她太不可思议了，耐下性子规劝："连你自己都只能说——当成！当成，就是说，不是亲的而只是当成亲的，对不对？你应面对这一事实，对不对？再说，你也该替我想一想，以前是你独身生活，你可以把亮亮当成亲生的，可是今后是咱俩共同生活了，难道我也得硬着头皮认个养子吗？说下大天来，抱养的也不如亲生的呀！"

这时房门忽然被推开了，亮亮在他最不该出现的时候跑了进来。他张开双臂扑到妈妈怀里："妈妈——"

幽兰一把搂住他:"哎!儿子,妈妈的好儿子!亲儿子!"

亲吻着亮亮胖胖的小脸蛋,她想起来"找回"儿子的经过……

十一

在燕山山脉北部的深山里,谷幽兰从吉普车上下来,伸展着酸疼的腰肢。她下了火车乘坐县民政局的吉普车走了一天山路,才来到这个山沟里的小村庄。陪同她来的民政干部找村长去了,让她在村口等候。大概村里的青壮年都干活去了,只剩下一些老人和孩子从山梁小道上走下来,围着吉普车看新鲜。

司机和老乡们搭讪,谷幽兰信步看了几家用山石垒成的农舍。她拐过一条街来到一个围着矮木栅栏的院落,屋里跑出来一个小男孩引起了她的注意。这孩子蹒蹒跚跚走得还不利索,拖着一双成年人的破布鞋,摇摇摆摆朝着院中的水缸奔去。男孩长得虎头虎脑,大眼大嘴十分可爱,只是脏兮兮泥球一般。"倒春寒"不让隆冬,他却只穿着破旧的单衣,开裆裤露出又脏又黑的小屁股。山区的寒风把他的小脸蛋儿吹皲了,冻红的小鼻子拖着鼻涕,泪汪汪的眼睛里糊着眼屎。男孩踮起脚丫想攀缸沿儿,但他个子太小了够不着缸沿,他摇摇摆摆跑回屋檐下搬来一只小凳,放在水缸旁爬上凳子,小手用力推开缸盖探头往里面观瞧。

如果缸里有水,孩子掉进去可就太危险了。谷幽兰跑进院子喊:"小朋友,快下来!"

男孩不理会她,扎下头去伸直手臂从水面上抓起水瓢,但他太小了,不会舀水,双手捧着瓢舔上面的水珠。幽兰这才知道孩子渴了,接过瓢来舀了一点水要喂他,男孩却不要她喂,抢过瓢去咕咚咕咚喝了个干净,眼睛还瞅着缸里的水。

"还喝?"幽兰问,男孩点点头,幽兰哄劝:"天这么冷,喝多了凉水要闹肚子的!"

男孩吧嗒着小嘴表示还要喝,幽兰看看屋里没有人,又发现他的嘴角烂了渗着血，只好又给他舀了些水。他捧着水瓢扬脖猛喝，洒出来的水打湿了衣襟。幽兰把他从木凳上抱下来时发觉他身上很热，伸手一摸他的额头，呀，滚烫滚烫的，孩子在发烧！她急忙抱起孩子进了屋，冰冷的房间悄无人息。

她又生气又纳闷，这家的家长太大意了，把这么小的病孩扔在家里。她把孩子放在炕上，从提包里拿出橘子、香蕉和糖果，剥了一块糖递到孩子口中。看来这孩子从来没有尝过糖的甜味，小脸上先露出惊愕的表情，随即咧开嘴巴手舞足蹈地笑了。他不懂得含着糖果，三口两口吞到肚子里眼睛又盯着红红的橘子、黄黄的香蕉，抓住橘子也不剥皮就咬，噗噗地吐着舌头把橘子扔到一边，抓起香蕉来一咬也咧着小嘴表示不好吃。幽兰笑着把橘子剥了皮掰成瓣儿，把香蕉也剥了皮递给他，他一尝这才蹴着小屁股吃了个香甜，张开双手要幽兰抱。

她把孩子揽在怀里不由得心有所动，孩子生病都无人照顾，莫非这就是那个孤儿……正在猜想，忽听窗外有女人嚷："有缘分！自个儿能找到臭儿，娘儿俩真有缘分！"

话音未落已经进来几个干部，妇女主任继续高腔大嗓在笑道："臭儿这回总算有了娘了！"

幽兰这才知道自己猜对了，这个小孤儿名叫臭儿，她确实闻到孩子身上臭烘烘的，大概自出生以来从未洗过澡，但她从内心里喜欢这个孩子。

宾主略事寒暄之后，幽兰问："孩子发烧了，他家里的人呢?"

村长说："山里的孩子头疼脑热的不算事儿！他爹妈死后，没有近亲，跟着远房哥嫂，这两天摘柿子，也就顾不上他了。"

这时，村里人闻讯赶来看热闹，孩子们挤到炕边，幽兰分糖果和橘子给他们吃，看来这些大孩子们也难得吃到糖果，呼啦啦一抢而光。他们和臭儿一样拿过橘子带着皮就咬，还得幽兰教他们剥皮。

臭儿的远房兄嫂也赶回来了，把臭儿爹妈的一些遗物、结婚照片，连同孩子的几件破衣服交给了谷幽兰。

告别时，嫂子为难地说："这孩子认生，你怕是抱不走他，路上哭闹够你哄的。"

幽兰从提包里拿出一块水果糖，只朝着臭儿一引逗，臭儿立即挣脱开嫂子扑到她怀里，头也不回地跟着她走了。

他们上了吉普车，却被山民们围住了，孩子们抓着车门哀求司机："叔叔，我们也跟你们去！"

家长们苦苦央求："把俺的孩子也带上吧！"

"把俺小子也带到城里去吧！"

县民政干部耐心地解释："乡亲们，人家是孤儿院，只收没爹没娘的孩子，你们凑什么热闹？也真舍得？"

一个老婆婆非要把孙子往车上塞："俺舍得，进城去享福，求你行行好……"

一对中年夫妻竟然表示："只当俺们两口子都死了，给俺妮也划个孤儿成分吧！"

民政干部哭笑不得："不行，跟你们说了多少遍！这都什么年头了，还划成分呢！"

村干部们帮助劝说解围，吉普车才能缓缓开动出了村。

到了县城，民政干部陪着幽兰去医院给臭儿打了退烧针，又拿了一些药，让司机开车送她母子去火车站。

汽车在山路上颠簸着，臭儿退了烧，偎在幽兰怀里香甜地睡着了。

幽兰望着熟睡的孩子，感到一阵阵心酸，想到自己仅用几块糖果就引得这个孩子和自己亲热起来，完全信赖地跟着自己走向他完全不知道的地方，内心对他有了某种诱骗的歉疚。城里的独生子女连巧克力都吃腻了，这些深山里的穷孩子却羡慕地争着去当孤儿……回想起找到臭儿时的情形，她恍惚地觉得冥冥之中有一条神秘的线把她引向那个围着矮木栅栏的院落。那个嫂子说这孩子认生，可他见了我就像是见到早就熟悉的亲人，莫非……沉甸甸的男孩偎在她怀里，温暖着她的身体，她心里感到充实，充满了爱意。瞅着孩子酣睡的小脸，她忽然觉得自己丢失的小骨肉就是这个模样，对了，谅谅也正巧该这么大了……想到这里她心口涌出一股热流，泪水挂满双腮，把臭儿搂得更紧了，默默地说：孩子，你把妈妈想得好苦！妈妈到处找你，你躲到山沟里来了……妈妈还是找到了你，你不该叫臭儿，你叫谅谅，儿子，原谅妈妈一时糊涂吧……妈妈可找到你了，从今往后咱们再也不分开了……谅谅，咱们回家了，回家了……妈妈一直相信能把你找回来……

"亮亮，走，跟哥哥出去玩儿！"立春的声音使幽兰从回忆中惊醒过来。

立春懂事地哄着亮亮走了，幽兰和彭程一时无语呆坐着。他俩都知道，这场艰难的谈话仍然得继续下去。

十二

"亮亮就是我亲生的孩子！是咱俩的孩子，我一时糊涂把亲生骨肉给丢了，幸亏把他又找回来了。"幽兰说不下去了，哽哽咽咽抽泣着。

彭程听了这些不着边际的话，以为她的精神出了毛病，暗暗地观察她，小心翼翼地问："你是说……"

"咱俩有过一个孩子！我一直没有告诉你……"幽兰吐出压在心头的积郁，失声痛哭。

彭程大吃一惊，脸色立刻变得青白了："真，真的吗？这是什么时候的事？你明明知道我爸爸妈妈盼孙子都快盼疯了，为什么不告诉我？"

幽兰反问："告诉你又有什么用呢？你会为了孩子回心转意吗？那时正在等着法院的离婚判决……你和她打得火热，哪里还顾得上我？妇科医生检查出来我怀孕了那天，我的心情……你可以想象，从医院出来不知往哪里去……实在走不动了，回到咱们家去歇息一下，没想到碰上了你和她……当时我只有一个念头，去打胎……"

幽兰泣不成声，说不下去了。

彭程知道了事情原委，心情很复杂，恼羞成怒又悔恨交加，怪罪前妻又深知是自己一手造成的家庭悲剧。他沉默半晌，把幽兰拥在怀里真诚地表示："让你受委屈了，都怪我……我现在才理解，你为我承受了多么大的痛苦。现在好了，一切都过去了，咱们可以再生一个孩子，自己的孩子！"

幽兰挣脱开他的拥抱，正色道："对于我来说，亮亮就是自己的孩子！并不是一切都过去了，心灵的创伤，生活现状，都不可能恢复当初的原样子。现实问题是我生活中有了亮亮，没有亮亮我活不下去……"

彭程想大发雷霆，又知道那样无益于事情的解决，压了压火气尽力和缓地规劝："我理解你的心情，知道你受了委屈，知道你恨我，知道你现在原谅了我有多么伟大，也知道你对亮亮有感情。这孩子挺可爱，挺可怜，今后咱们也可以仍然拿他当养子，时常来看望他。但是，这一切都改变不了一个事实：他不是咱的亲生骨肉，咱们应该有自己的孩子。让天下的父母听听，我这个想法不过分吧？嗯？"

他见她只顾低头垂泪，觉得有回旋的余地，继续好言相劝："我知道这两年你很苦，你把亮亮当作精神寄托，现在舍不得丢下他，我也完全能理解。养个小猫儿小狗儿，还舍不得丢开呢，何况是个活泼可爱的孩子！让你左一次右一次经受生离死别的痛苦，这都是我的错，你也原谅了我。现在咱们要重新开始生活了，咱们才三十多岁，人生的路还很长，只要咱们有一个自己的孩子，这一切创伤都会让孩子的笑声弥补。亮亮有慈善机构抚养，他受不了委屈。他刚刚三岁，还不大记事，他很快就会忘记你，扑到新妈妈怀里去了。咱们只求早些生个小宝宝，很快地你就把心思都投入到小宝宝身上去了，这又有什么不好呢？啊？"

幽兰听他说得有情有理，呜咽着表示："我也想再生一个咱们的孩子，但是这和领养亮亮并不矛盾。"

彭程一听又急了，搓手顿足地反驳："怎么你就是不明白呢？咱们三口亲骨肉，是个完整美满的小家庭，多一个拖泥带水的小亮亮，反而是个破碎遗憾的家了，这笔账你还不会算吗？"

幽兰一听这话怒眼圆睁，噌地一下子站了起来，提高嗓音说："这笔账应该这么算：你不接受亮亮，就等于不接受我！你可以跟别的女人去生你的亲儿子，但对于我来说亮亮只有一个！跟你说了多少遍了，亮亮就是我的亲儿子！如果你不能理解亮亮对我意味着什么，就不能理解我，不能理解女人！你张口骨肉，闭口骨肉，你们男人真能懂得骨肉是怎么一回事吗？你能够体会到我身上真的掉下一块肉去时的心情吗？而且，不是胎儿自己要掉下去的，是我们成年人为了自己的感情原因硬把一个投胎到咱家的小生命打掉的……很长时间,我都觉得和那个孩子一道死去了……站在你面前的是个死过一回的女人!你们男人永远不会理解这一点。你们制造一个小生命,只用了一个小到在显微镜下面才看得见的精子,而且你们的付出只是为了满足自己的欢欲。其实,性爱的欢乐,是自然法则为了达到物种生殖繁衍的目的而设计的一个美妙的圈套,你们男人只是比女人更乐意钻这个圈套而已!至于亲子观念,骨肉之情,那是社会文明加给你们的,为的是让你们担负起养育后代的责任,大多数雄性动物都没有哺育儿女的本能,但这却是属于我们女人的先天的不可更改的不靠后天培养的本能!和你相比,我更知道什么是骨肉亲情。真的,很长时间,我都觉得自己跟着打掉的小骨肉一道死去了……你知道是谁把我救活的吗?是小亮亮!是亲儿子亮亮……在我孤立无援独自死去的那些日子里,一个念头日日夜夜占据着我的脑袋——孩子没有死,只是被我一时不慎给弄丢了。他一定躲在一个什么地方在等妈妈,眨巴着大眼睛盼等着妈妈去找他,当我到那个小山村碰见这个男孩时,孩子望着我,我立刻就认出了这就是我们的儿子!难道你没有发现,他长得很像你吗?我早就发现了,一眼就认出来了。我们娘儿俩终于团聚了,什么力量也甭想再把我们娘儿俩分开!"

彭程惊奇地瞪大眼睛呆呆地瞅着幽兰,诧异、不解、困惑,甚至感到陌生。曾几何时,这个少言寡语温柔脆弱的小女人,变得如此强硬固执雄辩滔滔满口新观念新名词了……

两人默默地僵坐良久,彭程才勉强露出笑容说:"不争论,不争论了。不着急,从长计议。那么,我先回去了,咱们都冷静冷静,再好好想想。"

他起身告辞了,她也未加挽留。出了楼门,她看见立春正哄着亮亮在草坪上玩耍,她怕孩子们发现自己哭过,忙掏出手帕来擦拭眼睛。哪知亮亮眼尖,摇摇摆摆跑过来说:"妈妈不哭,彭叔叔不走,亮亮给彭叔叔唱歌——没妈的孩子是棵草,有妈的孩子是个宝……"

听着亮亮奶声奶气的歌声,彭程尴尬地拍拍手夸奖了一声,急匆匆下山去了。幽兰默默相送,走了一程又一程,他俩走下山坡,走过小广场,出了山庄大门，又顺着山路朝山下走去。他俩聊些不着边际的家常，友好中透着些许冷淡，她便知道他不会再来了。他从来就是个不肯负责任的大男孩，早该料到的，她对自己这样说。前面就是公共汽车站了，又一次分手的时刻到了。

忽然，背后传来亮亮柔嫩清脆的童声："妈妈——不走——彭叔叔——不走——"

她转身一看，这才发现五个孩子一直在后面远远地跟着他俩。立春怀里抱着亮亮，亮亮伸出一双胖胖的小手在召唤着她。金色的夕阳依山而尽，西半天黯淡下去的霞光，仍然清晰地衬托出五个高矮不齐的身影。

她回首凝望，潸然泪下。

盘山道上驶来一辆旅行轿车，车窗里放送着音量很大的歌曲，歌声在寂静的山谷里久久地回荡：

> 倘若你在街上遇见我，
> 不要停下，继续走你的路。
> 当你道一声再见，
> 我脸上挂着泪珠串串。
> 生离死别，天经地义，
> 继续走你的路。
> 倘若再相逢，
> 生活也不能重新再来。
> 泪珠串串道声再见，
> 继续走你的路……

十三

又是一个不眠之夜，又是一盏孤灯映衬着伏案而写的孤影，又是阳间与阴界母女之间的通灵倾诉。伴随着沙沙的写字声，肖晶的手指感受到纤细而富有弹性的蘸水笔尖的微微悸动，心灵又在随之颤栗。忽浓忽淡时深时浅的字迹犹如起伏的心潮，又在寻找着寄托的沙岸……

亲爱的妈妈：

今天是我最高兴的一天，因为今天我才知道，您早已宽恕了我，您从来就没有记恨过我，您还是那样深深地疼爱我！今天，爸爸又来山庄了，他听说了唤弟的事情。他出差了两个月，回来后打电话邀请孩子们去城里过礼拜天，梦虹带着弟弟们高高兴兴地去了。姥爷发现少了唤弟，关心地追问唤弟是不是生病了，孩子们只好如实相告。今天上午，爸爸就急匆匆地赶来了。

爸爸劝我去把唤弟接回来，我坚决不答应，一五一十把唤弟的所作所为对他讲述了一遍，他还是力劝我接回唤弟，悲天悯人地叹道："唉，唤弟这孩子的性格也真够怪的！不过，她是个没爹没娘的孤儿，普爱山庄既然收养了她，你们的母女关系既然经过了法律公证，咱们对她就要负责到底……"

我打断爸爸的话申辩："她对可意伤害太重了，对我的辱骂也太难听了，这事已经不可挽回了！"

爸爸仍然耐心规劝："在有些事情上，唤弟表现出超常的早熟，甚至有些变态人格，但她毕竟还是个孩子！听说她临走前已经认错了，当家长的要原谅孩子。"

我的倔脾气上来了，固执地表示："她犯的错误是不可原谅的！"

爸爸的神色变得严厉了，说："看来你还没有学会当妈妈，你要是她的亲妈妈，就会宽恕她，母亲是不会和自己的孩子记仇的！"

这句话刺痛了我内心深处的伤疤，我尖刻地反驳："我妈妈就没有宽恕我，我在唤弟这么大年纪时送了她的命，她一直在报复我，使我心里永远得不到安宁！"

爸爸听了这番话非常激动，面色苍白，嘴唇哆嗦着想说什么，却又说不出来，颤抖着双手解开外衣纽扣，从贴胸的内衣衣袋里拿出一个用透明塑料袋包着的信封，郑重地抽出发黄的旧信封递给了我，摆了摆手示意我自己看，他自己掏出手帕来默默地擦眼泪。

　　我满腹狐疑地打开了信，一看这熟悉的字体立刻热泪盈眶了，妈妈，这是您留下的遗书啊！

鹤寿：我的亲人！

　　非常对不起，我不能不去了。丢下你和晶晶，我知道不应该，也实在舍不得……但是，一个女人失去了尊严和名誉，实在无法屈辱地活在世上了……我苟且地活着，你们父女俩会跟着我蒙受耻辱。我只好像旧时代的弱女子那样，以死来证明自己的清白，尤其向晶晶证明，她的妈妈是纯洁的，清白的，堂堂正正的人民教师！

　　我对你只有一个请求：为了我原谅晶晶吧！她还小，不懂事，她是咱们爱情的结晶！我感谢女儿来到世上陪了我十三年！对于咱们的生活来说，她永远是一首美丽的诗！你一定要把她拉扯大，尽力让她过得好，将来帮她找一个像你爱我那样爱她的好男人，使她成为一个好母亲。

　　我的时间不多了，天已经蒙蒙亮了，天亮以后，造反派又要拉着我去游街示众了。匆匆写下这最后的家书，一位好心的看守会偷偷地把信转给你。我要在造反派到来之前实现我的庄严的选择。

　　这封信你先保存着，先不要给晶晶看。她还小，看不懂，就让她恨我看不起我和我划清界限罢！或许那样这个社会还能够宽容她一些。盼望有朝一日沉冤昭雪，那时她才会懂得她母亲的辞世是为了保持人的尊严。

　　这一点请你务必做到，一定要等到晶晶做了母亲时，再把我的信交给她。有了孩子，她会有另一种深切的人生体验。不养儿不知父母恩，早说了也没有用。到那时候她才会理解，妈妈是多么爱自己的孩子！母爱是伟大的无私的无条件的付出，不图回报，不计荣辱，为了保护孩子甚至不惜牺牲生命。

　　晶晶，我的心肝宝贝，妈妈不怪你，这事一点儿也不怪你，只怪这疯狂的世道。妈妈一直到死也没有恨过你，连一丝一毫的埋怨也没有。妈妈临走最后的牵挂就是你和你爸爸，妈妈在告别生命的最后一刻喊着：晶晶，我爱你！鹤寿，我爱你，对不起你们了……

泪水遮住了我的视线，我把信捂在胸口，撕心裂肺地哭喊着妈妈号啕起来。

爸爸把我揽在怀里，像小时候那样抚摸着我的头，沉痛地说："我对不起你妈妈，没有完成你妈妈的嘱托，这么多年来对你关心不够……其实，当爹的怎么能不关心自己的亲闺女？我没有一天不惦记你，只是……只是你妈妈蒙受那样的耻辱，死得太惨了……你到边疆当知识青年，一走又多少年无音讯……我的心冷了，硬了，狠了，封闭了，不知道如何表达自己的感情，体会不到别人给予的温暖，也不会给别人温暖了……"

我哭着表示："都怪我总是躲着您……其实我是逃避自己……从十三岁以后我就没有体验过少年时代的乐趣，没有享受过人生的幸福，心也冷了，硬了，狠了，封闭了……"

"我想，这就是人生的悲剧。人类原本应该是富有爱心心软如水的，可是，前些年的政治运动、阶级斗争，近几年的物质欲望、金钱诱惑，所有这些社会的外在因素，使人性变恶了。人们之间，哪怕是亲人们之间，不得不在以恶交恶，以恶防恶，以恶治恶中，狼一样警觉而残忍地活着！"爸爸是在大学里教社会学的，长年以书为伴，看来对人生世事作了深思熟虑的思考。他话锋一转说："你不是说唤弟像一只小狼吗？连女孩子的心都变得这么狠，这么硬，这么冷酷，这真是叫人更加感到痛心的事情。孩子们应该有着美好的未来，不应该重复咱们老一代人的悲剧啊……我一听说你来到普爱山庄，抚养这么多的孤儿，我的心一下子软了……孩子们一声声叫你妈妈，叫我姥爷，心里就像……在温泉里泡过了似的，泡软了，焐热了……唤弟的性情如此古怪，也一定有她的家庭因素和特殊经历，只要弄清楚了，根治她的心病，她这么小的年纪可塑性还是很大的……"

听了爸爸苦口婆心的诱导，我擦干眼泪真诚地表示："我明白了，妈妈对我这么慈爱和宽恕，我也应该以慈母之心宽恕我的孩子，我这就去了解清楚唤弟的家庭情况，然后把她接回来。"

爸爸欣慰地点点头，叫我把您的遗书收好。我留爸爸在山庄吃午饭，要给他包饺子吃。他说："下午还要赶回城里去讲课，随便做点儿吃吧！等你把唤弟接回来，咱们全家再吃一顿团圆饺子。"

妈妈，谢谢您教会了我如何做一个好母亲。

我送爸爸走了以后，立刻找石院长说了我的打算。石院长非常高兴，派展晴陪我出差去了解唤弟的家庭情况，派杨大妮来照顾孩子们。我们做通了晚珠和梦虹的工作，她俩也很欢迎唤弟回来。一切安排就绪以后，明天我和展晴就要出发了。

晚上回到卧室，我照料可意躺下之后，坐在他的床边问："可意，我去把唤弟姐姐接回来，你愿意吗？"

可意的大眼睛一亮，欢叫一声："愿意！"

他一轱辘蹿出被窝，光着脚丫子蹦到地上，从自己的小书桌上拿来那个小相框，把镶在里面的照片取出来，交给我说："妈妈，把这张照片给姐姐，说我……想她，她回来以后就是再打我，我也愿意她回来……"

这张照片是唤弟和立春过生日时在"生日快乐"餐厅拍的那张合影，当时唤弟拒绝和可意一起照相，推开了他，但展晴抢拍的这张照片上，在唤弟身后留下了暗影里可意怯生生的模样。我把照片送给唤弟，她不要，可意却珍爱地保存至今。

我正在端详着这张不和谐的姐弟合影，冷不防可意搂住我的脖子重重地亲了一下我的脸颊，我禁不住鼻子一酸，两行热泪潸然而下……

十四

肖晶和展晴来到唤弟父亲崔守根生前所在的建筑公司，想找到他的同乡陶二冬了解崔家的事情，不巧陶二冬随建筑工程队去外地施工了。她俩不辞劳苦追到江西，陶二冬听说了她俩的来意之后，摇头叹道："唉，我的这个老乡守根呀，只因为心眼儿太窄，生性多疑，害得老婆寻了短见不说，自己心里别扭得了癌症，又害得两个孩子骨肉成仇。他千不该万不该，不该在临死时给唤弟留下那些恶言，当时我守在病床旁，他说：'你要永远记住，我是让你娘和那个野汉子气死的！可意不是我的骨血，是个野杂种！'你们说说，有什么必要对个不懂事的小女孩讲这些话呢？不管怎么说，唤弟和可意也是一个娘肚子里爬出来的一奶同胞，有个同母异父的弟弟在世上作个伴儿也好哇……"

展晴性急地追问："这么说，您也认为唤弟和可意不是一个父亲的了？可是，他俩长得非常像，我们没有见过他们的父母，依您看，他们像母亲，还是像父亲呢？"

陶二冬想了想支吾着："嗯……好像……好像更像守根一些。"

肖晶又问："唤弟的母亲在老家是不是另有男人？老崔猜疑他妻子跟别人有了可意，这些事有没有真凭实据？"

陶二冬作了详细介绍："在村里我和守根是一墙之隔的邻居，我们俩打年轻就一块出来当建筑工人，后来一块儿回乡娶媳妇，我老婆的娘家和他老婆的娘家又是一个村的，上中学时我们都是同班同学。他老婆叫郭俊仙，模样俊俏远近闻名。班上有个叫郑改福的男同学和俊仙相好，只因改福父母双亡，家里穷得只有半间土坯老屋，俊仙的父母死活也不同意那门亲事。守根出来上班多年，存了些钱，俊仙她父母认为给闺女寻了个好人家。成亲以后，俊仙倒是过日子的一把好手，只是丈夫长年不在家，我们那里又是贫穷的山区，一个女人拉扯着唤弟也实在不容易，挑水、砍柴、种地，这些重活，比别人家就更艰难一些。那个改福后来给附近的林场守林子，常常来帮着俊仙干活，一来二去的，村里就有些传言。你们城里人也听说过，农村，特别是山里人是很封建保守的，容不得这种事。守根回家探亲，就有本家老娘们往他耳朵里透些闲言碎语。守根那人是死要面子，心眼儿小，脾气暴，认死理儿。回家就把俊仙毒打了一顿。夫妻吵吵闹闹过了一个月，他别别扭扭回了建筑队。两口子打架不该把孩子扯进来，可是守根临走时交给唤弟一个任务，叫她监视她娘。唤弟那年才七八岁，懂得什么？她爹告诉她：'村里人都对咱指指戳戳，败坏了咱的门风，叫我没法做人！爹走了，你替我看好这个家，那个野汉子来了，你就踢他，咬他，把他撵出去！'唤弟还真就听她爹的话，从此就恨上了她娘……"

展晴诧异地感叹："世上竟然有这样的父亲！这对孩子的心理影响太不好了！"

肖晶回味起什么，恍然大悟："怪不得温浩宇来找我的时候，唤弟总是鬼鬼祟祟监视我们，原来她对亲娘也是这样的！"

展晴还是追问陶二冬："那么，可意到底是……"

陶二冬神秘地回答："谁的骨血？这谁能说得清楚？俊仙临死又没留下话儿！守根那次探亲走了日子不长，俊仙就怀了孩子。他写信要俊仙把孩子打掉，俊仙说盼个小子，不同意打胎。守根心里就更别扭了，总跟我叨叨说他怀疑这孩子不是他的。人要是种下心病，别人怎么劝也没用。俊仙临产前，一连来了几封信催他回去。他都不想回去，后来俊仙写信求我，我这才同时给我们俩请了探亲假，把他拽了回去。俊仙生了个儿子，守根一点也不高兴，说那孩子的眉眼怎么看怎么像改福。"

展晴不以为然地说："新生儿的五官几乎都是肉团团的，根本看不出来像谁。"

陶二冬附和道："是啊，他这个人就是疑心重啊！他盘问唤弟，问她娘和改福还有没有来往，唤弟说：'我娘带着我回姥姥家住了好几个月，那个野汉子常到我姥姥家来帮着干活，我踢他咬他，舅舅拦着，他俩是朋友……'守根一听就火冒三丈，闯到月子房不顾俊仙产后虚弱解下皮带就抽她，俊仙又哭又骂，我们两口子听到吵闹声忙过去劝架。守根打红了眼了，疯了似的不认人，连我的胳膊都被他抽出好几道血棱子，俊仙一个产妇如何经得住！连气恼带受凉得了产后风，我老婆只好替她带着可意。守根毒打俊仙一顿以后，不管不顾离开了家。这件事闹得十里八村的都知道，俊仙她娘家人觉得没脸见人，也不来伺候月子，俊仙的病越来越厉害了，一天夜里上吊寻了短见……可怜两个没娘的孩子，他们崔郭两家的远亲近亲没有一个管的。守根活着的时候，托我老婆照看，守根死了以后，两个孩子成了孤儿，我们公司只好把他们接来，寄养在大相扑家。他们能去普爱山庄安家落户，我们都替孩子高兴。不知为什么，你们又把唤弟送了回来。大相扑那个胖娘们，人品不好，可不能让唤弟跟她学坏呀！"

肖晶脸儿红了红，说："我们这就要把她接回去了。"

临别时，陶二冬再三表示："我替两个孩子死去的爹妈谢谢你们了！"

肖晶和展晴坐上火车南下，下了火车，改乘县民政局派来的吉普车又走了一百多里山路，才来到唤弟可意的家乡。这个偏僻的小山村只有几十户人家，陶二冬的妻子热情地接待了她们，提起俊仙和两个孤儿的不幸遭遇，又赔了不少眼泪。

再往深山里走连通车的公路都没有了，陶妻领着两位城里女人爬了一座山又一座山。在林场守林人的小屋里，她们找到了郑改福。改福还不到四十岁，就已经苍老得像个老翁了。他至今未娶，终年在山林中餐风饮露，以防火防伐防偷猎为职业，混口饭吃，只有一条大黑狗和一支猎枪陪伴着他。山区本来就缺少女人，再加上他孑然一身穷得连一间像样的房子都没有，看来只得打一辈子光棍了。陶妻介绍两位女客是来自北方唤弟可意寄养的孤儿院时，改福木讷的脸上浮现一丝迷茫的脸色。

肖晶和展晴你看看我，我瞅瞅你，两个人都嗫嚅着不知从何谈起。她们两个还都是大姑娘，总不能一张口就问这个陌生男人：可意是不是你的私生子？陶妻和改福是老同学，只好替客人问了这个难以启齿的问题。改福一听，黢黑的脸先是涨红了，继而变得惨白，嘴唇哆嗦着说："我们家到我这辈子眼看要绝户了……我希望那孩子是我的，我这辈子娶不上媳妇也总算留下一条根……可惜不是！我和俊仙是清白的，我只是看她一个女人家过的日子太艰难了，帮她一把，不想帮她上了死路……一个穷字，生生地拆散了我们，但我们是清白的！俊仙死得冤屈啊！那个混账崔守根，身在福中不知福，得着俊仙那么好的媳妇，他却把她给逼死了！一想起这些往事，我就一个人蹲在林子里放声地哭，好叫人心疼的俊仙啊，我要是不穷，我一定会好好地疼你呀……可意那孩子也忒可怜，自己的亲爹到死也不认他！我哪怕有一点能力，我也愿意收养可意，俊仙的骨肉，就跟我自己的亲骨肉一样，有个大小子跟我做个伴也好啊……可是你们看我这里……实在……唉！"

肖晶和展晴唯唯告退了。

她们翻过了一道山梁，回首望去还能够看见河边那座孤独的守林人小屋。一路上她们都不想谈话，默然地望着沉郁的山林。在这块古老的土地上，酿成过多少爱情与婚姻的悲剧啊！萋萋芳草在山风中摇曳，无名野花在荒野中自开自谢，它们活得倒比人类超然，轻松，无忧无虑。展晴长叹一声："唉，东方的奥赛罗！"

在返程的火车上，展晴问肖晶："你说咱俩去弄清楚可意的血统，究竟希望他是谁的孩子？其实，他们姐弟俩是不是一个父亲的这并不重要。现代人早已不注重封建血统了，同母所生，可意也是唤弟的亲人啊！"

肖晶叹道："这个问题我也想过，为了唤弟，我当然希望他们姐弟同父同母。但是为了可意，我又希望帮他找到亲生父亲。不过，现在这个调查结果，有利于今后唤弟和弟弟建立感情。"

她俩结束了长途跋涉，顾不上回山庄休息，就由城里赶到滨海区，到大相扑家里去接唤弟。

大相扑听说她们是来接唤弟的，冷笑道："你们来晚啦！那死丫头不在我这儿啦！"

肖晶吃惊地问："她到什么地方去了！"

大相扑一撇嘴说："我早就看她不是玩艺儿，怎么样？你对付不了她了吧？又推给我了吧？我还是好好待承她，可她成天跟我找别扭，后来干脆不着家啦！"

展晴一听就急了，不客气地质问："一个女孩子出去流浪太危险了，你也太不负责了！走，咱们想办法把她找回来！"

大相扑笑得浑身肥肉乱颤："找回来？说得倒容易！她去的那个地界儿，进去就出不来！她参加了流氓集团，杀了人，蹲了局子啦！"

展晴和肖晶听了大吃一惊，瞠目结舌呆住了。她们不相信大相扑的话，决定去当地派出所了解清楚。

派出所警察的一席介绍，叫肖晶和展晴万分失望，原来唤弟真的犯了杀人罪。年轻的户籍警察说："崔唤弟今年还不到十四岁，是我们全区近年来最小的杀人犯，又是个女孩子，这个案件真是太特殊了！她回来以后，因不甘忍受大相扑的虐待，和一群歹徒到社会上漂流，盗窃赌博，打架斗殴，无所不为。但她毕竟还年幼，痛恨男女之间的性关系，流氓头子强奸了她，还逼她去卖淫。她假装答应了，趁着流氓头子熟睡之机，抡起斧子把他砍死了。因她未成年，本人又有被强奸、迫害等因素，只受了少年管教三年的处罚。"

想不到事情出现了如此巨变，肖晶哭红了眼睛，为自己赶走了唤弟感到痛心疾首，但懊悔已经来不及了。她要立刻去探望女儿，给唤弟送去一份温暖。当初肖晶来接走唤弟时，就是这位警察给办理的转移户口的手续，知道她和唤弟是普爱山庄经过法律公证的养母养女关系，马上给少年管教所打了电话。对方在电话中答复："自从崔唤弟进来以后，从来没有一个亲属来看过她，我们十分欢迎她母亲前来探视。"

肖晶和展晴商量了一下，考虑到两个出差太久了，需要有一个人回去向两位院长汇报情况，再说，展晴还要给山庄孩子们辅导功课，于是她俩决定展晴回山庄去，肖晶去少管所探监。

十五

肖晶买了许多食品，风尘仆仆地赶到了少年管教所。女管教于大姐热情地接待了她，接过食品说："我这就给唤弟送进去。听说你要来看她，我找她谈了，起初说什么也不愿意见你，再三动员这才听话的。她刚来时采取自暴自弃的态度，我鼓励她学好文化课。我们这里还有各种技艺培训班，以便日后她们出去就业。适合女孩子的有缝纫、插花、美容理发、烹饪、电脑打字，等等。她还小，学个一技之长，将来还有前途。你来得正好，母女俩好好谈谈心，帮我们开导开导她。"

肖晶坐在会见室等了一会儿，于管教领着唤弟来了。唤弟见了肖晶也不叫妈妈，一脸木然垂手而立。于管教有意让母女俩单独谈话，客气地退出了。

肖晶打量着唤弟，几个月不见唤弟好像突然长了好几岁，穿着这身黑色囚服也使她看上去又高又瘦。凹凹的眼窝更加深陷，黑眼睛也显得更大了。她的目光还是那么明亮灼人，只是失去了先前那种小狼一般恶狠狠的锋芒，眉宇间过早地浮现出成年女人的神色，疲倦，冷漠，甚至微露讥讽。

想到这个瘦瘦的小女孩能够杀死一个凶狠的男人，肖晶不由得毛骨悚然，事先想好的亲热话都忘了，鬼使神差地竟冒出这么一句不恰当的开场白："你砍死那个流氓头子时看见血了没有？当时你怕不怕?"

唤弟没料到她一上来会提出这个问题，收敛了玩世不恭的表情，如实回答："他喝多了酒，睡得很死，我朝他的脑袋砍第一斧子的时候，不小心碰断了拴在床头的电灯绳，灯灭了，我摸黑砍了他不知多少斧子，没有看见血。他在睡觉前扒光了我的衣服……杀了他以后我跑到淋浴室，打开电灯看见自己身上都是血，就没完没了地冲啊洗啊，当时只觉得脏，不觉得怕，只想报仇，没有顾上害怕，后来我抱起衣服就跑了。"

她说起这件人命大案时熟练流利，异常冷静，看来在公安局、法院、少管所已经回答了多少遍了。肖晶听了心里一阵阵紧缩发颤，不由得搂过唤弟拉她在长凳上坐下，眼圈一红哽咽着说："谢天谢地，这是苍天怜悯你，不让你看见那血淋淋的场面，以免你留下恐怖的记忆。"

唤弟却不习惯这种亲昵的搂抱，往后挪了挪身子拉开了距离。肖晶又拉住她的手诚恳地表示："我是来向你道歉，请求你原谅的。"

唤弟听了一愣，眼睛里闪出一丝潮湿，转瞬又恢复了干涩与冷漠。

肖晶掏出面巾纸擦拭着泪水继续说："我很后悔，要是不把你撵走，你就不会落到这步田地……上学期你学习进步好快呀！都怪我太绝情了……为什么我总是扯进一桩桩罪恶呢……你都知道了，我母亲也是上吊自尽的，咱们母女俩是一样的苦命……"

唤弟听她说得恳切，脸色柔和了一些，却仍然沉默不语。

肖晶趁势告诉她："我和展老师去找了你父亲的同乡陶二冬，他详细地讲了你父母的事情。"

唤弟忽然怒目圆睁大喊大叫起来："别提他们，我没有父母!"

肖晶并不生气，和颜悦色地劝导："你不要恨父母了，他们都是很可怜的人！他们对你有养育之恩……"

唤弟打断了她的话，恶狠狠地质问："他们为什么把我生下来？什么父母恩，男人和女人还不就是那么回事？你不懂，哈哈哈！"

老姑娘一听这话面红耳赤，一时语塞。

唤弟却发出一阵冷笑："过去我只恨我母亲，现在连父亲也恨了！他们凭什么把我生下来，叫我到世上来受苦？"

肖晶镇静了一下，仍然和蔼地说："我和展老师还去了你老家，见到了你陶婶婶，又去林场找了你改福舅舅。你改福舅舅说，他和你妈妈是清白的，可意不是他的骨血，是你的亲弟弟！"

"无所谓！我无所谓！这和我有什么关系？"唤弟仍然一副咬牙切齿的凶相，双腮却滚下两行泪珠。

肖晶从提包里拿出那张她和她弟弟的合影放在她手里："这张照片是你过生日时，展老师拍的，这是你和你弟弟唯一的一张合影，可意让我捎给你的！他说他很想你……"

唤弟一甩手把照片扔到地上："我不要，别给我这个！"

肖晶再也无法保持冷静了，激动地站起来说："可意是你的亲弟弟！等你长大了你会明白，即使他与你同母异父，他也是你在这个世界上唯一的亲人！同样，你也是他唯一的亲人！当然还有我们！既然命运使咱们走到一起了，我永远是你的妈妈，梦虹、剩儿、石头、可意，永远是你的姐姐和弟弟！还有立春、晚珠，他们都欢迎你回去。过些天我会带他们来看你。孩子，你要记住，你并不孤单，普爱山庄永远是你的家，我和你姐姐、弟弟们盼着你回去……"

她讲得声泪俱下，唤弟听得哀哀低泣，但是不等她讲完，唤弟却转身推开通往牢房的门跑走了。

肖晶只好退出了，临走时捡起照片放在了桌上。

她走出了会见室，路过走廊上的窗子时听到屋里有响动，不由得驻足望了望会见室，发现屋里那扇通往牢房的门在忽闪着，而她留在桌上的那张照片不见了……

十六

已经快结束了，肖晶必须抽时间陪梦虹回老家了，司机小杜送她们母女去城里火车站。她们要坐一段火车，还要再坐一段长途汽车，才能到达梦虹的故乡凌花村。

肖晶出差期间由"替补妈妈"杨大妮照顾六号楼的孩子们，此时杨大妮和可意忙着往汽车上装东西，是一些送给乡亲们的礼物。梦虹高兴地上了汽车，虽然只是短期分别，可意和大姐还是依依难舍。

石院长和肖晶站在喷泉旁，仍在商量此行的细节。

立春拿着一袋食品从山上跑下来了，来到肖晶身旁朝山上一指说："六姨，我妈妈怕你们路上吃不干净的东西，烙了发面饼，做了茶叶蛋、酱牛肉和泡菜，说这些东西不怕凉，吃了不会闹肚子。"

肖晶顺着他的手势一看，只见谷幽兰站在山坡上不好意思来送行。肖晶感动地朝着她双手握拳举过了头一再拜谢，幽兰也远远地招手致意。

看到两个女人的关系开始缓和，石院长脸上露出了满意的笑容。

立春跑到汽车跟前，把食物交给梦虹，两人叽叽哝哝有着说不完的亲热话。

石院长和肖晶的谈话还在继续，肖晶为难地表示："梦虹这么想家，其实她回去也无亲可投，老家只有一个白老师喜欢她。她心里难解的死扣，是她无法知道爸爸妈妈的模样，可她又克制不住地非去想这个永远没有答案的问题。山梅和我送她去精神病院检查时，儿童心理门诊的刘教授说这是一种精神障碍，强迫意识。回老家一趟，在短期内对她的情绪有所缓解，但是不能从根本上排除这种强迫意识。"

石院长也深有同感，但一时又想不出上策，只好说："先带她回去散散心，也许能起到异地治疗的作用。到了那里你和白老师多商量，见机行事吧！"

出发的时间到了，汽车开出了普爱山庄。石院长、杨大妮、立春、可意送出了大门，望着汽车远去。

　　石院长送走了肖晶、梦虹，回到办公室久久地思索：是啊，肖晶提的问题有道理，梦虹的心病不是回一趟老家就能够治好的。想个什么法子，才能叫她不再穷思苦想妈妈的模样，才能叫她真正地把普爱山庄当成自己的家呢……

　　他坐在办公桌前，下意识地用手指敲击着玻璃板。玻璃板底下压着许多画片，都是他从各处搜集来的各种肤色的儿童肖像：孩子与小动物，孩子与花，孩子与皮球，在海边游泳的孩子，打秋千的孩子……这些小画片围着中间一幅大画，画上是一位年轻美丽的金发母亲抱着自己的胖婴儿。画的左侧下端有一块空白，他曾精心剪下一个黑孩子的头像放在此处，看上去似乎金发碧眼的母亲抱着两个孩子，一个黑孩子，一个白孩子。这个奇特的组合很吸引人，他对自己的再创作颇为得意。

　　他瞅着瞅着突发奇想，急忙找来梦虹的简历资料，资料夹子里记有梦虹原籍的详细地址和当地民政部门的电话号码。他拿起电话听筒通过长途电话台叫通了那位民政助理员，向他打听到梦虹的家乡凌花村村公所的电话。又费了好多功夫，他才叫通了凌花村的电话，找到了村小学的白老师，告诉白老师肖晶和梦虹很快就要到达了。

　　他与白老师在电话里做了长时间谈话。

　　这是一次非常重要的谈话。他放下电话得意地拍拍自己的秃脑袋自言自语："不笨！挺灵光！嘿嘿嘿……"

　　肖晶和梦虹一路顺风在一个小站下了火车，两人走出月台刚要去长途汽车站，忽听远处有人高喊："梦虹——"

　　梦虹循声望去，原来是村长的儿子根柱。她高兴地跑过去亲热地说："根柱叔，你怎么在这儿呀？"

　　根柱说："我爹听说你回来，让我来接你。"

　　梦虹惊喜地问："村长怎么知道我要回来？"

　　根柱说："你们石院长给白老师来电话了。"

　　肖晶听了有些奇怪，临别时石院长并没有说要给梦虹村里人打电话，看来他是不放心我们，想得太周到了。

梦虹给双方作介绍："这是我妈妈，这是我根柱叔。"

肖晶和根柱寒暄问候，根柱一见肖晶，面露惊异之色，说："梦虹，你这位城里妈妈的眉眼很像你娘！"

梦虹吃了一惊："真的？"

根柱打量着肖晶，再一次以肯定的语气表示："可不，太像了！只是比你娘个子高一点儿，简直跟你娘像亲姐妹！"

梦虹睁大眼睛不认识了似的望着肖晶，目光中闪烁着迷茫的神色。

肖晶心中也犯开了猜忖，自己真的很像梦虹的亲妈妈？世上真有这么巧的事么？别是这位乡亲的心理作用吧……

母女二人正在暗暗犯嘀咕，根柱已经接过她们手里的东西放到拖拉机上，请她俩坐上拖拉机，突突突地开上了公路。

一路上，梦虹贪婪地浏览家乡的景色，向根柱打听白老师和乡亲们的情况，说说笑笑眉飞色舞，与平时的郁郁寡欢判若两人。

肖晶望着郁郁苍苍起伏不平的丘陵景色，也不由得心旷神怡。这里曾经是大地震的重灾区，十几年过去了，山林田野村庄公路一派生机，看不出创伤的痕迹，难以想象当年这一带曾死难几十万人。人类生命的川流滚滚向前，似乎淡忘了往事的苦痛。但是，肖晶深切地知道，这块土地的幸存者们并没有忘却那地动山摇的可怕时刻，就连当时还在褓褓中的梦虹至今都难以治愈心灵的创伤。展晴讲心理学时说，有一位哲学家认为：人们按照自己的疼痛点去寻找生活。只要曾经有一个受到重大伤害的疼痛点，它就会渐渐地决定人的心理特征，甚至决定人的一生。梦虹回到魂萦梦绕的故乡了，她要寻找什么？她又能寻找到什么呢……

根柱驾驶着手扶拖拉机走了几个钟头漫长的公路，又下到一段黄泥古道上，颠簸摇晃把人的骨头都快震散了，终于来到了凌花村。

拖拉机在村公所门外停下来，村长迎了出来。梦虹跳下拖拉机扑到村长怀里，哽咽地叫道："赵爷爷……"

村长抚摸着她的头发说："你变得又白又水灵了。"

根柱帮肖晶拿东西下了拖拉机，说："爹，这位是梦虹的城里妈妈肖晶，这是我爹。"

　　村长伸出长满老茧的双手紧紧地握住肖晶的手笑道："欢迎你，大老远的到我们小地方来，谢谢你照料梦虹……"

　　忽然，他瞪大眼睛呆住了，倒退几步上下打量肖晶，拉住儿子问道："哎，根柱，怎么看着梦虹这位新妈妈有点面熟呢？"

　　根柱故作神秘地笑道："我在火车站一见面就看出来了！您再好好瞅瞅，像谁？"

　　村长眯起眼睛冲着肖晶左看右看，拍拍脑门恍然大悟，说："想起来了，像梦虹的亲娘！"

　　根柱说："要不是亲眼瞅见，我真不信世上竟有这么像的两个人呢！"

　　村长目不转睛地盯着肖晶，瞅了又瞅，瞧了又瞧："嗯，是像！太像了！除了个子高一点，简直是一个模子刻出来的！"

　　在火车站见面时根柱说的话，肖晶和梦虹都没有太在意，因为人们常常会说谁与谁相像，她们只是姑妄听之未作多想。现在又听村长这么说，加深了她们相信和惊异的程度。

　　梦虹半信半疑地端详肖晶，一双大眼睛浓密的长睫毛上闪出晶莹的泪珠。

　　凌花村太小了，梦虹还乡和远客光临的消息不胫而走，全村老老少少都涌来了。乡亲们拉着梦虹的手问长问短，打听她在孤儿院的生活情况。

　　老奶奶、婶子大娘们一见肖晶，脸上不约而同地露出惊异之色。大家交头接耳，窃窃私语，肖晶被她们盯着观瞧很是窘迫。

　　一位白发老奶奶戴上老花镜凑到肖晶面前仔细端详，拉住她的手臂说："闺女，俺老了，说句话你可别介意，你不是梦虹她娘附体了吧？"

　　这句话问得肖晶脊背发凉毛骨悚然，她禁不住好奇心的驱使，问："老奶奶，我真的很像梦虹的亲娘吗？"

　　老奶奶把梦虹拉过来，欲说什么却已老泪纵横，用衣袖蘸着眼泪说："这个苦命的孩子出生还不到一百天，她爹娘就……去年她姥爷也过世了……准是她娘不放心孩子一个小人儿孤孤单单没个亲人，转世托生成你来当她娘……这才叫不是一家人不进一个门呢！阿弥陀佛，这就是缘分！梦虹啊，你就把这位城里妈妈当成自己的亲娘吧！想娘了，你就瞅瞅她的模样儿……"

梦虹早已泪如雨下，颤动着嘴唇发自内心叫了一声："妈妈……"

肖晶听出了这一声呼唤的感情分量，心头发热鼻子一酸也落下泪来。平时，普爱山庄的孤儿们也叫"妈妈"，但那只是一种"职称"。现在梦虹喊出的这一声"妈妈"，却是浸透了骨肉亲情。

婶子大娘们，一个个赔了不少眼泪。

肖晶心里虽然深受感动，却仍然暗生狐疑，事情真的会出现如此偶然的巧合吗……

十七

乡亲们争着请她们母女到自己家里作客，面对这么多人的盛情邀请，肖晶正在无所适从，梦虹却嚷嚷着要去看望白老师。

村长陪着她们母女来到学校，学生们放暑假了，学校里，寂静无声。梦虹飞跑着奔向白老师的小屋，欢叫着："白老师，我妈妈来看您了，她也喜欢看书，写日记！妈妈，这就是我跟您常说的白老师！"

白老师是个面容清癯的中年人，脊背微驼白发早生，朴素得近于寒酸的衣着，却掩饰不住一股沉于书卷的儒雅之气。他含笑迎出门来，见到肖晶也是一愣怔，目光有些意味深长，却没有多说什么，彬彬有礼地请客人进屋。

肖晶发现梦虹也在注意白老师脸上的表情，暗想：梦虹非常信任白老师，如果白老师也认为我与她亲生母亲很相像，那么她会深信不疑的。

大家走进房间，肖晶惊奇地环视这间破旧的小屋，房间里到处都是书：书架上、书桌上、炕上、窗台上，甚至地上，堆满了书报杂志。

村长说："俺们村多亏了有白老师，肯下功夫教孩子，咱村的孩子到了镇中学差不多都是好学生！"

肖晶忙表示感激："怪不得梦虹一到我们那儿就是优等生呢，谢谢您为我培养了一个好闺女！"

白老师谦恭地说："哪里，农村小学，我只能给孩子们打下一些文化基础。梦虹到了你们大地方，将来更会有出息！"

宾主交谈之际，肖晶觉察到梦虹开始喜欢依偎她，走路时伸手挽着她的腰，落座时靠在她的怀里。往日这个孤僻的小姑娘对她从来没有过这种亲昵的举动。女孩这些微妙的变化在老姑娘心中引起了敏感的反应，她感到胸口一阵阵发烫，看来，这孩子开始真的把自己当作她的妈妈了……

梦虹回到这里犹如旧友重逢，深有感情地摸摸这，翻翻那，她从小就是这里的常客。忽然，她吸了吸鼻子，没有嗅到熟悉的狐狸味儿，问："白老师，您不养蓝狐和银狐了？"

白老师笑道："养，乡亲们帮我盖了一间饲养房，就在房后。"

梦虹拉着肖晶去看了蓝狐和银狐，这时有一群同学来找梦虹，拉她到河边玩耍去了。

村长执意邀请肖晶、梦虹和白老师去他家吃饭，告辞说先回家帮助老伴准备饭菜去。

白老师请肖晶回屋落座。肖晶从梦虹的提包里拿出笔记本捧给白老师："梦虹一路上都说请您批改她的习作，这会儿倒忘了，只顾和小朋友们玩去了，这孩子！"

白老师戴上眼镜翻阅了《石像妈妈》《我从哪里来？》等篇诗文，一边看一边称赞："嗯，不错！感情真挚，用词恰当，是一棵好苗子！只是小小年纪太多愁善感了一些。"

肖晶说："梦虹说，她喜欢看书作文是受了您的影响。孩子在幼年时遇到一位好老师，是很幸运的。我父母都是当教师的，我本人现在也妈妈不像妈妈老师不像老师的！"

白老师笑道："那咱们更不是外人了！梦虹给我来信说，她很喜欢您和新学校的文学老师，她还很喜欢山庄里的展老师。听说普爱山庄带孩子的妈妈都有高中以上的文化水平？"

肖晶点头说："好几位妈妈都有大学专科文凭，展晴老师还是去美国留学回来的硕士呢！"

白老师高兴地说："孤儿们有机会去普爱山庄生活学习，真是因祸得福啊！我真希望梦虹长大了考上大学文科，将来当上个诗人或作家，这孩子很有诗人气质。"

两人谈话很投机，肖晶忍不住询问："白老师，请您告诉我，我真的很像梦虹的母亲吗？"

白老师沉吟片刻，婉转地说："您就是梦虹的母亲呀！"

"可是，我想知道……事情真的会有这么巧吗？"肖晶追问，"一个孩子的生母和养母竟然长得一模一样，这有些不可思议。"

白老师笑了："是啊，太富于戏剧性了。"

肖晶听出他话里有话，猜测地问："这么说……乡亲们都在……演戏？"

白老师感叹道："你们石院长这个人太好了！他给我来了电话，介绍了梦虹去普爱山庄以后的情况，说了她和男孩子立春要好的事，以及成年人欺骗孩子引起的严重后果。梦虹总是悲叹自己不知道父母的模样，在老家时已有所流露，不料到了你们那里发展成一种病态心理。为了减轻她的孤独感，也为了你们母女建立真正的感情，石院长出了这么个主意。"

肖晶惊愕了："石院长出的主意？"

白老师继续讲述："我完全同意石院长的设想，找村长和乡亲们一说，大家都赞成。于是，成年人们齐心合力对梦虹来了一场善意的欺骗。"

肖晶这才恍然大悟，但还有一点细节不太理解，又问："老乡们演的戏有点过火，引起了我的猜疑。可是刚才您见到我也是一愣，看得出您的表情完全是真实的，这又是为什么呢？"

白老师笑了："看来您的观察力很敏锐！我见到您感到意外，是因为我没有想到您个子这么高！"

肖晶也笑了起来："哦，我明白了，老乡们谁见了我都面露惊异，我这一米七的高个子帮助他们把戏演得真实可信，骗过了聪明敏感的梦虹！"

她笑着笑着，倏地眼圈一红，热泪夺眶而出，掏出手帕激动地擦着眼泪说："谢谢……谢谢您和乡亲们！大家为了孩子这么费心，我这个当妈妈的真不知如何报答大家的盛情……"

白老师则表示："您这是说到哪里去了，梦虹是我们村的孩子，您和石院长为了她的健康成长下了这么大的功夫，我们应该感谢你们才是啊！往后，寒假暑假，希望你们常回来，咱们当一门亲戚走动！"

肖晶不住地点头："也欢迎您去我们山庄看看！梦虹见到您这么高兴，这孩子没了爹妈，却有幸遇到您这样一位好老师！"

白老师幽默地纠正道："不对，她这不是又有了妈妈了吗？而且，和她亲娘长得一模一样！"

两个人开怀大笑。

十八

深夜，满天的星星晶晶莹莹，珠泪欲滴，为了控制自己的感情，只好不断地眨着眼睛。在梦虹的外祖父留下的小屋里，母女二人躺在宽大的土炕上。梦虹伸展四肢仰面躺着，大口大口地叹着气，感到无比舒畅，似乎这是一张柔软的童床。肖晶却因为多年没睡过硬炕了，辗转反侧，难以入眠。十年的知识青年生涯，她曾在这种土炕上送走了青春年华，如今重温这种硌筋硌骨的滋味，倍感岁月的流逝。她默默地想着心事，忽觉一个热乎乎的身体挨近了自己——梦虹撩开被子钻到她的被窝里来了。老姑娘从来没有过和别人同床共枕的体验，心口一下子咚咚地悸跳得厉害。

梦虹也从来没有过贴近女人温热柔软的胸怀的体验，一种无比美妙无比亲切的感觉袭击了她的全身。她伸出手臂搂住妈妈的脖子，小嘴在肖晶耳边哈着热气喃喃地呼唤："妈妈……"

"嗯？"肖晶期待着她的话语。

然而，梦虹并没有什么话要说，她只是愿意在此时此刻贴着妈妈的脸颊重复地叫着："妈妈……"

"嗯？"

"妈妈……"

肖晶不知她想说什么，忽然，她觉出脸颊湿津津的，是女儿的热泪沾到了自己的脸上。她那颗冷硬的心从来没有这样被打动过，汩汩泪泉一下子从眼角涌出。她侧过身来搂紧了女儿，母女二人的泪水汇合成一股溪流。

梦虹的手心触到了肖晶的乳房，虽然隔着一层内衣，肖晶还是吓了一跳。老姑娘的这块禁区从来没有人闯入过，全身立刻绷紧了。她不好意思闪开，只好任凭女孩热乎乎的手放在那里。

其实，这是梦虹的一个试探。妈妈的坦然承受，使她受到了鼓励，一个鲤鱼打挺翻身跪坐在妈妈身边，撒娇地问："妈妈，让我亲亲你的奶头可以吗？"

这个要求对于老姑娘来说简直是五雷轰顶，一时不知如何是好了。理智告诉她，一位母亲是会满足孩子的这一愿望的，但是，她毕竟是过惯了多年独身生活的老处女呀……

梦虹见妈妈有些迟疑，再一次央求："我知道孩子大了不该再这么想，可是，乡亲们都说当年救我出来时，我还吮着妈妈的奶头。我想……我一直想知道妈妈乳房的滋味……"

她见妈妈沉默不语，意识到自己造次了，慌忙道歉："对不起，我不该这么说……您别生气……"

她扭过身去刚要躺下，妈妈一把拉住了她。

肖晶颤抖着双手解开了内衣的纽扣，为女儿敞开了圣洁的处女胸怀。

梦虹双膝跪在妈妈面前，激动地伸出双手捧起柔软的乳房，先是把脸蛋凑上去摩挲着那细腻的肌肤，然后用嘴唇触了触小巧的乳头，经过一番试探之后，她小心翼翼地启开双唇含住了乳头，闭上眼睛大气也不敢出，就这么屏住呼吸久久地吮含着妈妈的乳头。

肖晶也屏住呼吸一动不动地躺着，全身瘫痪了似的不存在了。生平第一次被人吮含着的乳头胀得尖挺挺的，显得放大了许多倍，成为整个身躯的主体。乳头发射出一种又凉又烫又麻酥酥的混合感觉，向全身弥漫开去。这种从来没有过的奇特体验，使她暗自猜想，哺育过孩子的女人常说的"乳房膨胀，奶水簌簌"，大概就是这种感觉了……她想到自己的亡母，婴儿时期的自己也是这样吸吮母亲的乳汁的，这真叫作不养儿不知父母恩啊！妈妈呀，现在我明白了，只有学会做母亲，学会爱孩子，才能真正理解您为我付出的牺牲。乳头的膨胀，又使她想到了梦虹的亡母，于是，她想象自己就是那位为了让女儿活下来，临死还在给婴儿喂奶的母亲。对于两位亡母的追忆和想象，使她觉得有一种无私的母爱真的"转世托生"移植到自己心中了。她默默地对自己说：母爱是崇高的，母爱是为了人类的繁衍，女人应该终生追求这种崇高……

她正在沉思默想，梦虹忽然张开嘴巴大哭起来，撕心扯肺的呼叫："妈妈——妈妈呀！女儿看见您啦……女儿可看见您啦……"

显然，她这是呼唤去世的生母，但她的点点热泪浇洒在眼前的处女妈妈的乳房上。在她心目中，两位母亲的灵魂与肉体合而为一了。

肖晶也热泪横流，母女二人抱头痛哭。

哭过之后，她俩都觉得心里一阵轻松，便都平静下来，并排躺着合上了眼睛。

村庄远处，不知谁家的婴儿半夜里啼哭起来，接着传来农妇拍哄孩子的摇篮曲。那种祖祖辈辈的女人们传下来的慈爱的哼唱，平缓柔和，简单淳朴，有腔无调，反反复复，在无边的夜色中久久地回荡着，显得那样的古远，那样的绵长……

肖晶和梦虹都不说话了，躺在炕上静静地倾听着。

过了许久，梦虹仍然悄无声息。肖晶以为她睡着了，自己也困乏难耐，打了个哈欠闭上了眼睛。

"妈，别以为我不知道！"

猛不丁地梦虹冒出这么句话，肖晶一时不得要领，问："你指的是什么事？"

梦虹说："乡亲们是为了安慰我，才说您长得像我亲娘的！"

肖晶大为惊骇，但稍作判断意外之余也就释然，孩子已经十三四岁了，何况绝顶聪明，超常敏感，什么事也很难瞒哄她。

肖晶沉吟片刻，以默认的口气询问："我问了白老师，才明白是怎么一回事。你是怎么知道的？"

梦虹说："石爷爷打来电话，一定是和白老师商量好了！再说，村里人人都这么说，倒叫我生疑了。"

肖晶的心情很复杂，母女关系刚刚贴近了，现在谎言戳破了，今后又会怎样呢……既然小鬼灵精并没有被成年人们善意的欺骗蒙住，那她又为什么对我做出那些从来没有过的亲昵举动呢……

肖晶正在暗生疑虑，不料梦虹又冒出一句更加令人诧异的话来："刚才我亲着您的奶头的时候，真的看见我娘了！"

"是吗？"肖晶吃惊地问："你娘什么样儿？"

梦虹遗憾地描述："影影绰绰看不清楚，只觉得娘很漂亮！只看见了娘也有一双明亮的大眼睛，和我的眼睛一模一样……娘见了我满眼是泪，泪水流啊，流啊，流到我的眼里，后来就被泪水泡模糊了，什么也看不见了……都怪我太爱哭了，要是能忍住眼泪，娘的模样还能看清楚一些……"

肖晶安慰道："这你就很有福气了！你这么漂亮，一定有个漂亮妈妈！"

梦虹叹了口气，以超出年龄的成熟口吻说："我太让大家操心了！石爷爷、村长、白老师、乡亲们，这么多人关心我，我不孤单了……爹娘去世多年了，总捉摸他们的模样有什么用呢？娘来看我了，我明白娘的心意……娘临死还在给我喂奶，是希望我能活下来，我要好好地活着……回去参加补考，好好学习，将来上大学，还要去德国看望海蒂！"

肖晶激动地把她搂过来夸奖："这就对了！这样石爷爷和我就放心了！"

梦虹伸手抚摸着她的脸颊咕哝："不管您长得像不像我娘，您都是我的好妈妈……"

她又咕哝了些什么，但已经含混不清了，她依偎在妈妈怀里睡着了。

拂晓前的繁星即将遁去，留恋地俯视着人间这一对熟睡的母女，一颗颗晶莹的眼睛再怎么眨动也挡不住欲滴的泪水了，苍茫大地漫山遍野林木花草便落满了晶莹的露珠。

十九

这一天清晨，石院长正在杨树林里遛早儿，忽见梦虹顺着山坡甬道跑了下来。听说昨天夜里肖晶和梦虹回来了，他还没见到她们母女俩，老远地打招呼："回来啦？老家的乡亲们好吗？"

"好！"梦虹来到石院长跟前笑道："白老师问您好！"

说着，她羞答答地捧出一封信："石爷爷，这是我给海蒂写的信，您看行吗？"

石爷爷笑呵呵地接过信来，只见梦虹以工整秀丽的字体写道：

远方的朋友海蒂：

你好！谢谢你送给我的画《梦》。我把它挂在了我的床头，这幅画真是太美了！

你把故乡的小屋画到云彩上，我看了掉了许多眼泪，因为我非常非常想念老家。现在好了，暑假里我的新妈妈陪我回到了故乡，我又看到故乡的小屋了。

事情有多么巧啊！你画了一道美丽的彩虹。而我的名字就叫梦虹。石院长告诉我，你说过"想到云彩上去找爸爸妈妈，和想去中国看看，都是我的梦"。过去，我从来没敢想过像我这样孤苦伶仃的孩子能够去德国看看，是你的梦给我鼓起了信心和勇气。石院长说，外面的世界大得很呢！现在，每当看到你的画我就想：长大了，我要去德国看望海蒂，我要出去看看外面的世界。

亲爱的朋友海蒂，虽然咱们未见过面，但有你的画陪伴我，我觉得不那么孤单了。你使我知道，在遥远的德国也有一个和我一样的孤儿。她有两个梦，一个是想寻找自己的家园，一个是想在大地上周游各国看看世界。过去我只有一个梦，看到你的画以后，现在我也有两个梦了！

从画上看，你的新家很漂亮。我的新家也很漂亮。寄去一张我的照片，我身后就是我们普爱山庄的景色。远处的山叫作妈妈山，因为它的形状像母亲的乳房。你发现我倚着的大杨树有什么与众不同的地方吗？它的树干上长着一只只大眼睛呢！德国有杨树吗？你们那里的杨树上有大眼睛吗？身后的杨树永远睁开眼睛眺望远方，盼着你早日来到中国。

回信时请寄来一张你的照片，我很想看看你的模样。

祝你

生活快乐！

你的中国朋友　梦虹

1988 年 8 月 30 日

梦虹脸儿红红地问："您看这样写行吗？"

石院长满口称赞："行！行！写得真好！我去找德语翻译，请他把你的信译成德文。连同你的原信和照片，一块儿给海蒂寄去！"

"谢谢石爷爷！"梦虹鞠了个深躬跑走了。石院长注意到她的头发长得能够扎起两把小刷子了，走起路来小刷子一摇一摆煞是活泼可爱。过不了几年，她又会甩起两条又黑又长的大辫子了……

二十

又一年的夏天来临了。

又一个夏天的清晨。

浑圆丰满的妈妈山又像是暗海中升起一座新岛，缓缓地沐浴在霞光中了。今天的朝霞分外绚丽，竟然把个绿色的妈妈山染成玛瑙珊瑚一般红彤彤的了。

普爱山庄七号楼门前的花畦里又一片金灿灿的向日葵花。

立春和梦虹又早早地起床来为向日葵浇水了。

他俩惊喜地望着向日葵花畦，因为他们发现向日葵比昨天长大了许多。娃娃脸似的圆圆的花冠齐刷刷地朝着东方，留住了一片金色的朝阳。

他俩浇完了水，拔了野草，打扫了场院，捧着自来水龙头喷出的水花洗了洗手，梦虹神秘地说："我带来了一样好东西！"

立春好奇地问："什么好东西？快给我看看！"

梦虹从书包里拿出一本书，朝立春扬了扬："这本书里有一段说向日葵的故事。"

立春欲抢过书来看，梦虹说："我念给你听！"

他俩坐在花畦边上的矮墙上，立春好奇地念着书名："希腊罗马神话……"

梦虹打开夹着纸条的一页，却看也不看地倒背如流："这个故事名叫《太阳神与向日花》，水泽仙女克丽蒂娥爱上了太阳神阿波罗，可是阿波罗却不喜欢她，对她不理不睬。她伤心极了，整天坐在冰冷的土地上，披散着满头乱发也无心梳洗。就这样不吃不喝坐了九天九夜，只有眼泪和冰凉的露水陪伴着她。她凝视着初升的太阳，目不转睛地追随他走完每天的路程下山去。她什么都不看，脸总是向着太阳。人们传说，后来她的手脚扎进土里成了根，身体成了枝茎，脸蛋儿变成了会转动的花盘，永远朝着太阳，追随他走过每天的路程……"

她讲完故事以后放下书本，抚摸着向日葵的叶子长叹一声："唉——可怜的姑娘！"

立春却手搭凉棚望着金色的朝阳埋怨："这个太阳神阿波罗也太狠心了！"

初升的太阳好像听到他的批评，不好意思地躲进一团红云后面去了。云端之下，铺洒出一张硕大无比的金伞，覆盖在乳房般浑圆的妈妈山巅，满山的林木花草显得愈加绚丽了。刚刚浇过水的向日葵畦犹如缀满了珍珠，密密匝匝的花上叶上每一滴水珠都反射出朝阳的虹彩，宛如汇聚了无数的小太阳。

梦虹看痴了，举目仰望着黄灿灿的花冠。温柔的红日徐徐脱开了云端，一点一点照亮了她的胸脯，颈项，尖尖的下巴颏儿，直到她绯红的脸颊，妩媚的眼睛在霞光中熠熠生辉。

立春也看痴了，不过他不再注意朝阳，也不再注意葵花，阿波罗和水泽仙女能不能相爱，那是他们自己的事情，他作为一个健壮早熟的少年只顾凝视着自己心爱的小姑娘。他情不自禁伸出双手扶住梦虹的肩膀，鼓足勇气提出了平生第一次的大胆请求："我想亲一亲你，可以吗？"

梦虹也是平生第一次听到男孩子说出这样的话，面露赤赧，慌乱地不知如何是好了。镇静了一下，她娇羞地表示："妈妈说，人生是一条很长的河，两岸还有好多好多道风景。我想过了，你还是先做我的哥哥或弟弟，等长大了你要是还这么好，咱们再……"

她羞得捂住脸说不下去了。立春故意追问："咱们再什么？"

"再……交朋友。"梦虹忸怩了好一会儿，才许下了大愿。

立春点点头，却仍然执拗地请求："好！可是……我还是想亲亲你！"

梦虹闪动着大眼睛，狡黠地说："人家都说我有一双会说话的眼睛，你就亲亲我的眼睛吧！"

立春高兴地表示："行！你把手背到后面去！"

梦虹有些猜疑，撅起小嘴说："说话算话，只许亲眼睛！"

立春信誓旦旦了："谁说话不算话，谁是小狗！"

梦虹还是有些不放心："那你也得把手背到后面去！"

这一对少男少女都把双手背到后面，身体前倾，脸儿互相凑近了。立春在梦虹美丽的大眼睛上印了深情的一吻，她的眼睛顷刻又变得水汪汪，泪蒙蒙的了……

二十一

中秋节夜里，肖晶带着孩子们坐最后一班车赶回普爱山庄。今天肖晶和爸爸以及孩子们过了一次热闹的团圆节，孩子们都得到了姥爷给的礼物，大家还去看了一场精彩的电影。一路上孩子们在车里又说又笑又唱。

可意从车窗里探出头望着夜空惊叫："月亮真大真圆呀！"

梦虹也惊喜地大喊："月亮真的在跟着咱们走呢！"

汽车在山路上辗转行驶，比平时走夜路的车速快多了。皓月当空，穹宇澄明，绕山盘旋的公路犹如玉带闪闪发光，引领着孩子们离山庄越来越近了。

肖晶和孩子们叫开了山庄大门，周大爷开门以后交给肖晶一封信。肖晶借着门灯灯光一看信封上写着的发出地址是深圳，心中有些诧异，自己在深圳没有亲友啊……

回到家里，她吩咐孩子们去洗漱睡觉。自己来到客厅打开信一看，才知道是浩宇的来信。已经很久没有浩宇的消息了，他怎么会跑到深圳去了呢？

读着信的内容，她的眼睛里即刻涌出了热泪。

晶晶：

咱们相爱这么久，我还是第一次给你写信。提笔时，在你的名字前面想加上一层足以表达我的感情的意思，却怎么也找不到具有"足以"分量的文字。"亲爱的""我的爱"之类的字眼，对于我们特殊的灵魂结合来说显得太常规太落套了；"甜心""心肝""宝贝"等等昵称，对于我们痛苦的经历来说又显得太甜腻太轻飘了；英语的 DARLING，对于我们这对只有积淀了几千年封建文明的东方土壤才会长出的苦瓜来说，又显得太洋了……想来想去，任何形容词和比喻，都承载不了我们两颗沉重的灵魂结合的负荷，干脆直呼晶晶罢！

你有这样一个美丽的名字，晶莹坚硬的钻石，晶亮的星星，透明的水晶，你一定会说还有晶莹的泪水，晶莹而朦胧的水中月，晶莹而虚幻的镜中花，而后者更能说明我们的命运。不管怎样，你都是我黑暗的心室中唯一晶亮的闪光。哪怕是蘸着泪水的闪光，哪怕是水中月镜中花的闪光，都能照亮我今生今世的坎坷之路，使我有勇气独行跋涉。

看我说了这么多，还没告诉你我已经来到深圳半年多了，找到了一份不错的工作，业余时间还去打零工。白天是"白领"，晚上和休息日是"蓝领"，只要能赚钱什么活都干。拼命赚钱，为的是早日赎得一个自由身。

噢，忘记告诉你了，有老吴和王丽霞夫妇作证，他们提供了谭翠娥遗书复印件作为物证，法院判决终于盼到了，由霍金龙和我两个人负担谭的赡养费。经和她娘家人协商，用这笔钱雇了一个保姆照顾她的生活，我才得以脱身来到了深圳。临行前没有去和你告别，因为我怕控制不住自己的感情……

我和谭翠娥的娘家人谈定了，只要我付给他们三十万元钱，他们就同意我和她离婚。她本人已经失去了意志能力，将由他的哥哥代她在离婚书上签字。我不会经商，也不善玩股票什么的，赚到这笔钱对我来说还需要漫长的时间，但我会努力工作慢慢积攒，直到能够摆脱那个魔鬼般的女人。

现在，我既盼着那一天，又怕盼到那一天。你我之间的灵魂相守是这样的空灵皎洁，真不知日后如何与你共度凡俗的生活了。我甚至自惭形秽，缺乏自信，生怕自己在平庸的日子里显露出的笨拙、无能、恶劣的习性，会使你感到失望。人类有一个共同的品性，永远追求没有得到的东西，到手之后便会习以为常。我们对纯粹意义上的真正爱情奢望太高了，一旦朝朝暮暮相厮相守，漫漫岁月将会显得平淡无奇，到那时会不会出现彼此的厌倦呢？真是不敢再想下去了……

还有一件事，我不能瞒着你，我在深圳找到了一个同居的女朋友。不用解释，你也知道我与她只有肉体关系，而没有灵魂的结合。在这方面男人不如女人，女人可以空守闺房，男人却很难为了忠贞的爱情独善其身。男人为了原谅自己，总爱把性和爱情分成两回事。《牛虻》中的亚瑟身边有个吉卜赛情妇，而他终生爱的还是琼玛。亚瑟在走向刑场之前给琼玛留下一张字条，写着"不论我活着还是死了，我都是一只快乐的牛虻"。我要对你说的是，"不管将来我们能不能终成眷属，我的灵魂都是属于你的"。

柏拉图式的精神恋爱毕竟已经是古远的诗歌了，我想做一个归来的柏拉图，但来到这个人欲横流的竞争城市，终于还是抵御不住本能的诱惑。就我的年龄而言，惧怕衰老和死亡，也是我在夜晚需要一个活生生的女伴的原因。正因为咱们灵魂相通，我才不怕你误会，并给你一个忠告：如果你有幸遇上一个好男人，请不要放弃幸福和欢乐。英国有一句谚语：不要为了一棵树，失去一片森林。为了给你留下心灵的空间，今后我不会再给你写信了。有朝一日我摆脱不幸的婚姻，去不去找你，也要视你那时的生活选择再作定夺。

晶晶，为了你的名字我查了《辞海》，"晶晶"这个词，明亮、明净之意。古诗《秋月赋》用"晶晶"来形容秋夜的皓月："皎皎摇摇，晶晶盈盈。"我的名字浩宇正是烘托皎月的空间，可惜，它太虚无飘渺茫茫无际了。或许，未食禁果的伊甸园式的爱情，正该是这般空灵高洁的？我会终生仰望着你——我生命中一轮遥不可及的晶晶皎月。

浩宇

1989 年 9 月 15 日

写于深圳

肖晶的眼泪一滴滴打湿了信纸，若不是孩子们还在楼上楼下忙着洗漱，她真想痛痛快快地大哭一场。她用毛巾擦着眼睛，推开了落地窗来到阳台上仰望着皎皎摇摇，晶晶盈盈的中秋朗月，喃喃自语泣不成声："为什么……幸福……总是和你一样遥不可及……遥不可及……"

"肖晶——可找着你了！"郭山梅的脸从阳台矮墙外面冒了出来，近在咫尺一墙之隔喘着粗气压低嗓音说："你还有心思赏月呢，我都快急死了！"

山梅的出现是这样突兀，肖晶被她吓了一跳，忙问："有事啊？进屋说吧！"

山梅环视左右，悄悄表示："不了，你这里人多，孩子们都还没睡。一会儿咱们都到大妮那儿去，展晴也去。"

肖晶见她如此神秘紧张，追问："出了什么事？"

山梅摆摆手说："这里不是说话的地方。你安顿孩子们睡下，就到大妮那儿去。我从头到尾告诉你们，不是几句话能够说明白的事。"

外一卷

没有说完的故事

海棠花怎样教会弃婴
哑女说话

一

寂静的四号楼，只有二层楼上杨大妮屋里亮着灯，门窗紧闭，垂着厚重的窗帷。

大妮轻手轻脚地为大家沏茶，展晴和肖晶期待地望着郭山梅，不知她把大家召集来要谈什么重要的事情。

山梅尚未开口就哽咽着什么话也说不出来了，大妮默默地递给她一条热毛巾，她擦了擦脸尽力使自己镇静下来，说："今天下午，我向石院长和田院长提出辞职了，明天我就要走了，请大家来告……告别，今天是中秋节，团圆……可是我……"

举座皆惊。三个女人齐声询问："为什么？"

今天一早儿，展晴就进城为山庄孩子们置办中秋节礼品去了。本来石院长想在今晚举办山庄大家庭团圆晚会，但孩子们都想跟妈妈进城去姥姥家过节，又考虑到山庄职员们今晚也要回家过节，石院长笑道："十五不圆十六圆，山庄中秋联欢会改在明天晚上好了！"

展晴晚上才赶回来，还没见到两位院长，对下午发生的事情一无所知。不解地问："你在这里做得不是很好吗？石院长对你的工作表现非常满意。你真的说走就要走了？"

山梅抹着眼泪点点头。

大妮眼圈一红也陪着掉了泪，拉着山梅的手挽留："咱姐妹刚处熟了，你可不能走，心里有什么委屈跟大伙说说，俺可不许你说走！"

展晴不相信地反问："石院长舍得放你走？"

山梅说："石院长诚心诚意地挽留我，可这是没法子的事……"

肖晶猜测道："又跟田淑贤怄气了？别跟她一般见识！她要是又欺负你，咱们大伙一块儿找民政局去反映！"

"不，不是这么回事！"山梅摇头否认："是我自己的原因，非走不可了……"

此时此刻，石院长在宿舍里也在长吁短叹。郭山梅突然向院部提出辞职，使他深感意外。

今天下午，郭山梅来到了办公楼的院长办公室，向二位院长提出了辞职的请求。她只是简单地声称南方有一家儿童医院聘请她去就职，对辞职的原因并未多作解释。

石院长觉得很突然，惋惜地说："你在山庄工作得很好，这里很需要你……"

田淑贤却说："我已经看出来这些天你情绪不好，南方比咱们北方工资高，这也是可以理解的。如果你决定了要走，我们也不能阻拦你去奔个好前程。"

石院长本来想诚恳地挽留一下，见田淑贤爽快地答应了，只好表示："说实话，真舍不得放你走。请你再留些日子，容我们物色到新的保健医生，你们再交接班。"

"我已经为每个孩子建立了一份体检表和病历档案，好让新来的医生心中有数。"郭山梅说完即起身告辞，田淑贤热情地拉住她的手说要为她举行欢送会，她慌忙辞谢："不要惊动大家了！今天是中秋节，明天又要开联欢会。我希望悄悄地走，走了以后您再告诉大家就是了。"

两位院长听她口气坚决，也就尊重了她的意愿。石院长又关切地说："让小杜开车送你到市里吧，带着行李搭长途汽车不方便。"

郭山梅连声道谢，抽身便走。

石院长怔了怔。叹息道："她虽然只有专科文凭，但是有妇科儿科的临床经验，工作认真负责，对孩子又有耐心，我真是舍不得！"

田淑贤总是自以为有高人一筹的见解，劝道："愿意走，走吧。甭强留！她工作好是好，就是太不敞亮，从来不暴露思想。我找她要在原单位的档案，她说让老家寄来，至今也没寄来，我总觉得她历史上有瞒人的事情。这几年兴人才流动，才会有这种事儿，要是在"文化大革命"那年头，总得在事先搞个内查外调吧！你注意了没有？刚才她也没说清楚到南方什么地方什么单位去工作，也没有出示对方医院的来信或聘书。像这样来历不清去向不明的人，不留也罢，以免惹麻烦。"

她讲得振振有词，石院长知道事情没有挽回的余地，只有叹息而已。

晚上，石院长来到二号楼门外，想找山梅话别，并送给她一些纪念品。不巧，山梅和展晴的宿舍窗口都熄着灯，不知道她们到哪里聚会去了。石院长只好惆怅而归，寻思着山梅突然辞职一定另有隐情，心中便生出对田淑贤的埋怨情绪。田淑贤的老伴在市里有些上层背景，他一个小小的孤儿院院长对这位搭档无可奈何，只好张罗着另寻一位有经验的妇幼科医生来山庄工作了。

在杨大妮的宿舍里，郭山梅仍然哭得泣不成声。展晴、肖晶和大妮都急于想了解究竟发生了什么事情，看到山梅如此伤心，她们知道此时既不好催问也无从劝慰，只好耐心地等待她自己冷静下来。

山梅拿着毛巾起身去了洗手间，回来后已经洗了脸梳了头发神情镇定多了，坐下来郑重地说："这件事跟你们说不说，我经历了反复的思想斗争，最后还是决定把这事告诉大家……这一走不知此生此世还能不能见面，也许我会死在外乡，我不能把这件秘密带到骨灰盒里去。你们知道了以后想怎么办，我不勉强各位，而我要是知情不说，则又是新的罪孽了……"

大妮一听她的口气如此严重，急忙表示："二姐快别说丧气话，以后咱姐妹还有见面的日子。你信得过俺们，俺们决不辜负你，天大的事俺们大伙儿接着，有什么话只管说吧！"

山梅一扬脖喝下满满一杯茶水，润了润哽咽的喉咙说："田淑贤给我们老家发了外调函，调查我的来历。现在我原先的工作单位回信了，信已经在邮寄的路上了，明后天田淑贤就能收到了。"

大妮性急地问："信里会写些什么？"

展晴不解地问："信还在路上，你是怎么知道的呢？"

山梅说："我原先的工作单位有一个好朋友，下午打来电话告诉了我。"

肖晶猜忖道："这么说……你有事怕田……"

山梅点点头，长叹一口气："哎！还记得吗？我跟你说过，我的事要是说出来会吓你一跳。现在，我原先的工作单位寄来的证明信上说，那边已经把我按死亡处理注销户口了。我是已经死去的人了！"

"你是已经死去的人了？"

"这是为什么？"

"他们凭什么开出这样的证明？"

大为惊骇的三个女人几乎同声发问。

山梅颤抖着双手打开了提包，捧出了厚厚的一摞信封和一个小包裹，解开了捆扎信封的绳子，她拿起放在最上层的一封信掏出信纸，递给座位离她最近的展晴，示意大家都来看信的内容。她自己仰面倚在沙发背上闭上了眼睛，眼角渗出了两行晶莹的泪水。今天，到了她不能不向朋友们全盘托出那桩骇人的秘密的时候了……

二

若要弄清楚郭山梅卷入的这桩离奇得令人难以置信的公案，还得从民政局收容站给普爱山庄送来的两个年龄最小的被收容者说起。她们是两个女婴，一个来到这个世界上才几十天，另一个看样子也不到两岁。两个女孩身上都没有任何身份说明，不知其父母是谁，没有名字，没有来历。

新生儿是医院派人送来的，她是个早产儿，身体异常弱小又患了严重的肺炎，只有一只小猫那么大。她的父母可能是贫穷的农民，交不起医药费，把她放在医院的长椅上就走了。医护人员给她治好了病，送到了民政局收容站。

两岁女孩是人贩子拐卖来的，火车站派出所抓住人贩子时，这个小女孩被放在他的背篓里。他们是从南方来的，一路上人贩子对孩子很不好，可又谎称是孩子的父亲，引起旅客们的怀疑。下车后有人向派出所举报，警察立刻抓住了人贩子。民政人员前来接收孩子时，再三盘问人贩子这孩子是从何地拐来的，人贩子说因为是个女孩子卖不出好价钱，已经转卖了好几道手，说不清她是何方人氏了。

山庄妈妈们都抢着收养两个小孤儿，主要是喜欢小亮亮的缘故。谷幽兰收养了全山庄最小的孩子亮亮，亮亮把她当成了亲妈妈，给她带来了巨大的欢乐。相比之下，带小孩子虽然累一些，却能建立真正的母子感情，比带大孩子强多了。所以，凡是决心在山庄干一辈子的女人都想收养个还不记事的低龄幼儿。

田淑贤考虑到尚美凤和柳素玉带的孩子少，准备把这两个新孤儿给她俩。尚美凤先抢着要大的，两岁孩子总比个新生儿好照看。柳素玉喜欢小娃娃，也没有异议。于是，她俩随着小杜去城里接来了孩子。

郭山梅抱过新生儿瞧了又瞧，只见粉团团皱巴巴的看不清楚眉眼儿丑俊，便把这小不丁点儿交给别人，又抱过两岁左右的女孩来看。这女孩又黄又瘦，小胳膊小腿只剩一把骨头，抱在怀里好叫人心疼。她不光瘦得可怜，表情还有些木呆，这么多人逗弄她，抱她，举她，她都是一副无动于衷的表情，既不懂得认生也不懂得害怕，既不会笑也不会说话，真是个奇怪的孩子。大家以为是被人贩子折磨的，过些日子就好了，也就没有多加猜测。

郭山梅出于医生的职业习惯，端详着这孩子的容貌五官，心中忽有所动：看这骨骼轮廓，脸盘儿形状，怎么有些眼熟呢……尤其这双长睫毛大眼睛，怪俊的，好像在哪里见过！虽然目光有些呆滞，可那看人的神气却很像一个人，像谁呢……她没有多想，也不敢把自己的感觉说出来。山庄里谁也不知道她的来历，不知道她去过多少孤儿院，遛过多少贩卖孩子的黑市场，见过多少孩子。说不定，这个孩子就是在哪个黑市上见过一面才觉得眼熟的……

该给孩子起名字了，大家为这两个没有来历不知姓名不知生日的无根小草起了一大串名字，最后由两位新妈妈依了自己的姓选定了两个好听又略带伤感的名字：尚孤歌，柳絮，暗喻孩子孤零漂泊的身世。

　　两个新来的幼儿体质都很孱弱，尚美凤和柳素玉又都没有带婴儿的经验，喂养和医药诸事都得向郭山梅请教。近来，山梅每天都要到三号楼和八号楼去关照孩子。

　　开始，尚美凤对孤歌喜欢得要命，但很快就陷入了烦恼。她发现孤歌有些奇怪的毛病，睡觉从来不肯躺下，只肯坐着睡。每天夜里尚美凤都要折腾十几次，按倒她，她坐起来，再按倒她，还是坐起来，顽固地保持着一种半跪半坐的姿势睡觉，睡着了也不会倒下。两岁的幼儿该是牙牙学语的时候，但无论你怎么教她喊"妈妈"，她都木然地圆睁着一双大眼睛傻瞅着你，不会发出一个字。尚美凤逢人就诉苦："天底下竟有这样的怪孩子，简直是个扳不倒儿！别看长得挺机灵的，一句话也不肯学，别是个傻子吧？"

　　当地俗语"扳不倒儿"，即是不倒翁，孩子为什么不肯躺下舒舒服服地睡觉呢？田淑贤、郭山梅、展晴、杨大妮来"会诊"，孤歌正在哭着"闹觉"，低幼儿需要的睡眠时间多，困乏了就烦躁哭闹。几位姨妈轮流哄她睡觉，扳倒她她起来，再扳倒她，她还是起来，大家没办法，只好由她仍摆着座钟一般的姿势睡了。

　　展晴望着沉沉睡去的小"座钟"，猜测道："听说那个人贩子是南方人，这孩子在南方已经转卖了几道手了，人贩子总是用背篓背着她，她就只会坐在竹篓里这样睡觉了。"

　　大家听她推测得有理，为这个不幸的孩子叹息了好一阵。一提起拐卖孩子，勾起了郭山梅的心病，暗想：看上去孤歌两岁了，和我要找的小侄女差不多大。因为我的一念之差造下了孽，害得小侄女和这个孤歌一样的苦命……由于那件刻骨铭心的罪过，自己是写了遗书已经死去的人了！连娟娟都以为我真的不在人世了，虽说她已经十五岁了，会照顾自己了，可是叫当娘的怎么能割舍得下啊……为了找回小侄女，走了这么多地方，查问了多少部门，小侄女又没有姓名没有身份证明，就是见到她也认不出来呀……看来，这辈子我这颗负罪的心也安宁不了了！这个可怜的孤歌，说不定她的亲人们也在满世界寻找她呢……一层层思来想去，她心头发酸发热眼圈一红，因怕同事们发觉自己内心的隐秘，急忙假借还有事情告辞了。

尚美凤困乏得哈欠眼泪地支持不住，杨大妮便说："你先歇几天，我来扳扳她。"

尚美凤一连声地道谢，姐妹们散去，杨大妮抱着孤歌出了三号楼，欢欢喜喜回到自己空荡荡的房间。她因为自己不能生孩子而离了婚，内心深处藏着一个无时不在的孩子情结，见到别人的孩子就眼馋。可惜，直到如今除了大姑娘晚珠跟着她，田院长还没有给她当妈妈的机会。

三

展晴刚看到信的第一句话："娟娟，我亲爱的女儿……"就诧异地瞥了山梅一眼。她俩的宿舍仅有一墙之隔，展晴却从来不知道山梅还有一个女儿。

山庄里的人们对郭山梅的了解，只限于她自己透露的只言片语：三十八岁，老家在嘉峪关那边，在县城做过儿科护士长，后又当过产科接生员，离了婚，家里没人了，出来……找工作……这些经历她讲得都很虚，至于为什么离婚，家里人是死是活，为什么只身来到这么远的地方找工作，她都不作任何解释。

不知是叫西北风吹的，还是经历过什么劫难，郭山梅的容颜显得比实际年龄老得多了，不到四十岁的人两鬓已经落了几丝霜雪。但她走路节奏很快，步履轻盈动作灵活显出风华未衰和受过护士训练的素质。她到各家看病送药，对大人孩子都很耐心。山庄姐妹们都很喜欢她，只是嫌她城府太深口风过严。一般女人聚谈时都喜欢倾诉心曲，互道苦衷，成为无话不谈的朋友，她却总是对自己的过去守口如瓶，显得神秘兮兮的。

郭山梅住的二号楼，一层楼设有医务室和两间病房，病房作为生重病的孩子在送医院之前的观察室，或者一旦发生传染病时的隔离病房。二层楼有两间卧室，住着郭山梅和展晴两个人，她俩都不是带孩子的妈妈，所以这里成了女单身宿舍。

郭山梅的卧室陈设十分简单，只有一铺一桌一只台灯一把椅子，镶在墙里的壁橱内也没有几件衣服。因为她从家乡出走时很仓促，只带了一个破旧的手提包。就连农村妇女杨大妮也带来了满堂的铺盖衣物生活用品，摆出一副在这里安家过日子的样子。只有郭山梅像是住旅店，下一个人生驿站还不知漂流到何方去。

展晴和山梅住邻居非常合适，她是从西方国家回来的，从来不打听别人的私事。她俩虽然是好朋友，但展晴发现山梅有一个习惯——随时随地要锁门，面对一位门户这样紧的邻居，她也就不来敲她的门了。两个人仅有一墙之隔，她若有事找山梅总是从这屋往那屋打电话。她的这一发现，是由山梅的房门总是发出奇怪的响动引起的，山梅每次出入，那房门总是咣当咣当响上好几声。哪怕是大白天，哪怕是进屋一小会儿，郭山梅也要随手把碰锁碰上，还要用手使劲拽几下门把手，看看门锁是否碰严了。展晴是学心理学的，从山梅的这些生活细节中揣度她心中藏着某种不愿为人知的隐私，出于礼貌她从来没有向山梅问过什么。

山梅的房门锁得这么严紧，她也不敢背朝门坐着，似乎随时会有人冲进来把她抓走。写字台摆在窗户跟前，她把桌子竖过来摆放，坐在桌前可以侧对门口和窗户，这样心里觉得安全一些。她又在写字台抽屉的暗锁旁边加了一把大大的明锁，里面藏着几件她每晚都要拿出来看一看的东西，那是女儿的几张照片，从小到大的几张留影，一摞捆得紧紧的厚厚的没有发出的信，和一副裹在包袱里的婴儿褓褓。

这捆厚厚的没有发出的信，记录了她两年来血泪斑斑的日日夜夜……

展晴看完了这封信神情大变，脸色沉重一语不发，默默地把信递给了肖晶，自己又急忙拆开第二封信全神贯注地读下去。

肖晶也是刚看了信的开头就目瞪口呆，惊愕地瞅了瞅山梅。她们两人是无话不谈的好朋友，山梅却从来没有向肖晶透露过自己的身世。肖晶从展晴的神色中明白了事情的非同小可，急忙细看信的内容……

娟娟：

　　我亲爱的女儿，虽然你早已声明不认我这个妈妈了，我还是一千遍一万遍地呼唤你，我的宝贝，我的骨肉，我唯一的孩子……

　　我知道你这样做是对的，只有和我这样的母亲断绝关系，才能保住你的名誉。我也正是为了你，才不辞而别远走他乡的。有奶奶疼你爱你，在生活上我很放心，但是给你造成的精神痛苦心理创伤，是我一辈子都不能原谅自己的……

　　今天是你十五岁生日，妈妈特意擀了面条，请大妮阿姨和展晴阿姨来一起吃喜面。她们不知道今天是什么日子，也不知道我有你这么大的女儿了。展阿姨问："有挂面，怎么还擀面条儿？多麻烦！"我只能说爱吃自己擀的，不能说出真正的用意，擀的面条长，下锅时不能揪断，妈妈祝福你长命百岁！本来，我想给你寄去生日礼物，但又怕重新勾起你的烦恼。如果你觉得忘记我能够活得轻松一些，那么还是把我忘了好……你一定以为我死了，我从家里出走时留下了遗书和留给你的全部积蓄。对于你来说，我已经不存在了，可妈妈一辈子都惦记着你，每天夜里望着你的照片，泪水已经流干了……

　　你已经是大姑娘了，但我还是不能对你讲出事情的全部。等你再大一些，为人妻，为人母，才能理解妈妈为了你，忍受多大的痛苦和你父亲勉强地生活在一起，才能理解妈妈怎么会做下了那件愚蠢的事情。我没有权力为自己开脱，但当时我也是迫于无奈啊……

　　你现在还不到恋爱的年龄，更不懂得夫妻间的事情，将来你会有自己的初恋，婚姻，但愿你遇到一个好丈夫，不像你爹，但愿现代化的春风早日吹到咱们那个闭塞的山区，使你不再受封建包办婚姻之害。有谁能相信，妈妈这个县城妇幼保健专科学校的毕业生，仍然由父母之命媒妁之言决定婚姻，只凭一面之缘便糊里糊涂地嫁给了你父亲。我在上学时有过初恋，但对方家在农村，你姥爷姥姥嫌他家穷。你父亲是县建材局的干部，双方长辈吃了一桌酒席就定了亲……我那时胆子小，害羞，不敢做出抗婚逃婚的事。就在我生下你的那年，我初恋的男朋友考上大学远走高飞了……

你知道了一定会伤心，我与你父亲感情恶化的缘由，就是因为生了你，因为你是个女孩子！刚结婚时，他对我还算好，虽然像农村男人一样不肯干家务活，我也忍了。没想到他受家庭影响如此深，年岁不大封建思想如此重，我怀你的时候，他一心盼个儿子，你爷爷奶奶全家人都一心盼个男孩。我生下你以后的产期，你爹竟然没有来看过我一次！你爷爷扬言要把你送人，我抱着你跑回了娘家。直到过了产期该上班了，你爹也没有来接咱们母女。你姥姥有病，无力照看你，后来还是你奶奶闹死闹活硬是做主把你接了回去……

从那以后，你爹染上酗酒的恶习，每天夜里醉醺醺回家，对我非打即骂，好像我没生儿子就成了贱货，罪人！他变着各种法子虐待我，简直成了虐待狂，个中细节，即使将来你出嫁了，当娘的也羞于对你说出口。白天上班去，他仍然是个优秀的干部，我好面子，也不敢张扬出去……后来他逼着我生第二胎，好盼个小子，可我那时调到了妇产科，负责计划生育工作，怎么能带头破坏国家的独生子女政策？这样一来，我们的感情就更恶化了。他几次提出离婚，说再娶个会生儿子的媳妇，想到你还小，不能让你成了没爹的孩子，就只好忍着，熬着……

两年前，你婶婶要生孩子了。你叔叔和你爷爷在农村生活，更加重男轻女，你父亲只有兄弟二人，他们家怕绝户了。你爷爷把你爹和叔叔找到一起，定了一条计策：为了防止你婶婶又生个女孩而不得不养活着，他们三个男人决定叫你婶婶在家里生孩子，让我去给她接生。你爹告诉我家族的决定，如果生了男孩，抱出去道喜，你爷爷要大摆酒席大宴宾朋；如果又生个女孩，就叫我当场把孩子溺死，还要对你婶婶说孩子生下来就是死的……我反对这样做，你爹就用皮带抽我，威胁说不听话立刻离婚，还要把你送人……

我一百个不愿意去做那种事，但是，你知道咱们村封建宗族势力有多么厉害，我不去做，也会有别人去做的，我去接生还能见机行事……

唉，天公不作美，你婶婶又生了个女孩！而她满心以为一定会生个男孩，村里的老婆子们看她的肚子形状都说是个小子。她精心为未来的儿子绣了一副虎头襁褓，下面还缀满避邪的"五毒"——蝎子、蜈蚣、长虫、壁虎、蟾蜍，让人一看就知道襁褓里裹的是个男孩。咱们老家的风俗，还要去借一条族里最长寿的老人的腰带，来捆扎孩子的襁褓，好求得孩子长命百岁无病无灾。可是，又一个苦命的女孩降生到这个封建顽固的家庭里！

因为是难产，横胎，你婶婶喊叫了一天一夜，我也是累得筋疲力尽，才把孩子接了下来，孩子因窒息过久没有呼吸。我告诉你婶婶是个女孩又没有气儿，她立刻昏了过去。

我捧着肉团团的小生命浑身发抖，家族长辈为了不走漏风声，产房里只留我一个人。多年的接生经验告诉我，只要倒提着孩子的双脚轻轻拍她的脊背，她就有可能哭出声来。这么耽误久了可能就……我怎么忍心把孩子弄死呢？救活她吧，日后你父亲会加倍地虐待我，公公和小叔也不会饶了我……我稍加犹豫，立刻用那虎头襁褓和长寿腰带包起孩子往外走，对等候在外面的你爷爷、爸爸和叔叔说："丫头，没有气儿，救不救？"

你爷爷决断地摇摇头，你叔叔哭丧着脸一摆手，示意我扔到村外河里去。河水很急，转眼会把孩子冲到下游去，这是事先家族的决定。

我抱着孩子跑啊跑，跑到估计人们听不见声音的村外，慌忙打开襁褓倒提孩子的脚丫拍啊拍啊，那孩子的生命力还真强，拍了一会儿"哇"的一声哭了起来。那哭声是那么响亮，吓了我一跳，深更半夜的怕叫人听见，我急忙裹好了孩子揣在怀里朝县城咱们的小家跑去。

我深一脚浅一脚跟跟跄跄地走着，越接近县城心里越没了主意，该把这孩子送到何处去呢？抱到医院里找个好主再送人吧，同事们会追问孩子是哪里来的，若是查出来违犯计划生育政策，还得把孩子送回她父母那里，一定还会被那些老顽固弄死……天蒙蒙亮时，我进了县城，心情更加紧张，不能让熟人看见我抱着个婴儿，解释不清会引人怀疑……不能等到天大亮城里热闹起来，就得把这孩子送到一个稳妥的地方……

正在无计可施之时，我抬头一看瞅见了县民政局的大牌子，灵机一动，民政局下属有福利院，把孩子放在这里，他们会把她送到儿童福利院去。我把孩子放在民政局牌子下面，一会儿有人来上班时就会发现她。我又给孩子的襁褓扎紧了，把虎头帽拉下来蒙上她的小脸，以免寒风吹病了她。孩子睡得很香，目前不会惊扰任何人，我虽有些不忍离开，也只好一步三回头地走了……

就是这一念之差，铸成了我终生大错。

以后发生的事情，我是跳到黄河也洗不清了……

四

肖晶性急地问："那个孩子后来怎么样了？"

山梅抚摸着信封说："往下看就知道了。这还只是个开头，后面的事情多着呢！"

展晴一边看信一边表示自己的见解："不管发生什么样的事情，你都应该争取女儿的理解。为什么写了这么多信又不给女儿寄去呢？"

山梅抹着眼泪说："她还小，受她父亲家族的影响很深。我想等到她年满十八岁时再告诉她这一切。"

大妮问："娟娟已经十五岁了，她不吵着找你吗？"

山梅叹道："老家的人都以为我已经死了。你们往下看就知道了。哎，娟娟以为妈妈死了，不定哭过多少回呢……"

三个女人又轮流把这些未寄出的信看下去……

娟娟：

我的亲女儿，今天妈妈又给你写信了，我写了厚厚的几本子了，为的是日后我真的不在人世时，你能了解事实真相，你能谅解妈妈当时的处境。我在咽气之前会把这些信寄给你，那样我离开这个世界时会走得轻松一些。

不过，在没有找到小红豆之前，我绝不会这样不清不白地死去。为了找到小红豆，我跑了好几个省。虽然知道这如同大海捞针，但我只要还有一口气就要找下去。带出来的钱早就花光了，身心疲惫实在无力再流浪下去了，考虑先找个合适的职业在一个地方安顿下来，再想办法向公安局求助寻找小红豆。这样，我来到了这所著名的孤儿院普爱山庄。

　　哦，我忘记告诉你了，小红豆，是我心里为你那可怜的小堂妹起的名字。两年来，她在野地里的第一声哭声，总是在我耳边震响，她睡在我怀里信赖地随我跑回县城时的感觉，总是沉甸甸地压在我的胸口。我时时和她说话，总要给她起个名字，不然我如何称呼她呢？我叫她小红豆，因为我把她接到世上来时，发现她心口有一点红色，原以为是划破了流血，擦去胎脂一看，原来是一颗朱砂痣！她带着一颗相思相爱的红豆来到世界上，可是人们却对她如此冷酷无情……

　　我把小红豆放在县民政局门口以后发生的事情，实在太蹊跷了……

　　那天黎明，我跑回家一头就栽倒在床上，接生疲劳，担惊受怕，夜里赶路又受了风寒，使我发起高烧昏昏沉沉睡了好几天，做了许多噩梦。不知过了多长时间，又梦见一条张着血盆大口吐着芯子的蟒蛇在后面追赶我，我没命地跑啊跑啊，蟒蛇还是追上了我，缠住了我的脖子，甩着长尾巴抽打我，抽打得我遍体鳞伤好疼啊……我疼得睁开眼睛，只见你爹扭歪了面孔大声咒骂，用皮带没头没脑地抽打我，我从床上滚到地上，逃到墙角里用胳膊遮挡着脸质问："怎么啦？为啥又打我？"

　　"为啥？问你自己！"他吼叫着扑上来掐住我的脖子："你干的好事！掐死你这狠毒婆娘！"

　　我挣扎着用双手抓住他的腕子，委屈地追问："死，我也要死个明白！是你们爷儿仨逼着我扔的孩子！"

　　他更加气急败坏了，左右狠掴我的耳光，打得我头晕耳鸣眼冒金星，摔倒在墙根。他用皮靴狠踢着我斥责："你成心叫俺们家绝户，把个大小子给扔了！要不就是你给卖了！今儿个俺非得打死你不可，豁出去给你偿命了！叫你狠毒！叫你扔俺侄儿！叫你卖俺侄儿……"

我被他踢得满地打滚，泼上全部力气大声申辩："你这是听谁瞎说的？二婶明明生的是闺女，哪里来的大小子？爹叫我淹死孩子，我不忍心，才抱到城里放在民政局门口了……这么冤死我不行，你们家杀婴溺婴，咱找个地方说理去……"

"什么？你倒有理啦？"他冷笑着摔给我一团花花绿绿的东西，我坐起来打开一看，竟然是那副裹孩子的褓褓，上面有你二婶精心绣的虎头和五毒，家里人决不会认错的。我惊愕地问："孩子呢？"

他揪住我的头发往墙上撞，瞪着眼睛反问："你还有脸问孩子！俺正要找你要孩子呢！你自己生不出小子来，俺兄弟有了后，你丧尽天良谎报生了丫头，把个大小子给扔了！"

我委屈地跪在他面前大声痛哭，哀求道："请你看在多年夫妻的份上相信我，看在娟娟的面子上听我一句话，二婶真的生了个闺女，哎哟哟，受这份不白之冤我死不瞑目啊……你总得说清楚，谁证明孩子是个小子啊……"

"当然有个证明，狗剩亲眼所见！"

狗剩是你爹的堂叔伯弟弟的小名儿，那条捆扎婴儿褓褓的"长寿带子"，就是你二婶找他奶奶要的。他这人走村串乡做些小买卖，你二婶给孩子绣小被子时用的各色布头和绣花线，就是找他买的。他也看过你二婶绣好的虎头和五毒，还说多绣几床这样漂亮的小被子可以拿到三乡口集上去卖呢！如果是他认出了这床小被子，那是不会看错的。我问："他是在哪里看见闺女变小子的怪事呢……"

你爹吼道："我看你是不见棺材不落泪，非得叫俺找他来和你对证吗？他说昨天擦黑儿时，他在三乡口集上喝多了啤酒，找个旮旯儿地界儿去撒尿，发现有两个人鬼鬼祟祟在看一个小孩儿，旁边还有一个管喂孩子奶的妇女，便知道这是人贩子在卖孩子。三乡口是三省边界交会之地，人贩子在那里有黑市儿。狗剩见那裹孩子的被子很眼熟，上前凑近了细看，只见卖主打开小被子举起孩子给买主看，孩子的小鸡鸡小蛋蛋长得齐全，你怎么说生的是丫头？"

我一听给气怔了，哑口无言理不出个头绪，只能喃喃自语："这是怎么档子事呢……小被子又是怎么回来的呢？孩子呢？"

你爹可能看出我是真的毫不知情，声调略有缓和地说："狗剩知道俺兄弟媳妇这两天生了个女孩死了的事，又认出了小被子，怕其中有诈，急忙说要买下那孩子。先头那个买主给两千块钱，狗剩愿出两千二百块钱，但他手里只有五百元，那个河南口音的卖主便说：'这点钱只能买个丫头，看清楚喽，这可是个大胖小子！转卖到山东那边，能赚四五千块呢！'狗剩又细看了孩子，确实长着小鸡鸡小蛋蛋，是个小子没错！他和那个河南来的商贩是熟人，便求他把孩子留一宿，明早凑足了钱来抱孩子。他交了五百元押金，那个卖主才答应了。"

我性急地追问："孩子抱回来了没有？"

你爹长叹一声："唉，该着俺家没儿呀！第二天一早，狗剩陪着二弟赶了去，只找到了那个管奶孩子的妇女。她说：'昨晚晌又来了个买主出价两千六百块成交了，按规矩买主不要孩子原先的东西，一点儿露出孩子来历的念心儿都不留，就把这虎头小被子留下了。'狗剩要到集上去找那个河南商贩，那人的公开身份是做服装生意的。妇女说：'他回南边去了，不回来了。人家还够朋友，叫俺把这押金还给你，说这是江湖规矩。'二弟急得直哭，人贩子已远走高飞，到哪里找去！只好花了三十块钱从那妇女手里买回小被子和长寿带子，也算是有儿一回……"

我一听痛哭起来："我错了，我不该把孩子放在民政局门口……准是在上班时间之前，有歹人捡走孩子卖给人贩子了……可是，二婶确实生的是闺女呀！我要是说了瞎话，天打五雷轰……"

你爹见我哭得痛切，扔了皮带说："人证俱在，谁能相信你呢？咱爹咱兄弟他们找了族里院里一大帮人正往城里赶来，要打死你呢！你毕竟是娟娟的娘，放你一条活命，快跑吧！不过有一条，咱俩的夫妻关系算是恩断义绝了，走吧，逃条活命去罢！"

五

　　大妮阅读的速度慢，看到这里百思不解："那个孩子到底是闺女还是小子？"

　　肖晶拍着信纸说："这不是写得明明白白的吗？是女孩。"

　　大妮恨不能一下子弄清楚这件离奇的事："那她怎么会变成小子了呢？可把我纳闷死了，别等我自个看了，你们看得快，快给我念念吧！"

　　于是，展晴捧着信小声念给大家听。

　　　我知道再申辩也无济于事，忍着伤痛掉头就走，暂时躲在了娘家一个远亲嫁到的村子里，想听听风声再设法洗清不白之冤。

　　　你爷爷你叔叔他们一大群人到咱家没找到我，又到妇产科医院去大肆搜寻了一番，又到公安局报案，把事情闹大了。县城里街谈巷议，小报记者出动采访，登出文章来声讨我"因为她自己没儿子，嫉妒妯娌，故意谎称生女贩卖婴儿……"警察们来搜捕我，你爹到法院起诉和我离婚，你在学校声明和我断绝母女关系……你姥姥本来就体弱多病，遇到这场横祸吓死了，你姥爷好面子，想不开投河自尽了，娘家家破人亡，全是我的罪过，我也无颜再在那个娘家远亲家里住下去了……

　　　在一个漆黑的夜里，我偷偷地潜回家门，你爹不在家。在没出事之前他也不常回家住宿，听说他在外面早有了女人……我决定离开那片生我养我的故土，去追踪人贩子，找回小红豆，洗清自己的不白之冤。也正是这样的念头，才使我面临灭顶之灾而顽强地活下来了。为了斩断案件的纠缠，我写了一封遗书放在桌上，把我的私房钱留给了你，拿了你的几张照片。临走时发现床头放着那副虎头褉裤和长寿老太的腰带，为了好和人贩子对证，我也把它装进了手提包，趁着天不亮离开了故乡……

　　　我来到了三省交界地三乡口集市，找卖服装的商贩打听那个河南人，人家说他已经走了。我又打听那个奶孩子的妇女，找到了她的家。她家里很穷，怀里抱着一个吃奶的男孩，床上躺着瘫痪的丈夫。她先是什么都不肯讲，我亮出了小被子，哭诉了自己蒙受不白之冤家破人亡的遭遇。都是女人，她很同情我，这才说："俺认识这条小被子，孩子他叔买走了。张老板抱了一个小闺女叫俺给喂奶，笑嘻嘻地说是他一大清早儿在街上捡来的，准是个私孩子！唉，俺陪着做这种伤天害理的事也是没法子，你看俺这个家，全靠俺给张老板他们喂孩子糊口，他们不是一个人，常有人送孩子来。俺就得给人家的孩子吃奶，给自己的儿子喂苞米面糊糊……送来的孩子，不知爹娘是谁，也不知卖到啥地方去，真可怜呀……"

我问："他们从哪里弄来的孩子呢？"

她说："都是山里穷人家的孩子，有买来的，也有骗来的，偷来的，说是送到南边富地方给孩子找个好人家，孩子就享福了。"

我急忙追问："他说过把孩子卖到什么地方去吗？"

她摇摇头："他们啥也不告诉俺，他们不是一个人，明里贩衣服，暗里贩孩子。他们吓唬俺说，要是俺说出去就把俺儿子弄死……"

我仔细打听了张老板一伙人的相貌、年龄、口音，又问他们可能躲到什么地方去，她说："常有一个从衡水那边来的两口子来接孩子，路上有女的带孩子不被人怀疑。听说他们那儿也是个三省交界的地方，山西、河南、山东的人都凑到那里做买卖。"

我决心到衡水一带去找这些人，为了解开女孩变男孩的谜团，我又问："孩子是我亲手接生的，明明是个闺女，怎么又变成了小子呢？"

她长叹一声："唉，亏他们想得出来，这些造孽的黑心贼哟！你可别把俺说出去，事关俺一家三口子的性命！"

我发誓作了保证，又表示如果找不到小侄女今生今世再也不回来了。她这才说："人为了赚钱，真是什么黑心眼子都使得出来呀！咱再也想不出来这种主意！也许是他们常在集上转悠的缘故，集上有宰鸡的，你看过鸡肫儿没有？"

我被她问得丈二和尚摸不着头脑，莫名其妙地反问："鸡肫儿是见过，可这和鸡胗儿又有什么关系？"

她抱起儿子让我看孩子的小鸡鸡小蛋蛋，说："把鸡胗儿切开，把里面的鸡食啦沙子啦掏出去，再把那层黄皮剥了去，里面是一块有核桃纹的肉，翻过来一撮，就跟小小子儿的小蛋蛋儿一模一样。又故意在鸡胗上连着一段食管肠子什么的，冒充小鸡鸡儿，用胶粘在闺女的小屁屁上，乍一看还不变成了个小子？别忘了，买卖孩子的黑心生意，没有在大白天干的，都是到了天擦黑儿或是晚上，找个背静地界儿，卖主举起孩子往买主眼前这么一晃，买主一看是个小子，按规矩就递过来他带来的孩子衣服和小被子，他那边交了钱，这边包好孩子，他接过孩子慌慌地就走了。卖主做成这一回骗局，立马远走高飞，换一个地方又做这勾当去了！卖个小子能到手两千五百多块钱，丫头只值几百块钱，只这一个鸡胗儿就能赚两千块，唉，世道人心啊！"

我听了个目瞪口呆，咱们这些规矩厚道人，受过良好教育的人，或者没受过教育而心地善良的人，谁都不会想到世上会有这等离奇可怕的事情这等卑鄙下流的手段这等丧尽天良的恶魔！小侄女落入这些魔鬼手中还会有好结果么？我深深地为小侄女的命运担忧了，问："那个买主回去发现上了当，拿孩子怎么办呢？"

她又长叹一声说："不是用同样的法子再转手卖掉，就是一气之下把孩子弄死，或是扔了，反正孩子是没好儿了……"

我谢了她，劝她别干这种营生了找点别的生路吧，匆匆离开了三乡口，登上了开往衡水的火车……

两年来，我走遍山西、河北、山东、河南到处打听，到处寻找，一路上打零工，讨饭，挨饿，受冻，什么罪都受了，还是没有找到你可怜的小堂妹。茫茫世界，石沉大海，孩子没名没姓，又时女时男阴阳颠倒，如何能寻找得到啊！来到了普爱山庄以后，我看到这里收养着许多孤儿，都是一些不幸的孩子，我有机会为他们看病送药，使疲惫不安的灵魂暂时有个寄托。

小孤歌的到来，又把我扯回到那场可怕的噩梦中去了……

六

大妮听到最后一句话，奇怪地问："孤歌？我们孤歌和这件事有什么关系？"

山梅不敢正视她的目光，愧疚地垂下了头。

展晴和肖晶是何等聪慧敏感的人，顿时联想到这蹊跷事出现了一种更加可怕的转折——山梅早已认出了孤歌就是小红豆，所以她留在山庄不再出去找孩子了。展晴作为镜智法师的朋友，深知普爱山庄的规矩，所以她比肖晶更多了一层忧虑：如果孤歌真的是小红豆，紧接着又会出现一个棘手的难题——那样一来孤歌就不是孤儿了，她的爸爸妈妈还健在，而普爱山庄是不收养有父母的孩子的……想到存在着孤歌与小红豆会是同一个孩子的这种可能性，她俩同情地瞅了瞅大妮。大妮虽然心地纯朴憨厚，此时也意识到小红豆可能和自己的心肝宝贝孤歌有某种关联，她的神色即刻慌张起来。

展晴和肖晶交流了一下眼色，不知怎样来安慰大妮。是啊，大妮为孤歌付出的感情和辛劳太多了！如果事情得到证实，即意味着这个孩子必须离开山庄回到其原籍父母那里去，大妮经受得住突如其来的精神打击么？

当初，大妮只是临时帮助尚美凤照看孤歌，但是后来她一天都离不开孤歌了……

孤歌在杨大妮房间里住了几天，慢慢适应了躺在小床上睡觉了。大妮万般舍不得离开她，但她是尚美凤的孩子，也只得把她还给尚美凤。身边没有了孤歌，大妮就像丢了魂儿似的，一天往三号楼跑好几趟，做点什么好吃的东西都要给孤歌送去。

孤歌回来以后能够躺下睡个安稳觉了，起初尚美凤很喜欢。但是，她观察这孩子还是有些不对头，一双大眼睛直瞪瞪的不会和人交流感情，冲她说什么她也无反应，和外界毫无联系。尚美凤想：落在人贩子手里无人疼她，无人给她好脸色，才落得这副傻样子，两岁的孩子开发智力还来得及。于是，她逗弄她，教她说话："孤歌，叫妈、妈——"

孤歌只顾闷头玩手中的玩具，连头都不抬。尚美凤冲她拍拍双手，想引起她的注意："孤歌，你叫孤歌，知道吗？来到世上一个人唱歌，独唱家，多好听的名字！我是你妈妈，来，叫妈、妈——"

孤歌仍然不理睬她，似乎生活在另一个世界里。

尚美凤夺过她手里的玩具，扳起她的下巴颏，要她看着自己，大声说："妈、妈——叫妈妈——张嘴呀，说，妈、妈——"

孤歌先是呆呆地瞅着妈妈的脸，显出不理解或不感兴趣的表情，伸出枯瘦的双手抓妈妈的手，不让她扳自己的下巴颏。尚美凤打开她的手，使劲揪住她的下巴颏继续作发音示范："你这孩子真拧！听话，叫妈、妈、妈、妈妈——"

孤歌恐惧地望着妈妈，小嘴一撇一撇"哇"的一声哭了。

尚美凤只得作罢，把玩具还给她，赌气不理她了。

以尚美凤的脾气，哪里有过这样的耐心，但既然自己收养了这个孩子，总得教她说话呀！于是，她又来到小床跟前，进行又一轮的教学了。

几天过去了，尚美凤喊干了嗓子，也未能教会小孤歌说一声"妈妈"。这孩子除了啼哭，几乎不肯发出任何声音。尚美凤彻底失望了，越看这孩子越不讨人喜欢，后悔自己作了错误的选择，当初不该收养这么个拖手拖脚的傻丫头。她是个很情绪化的人，一旦激起了某种念头，就会无限地膨胀这种情绪，现在她是陷入极端的烦躁了，除了按时给孤歌喂口饭吃，很少到小床跟前去了。好在各位姨妈给孤歌送来许多大孩子玩腻了的玩具，让傻丫头自己瞎捣鼓去吧！

她还收养了三个孩子，可惜都是七八岁的男孩子，整天在外面淘气。小哥哥们本来都很喜欢孤歌，背着她玩，逗她说话，后来发现她是个傻呆呆的怪孩子以后，便对她失去了兴趣，扔下她去玩男孩子们的游戏去了。

孤歌并不在意妈妈和哥哥们的冷淡，她自出生以来看到的就是个冷淡的世界，便以为人与人之间就该如此了。她从来没有过这么舒服的家，没有过这么多的玩具，妈妈喂的食物也比人贩子塞的冷饭团好吃多了，她也就呆在小床里自得其乐了。好在小床四周装着高高的栅栏，她爬来爬去也摔不到地上。如果大妮妈妈不来看望她，她就像一只关在笼子里的小兽，和外界失去了联系。

尚美凤逢人就发牢骚，抱怨自己命运不济，没遇见过一件好事情，收养个女儿还是个傻子，并几次找到田院长，要求把孤歌退还给院部。田院长找石院长商量如何处置此事，石黑玺说："先让郭山梅查一查孩子究竟有什么毛病，再说吧！"

郭山梅奉命来到了三号楼，她本来的专业就是学妇幼护理的，检查孩子的病症还有些经验。杨大妮闻讯也赶来了，她比尚美凤更加关心孤歌。

山梅戴上了听诊器，先给孩子做例行的常规检查，让大妮把孤歌抱出小床坐到自己面前来。大妮替孤歌解开了衣扣，山梅熟练地诊听孩子的心脏和肺部。开始，她没有注意孩子的皮肤，只顾检查心肺是否正常，当她移动听诊器时，忽然愣住了——她发现小孤歌瘦骨嶙峋的胸口长着一颗艳红艳红的朱砂痣，和小红豆的那颗痣位置一模一样！她的心颤抖了，手中握着听诊器久久不能动弹，眼睛直勾勾地盯着这颗不偏不倚正巧长在两乳正中心口的朱砂痣。

大妮发现她的神色不对，又不移动听诊器，担心地问："心脏有毛病？还是肺有毛病？"

"嗯……心功能弱一些，问题不大。"山梅支吾着掩饰自己的失态，极力克制着自己的情绪为孤歌做完了各项检查。她知道在同事们面前绝对不能泄露自己内心的秘密，但她怎么也无法集中注意力了，一连串的疑问固执地在脑子里旋转：天下竟有这样的巧合……莫非还有别的同龄女孩心口也长了这样一颗朱砂痣么？还有这张和娟娟十分相像的面孔，还有她们家族特有的浓重的头发、双眉、眼睫毛……

幸亏此时尚美凤递过来一杯茶，她呷了一口茶水努力镇静自己。对小孤歌更深一层的关切，使她要为孩子做更为细致的检查，设法测试她的智力情况。

大妮和美凤的注意力都在孩子身上，没有觉察山梅的神色异常。

山梅把孤歌放在地板上，自己也坐在地上，用各种办法逗弄她，尚美凤和杨大妮坐在沙发上观看。

山梅先拿出一只大拨浪鼓，在孤歌面前用力摇来摇去，当啷啷，当啷啷，发出很大的声响，用来吸引她的注意力。孤歌冷漠地望着这个在眼前晃来晃去的东西，一点也不感兴趣。

尚美凤一撇嘴说："怎么样，我说这孩子傻吧？这么大的孩子正是喜欢玩拨浪鼓的时候！"

大妮叹息道："可怜的丫头，是有毛病！"

可是，毛病在哪儿呢？小孤歌是不是连分辨力都没有呢？山梅又进行了第二种测试——

她打开了电视机，此时电视台正在播放儿童最喜欢看的动画片，一群动物在森林里追来追去动作很快。山梅把孤歌抱到电视机跟前，她的目光很快地就被电视节目吸引了，大黑眼珠随着那些小动物轱辘辘转来转去，显出从未有过的灵气。

山梅笑了，对美凤和大妮说："你们看，她能够集中注意力，起码没有傻到底。"

大妮说："阿弥陀佛，这就好！"

山梅关上电视机，拿出一枚褐色的酸梅，和一小块椭圆形的巧克力糖，这两样食品从色彩到形状都很接近。她把两样东西放在孤歌面前，故意交换了几次位置，引起孩子的注意，然后，她把酸梅塞进孤歌口中。孤歌立刻作出怕酸的表情，伸出小舌头吐出了酸梅，逗得美凤和大妮哈哈大笑。大妮说："她倒不傻，知道怕酸吐出来！"

"这还不说明问题，味觉是一种本能，关键看下面的……"山梅说着把巧克力塞进孤歌嘴里。孤歌尝到了甜意，脸上显出兴奋的表情，一边吃糖还一边高兴地颠着小屁股。等她吃完了糖，山梅又拿出两枚同样的酸梅和巧克力，摆在孤歌面前故意又交换了几次位置，然后任她挑选。孤歌看了看，不假思索地抓起巧克力放入嘴里香甜地吃起来。

三个女人同时拍起了巴掌，山梅笑道："她一点都不傻，两岁幼儿有这么准确的分辨力，智商还不低呢！"

美凤迷茫地问："她确实发呆的时候多呀！女孩儿会说话早，可她连一句妈妈都不会叫。"

山梅想了想，走到了孩子背后，突然大声喊："孤歌！"

孤歌无动于衷，就像什么也没听见一样。用这么大的声音在人的背后喊叫，任何人都会回过头来看个究竟，除非他是个聋子。

三个女人同时意识到了，小孤歌是个聋孩子！

七

尚美凤"哇"的一声大哭起来："哎呀呀，我怎么这么倒霉——十聋九哑呀，叫我怎么跟个聋哑丫头纠缠呀……"

大妮把孤歌紧紧地搂在怀里，痛惜地落下泪来。

山梅心里又多了格外一层的沉重，说："带她去市里大医院耳鼻喉科检查一下吧，看看还有多少残余听力，还能不能治好……"

第二天下午，杨大妮久久地站在山庄大门外，朝山下眺望着。一大早，郭山梅和尚美凤就带着小孤歌去市里医院了，大妮焦急地等待着检查的结果。好容易盼来了汽车的影子，小杜刚把车开进院子，大妮就迎上去拉开车门问："怎么样？"郭山梅抱着孤歌，孩子在她怀里睡着了。尚美凤眼睛红肿打开另一侧车门下了车，头也不回朝着办公楼跑去了。

大妮接过孩子，山梅下了车沉郁地说："医生说完全失去了听力，致聋的原因，可能是孩子哭闹，被人贩子打耳光，或是发高烧没有及时治疗，也可能在农村遇到庸医，打了不应给幼儿打的退烧针，例如链霉素、卡那霉素什么的。"

大妮急切地问："有法子治吗？"

郭山梅无奈地摇了摇头。

"这么说，她得当一辈子的聋子哑巴了？"大妮心疼地抚摸着熟睡的小孤歌。

山梅长叹一声，又朝办公楼努了努嘴："她妈妈不要她了，一路上吵着要找院长退孩子，怎么劝也没用。"

大妮一听眼圈红了，趁机请求："她不要，俺要！你帮俺跟院长说说。"

山梅说："带个聋哑孩子，有许多想象不到的困难。"

大妮坚决表示："俺不怕麻烦，俺不嫌弃她，俺不会生孩子，也是个残疾女人，俺娘儿俩残对残作个伴儿吧！"

山梅纠正道："跟你说了多少遍了，不会生孩子不是残疾，女人不是生孩子的工具！"

大妮急忙改口："看俺又忘了，俺封建！不说残疾了，孤歌孤，俺也孤，俺娘儿俩孤对孤作个伴儿吧！"

她说着热泪如同断了线的珍珠，挂满了双腮。山梅也无法再克制内心的隐痛和悲伤了，掏出手帕来拭泪。

这时她俩看见尚美凤哭着跑出了办公楼，对孩子瞧也不瞧径直回家去了。大妮再一次央求山梅帮她去找院长说情，尽管山梅心里疑惑孤歌就是自己苦心寻找的小红豆，在没有弄清孩子的身份之前，也只好先陪大妮去院部了。自己要管全院母子的医护工作，总得有个人照料孤歌呀！

石黑玺和田淑贤听了杨大妮的要求，一时不好作决定，因为在山梅、大妮进来之前，田淑贤已经力主把孤歌送到市里的儿童福利院去。她和蔼地劝告大妮："你心眼儿好，我们知道，哪个女人见到这样可怜的孩子不心软呢？只是咱们山庄没有照顾残疾孩子的专门人才，比如教孩子打手语的老师，听说市里还有聋儿发音训练中心，可以教她看清对方说话的口形学发音，咱们这里没有这个条件。"

大妮急切地表示："俺可以学，俺先去市里学了，再教孩子！"

田淑贤不信任地扫了她一眼："你……"

大妮一把鼻涕一把泪地表白："俺是文化低，说是初中毕业，其实没上几年学。可那是家里穷，孩子多，俺是大姐，带弟弟妹妹，做家务，没法子……俺脑子不笨，上学时老师夸过俺记性好，说俺要不是家里拖累一定是个好学生！来到山庄，看到姐妹们都有文化，俺也想补习补习。俺年岁还不算大，不甘心一辈子当替补妈妈……要不是孤歌，俺一时还下不了狠心去学习，俺打心眼儿里喜欢这孩子……这孩子够苦命的了，可不能再把她转来转去的了……城里的条件再好，不知那里的姨喜欢不喜欢她……孩子打生下来没人疼，没人爱，孩子得有人疼有人爱呀……俺没了男人，没了家，没个骨血，就缺这么个小亲人啊……俺会像亲娘一样待承她，不管她残废到什么地步，俺都是她的亲娘！儿啊，你要是俺生的该多好哇……二位院长，求求你们了，俺这辈子不想再嫁人了，一辈子是山庄的人，给你们跪下了，就给俺这个孩子吧……"

石黑玺心肠最软，哪里经得住她这一番声泪俱下的哭诉，早已背过脸去暗自唏嘘了。这时，他急忙冲过来扶起了大妮："快起来，有话好好说……"

郭山梅抱着孤歌坐在一旁哭成了个泪人儿，泣不成声擤着鼻涕。两位院长以为她只是女人心肠软容易陪人落泪，并不知道她心中另有难言的隐痛。

和大妮一样，山梅也很害怕院长把孤歌送走，因为她还没来得及弄清楚孩子的身世。假如她就是小红豆，决不能再把她转给别人了，再叫弱小的侄女孤身在世上漂泊，那将是自己犯下的新罪恶……大妮的哭诉，使她更加痛切地悔恨当初自己帮着封建势力遗弃小红豆的行为。由于自己的懦弱屈从，一念之差铸成终生大错，害得一个无辜的婴儿被人贩子拐来卖去，自己如何才能赎回这不可饶恕的罪孽？两年来日夜不安的心灵重负何时才能解脱？良心何时才能得到安宁？

看来孤歌就是小红豆，那么，造成孩子终生残疾，自己也难逃罪责了……不管怎样，不能让孤歌走。于是，她哽哽咽咽地替大妮求情了："四妹是真心喜欢这孩子……孩子刚来那几天有坐着睡觉的毛病，就是四妹给扳过来了，孩子跟她已经有了感情……需要学哑语，或者学聋儿发音，我可以帮助四妹……我也是外地人，歇班没地方去，我们俩可以在星期天带孩子去城里学习。再说，孩子现在还小，教她的手语或发音都很简单，四妹足能胜任。过几年再想别的法子，就把孤歌留下吧！"

田淑贤不由得也落下泪来，说："你们三个都这么疼孩子，难道我就是铁石心肠吗？听你们说的也有道理，孩子还小，送走还是留下，还可以商量。你说呢，石院长？"

石院长跑到脸盆跟前涮毛巾擦眼睛，一个劲儿地点头："留下……留下，看情况再说。"

田淑贤便送了个顺水人情："尚美凤神神道道的，不想要了也好，大妮你先带着孤歌，山梅多帮帮她。"

大妮和山梅千恩万谢地抱着孤歌走了，石院长这才回到办公室桌前长吁短叹。

田淑贤嗔怪道："你是一把手，又是个老爷们儿家，遇事先抹鼻子，叫我怎么办？"

石黑玺大喘一口气，摇头苦笑："唉，没想到老了老了，来管这种孤儿寡母撕心扯肺的差事！"

八

大妮抱走孤歌以后如获至宝，整天哼哼唱唱的哄孩子。为了纠正孤歌的毛病，她不惜劳苦从早到晚横抱着她，让她躺在自己怀里适应小身体平放。大妮自己不能生孩子，却从小就是看孩子的命，在家里她是大姐姐，几个弟弟妹妹都是她抱大的，本家婶子嫂子生小孩，也都找她去伺候月子看孩子。为了给弟弟妹妹挣学费，她又去城里当了好几年保姆，看过好几家的孩子。孩子们都喜欢她，可以说她生来就是送子娘娘派到孩子身边来的守护神。当她自己还是个黄毛小丫头的时候，稚嫩的脊梁上就已经驮着大妹妹了。命运不济，这个最富有母性的善良女人，送子娘娘却忘记给她一个朝思暮想的孩子。为此，她失去了丈夫，失去了家庭，心如死灰，不愿再嫁他人做"填房"继母，宁可只身来到普爱山庄当"替补妈妈"。

孤灯冷月，她抱着孤歌端坐，学着镜智法师打坐的样子。虽然经过法师一番开导，她学会了说三无境界与清净大爱，并且成了佛门居士，但她一时还无法做到像法师那样看破红尘超然出世。久埋心潭的万般委屈，每到夜深人静难以入眠之际，就压不住地泛起层层苦水，千言万语都想讲给孤歌听。小孤歌也真怪，不管你怎样大声哭诉，她都像没听见一样照旧熟睡。即使如此，大妮也心满意足，过去连个夜里说说话的人都没有，她终于找到了可以说说心里话的小伴儿了。其实，她这样无异于自言自语，只是怀里有个活生生的小肉体，便觉得有了倾诉对象了。孤寡老人养个小狗小猫，还能跟它说说话儿呢！

小孤歌自出生以来从没有在女人怀里依偎过，她很快地喜欢上了这种享受。虽然她从没有过吸吮母乳的幸福，大妮妈妈的乳房也不会流出甘甜的乳汁，人类的天性还是使她在这温柔亲切的拥抱中找到了安宁和信任，不再挣扎着坐起来了。但是，只要她发觉被人平放在床上，仍然要爬起来变成"座钟"才能睡觉。大妮只好整夜整夜地抱着她，让她平展展地躺在自己怀里。这样一来，小孤歌是能躺下睡觉了，大妮妈妈却变成了"大座钟"。山里夜寒，她坐得腰酸背疼脊梁发凉，只好拽过被子枕头饿在身后，抱着孩子半睡半醒久久地絮叨着……

孤歌呀孤歌，你得了这么个名字，够让人心酸的了……你孤，俺也孤，你一个亲人没有，到人世走一遭不知道自个的来历，够孤够苦的了！虽说俺还有一大家子人，可俺也是个孤苦人啊……俺要是有你这么个孩子该多好哇，可俺没这份福气……

别看俺在人跟前乐呵呵的，眼泪往肚子里咽，心里有苦又能对谁说呢？爹娘老了，好容易拉扯大了几个孩子，不能再给他们添烦恼了……弟弟妹妹都成了家，有了孩子，也帮不了俺，说了又有啥用呢……何况，大妹妹成了……他的媳妇，见了面还能说什么呢……谁叫俺不争气，过门十年不开怀儿，两口子到医院检查，是俺的毛病……福根他是根独苗儿，眼看他家成了绝户，公婆成天不给好脸色……也别说农民封建落后，地里的庄稼活儿没个男丁是不行，庄户人家娶媳妇不就是盼个孩子吗……俺不能拖累他，主动提出离婚，可当初俺娘家为了给大兄弟娶媳妇，找福根他家要了一大笔彩礼，那也是叫一个"穷"字逼的。俺爹死要面子，两亲家见了面不知怎么说合的，爹又把俺大妹子许给了福根，说是有出戏叫《姐妹易嫁》……唉，谁叫俺不会生孩子呢？农村妇女不生养就矮人一截子，认命吧！福根成了俺妹夫，妹妹给他家生了个大胖小子……俺这心里的苦，连对亲爹娘也没法说呀……

孤歌，你听听俺遇见的这叫啥事！俺心里怎么承受得住？可俺硬是撑过来了……夫妻情义要是断了也罢了，可福根还惦记着俺，觉着对不住俺，捎信说要来看俺。俺托人捎信回去，说俺认命，在山庄挺好……甭来了……他和大妹子还是来了，抱着他们的大胖小子……俺接过孩子，说："喊大姨……"小外甥一声"大姨"，俺的眼泪就掉下来了，忍了又忍，还是没忍住。妹子也哭，福根也哭，三个人哭成一团……俺怕人瞅见，一个劲儿地说："俺挺好！挺好……回吧！回吧……以后别来了，来多了看叫人笑话……"

山庄姐妹们知道俺离了婚，可不知道男人成了妹夫！俺刚强半辈子，内情万万不能让她们瞅出来。俺洗了把脸，擦干了眼泪，人前笑成一朵花儿，把他们三口子送出了山庄。送了一程又一程，眼泪就是止不住。人们道是俺舍不得妹子，哪知道俺这心里……舍不下福根呀！佛门弟子讲六根清净，可这样牵肠挂肚的尘缘怎么清净得了哇……

孤歌呀孤歌，你投错了胎，小小人儿就叫歹人卖来卖去，好容易来到了山庄，有俺们疼你，你要是给俺当闺女就好了……

她搂着孤歌温热的小身体，趁着夜深人静打开了心扉，郁积已久的苦水打开了闸门狂泻着，絮絮叨叨没完没了。她一边诉说，一边轻轻拍打着孤歌，抚摸着孤歌的头发，脸蛋，小鼻子，长眼睫毛，好像两岁的熟睡的小孤歌能够听得懂这些，能够分担她压在心头的重负。这时，她还不知道小孤歌是个聋子！

伶仃寒月，孤悬在旷远的夜空，洒下清冷的银辉，勾勒出山庄版画般的轮廓。喷泉的水花儿不再奔涌，只剩下汉白玉的石像妈妈和她的孩子们，在夜色中闪着青白色的幽光。石像妈妈的面庞显得线条分明，表情严峻，不像白天在阳光下那样开朗。一阵山风穿过，似乎传来她的叹息。山庄里谁都没有发觉小孤歌是个聋子，只有石像妈妈知道，只有石像妈妈知道……

九

孤歌的卧室，四个女人站在小床的周围目不转睛地瞅着孩子。孤歌在小床里香甜地睡着，全然不知道有这么多阿姨在关心着她的命运。长长的睫毛一颤一颤地飞着笑意，胖胖的脸蛋嘟噜在枕头上，来到大妮妈妈跟前，看来她早已忘记了昨日的恶魔。四个女人互相交流着怜惜的眼神，这个弱小的生命一点儿都没有自卫能力，一点儿都觉察不到一种厄运又一次靠近了她。本来孩子睡觉就睡得沉，何况她是个聋子，这么多人推门进来一点都没有惊动她。她只顾沉浸在美丽的梦乡中，聋哑孩子的梦乡是不是也是寂静的呢⋯⋯

四个女人沉默着凝视孩子，室内静得可怕，彼此都能够听到对方的呼吸声。大妮意识到此事对自己和孤歌的威胁，但她不肯相信这是真的，追问山梅："你怎么能认出来孤歌就是小红豆呢？"

"这孩子是我接生的，出生的时候她胸口靠左一点儿长着一颗红豆大小的朱砂痣。"

大妮一听脸色煞白，无言地落泪了。她天天给孤歌洗澡，当然清楚孩子的左心口确实有一颗红痣。

大家回到餐厅，山梅又拿出两张照片递给大妮："这是我女儿娟娟两周岁时的照片，这是孤歌的照片。"

大妮擦干眼泪把两张相片凑到台灯跟前比了又比看了又看，最后叹道："想不到天下竟有这么巧的事⋯⋯"

展晴和肖晶看了照片交流了一下眼色，惊叹两个孩子的眉眼实在太像了。孤歌的照片是展晴给拍的，她看了娟娟的照片心里想：如果说这两张照片是同一个孩子的肖像都会有人相信的，看来孤歌必须离开山庄的命运已经无法挽回了⋯⋯

山梅又打开第三封信递给肖晶，示意她念给大家听。山梅哽咽着央求："事到如今我还有什么好说的，只求你们能够理解我⋯⋯"

大妮擤了一把鼻涕，睁大泪光点点的眼睛期待肖晶把信读给她听，她想知道事情的来龙去脉细枝末节。肖晶只好一字一句地念下去⋯⋯

娟娟：

好女儿，陷入绝望的妈妈只有求得你的理解了，有朝一日你看到这些日记，知道了妈妈还是个善良的女人，不是被家乡父老误认为的恶人，妈妈在九泉之下也就瞑目了。

今天，山庄里来了一个弃婴和一个被人贩子拐卖来的孩子。弃婴和人贩子的往事。像两把利刃时时划开我心中的伤疤，柳絮和孤歌的出现，形成了对我的过错的控诉。

亲爱的孩子，别看我总是给你写信，但我知道，在你长大成人之前，这些信是不能给你寄去的。那样做只能打乱你平静下来的生活。我悔恨自己当年只顾工作而没有亲自带着你，你是跟着奶奶长大的，和妈妈的感情不那么亲密，若不然或许不会写出声明和妈妈断绝关系……可是那又该如何呢？那样只会增加你这个十五岁天真少女的痛苦，还是让你以为生母已经死了为好。听说你父亲又娶了一个老婆，但愿那个女人是个会生男孩的生育工具，但愿你和继母的关系融洽……

小孤歌，和你那个被我丢弃的小堂妹同岁。抱着她端详时，我心头一震，她的眉眼神情竟很像你爸爸和叔叔！虽说天下难有这么巧的事，虽然我明明知道这里离咱家几千里地，两年前丢失的孩子被人贩子买走，不大可能在两年后又转卖到这里，我心里还是难以平静。

你两周岁时的照片摆在台灯下面，但我简直不敢看你一眼，因为你和孤歌的眉眼太相像了！在大妮姨妈的喂养下，孤歌一天天胖起来了，样子更像你这张照片了。孤歌学会了笑以后，我才发现她也长了一双和你一样的"倒酒窝儿"。如果拿出你这张留影去给人们看，谁都会说这是孤歌的照片呢！

你们两个不仅像一对叔伯姐妹，甚至像出自一奶同胞呢！毛发粗重是你们家族的特点，你奶奶、爸爸、叔叔和你，都是头发浓密眉毛粗黑，小孤歌也有这种明显的特征，连那又黑又长的睫毛都和你一样呢！看来，你们都继承了父系血亲的遗传基因，女儿大多像父亲，而你们两人的父亲是亲兄弟，这也是毫不奇怪的事情。

年龄同是两岁，胸口的朱砂痣，浓密的毛发，倒挂的酒窝，天下不可能有这么多的巧合，孤歌就是小红豆，这已是确定无疑的了。

自从看见了孤歌胸口的朱砂痣，我整天惶惶不安恍恍惚惚，不知道怎么办才好。我每天都去四号楼帮大妮照看孤歌，可又怕面对孤歌，孩子沉默的目光犹如尖刀一般剜疼了我的心。没有找到小红豆时我日日夜夜盼望着找到她，可是我现在又多么希望孤歌不是小红豆啊……

为了进一步证实孤歌的身份，我找到市公安局请求见一见那个逮捕归案的人贩子，问一问他从何地拐卖来的小孤歌。公安局刑侦科负责人听了我的哭诉非常同情，破例陪着我提审了那个犯人。然而，犯人的回答令我十分失望，他说："这个孩子已经在南方转了好几道手，谁也说不清她最早的来历。女孩卖不出价钱，换了好几个主儿，我在北方找了买主，刚给他送去，双方正在交接，就被警察抓进来了……"

我向他打听那个常在衡水一带出没的张老板，他表示没听说过。问他知道不知道女婴变男婴的事情，他也说不知道。看来，从他这里是什么线索也问不出来了，我拖着一颗疲惫的心回到了山庄。

两年来，我漂泊各地寻找小红豆，盼望着有朝一日找到她证明自己的清白，以为找到她就能减轻心灵的重负。现在命运驱使我们见面了，可是我心里不但未能轻松下来，反而陷入了更深一层的自责。经过多少天来的思索，我意识到自己面前摆着三个非常棘手的难题，何去何从折磨得我坐卧不安。

首先，我不敢整天面对孤歌的悲惨命运，今后再也无法在普爱山庄安宁地工作与生活了。孩子不仅成了被贩卖的商品，还被人贩子摧残成了聋哑儿童，而我则是遗弃婴儿的帮凶和罪人，自己的良心时时受到鞭笞与拷问，紧绷的神经快要断裂了！普爱山庄已经无法安放我负罪的灵魂，只有远走他乡避开孤歌纯洁的目光，我才有勇气苟且偷安活下去。走，是决心要走的了，只是在离开之前还有一些难以了断的事宜……

在离开这里之前，一个更为难办的问题折磨着我，左也不是，右也不是，怎么做都不能摆脱我继续欺骗世人的错误。既然认出了小红豆，那么该不该和她相认？该不该让她知道自己的生身父母？该不该把她带回老家，让她回到亲人们身边？普爱山庄规定只能收养无父无母的孤儿，该不该向院长说明她虽然是个弃婴但不是个孤儿，她的双亲健在？知道了孩子的身世而继续隐瞒，使她永远不知道自己的亲人在哪里，拆散人家亲生骨肉，于情于理于人伦于道德都说不过去。尤其对不起你婶婶，那件事情是家族的男人所为，她一直蒙在鼓里，她是个无辜而可怜的母亲。如果她知道自己的孩子找到了，哪怕不是儿子是女儿，她也会疯了似的追到这里来抱回这块亲骨肉，那么我该不该把她的孩子还给她呢……

第三个难题，是你大妮姨妈对孤歌的感情。大妮视孤歌如亲生女儿，孤歌处在低幼年龄还没有长时记忆，她也已经把大妮当成了亲妈妈，这一对母女之间的亲密感情实在太令人感动了！大妮是个不能生育盼孩子盼得快疯了的女人，把孤歌看作是自己的生命。她不嫌弃孤歌是个聋哑孩子，为了让她长大了过上和别人一样的正常生活，大妮妈妈克服一切困难教她说话。孤歌跟着这位妈妈生活，一定会幸福快乐。那么，我该不该说明事实真相，从大妮怀里夺走她相依为命的女儿，叫孤歌失去最疼爱她的母亲呢？过去，大妮过着以泪洗面的日子，自从孤歌来到身边，她的生活才有了欢笑。母爱的伟大力量，不仅使她焕发了青春，她还变得坚强乐观又好学，她在文化上的进步和聋儿语训发音方面的专业知识，让所有的山庄姐妹都感到惊讶。一个不会说话的小孩子，竟然能够给她带来一种全新的生活，我怎么忍心夺走她到手的幸福呢……

娟娟啊，可惜你还太小，如果你是个成熟的大姑娘，能够帮妈妈出出主意该多好啊！现在，我只能一遍又一遍地仰问苍天：我该怎么办？怎么办？怎么办……

十

杨大妮早已哭成了个泪人儿。

她终于弄清楚了事情的前因后果，同时也意识到此事不仅逼迫山梅必须离开山庄继续漂泊异乡，对她自己来说也是个灭顶之灾。过去在大妮心目中山梅是个温和细心的女医生，万万没料到她内心隐藏着这样激烈的暴风雨。

在大妮纯朴简单的头脑中，从来不知道世上竟有这等黑暗丑恶的现实。以她那颗善良之心无法想象世上竟有这等狠心的祖父、父亲和伯父，竟有这等从孩子身上赚黑钱的人贩子，竟有这种从地狱里冒出来的魔鬼才能想得出的变性术，竟有这样从出生就历经劫难的可怜的孩子……

想到孩子，她的心疾跳得喘不过气来。山梅讲的故事太离奇太曲折太复杂了，她在听的时候一时未能产生更多的联想，也来不及琢磨清楚山梅为何一定要把这件事告诉大家。听到后来，她才想到这件事一定和自己有关系，尤其听到故事的结尾，山梅说小红豆被人贩子摧残成了聋哑孩子，来到一所孤儿院时，她恍然大悟登时手脚冰凉了……

事情已经再明了不过了，大妮还是想求得进一步的证实，或者心存侥幸，颤声追问："这么说，小红豆真的就是孤歌了？"

山梅无力地点了点头。

"这么说孤歌是你的亲侄女？"

山梅苦笑道："从前是……现在老家人们都以为我已经死了，娟娟她爸爸已经另娶老婆了，如今我已经不是她的大娘了……"

"这么说，孤歌有亲爹亲娘，老家还有一大家子人？"大妮继续认证。山梅知道这样的现实对大妮太残酷了，但她只好又点了点头。

大妮求救地转向展晴询问："这么说，孤歌不能在山庄住下去了？"

展晴只好如实相告："按规定孤儿院不能收留有父母的孩子，这事要是让院部知道了，肯定会把孤歌送回老家的。"

大妮听了这些话一边哭一边数落："俺怎么这么命苦呀……好容易有了个孩子，又是个有主儿的……孤歌走了，可叫俺怎么活呀……"

山梅小声劝道："快别嚷嚷！看被人听见！我找你们来，就是来商量孤歌的事的！"

大妮见她举止神秘，心里燃起了一线希望，止住悲声催促："你有什么好主意，快给俺说说！"

山梅叹道："事到如今我还能有什么好主意？眼前摆着两条路，选择哪一条都觉得对不起孩子！此事只有咱们四个人知道，只要咱们不说出去，孤歌留在你身边，我这一走就成了永远的秘密。"

大妮一听喜形于色，肖晶也表示赞同："这倒是个好主意。"

然而，大妮是个善良女人，只是高兴片刻转瞬又愁苦起来："可是……孩子有爹有娘，咱不能做拆散人家亲生骨肉的缺德事啊！刚才你说她亲娘毫不知情，她要是知道了自己身上掉下来的肉还活在世上，受了这么多的罪，说啥也得把孩子接回去呀！"

"这一层我能想不到吗？想了不知多少遍了。想来想去，我只有再做一次罪人，天大的罪过我一人承担，和你没有关系。"山梅说出此话时目光烁烁闪亮，面色惨白，犹如一名赴死的殉道者。

大妮听不明白她的想法，以为又有了某种转机，小心地试探："你的意思是……"

山梅作出了决断："把孤歌给你留下！我这样考虑是为了孩子。我们老家那个穷山沟，不但贫困落后，人们的封建思想还特别严重，重男轻女成为风气。她爷爷她爹满以为丢了个大小子，我把个闺女送回去费多少口舌才能叫他们相信？就是我把三乡口那个喂奶妇女找去作证，或者孤歌她亲娘作主认下了她，那又该怎样呢？听说她娘第二胎又生了个闺女，她回去还能有好受的？再大几岁还不成了使唤丫头，看小妹妹、喂猪、打草，到了入学年龄不过敷衍几年，日后还不回家种地，嫁个男人，还是充当生育的工具，有什么前程？"

大妮深有同感地附和："可不是！俺在农村就是这么过来的！"

山梅继续说下去："再说，孤歌又是个聋哑孩子，回到老家连个教正式手语的学校都没有，咿咿啊啊地憋闷一辈子，长大了嫁人都矮人一截子，更甭提残疾人也能有学问有作为了。要是给你留下，山庄离市里近，又是沿海城市，有聋哑学校，又有聋儿语音训练中心，你又这么用心教她！她是个天资聪明的孩子，只要学会了看口型发音与人交流，就能上普通学校，和健全孩子在一起，将来能够上高中大学，奔个好前程。"

"阿弥陀佛！"大妮双手合十祈祷，"要是有那一天，孩子小时候也就不白受这么多罪了！"

山梅冷笑道："当初我并没有想欺骗世人，却落下个洗不清的恶名！如今宁可再担一回欺骗的罪名，苍天也会原谅咱们是为了这个哑巴孩子，咱是出于好心，天大的责任我一人承担！不是我变恶了，是世道人心太恶了！"

大妮欢天喜地地保证："孩子交给我，你就放心好了！我一定比亲娘还疼她！我记住你的托付，要紧的是教她说话，供她上学，让她换一个活法！"

山梅转而拜托展晴："还有一件大事就得请你多担待了！孤歌虽然有父母，却是跟没有一样的，回老家的命运不堪设想。此事求你们替大妮和孩子保密。"

展晴为难地搓着手："这件事你要是不让我知道就好了。"

山梅解释："本来是想瞒着你的。可是，又怕大妮一个人心里搁不开这么大的事。今后我走了，还要请你们二位多帮助大妮娘儿俩。"

肖晶真挚地表示："我当然没问题！今后我会和四姐一样把孤歌看成是自己的亲生女儿！只是展晴的身份又不同，此事真的不该告诉她。"

山梅后悔不迭："所有的事儿我都仔仔细细盘算了，唯独这一件想得不周全。咱们四个人是好朋友，我不再瞒着大家。我寻思着田淑贤总盯着肖晶，大妮娘儿俩若是遇上什么事，肖晶在院部那儿也是人微言轻。展晴是镜智法师的人，关键时刻还能帮忙说句话。所以……"

展晴的右拳捶打着左手心，在屋里踱来踱去："谢谢你对我的信任！可是正因为我是镜智法师的朋友，才不能带头违反山庄的规矩。山庄只收养孤儿的原则是法师亲自定的，我怎么能知情不举欺瞒法师呢？"

大妮焦急万分可怜巴巴地嘀咕："唉，这可怎么好呢？"

展晴想了又想，看了看手表说："这么着吧，我给镜智法师打个电话，征求一下法师的意见。"

三个女人都赞成展晴的提议。展晴知道妈妈们住的小楼里电话不能挂国际长途，便说："走，到我屋里打电话去！"

山梅怀着歉意道谢："那就让你破费了！"

展晴笑道："小意思，为了孩子，应该的！"

山梅叮嘱肖晶和大妮："我们两个先走，你们两个一会儿再去。楼门不关，你们悄悄进去以后把门插上。"

肖晶答应着抿嘴笑道:"看让田淑贤逼的,跟做地下工作似的!"

展晴和山梅先走了。

十一

展晴的宿舍。山梅、大妮和肖晶屏神敛气凑在一起听展晴给镜智法师打电话。

为了让大家都能听见镜智法师的声音,展晴特意用了免提。

"请找镜智法师,我是中国普爱山庄的展晴……师父,您好!我是展晴,今天是中秋节,我身旁有郭山梅、杨大妮和肖晶,大家都问您好!"

三个女人凑到电话机跟前齐声说:"祝您中秋快乐!"

"好,好!谢谢大家!祝你们大家中秋快乐!"电话机里传来镜智法师柔和委婉的声音:"孩子们都好吗?我很想念孩子们!"

展晴说:"孩子们都很好!明天晚上山庄举办中秋团圆联欢会!"

"太好了!请石院长在联欢会上代我向妈妈们和孩子们祝贺节日!"

"一定把您的祝贺带到!"展晴说着切入主题:"师父,这边有一个特殊的问题想和您商量,听听您的意见。"

"请讲,我听着呢!"

"您走了以后,咱们山庄又来了两个新孩子。一个是弃婴,新生儿,女孩儿有病。她的父母穷得交不起医药费,把孩子扔在医院走了。由柳素玉领养,起名柳絮。"

"阿弥陀佛!这孩子太可怜了,要好好待她。另一个呢?"

"另一个大约两岁,也是女孩,是被人贩子拐卖来的。人贩子在火车站被警方抓住了,一路上孩子发高烧造成了耳聋,现在成了聋哑儿童。"

"罪过罪过!大慈大悲观世音菩萨保佑这个聋哑女孩儿……"

"我要跟您说的是这个女孩儿的情况。多占您一些时间,不知您现在是否方便?"

"没关系!请讲仔细一些,凡是孩子们的事,我都想听。"

"这孩子现在由杨大妮领养，起名杨孤歌。"

"大妮当她的妈妈？好好，这我就放心了。"

大妮听见了这句评价，感动得又落了泪。

展晴接着说："这个孩子的事，还涉及郭山梅。"

"郭医生？我对她印象很深，她为了给克难和晚珠治伤很有耐心，石院长为咱们山庄请了一位好医生。"

郭山梅在一旁听了眼圈一红大声说："谢谢法师——"

展晴详尽地讲了山梅与小红豆、大妮与孤歌这段两个女人和一个弃婴的故事。她的讲述能力比山梅可要精彩多了，娓娓动听地从两年前那个西北县城郊外村舍里的昏暗产房谈起，一五一十地道出了事情的始末。她的语调时而迟缓，时而急促，时而低低絮语，时而哽哽咽咽。把山梅本人和大妮、肖晶两个听过这个故事的人都说得掩面而泣热泪沾襟。

展晴向镜智法师汇报了全部情况和目前对于孤歌能否继续留在山庄的难题，大家紧张地竖起耳朵聆听法师的意见。

电话机里传来镜智法师平静而舒缓的声音："阿弥陀佛！阿弥陀佛！阿弥陀佛……首先，深切地感受到了你们为孩子们付出的满腔爱心，感谢你们为孤歌所做的一切。虽然孤歌不是个孤儿，但她自出生就是个被父系长辈遗弃的婴儿，沦为被贩卖的商品历尽苦难，来到普爱山庄才得以健康成长。考虑到她父母家的状况，目前如果送她回到她的原籍去，势必使孩子重新受苦，并且失去受教育的机会。这不符合佛门弟子遵循佛祖'救苦救难，普度众生'之宗旨。何况，孤歌还是个聋哑孩子！咱们山庄叫作普爱山庄，它不仅愿意为孤儿们提供一个温馨的家，也愿意为残疾儿童提供一个优良的生存环境。因此，我的意见是，孤歌可以继续在山庄生活，仍然由大妮领养……"

镜智法师的话还没讲完，大妮已喜泪横流地说："阿弥陀佛！谢谢法师！我永世不忘您的大恩大德，我一定好好待承孤歌。孤歌长大了懂事以后，我要把她的身世告诉她，飞禽走兽还有个爹娘出处呢！俺只是疼她爱她，没想靠她养老，山庄就是俺的家。日后她要是去找她的亲爹亲娘，俺不拦着……"

镜智法师欣慰地表示赞同："咱们又想到一块去了！我正要说，山庄抚养孤歌到成年，她长大了如果想回原籍看望她的生父生母，咱们应该尊重她的意愿并提供方便。"

四个女人齐声高呼："谢谢法师——"

法师又关切地叮嘱："展老师呀，孤歌是个聋哑孩子，你们最好不要满足于请聋哑学校的老师教她打手语。国外时兴聋儿语言发音训练，最好从幼儿时期就开始训练。不知国内有没有这方面的学校？"

展晴听了茅塞顿开："多亏您提醒！听说我们城里刚刚创办了一家聋儿语训师资进修班。我把您的意见转达给石院长，大家会认真研究对孤歌的教育问题。"

镜智法师欣慰地表示："这我就放心了！我很希望郭医生继续留在山庄工作。"

法师说到后面一句话时，山梅激动地连声道谢。展晴放下电话，高兴得和大家又搂又抱，此时才觉得讲了这么多话口干舌燥，端起一大杯茶咕咚咕咚一饮而尽。

山梅回到沙发上解开了小包袱说："大妮，坐到这儿来，我留给你一样可以证明孩子身份的物件。"

大妮一听这话就急了，真挚地挽留道："二姐你可以不走了呀，法师不是留你吗？"

经过了深思熟虑的山梅坚决表示："我想我还是离开山庄好，老家的证明信寄来以后，田淑贤不会罢休的。我倒是不怕她，只是怕张扬出去对孤歌不好。为了孩子，我还是走吧！"

刚刚止住悲伤的大妮顿时又抽泣起来："你也往四十上数了，孤身一人到哪里去？"

"天涯何处不养人哪？"

三个女人听山梅这么说，一时都唏嘘无语了。

山梅从小包袱里拿出一床小被子抖开给大家看，大妮一拍手高声赞叹："呦，这都是手工绣的呀！谁的手这么巧？看这虎头，五毒，这都是给小小子预备的东西呀！"

山梅抚摸着虎头叹息："唉，这是孤歌她亲娘在怀着她的时候绣的。她娘满心盼个男孩，一针一线绣了这虎头和五毒，给孩子避邪。不想生了个闺女，又遇上了这么多的邪魔恶鬼！"

大妮郑重地收起了褓裰，动感情地说："这是孤歌亲娘给她的念心儿，我一定替她好好收着。"

山梅把几封信重新用绳子捆好，郑重地交给肖晶："这些信以后可以作为证明孤歌身世的材料，如果她长大了想找父母，而她的生父生母有质疑，还可以帮助他们去医院做亲子鉴定。展老师毕竟是有自己专业研究的人，不能在山庄呆一辈子。六妹，这些信就托付给你了！"

肖晶激动地接过信说："我一定好好保管。"

展晴关切地问山梅："你不是说，等到你女儿长大以后把这些信让她看么？"

山梅有些凄伤，叹道："我这一走，四海为家，不知何时何地是个归宿，也不知会发生什么事情。万一有个……日后四妹和六妹可以把信替我寄给娟娟，信封上有地址。再说，往后一个人打发光阴，我会将这场噩梦详详尽尽重新写下来的……明天一早儿我就走了，你们都装作不知道好了。"

展晴沉吟思忖，也想不出良策，只好表示要尽朋友情义："那我开车送你进城。"

山梅摆手辞谢："我没有什么行李，还是谁也不惊动，悄悄地走了好……"

展晴坚持自己的意见："我一定要送你，我在城里朋友多，先在我家落落脚，大家帮你选择个去处，最好找个有朋友接应的城市去求职。"

山梅感激地表示："明天晚上你还要主持联欢会呢！"

展晴说："那有什么？咱俩一早儿就走，中午我就赶回来了。"

山梅仍觉过意不去："这……太麻烦了！"

展晴却说起了俏皮话："谁叫咱们缘分深呢！说不定呀，五百年前咱们几个都是在一个庙里修行的尼姑！那时候镜智法师就是庙里的主持！"

肖晶伸出手指戳着展晴的额头："这时候你还说笑话！"

展晴豁达地开导大家："这有什么？人生路上相逢别离是平常事，有小孤歌牵住大家的心，咱们的缘分没有断，后会有期！"

山梅伸出双手用力把三个朋友的手握在一起，泪花闪闪地告别："后会有期！"

四个女人紧紧地拥抱在一起……

十二

杨大妮正式领养了孤歌，终于当上了妈妈，高兴得像是脱胎换骨了似的，每天抱着个聋哑孩子在人们面前显摆："看俺闺女多俊！看俺闺女胖了吧？"

姨妈们也都怜爱这个不幸的哑女，见了她都抢着抱抱。在她短短两年的生命历程中，过去从未感受过这么多的温暖，甚至从未见过人们的笑脸，面对姨妈们的亲昵，她有些惊愕，双手紧紧地勾住大妮的脖子不放，活像一只小猴子吊在老猴子身上，觉得只有在大妮怀里才是安全的港湾。大妮脸上焕发出灿烂的容光，得意地说："看看，谁的孩子跟谁亲吧！"

姨妈们愿意拿好吃的东西引逗她，时间长了她也就不再认生，谁想抱她都可以了。在温暖的大家庭里，她阴沉的小脸有了一丝笑容，无神的目光有了少许灵气。她仍然沉默不语，连个"啊"字都说不出来，因为她生活在寂静的世界中，只见人们的嘴巴一张一合，而不知道话语和声音是什么。

尚美凤由妈妈变成了姨妈，觉得有些尴尬，在院子里碰上大妮母女，总是拿出糖果给孤歌，以示比别人更亲密些。这一天，许多妈妈带着孩子在喷泉旁边玩，尚美凤送给孤歌两块巧克力糖。孤歌最爱吃巧克力了，一双小手灵巧地剥开糖纸，把一块糖塞进嘴里美美地吃了起来。忽然，她看了看大妮妈妈，又剥开另一块糖的彩纸，要把糖块塞入妈妈口中。大妮躲闪着笑道："谢谢你啦，有这份心就行了，留着你自己吃吧！"

孤歌听不见妈妈说些什么，黑眼珠轱辘轱辘作着判断，当她弄明白妈妈的意思以后，小嘴一撇，执意把糖塞进妈妈口中，这才满意地拍起小巴掌。

大妮的眼泪刷地一下子挂满双腮，激动得嘴唇发颤哽咽起来。这个盼孩子盼了半辈子的女人，终于体验到了做母亲的幸福。一块小小的糖果，甜在嘴里美在心中，她紧紧地搂住孤歌，呷呷有声地亲着她的小脸蛋儿，不住地说："好闺女，知道孝敬妈妈了！妈妈没白疼你……"

尚美凤站在一旁脸儿讪讪的，嘴上却连声夸奖孤歌。

金秋过去了，冬天来临了。小孤歌在妈妈的呵护下一天天胖起来了，原先呆滞的眼睛变得明亮有神，黑瘦的小脸儿变得白嫩红润，小胳膊圆滚滚的像新出水的藕节儿，手背上还挤出一排圆圆的豆窝窝儿。她还学会了笑，原先她是不会笑的，现在笑得十分开心，笑声和别的孩子一样清脆。更加讨人喜欢的是，每当她露出笑脸时，嘴角两侧即浮现两个小酒窝儿，是人们常说的"酒盅朝下洒出蜜"的甜甜的"倒酒窝儿"，越发平添了小脸的生动可爱。姨妈们见了谁都想亲她一口，谁又都感叹一句："唉，真可惜，这么漂亮的闺女，是个聋哑孩子！"

是啊，真是太可惜了！无论大妮妈妈怎样教她，她都不懂得说出一句话。除了会哇啊乱叫，她连一声"妈妈"都喊不出来，而大妮多么盼望女儿能叫她一声妈妈呀！

于是，尚美凤便又有了话说："我说不行吧？我可没少下功夫，白费！十聋九哑，你想教她说话，那不是瞎子点灯——白费蜡嘛！"

大妮却不甘心放弃努力，关于镜智法师说的聋儿语训，听展晴解释，日后孩子若是只会打手语，很难在社会上与人交流，因为她听不见别人的话，自己不会说话，别人又看不懂她的手语，便只能在聋哑人中间"对话"了，而聋哑人的生活圈子毕竟太小了。展老师还说，市里有个聋儿语音训练中心，那里有人教孩子看教师的口型学发音。孤歌要是学会了看人口型就能发音，那就太好了。于是，她去市里找到那个训练中心报了名，只要一有空，就带着孤歌去上课。孤歌还太小，过去在人贩子手里又没人耐心地教她说话，所以她压根对别人的口型不感兴趣。大老远的来一趟市区不容易，老师又要求家长配合教学，大妮只好自己先学会了口型训练方法，回山庄再慢慢训练孩子。

大妮快四十岁了，少年时因家务劳动过重没能好好上学，这些年又很少读书写字，如今乍一拿起笔来作记录，真比扛锄头还沉。为了孩子，她现在要重新学习了。她这人心实，肯下笨功夫，认准了一个目标，九头牛也拉不回来。不久，她就迷上了口型训练这门新学问，学得格外认真，连训练中心的老师都说她有可能成为这方面的专家呢！

现在，大妮每天的日子过得可太忙碌了。

天刚亮，她就站在阳台上练习了，背诵的内容和老师的讲课几乎一字不差："衣、衣——啊、啊……"坡，坡，要往孩子手背上吹气儿，让她感觉到，坡的发音，上唇碰下唇时要冲出一股气儿。想叫聋儿区别坡与摸很难，关键得叫孩子弄清楚，坡，冲气；摸，不冲气……科，科，舌根碰上腭……思，思，舌尖跟牙齿间留点儿缝。呲，呲，舌尖抵住齿背，急促地冲出一股气儿……诗，诗，卷舌音……让孩子看清你口唇、舌头的动作。训练聋儿发音的教师要永远记住，聋儿听不见声音，只能看见你的口型动作。要善于把一个字发音的过程分解成动作，还有冲气的运用……

白天，她得当好"替补妈妈"的角色。哪一家的妈妈休班或生病了，她就带着孤歌去当临时工，给那一家的孩子们做饭洗衣服。

晚上，请哪位姨妈替她照看孤歌，她自己则和山庄孩子们一起坐在课堂上，听展晴老师辅导文化课。为了使自己的记录水平能够跟上聋儿发音训练中心的老师讲课的速度，她又成了展晴的学生，每天抱着书本唔呀背呀写呀记呀，语文课的进步很快，现在再去市里听讲做记录时不仅能够记清大意，错别字也越来越少了。

在展晴主讲的课外辅导课堂上，学生都是山庄孩子，年纪最大的也不过十二三岁，只有坐最后一排的是成年人杨大妮。为此，姐妹们笑她"返老还童"了，她自己却满不在乎，觉得这样活着心里充实。一本翻烂了的新华字典，成了她随手不离的必需品。受到展晴的夸奖，她越发风风火火起来，得陇望蜀，要读一些更深奥的书本了。镜智法师不来山庄居住时，她也定期去法师的小楼打扫房间，顺便从书房拿来一些佛学书籍，从字典上查明了字义字音之后，便文绉绉地问展晴一些这位女研究生也闹不懂的佛学问题。展晴笑着告诉姐妹们："四姐现在比我学问都大啦！"

现在，大妮没有时间也没有精力去想"姐妹易嫁"的隐私了，也不再自怨自艾了。她觉得日子过得挺顺心，只有一件事令她深觉遗憾——费了九牛二虎之力，孤歌仍然对发音不感兴趣，至今连一声"妈妈"都不会叫，莫非自己命中注定就听不到孩子叫妈妈吗……

孤歌瞪大澄澈的眼睛望着这个寂静的世界，小脑瓜感受到周围的一切变得温暖了。她喜欢这个五光十色的世界，虽然她的世界始终万籁无声，她并不觉得缺憾，因为她想象不出生活中还需要声音和语言，更无从领略音乐的美妙了。她喜欢妈妈，也很想讨妈妈喜欢，但她弄不懂妈妈为什么总是朝她作出一些古怪的表情：嘴巴一张一合，舌头伸伸卷卷，还不时往她手背或脑门上吹气，然后妈妈又作出焦急、失望、无奈的样子，然后又作出那些古怪的表情。显然，妈妈是想叫自己跟着她学，可是自己作了那些表情妈妈又摇头，到底妈妈想叫自己做什么呢……以孤歌的幼龄和耳聋的局限，还不能生出这些准确无误的思想，但是她朦胧地意识到自己和大家不太一样，别人见了面全都嘴巴开开合合，彼此之间就弄懂了好多事情，唯独自己不行……妈妈一定是为了这个着急，妈妈希望自己和大家一样，可是如何才能跟大家一样呢？她茫然地瞪着大眼睛。

有人说，往天上飞去出了大气层的宇宙是寂静的，或许孤歌是天外来的孩子，她来自寂静的世界，保持着寂静的凄冷与美丽……

十三

转眼间几个月过去了。

孤歌长成了个又高又胖的漂亮娃娃，眉眼传情，腿脚灵活，跑起来像一个小兔子。她有一个叫全山庄的妈妈们都羡慕的拿手好戏，谁给了她好吃的东西，她都要先让大妮妈妈吃，那不是一般孩子表演的虚让，是真往妈妈嘴里塞。妈妈不吃让她自己吃，她会撅起小嘴儿表示生气；妈妈吃了，她会拍着小巴掌表示高兴。每当姨妈们夸奖这孩子孝敬时，便是大妮感到最幸福的时刻。在展晴的帮助下，大妮成了市里聋儿语音训练师资进修班的插班生，是班上最用功的学生。

大妮对孤歌处处满意，就是有一点叫人着急——这孩子仍然固执地保持着沉默，妈妈怎么费功夫教她发音，她都不肯说出一个字。大妮已经在聋儿语音训练中心毕业了，在班上已经教会好几个聋孩子说出简单的话来了，只有对孤歌一筹莫展。聋儿语训是一门新学问，肯在这方面下苦功夫对孩子又有耐心的教师并不多，语训中心聘请她去那里任教，她为了不离开孤歌推辞了那份好差事。

尚美凤听说了以后劝道："四妹呀，我看你是够傻的了！去市里当老师不比在这山区里当孩子妈妈强多了？孤歌在人贩子手里的时候可能受了什么惊吓，要不然怎么连一句'妈妈'都学不会呢？几个月大的孩子无意识的发音，上嘴唇一碰下嘴唇，首先就是'妈妈'嘛！当初她要是肯叫我一声'妈妈'，我也舍不得……你下了这么大功夫，她还是一点长进没有，该死心了！我看她挺爱打手势的，还是教她打手语吧！"

大妮叹了口气，摇摇头说："语训中心的老师说，将来对聋哑孩子要……那句词儿怎么说来着？噢，叫作——普及唇读发音，我是怕孤歌长大了跟不上社会发展呀！手语要教她，发音还是得教她！"

"我看你是不撞南墙不回头，没见过你这么实心眼儿的人！"尚美凤不好多劝，别的姐妹更不爱多嘴了。

四号楼里，每天仍然传来大妮大声教授"妈妈——""哥哥——""姐姐——""爷爷——""姨姨——""姥姥——"，仍然听不见孤歌的模仿。

大妮并不灰心，仍然盼望着有一天孤歌会喊一声"妈妈——"。因为她发现孤歌很聪明，对于她感兴趣的东西，能够读懂人的口型。例如她最爱看电视，你只要大声说"电——视——"，她会立刻指指电视机。你说声"开——"，她会打开电视机电钮，你说声"关——"，她会摊开小胳膊挡在电视机前面不让关掉。看来，孩子不是智力问题，而是还没有掌握发音的要领。只要找到她最感兴趣的事物，就能引导她发出字音来表示喜欢。

大妮试图教会她说出"电视机"三个字音，但她已经习惯了用动作和手势表示她对电视节目，尤其是动画节目的喜欢，也就不大明白发音的必要性了。

山庄里的生活很简单，聪明的孤歌能够用手势指出来谁是"姨""爷爷""哥哥"，更能用搂抱亲吻表示自己对妈妈的爱，对于一个两岁半的孩子来说，如果她不认为有学习语言的必要，你能拿她有什么法子呢？

一定要找到孤歌最感兴趣的事物，让她觉得只靠打手势已经不足以表达自己的感情，自发地用语言来抒发自己的爱意。那究竟是什么呢？大妮在苦苦地寻找着……

这一天，院部组织全体孩子和妈妈到海棠湖去旅游。海棠湖是有名的度假疗养区，从妈妈山往西翻过几座山就到了。各家的妈妈都为自己的孩子们换上漂亮的衣服，带上野餐食品，成群结队登上了大轿车，一路春风一路歌，来到了花果之乡海棠峪。

远远望去，一座座丘陵被大片大片桃树杏树梨树李子树覆盖，春花烂漫，灿若云霞。山路两旁还有海棠树作为绿化树，彩练般向前方延伸。正是繁花似锦的盛春时节，大轿车像船儿一般游弋在花的溪流花的旋涡花的江河花的海洋中。车过之处，只见花雨缤纷，香气袭人，简直不是人过花丛，而是花的精灵牵着人走了。

孩子们一路欢笑着，歌唱着，沸腾的喧闹惊起了一群又一群小鸟、蝴蝶和蜜蜂，小动物们好奇地望着这些惊扰了它们花之梦的小客人们。

孤歌听不见小朋友们的欢声笑语，在她看来这里只是个寂静而美丽的世界。她从来没见过这么多的花，从来没嗅到过这么浓的花香，吃惊地睁大眼睛目不暇接，吸着小鼻子东闻西闻，兴奋得直拍巴掌。为了让妈妈共同分享花海之美，她不时地拉一拉妈妈的胳臂，又指一指车窗外面的花树。

大妮见她这么快乐，习惯地教起她发音来了："花——你说，花——"

孤歌注意地观察妈妈的口型，大妮一边张大嘴巴喊着"花——"一边用五个手指收拢起来再张开，表示花朵开放了："花——"孤歌学着妈妈的样子，伸出小手朝着车窗外面，五指收拢，张开，收拢，张开，再收拢，再张开……随着这个手势她的小嘴巴一次一次张得圆圆的，但还是喑哑无声，发不出花的字音。

大妮不厌其烦地五指一拢一张，伴随着发出"花——"的喊声。

孤歌努力了又努力，好容易才喊出一声："啊——"

"不是'啊'，是'花——'，花！"

"啊——"

"花——"

"啊——"

"花——好孩子，有进步！咱们接着练，看着我的口型，'啊'上来就张大嘴，声音是从嗓子发出来的。'花'，嘴唇先收拢，然后再张大，花——像花开一样，先是花骨朵儿，然后开放，看手指的动作，花——花……"

坐在前排的展晴也转过身来，指着窗外果木教孤歌："花——桃花——杏花——梨花——海棠花——花——"

孤歌焦急地瞅着妈妈和展老师的口型、手势，伤心地哭了起来。她多么希望说出花的名字啊！在她的小小心灵里涌动着一股对花的挚爱，如果叫不出花的名字，她会觉得对不起这些美丽的花儿。

大妮掏出手帕给女儿擦眼泪，哄劝道："别着急，好孩子，咱们接着练，花——花——花……"

十四

汽车开到了海棠湖停了下来，孩子们扯着他们的妈妈争先恐后跳下车去，来到了湖畔。这里水天一色，景色分外迷人。白云、花影，倒映在平静如镜的湖中。

孤歌扯着妈妈的衣襟，钻进了海棠树林，仰望一棵又一棵花树。这里的海棠树格外高大，每棵都有二层楼那么高。她小小的身影在花树底下显得格外娇小了，她穿的粉红色的花衣花裤，头顶上扎的玫红色的大蝴蝶结，跟这遮天蔽日的海棠花融为一体了。

海棠树虽为乔木，但从紧贴地面处就长出分枝，密密匝匝的枝条相扶相依托举着连接成片的树冠，一簇簇花朵相挨相挤，耳鬓厮磨。繁花压枝，花团锦簇，红蕾朱唇点点，盛花粉面含春，浓妆淡抹，蝶舞蜂飞，轰轰烈烈合唱着春天的赞歌。

生活在万籁俱寂中的孤歌，从未领略过音乐的美妙，却被这繁花大合唱震惊了，对她来说这"花开的声音"就是最美妙的音乐了。她崇敬地站在花丛之下，伸出一双小手去接冉冉飘落的香瓣，捧在手心里瞧着闻着，还伸出小舌头尝一尝，高兴地绕着一棵棵花树又蹦又跳。

大妮和展晴领着孤歌来到了山腰，站在这里往湖面俯视，海棠花树绕湖成林，随着湖面的形状织成了一圈O形的花环，湖水映衬出清晰的花环倒影，简直就是大自然的红唇。展晴惊喜地指给孤歌看："快看，妙极了！看这湖边和水中花环的形状，多像一个人在说'花'的口型，花——"

"花——"

一声清脆响亮的叫喊，震得大妮和展晴都惊呆了。只见孤歌朝着"大自然的红唇"伸展双臂，十指一齐收拢，张开，从胸膛里迸发了第一声歌唱！

"花——"

她继续大声喊着，奶声奶气的童声是这样甜美，这样热烈，犹如一把小号，吹响了生命的颤音，宛若一声春雷，炸开了严冬的冰封。

"花——"

"花啊——"

"花啊——"

孤歌绕着一棵棵海棠树蹦着跳着，喊得越发不可收拾，越发热烈响亮，越发直抒胸臆。

"孤歌会说话啦！"大妮激动得摇了摇展晴的肩膀，也像个孩子似的绕着花树搂着一棵棵树干跑了起来。她追上了孤歌，蹲下来一把把她搂在了怀里，喜泪横流亲着她的脸蛋，喃喃催促："好孩子，再说一声，花——"

不料，这一回孤歌却指着妈妈的脸说："花——"

大妮不好意思地笑了，纠正地一指海棠树冠："花——"

"花——"孤歌先指一指树冠，又指一指妈妈的脸，加重语气重复地说："花——花——"

在她心目中，妈妈的笑脸就是花，花儿的笑脸就是妈妈，她那双明澈晶亮的大眸子准确无误地表达着这个意思。

大妮的热泪挂满双腮，心中怒放着灿烂的春花。孤歌扑到妈妈怀里，在妈妈脸上亲着，咂着小嘴吸吮着妈妈的泪水，小手一个劲地摇着，示意妈妈不哭，不哭……

一阵微风在林中穿行，天筛摇珠一般飘下了纷纷扬扬的花雪，落满了这一对母女的头上身上……

斜阳西照，大妮带着孤歌在山庄大门外树林玩耍，远远地望见那个疯女人又上山来了。好久没有见疯女人了，听说她住进了精神病院，不知为何今天又跑到这个偏僻的山庄来了。

疯女人走到大妮身旁也不打招呼，眼睛只顾直勾勾地打量孤歌。疯女人疯得不那么厉害了，衣服比过去整洁，头发也不那么蓬乱了，但是神色仍然痴呆呆的，看来病情只是有一些好转。

大妮笑着向她问候："这一向可好哇？有日子没见到你啦！"

疯女人还是两眼直勾勾地盯着孤歌，说："这是我的孩子，你怎么给抢来了呢？"

大妮知道如何对付她，温和地提醒："你的孩子不是个小子吗？你看，我这是个闺女！"

疯女人释然，友好地笑了："可也是！"

她一扭头看见大铁门里面喷泉中心石像妈妈怀里的男孩，愤怒地大喊："是她抢走了我的儿子！"

大妮耐心地劝导她："看看，你又糊涂了不是？那是石头刻的人儿，你抱得过来吗？"

疯女人似乎明白多了，噗哧一声笑了："是石头人儿！嘻嘻！我儿子可不是石头做的，是我身上掉下来的肉！"

过去，谁也弄不清疯女人的身世，问也问不明白。大妮看她精神清爽多了，好奇地打听："你的儿子怎么了？"

"哼！我儿子明明还活着，可他们硬说他死了，还不是骗人吗？为的就是把我儿子抢走！"

大妮听出了一点事情的眉目，猜道："你说的'他们'是指医生吧？"

"当然是了，那些个坏大夫！他们偷走了我的儿子，是个爱人儿极了的大胖小子!"

大妮知道发生了什么事情了,孩子的夭折把这个不幸的母亲给坑疯了,所以才跑出来到处寻找孩子。她同情地开导她:"想开一些吧,养好病,好好过日子。你看我没丈夫没孩子,不也活得好好的吗?"

疯女人一指孤歌惊异地问:"她不是你的孩子吗?怎么又说没孩子呢?"

大妮笑着讲开了佛理:"这就看你的悟性了!这里的孤儿,和自己生的是一样的,万物生灵,都要以清净大爱去保护。佛说,修行到了三界外就什么都看透了。有孩子就是没孩子,没孩子就是有孩子,自己的孩子也是别人的孩子,别人的孩子也是自己的孩子。女人,要摆脱烦恼的小爱,对万物生灵一草一木心生大爱,天地人合成一个,这就是大爱了。"

对她这一番背诵,疯女人听了个懵懵懂懂,刚要继续请教,忽听孤歌在远处喊叫:

"花——"

疯女人问:"她喊什么?"

"她在喊我。"

大妮说罢,应声朝着孤歌走去……

十五

尊敬的镜智法师:

感谢您对残疾孩子孤歌的呵护,现在她跟着大妮妈妈生活得很好,聋儿语训工作也已经开始了。

您知道孤歌会说的第一句话是什么吗?不是一般孩子先学会叫的"爸爸""妈妈",而是大声喊出了"花——"。这真是个吉兆!祝愿这孩子的生活道路上铺满了鲜花!

您提出的关于"聋儿语训"的建议,不仅关系到孤歌的一生,使她长大以后能够融入主流社会;也对大妮的生活道路产生了良好影响。大妮为了教孤歌发音,自己先去市里聋儿语训师资进修班接受训练,她废寝忘食勤学苦练，如今已成为聋儿语训方面的合格教师。市里想聘请她去任教，那边的薪金比山庄要高。然而，她舍不得离开孤歌，决心留在山庄。孤歌遇上这样一位好妈妈，真是福大命大苦尽甘来。

大妮姐姐真是个具有奉献精神的善良女性。她娘家很穷，她少年时为了帮助父母照看弟弟妹妹耽误了学业；现在三十多岁了，如果让她为了自己重新学习将很困难，为了孤歌她却能够以超出常人的毅力和年轻人一起坐到课堂上，文化考试和聋儿语训知识考试都取得了优异成绩。她正是在对孤歌的无私大爱中完善了自己，提升了自己。

上一封信我曾向您汇报，我为了给写论文做准备，把在山庄遇到的每一个有关孤儿心理特征的个例都记录下来。搜集的素材十分丰富，但我个人直接参与心理辅导的两个孤儿的个例，还没来得及写出来呢！我很想把这两个孩子的情况向您介绍一下，请您也像为孤歌提出"聋儿语训"建议那样给我以指导，帮我出出主意。

这两个孩子都是男孩，其中一个是大姐端仪的大儿子克难，另一个是七姐谷幽兰的二儿子雨生。克难，就是那个在您来山庄视察的那天晚上，因为洗澡赤身跑出去感冒发烧送医院的男孩。由于童年时的悲惨遭遇，他患有典型的忧郁症，国内医生称为抑郁症。可以说，克难是山庄孩子们中最大的难题，对他几乎时刻不能放松警惕。在家里由端仪妈妈看护他，在学校我们拜托了老师关照他，石院长和我都努力和他交朋友。而且，这种特别的留意还不能被他察觉，他有着超乎寻常的敏感和自尊。这孩子从来不淘气，也不和山庄孩子们一起玩。但是，石院长说他比调皮捣蛋的孩子更叫人操心，他小小的年纪总想放弃花朵般娇嫩的生命，总觉得活着没意思。一不留神他就可能走上轻生之路，这可太叫人担忧了。

雨生本身并没有自杀倾向，但因他的父母是在暴风雨天气被雷电电死的，他目击了当时突如其来的灾难被吓出了恐惧症。这孩子胆小懦弱，如果不能及时给予有效的心理治疗，他长大以后不但会一事无成，若再遇惊吓还可能导致精神失常。如何使他增强自信心变得勇敢起来，是我们要攻克的第二个难关。

我为山庄妈妈们开了心理学讲座，妈妈们学习都很刻苦，但她们毕竟缺乏心理辅导的专业知识，端仪和谷幽兰都找到我表示对这两个特殊的男孩爱莫能助。我只好把如何对这两个孩子进行心理辅导列为自己研究的重点课题了。

我会及时把这方面的工作进展向您汇报，盼望得到您的建议。

算起来，我的《普爱山庄笔记》已经搜集了不少妈妈们和孤儿们的素材。上一封信我对您说过了，刘教授认为这些真实的人物故事可以写成文学作品。考虑到这一建议，说不定日后真可以把这些素材加以整理和虚构写成一部长篇小说，我特意在叙述时采用了第三人称，把我自己也摆进去作为一个人物去刻画。或许这样能够客观一些，避免个人视角的局限。这些故事并不是以时间为顺序的，为了方便写论文列举人物心理状态的例证，我宁可以一个一个人物为单元。在山庄这个特殊的角落，有这么多在外部社会很难同时遇到的特殊人物。如果能够铺排成一条长长的人物画廊，我想那样会有利于全景式地展示普爱山庄的生活场面。

最近，石院长和我都在集中精力研究克难和雨生的教育问题。我把这部分笔记命名为《没有说完的故事》，如果照这样写下去，一座小楼一座小楼、一个家庭一个家庭地写下去，普爱山庄真是有着说不完的故事呢……

下一次您来山庄视察的时候，请审阅我的这些介于工作手记与写作札记之间的文字，并请不吝赐教。

　　顺致

敬意！

展　晴
1999 年 3 月 3 日

严冬过去了，春天来临了。

郭山梅从普爱山庄消失很久了，人们也许差不多把她忘记了，但在过去发生的故事里，总会有着她美好的影子……

白蝴蝶的复活节

一

克难比立春只小两个月，也满快十四岁了，在山庄孩子们中排行是二哥。端仪妈妈领养这个大儿子本来指望他帮忙照看弟弟妹妹，不料他连自己的生命都照看不住。当妈妈的得日夜提防他有个三长两短，为此精神紧张得都快要崩溃了。

当初，是杨大妮陪同端仪到寒冷的北疆去接克难的。

在东北平原一个积雪的小村庄，村长把端仪和杨大妮领到了王家长辈老姑奶奶家。端仪一看克难吃了一惊，这孩子又瘦又黄，个子矮小，根本不像个十三岁的少年。可是，他那双浮肿的眼睛却露出成年人才有的倦怠而又焦虑的神色。

端仪亲切地说："我叫端仪，端正的端，仪态的仪，咱们都是满族人，一家子！她叫杨大妮，我们是来接你的！"

克难不搭腔，一双无神的眼睛在两个陌生女人之间飘忽不定地打量着。

杨大妮笑道："往后，她就是你妈妈了！俺也会照顾你，管俺喊四姨吧！"

克难还是不应声，胆怯地躲到老姑奶奶身后。老姑奶奶拉着他的胳膊说："叫妈妈！叫四姨！俺怎么教给你来着？你妈妈这么大老远地来接你，还不快叫妈妈！"

克难的头垂得更低了，只能让人看见荒草般蓬乱枯黄的头发。

"别难为孩子。"端仪解围说，"我们不勉强孩子叫妈妈，叫我大姨也可以。"

克难却连一声姨也不肯叫，眼睛瞅着自己的脚。看不出什么颜色的破球鞋露出了脚指头，又黑又脏的脚拇趾在破洞里不安地蠕动着。

"唉——"老姑奶奶长叹一声，"这孩子忒命苦了！没出娘胎就难产，是个横胎，脐带又绕住脖子，刚生下来时小脸都憋青了，没有气儿，倒提着脚丫一顿拍打，才拾回一条小命儿。他妈产后大出血，以后就落成个病秧子。月子里没有奶，俺喂他苞米糊糊。这么着，起名克难。谁知他爹又病死在南边儿了。他妈一个病人不能下地干活，挣不上吃喝，过铁道去他舅家借钱，回来时……"

老婆婆说不下去了，用袖口揾着眼泪。端仪说："这些情况我们都知道了。"

克难听了忽然抬起眼睛审视端仪，端仪注意到他那可怕的眼神，不免颇费猜忖。

老婆婆继续哭诉："村里的孩子骂他克父妨母，都不跟他玩儿……他婶子好狠心……俺一个孤老婆子……"

杨大妮劝慰："克难时来运转啦！到了俺们那里就好了，俺都没见过那么俊的楼房，家里啥都有，冰箱、彩电，还能上学。克难，你这个妈妈有文化，脾气儿好，手巧，会做衣服，炒一手好菜，又不嫌弃咱农村孩子！"

老姑奶奶破涕而笑，把一个小包袱塞给克难，双手合十直念佛。可是，任凭她怎么拉拽，克难也不肯到端仪跟前来。陪同的县民政局干部为难地看看表，天黑之前他们还要带她俩到另外一个乡去接孤儿呢！老姑奶奶只好说："这孩子忒拗！这么着吧，你们先走，回头俺叫他叔送他去。他叔去沈阳了，过几天就回来。克难呀，你忒不懂事了！好言好语你不听，等你叔来了你又吓得避猫鼠似的！"

"这样也好，再和老姑奶奶亲热几天，我们等着你啊！"端仪说着，留下几袋饼干糖果，又详细地写下了普爱山庄的地址和一路上坐火车、汽车的站名路线，交给老姑奶奶。老婆婆千恩万谢，声声念佛。

克难始终一语不发。

端仪从提包里拿出皮尺，为克难丈量做衣服的尺寸，一边做记录一边说："我回去给你做新衣服，织毛衣。你喜欢夹克衫吗？买一块花格料子，衬上驼绒里儿，又漂亮又暖和，怎么样？里面套一件毛衣，就可以过冬了。山海关里没有东北这么冷，你们这儿都下雪了，咱们的新家还满山红叶呢！"

她量着他的窄肩膀瘦胳臂，心疼地想：真是骨瘦如柴啊！可怜的孩子……可能因为不习惯被人摸来摸去的，克难枯黄的脸上涌出羞赧。她用皮尺套在他脖子上量衣领时，他竟然缩紧脖子不肯伸展，当量到他的裤裆时他忸怩地向后躲闪。她突然预感到今后当妈妈的困难，到底是大孩子了。

端仪又蹲下用手比划着他的脚的大小说："买两双新鞋，替换着穿。你是汗脚吗？汗脚还得多做几副鞋垫儿。"

当她的手指触到他那露出破洞的脚拇趾时，她觉出自己的手背忽然像是被雨点打湿了，那是克难滴下来的温热的眼泪。

"妈，我跟你走。"

她听到了低低的刚刚变声的嘶哑的喉音，心口一热鼻子发酸眼睛湿润了。老处女第一次听到这一声"妈"，全身为之一颤。她的目光从他的脚往上移动，瞅着这个儿子的细腿瘦腰佝偻的瘪胸。当她抬眼注视他的脸时，她看到了一双浮肿的泪眼。

杨大妮领着克难上了汽车，老姑奶奶千叮咛万嘱咐老泪纵横难舍难分："孩子，你的福气来啦，奔个好前程去吧！俺老了，怕是见不着面了……"

克难一听这话，又下了汽车给老姑奶奶磕了个响头。

端仪把村长拉到一旁小声问："他父亲的死因，他本人真的不知道吗？"

村长说："不知道！他爹在南边杀了人，逃回老家来，一辆警车追到村里，把他爹押走了，就再也没回来。那年他才三岁，还不懂事。俺们村王家是大户，俺早就给几个老人儿立了规矩，家丑不可外扬，不许任何人讲。年轻人只知道他爹病死在南边了。他妈在世的时候，这孩子挺欢实的，才五六岁就懂得帮妈妈拾柴打草烧灶火。后来他妈也过世了，村里有人说他克父妨母，他的性情才变得古怪了。到了你们那里，换换地界儿，慢慢就会好了，小孩子家，忘性大。"

端仪点点头："这我就放心了，这事不能让他知道，对孩子的伤害太大了。"

汽车驶离了小村庄，朝着通往车站的公路奔去。克难望着窗外的皑皑雪原，一路上闷声不语。

二

当初，若是没有发生那次"洗澡事件"，山庄里的叔叔阿姨们见了克难若是不逗他"摸瓜儿""抓光腚"，孩子们若是不追着喊着戏弄克难，他的心理状况或许会好一些。

可惜，这一切已经发生了。

然而这怎么能够怨大家呢？追求快乐是人的天性，集体生活中的人们之间都喜欢开一些善意的玩笑。在健全家庭长大的人们无法想象，几句笑谈会在克难心中留下巨大的阴影。克难自幼的遭遇使他几乎不懂得什么叫作欢笑。老家村子里从来没有人和他开过玩笑，人们总像躲避瘟疫似的远离这个"克父克母"的"倒霉孩子"。一个人来到世上十几年了，竟然从未领略过谐谑幽默之趣。面对人们友好的捉弄，他不仅不觉得开心，反而照例误解为某种歧视甚至敌意，此种人生真是够悲惨的。

克难在学校里的课桌是设在墙根的独座。老师发现他跟任何同学同座都感到不自在，为了迁就他只好做了这一特殊安排。

克难在家里总是低头吃自己的一份套饭。妈妈发现他和弟弟妹妹同桌吃饭吃得很少，栓锁和小蛋又总是抢菜吃，只好在事先给他分出一份饭菜让他到一旁独自享用。

孩子们来到山庄第一天，每家的妈妈都为这个新家庭的头一顿饭做了精心准备。端仪能炒一手好菜，几个农村来的孩子团团围坐，吃了个风卷残云狼吞虎咽。只有克难扭怩地不敢下筷子，还需端仪单独另拨出一份饭菜给他，他才能够吃饭。从那时起就成了惯例。

端仪曾经期望日子长了克难和大家混熟了就好了。岂料，他始终无法融入新的大家庭，几乎和任何人都不能交流感情。永远把自己封闭在一个无形的玻璃匣中郁郁寡欢。

端仪特别爱干净，每天都把一号楼打扫得一尘不染。她万万没想到，这份洁净也增加了克难的惴惴不安。他从小在低矮破旧的泥屋里长大，母亲多病，无力收拾房间。老姑奶奶是孤老户，住处更是简陋肮脏。乍一来到普爱山庄时，他从来没见过这么多的陌生人，更没见过这么漂亮的小洋楼，打来到这个新家就浑身不自在。端仪妈妈领着他一进家门，他就看呆了。端仪偏爱白色，把客厅布置得一色雪白，雅致洁净一尘不染。

面对这样幽雅的环境，从小脏惯了的克难坐也不是，站也不是，根本无法认同这就是家。他不仅更加感到自惭形秽，室内的一色雪白还叫他想起了东北老家的皑皑雪原，陷入了思乡症。

端仪哪里会想到这一层？她是个本分敦厚的人，从少女时代就养成了避是非躲清净的习性。山庄里只有一两个要好姐妹知道，她经历过一场长达十年的生死恋，感情付出得太多太多，一旦陷入孤身一人的绝望境地，犹如一条干涸了的河流，任怎样风吹草动也掀不起激流波浪了。来到山庄之后，她想开创四十岁以后的新生活，觉得这个山林中的新家深合自己的心意。她喜欢孩子，和孩子们说话也多起来了。不料，碰上了克难这个令人琢磨不透的自我封闭的孩子，她曾经想方设法接近他，试图和他建立母子感情，他连起码的回报都没有。她对他的好意一次又一次受挫之后，慢慢地也就心灰意冷了。她很怵头和克难打交道，但总是告诫自己尽职尽责关注他的安危与温饱。除此之外，若是要求这位老姑娘能够针对克难的种种怪癖对症下药地进行心理辅导，也实在有点强人所难了。

三

端仪带着五个孩子来认姥姥家的消息，在胡同里不胫而走，引来许多邻居奶奶大娘婶子阿姨观瞧，端家人来人往，热闹得像办喜事一样。

这些农村来的孤儿能有了城里的姥爷姥姥非常高兴,连克难来到新的姥姥家都露出了笑容,主动帮助姥姥择菜洗菜,引起邻居一声声的夸奖。

端姥爷是满族人,据说祖上还和清朝皇室沾亲。"文化大革命"以前他总爱吹嘘"我爷爷那会儿吃过皇粮",尽管到他这一辈早已是普通劳动者了,还是因为这句话被红卫兵抄了家。满族人特别讲究礼节,听说孩子们要来认亲,老两口好几天前就做开了准备。端仪的弟弟弟媳、妹妹妹夫也闻讯赶来,也都给五个孩子准备了见面礼,郑重其事地当起舅舅舅妈、姨妈姨父来了。

端姥姥心里另有一番酸楚,看来,大女儿决心一辈子在普爱山庄当妈妈了。虽然闺女拖到了近四十岁还没出嫁,当娘的并没有死心,还在托亲告友替闺女物色婆家,哪怕是当填房当后娘也好。她对媒人们这么说。可是,这么多年了,闺女硬不想再交男朋友。如今,她不仅执意去了普爱山庄,还带回这么多孩子,姥爷姥姥叫得欢,叫当娘的抹了一把眼泪又一把眼泪。

端仪不愿意多和人们周旋,躲到自己的闺房静一静心神。自从她到了普爱山庄,这间小屋里的陈设原封未动。妈妈始终盼着大女儿回心转意回到家里来,找个半大老头嫁出去,去过祖祖辈辈的女人都这么过来的日子。

妈妈知道大女儿爱干净,听说闺女带孩子回家,把小屋收拾得窗明几净。端仪用手摸了摸桌面,一丝浮尘也没有,便体会到了母亲的一片苦心。她坐在写字台前闭目养神,陷入了沉思默想:周颂要是还活着,看到今天的场面该作何感想呢?他说过想要两个孩子,一个儿子一个女儿,儿子长得像爸爸,女儿长得像妈妈。要是能料到他会突然离我而去,真该为他生一个孩子,只要有他生命的一部分的延续,哪怕是个私生子……

端仪想到了这里,慢慢地俯下身去拉开了写字台一侧最下面的抽屉,从最底层拿出一个小小的旧相册。相册里夹着一些发黄的黑白照片,那是当年她在北国边陲漫长的知青岁月的简陋留影。她翻开了周颂的照片,周颂笑眯眯地望着她。他谈不上英俊,但浓眉大眼一脸憨厚,不知什么事情使他这么开心。是的,不管环境多么艰难困苦,他总是对未来抱着乐观的期待。他说过他想写一部描写知青生活的小说,名字就叫《期待》。可是,他期待到了什么呢?命运之神太残酷了,就在他满怀喜悦揣着选调回城的证明归家的途中，两列火车发生了首尾相撞的事故……

　　每一次手捧他的肖像她都会抑制不住地倾诉着心中的积郁，这也是她不敢把相册带到山庄去的原因。周颂啊，周颂，转眼间你已经离开我十三年了，你不仅带走了我全部的爱，也带走了我爱的能力。我没有勇气想象自己再去面对新的爱情，没有能力再去爱别人了。对你的爱，占领了我全部的青春，占领了我整个的心。你在火车轮下粉身碎骨，我的心也早就破碎得七零八落，还怎么能收拾得起来，重新去交给另一个男人呢？最痛苦的岁月过去了，现在我为你领养了五个孩子，有孩子们作伴儿，今后的日子就好过多了。你曾经那么喜欢孩子……

　　说起来咱们算得上早恋了，上高中时坐同桌还都是十六七岁的少男少女，虽然脉脉含情，却没有勇气作爱情的表白。"文化大革命"开始以后，咱俩一同被分配到北疆建设兵团，开始了漫长的知青岁月。中苏边境寒冷的气候，繁重的劳动，枯燥的生活，苦闷的心境，使咱俩自然而然成了一对恋人。你热情奔放，才华横溢，能诗会画，在团里当文化干事，而我只能在大田里劳动。

　　咱俩虽然深深相爱，却都懂得必须理智地克制青春的冲动。当时知青们最大的渴望是早日选调回城。咱俩也下决心不在边疆结婚，一旦结婚生了孩子，将被兵团宣传成在边疆安家落户的模范，那样一来更没有希望选调回城了。多年的相爱，年龄的增长，双方都渴望着肉体的结合。但是，咱们两个年轻人完全没有这方面的知识，对于偷吃禁果将会导致怀孕出丑闻产生了深深的恐惧，你又是个极富责任感的小伙子，于是，咱们在漫长的岁月里苦苦地恪守着贞操。

　　又一年的选调机会来了，你所在的机关只给了一个名额。你文化水平高，工作积极。好运来临了，名额落到你头上。咱们高兴地跑到草原深处唱啊，跳啊……按惯例，一对恋人中只要有一个先回城，另一个顶多再过一两年就会受到照顾。咱们做起了归乡梦。

　　你高兴地抱起我转了一圈又一圈，直到咱俩都眩晕地倒在了黄花丛中。咱俩紧紧地搂抱时，你俯在我耳边说："说实话，我真有点等不及了……"

我顺从地羞羞答答表示："好了这么多年了，我早晚是你的人了，你要是非想……那就……"

你热烈地吻我，激动地说："好姑娘，你真疼我……夜里常梦见要你……咱们都二十六七岁了……太想了……"

我躺在花丛中闭上了眼睛，期待着自然而然要发生的人生的一幕。忽然，你一骨碌从我身上爬了起来，背过身垂头坐着。我温柔地抚摸你的脊背。你说："不行，我走了，不能留下你一个人冒险，万一有了小孩子，会影响你的名誉。这么多年都等了，我回家以后就操办结婚的事，春节你回家时，咱们就结婚！"

离别的时刻到了，我送你到火车站。你把行李安排在车厢里，跑下来给我擦眼泪："傻丫头，这回还哭什么？快了，快盼到头儿了！春节你回家一看，我把什么都准备好了，不管你今年能不能选调，咱们都举行婚礼！"

火车缓缓开动了，你跳上车厢的台阶朝我招手，笑得那么开心，充满了乐观的希望。

没有钱买卧铺票，虽然路途遥远也只能坐着回去。你坐的车厢是最后一节，你跑到车尾小门外的铁梯上向我告别，摇旗的押车员劝你回去你也不听。小站上没有月台，我在枕木上跑着，追着。你大声喊："回去吧——别摔着——不久就会见面的——"

火车远去了，我站在两行铁轨之间，直到望不见火车的影子。

没想到，那竟是咱们的永诀！几天以后，传来那场撞车事故的噩耗！那两行闪着寒光的铁轨，竟然送你走向无法生还之路，把我一个人甩在了这漫长坎坷的人生孤旅……

四

克难、栓锁、小蛋、玲玲、燕燕在姥姥家吃了一顿丰盛的午宴，每人又得到了好几份礼物，高兴得心花怒放。下午他们跟着妈妈去儿童游乐场玩。

傍晚时分，端仪再三催促，孩子们才恋恋不舍地离开了儿童游乐场。再不回去，就赶不上通往郊区的公共汽车了。

母子六人赶到汽车站对面的路口时，远远地望见班车驶来，如果赶不上就要在车站再等半小时。于是，端仪朝孩子们大喊一声："车来了，快跑！"

几个孩子飞快穿过马路朝汽车站跑去，正巧这时汽车进站。端仪忽然发现克难没有跟上来，急忙制止："别上车！等等大哥！"她朝马路对面喊："克难，快——"

奇怪，克难在马路对面一动不动地呆立着扭脸朝东边看，远处，一辆押送犯人的囚车响着警笛呼啸而来，从克难身边疾驰而过。

囚车远去之后，克难仍然呆立着，扭着脖子望着囚车的背影。

端仪朝他大喊："快来呀，车要开啦！"

克难似乎没听见招呼，两眼直勾勾地傻站着。

售票员等得不耐烦了，从窗口探出头来问："你们到底上不上呀？"

端仪只好说："对不起，我们等下一辆吧！"

汽车开走了，克难仍然在马路对面僵立着。

端仪走过去发现他面色惨白，问："克难，怎么了？"

克难两眼迷茫似乎不认识端仪。她只好拉起他的胳膊说："克难，走啊！"

这时，克难好似刚从噩梦中醒来，突然伸开双臂紧紧地搂住了端仪，吓了她一跳。虽然克难只有十三岁，但是来山庄这半年吃得好个子长得有妈妈高了。以他的性格而言，他决不会在大街上搂抱妈妈。端仪不提防他这一手，心里咚咚直跳，但又不好推开他，只能安慰道："克难，你的脸色怎么这么难看？不舒服了？"

不料，栓锁和小蛋两个调皮鬼在马路对面用手指划着脸蛋大声叫喊起来："大哥没羞！大哥没羞！没羞没羞！"

弟弟们的喊声惊醒了克难，他这才发觉自己在大街上紧紧地搂抱着妈妈，脸儿立刻羞成了红布一般，撒手松开了妈妈把身子背了过去。

端仪喝住了栓锁和小蛋，软声细语地哄劝克难："刚才看见什么了？看把你吓成这样！没关系，有妈妈在身边，什么也不用怕！"

克难还是忸怩着不敢转过脸来面对妈妈，端仪不由分说拽着他穿过马路。来到汽车站台，她用严厉的眼色制止栓锁、小蛋几个孩子讥笑克难，但克难一直额头冒汗窘迫地躲在一边垂首而立。

　　他们终于搭上回山庄的公共汽车，一路上几个孩子有说有笑，只有克难始终把脸扭向车窗外面闷声不响。端仪坐在他身边，想和他谈谈心，但他一直回避交谈，甚至不肯和她交流目光。

　　这一天本来高高兴兴的，不知为什么刚才突然不敢穿过马路，又恐惧得像个幼儿似的搂住妈妈不放，他到底看见了什么，使他做出如此反常的举动呢？端仪仔细回想刚才在街上看到的一情一景，琢磨究竟是什么刺激得生性腼腆的克难会不顾害羞当街扑到自己怀里来，这和那天洗澡时他宁可跑到外面去受冻也要躲避妈妈的反应，两下里相差实在太大了，简直不像同一个少年的行为……忽然，她想起街上驶过去一辆响着警笛的囚车，从装有铁栏的车窗里可以看见里面坐着犯人和负责武装押送的军警。当时克难刚刚走下人行道，呼啸而过的囚车离他还很远。囚车过去以后，她和孩子们若无其事地穿过了马路，克难为什么害怕得迈不动脚步了呢……从身边驶过去一辆囚车，和克难又有什么关系呢？猛地，她想起了当初去克难的老家接他时的情景来……

　　村长不是说他爹在南边杀了人，逃了回来，一辆警车追到村里，把他爹押走了吗？

　　想起这一细节，端仪心里犯开了猜疑：如果是过路的囚车刺激了克难，那么他记得是那种装有铁栏杆的车把他爸爸押走的了？可是，那时候他只是个三岁幼儿呀！难道克难会有那么早期的记忆吗？或许正是那恐怖的早期记忆和妈妈惨死在火车轮下，酿成了他这样孤僻怪异的性格？应该好好和他谈谈心。可是，会不会又给他造成新的心理压力？唉，给这样的少年当妈妈，实在太难了……

五

　　十三四岁的少年在街上搂抱妈妈。如果发生在普通母子之间，是再寻常不过的亲昵表现了。然而，端仪是个老处女妈妈，克难又是个羞怯内向，有着严重心理障碍的孤儿，这件事就变得沉重而复杂了。

端仪虽然多有思忖，只是担忧克难对囚车的恐惧是来自超常的早期记忆，除此之外，她并没有想到"男女之别"而有什么不愉快，她还完全把克难当成孩子。所以，她对克难的种种反常表现感到迷茫，束手无策。

自从出了城里大街上这件事，克难羞愧难当一直躲着妈妈。尽管妈妈已经嘱咐大家不要把这件事说出去，但这事还是传到了田淑贤的耳朵里。

田淑贤一听可就当成"该抓一抓的不良苗头"了。她把端仪叫到办公室，以长辈的口气规劝道："我知道，你对孩子尽心，爱护，是没说的，领着孩子们去认姥爷姥姥，也带了个好头儿。不过，有些事……你一个大姑娘家不知深浅。克难老大不小的了，虽说是认了母子关系，到底不是自己生养的。上次不是我说你，他光着身子洗澡，你去抓他就不合适。这次又容他在大街上搂搂抱抱的，让过往行人看了对咱山庄名声不好。他再敢这么没大没小的，该沉脸子的，就不能客气。眼看他就十四五了，大小伙子了，再这么惯着他动手动脚的，可就乱了辈分了。"

她这一席话把端仪给气怔了，眼泪夺眶而出。端仪哆嗦着嘴唇说："您想得太多了！我比他大二十七岁，生他养他也够岁数了。这孩子心事很重，两次行为都有些反常，我正在想办法找出原因。"

田淑贤一听这话，马上改变了态度，说："是吗？我早就说过罪犯的孩子不能收！不行把他送精神病院检查一下，如果查出有病，不如趁早送他回原籍，以免闹出乱子来，咱们兜不起责任。"

端仪心里一惊，急忙表示："还没有严重到那种程度，我会尽快了解清楚他的心理状况。"

端仪从办公室出来，出了一身冷汗。虽然她对这个古怪的孩子也并不喜欢，但决不会忍心把他退回去，那样对他的伤害太大了，没有精神病也要被逼疯了。她想起克难老家穷困的生活环境和恶劣的人际环境，无论如何也不能让他再回到那个小村子，去忍受村民们的歧视和白眼。她暗暗下了决心，不管克难的言行有多么古怪，今后都得设法瞒着田院长。既然孩子叫了自己妈妈，自己就要对他负责到底。唉，为人母，尤其是为人养母，实在是太困难了……

她急急忙忙去找展晴，对展晴述说了田院长的一席话，焦急地说："千万不能把克难送走，可他这两天显然行为反常，让田院长发现了可怎么办呢？"

展晴说："你好好和他谈一谈，只要让他感觉到你是真心爱护他，他会对你说心里话的。"

端仪为难地表示："他一见我就脸红，总是躲着我，真奇怪了！"

展晴想了想，说："这么着吧，今天我有事进城，开车带上他去兜风，他一定很高兴。他对我不会这么敏感，一路上我想法子作些心理治疗。"

端仪高兴地转身就走："拜托了，我去叫他！"

展晴笑道："我得亲自去请他，就说请他帮我搬东西，看车，他会觉得自己有用处。"

"还是你想得细，我真不知道怎么和他打交道。"

她俩来到端仪家克难却不见了。端仪奇怪地说："咦，刚才还在家里写寒假作业呢！"

她俩问了在院里玩耍的孩子，谁也没见到克难，找遍山庄的角角落落，也没有克难的踪影。

她俩来到大门口传达室问周大爷，周大爷说："没有看见他出去呀！刚才我上了趟厕所，莫非瞅那个空儿跑出去了。"

端仪一听脸色煞白，急得又要掉眼泪。展晴胆大心细，劝慰道："沉住气，别声张，找石院长去！"

为了不被田淑贤撞见，展晴又想了个主意，回到二号楼给石院长打了个电话，说请他看看她为春节联欢会做的春姑娘塑像，请他来二号楼。

石院长来了以后，展晴一五一十地把两天来发生的事情告诉他，并说："大姐很担心田院长把克难送回老家。"

石院长当即表示："放心吧，只要他的病不发展到危害其他孩子安全的严重程度，咱们一定想法子就地治疗。既然咱们认养了这些孩子，就把他们当作自己的孩子，如果是亲骨肉病了，爹妈会把他扔出去吗？"

端仪泪汪汪地道谢："您成全我了，谢谢了！"

石院长说："谢什么，山庄的孩子都是我的孩子，孩子们叫我爷爷，我就得真当个爷爷。克难大了，好面子，前两次的事闹嚷出去了，给他造成了心理压力。这一次咱们悄悄地去找，尽量淡化，知道的人越少越好。"

展晴把红色小汽车开了出来，石院长坐到前座，端仪坐到后座。汽车开出大门时，石院长扬手对周大爷说："有人找我，说我们去桃李镇买点东西，一会儿就回来。"

小汽车绕着山路巡视起来。

深灰色的天空，犹如蒙上了一层厚厚的旧棉絮，低低地压了下来。一丝风也没有，空谷里连鸟鸣也止息了。幽暗的山峦小心翼翼地蜷伏着，苍郁的丛林显得分外阴森。万籁无声寂静得可怕。山川莽原屏住了气准备迎接一场铺天盖地的大雪。

砍柴人急急地背柴下山，牧羊人慌慌地赶羊回家。展晴开车走走停停，三个人不断地下车来向人打听有没有看见一个少年。人们都摇头表示未见。

克难会到哪里去了呢？

六

在妈妈山的山顶，克难仰头望着无数块石头垒起的高耸的"乳头"，发呆了好久好久。今天一早，趁着妈妈去办公楼的机会他溜出了家，又趁着周大爷离开门房的空隙溜出了山庄，在山路上东张西望弄不清自己要到哪里去。山下公路上人多，他便漫无目的地朝山顶爬去。他上山只是为了避开人群，躲开人们的目光。从姥姥家回来以后，他一直不敢看妈妈的脸，吃饭低着头，晚上早早地上床睡觉。妈妈几次找他谈话，他都以寒假作业太多支吾开了。开学就好了，可以躲到学校去，而这个漫长的寒假实在太难熬了。

在这空寂无人的山顶，他的心灵得到了片刻安静，不觉有些困倦，坐在了"乳头"跟前，双手搂着小腿把脸贴在膝盖上打起盹来……

……老姑奶奶在无际的雪原上匆匆赶路，她那稀疏的白发在风中飘飞着，我在后面追赶着喊:"老姑奶奶——上哪儿去呀?别扔下我呀……"

老姑奶奶回过头来,咧开没牙的瘪嘴笑道:"跟俺走吧——找你妈妈去——你爷爷、奶奶、爸爸,还有你老姑爷爷,都在前边等着咱呢——"

我一听乐坏了,急忙追赶,可是,追啊,追啊,只见茫茫大雪,不见了老姑奶奶……

他惊出一身冷汗,吓醒了以后才觉察到彻骨的寒意,打着哆嗦站了起来,围着"乳头"转了两圈跺脚呵手暖暖身子。手脚不再麻木以后,他又倚着"乳头"坐了下来,呆呆地望着沉郁的云空。自幼生长在农村熟知气象农谚,预感到一场大雪迫在眉睫,但他还是不想下山,不愿见任何人。

他深深地追悔自己做出了浴室逃跑和搂抱妈妈的愚蠢行为,自己判定自己犯下了不可饶恕的错误。总觉得山庄里的大人孩子都知道了他犯的错误,走到哪里都疑心人们在他背后指指戳戳。想到今后自己还会因管不住自己而做出更多更大的蠢事,他陷入了更深一层的焦虑和恐惧,责备自己,瞧不起自己,甚至嫌弃自己。

他瞅着一层层石块底下压着的新新旧旧的纸条,心里又涌上来一阵感动,一阵凄凉。他已经知道了妈妈山的传说,知道了这些纸条上写着无数个婴儿的名字生辰,是无数个妈妈从山下搬上石头来,为她们的孩子祈求奶水的。他心中对这些孩子生出了嫉妒和羡慕——他们都有妈妈疼爱,只我没有,妈妈要是还活着,那该多好哇!活在世上没有一个亲人,没有一个人喜欢自己,只会给人带来麻烦,只会遭人厌恶,活着还有什么意思呢……

他脸上感觉到了几丝冰凉,这才发现下雪了。雪片很稀疏,但是很大很大,没有风,雪片缓缓回旋,翩翩而落……

他伸出双手捧接雪花,仔细端详它薄薄的羽翼,惊喜地发现:咦,这不是一只大白蝴蝶吗!白蝴蝶遁入了手心,溜进了指缝,不见了……

他又伸出双手捧接第二片雪花,第三片……一只只白蝴蝶遁入了手心,溜进了指缝,渗透了肌肤,钻到了心里,心里沁凉沁凉的,舒服极了……

手心冻红了,水浸浸的,手指头冻得像十根小红萝卜。他还是捧着,接着……

雪，越下越密，越下越大了。漫山遍野飞舞着白蝴蝶，挡住了视线，遮盖了山林，妈妈山变成了圆鼓鼓胀嘟嘟雪白的乳房，高耸的乳头下面，坐着一个雪白的小人儿……

白蝴蝶的世界啊，飞流飘逸，冰清玉洁，使你觉得自己都生出了轻盈的翅膀，任意漫游，尽情欢舞。苍天降下的白色纱帐啊，挡住了世间的不平，遮盖了心灵的创伤。真想变成一只冰蝶，遁入树梢，溜进草根，渗透大地，钻到山谷，躲得无影无踪……

那只用翅膀敲打我家窗子的白蝴蝶……

那是个冬天阴冷的晌午，妈妈把最后一点苞米碴子混着地瓜干煮了粥，凑了一碗端给我叮嘱着："吃完饭别出去，快下雪了。俺过铁道去你姥姥家，找你舅寻点儿钱粮。火墙烧热了，你就偎在炕头暖和着，妈备不住回来得晚，别出去挨冻，人一冷更饿得发慌了，听话，啊？"

我答应了，妈妈披上头巾走了。我想让给妈妈喝半碗粥来着，可我太饿了，连着三天只喝稀粥，真的连下炕的力气都没了。妈说她去舅舅家会吃饭的，我也就没有再劝妈妈喝一点热粥，就这么让妈妈拖着病弱的身子冒着寒风走了，为这事我恨自己一辈子……

喝完了粥，伸着舌头连碗都舔干净了，肚子里还是咕咕叫，盖着破被子蜷在炕头迷迷糊糊睡着了。睡梦中，只见一只比巴掌还大的白蝴蝶在窗外飞舞，用翅膀敲打窗子。我惊醒了，一骨碌爬起来跪在窗前，果然看见窗外有一只银白色的大蝴蝶，急忙打开窗子说："快进来！外面会把你冻死的！"

白蝴蝶果然就飞进屋来，落在了炕上。我知道蛐蛐啦蚂蚱啦蜻蜓啦蝴蝶啦都是过不了冬的，关好窗户让它暖和暖和。可是，回头一看，它却耷拉着翅膀瘫在了炕上。我慌忙伸出双手捧它起来，可是它却钻进炕席里没有了，只留下一片看不清楚的水印儿。

我正跪在炕上惊骇地端详破碎的旧席，忽听老姑奶奶大声号啕着进了院子："苦命的人啊——你怎么也走了呢——留下克难谁管呀——克难他娘啊——你死得好惨啊……"

我还没明白是怎么回事，叔叔婶婶揽着老姑奶奶进来了，村里还来了好多人。女人们解劝着老姑奶奶，老姑奶奶捶打着炕边哭了个死去活来。我傻怔怔地坐在炕角里，老半天才弄清楚发生了什么事。乡亲们说，妈妈被火车轧死了。妈妈死了？这不可能，妈妈晌午还给我煮粥来着，妈妈上姥姥家去了，妈妈不叫我出屋，我听话来着，妈妈不会扔下我不管，我要找妈妈去！妈妈——

几个人抱住了我，把我围在了炕角里，我哭了个昏天黑地。人们在外屋商量着办丧事，声音很小，我还是听见了：

"轧得没了人形，别让孩子看了……"

"老姑奶奶，您看住他，晚上叫他跟着您去睡吧……"

从那以后，老姑奶奶就跟我寸步不离，我一直住在了她老人家的破屋里。房子，被叔叔婶婶占了，我想回也回不去了。

每天晚上，老姑奶奶都给我讲故事。孟姜女哭长城啦，白娘子盗仙草救夫啦，包公铡陈世美啦，还有不少狐仙黄仙鬼故事。她说那都是她的奶奶讲给她的。有一天，她说起了梁山伯祝英台化成蝴蝶，我忽然想起来了，说："我妈妈去世的那天后晌，我看见一只这么大的蝴蝶，用翅膀拍打窗户。"

"瞎说，冬天哪儿来的蝴蝶！"老姑奶奶不相信地笑了。

"真的！我打开窗子它就飞进来了。"

老姑奶奶半信半疑地坐起来问："逮住了？"

"它钻到炕席下面没影儿了，但我看得真真的，是蝴蝶！"

老姑奶奶想了想，说："准是雪花儿！"

我急着声辩："那时候还没下雪！你哭着回来，说妈妈死了以后才下雪的！"

老姑奶奶仔细回想着："是啊，在铁道边儿上哭你妈那阵儿，还没下雪啊！"

忽然，她神色大变，神秘地说："哟，想起来了，你妈小名儿就叫蝶儿呢！准是她临死时惦记你，回家看看你呢！"

我听了泪如雨下，扑到老姑奶奶怀里大声哭起来："妈妈——妈妈——妈妈……"

七

"哎，我在这里！"

克难想扎进妈妈的怀里，但已经冻僵了。端仪一把搂住了他。他定睛一看，露出了失望的神色——这是新妈妈，不是自己朝思暮想的亲妈妈。

展晴把他拉了起来，他的双腿已经麻木了，站立不住。她们拍打掉他头上身上的积雪架着他拉了几步，他趔趔趄趄要摔倒。

石院长脱下棉大衣给他披上，背起他就往山下走。

下山的路本来就不宜弯腰，何况负重而行，五十多岁的石院长没走多远就气喘吁吁了。两个女人前呼后拥扶着这祖孙俩，冒着扑面的雪花艰难地下山，不时地打着趔趄……

喀嗒、喀嗒、喀嗒、喀嗒……

车前窗上的雨刷不停地摆动，刷出两把透明的扇子，抹掉迎面飞来的雪花。透过这两把透明的扇窗，才能有几步远的能见度，周围都是飘舞的雪花布成的银色纱帐。

展晴小心翼翼地驾着汽车，沿着狭窄而弯曲的山路缓缓地往下滑动着。大雪覆盖了一切，眼前只有一片耀眼的银白，叫人分不清哪里是山壁，哪里是盘山路，哪里是深谷。在这种情况下开车下山是很危险的，稍一打滑就会连人带车翻到山谷里去。

坐在司机座位旁边的石院长，轻松地回过头去和克难说笑，好像什么事情也没有发生。

石院长笑道："克难，你可倒好，跑到山上玩儿来了，我到处找你！"

克难冷冷地问："您找我做什么？"

石院长一本正经地说："展老师要进城去给小朋友们置办春节礼物，请你跟着运送帮她搬搬扛扛。"

克难半信半疑地问："为什么非要找我去呢？小杜叔叔更有力气。"

石院长说："小杜叔叔有别的事情，分不开身，才想到找你呀！礼物装在好几个纸箱子里，搬上扛下的，得有个大小伙子帮忙。你是山庄里的大哥哥，往后，还有好多事情请你出出力，行吗？"

"当然行！"克难高声答应着，心里有些高兴，又犯着狐疑：这是真的吗？他们三个人到处找我，准是发现我跑了。坏了，又犯错误了……别人知道了，不定怎么说我呢……越是怕人笑话，越是惹祸，你怎么这么不争气呢……大雪天给人家添这么大的麻烦，真不如刚才跳到山谷里死了好……

来到了山庄门外，石院长、端仪高高兴兴下了车。端仪叮嘱克难："你跟展老师进城去吧，多帮展老师干活！"

展晴叫克难坐到前面座位上来，说："这里有暖气，暖和暖和脚。"

汽车开动时，石院长扒到窗前大声喊："小心，路滑——"两个人望着在漫天大雪中远去的汽车背影，脸色都变得沉重了。他们事先商量过，找到克难以后尽力把事情淡化。在这样的大雪天用汽车把克难送回山庄，被人发现了一定又会引起猜疑议论，不如让展晴悄悄地把他带进城里去，找一位心理咨询医生，帮忙查清楚他的病因。展晴的担子够重的，路上千万别出事啊！

汽车里温暖如春，克难感到很舒服。他把头仰在了椅背上，瞧着展老师熟练地驾驶汽车，心中充满钦佩。自己跑到山顶上去了，石爷爷和妈妈不仅没有批评，还让展老师带自己进城去玩，他心里很高兴。但是，在这位漂亮而高贵的展老师面前，他总是有些手足无措。那种心理紧张和在妈妈面前不一样，对妈妈只是感到歉疚，感到羞愧，而在展老师那双美丽的眼睛的注视下，常常无缘无故地变得结结巴巴的，心也怦怦直跳。他在朦胧中，隐秘地把这位年轻美丽的老师视为女性偶像。为此，他却更加感到自卑……但不管怎么样，他对自己有机会和展老师一起进城，听说今晚还要住在老师家，觉得十分荣幸。他决心好好帮她搬运干活，要像个小男子汉的样子。

展晴一点儿也没想到男孩心中的秘密，一边开车，一边从仪表盘下面的小抽屉里拿出几片药，又递给他一瓶水，说："吃点药，预防感冒，上山玩儿也不找个好天气，冻坏了叫人多心疼！"

她说着打开了录音机，雪路上响起了悠扬的乐曲《梁祝》。

克难吞下药，却小声嘟哝："没人真疼我……"

"怎么呢？石爷爷和姨妈们都喜欢你，你妈妈更是真心疼你，她已经四十岁了，决心在山庄呆一辈子。她是真心把你当成自己的儿子了，你可要好好对待她。"

克难歪头瞅了她一眼，嗫嚅地表示："我知道……我也想……可是……"

"很难，是不是？"展晴盯着前方的雪路，故意不看克难。

克难发现展老师不注意自己，心里松弛多了，老实地承认："是的，我不是不想……只是……您有没有管不住自己的时候？"

"当然有，我在很多时候都管不住自己，做错了事，又后悔，恨自己，瞧不起自己，决心改了，可下一回，还是犯老毛病！"她说这些话时很认真。

克难却眼睛发亮了，惊喜地问："大人也是这样？老是后悔？老是恨自己？"

展晴非常肯定地点点头："是啊，可能这是人的天性，不分大人孩子。"

克难长长地舒了一口气，好像卸下了千斤重负。他彻底暖和过来了，把石爷爷的大衣脱下扔到后面座位上。

她从反光镜中看到他神色稍有开朗，趁机诱导："不过，咱们得学会尽量把事情做得好一些，尽量减少悔恨。"

他的目光迷茫了："怎么才能做到呢？我自己也想不起来怎么就做了糊涂事……"

她启发道："远的想不起来，先想近的！比如刚才在山上，那么大的雪，那么冷，你怎么傻乎乎地不懂得回家呢？"

他脸儿一红把头扭向了窗外，呼出热气哈掉玻璃上的冰雾，又用手抹出一小块透明的瞭望孔，瞅着在车窗外飞舞的铺天盖地的白蝴蝶。

八

汽车绕过了一弯盘山路，转到了另一座山的山腰上。眼前出现了一片开阔的河谷滩地，从这里能够望见妈妈山的全景。展晴不由自主地停了车，跳下车来大喊："快来看呀！白色的妈妈山！"

克难钻出汽车一看也惊呆了，妈妈山的雪景太美了！

展晴从汽车里拿出大衣给克难披上，师生二人站在山崖上仰望妈妈山，迷醉地忘记了赶路。

　　冰雪女神伸出玉手轻拂广袖，为山野大地铺上了无边无际的银衾；为妈妈山披上了一尘不染的白裙；把丛林万木变成从海底升起的白珊瑚；把沟沟壑壑坎坎坷坷全都遮蔽抚平。银装素裹的妈妈山高耸着冰清玉洁的乳房，还有那以无数位妈妈的祈愿垒起的乳头，全都归于雪穹，隐于雪原，融入到百色归一的纯净世界。

　　望着，望着，展晴的心沉浸在琼山玉树的仙境中了。

　　望着，望着，克难的心又回到千里冰封的北疆故乡去了。

　　直到展晴打了一个寒战，看了看手表，这才招呼克难回到车上。

　　汽车轮子擦着雪地发出一种奇特的声响，时刻提醒着行驶的艰难，令人精神紧张。为了压过这种声音，展晴把录音机放大了音量，"梁祝"抒情哀婉的曲调伴随着漫天雪花回旋。

　　她发现他不愿意回答刚才的问题，也不勉强，随着音乐哼起了曲调，哼着，哼着，她问："知道这是什么曲子吗？"

　　克难摇摇头。

　　展晴说："小提琴协奏曲'梁祝'，多好听！"

　　克难一脸茫然望着展晴，显然是没听懂。

　　她解释道："就是《梁山伯与祝英台》。你听，这一乐章是十八相送。"

　　克难惊异地睁大了眼，妈妈给他讲过梁山伯与祝英台的故事。每当见到蝴蝶双飞，妈妈都惊喜地说："看呀，梁山伯与祝英台！"他张了张口，却又把要说的话咽回去了。

　　展晴仍然不急于追问他，哼着乐曲继续开车。公路变得平坦了，眼看着快要进城了。

　　他竖起耳朵听着这首乐曲，如坐针毡地扭动身子。她觉察到他的不安情绪，奇怪地问："怎么了？想去厕所吗？前面有，停车？"

　　"不不，没事。"他闪烁其词地转过脸去沉默了。

　　乐曲变得激越而悲伤，如泣如诉地表达着一对恋人的生离死别。克难虽然听不懂音乐，却也受到这种悲伤情绪的感染，联想到自己小小年纪经历了那么多骨肉离散的变故，不由得滴下两行热泪。

一个男孩如此多愁善感，展晴暗暗感到吃惊，忙问："不喜欢这个曲子？咱们换一盘！"

克难连忙否认："别，别，我爱听！"

他听着，听着，忽然问："冬天有蝴蝶吗？"

她不假思索地回答："冬天哪儿来的蝴蝶呢！起码在咱们北方没有，早冻死了。"

他泪光闪闪地说："可是……我真的看见过。"

她发现他神色异样，柔声鼓励道："是吗？说说，是怎么一回事？"

"我妈妈被火车轧死的那天下午……她变成一只大白蝴蝶飞回家看我……转眼就没有了……妈妈的小名叫蝶儿……刚才我在妈妈山上又看见了……好多孩子的妈妈都上妈妈山……妈妈她也会去看我的……"

他哽哽咽咽地倾诉着。她听了轻轻地把汽车停在了路边，掏出手帕来为他擦眼泪，抚摸着他的头发说："谢谢你把这么宝贵的记忆告诉我，说出来，心里就轻松多了吧？"

克难点点头，又问："老姑奶奶相信我的话，她老人家告诉我妈妈的小名儿，我才知道那只蝴蝶是妈妈的魂儿……您相信我真的看见了吗？"

"相信，我相信你！"展晴肯定地表示，安慰道，"听，这是《化蝶》乐章！你听，乐曲变得欢快了！雨过天晴，彩虹映照，百花盛开，诗情画意，梁山伯与祝英台化作一对美丽的蝴蝶翩翩起舞，永不分离。这回你该高兴了吧？"

克难抹了一把眼泪破涕为笑，又不放心地追问："嗯……那……他俩变成的这一对蝴蝶，能够过冬吗？"

随着这一段华彩乐章，展晴热烈地赞美着："当然能！他们成仙了，得到了永生，天上地下，春夏秋冬，想飞到哪里就飞到哪里！"

"真的吗？我知道准是这样！"克难高兴地说着，却已泪流满面。他指了指前车窗上雨刷刷出的两把透明的玻璃扇面，"看，白蝴蝶！"

这两片透明的玻璃扇面真像蝴蝶的一双翅膀，透过它又能看到无数雪蝶在飞舞。展晴也看呆了："真美啊！"

"梁祝"乐曲播放完了，余音缭绕，在他俩的心中久久地回荡。

展晴趁机开导："克难，你看，生活中美好的东西还是很多的，美丽的理想总会实现的。你要想法子使自己活得快乐，其实，你是个幸福的孩子！亲妈妈在九泉之下，盼着你能够过上好日子，端仪妈妈又盼着你学习好，长大了成为有用的人才。你还有什么不满意的呢？"

克难想了想，也觉得她的话在理，但是他又说："我……只是对自己不满意。"

她热诚地表示："别总是责备自己了，其实你是个很好的孩子。"

"可是……可是，我总做错事，让人笑话……"他紧锁眉头无可奈何地表白，"我真不是故意抱妈妈的！"

展晴笑了："故意抱了又怎样？儿子和妈妈亲热还不是应该的？不过，你要好好回想一下，那天在大街上为什么那么害怕？"

他苦恼地说："想了好多遍了，怎么也想不起来……"

她和蔼地引导："只有找出当时冲动或恐惧的原因，才能从心理上彻底克服。免得以后又管不住自己，出了事又责备自己。"

他不好意思地说："刚来的那天洗澡，不知怎么我就……"

"那件事很好理解，你刚来不习惯。"展晴轻描淡写地说，"今天晚上在我家住，你自己去浴室洗澡，不会成问题了吧？"

他窘迫地笑了，转而又愁眉苦脸地问："大街上的事，真的想不明白了……"

她说："那就不想了，别跟自己过不去。"

她重新开动汽车，迎着无数雪蝶向前驶去。

九

傍晚时分，雪停了。

师生二人从商场购置礼品回来，从汽车里一趟一趟把纸箱搬到楼上家里。

明天还要去买别的东西，得给车厢腾出空间。明天下午回山庄时，还要把这些箱子搬回汽车上，密密匝匝地装好，小小车厢才有可能盛得下这么多东西。克难干得很卖力气，总是以真正的男子汉的口气说："您拿小的，大箱子我来！"

晚上，展晴带着克难来到一座高雅的饭店。她要在这里请客，答谢他今天付出的劳动。克难有生以来头一次充当被人宴请的小客人，又是在这样一座头一次见识的豪华饭店，东张西望连腿都不知如何迈了。踏上自动扶梯时，他出于习惯还想迈脚，站立不稳险些摔倒。展老师拉住他说："小心站稳了。"

缓缓上升的扶梯擦过大厅里高悬的金碧辉煌的大吊灯，大吊灯上镶满了水晶玻璃小灯，像一颗颗晶莹剔透的钻石，真是做梦都没有见过这般奇异的境界。他只顾扭头看灯了，自动扶梯转上了二楼，他猛地踏上平地踉跄了一下，幸亏被展老师扶住才没有摔倒。

展晴还请来了一位客人，她的导师，心理咨询专家刘教授。刘教授年过五旬，清癯的面庞，花白头发，笑起来露出两排洁白的牙齿。他来到座位跟前，幽默地笑问："这位就是今天的主客王克难先生吗？"

克难头一次被人称做先生，又是这样一位大教授，面红耳赤地站起来不知说什么才好。

展晴热情地让座，笑着给克难做介绍："这位是我的老师刘教授，你该叫师爷了。"

克难老老实实地鞠了一躬："师爷！"

"哈哈哈！可不敢当师爷，还是叫我刘爷爷吧！"刘教授说着，坚持把克难尊为上座，"我今天是你的陪客，沾你的光啦，哈哈哈！"

宾主落座之后，侍者端上来几种本店名厨的拿手菜。展晴是这里的常客，侍者知道她的口味。

面对这些精美的菜肴，克难看呆了，迟迟不敢动筷。

刘教授给他夹菜，揶揄地笑问："肚子里咕咕直叫吧？那干什么还跟肚子过不去呢？哪有小孩子见了好东西不抢着吃的？我这个老头子都经不住美食的诱惑啦！来吧，吃!"

这老头很滑稽。克难心里想，但他还是不能克服在陌生人面前的拘泥。

两个成年人轮流给他夹菜，他也着实饿了，闷头吃了起来。对于刘教授的任何问话，他都以最简单的几个字支吾着。

刘教授问："来山庄生活习惯吗?"

他垂着头回答："嗯。"

刘教授又问："新妈妈好吗?"

克难垂着眼帘点点头。

刘教授追问："想家吗？老家还有什么亲人?"

克难只是摇摇头。

展晴替他回答："有叔叔婶婶，但是关系不好。有舅舅舅妈，但是太穷，顾不了他。只有一位老姑奶奶，最疼他，一直带着他生活。"

刘教授笑道："展老师跟我说，她很喜欢你。我也想和你交个朋友，下次到我家去作客，好吗?"

听到展晴喜欢自己，克难忽然面红耳赤忸怩不安起来，恨不能把脸扎进碗里，三口两口吃了饭，嗫嚅地问展晴："我吃饱了，想去玩转梯，行吗?"

展晴说："还没上汤呢!"

克难站在一旁不想坐下。

展晴只好说："玩儿一会儿就回来，汤来了我叫你。"

克难一溜烟儿逃开了饭桌，来到了旋转不止的自动扶梯旁，顺着下行梯到了一楼大厅，又顺着上行梯回到二楼。这样上上下下循环往复，他便有了一种腾云驾雾的感觉。每当扶梯从巨大的吊灯旁边擦过的时候，他都想数一数那些宝石般小灯的数目，每一次都失败了。拥挤在金枝上的繁星眨着晶亮的眼睛，发出七彩的闪光，无论如何也数不清。他伸出双手想去抚摸那些美丽的星星，也是徒劳的，看上去吊灯离扶梯扶手很近其实还离得很远。

展晴叹息道："这孩子真可怜，很难与人交往。"

刘教授问："他和你在一起还能自如吗?"

她回答："稍稍好一些。初来山庄时几乎躲着所有的人，不管是大人，还是孩子。您经验多，看出他的问题在哪里？"

"他不肯回答我的问话，深入了解很困难。从他的行为表情上可以看出，有很明显的心理障碍。人在少年时期失去亲人，最容易产生不安全感，被遗弃感。我有一个小病人，是个五岁男孩，他父母经常吵架，正在办理离婚手续。他总是做同一个梦——梦见自己打滑梯，说好了父亲在下面接着他，但滑下去时父亲没有了。他总是半夜吓醒了抱着妈妈大哭。从你在电话中介绍的情况来看，克难的家庭变故比那个小男孩要悲惨多了，弄不好，这种不安全感会伴随他的一生。"

刘教授侃侃而谈，又朝自动扶梯上的克难指了指说，"没完没了地玩自动扶梯，应该发生在年龄更小的孩子身上。他只是用这个方法躲避咱们，而他自己意识不到。你看，明明知道双手够不着大吊灯，他站立的台阶每次靠近吊灯的时候，他还要伸手去够，或许他幻想自己已经够着了。这就有些强迫症的表现了，不自觉地受强迫意向的驱使，产生一些可能导致严重后果的冲动。患者明知违背自己的意愿，后果不堪设想，却还是摆脱不了地去做，事后又为此感到焦虑痛苦。"

展晴一听害怕了，站起来要去拉回克难："他会不会想去够吊灯而从楼上跳下去？"

刘教授笑道："不会，今天总体上看他很高兴，只是觉得新鲜。"

展晴这才放心了。

十

展晴想趁机向刘教授多请教一些问题，又问："我给您打电话时说起过的现象——他从浴室逃跑，搂抱妈妈的行为，又怎么解释呢？他自己把那些事看得很重，如果不能对症下药开导他，他就总是绕死扣，责备自己，躲避别人。"

刘教授想了想，说："浴室里裸体怕见妈妈，说明他已经有了性萌动。刚才我说你喜欢他，他突然面红耳赤，也证明这一点。"

展晴一听笑了："呦，这我们可小看了他了！"

刘教授正色道："由于封建传统的影响，咱们国家对这方面的研究非常缺乏。可别小瞧了这方面的心理因素，像他这种遭遇的少年，性心理的早熟，会加重他的自卑和焦虑。他会误以为自己的正常念头是犯罪，更加责备自己，嫌弃自己。"

展晴说："茅塞顿开！我倒忘了这一点，总把他当成小孩子。还有一个问题，依您看，人的大脑，最早可能在几岁，保留长时记忆呢？"

"一般的观点认为在五六岁以后。"刘教授说，"不过，也不排除极端的个例。怎么，你的小男子汉在这方面也有突出表现吗？"

展晴的表情有些沉重："他的简历上说，在他三岁时他父亲因杀人罪被处决了。村里人都瞒着他，只说他爸爸病死在南方了。但是，几天以前，他妈妈带孩子们来市里玩，街上过去一辆押解犯人的囚车，他突然恐惧地抱紧了妈妈。事后，他又想不起来当时为什么那样冲动。"

刘教授问："他爸爸是在原籍被捕的？"

"据说是一辆警车开到村里，把他爸爸押走的。"展晴介绍着，用手指叩击着桌子思忖，"真怪了，他能对三岁时发生的事有印象？"

"如果受刺激、受惊吓太大，这也是可能的。"刘教授也不无担忧了，"况且这孩子天资聪明、敏感。父亲被捕时的惊恐场面和母亲的死于非命，肯定给他造成严重的心理影响。"

展晴又问："有什么治疗方法吗？"

刘教授回答："好在他年龄还小，山庄里的新环境不错，周围的人要多关心他，给他温暖，引导他的学习兴趣。知识多了开阔眼界，会改变他祖辈那种农民式的心胸狭窄。至于他的心理症结，必要时可以采取脱敏疗法。"

"脱敏疗法？"展晴一时感到不解。

刘教授讲解："针对他最敏感，最惧怕的事，由别人帮助他迎难而上。比如有人出了车祸以后不敢上马路了，得有人领着上马路走几遭。有的演员首次登台，要打退堂鼓，是被人推上台的，上了台他也就豁出去了，以后成了名演员。这都叫作心理脱敏。"

展晴忽闪着长长的睫毛，转动着乌亮的眼珠，很快地打定了一个主意。

第二天上午，她带着克难去商场置办完了礼品，把大大小小的礼品箱装在汽车里，车的后半部分简直连一点空间都没有了。

启程回山庄时，她看了看手表，对克难说："时间还早，我领你多转几条街，看看市容。"

克难高兴地关上了车门。

她开车兜起了圈子，一路上给他讲解这座城市的著名建筑和历史典故，他听得很入神，惊叹道："城里这么大呀！"

她告诉他："咱们中国还有好多大城市呢！你不是学过中国地理、世界地理吗？地球上有好多国家，好多城市，人一辈子也转悠不过来。我去美国时，光坐飞机就坐了二十多个钟头！"

他羡慕地说："您多有福气呀，去过那么多地方！我从小只认识我们村子。"

她鼓励道："来到山庄，好运就开始啦！只要你好好学习，再把身体锻炼得棒棒的，将来也可以去很多地方开阔眼界。外面的世界大得很呐！"

他眼睛发亮，可是很快又神色黯淡下来。他嘴上没说，心里却又涌起了那股可怕的念头，这股像毒蛇一样盘踞在心头怎么也驱赶不开的念头，使他总是觉得美好的事物没有自己的份儿，对生活，乃至对生命，都感到冷淡、厌倦。他拖着长声叹了一口气，显然已对逛城失去了兴趣。

她觉察到了他的情绪变化，也不多说什么，把车开到了一条偏僻的小街，顺着墙根把车停了下来，说："下去走走，前面有一扇奇特的大门，你准没见过。"

克难跟她下了车，抬头一看非常吃惊，好奇怪的小街啊！两旁都是灰色的高墙，墙上还有高高的铁丝网。整条街连一间商店一家住户都没有。这是什么地方呢？

她若无其事在前面快步走着，把他甩在后面。

他东张张，西望望，仰头猜测两边的高墙内是什么所在，忽听一阵刺耳的警笛鸣叫着从前面大门洞里冲了出来，随即飞驰而来一辆囚车，他一下子惊呆了。当囚车从他身边擦过的时候，他倒退了几步倚在了大墙上，拃挲着双手一动也不敢动。

她回过头来看到他的反应，知道他吓坏了，但仍然若无其事地喊："快走哇，你在那儿做什么呢?"

他只是呆呆地望着老师，迈不动脚步，展晴只好朝他走去。正在这时，从城里方向传来又一阵警笛声，这一次简直是警笛的合唱，此起彼伏，由远而近，只见三辆囚车由两辆摩托开道呼啸而来，后面还有几辆摩托压阵。一时间警笛叫得震耳欲聋。

克难从来没见过这样的阵势，失声大叫："啊——妈妈——"

展晴急忙朝他跑去。他一头扎进她的怀里，浑身筛糠一般抖个不停。她抚摸着他的头发，安慰道："不怕，不怕，这里是监狱，每天都有囚车出出进进。这有什么可怕的呢?"

克难伏在老师怀里大哭。

警车车队驶进了监狱大门，小街重新寂静下来，展晴柔声询问："告诉我，刚才你想起了什么?"

克难抬起泪眼哽哽咽咽地说："就是这样，这样的车……把爸爸带走了……"

她哄劝道："好了好了，这回就明白了，以后咱们再谈这个问题。"

这时，他发现自己搂抱着女老师，脸儿一红慌忙松开手。展晴却说："没关系！如果你觉得搂着我心里好受一些，那就搂吧！我的年龄不够当你的妈妈，还可以当你的姐姐呀！"

克难感激地望着展晴……

师生二人紧紧地拥抱在一起。

十一

年三十夜里起风了，联欢会结束后刚刚安静下来的山庄重新热闹起来。山上的松林传来沙哑的低吼，像是有无数魔鬼藏在暗处嘿嘿冷笑。落叶林光秃的枝梢则发出尖锐的嘶叫，不知是它们被风抽打得太疼了，还是风在对它们施加酷刑。

好容易才入睡的克难又被惊醒了，坐起来侧耳倾听窗外的响动。旁边两张小床上，栓锁和小蛋睡得很香。克难羡慕地望着两个无忧无虑的弟弟，叹了口气。唉！他俩也是孤儿，但他俩和许多孩子都在山庄新家里找到了快乐。只有我不行，即使在联欢会那样欢乐的场面，心里也高兴不起来。我答应展老师她们了，要使自己快乐起来，但是我做不到……

"要想办法使自己快乐起来。你还这么小，会有美好的前程。想想吧，一百年以后，要让你的后代为你感到骄傲。由你开始，你会带起一个幸福的家族。"

"世间最美好的东西是生命，不管发生了什么样的事情，任何时候也不要厌弃生命，并且要学会享受生命的欢乐。"

展老师的这些话，我都记住了，并且按照展老师的要求几乎每天晚上睡觉以前都要默念一遍。

但是，我还是快乐不起来。自从妈妈被火车碾碎化作白蝴蝶飞走了，快乐就永远地离开了我……何况，我还是个罪犯的儿子，爸爸死得那样不光彩……何况，老一辈亲人们都那样狠心地撇下我，爷爷非要自己投河简直没什么道理……是不是我们这个家族命中注定都要早亡呢？为什么老姑奶奶总是说，她要到阴间找亲人们团圆去呢？如果亲人们能够在另一个世界团圆，不也是挺好的事吗……

这时，窗外的暗夜里发出踢踢跶跶的声音，越听越像是有许多人走过的脚步声。克难不由得一激灵，想起了老姑奶奶每到大年夜里都要叮嘱的话："院子里铺上秫秸了没有？今天晚上全神下界，小鬼们就要躲在黑旮旯里。神们一踩秫秸嚓里啪啦有响声，鬼就不敢来了。"

老姑奶奶还说："亲人们的魂儿也要回家来过年的，只要院子里秫秸一响，就是他们回来了。"

在老家过年时除夕守岁，他总是竖着耳朵听着院子里的动静，盼着能听到亲人们归家的脚步声，但总是没等到秫秸响就睡着了。今夜却听到了他乡的鬼魂们的脚步声，后山上有一片坟地，可能是无家可归的鬼魂们在山林中游荡，也可能是一些鬼魂们经过这里往他们各自的家里走呢？只是不知他们家里的亲人们听到听不到，有没有在院子里铺上秫秸……

现在，老姑奶奶也死了，再没有人张罗着年三十夜里往院子里铺秫秸了……几间老屋，都被叔叔婶婶霸占了。以后年年守岁，再没有人摆上香案接待亲人的亡魂回家过年了……妈妈、老姑奶奶、爷爷、爸爸的魂儿，年三十夜里都不能归家看上一眼，只能像这里的孤魂一样在山野上游荡……这里离老家一千多里，妈妈会不会找到这里来看我呢……

他想到亲人们，一股股酸热的泪水从喉咙直往鼻头蹿，又从鼻头直逼眼眶。他用手背抹了一把，手背盛不下这么多泪水，只好抓过枕巾权当手帕揾着奔涌不止的热泪。他哽咽着自言自语："原先还有……老姑奶奶，现在，连老姑奶奶也走了……都扔下我不管了……"

就在展老师带他从城里回来的那天下午，他收到了舅舅从老家寄来的信：

> ……老姑奶奶去世了，乡亲们都说她能熬到明年开春，可她腊月十九就咽了气。她老人家临死时只惦记你，说："唉，见不着克难了，真想他呀……好在他到城里享福去了，俺到阴间告诉他爹妈，也算报个喜信儿……"

他捧着这封报丧的家书，躲在松林里哭到傍晚，读了一遍又一遍，越看越觉得毛骨悚然。那天在妈妈山顶，我明明看见老姑奶奶在雪地上健步如飞，回过头来说："快走哇——找你妈妈，爷爷，爸爸去！他们都在前边等着咱呢……"说着，她老人家就不见了。难道死人真能显灵，跑到这个她生前从没来过的地方和我告别吗？既然老姑奶奶能够找了来，那么妈妈也一定能来看我了？今夜妈妈能不能来呢……

> ……我是从南方打工休假回家过年的，过了年把你舅母和孩子们也接到南方去，这一去不知何年何月才能回来。我们想绕道去看看你，无奈盘缠不够，只得写信向你告别了，往后，你那丧尽天良的叔叔婶婶是

指望不上了。北方只剩下你一个人，望你照顾好自己，多多珍重。身为亲娘舅，顾看不了你这亲外甥，实在惭愧。日后我在南边混出个模样来，再想法子来接你。听山庄妈妈的话，你已经是大孩子了。你要明白，老姑奶奶这一去世，我们这一走，你在老家就没有家了。认准山庄就是你的家吧，在那里好好学习，奔个好前程。

把这封信给你的新妈妈看看，代我问她好，替我谢谢她，我就把你托付给她了……

十二

那天傍晚，端仪妈妈到处喊他回家吃饭，他才从松林里出来。妈妈见他的眼睛肿成了水桃了，问："什么事又伤心了？"

他把信给妈妈看，妈妈看完眼圈也红了，说："你舅说得对，往后，认准这里就是你的家吧！"

他使劲地点点头。

妈妈又恳切地说："认准我就是你妈妈吧！我会好好待承你，疼你，爱你……同是天涯沦落人，相逢何必曾相识？这句古诗你听说过吗？"

他摇了摇头。

她说："我想把后面一句改一下，同是天涯沦落人，母子何必有血缘？我认准你是长子，你愿意从心眼儿里认下我这个妈妈吗？"

他更加使劲地点头。

当时他答应得是很诚恳的，也尽力那样做了，但现在他骂自己没良心，骂自己虚伪：不管端仪妈妈对我多么好，我只是敬她，畏她，感激她，在这大年夜里，我也没有牵肠挂肚地想到她。虽然她为了和我们一起过年，没有回家和父母团圆；虽然她人很好，比妈妈有文化，比妈妈会炒菜，也比妈妈……漂亮；虽然我真愿意有她这么个妈妈，但是，从心眼里认下一位新妈妈，该有多么难，多么难啊……

亲妈妈是不可替代的。

今天夜里，妈妈的魂儿会不会来看我呢……

他坐着，想着，想着，坐着，觉得后背冷飕飕的，只得钻回被窝去。身子暖和了，却仍然没有睡意，透过窗帷可以看到外面有些光亮了。他终于难耐困乏，打起瞌睡迷迷糊糊进入梦乡。

忽然，窗外有一种扑扑棱棱的声音，好像有人在轻轻地敲打窗子，不，是蝴蝶在用翅膀扑打窗子！

他一下子惊醒了，蹿出被窝光着脚跑到窗前，刷地一下拉开了窗帘，迎着朦胧的晨曦向外面望去。咦？窗外什么东西也没有，只见远远近近的树梢在风中喝醉了似的摇摆着。可是，那扑扑棱棱拍打翅膀的声音分明还在响着，究竟是怎么一回事呢？

他爬到窗台上，朝外面上上下下搜寻一遍，还是什么也没有发现。太冷了，他赶忙穿上衣服，轻轻地推开了房门，悄悄地走下楼梯，尽力不出声地拧开了大门的碰锁，溜出了楼门。

嘶——外面好冷啊！他缩了缩脖子，竖起衣领，迎着寒风绕到楼侧面去看个究竟。

他站在卧室窗外抬头一望，一下子惊呆了——紧靠墙根的高过楼顶的小杨树上，挂着一只白色的大蝴蝶！他的心立刻剧烈地跳了起来，定了定神，尽力迎着蒙蒙亮的天色仔细辨认，这才看清那是一只蝴蝶形的白风筝。翅膀已经被树枝刮破了，风筝线缠在了枝杈上，飞也飞不走，下也下不来，徒劳地扑腾着翅膀。

啊！这是妈妈的魂儿，千里迢迢来看我，可怜被树枝绊住了！

他不顾一切地冲上去摇晃树干，失声大叫："妈妈——妈妈——妈妈呀……"

大年初一寂静的黎明，几乎全山庄的成年人都被这突如其来的哭喊惊醒了。昨夜守岁，联欢会以后，妈妈们安顿孩子们睡下后，大家又聚在一起聊天说笑，玩到后半夜才躺下，这会儿睡得正沉。谁家的孩子大清早就这么大哭大叫的？被惊扰的人们，一个个披着衣服推开窗户四处观看。

端仪头一个听到喊声，慌忙下床推开男孩房间观看，发现克难的床上空着，又听出是他在窗外哭喊，迅速披上外衣和毛围巾出去看他。

当她跑到楼侧面时，只见二号楼上展晴正推开窗子问："克难，你怎么了？"

一号楼紧挨着二号楼，这棵又细又高的小杨树长在两楼之间的小道旁。克难不回答她的问话，仍然发疯似的狠命摇动树干："妈妈——妈妈呀……"

端仪看他穿得单薄，急忙摘下毛围巾给他围上，哄劝："妈妈在这里，做梦撒癔症了吧？醒醒，你看，妈妈不是来了吗？"

克难不认识似的瞪着她，转身又去摇晃树干，仰头朝树杈上哭喊着："妈妈——妈妈……"

端仪莫名其妙地朝树上望去，光秃的树枝上除了一个破风筝什么也没有啊！

石黑玺、田淑贤、郭山梅、小杜等人也都闻声赶来了，纷纷询问端仪："怎么回事？克难哭什么？"

端仪一看惊动了田淑贤，心中惧怕，只好轻描淡写地搪塞："没什么，昨晚玩得太累了，做梦撒癔症。克难，咱们回去吧！"

不料，克难双手死死搂住树干不放，她拉也拉不走他。克难委屈地申辩："不是做梦！我早……早就醒了！我就知道……知道，三十晚上，妈妈……妈妈会来看我的！"

人们交流着眼神，不知如何对付这荒诞的局面。

这时，展晴却从二号楼楼上窗子里伸出一根竹竿来。她用粗铁丝在竿头捆了一个 V 形叉。她灵巧地用铁叉叉住风筝线，三绕两绕用力一挣，就把风筝够了下来，顺着竿把风筝送到了克难面前。

克难顿时破涕而笑，把破风筝搂在了胸前，真像搂住了亲娘一样。田淑贤看他疯疯癫癫的，朝端仪使了个眼色，把她叫到一边去询问情况。

十三

石院长却笑嘻嘻地搂着克难的肩膀说："噢，原来我们克难喜欢风筝，怎么不早说？石爷爷是糊风筝放风筝的专家！我像你这么大的时候，风筝挂在了电线上、树梢上，也急得哭来着！好啦，没事儿啦，都回去休息吧！"

克难却瞅着风筝转喜为忧，拖着哭腔说："妈妈的翅膀都破了……妈妈飞不起来了……"

人们听了他这些神神怪怪的话，满腹狐疑地走开了。

石院长仍然亲切地安慰："这没关系，回头找些花纸来，爷爷糊的比这个还漂亮！"

"不要花的，要白的！"克难急切地央求着。

石院长连忙附和："白的！白蝴蝶漂亮！"

正说着，展晴提着一个精美的草编篮子走出了楼门，篮子里有白纸、银箔、金绿色和金红色的电光纸，糨糊、铁丝、线绳、剪子一应俱全，笑道："石爷爷要给克难糊风筝呀？那我就不敢献丑了！"

石院长连忙谦让："你学过美术，还是你来！"

展晴拉着克难就走："一起参谋吧！"

他们三人来到一号楼的客厅，坐在沙发上开始了手工艺创作。展晴吩咐克难："去，把纸篓、簸箕、笤帚拿来，收碎纸用。"

克难跑去把几样用具拿了来，石院长便撕掉了风筝上的破纸，只剩下一副竹篾骨架，用白线把骨架折断处绑结实。

这时，端仪也回来了，看见石院长和展晴哄着克难糊风筝，这才放了心。眼看自己插不上手，她转身去厨房给大家做早点去了。

展晴依照蝴蝶一双翅膀和一双副翼的大小剪出四张透明的白纸，一一递给石院长。别看老头子手指粗大，做起手工来却分外灵巧，不一会儿掐着翅膀边儿糊上了白纸。

展晴喝彩："嘿！想不到您还有这套手艺！赶明儿也给我做一个！"

石院长神气地吹嘘："这算什么？这是最简单的啦！我做的大老鹰，以假乱真！放到天上去，吓得地上的鸡群四处乱逃！我还做过一大长串飞成人字形的雁阵呢！你们猜怎么着？来了一只真正的孤雁，跟在队伍后面飞了老半天呢！"

展晴听了哈哈大笑："要说您做的老鹰能吓跑鸡群，我还能相信！毕竟离得远，鸡傻乎乎的看离了眼儿了！要说在空中近处的假雁阵能招来真孤雁，嘻嘻，浪漫主义的夸张！"

石院长信誓旦旦地说："不信？春天我做一串给你看！克难，你相信爷爷的话不？"

克难诚恳地表示："相信！"

"哎！这就对啦！"石黑玺故意朝克难挤挤眼说，"别看展老师有学问，可没在农村呆过，见过几只老鹰，几只大雁啊？"

一席话把克难逗乐了，目不转睛地瞅着石爷爷的手艺。展晴很会打下手，纫上针线往蝴蝶头上穿了两颗亮晶晶的小珠子作眼睛，又在细钢丝儿上缠绕金红色纸条儿做成两根颤悠悠的触须。石院长把她递上的小器官组装好以后，蝴蝶的小脑袋和圆鼓鼓的小肚子就活灵活现了。

克难高兴地拍着巴掌，用手指尖轻轻触触颤悠的须子，早已忘记了刚才的悲伤。

展晴又用金绿色的电光纸剪了两个橄榄形的尾羽，缀在了副翼下端。她又拿起银箔剪了几朵六角形雪花，贴在白翅膀上，还用金红色电光纸剪了一些小圆点，贴在翅膀的边缘处，显得更加轮廓优美亮丽夺目。

白蝴蝶做好了，放在了茶几上，翅膀忽扇扇，触须颤悠悠，银光闪闪，栩栩如生，似乎转瞬就要飞去。端仪端着四份早点来了，一见白蝴蝶，赞叹不止："哟，好漂亮的大蝴蝶呀！"她放下早点，凑近蝴蝶翅膀瞧瞧，奇怪地问，"咦，这不是雪花儿吗？"

展晴故意地问："你说好不好？"

端仪摇头笑道："好是好，只是……蝴蝶翅膀怎么会落上雪花呢？北方的蝴蝶是过不了冬的！"

展晴朝克难挤挤眼睛，表示只有他俩才知道雪花的秘密。在她的鼓励下，克难激动地说："梁山伯与祝英台变成的蝴蝶，就能过冬！他们成仙了，永远不死，天上地下，春夏秋冬，想飞到哪里就飞到哪里，想什么时候飞就什么时候飞！"

老实的端仪还有些迟钝，善于察言观色的石黑玺已经领会了展晴递过来的眼神，恍然大悟地笑道："噢，敢情是蝴蝶仙子啊！当然能够过冬啦！白雪花儿，白蝴蝶，简直是神奇的结合嘛！"

他是联想到刚才克难朝着树上的破风筝喊妈妈的情形，揣测到这里面一定有隐情，才说出这番话的。克难听了两眼发光，兴奋异常："您也这么说？展老师，石爷爷也这么说！"

端仪此时也咂摸出一些味儿来了，便也随声附和："怎么就忘了'梁祝'了呢！是有蝴蝶仙子嘛！来来，趁热吃早点吧！"

大家吃完早点，石黑玺便说："咱们拴上风筝线，挂到克难屋里墙上去吧！开春再放好不好？"

克难雀跃着拍手赞同："好！"

克难小心翼翼地捧起白蝴蝶，几个人跟着他上楼来到他的房间，把风筝挂在了克难床头的墙上。

临走时，石院长抚摸着克难的头发说："夜里没睡好，躺下睡一会儿吧！"

克难听话地脱了外衣和鞋袜，钻进了被窝里，石院长给他掖好被角，附在他耳边悄悄说："以后好了，有白蝴蝶陪着，你就不会感到孤单了。"

克难感动地眼圈一红，勉强忍住泪说："谢谢石爷爷！谢谢展老师！"

克难倾听他们下楼梯的脚步声，确认他们离开以后，就爬出被窝跪在床头，双手抚摸着白蝴蝶的翅膀，久久地凝视着翅膀上银光闪闪的雪花。望着望着，他泪眼模糊了，蠕动着嘴唇颤颤地喊了一声："妈妈……"

他朝着白蝴蝶深深地跪拜下去，额头顶着床头虔诚地祝祷："妈妈……儿子给您拜年了……"

十四

克难的精神状态仍然好一阵坏一阵，学习成绩随其情绪波动时好时坏。他在班上仍然无法与同学们一起玩耍，一个人离群独处沉思冥想，听课时也常常走神无法集中注意力。同学们给他起了个外号"神经"，被老师及时制止了。老师把端仪请到学校好几次了，让她帮助辅导克难的功课。

端仪是个要强的人，不甘心自己的孩子落后。每天晚上，她都陪着克难做功课，成了名副其实的"陪读"。克难感到很对不起妈妈，补习功课十分卖力，学习成绩虽然进步了，但愈加沉重的自责内疚使他心里又多了一层压抑。

端仪心地实在，为儿子的学习进步喜上眉梢。展晴却注意到克难的心理重负，为他担心。

正在这个时候，民政局送来了那个出生不足一百天的弃婴。

孩子交给了八姨柳素玉带。她给孩子起了个又好听又略带感伤的名字：柳絮。

人们都到八号楼来看小柳絮。克难也跟着妈妈来了。

小柳絮被大家你接过来我抱过去的，弄得一个劲儿地哭闹，吵得人心烦。端仪接过孩子横颠颠竖抱抱，孩子反而哭得更厉害了。端仪把她交给克难说："来，让大哥抱抱就不哭了！"

克难犹豫着接过了孩子，不知如何对付这软团团的肉体，双手紧紧地搂着生怕她掉下去。不料，柳絮一到他怀里立刻不哭了，小脸蛋儿竟然露出了甜甜的笑靥，还嘟起小嘴往他怀里扎，大家连声称奇："奇怪了，克难一抱她就不哭了！"

"这兄妹俩真有缘分！"

克难从没有得到过这样的殊荣，兴奋得满脸泛起红光。小柳絮还是往克难怀里扎，小嘴找来找去好像他是个可以喂奶的乳母。

端仪看在眼里，忽然想起克难吃早点时把几滴牛奶洒在了衣襟上，小柳絮是不是饿了呢？悄悄地询问柳素玉："早晨喂孩子了吗？"

柳素玉这才想起来，双手一拍笑道："呦，刚才煮了奶，太热怕烫着孩子，晾凉一些再喂，来人一多就给忘了！"

端仪忙帮着素玉去厨房把牛奶重新温了，举着奶瓶子交给克难："小妹妹跟你好，你学着喂孩子吧！"

克难高兴地接过奶瓶子，把橡胶乳头放入柳絮口中。柳絮立刻大口大口吸吮起来。克难大惊小怪地叫喊："快看呀，她多会吃呀！"

端仪有意鼓励："还不是哥哥会喂嘛！看我们克难会带孩子啦！"

姨妈们也都凑趣夸奖克难，克难神采飞扬，俨然像个小父亲。

柳絮吃饱了，扎在克难怀里睡着了，看她那副安然入睡的样子，好像克难是她的保护神。端仪伸出双手说："把她放到小床上去吧。"

克难把柳絮交给妈妈时竟有些舍不得了。

正月十五元宵节吃过了汤圆打过了灯笼，寒假就结束了。每天清早孩子们坐上班车去学校，山庄里只剩下妈妈们和学龄前的小孩子，日子显得清静多了。

石院长，柳素玉和郭山梅却心急如焚，因为小柳絮来到山庄一个多月了，仍瘦弱不堪，体重几乎没有增长。

周末傍晚，展晴开着汽车进城在家里住了一夜，星期天去刘教授家向他请教克难的问题。刘教授正在着手写一部《儿童心理探微》的著作，展晴常去讲一些普爱山庄孩子们的情况，引起了他的兴趣。他准备在书中加写"孤儿心理特征"一章，决定随展晴到普爱山庄作一番实地考察。

星期一早晨，展晴高高兴兴开车去接刘教授。

他们来到山庄时，大孩子们已经坐班车上学去了，石院长、郭山梅等人陪刘教授到幼儿园看望了低龄儿童。刘教授通过几种游戏对孩子们作了心理测试，回到办公室又仔细地研究了孤儿们的身世资料，告诉展晴和郭山梅一些注意事项。

这时，石院长想起了小柳絮，便问："刘教授，我们这儿还有个四个月的孩子，并不缺乏营养，就是又黄又瘦不长个儿。到医院检查好几次了，没查出大毛病，也不知道是怎么回事。"

刘教授说："是吗？咱们看看去！"

他们来到了八号楼。

刘教授来到婴儿室小床前，仔细观察小柳絮。只见这孩子静静地躺在四周有护栏的小床里，像一只老实的猫。这么多人来到跟前，她似乎毫无察觉也不感兴趣，仍然呆呆地吮着自己的拇指。柳素玉轻声介绍说："饿了、拉了或尿了，就哭；吃饱了，换好尿布就是这个样子。"

刘教授推了推吊在小床上空的彩色气球，小柳絮的目光只随着气球的摇晃转动了一下，便又变得漠然呆滞了。

刘教授观察小柳絮，良久，说："给她脱了衣服，看看皮肤。"

郭山梅给孩子脱了衣服，刘教授仔细察看了孩子全身的皮肤，轻轻抚摸着观察她的反应。

"好了，穿上吧!"刘教授没有说什么，便起身告辞了。柳素玉很失望，送客到楼门外快快地回去了。

十五

一行人来到医务室。端仪闻讯来邀请他们去她家吃晚饭，顺便让刘教授和克难多谈谈话。刘教授愉快地答应了。石院长请刘教授落座，问："您看小柳絮到底有什么病?"

刘教授沉吟片刻，反问："八号楼那位妈妈是怎样一个人?"

展晴说："她是个老姑娘，性格内向，不大合群。您的意思是……"

刘教授斟酌着词句："她过于整洁，衣服熨得平平整整，不像个带小孩子的人……孩子目光呆滞，缺乏与人交流的训练。皮肤粗糙干枯，摸她的时候，孩子的表情十分快乐。依我看，孩子没什么病，可能是……那个妈妈不常抱她的缘故。"

端仪听了觉得奇怪，问："抱不抱孩子，会有这么大的关系?"

刘教授解释道："婴儿不仅需要食物，也需要亲人的爱抚和情感交流，这样孩子才有一种安全感。根据你们介绍，这孩子是个遭父母遗弃的早产儿，一生下来就患了肺炎，孤零零一个人躺在医院长椅上不知多久，到了病房又天天打针灌药，经历了各种苦痛。护士们都很忙，不可能常抱她逗她。人们只要一接近她，不是给她打针就是给她灌药，虽然救了她的小生命，也给她留下了世界不安全的早期经验。来到山庄以后换了新环境，她会有一种孤独无助的本能，再加上遇到这样一位妈妈，她会感到一种情感饥饿。幼儿还需要人的抚摸，从来无人抚摸的孩子会出现皮肤饥饿……"

石院长惊异地插嘴："皮肤还会饥饿？"

"是的。"刘教授点点头，继续讲解，"如果幼儿缺乏成年人给他的情感交流、智力开发和肌肤之亲，处在孤独之中的孩子就会皮肤粗糙食欲不振消化不良，消瘦下去。要想让这孩子强壮起来，必须有人经常抱她，爱抚她，让她感受到真正的爱。"

石院长、展晴、郭山梅、端仪几个人面面相觑，她们太了解柳素玉了。柳素玉和端仪同样有洁癖，但不像端仪这么喜欢孩子。要她和孩子亲热几乎是不可能的。

石院长搓手思忖："那可怎么办呢？大家都忙忙的，谁有功夫总去抱孩子呢？"

展晴灵机一动瞅了端仪一眼。端仪也心有所动，和展晴交流了一下眼神，两个人显然是不谋而合了。端仪说："我们克难很喜欢小柳絮，这个任务交给他好了。每天他放了学做完功课，从来不出去玩，只顾呆呆地胡思乱想，还不如叫他去帮八姨看孩子。"

展晴立刻响应，把那天克难给柳絮喂牛奶的细节绘影绘声说了一遍。刘教授听了含笑点头表示赞成："嗯，两个小孤星，柳絮比克难更弱小，更无助，更需要爱。抱着小妹妹克难会觉得自己很强大，有利于增强他的自信心。这个主意对两个孩子都有好处！"

下午，孩子们回来了，刘教授和展晴特意到大门口迎接班车。孩子们一个个蹦下了车。克难最后一个下了车，刘教授朝他张开了手臂："老朋友——你好！"

克难这才认出了刘教授，羞涩地深鞠一躬："师爷……"刘教授抱住他，使劲揉着他的头发，亲昵地嗔怪："不是让你叫我刘爷爷吗！"

克难嗫嚅地叫了一声："刘爷爷……"

刘教授搂着克难肩膀说："啊，老朋友，今天功课多吗？"

克难回答："不多，在学校已经做完了。"

刘教授高兴地问："那太好了，听说山顶风景很美，你能领我上山走走吗?"

克难欣喜异常:"当然能了!"

刘教授又神秘地对展晴说:"你忙你的去吧,不用陪了,我们两人有点秘密要谈。"

克难一听"秘密"二字,好奇地瞪大了眼睛,在展老师面前立刻神气活现起来。展晴会意地对克难说:"那你负责照顾好刘爷爷,爬山时可别叫他摔着了。晚上你妈妈还要请刘爷爷吃饭,我去帮她下厨。"

克难高兴地答应着,领着刘爷爷出了山庄大门,迫不及待地问:"什么秘密?"

刘教授郑重地说:"我去看了小柳絮,那孩子瘦得厉害。听说她只喜欢你?"

克难又骄傲又意外,惊奇地问:"您怎么什么事情都知道?"

刘教授笑道:"我当然知道,我是心理学家……"

十六

北国春寒虽料峭,终于还是过去了。妈妈山上长了许多柳树棵子,早早地绽开了满山新绿。松林一改沉郁的墨绿,变得翠嫩亮丽。桃树光秃了一冬的枝头,也钻出了点点红蕾,惊奇地望着一天变一个模样的春的大地。

午后斜阳,温煦暖人,放学回来的孩子都在院子里晒太阳,看图书的,下棋的,跳橡皮筋的,玩侦探的,山庄大院里一幅其乐融融的百子春戏图。

八号楼内静悄悄的,孩子们都出去玩了,柳素玉独自一人在打扫卫生。她不能容忍家里有一丝尘垢,每天从早到晚忙着收拾房间洗衣服,累得自己腰酸腿痛。忽然,楼门吱呀一声打开了一条缝,随着传来怯怯的呼唤:"八姨……"

柳素玉应声:"谁呀?进来!"

"我……克难。"克难探进半个脑袋来,怕把八姨正在擦的地板踩脏了,不敢走进客厅,只在走廊上往婴儿室一指,"我能看看小妹妹吗?"

"当然能啦！"柳素玉拄着墩布杆儿含笑回答。她已经接到展晴和端仪的通知，十分欢迎克难来帮她抱孩子，故意说："小妹妹正想你呢！"

　　克难悄悄地来到小床前，双手扶着木栅栏看小柳絮。小柳絮无声无息地躺着吮拇指，克难亲热地叫她："柳絮，小妹妹！"她竟应声转过头来，但目光仍然呆呆的。克难伸手抚摸她的额头，脸蛋，又用手指尖儿轻轻摩挲着她的双眉，眼睫毛，小鼻子，小嘴唇，小耳朵……她似乎有些怕痒，咧开小嘴笑了，一双又细又瘦的小手挥舞起来，穿着连脚裤的双腿又蹬又踹，小屁股在床上一颠一颠的，肚皮也随之一鼓一鼓的，浑身都活跃起来了。克难连忙把她抱出小床，紧紧地搂在怀里，坐在小椅子上。

　　兄妹二人在屋里玩耍了好一会儿，柳絮显得十分快乐。克难发现她怕痒，故意在她身上轻轻触触这，捅捅那，她敏感地一闭眼睛一皱鼻子怪样百出，逗得克难哈哈大笑。他抱着柳絮来到客厅，赔着小心问："八姨，外面很暖和，我抱小妹妹出去玩一会儿行吗？"

　　"去吧，晒晒太阳也好！"柳素玉答应着，给柳絮戴上帽子斗篷，又叮嘱："小妹妹身体弱，还是穿暖和一些，别在背阴里坐着，山风厉害！"

　　克难唯唯应诺，抱着小妹妹出了楼门。

　　孩子们发现克难怀里的柳絮，都好奇地围了上来，争先恐后地想要抱孩子。

　　克难一下子成了中心人物，得意非常，摆出一副非常严肃的态度说："那可不行，摔着怎么办？"

　　"摔不着，我决不松手还不行吗？"

　　克难一概回绝："不行！我得对小妹妹负责任！"

　　一个男孩子讨好地表示："只摸摸她行吗？"

　　克难瞥了他的手一眼，说："手这么脏？洗洗去！"

　　男孩急忙接着喷泉水洗了手，在衣襟上蹭干了。一群孩子也学着他的样子洗了手，一个个围着小柳絮你摸摸脸蛋儿我拉拉小手，你抚抚小肚子他捏捏小脚丫，嘻嘻哈哈地逗弄她。小柳絮似乎很高兴，咿咿呀呀地说起谁也听不懂的"话"来了。

这是小柳絮来到这个世界上第一次高兴地说了"话"。

从那天以后，克难为了放学回家早些去看小妹妹，就利用午休时间做作业。

天气越来越暖和了，克难和一群孩子带着小柳絮玩，她成了个野丫头，晒得小脸红彤彤的，逐渐地滋润了。每天下午克难来到八号楼抱起她，她就伸出小手朝门外指。每到星期天，克难干脆把她抱到自己家里来，于是一号楼门前又成了孩子世界的中心，克难和柳絮成了重要角色。女孩子们玩"过家家"时把柳絮当作自己的小宝贝；男孩子们玩军事游戏时把柳絮当作"好人"一方"解救"的对象。柳絮则很愿意被大哥哥大姐姐们争来抢去，成了个跟谁都行的皮实孩子。山庄姨妈们看到的克难，永远像个大袋鼠一样，胸前带着这么个活泼泼的小袋鼠。他眼中的世界也变成一片绿色的草原了。现在，克难的日子过得十分紧张，劳累了一天晚上倒头便睡，没时间胡思乱想了，身体反而壮实起来。老师对端仪说近来他的学习成绩进步很快。

有一天晚饭时，端仪发现克难吃得很少。饭后他躲进学习室闷声不语。端仪发觉他神色异样，凑过来摸摸他的额头："怎么了？不舒服？"

"没有……"克难仍然托着双腮愁眉苦脸地发呆，几次有话要讲又吞了回去。

端仪关切地询问："有什么难处？我可以帮帮忙吗？"

克难鼓起勇气说："八姨腰坏了，卧床不起。"

端仪问："怎么呢？摔着了？"

克难摇摇头："医生阿姨说她是……腰肌劳损，下乡当知青时受过伤，现在又太爱干净，每天没完没了地收拾，今天摘窗帘时扭了腰，疼得动不了了。"

端仪一听站起身就要走："我看看去！"

克难一把扯住她的衣袖，嗫嚅地央求："我想……我想……"他吞咽着唾沫难以说下去了，端仪却理解了他的意思，问："想把小妹妹接到咱家来住些日子？"

他使劲点点头，不好意思地问："行吗？"

端仪爽快地表示："儿子的要求，当妈妈的能说不行吗？"

克难喜出望外，一下子蹿了上来搂住了妈妈，抑制不住地在妈妈脸颊上亲了一口，蹦蹦跳跳地跑去接小妹妹了。

端仪久久地摸着自己发烫的脸颊，明确无误地感受到了儿子对妈妈的真情，欣慰地舒了口气。上一次在街上遇囚车他吓得抱住了妈妈，为那件小事他羞愧了好久，而这一次做出如此亲昵的动作他却一点儿没有脸红，做得如此自然大方，是不是他从内心深处真正认可自己是他的母亲了呢……想到这里，老姑娘端仪的眼圈红了，心头久久难以平静。

柳絮搬到一号楼暂住。端仪给她做了许多好吃的半流质的食物。她认为五个多月的孩子不应只喝牛奶了，应逐渐添加一些五谷杂粮和蔬菜什么的。小柳絮初次尝到这些有咸味的美食，不断地伸出小舌头表示还想吃。食欲增加，又吸收了盐分壮身骨，这小丫头很快就胖起来了。

克难为此非常感激妈妈，主动帮妈妈干活，好像柳絮是他的亲妹妹。

克难喂孩子极有耐心，他一手揽着小妹妹，一手拿着小勺一点一点喂，很有大哥哥的风范。他一边喂一边说："妈妈，回头您跟石爷爷说说，把小妹妹给咱家算了。我长大以后供小妹妹上大学，还要送她出国留学。"

端仪鼓励道："你要想帮助小妹妹，必须自己有力量，长本事，就得好好学习，做个优等生。"

"妈，您放心！"克难坚定地点点头，又神秘地考问妈妈："您知道柳絮是什么吗？"

端仪不假思索地说："是柳树开的花儿呀！古诗春城无处不飞花，就是说的柳絮。过些日子就会到处飞柳絮了……"

克难热烈地否定："不对！老师说柳絮是柳树撒下的种子！柳树种子藏在白毛毛里到处飞，落到哪里就在哪里扎根生长。您看山上那么多柳树，又没人种它，它不就是自己长的吗？"

端仪恍然大悟，笑道："怪不得呢！当年学过一句古诗我就没想明白：枝上柳绵吹又少，天涯何处无芳草。柳絮被风吹走了，和天涯芳草有什么关系呢？原来柳絮可以飞向天涯到处撒种，上句和下句的意思就对上了。”

"妈妈真有学问！妈妈真聪明！"克难学着老师夸奖学生的口气赞叹着。端仪这才注意到半年多来他的口音变了，少了许多东北土话，变得有些城里学生腔了。他不但个子长高了，身板也变宽了，越来越像个小男子汉了。

十七

仲春时节的一个星期天上午，克难抱着柳絮上了妈妈山。他要独自一人带小妹妹爬上山顶，去完成一个秘密的心愿。

骄阳明艳，万里无云，山风送暖，柳枝摇曳，山路上飘满了柳絮。不知为何这里的柳絮特别白特别大，浮浮冉冉，犹如望不尽的鹅毛大雪；翩翩起舞，宛若数不清的白蝴蝶。迎面而来，绕身而旋，吹之不散，拂之不去，似有与人亲近之意。叫人弄不清它们究竟是雪？是绵？是蝶？或是三位一体的神仙，合奏着春的交响乐。

小柳絮伸出胖胖的小手想抓住扑面而来的柳絮，一片儿也抓不住。克难便想扑住一片给小妹妹，不料他抓了一把又一把，也总是落空。如纱如翼的薄絮像是充满灵性，若即若离，若远若近，勾得你一路随它追上山去。

白絮落了他俩满头满身，还落在小柳絮的脖子里，痒得她格格地笑，克难也跟着大笑起来，笑声震飞了片片暖雪。

他们来到了山顶，依着用无数块石头垒起的"乳头"歇息。小柳絮还不会坐，也不会爬，他把她放在地上，她就躺在草丛里左右翻滚，咿咿呀呀与小草说着话。一层层石块底下压着新新旧旧的纸条，这些纸条上写着无数个婴儿的名字生辰，是无数个妈妈从山下搬上石头来，为她们的孩子祈求奶水的。克难早就知道了妈妈山的传说，今天上来就是想偷偷完成一个心愿。他从背包里拿出准备好的石头和纸条，小心翼翼地用石块压住纸条堆在"乳头"上，纸条上写着几个字：

柳絮妹妹快快长大。哥哥克难

他抱起妹妹要下山，忽见远处空中从重重叠叠的柳絮纱幕里飞来一团白色物体，起先和满山的柳絮融为一体，后来从它实在的冲力看清楚它与随风飘浮的薄絮不同。当它飞到近处来的时候，克难才看清这是一只闪着银光的大白蝴蝶！

白蝴蝶绕着"乳头"飞了一圈，又来到小兄妹身边翩翩跹跹，恋恋不去。

克难心头一热，鼻子发酸，举起妹妹的小手教她指着白蝴蝶，哽咽着说："妈妈！妈妈来看咱们来了……"两行热泪挂满双腮。

柳絮虽小，但她的小心灵也能朦胧地感觉到哥哥伤心了，她想哄哥哥不哭，却还没学会这个世界的语言。

她伸出又湿润又柔软的小舌头，往哥哥脸颊上舔着，舔着……

孤雏也要鸣唱

一

展晴从来没有注意过雨生。过去，她只知道雨生是谷幽兰的儿子。雨生总是缩头缩脑地躲在立春身后，活像立春的一个影子；雨生总是不声不响地蜷缩在角落里，不敢向任何人提出要求，这样老实胆怯的孩子在集体生活中极易被人忽略。

展晴与雨生的缘分完全出于一次她从七号楼后面小道上偶然路过。命运女神抓住了这个机会，没有让展晴从雨生身边擦肩而过。于是，在这一对师生之间又演绎出一段曲折动人的故事

雨生是个十岁男孩，长得壮壮实实的，胆子却非常小，一到天黑就不敢出屋，夜里不敢一个人睡觉！其实，他和大哥立春住在一间卧室，但立春倒下就睡着了，他一个人醒着也害怕，吓得蒙上头蜷缩成一团。幽兰只好要求立春等雨生睡着了自己再睡，偏偏立春很难做到这一点，脑袋一沾枕头就呼呼大睡了。幽兰只好哄小亮亮睡了来陪雨生，坐在他身边打毛衣，因他怕黑不让熄灯，她每天等他入睡了才关上灯回房安歇。

半夜，雨生常常做噩梦吓醒，而且会尿床，他常打开电灯挤在墙角瞅着尿湿的褥子哭泣，有时抱着枕头往立春床上挤。幽兰听到动静会起身过来安慰他，撤换湿褥子。问他梦见了什么，他惊恐得不敢复述，只是央求妈妈别关灯。雨生非常惧怕窗子外的夜空，每天晚上都要检查窗户是不是关严了，窗帘露一点缝隙都不行，幽兰给这间卧室换了一幅又大又厚的窗帘，心里想，

到了热天难道也不许开窗子吗？怎样才能使他胆子大起来呢……

　　雨生生怕山庄的孩子们知道他尿床，幽兰叮嘱立春不要对任何人讲。立春真的没有讲，因此雨生很感激哥哥，主动帮助哥哥干家务活。幽兰为雨生多做了几床夹裤子，在夹裤子下面垫上塑料布，这样就不会尿湿棉裤子了。雨生很害羞，每天一早起来自己去卫生间洗夹裤子，不让妈妈动手。幽兰要把湿裤子拿出去晾晒，他却不让，怕别人看见笑话。好在家里有小亮亮，对外便说是亮亮尿的。别看亮亮年幼却不尿床，平白无故为二哥担了尿床的名声。

　　雨生各方面表现都不错，学习好，爱干活，就是胆子太小了。风吹树梢的呼啸声，都会吓得他打哆嗦，这么胆小的男孩子，长大了该如何独立生活呢？幽兰常常为他发愁。

　　说起雨生父母的死亡，那真是太偶然太悲惨了。他出生在渤海海边一座半渔半农的村庄里，爸爸出海打鱼，爷爷和妈妈在家种田。那一带地势平坦低洼，唯独他家房子盖在海边的一处高地上，从窗口能够俯瞰蓝色的海湾。夏收不久，屋顶上晾晒着新收下来的粮食。本来那时已经过了雷雨季节，忽然电闪雷鸣大雨骤降，他的父母慌忙上房去收拾粮食。不料，一个炸雷从天而降电死了他母亲，而他父亲怕妻子滑倒正在用手拉着她，结果夫妻双双死在房顶上。当时雨生正在院子里帮爷爷接父母从房上扔下来的玉米，目睹了这一惨景，吓得哇哇大哭，爬上梯子要去找妈妈，被爷爷一把抱住了……后来，爷爷不吃不喝不出屋，总是一个人倚在黑暗的角落里自言自语："俺们没做缺德事呀……俺们没做缺德事呀……"十几天以后，拒绝进食的爷爷去世了，死后双目圆睁直瞪着苍天……从那以后，雨生小小人儿孤苦伶仃，一位亲人也没有了……

　　幽兰揣测雨生的胆小一定和父母、爷爷的惨死有关联，但如何帮助他开朗勇敢起来，如何医治他的夜遗症，她却无计可施。这真叫河里无鱼市上看，病人不多医院瞧，普爱山庄里单说谷幽兰一家，就有亮亮、雨生两个孤儿父母是双双电死的，亮亮比雨生幸福，只因出事的时候他没有记忆。

　　大哥立春是唐山大地震造成的孤儿。在谷幽兰眼里，立春是个难得的好儿子。他聪明用功，功课很好，又懂得疼爱小弟弟亮亮，亮亮喜欢和哥哥玩，却从来不找大姐青凤。别看青凤在这里排行是大姐姐，在老家时却是个被外祖母宠坏了的孤女，临来时姥姥教她一套"别犯傻"的诀窍，诸如"别给后妈当使唤丫头"，"见了好吃的就抢"之类。因此，她不但不能成为幽兰的帮手，还带着大菊一起好吃懒做。结果，哄亮亮和干家务活都由立春一人来承担了。起初，幽兰想给大哥哥大姐姐来一个分工，但是一问青凤，她既不愿意带小弟弟，又不愿意干别的家务活。

幽兰看到立春一个男孩子如此顶用，心里又感动又觉得过意不去。为了保证立春做功课的时间，她尽力把家务活承担下来，每天又是做饭又是洗衣服打扫房间，还要用许多时间给亮亮讲故事，教他念歌谣，背唐诗，累得头昏目眩。本来她的体质就娇弱，带五个孩子生活，其中又有个拖手拖脚的小亮亮，日夜操劳使她掉了十几斤肉，显得更加瘦小单薄了。

二

幽兰越是疲劳，家里越是添乱，大菊的祖母从农村来看望她了。大菊高兴得又蹦又跳，一头扑进了奶奶怀里。幽兰瞅见娘俩这股亲热劲，不由得暗自感叹：人家到底是亲骨肉，一年多以来我这么精心伺候，大菊都没有和我亲热过……她虽然这么想，仍对大菊奶奶待如上宾，每天调换着花样改善伙食，为此这个月院部还给七号楼多拨了一些生活费。

谁知盛情招待的结果，大菊奶奶看这里吃得好住得好，吃饭住宿都不收费，乐不思蜀住着不走了。关于孩子们的亲属来探望居住的期限，院部并没有明文规定，幽兰只好继续伺候客人。

岂料，青凤看见大菊这么得意，心里觉得不上算了，偷偷写信给乡下的姥姥。没过几天，青凤的姥姥也赶来了，青凤便也神气起来。青凤姥姥和大菊奶奶一见如故，每日里唠嗑扯闲篇聒噪个没完没了。如果她们只是扯些自家的家常也无妨，可她们混熟了以后就走东家串西家打听个底儿掉，妈妈们的来历，婚恋隐私，孩子们的父母去世的原因……说长道短，引来一大堆口舌事端。

同时招待两门亲戚，又是这样两个不省事的老婆子，这下子可苦了幽兰。

人家是客人，有意见也不便显露，她把一切辛劳一切愁烦都隐忍不发默默承受，每天仍然对大人孩子们送上温和的微笑。

农村对孤儿身份的认定，和城市的习惯不大一样。城里的孩子失去父母，其祖父母，外祖父母，叔叔舅舅，姑妈姨妈……只要有抚养能力，总会有亲属把孩子接去的。农村的孤儿，即使有上述亲属，他们也不肯让自己家里多一张嘴吃饭，大都把孩子推给民政部门。听说青凤姥姥和大菊奶奶的儿女都很多，大家共同拉扯个小姑娘并不困难，但他们还是把孩子送到了孤儿院。别看当初他们不肯抚养孩子，如今来到山庄又俨然成了呵护孩子的老亲人。青凤和大菊年幼不晓事，看不透这一层，亲人来了觉得有了撑腰的，愈加抢吃抢喝不干活了。两个老婆子把幽兰当成孩子们的"后妈"，对她百般挑剔，挑唆两个小姑娘和"后妈"作对，无端生出许多是非来。

青凤姥姥和大菊奶奶都给孩子带来一些糖果和农村土产，无非是核桃、干枣、花生、山芋干、柿饼子什么的，孩子们都很爱吃。按照山庄的规矩，哪一个孩子的亲属送来的东西都要交给所在家庭的妈妈保存，由妈妈把食物平均分配给每一个孩子。既然这里的家庭是通过法律公证的大家庭，这样做有利于密切孩子们之间的感情，培养他们的集体主义精神。但是，一些亲属难以改变农民的自私心理，千方百计留下一些食物偷偷地给自己的孩子吃。青凤姥姥和大菊奶奶就是不约而同这么做的，更加纵容了青凤、大菊奸懒馋滑的坏毛病，幽兰只好听之任之。

这一天下午，雨生在院子里跑渴了回家来喝水，撞见青凤姥姥正在偷着给青凤吃糖果花生。他提出意见："大姐，你有东西不交给妈妈，不分给大家吃，我告诉妈妈去！"

青凤威胁道："你敢！"

雨生理直气壮地表示："我怎么不敢？上回我们老家来人送的东西，妈妈不是也分给你一份吗？"

青凤理屈词穷，一时不知说什么才好了。她姥姥把嘴一撇开了腔："啧啧啧，你还挺爱管闲事呀？你们这个后妈规矩也太大啦，俺们吃自个家里带来的东西，犯了哪家的王法？寻思俺不知道你们家的底细啊？你爹妈是叫天上的雷劈死的，准是做了伤天害理的事！"

这些话如同一把一把利刃，直扎雨生稚嫩敏感的心窝，他气急了顶撞："你才做了伤天害理的事呢！"

老婆子冷笑道："俺？那老天爷怎么不劈了俺呢？你爹妈没有伤天害理，怎么会天打五雷轰？你这小崽子也这么不是东西，小心再下雨打雷时劈了你！"

雨生又惊又气，吓呆了，嘴唇哆嗦着，眼泪夺眶而出，哇地一声哭着转身跑走了。

他跑出楼门，和正要进门的妈妈撞了个满怀。幽兰急忙询问："雨生，怎么啦？谁欺负你啦？"

雨生泣不成声："青凤……她，姥姥……"

幽兰慌忙示意雨生放低声音，悄悄地拉着雨生上了楼。来到男生宿舍，幽兰关上门哄劝雨生："别理她！刚才我找田姥姥去了，田姥姥说明天就要公布一条规定，往后亲属来探亲，没有特殊情况，留宿时间不得超过一个星期。她们这就快走了！"

雨生还是痛哭不止："她说……我爸爸妈妈……做了伤天害理的事……天打五雷轰……"幽兰的心倏地一下子缩紧了，一把搂住了雨生，抚摸着他的头发劝慰："她这是封建迷信！绝对不是这么回事……"

"可是，天上的雷为什么非要劈死我爸爸妈妈呢？乡亲们都说我爸爸妈妈是好人呀……"雨生伏在妈妈怀里肩膀抖个不停，恐惧地哭诉："青凤她姥姥……还说……再打雷下雨时也会劈了我……我害怕……"

幽兰用毛巾给他擦着泪水说："她这是胡说八道，千万别信她这种鬼话！我给你讲解过，天上的闪电只是一种强大的电流，那只是一种自然现象，你爸爸妈妈不幸遇难，就跟出了车祸，触电，火灾一样……"

无论她怎样哄劝，雨生都浑身颤抖着喃喃重复："爸爸妈妈是叫天上的雷劈死的……天上的雷为什么非要劈死我爸爸妈妈呢……"

幸好这时立春抱着亮亮回来了，幽兰让立春陪伴雨生，自己去给郭山梅和展晴打电话，功夫不大，她俩就闻讯赶来了。展晴给雨生讲了许多关于雷电的知识，山梅又给雨生吃了镇静药，雨生说不想吃晚饭了，偎在立春身旁慢慢地睡着了。

大家悄悄地离开了男生宿舍，立春怕雨生醒来害怕，自愿留在宿舍看书。山梅和展晴帮忙把亮亮抱走了，幽兰这才抽出身来去厨房做晚饭。

她在厨房里弄出很大的响声，借以发泄强压心头的怒气：有些人的人性太恶了，竟然忍心再往孤儿的心灵创伤上撒盐！雨生的胆子本来就小，心理压力大，听了这些恶言恶语，我们半年多的努力开导就白费了！明天两个老婆子一走了之，可是留给我的这些难题怎么办呢……

那一夜，雨生又尿床了，可能是褥子湿的缘故，他梦见黑云滚滚的天空电闪雷鸣，一个贼亮的闪电像一条张牙舞爪的巨龙，朝着他的心口抓来……

"啊——妈妈——哥哥——"

他惨叫着扑到立春的床上，立春被惊醒了，把他拉进自己的被窝安慰他。幽兰闻声赶来了，蹲在床边抚摸着他的额头哄劝："雨生，别害怕，妈妈和哥哥都在这儿呢！"

雨生仍然吚吚怔怔地指着厚重严实的窗帘喊叫："下雨了，打雷打闪……"

幽兰笑道："你这是做梦了，哪下雨啦？"

雨生还是不相信，幽兰走过去拉开窗帘："你看，满天星星！"

温柔的夜色，晶亮的小星星们调皮地朝着雨生眨眼睛，似乎在说：有我们陪着你呢！睡个好觉吧……

雨生望见了星空，心里踏实多了，但他还是央求妈妈："把窗帘拉上！拉严了……"

幽兰好容易才哄他入睡了，天都快亮了。她给两个男孩掖好了被子，抱起雨生床上尿湿了的褥子，轻轻地掩上了门，倚在门边长长地叹了口气。

三

那个因为爱子夭亡精神失常的疯女人，还是经常到普爱山庄大门外纠缠不休。她狂呼乱叫，又唱又跳，引得一大群孩子跑到大门口逗她。传达室周大爷一见她来就急忙插上大铁门，叮嘱孩子们别放她进来。

疯女人双手抓着铁栅栏痴痴地端详每一个孩子，对每个孩子都柔声呼唤："孩子，过来呀，找妈妈来呀！"

年龄大一些的孤儿说："你不是我妈妈，我妈妈死了。"

疯女人拍拍自己的胸脯："妈妈没有死呀！妈妈这不是还活着吗？过来，好儿子！"

大孩子们嘻嘻哈哈地笑她的疯话，可是小孩子们却都喜欢她，呼啦啦围到铁门跟前，但又怕她打人，站成一排不敢靠近。

疯女人激动得喜泪涟涟，伸进双手呼叫："好儿子！妈妈想死你了！来，跟妈妈回家吧……"

孩子们你瞅瞅我，我瞅瞅你，不知道她在叫谁。他们的年纪太小了！父母去世时他们还不懂事。况且这些五六岁的幼儿还不大理解"死亡"的永恒，虽然人们告诉他们说他们父母去世了，但他们的小小心灵里还怀着一线希望——说不定妈妈还活着，说不定有一天妈妈会来接自己回家。他们知道山庄的妈妈不是亲的，说不定这疯女人……只要是亲妈妈，哪怕是个疯子……

疯女人又在呼喊了："宝贝儿——心肝儿——来呀，来找妈妈呀——"

孩子们克服胆怯心理，一点一点朝着铁栅栏靠近了。不料，在一旁玩耍的亮亮看见这边热闹，摇摇摆摆跑到铁栅栏跟前去了。亮亮是立春带出来玩的，立春在大喷泉旁边和梦虹说话，一时没有注意亮亮，亮亮竟然跑到疯女人面前去了。

不知危险的亮亮踮起脚跟好奇地望着疯女人，疯女人朝他伸出双手，他也就伸出胖胖的小手迎了上去。疯女人隔着铁栅栏一把抓住亮亮使劲往外拽，亮亮的额头被铁栅栏撞得生疼，吓得哇哇大哭。疯女人一边往外拽他一边哄劝："好儿子，妈妈可找到你了，不哭不哭，跟妈妈回家……"

立春听见亮亮的哭声慌忙跑了过来，很有礼貌地劝疯女人松开，她哪里肯放开亮亮，越发狠命地往外拽。亮亮的双肩和胸脯都被铁栅栏硌疼了，哭得险些背过气去。立春只好用力掰开疯女人的手夺回弟弟，疯女人急了，抓住立春的胳臂狠狠地咬了一口，伤口立刻鲜血直流。

孩子们吓得一齐大哭起来，周大爷看见事情闹大了，从传达室打电话叫来了石院长。小杜、小高几个男人也闻讯赶来了，大家冲出大门七手八脚捆住了疯女人，把她塞进汽车要送她到城里精神病医院去。

在汽车开动之前，立春不顾伤口的疼痛，想起喷泉石阶上还有给亮亮带的食品，大声说："杜叔叔，等一等！"

他跑去拿来食品袋，放在了被固定在车厢里的疯女人面前，汽车开走了。石院长把立春搂到自己怀里叹道："唉，你真是个好心的孩子！"

郭山梅赶来看立春的伤口，怕伤口感染，带他回医务室打了消炎针和破伤风针，幽兰这才放心了。

山庄女人们听说这件事无不惊怕，深感带孩子责任重大，不能有须臾疏忽，尤其是低龄幼儿，你稍稍一错眼珠，就不知道会出什么事情。

从此很长时间不见疯女人的影子了，渐渐地人们把她淡忘了。只有立春还常常想起她，每当洗澡的时候，他便抚摸着胳臂上的伤疤想：这个世上的事儿可真怪，有的妈妈想孩子想疯了，而我们这里却又有那么多的孩子没有爸爸妈妈……立春是个早熟的孩子，过早地尝到了人生的无奈与悲凉。

谁都没想到，立春被疯女人咬了一口，却为雨生凑成了一分机缘。冥冥之中安排的造化，人们一向解释成偶然巧合，殊不知看上去彼此不相干的人与事，在人们忽略的时刻早已埋下了因果关联，这便是佛家说的"缘"了。

当时，大门口的孩子哭声把人们都惊动了去，楼群里几乎没人了。幽兰听立春被疯女人咬伤了，慌里慌张跑出去了，青凤、大菊也跟着去看热闹，家里只剩下雨生一个人。雨生正坐在马桶上解大便，厕所窗子朝着后山，所以前院吵吵嚷嚷这么厉害他一点都没听见。说起来也真够巧的，当他要起来的时候，发现手纸用完了，他只好大声喊："妈妈——拿一卷手纸来——"

无人答应。他又大声喊："哥哥——拿一卷手纸来！"

仍然无人答应。他提高嗓门呼叫："大姐——二姐——妈妈——哥哥——亮亮……"

任他喊破喉咙，楼里只有空空的回响，这时他才发现家里一个人都没有，窗外一个人都没有，窗外山坡上下也都是死寂死寂的，人们都到哪里去了呢……当他意识到楼里楼外只有自己孤身一人时，他立刻觉得毛骨悚然头皮发麻，吓得差一点哭了。怎么办呢？只好坐在马桶上等妈妈和哥哥他们回来。他竖起耳朵倾听外边的动静，盼望着有人走过来，等了又等，仍然悄无声息。他越想越害怕，为了给自己壮胆，他嗓音发颤地唱起歌来："蓝……蓝蓝的天上白云飘——白云下面马儿跑——挥动鞭儿响四方——百鸟儿齐声唱……"

凑巧的事都在今天发生了，此时展晴正从七号楼后面路过。

四

展晴多才多艺，机敏过人，不仅辅导孩子们的文化课，还能兼任音乐、舞蹈、体育、美术教师。妈妈们和孩子都喜欢她。

展晴从七号楼后面的小道路过，听见窗子里传来的歌声不由得止住脚步，这是哪个男孩子在唱歌？调门这么高，音质这么美，这可是一副难得的好嗓子啊……她望了望周围的景色，认出来这是七号楼，心中更加诧异了，幽兰只有立春、雨生两个大男孩，立春唱歌她听过，那么这是雨生了？这首歌曲是她新教给孩子们的，上音乐课时，她先是让大家合唱，发现站在合唱队里的雨生没有张口。为了让每个孩子都学会这首歌，她又叫每个人走到钢琴旁边独唱。轮到雨生唱的时候，说什么他也不肯到前面来。她使出浑身解数动员他，哄劝，鼓励，激将，佯装动怒，他都羞红了脸低头不语。她走到雨生面前问："我教了这么多遍了，你一句都没有学会吗？"

雨生低着头不吭声。

她又问："刚才合唱时，你为什么不张口？"

雨生仍然默不作声。

她以为这个性格内向的孩子不喜欢唱歌，或者有五音不全之类的缺陷，羞于张口，也就作罢了。

若不是今天亲耳听见，她真不敢相信雨生有这样一副出类拔萃的金嗓子。她脚底生风跑进了七号楼，隔着男厕所门喊："雨生，是你吗？"

雨生终于盼来了人，急忙答应："展老师，手纸没有啦！"

展晴觉得很好笑，跑到杂物间找到一卷手纸递给雨生："我在客厅等你，有事情和你商量。"

师生二人在客厅落座以后，展晴亲切地说："刚才我在外面听见了你唱的歌，你嗓子很好哇！上音乐课时为什么不唱呢？"

雨生忸怩地否认："没……没唱，我……不会。"

"哎，我明明听见了你在唱歌嘛！"展晴嗔怪着亮开喉咙唱道："蓝蓝的天上白云飘，白云下面马儿跑——这首歌，对不对？你唱到'跑——'的高音时毫不费力，直冲云霄，怎么还说没唱呢？"

雨生以为展老师为了音乐课的事来批评自己，吓得脸色煞白，结结巴巴搪塞："那不是……不是唱，是……喊，喊着玩的，真唱……就，就不行了。"

展晴说明来意："我一点也没有怪你的意思，我是来告诉你，你的嗓音条件很好，应该好好地学习唱歌，我愿意单独教你，你愿意跟我学吗？"

雨生一听吓坏了："不，不，我真的不会唱歌！"

展晴耐心动员："不会也没关系，我一句一句教你，好吗？"

"不，不好，我不去……"雨生把身子扭得像蛇一样，扭头就跑了。

展晴独自一人坐在客厅里，又好气又好笑，百思不得其解：这些孤儿的性情怎么都这么怪呢？我好心好意想培养他，他却说什么也不肯。唱歌有什么不好呢……

这时候，幽兰抱着亮亮陪立春回来了，看见展晴坐在沙发上发呆，打招呼说："展老师，你什么时候来的？"

"来了一会儿了。"展晴发现立春胳臂上缠着绷带，关切地询问："立春怎么啦？"

幽兰复述了疯女人的事，夸奖说："多亏了立春，不然亮亮可就惨啦！"

立春不好意思地表示："都怪我没有看好小弟弟！"

幽兰说："哪能怪你呀，谁能料到会有这种事呀！"

亮亮本来眼泪汪汪的，一见展晴破涕为笑。他一向跟展阿姨很要好，伸出小手委屈地指着自己的脑门，让展阿姨看："嗯，嗯……"

展晴这才注意到他额头也红肿了一大片，连忙抱过他来往他脑门上吹了几口气："好了，好了，不疼啦!"

幽兰端上茶来，问："找我有事?"

展晴把雨生唱歌的事情说了，幽兰听了又惊又喜，不相信地问："雨生会唱歌? 从来没听见过他开口唱呀!"

"是呀，我也是这么说呢! 上音乐课，我连哄带吓唬，他就是不出声。"展晴也表示奇怪，"没想到他一张口就唱得这么好! 他什么时候练的呢?"

幽兰问立春："你们两人住一屋，他在屋里练唱歌吗?"

立春摇摇头说："没有，我从来没听见过他唱歌。"

展晴愈加犯了寻思："这么说，上课时一句也没跟着学，回到家里也没练过歌，只凭记忆就能唱得这么好，说明他不但嗓子好，听力，乐感，也都很有天赋，具备这样的条件，实在太难得了。"

幽兰听了非常高兴，转而犯了愁："唉，你不知道这孩子胆子有多小了，天上掉个树叶他都吓得哆嗦，打雷打闪就哭爹喊娘，想叫他学唱歌，那可太难了!"

展晴不甘心地撺掇，"那咱们也得想个办法呀! 说不定，学唱歌会锻炼他的胆量，对改变他的性格有好处呢! 立春，你更了解你弟弟，出个主意!"

立春和妈妈面面相觑，一筹莫展。

五

现在，音乐教室里只剩下展晴和雨生师生二人了。

展晴重新坐到钢琴面前，乐谱架上摆着《大海，故乡》的五线谱。她又特意给雨生找来一份这首歌的简谱，雨生双手捧着乐谱低着脑袋战战兢兢地立在一旁。

刚才，幽兰和立春为了劝雨生说了一车好话，幽兰又许了一大堆愿，说只要他唱好了歌就给买好吃的，做新衣服等等，雨生还是咬死口不愿意。后来，立春吓唬他说你要是不去学唱歌我今后就不理你了，他这才害怕了。

幽兰和立春像押解犯人似的把雨生送到了音乐教室，交给了展老师。两人仍然不放心，坐在一旁监督。

悠扬抒情的钢琴伴奏响起来，展晴一边弹奏一边对雨生说："这是一首非常好听的歌，我先唱一遍给你听听，你一听就会喜欢了！"

说着，她放开喉咙以圆润悦耳的女中音唱道：

> 小时候，妈妈对我讲
> 大海就是我家乡，
> 海边出生，
> 海里成长……

幽兰和立春都被她这优美的歌声迷住了，意往神驰宛如亲临辽阔的大海。他们三人谁也没有注意到，雨生望着歌谱的眼睛已经涌起酸热的红潮，喉咙发干鼻子发堵嘴唇抽搐个不停。这歌声把他带回到故乡，带回到亲爱的爷爷、爸爸、妈妈身边，带回到那间看得见蓝色海湾的小屋，也带回到爸爸妈妈惨死的一幕……

展晴唱完一遍以后，幽兰和立春热烈鼓掌。幽兰问雨生："展老师唱得好不好？"

雨生这才回过神来，低声回答："好……"

幽兰催促："那你就好好跟展老师学吧！"

展晴笑道："咱们先一句一句地学，我唱一句，你跟一句。七姐，立春，你们也跟着学吧！"

她开始一句一句教唱了，但是，教了一遍又一遍，只有幽兰和立春跟着唱，雨生一点声音也发不出来。三个人苦口婆心劝了一回又一回，每一次雨生都嗫嚅地答应了，但是每一次该他唱的时候，他都偷眼瞅着妈妈和哥哥，面红耳赤就是难以张口。

展晴看过每一个孩子的履历档案，知道雨生的父母是被天上的雷电电死的，但是她却没有想到那件事与大海有着密切联系。山庄孩子那么多，她怎么能记住每一个孩子的故乡地点呢？她以为雨生只是胆怯怕羞，当着妈妈和哥哥的面不好意思唱，于是，她让那母子俩先回去，由自己单独教给雨生。

　　现在，音乐教室里只剩下展晴和雨生师生二人了。

　　展晴又一次弹起悠扬的前奏，放开嗓音重新领唱："小时候，妈妈对我讲——唱！"

　　"不要紧的，重来！小时候，妈妈对我讲——唱！"

　　"没关系，重来！小时候，妈妈对我讲——唱！"

　　"别紧张，放松，这一遍我先陪你一块唱，等唱熟了你再自己唱，好吗？好，听过门儿，开始！小时候，妈妈对我讲，大海就是我故乡……你还是没有唱啊！告诉我，你究竟为什么不肯唱呢？"

　　"我……不会。"

　　面对如此执拗的孩子，展晴实在没有办法了，压了压心头的火气，又耐心地启发："你会的，只是不肯唱！那天你一个人不是唱得很好吗？跟你说了多少遍了，你的嗓子条件非常好，只要刻苦练习，你会成为一名出色的歌手。我愿意帮助你，只要你跟我配合就行，这些道理你怎么不明白呢？"

　　雨生耷拉着眼皮瞅着自己的脚尖，双脚不安地互相搓弄着。

　　展晴把他拉到自己膝边，亲切地问："你把我当成朋友不？"

　　雨生诚恳地点点头。

　　展晴趁机诱导："咱们都老朋友了，老朋友是不会笑话老朋友的，只唱给我一个人听，你还怕什么？别人谁也不让听，就咱俩偷着练，等练好了到台上一唱，让大家大吃一惊：呀，我们怎么不知道雨生这么会唱歌呀？大家都会奇怪：咦，看雨生平常不言不语的，原来这么棒呀！顶呱呱呀！"

　　雨生听了这些富有煽动性的话语，情不自禁抬起头来望着展老师的脸，眼睛里闪出晶亮的光点。他想，我不是不想学唱歌，只是嗓子……实在出不来声音。展老师说我唱歌好，说不定是哄我呢……我不行，干什么都不行，这么大了，夜里想不尿炕都不行……青凤姥姥说的话，山庄里的人们一定也都这么看，只是表面上不说就是了……人们背地里一定都以为我爸爸妈妈做了伤天害理的坏事，才叫天上的雷给劈死了……可是，爸爸妈妈是好人哪，老天爷为什么这样对待他们呢……我也从来没做过坏事，天打五雷轰，我会不会也遭到天打五雷轰呢？说不定哪一天，说不定什么时候……

雨生闪烁不定的目光引起展晴的注意，她想继续激发他的荣誉感和上进心，她发现这种法子起作用，趁热打铁又眉飞色舞地说下去："你不光能够成为咱们山庄的小歌唱家，我还要带你去参加全市少年歌手大赛！说不定呀，将来还能去参加全国少年歌手大赛呢！"

不料，她这一套远大的计划把雨生吓坏了，他的目光重新黯淡了，把头摇得拨浪鼓似的回绝："不不，我不行，真的不行！"

展晴知道不能勉强了，看来今天想哄他学唱歌是不可能的，只好作罢，说："今天先到这里吧！你回去自己先看看歌谱，可以吗？"

雨生爽快地答应了。展晴觉得很奇怪，问："你看得懂简谱吗？"

雨生终究是个孩子，不会撒谎，为了尽快脱身不假思索地承认："看得懂。"

展晴装作漫不经心的样子又问："谁教给你的？"

雨生说："老家小学的老师教的。"

展晴笑了："你在老家上学时学过唱歌喽？"

雨生此时也发觉说走了嘴，面红耳赤垂首不语。

展晴追问："那么，请你告诉我，为什么你在老家时能唱歌，来到这儿就不能唱了呢？"

雨生的脑袋越垂越低了，无言答对。

展晴抓住这个要害追问了好几遍，雨生仍然不回答。展晴有些不高兴，正待发作，忽然发现雨生脚尖下的水泥地板已经湿了一片，一颗颗泪珠还在往地上滴着。看着这种情形，她心里倏地一下了发热了，暗暗猜忖：孩子心里准是有隐情……她不再追问，和蔼地表示："好吧，我送你回家吧！你妈妈还等着你回去吃晚饭呢！"

雨生如释重负，耸起胸脯长长地舒了一口气。

外面的天色已经黑了，展晴知道他胆小，一直把他送到七号楼门口，自己才去职工食堂打饭，雨生没有马上进门，转身望着展老师的身影心里充满了感激，他想喊一声谢谢，想到自己表现不好终于还是没能出声。

六

展晴端着饭盒回到宿舍，幽兰就打来了电话询问雨生学歌有无进展。展晴介绍了情况之后，说："他在老家时上过音乐课，自己能够识简谱，这说明他不是不会唱，而是有心理障碍。得弄清楚究竟是什么原因造成的他后来不能唱歌了。帮他消除心理症结才能解决唱歌的问题。"

幽兰在电话里说："我让立春跟他多聊聊，他对立春没有防范心理。你不知道，他还有尿床的毛病，夜里全靠立春叫他，所以小哥儿俩特别相好。"

展晴拿着话筒沉吟片刻说："十岁的大小子还尿床，这也是造成他有自卑心理的原因。别的孩子知不知道他有这个毛病？"

幽兰回答："只有立春知道，我已经嘱咐立春不要对任何人讲。好在有小亮亮，往阳台上晾褥子时，说是亮亮尿的，其实亮亮并不尿床。"

展晴赞许道："你挺细心的！我想，首先要帮助雨生树立自信，勇敢起来。你琢磨过他为什么如此胆小吗？"

幽兰说："我想……只有从他父母的死亡原因上去找了。"

展晴颇有同感："咱俩想到一块去了。"

幽兰在电话里又讲述了青凤姥姥咒骂雨生的事，展晴听了以后表示："这些情况很重要，了解孩子的内心世界，才能对症下药，谢谢你提供这么多有用的情况！"

幽兰忙不迭地致谢："我该谢谢你才是呀，雨生是我的儿子！"

几天以后的晚上，幽兰照料孩子们睡下以后，来到二号楼找展晴，把她听立春说的雨生的情况告诉展晴。未及说话，她先叹了口气："唉，雨生这孩子太可怜了！立春问他了，你猜你教的那首歌使他想起了什么？"

展晴很纳闷："那首歌很美呀！使人想起蓝色的大海，雪白的浪花，远去的渔船，还有……金色的沙滩！"

幽兰又叹气道："他的老家就在海边，头一句歌词'小时候，妈妈对我讲'，就触动了他想念死去的爸爸妈妈……"

"哟，是这样啊?"展晴感到很意外："人的境遇不同，感觉真是大不一样!"

幽兰接着说："要不是立春告诉我，我也不知道雨生父母去世的详细情况……一个八九岁的孩子亲眼看见爸爸妈妈被强大的电流烧煳了的那种惨状，那还能不吓出毛病吗?"

展晴听后心情很沉重，同情地表示："别说是个孩子，就是大人看见也会受刺激啊!"

幽兰继续讲述："当天夜里，乡亲们冒雨来守灵，他爷爷紧紧地搂着他，想哄他睡觉，他一个劲儿地哭，怎么也睡不着。哭干了眼泪，哭哑了嗓子，最后累了，他疲乏地偎在爷爷怀里打了个盹。忽然，又一道刺眼的闪电透过窗口把屋里照得雪亮，随后一声炸雷把他家的房子震得直摇晃。他惊叫一声，吓尿了裤，从那以后才落下了尿床的毛病，小时候他和亮亮一样是不尿床的……他被吓醒了往窗外一瞧，只见一道又一道闪电扑面而来。他告诉立春说，他从来没见过那样吓人的大海，像是要把他和爷爷淹没。"

幽兰说着落下泪来，展晴的眼圈也红了，内疚地说："想不到我选的这首歌这么刺激孩子……本来我是想选一首儿童歌曲的，一时没有选到合适的，就选了这一首。没想到伤了孩子的心……"

幽兰安慰道："这怎么能怪你呢? 这是谁也想不到的事情。"

展晴沉吟良久，为难地表示："看来，短期内不好再逼着他学唱歌了……"

"换一首歌行吗?"幽兰不甘心。

展晴表示信心不足："恐怕也不行。问题的症结是他的恐惧心理，自卑心理，安全危机……"

幽兰无奈地补充："是啊! 他爷爷因心情郁闷绝食而死以后，一个无依无靠的小小孩儿，全靠乡亲们接济度日。他一个人不敢在家里睡，只好东家借几宿西家借几宿，早早地尝到了寄人篱下的凄凉。因为怕尿湿了人家的炕，不敢上人家的坑，倚在人家的灶台边上睡，直到当地民政局给咱们山庄寄来了申请……我现在才明白，为什么在咱们看来根本不可怕的事，他都吓得又哭又叫，孩子是吓破了胆儿了！"

"是啊，要想恢复这样的孩子的自信心，太困难了！"展晴深有同感，但转而又说："不过，越是知道了孩子的可怜处境，越要早些做心理治疗。其实，音乐就是心灵的良药，如果能发挥他的唱歌才能，说不定能改变他的一生！"

幽兰愁眉不展："那咱们怎么办呢？"

展晴一时也无良策："容我再想想，总会有法子的。"

七

普爱山庄是慈善机构，经常有国内外客人前来参观访问。每逢"六一"儿童节、中秋节、春节等节日，一些大企业和乐善好施的人们也常来给孤儿们捐赠善款和礼物。山庄的接待任务增多了，员工人手却没有增添，石院长让展晴兼管接待。石院长这一考虑，一则只有她不带孩子能够分得开身，二则她会讲英语见过大世面，这也可以说是人尽其才。

展晴出任"礼宾司长"不久，一项新的工作又势在必行了。经常有贵宾光临，总要有一些孩子为客人表演节目，虽说有不少孩子喜欢唱歌、跳舞或器乐，但即兴表演已经不能代表山庄的水平了。石院长又找到展晴，请她组织一支少年儿童文艺演出队。开始展晴推托事情太多了，老院长一句拜托"能者多劳吧"她也就不好推辞了。

时间不长，一个名为"孤雏之声"的演出队宣告成立了，小队员有晚珠、小锁、牛牛、雁来、玉莲，等等，展晴拉来了雨生，说是只让他坐在下面听听，或者学一种乐器，雨生没有拒绝。

幽兰很感激展晴，她明白展晴的用意：让雨生先在演出队里感受一下艺术气氛，和大家接触有利于改变他的孤僻性格，说不定看着别的孩子表演能够激发他的表现欲好胜心呢！

果然，雨生参加了一段演出队排练活动以后，变得开朗多了，吃晚饭时常对妈妈和哥哥讲述演出队里有意思的事，什么牛牛唱歌跑调，小锁跳舞摔了个筋斗，晚珠朗诵总爱"笑场"等等，立春趁机怂恿："那你为什么不唱呢？你嗓子好，一唱准比他们强！"

幽兰也试探地问："要不要我跟展老师说说去？"

一听到这些话，雨生又苦下脸："别，别！我不行，我真的不行……"

幽兰知道欲速则不达，示意立春不再撺掇。

演出队每星期排练三次，星期三下午学校不上课，星期六下午和星期天上午，小队员们都很乐意参加，雨生也不用妈妈催促，到时间自己就去音乐教室集合了。

展晴并不急于劝雨生学唱歌，只派给他一些后台工作，为乐队拿拿椅子啦，整理整理小道具啦，演出时拉一拉幕布啦，在排练场打扫打扫卫生啦，他都乐意去做。他做这些事很认真，小朋友们对他说一声谢谢，他就高兴得脸儿通红，容光焕发。

这天，有个外国参观团要来山庄作客。演出队员们要到大门口去迎接客人。雨生早早地来到排练场做准备，把每个人要用的小道具打点周全，分别放在每个人的椅子上，男孩子戴星星金冠持天蓝色花环，女孩子戴玫瑰花冠持橘黄色花环，井井有条一清二楚。

小朋友们来了以后，发现雨生帮他们把东西准备齐了，围住他纷纷道谢："你真好！""谢谢你！"

雨生不好意思地笑了，展晴发现他笑起来很好看。平时呆滞的五官变得非常生动，一口闪闪发光的小白牙尤其漂亮。

外国客人们要来了，孩子们穿戴齐全都向大门口跑去。只有雨生迟迟疑疑不想去，他宁愿做默默无闻的后台工作。玉莲走了几步，回头发觉雨生没有跟上队伍，回来拿起天蓝色花环交给雨生，又拿起星星金冠说："来，我给你戴上！"

玉莲是大姨端仪的女儿，清俊聪慧，能歌善舞，是演出队的小台柱。

雨生羞红了脸向后躲闪，玉莲亲热地命令："我要你戴上嘛！"

雨生乖乖地低下头来，让玉莲帮他戴好金冠，玉莲拉起他的手，两个人跑去追赶队伍了。

展晴把这一切看在眼里，心窝觉得酸酸的，这个懦弱自卑的男孩多么需要爱呀！为了得到感情的回报，他宁愿为大家服务。博得了大家的喜欢，他心里可能会觉得这个世界安全一些？她不急于表现出注意他，让他放松地融入集体中好了。对于雨生迟早会开口唱歌，她抱着乐观的期待，因为她从他身上不仅看到弱者的善良，也发现了一个小男子汉渴望得到荣誉，渴望得到别人尊重的潜在雄心。尤其是女孩子的尊重，可能对激起他的雄心更加起作用，发现了这一点，她就知道下面该怎么做了。

展晴经常带着演出队去市里观摩专业艺术家的演出，听音乐会，看话剧，去少年宫参观，还去过歌舞剧院看芭蕾舞演员练功呢！雨生头一次见到这种奇妙的足尖舞蹈，坐在练功房的地板上都看呆了。回家以后，他眉飞色舞地对全家人形容一番，自己还立起脚尖想尝试一下，差一点崴了脚。立春用手指划着脸蛋笑话他："没羞！没羞！女演员才立脚尖呢！"

雨生惟妙惟肖地作了一个男演员的舞姿，豪迈地宣称："这叫托举！长大了我这么轻轻一托，就把女主角举起来啦！"

幽兰听了心里很高兴，嘴上却又故意激他："得了吧，瞧你那点胆儿，还敢上台跳舞？还敢托举人家女演员？"

雨生不服气地表白："我长大了就敢啦！"

幽兰正想鼓励他几句，谁知青凤在一旁妒意大发，酸溜溜地说："瞧把你美的！你有什么了不起的？展老师偏向你，什么好事都带你去。"

大菊也朝雨生做鬼脸："偏向，偏向！早知道我们也报名了！"

雨生急忙袒护自己尊敬的展老师："谁说展老师偏向了？展老师才不偏向呢！"

青凤不依不饶地反驳："你又不会唱歌，又不会跳舞，又不会拉琴，还不是跟我们一样？带你去就是偏向！"

雨生哼了一声，脱口而出："谁说我不会唱歌？我是不想唱，唱了羞死你！"

话一出口，他就后悔了，偷偷瞅了妈妈一眼。幽兰装作没看见他的表情变化，笑眯眯地保持沉默，他很感激妈妈没有再催他学唱歌。

第二天，幽兰把雨生近来的表现告诉展晴，展晴只是点着头笑了笑，一副高深莫测的样子。

晚上，展晴把雨生和玉莲叫到了喷泉广场。天黑以后，喷泉就关闭了，山庄大院里显得分外寂静。孩子们都被各自的妈妈召唤回家，只有师生三人坐在石阶上。

这是一个繁星密布的夜晚，在城市里根本望不见这么明亮的星星。展晴指着夜空说："瞧，银河！"

玉莲仰望着银河赞叹："星星真多啊！妈妈活着的时候，给我讲过牛郎织女的故事。每年七月初七，天下所有的喜鹊到银河上面，搭成一座桥，让牛郎织女和他们的孩子见上一面，可是我永远也见不到亲人们了……"

展晴问："有一首说银河和月亮的歌，你们会唱吗？"

两个孩子都好奇地摇了摇头，展晴说："这首歌很好听，我唱一遍给你们听听！"

说着，她仰望星空摇晃着身躯唱了起来。

蓝蓝的天空银河水，
一只小白船。
船上有棵桂花树，
白兔在游玩。
桨儿桨儿看不见，船上也没帆。
飘啊，飘啊，飘，
飘向西天……

两个孩子情不自禁热烈鼓掌，玉莲一迭声说："真好听！您教给我们唱好吗？"

展晴跳下石阶，张开手臂打起拍子："雨生，你也跟着学好吗？学会了，你们两人演出童声二重唱！"

雨生仍然没有说话，其实他很喜欢这首歌，听着听着他便有了一种企盼：

人们常说，人死是上西天了，是不是爸爸妈妈和爷爷都坐着银河里的小白船飘向西天了呢……什么时候，真的飞来一大群喜鹊，用它们的翅膀把我背上银河去追亲人们呢……有了这样一种联想，他很想学会这首歌。可是，展老师说要到台上去演唱，一句话又把他给吓回去了。

展晴一句一句地教，玉莲一句一句地学，这首歌的词曲都很简单，功夫不大玉莲就学会了，雨生仍然没有出声，展晴也不逼他唱。虽然雨生没有唱，从他微微晃动的脑袋和随着音乐节奏闪烁的目光，展晴已经看出来他心里已经唱会了，只是羞于开口而已。

八

星期日的早晨，雨生还在睡懒觉，忽听立春一边打开窗帷一边叫他："起床！起床！展老师和玉莲来了！"

雨生揉了揉惺忪的睡眼，伸了个懒腰看看窗外："他们这么早就来了？天还没亮呢！"

立春说："快八点钟了！外面下大雾，显得天没亮的样子，妈妈把早点都做好了，快起来吃点东西，展老师要带你们出去玩儿！"

雨生这才一骨碌爬了起来，忙着洗漱去了。

雨生来到客厅向展老师和玉莲问了早，慌忙去饭厅吃早点。展晴跟着他来到饭厅，拍拍他的肩膀附在他耳边悄悄说："有一个秘密，想知道吗？"

雨生听到"秘密"二字，好奇地瞪大了眼睛，端着盛牛奶的杯子说："当然想知道了。"

展晴笑道："今天的雾这么大，山上一个人也没有，你有胆量一个人爬到山顶上去吗？"

雨生一听要他独自一人在浓雾中上山，胆怯地犹豫了。玉莲也追到饭厅来了，抢着说："你不去我去！大白天的路又熟，山上又没有悬崖，怕什么？"

雨生急忙表白："谁说我怕了？我也敢去！"

"好！真是个勇敢的小伙子！"展晴竖起大拇指夸奖着，又神秘地说：

"一大早儿，山顶上没有人，你只要放开嗓门儿唱歌，就会听到一阵热烈的掌声！"

雨生先是有些吃惊，随即笑了："我知道，您和玉莲跟在我后面，不管我唱得好不好，都鼓掌！"

展晴郑重表示："我们保证不跟着你！我和玉莲在山下等着，什么时候你听到掌声以后叫我们，我们才上去。"

"我保证！"玉莲举起右手起誓，但她也好奇地问："展老师，一大早儿山顶一个人也没有，哪里来的掌声呢？"

雨生也问："真的会有掌声吗？"

"当然啦！许许多多掌声！"展晴说得十分有把握。

雨生越想越奇怪："没有人的地方，怎么回事呢？"

展晴故作神秘地用手指堵上了嘴："到了那儿你就知道了。"

雨生仍然不肯相信，展晴愈加绘影绘声地说："你到了山顶一唱歌，雾就会散了，天就会晴了，你放开喉咙唱得声音越大，雾就散得越快，天空就会越蓝！"

雨生又朝窗外看了看浓重的雾气，越发不相信了："雾这么大，说不定一会儿就要下雨呢？"

展晴继续运用激将法："看我说得准不准，只有到了山顶才能知道啊！看来玉莲说得对，大白天的你一个小男子汉竟然不敢上山去！"

雨生红着脸争辩："谁说我不敢？我是闹不明白，山上没有人，哪儿来的掌声？大雾怎么会听我一唱歌就散了？天空怎么会听我一唱歌就变得更蓝了呢？"

展晴仍然笑道："闹不明白更应该上山试试嘛！上去一唱不就明白了吗？"

这时，幽兰和立春听到饭厅里的动静也来凑热闹了，展晴趁机说："雨生，咱俩打个赌吧！如果我说得不准，下山来就开车带你们去市里去玩儿。我请客看电影，然后去吃西餐，怎么样？"

玉莲和立春一听欢呼雀跃起来，他俩对展老师说的话也将信将疑，认为这场电影是看定了，西餐也吃定了。

话讲到这种程度，雨生只好硬着头皮表示："好吧，我去！"

雨生走出了家门，迎面而来的潮湿的雾气立刻包围了他。他回头看了看，只见客厅的落地窗里站着妈妈、展老师、立春和玉莲，大家都在用赞许的笑容目送他。

他挺了挺胸脯，气宇轩昂地走下了台阶。忽听妈妈喊他，止住脚步一看，妈妈追出来递给他一瓶白开水。谷幽兰叮嘱："顺着老路走，别钻树林。山上只有鸟类和松鼠野兔什么的小动物，没有猛兽。不怕的！我一个女人都独自上去过，你是男子汉，勇敢一些！"

"知道了！"他答应着一溜小跑走下了山坡甬道。到了小广场回头再看，妈妈的身影已经变得模糊了。妈妈的喊声穿过迷雾听得分外真切："慢点儿——雾大地太滑——别摔着……"

他出了山庄大门，穿过公路绕到了上山的小路。盘山公路修到山庄门前已经到头了，再往上走只有当年上山祈求奶水的妈妈们踏出的林间小道了。没攀多高他转过身来看山庄大院，一座座小楼已经隐没在云雾中了。越往山上走，雾团越浓，几步以外的树木依稀可辨，再远一点儿就什么都看不见了。

狭窄的山路两旁长满了树丛和青草，丛林绿幽幽的枝叶都像突然从纱幕后面冒了出来似的。他有些紧张，加快了脚步。

嘎！嘎嘎嘎！

几声大叫吓了他一哆嗦，腾地一声，前方飞起一个黑乎乎的东西，他惊骇地止住了脚步，定神一看，原来是一只羽毛美丽的山鸡。

他定了定神，继续往前走。浓雾弥漫的山林又寂静无声了。往日这个时辰，林中早就开始了鸟鸣大合唱了。

今天浓雾笼罩湿气太重，大概鸟儿们以为天还没亮，都躲在巢里睡懒觉呢！

他这么想着，忽然又有个黑乎乎的东西从眼前蹿了过去，长长的大尾巴险些撞着他的脑门。他一把抱住了一棵树，顺着声音朝前面另一棵树上看，只见一个小松鼠正以飞快的速度嗖嗖地朝树端攀去。树上挂满了雾珠，他不顾潮湿仍然紧搂着树干，紧贴着树皮的心脏呼呼地悸跳着，好一会儿才镇定下来。他自言自语重复着妈妈的话："只有鸟类……松鼠野兔……小动物，没有猛兽。不怕！不怕！"

他又继续朝前走了。

由于心情紧张，他越走越快，爬过一段陡坡已经气喘吁吁了，倚在一棵树上歇息。他定下神来往山顶方向看看还有多少路要走，不提防眼前一棵马尾松枝杈上，兀地一下子出现十几双圆瞪瞪的巨眼，一眨不眨地死盯着他。这时他才发现有五六张毛茸茸鹰钩嘴的鬼脸挡住了去路，吓得"哇"地一声大叫起来。

他惊慌中掉头就跑，没跑出几步只听身后那些魔鬼发出瘆人的笑声，不小心被树棵子绊了一跤，双腿发软一屁股就跌坐在地上。他连滚带爬地扑向一棵大树，躲在树后往上面一瞧，那些蹲在树杈上的魔鬼仍然一动不动地瞪着他，吓得他连大气也不敢喘了。

他连逃下山去的力气都没有了，只好倚在树上躲避一时，陷入进退两难的境地。离山顶已经不远了，但这条唯一的小路不敢走了。回头路也是不能走的，中途退却太丢脸，这可怎么办呢……

九

过了好一会儿，听听没有动静，他偷偷窥视对面的马尾松，这才看清楚树杈上蹲着两只大猫头鹰和四只小猫头鹰。

"哎哟，可吓死人啦！"他摸着自己的胸脯长舒了一口气，此时他已经不那么害怕了，因为老师在课堂上讲过猫头鹰是益鸟，它们不会伤害人。现在他敢于伏在树后观察猫头鹰了，也记起了老师讲过猫头鹰在白天视力不好，这时他才看清楚那一双双圆瞪瞪的巨眼并没有盯着自己，只要仔细观察就会发现，其实在白天猫头鹰的眼睛压根儿就没有固定的视线，几乎成了睁眼瞎。弄明白这一点，雨生的胆子立刻壮了起来。第一次看到猫头鹰，而且遇到了这么一大家子，他感到非常高兴。

他站了起来，轻手轻脚来到马尾松下，仰脸问候："猫头鹰，你们好——"

两只大猫头鹰只是抖动抖动翅膀，把四只小猫头鹰往树枝中间挤了挤，护住了自己的孩子们。

雨生向猫头鹰鞠了一躬："猫头鹰，再见——"

小猫头鹰们也跟着它们的爸爸妈妈抖动翅膀，算是送客的礼貌。

雨生大踏步地继续上山了。他毕竟是农村来的孩子，这条小路又是跟着立春哥哥走熟了的，没有费多大工夫就来到了山顶。

山顶安静极了，一个人都没有。这里的雾气虽然也很大，但是比起山下来要明亮多了。俯瞰四周，晨雾缭绕，缥缥缈缈，叫他想起了故乡大海的雪浪花。他头一回看到雾中的妈妈山，早已忘记了途中的惊险，只觉得披上薄纱的妈妈山美极了。天空犹如一块无边无垠的半透明磨砂玻璃，衬托出妈妈山朦胧的身影。忽浓忽淡的雾团徐徐飞过，勾勒出胀鼓鼓浑圆的乳峰显得颤颤巍巍的，似乎随时都会喷出甘甜的乳汁来。越往山下看雾气越像云层，翻滚的云雾宛如一位妈妈的银灰色裙摆在风中飞扬，于是妈妈山充满了动感。

天光愈来愈亮了，飞来一只叫不上名字来的翠蓝色小鸟，落在了"乳头"上歪着小脑袋鸣叫，好像在惊奇地问：雨生呀，你一个人来的？真勇敢呀！你是想唱歌吗？那就唱给我听听吧！比一比咱俩谁的嗓子好！

随着蓝羽小鸟这一声领唱，远远近近的山林里，各种各样的鸟鸣此起彼伏，鸟儿们躲在什么地方？它们一定看见了山顶上的孩子，但它们正在忙着举行歌咏比赛，顾不上别的事。奇怪的是它们唱得越欢，雾中的山山谷谷越显得幽静。听着鸟儿们的啁啾啼啭，雨生的嗓子也发痒了，也想放开喉咙唱一唱了。他朝着四周转了一圈，前山后山两条小路都看了个仔细，确实一个人都没有。他越想越奇怪，在这静静的山顶上，怎么会有掌声呢？他轻声哼唱着昨天晚上听会了的优美曲调，他太喜欢这首歌了。这首歌唱的是天上的事情，爷爷、爸爸、妈妈都在天上呢，他们坐着银河里的小白船飘向西天，只要我大声唱，他们一定能够听见……

会不会有掌声已经不重要了，重要的是他独自一人冒着浓雾攀上了山顶，来到了"妈妈"的"乳房"跟前。他昂起了头，朝着"妈妈"的"乳房"伸开了双臂，运足了全身力气，放出最大最高的音调唱开了……

> 蓝蓝的天空银河水，
> 一只小白船。
> 船上有棵桂花树，
> 白兔在游玩。
> 桨儿桨儿看不见，
> 船上也没帆。
> 飘啊，飘啊，飘，
> 飘向西天……

他刚唱出头一句，奇迹就发生了！只听远峰近谷山上山下树林草丛呼啦啦爆发出一片热烈的掌声，掌声冲上云天，久久地在空中回荡，盘旋……

远峰近谷山上山下树林草丛腾起无数大大小小的鸟儿，扑扑拉拉拍动着翅膀鸣叫着冲上云天，无数双翅膀拍打出的"掌声"久久地在空中回荡、盘旋……

好奇怪呀！鸟群飞得那么高怎么还看得见呢？刚才的雾气不是很大么？他定睛眺望，这才发现不知什么时候已经云开雾散了！今天的天空格外地蔚蓝，今天的阳光格外温暖。朝阳已经升到半空了，是太阳公公喝退了雾气，赶来听雨生唱歌了！

雨生简直不敢相信自己的耳朵了，也不敢相信自己的眼睛了！当他弄清楚是怎么一回事的时候，他那小小的悲伤凄惶的心笼一下子打开了门栅，便也放飞出无数的欢乐的小鸟。他又蹦又跳，双手捧成小喇叭朝着山下大喊："展老师——玉莲——"

山坡丛林小路深处响起了清脆的掌声，那是展老师和玉莲上山来了。啊，在他们后面，立春正拉着奋力攀登的妈妈……展老师来到雨生身边，抚摩着他的头发问："怎么样？有没有掌声？"

雨生激动地回答："有，许许多多鸟儿用翅膀拍的！"

展老师又一指天空："怎么样？天蓝不蓝？"

"蓝！比哪一天都蓝！"雨生欢叫着，又歪起小脑袋奇怪地问："您怎么知道天会放晴呢？"

玉莲也惊奇地问展老师："是呀，您怎么知道的呢？"

展晴笑道："今儿一早儿是收发室周爷爷告诉我的，他说有一句农谚：'早雾晴，晚雾阴。'在一般情况下，如果傍晚下雾会阴天，如果早晨下雾，太阳一出来就把雾气驱散了。再说，我听了气象预报了呀！"

雨生仍然不解地追根问底："那您怎么能料到会有掌声呢？"

展晴指戳着他的脑门："傻小子！山上这么静，你大声一唱，一定会把鸟儿惊飞了，大群大群的鸟儿一齐扇动翅膀，当然像观众鼓掌了！"

立春、雨生、玉莲都崇拜地望着展老师，展晴鼓励孩子们："重要的在于肯下功夫学习。知识不仅能够使人有智慧，也能够使人有胆量。"

十

展晴真是慧眼识珠，雨生果然极具音乐天赋。在她的调教下，雨生学会了多首歌曲。按照他的嗓音条件，他的独唱能够成为"孤雏之声"演出队的重点节目，可惜他仍然无法克服登台演出的恐惧心理。在展晴的再三鼓励下他勉强地同意和玉莲合演二重唱。唱是唱了，但他只要一到台上面对陌生的客人，立刻喉咙暗哑惊慌失措，尤其是他擅长的高音音域几乎唱不上去，很难发挥水平。

展晴越是了解他的音色潜质，越是替他惋惜。幽兰总来打听雨生的学歌进展，展晴遗憾地如实相告："如果他上台不能做到发音松弛自如，就不会有大的起色。"

幽兰焦急地说："他跟着你练习，在家里给哥哥姐姐们演唱，不是很好吗？高音一点都不吃力，真是高入云霄啊！怎么一到正式演出时就不行了呢？"

展晴无可奈何地说："在熟人面前他胆子大些，登台演出面对陌生观众又是另一回事了。有的老演员演了一辈子戏，上台时还紧张呢！"

幽兰发愁地问："那怎么办呢？"

展晴想了想，说："我给音乐学院陆教授打个电话，约个时间，我进城去接他，请他来听听雨生的声音。如果老专家也认为这孩子有培养前途，咱们再慢慢想办法帮他解除心理障碍。"

雨生的事令幽兰愁肠百结，亮亮却给她来了个意外惊喜。

幽兰经常抱着亮亮去音乐教室听雨生练歌，亮亮很聪明，慢慢地不仅会唱歌，还对展晴阿姨弹钢琴发生了兴趣。石院长特意叫人给他制作了一把高椅子，他坐在钢琴跟前便像模像样地弹了起来。展晴把着手教他弹一些简单的儿歌曲子，他的领悟力非常强，灵巧的手指很快地就能准确地弹奏出刚学过的曲子。

这个意外的副产品使展晴如获至宝，她下功夫训练亮亮。这孩子真聪明，时间不长，竟能够自弹自唱几首简单的儿歌了。亮亮的性格和雨生相反，勇敢开朗，表现欲十分强烈。只要有贵宾来访，哪怕他正在午睡，妈妈一叫他，他立刻爬起来指指衣柜："换衣服，演出！"

有一天上午，那位曾经给孩子们送来许多巧克力糖的德国女士又带领各国驻华使节的夫人们来参观普爱山庄。

时间不凑巧，大孩子们都上学去了。"孤雏之声"演出队的保留节目都无法演出。情急之下，展晴想起了小亮亮，于是亮亮俨然成了这场演出的小主角。

展晴担任报幕员，以亲切的语调对客人们介绍："我们'孤雏之声'演出队有一位年纪最小的小孤雏，名叫亮亮，他只有三岁。我们欢迎他和他的妈妈谷幽兰女士上台来！"

接着，她用英语向客人们介绍："亮亮将为大家演奏的歌曲名叫《世上只有妈妈好》。歌词大意是：'世上只有妈妈好，有妈的孩子像块宝。投进妈妈的怀抱，幸福忘不了。世上只有妈妈好，没妈的孩子像棵草。离开妈妈的怀抱，幸福哪里找？'普爱山庄为孤儿们提供温馨的家庭，使得这些没爹没娘的孩子重新投入妈妈的怀抱。亮亮代表孤儿们通过这首歌把他们的挚爱献给山庄妈妈们，献给普天下所有的母亲！"

在客人们的掌声中，幽兰领着穿特制的小燕尾服的亮亮来到台上，亮亮颇有舞台"风度"地向观众鞠躬。女客们听到"孤雏"这样令人伤感的形容，又听到展晴介绍的令人联想到孤儿遭遇的歌词，先就心头发热鼻子发酸了，又看见这样一个走路还有些摇摇摆摆的幼童，观众席里一阵唏嘘。

亮亮走到了钢琴跟前，手抚胸脯摆出大钢琴家的模样向客人又鞠了一躬，逗得客人们啧啧赞叹。幽兰把他抱上了高高的椅子，自己退下了。

亮亮伸出胖胖的小手轻轻放在键盘上，一个手指一个手指地弹出一串单纯的音阶，奶声奶气地唱了起来："……有妈的孩子像块宝……没妈的孩子像棵草……"

客人们没有料到这么小的孩子能够自弹自唱，唱的又是一首表达孤儿渴望得到母爱的歌曲，不论男女老少一个个热泪挂满双腮，观众席里爆发出热烈的掌声。

这次演出亮亮立了大功，客人们捐出了一笔善款设立了"孤雏之声培训基金"，为在孤儿们中间发现和培养艺术人才提供援助。

有意栽花花不发，无心插柳柳成荫，亮亮成了普爱山庄的小明星。人们对亮亮的喜爱和夸奖，对雨生的刺激很大，他羞愧难当，自己还是哥哥呢！他很想唱好歌，分外努力练习。但是，排练时唱得好好的，只要一登台面对观众，即刻声音嘶哑，为此他偷偷地哭了好几回了。

展晴对栽培雨生这朵小花并没有灰心，终于想了个好办法。星期天趁着孩子们不上学，她悄悄地开车进城接来了音乐学院教授。她在音乐教室后窗外面的树荫底下摆上桌椅和茶水，抱歉地对陆教授说："委屈您了，只好请您坐在这里听了。我没有告诉那个孩子您来听课，免得他在您面前紧张，只有这样他才能发挥正常水平。"

一切安排妥当后，展晴才给七号楼打电话。幽兰和她事先有约，接到电话立刻抱起亮亮，陪着雨生练声。

这是每个星期天上午例行的练声，一切照常进行。展晴先弹了几段练声曲，逐渐地把雨生的嗓音往高处调。雨生音色优美嘹亮悦耳，唱出越来越高的音符时不仅伸展自如毫不吃力，还富有一种童声所特有的清纯的金属音。接着，展晴弹了几首经过精心选择的歌曲为他伴奏，借以全面展示他的演唱能力，他都唱得很动情很投入，感情细腻，真挚朴实。最后，她特意弹起了德国影片《英俊少年》的主题歌。这首歌音域宽广，节奏跳跃，感情奔放，能够全面地测试雨生的音色、音质、音乐感受力和表现力。雨生非常喜欢这首歌，唱起来得心应手声情并茂。

师生二人的弹奏演唱刚一完毕，还没有从歌曲的情绪中回过神来。忽听窗外一声喝彩："好！太棒啦！"

雨生吃惊地扭头往窗外望去，只见窗口兀立着一位老爷爷在使劲鼓掌。老爷爷激动地竖起大拇指不住地夸奖："雨生，你唱得真好！"

雨生一见生人脸就红了，想到自己刚才唱的歌全都被这位客人听见了，更加不好意思，但他禁不住好奇心，怯生生地问："您是谁？您怎么知道我的名字？"

"哈哈，我当然知道，我是音乐界的圣诞老人嘛！"

老爷爷笑起来中气十足，充满胸腔共鸣，表情又滑稽，雨生一下子就喜欢上了他，忘记了惊慌和害羞。

展晴早已跑出去请陆教授进来了，给大家作了介绍。陆教授高兴地对展晴说："你还真有眼力，这孩子真是一块唱歌的好坯子啊！"

他又亲切地拍着雨生的脑袋问："你唱得这么好，怎么还不敢直接让我听啊？暑假期间市里要举办少年歌手选拔赛，咱们再集中训练一段时间，我给你报名参赛，你愿意吗？"

雨生一听要到市里去参加比赛，吓得张口结舌。其实，他心里很想去，但他知道自己不能登台演唱，急得直想掉眼泪。未等他回答，幽兰就性急地替儿子回答："我们雨生报名，他一定去！"

雨生的目光在陆爷爷和展晴之间闪来闪去，犹豫不定，既难以掩饰恐慌，又充满了期盼。

深夜，雨生兴奋得难以入睡。

立春早就困了，但是妈妈叮嘱过他，必须等弟弟睡着了才能睡。雨生胆小，立春每天都陪着他，今夜见他久不入睡，打着哈欠嘟哝："你折腾什么呢？怎么还不睡呀？"

雨生寻找着理由："我怕尿炕，等撒泡尿再睡。"、

立春趴在被窝里想起了什么，笑道："咦，你不说我倒忘了问了，怎么这些日子你不尿炕了呢？"

雨生一拍自己的脑瓜得意地说："是啊，不知不觉就好啦！太棒啦！"

他心里一高兴，翻了个身睡着了。

十一

转眼暑假就来到了，几个月以来，经过陆教授的悉心指导，雨生的演唱技巧有了很大程度的提高。全市少年歌手选拔赛开幕在即，报名参赛的选手们要到一处海滨旅游胜地集中训练，进行预赛。

展晴接受石院长的委托，带着雨生开车出发了。下午，他们来到了海滨，住进了一所紧靠海边的疗养院。雨生和另外三个男孩子住在一屋，展晴和市少年宫的一位女教师住在一屋。一路上，她已经向这位女教师打听了其他选手的演唱实力，觉得雨生稳操胜券。现在，雨生不仅得到了陆教授的亲自指导，也在普爱山庄欢迎来访贵宾的联欢会上演唱过几场，已经不再惧怕登台了。所以，她估计雨生一定能够顺利地通过预赛。

过于乐观的展晴只顾兴冲冲地要去海里游泳，没有注意今天雨生来到海滨以后的反常情绪。卧室朝海的窗子几乎有一面墙那么宽，他坐在床边望着大海发愣。展晴约他下海游泳，他摇头表示不去，她以为他路上坐了十几个钟头火车太累了，嘱咐他好好休息，自己便和新交女友下海游泳去了。

晚饭后，展晴又来到男生宿舍约雨生去海边散步，雨生仍然不想去。同屋的三个男孩子在下棋，只有他一个人闷闷地躺在床上。展晴俯身摸了摸他的额头："不烧啊！夜里在火车上睡不好，洗个热水澡，早些睡吧！"

洗完澡，她让他喝了一杯白开水，看着他钻进被窝躺下了这才告辞。她

已经走到门口，听见他喊："展老师……"

她忙转身询问："哎，还有事吗?"

他怯怯地指了指窗子："您把窗帘拉上行吗?"

她走到窗前拉上了窗帘，三个男孩子不高兴地嚷开了："多热呀，这么早拉窗帘干什么?"

雨生可怜巴巴瞅着她，意在求援。她哄劝三个男孩："雨生要睡觉了，还是拉上窗帘好。海风太大，看吹病了你们! 玩一会儿，你们也早些睡吧! 明天一早儿就得起床练声呢!"

三个男孩答应着，她才放心地离开了。

她和新朋友顺着海边沙滩遛达了很远很远，回到宿舍很累了，身子一沾床铺就进入了梦乡。

"啊——妈妈——啊呀——救命呀……"

半夜，一阵凄厉的呼喊，惊醒了酣睡的人们。

展晴睡得正香，听见雨生的哭叫翻身坐起，慌忙打开了床灯。同时，她发现窗外电闪雷鸣，风雨交加。她忽然想起了什么，穿上衣服跑到男生宿舍看望雨生。

三个男孩子都被雨生的叫声吓醒了，一个个坐在被窝里不知如何是好。雨生躺在被窝里蒙上脑袋呜呜地哭着，抖瑟成一团。展晴进来时发现窗帷被猛烈的海风吹开了，一道道刺眼的闪电把窗外恐怖的海景送入眼底。夜空乌云翻滚，大海恶浪滔天，伴随着一声声震天动地的霹雳，简直要把房间吞没了。

展晴想起了幽兰讲述的雨生的身世，这才弄清楚他为什么一直情绪低落，他的父母就是在海边惨死在雷电之下的啊! 她急忙关严窗子，拉上窗帘。她坐在雨生的身边，拍哄着他说： "你是个大小伙子了，不怕! 没什么好怕的!"

雨生还是浑身颤抖个不停，她抚摸着他的头发，凑到他耳边说："你要是一个人不敢睡，跟我去睡好了，我屋里还有一张空床。有我在，你什么都不用怕。"

她想拉他起来，但他执拗着不肯起来。她搬来一把椅子说："那我在这守着你，好好睡吧！"

雨生掀开被角露出脸来，满眼是泪悄悄地说："我……我又尿床了……"

展晴安慰道："没关系，没关系！那……我看你不如去我那儿睡，咱们借机抱走弄湿了的被褥，明天我去找疗养院院长解释，不会让别人知道。"

雨生无可奈何地点点头，于是，师生二人抱着被褥走了。

展晴把雨生安顿在自己的房间里，外面的风雨声小多了。有老师守护，哭累了的雨生很快地入睡了。展晴躺在床上却很清醒，忧心忡忡地思考着：看来，海边的景色只能给这孩子带来伤心的回忆，在这种情况下，他参加预赛很难唱好了……何况，问题的严重性还不只是能不能唱好歌，他的这一生还会遇上多少场暴风雨啊！如果不解除这种恐惧，他永远也不能成为一个身心健全的人……

风雨止息了，窗帷的边缘透进来一缕晨曦，天色蒙蒙亮了。她头脑发晕又睡意全无，决定到外面去呼吸一下雨后海边黎明的新鲜空气。

她在海滩上漫步，天上的乌云匆匆散去，海风吹拂着她的头发，昨夜的恐怖景象已经无影无踪。海平线上显出了一抹鱼肚白，随即微微闪出暗红的光亮。望着，望着，她忽然一拍脑门，撒腿就往回跑。

"雨生，雨生！起来，快起来！看日出去！"

雨生懵懵怔怔被她叫了起来，她迅速地帮他洗了一把脸，又找出照相机，不由分说拉着他就走。

他俩来到海边一处高地，正巧红日刚从海平线上露出一只眯缝的眼睛。他俩在礁石上坐下来，望着这最初的一线朝阳。她告诉他："一会儿，一轮红日会从海底跳出来！红日和水面脱离的那一瞬间，会使劲儿跳动一下！"

"真的吗？"雨生好奇地问，虽然他是在海边长大的，却从来没有听说过这样的事情。

展晴趁机说："你看，天空、大海、红日，多美呀！这不是很平静吗？不是什么事都没有吗？暴风雨，电闪雷鸣，都是暂时的，大海这么快就恢复了平静！新的一天又开始了，不是吗？"

雨生好像第一次看见大海，神往地眺望眼前的景色。展晴搂着他的肩膀，严肃地告诫："你已经快十三岁了，很快就长大成人了。你要明白，在你的一生中还会遇上许多次暴风雨，还有比暴风雨更可怕的事情，你要独立勇敢地面对一切。雷电只是一种大气放电现象，上中学以后学了物理，你就懂得了。因为海边地势低洼，只有你家房子盖在高地，没有安装避雷针，雷雨天气是很危险的。你爸爸妈妈到房顶上收拾东西，成为周围一带的至高点，才出了事。天打五雷轰遭报应什么的都是迷信，愚昧！在人类没有认识电流之前，才把雷电想得那么可怕。人类认识雷电现象已有二百多年，可惜在咱们中国一些偏僻农村，人们还是不注意安装避雷针。这就是你父母遇难的原因，千万别再相信那些胡说八道了！"

雨生听了这一番科学道理，神色变得开朗了。

展晴一指东方："快看！"

红日在海平线上缓缓地上升着，映红了云天，映红了海水，海面紫蓝紫蓝的，越来越明亮了。

红日在离开大海的时候真是难舍难离难分难解，海平线上金碧辉煌，分不清哪里是朝霞哪里是海水了。终于，红日想到了自己的职责，狠下心来挣脱大海的拥抱，义无反顾地把自己弹出了温柔的大海。

雨生欢叫着蹦跳起来："呀！太阳真是跳出水面的！"

现在，一轮火红的朝阳悬在天边了，它温情脉脉地回眸大海，不忍急急离去。它的光线一点都不刺眼，简直像一枚晶莹柔润的红宝石。

展晴痴迷迷地看呆了，这时候才想起来要给雨生拍照。

她帮助雨生摆好一个又一个姿势，自己在照相机的取景框里找好一个又一个角度，拍了一张又一张。她先是让雨生捧起双手对准红日，再让他伸出手心"托起"红日，又让他伸出食指对准红日的下端。最后，她让他做出顶球的姿势用脑袋"顶"起红日。雨生对做这些动作很好奇，问："为什么要这样照相？"

她神秘地说："等洗出来你一看就知道了！"

当天傍晚，展晴兴冲冲从商业区跑回疗养院。孩子们都去饭厅了，只有雨生坐在屋里等展老师一起吃晚饭。展晴冲进门来对雨生说："快来看照片！"

雨生看着一张张彩色照片，惊喜地瞪大了眼睛，他看见自己变成神奇的大力士，双手能够捧起一轮朝阳，手心能够轻轻托起朝阳，脑袋能够顶起朝阳，甚至一个手指头就能毫不费力地顶起硕大的太阳！

他激动得脸儿通红，两眼炯炯发光，一张照片一张照片看了又看，爱不释手。

展晴把照片一张一张陈列在窗台上，师生二人坐在床边看啊看啊，忘记了饥饿。宽大的窗口外面，蔚蓝的大海上飞来一排排雪白的浪花，浪花们争先恐后地拥挤着，翘首眺望，也想来看看这些神奇的照片呢！

展晴搂着雨生的肩膀，语重心长地说："你看，太阳对每个人都公平的，不分富人、穷人、尊者、卑者、有父母的孩子、没有父母的孤儿，太阳都把温暖的阳光送给他！只要我们共同拥有一个太阳，你就不是孤独的。只要大海上会有日出，暴风雨就只能是暂时的。你说呢？"

雨生的一双大眼睛里泪花晶莹，伸出自己的手左看右看，又望着窗台上的一排照片，他觉得自己的心海里也有一轮红日冉冉上升，辉煌，蓬勃，温暖，五彩缤纷。他相信了自己头脑和双手的力量，相信了太阳是从手中升起的，是从心中升起的……

十二

忽然，雨生恳切地请求："参加预赛时，我想……唱《大海，故乡》。"

展晴听了一愣："你没有练过这首歌呀！"

"我会唱……其实，我很喜欢这首歌。"雨生不好意思地表示："我想家了，就偷偷地唱。"

展晴沉吟片刻，说："这里只有一架钢琴，参赛选手都练习，咱们排练的时间不多了。先吃饭去，我跟陆教授再商量一下。"

展晴向陆教授转达了雨生的请求，陆教授略作思忖，说："他想唱大海，就叫他唱吧！唱歌是为了表达感情，他只要喜欢这首歌，就一定能唱好。"

离预赛的时间越来越近了，展晴和雨生赶早贪黑去练歌，因为使用钢琴的歌手排着队，每个人都有固定的课时，他俩只能趁着大家还没有起床和晚上的休息时间，来到礼堂排练。毕竟是一首熟歌，展晴帮助雨生在感情抒发方面作了细腻的处理。面对大海唱这首歌，容易情景交融，真实自然。她看到了雨生的进步，心中又燃起了参赛取胜的希望。

然而，事到临头，雨生又怯阵了。

还有三天就要举行比赛了，东道主为孩子们准备了丰盛的饭餐，展晴却发现雨生吃得很少，一副魂不守舍的样子。她问他是不是心里有些紧张，他摇了摇头，但她从他的目光中看出了他内心的恐慌。她知道，一个人的心理素质不是在短时间内就能改变的，何况是个受过惊吓惨遭不幸的孤儿呢！她不再提比赛的事，整个晚上只说了些轻松的话题，然后让雨生早些休息。

展晴安排雨生睡下以后，来到陆教授的房间，汇报了雨生的心理状况。陆教授说："我能理解，当年我考音乐学院时，就因为精神紧张差一点唱砸了。"

展晴说："雨生和别的孩子不同，对于他来说，不只是参加一次比赛的问题，更重要的意义在于治疗他的心灵创伤，使他变得勇敢和自信。我真不知道怎样才能让他不紧张。"

陆教授提出："无论如何要让他在台上做到放松自如。正式演出时如果声带发紧，临场发挥肯定不理想。"

展晴担忧地说："万一这次演砸了，对他来说将不只是一次比赛失利的问题。我们花了几个月的时间，好不容易帮他建立起来的自信心，说不定会前功尽弃。"

"可是，什么事情能保证万无一失呢？"陆教授为难地表示，"别说是孩子了，成年演员面临大赛或重要演出还难免紧张呢！"

展晴忧心忡忡无以为策了。

陆教授又叮嘱："这两天不宜再长时间练习了，疲劳战术不是法子，一旦声带红肿出血就更糟了。"

展晴点点头表示知道了，正在一筹莫展之际，忽听有人喊："哪一位是普爱山庄的展老师？电话！"

展晴跑到疗养院前厅电话台上接电话，惊喜地叫了起来："镜智法师！您在哪里？来山庄了？什么时候来的？事先怎么不打个招呼？"

电话听筒里传来镜智法师温婉柔和的声音："出家人云游四方，来无来，去无去，打什么招呼？"

展晴一听笑了："还是法师看破红尘了无牵挂！听石院长说过要请您来视察山庄二期工程，想不到您这么快就来了。这一次多住几天吧！"

"只能住两三天，我还要去台湾。"

展晴觉得很遗憾，这几天要陪雨生参加比赛不能回去和镜智法师畅叙。镜智法师高兴地询问："听石院长说，你为山庄培养了一个小歌唱家雨生？什么时候比赛呀？"

展晴回答："还有三天，雨生有些紧张，他仍然怕在生人面前演唱，尤其是当着那么多的评委和观众。"

"雨生的情况，石院长都对我讲了。"镜智法师沉吟片刻，似乎有了某种主意，说："你先放下电话吧！我和石院长商量一下，一会再给你打电话。"

展晴放下电话，在一旁等候，时间不长电话铃又响了，她赶忙拿起听筒，这一回是石院长的声音："法师请你带雨生回来一趟，大家想想办法，无论如何要帮助雨生解除紧张情绪。"

她表示同意："好极了！我正要回去见见法师。反正这两天也不宜让雨生疲劳训练了，陆教授说如果嗓子发炎就更糟了！"

当天傍晚，展晴开车带着雨生赶回了普爱山庄。

镜智法师见了雨生非常喜欢，抚摩着他的头顶说："好好休息一下。你辛苦了！先回家看看妈妈和立春哥哥他们去吧！"

雨生喜出望外，向法师鞠了一躬撒腿就跑。一路上他都很紧张，以为法师要听他唱歌。不料法师压根就未提唱歌的事，他的心情一下子就放松下来。

镜智法师一舒广袖请展晴落座，笑道："我和石院长想了个法子，所以请你们回来。石院长，您说吧！"

石院长凑到展晴耳边悄悄地透露了一项详细计划。

"这个主意太好了!"展晴听了高兴得几乎跳起来,转而又担心地问:"时间来得及吗?"

镜智法师胸有成竹:"来得及!石院长已经布置下去了,有专人负责实施。这项改动不仅是为了雨生,今后也有长期的多功能作用。"

展晴由衷地表示钦佩:"哎呀,姜还是老的辣呀!我算是服了!每到关键时刻,都是你们二位帮助我们渡过难关!"

镜智法师笑着嗔怪:"分什么你们我们?是咱们!咱们大家都是为了孩子们嘛!"

展晴连忙更正:"我这话说得生分了!是咱们大家共同的事业!"

尾　声

两天以后的上午,展晴笑容满面地来到七号楼,对谷幽兰说:"雨生这两天没练声,今儿上午该练练歌儿了。"

幽兰忙着召唤:"雨生!展老师来了!"

雨生从楼上跑下来,展晴说:"咱们去新楼排练一下好吗?"

"新楼?"雨生高兴地表示:"太好啦!"

展晴又说:"新礼堂旁边有一间排练厅,钢琴也搬过去了,可好呢!"

山庄二期工程竣工以后,孩子们都没有去看过。亮亮缠着展老师央求:"我也去!"

幽兰哄劝他:"先让二哥去跟展老师排练,让大哥给你换一身漂亮衣服,一会儿咱们再去,好吗?"

亮亮这才罢休,立春背着他上楼换衣服去了。

雨生跟着展老师来到了新礼堂门外,石院长已经在这里等候。大家走进一间排练厅,石院长一指钢琴说:"你们在这里练习吧!我就不打扰你们啦!"

展晴向他致谢,他轻轻地关上门走了。偌大的排练厅只剩下展晴和雨生师生二人，雨生好奇地打量着这间镶满木板的房子。

展晴坐到钢琴跟前说："今后，咱们就在这间排练厅练声了，怎么样，漂亮吗？"

雨生高兴地点点头。展晴打开钢琴弹奏了几段练习曲："好几天没练习了，你先感受感受音乐气氛。"

几段著名的钢琴练习曲奏罢，她又带领雨生依照七个音符一遍又一遍地练声，由低音渐渐往高音域升拔。琴键一点一点朝着高音区移动，雨生都能够运用自如，优美清脆的童声直冲云霄。

"好极了！现在可以正式排练了。"展晴满意地夸奖着，弹起了《大海，故乡》的前奏。

雨生敞开喉咙引吭高歌了。这首歌本来的风格是抒情，舒缓，辽阔的，但雨生注入了自己独特的感受，唱起来充满了哀婉和忧伤，小小年纪便有了一种令人为之动容的漂泊感和孤独感。童声独唱能够表达出一种如泣如诉的怀乡忧思，一种无以寄托的思亲情怀，怕是只有他这只孤独的雏鸟才能做到了……

> 小时候，妈妈对我讲，
> 大海就是我故乡，
> 海边出生，海里成长。
> 大海呀，大海，
> 生我养我的地方。
> 海风吹，海浪涌，
> 随我漂流四方。
> 大海呀，大海，
> 就像妈妈一样，
> 走遍天涯海角，
> 总在我的身旁。
> 大海呀，故乡，

　　　　　　　　大海呀，故乡，

　　　　　　　　我的故乡，

　　　　　　　　我的故乡……

　　哗——哗——哗……

　　大海的波涛涌来了！九级风浪拍打着礁石发出了震天动地的回响！海啸的潮头排山倒海席卷一切扑过来了！巨大的声浪震得排练厅的木板墙格格发颤，雨生惊愕地望着这面墙，闹不清发生了什么事情。

　　忽然，木板墙自动打开了，退到两侧墙上变成了折叠式屏风。一间大厅展现在眼前，大厅里坐满了黑压压的人，全体观众热烈地鼓掌。

　　惊呆了的雨生好容易定了定神，这才看清全山庄的妈妈们和孩子们都来了。最令人料想不到的是在前排就座的有镜智法师和陆教授。石院长、田院长还陪着好几位不认识的客人。

　　镜智法师站起来了，石院长站起来了，陆教授站起来了，所有的人都站起来了，掌声、喝彩声、祝贺的话语，化作滚滚波涛经久不息。

　　展晴附在雨生耳边说："镜智姑姑特意叫人赶制了这面活动板墙。石爷爷请来了陆教授和那几位评委老师。"

　　雨生茫然地望着展老师，仍然没有弄懂为什么排练厅会在转眼间变成了小舞台。为什么面前突然出现这么多的观众。

　　展晴跑下小舞台，去向陆教授和评委们道谢。评委们都向展晴表示祝贺，对雨生的演唱给予很高的评价。镜智法师和石院长听了评委们的意见，都非常高兴。

　　台上只剩下了雨生一个人。他呆呆地站着，忘记了向观众鞠躬。

　　妈妈和姨们都来了，齐刷刷地以统一的节拍鼓着掌，大姨端仪、三姨尚美凤、五姨谢圣莲、六姨肖晶、八姨柳素玉、九姨、十姨……孤歌站在座上，大妮妈妈扶着她。孤歌虽然听不见，也被剧场欢乐的气氛所感染，舞动着双手叫喊着什么……

　　山庄孩子们都拥到台前来了，朝着雨生喊叫，欢笑，蹦跳，有梦虹、晚珠、玉莲、可意、牛牛、小锁、剩儿、石头、青凤、大菊、雁来……小娟、翠翠、栓锁、国柱……克难把柳絮扛在肩上，亮亮从立春怀里挣脱了跳到台上来，爬到钢琴凳上伸出胖胖的小手自弹自唱起来："世上只有妈妈好，有妈的孩子像块宝……没妈的孩子像棵草……"

雨生就这么站着，像一个大大的惊叹号。

当雨生终于弄明白了是怎么一回事的时候，两行热泪挂满双腮……

后　记

　　感谢庐山，庐山的满目葱翠使我恢复了 12 年前站在阿尔卑斯山维也纳森林时的新鲜感觉。那时我趁访问奥地利的机会，采访了国际 SOS 儿童村总部和位于维也纳市郊山上的一座儿童村。

　　画家作画最注重新鲜感觉，作家选择题材往往也始于最初的新鲜感觉。如果一个题材缠绕在一个作家心中达 12 年之久，仍然能够保持最初的新鲜感觉，我想，它应该是已经融入这个作家的血液中了。

　　感谢格迈纳尔先生的微笑。当我在维也纳儿童村仰望国际 SOS 儿童村创始人格迈纳尔先生的遗像时，他那天使般的微笑使我心里受到了深深的感动。二战结束时他是一位毕业不久的军医，看到满街都是无家可归的战争孤儿，他创办了第一家儿童村，从那以后他终生致力于这项伟大的人道主义事业。他在世界各国奔走呼吁，募集善款，到他告别人世时，国际 SOS 儿童村已经在 70 多个国家地区收养了 20 多万个孤儿。遵循格迈纳尔先生的建村理想，儿童村一改往昔的"寄宿学校模式"，为孤儿们提供了家庭式村落式的生活环境，帮助孩子们克服不幸遭遇造成的孤僻心理与人格障碍，长大了成为适应社会生活的人才。

　　由于对慈善事业的杰出贡献，格迈纳尔先生曾经成为诺贝尔和平奖的候选人之一，那一届的获奖者是同样献身于慈善事业的印度特蕾莎修女。如果格迈纳尔先生能够长寿一些，相信不久他就会当之无愧地获奖。可惜，他为世界各国不同肤色的孤儿积劳成疾，英年早逝。为了给孩子们创办一个又一个家庭，他终生未婚，没有财产，留给世人的只有大善大爱和那天使般的微笑。

　　望着遗像上他那天使般的微笑，我想：世上如果多一些像他这样的人，生活就会美好得多了！那种深深的感动，并未随着岁月的流逝而淡漠，它时时在暗中左右着我观察世界的目光与脚步。

　　感谢中华慈善总会阎明复会长。1992 年他任国家民政部副部长时，我向他汇报了想写一部描写孤儿命运的作品，得到了他的热诚支持。正是因为多年来受到阎明复先生言传身教的影响，我本人变得热心于慈善活动，成为中华慈善总会理事、天津市慈善协会副会长，这种身份使我增加了"为我们共同的人道主义事业而写作"的主人翁感，我笃信作家首先应该是一个人道主义者。

　　感谢天下善士。每次有出访机会，我都宁肯不去观光也要去采访慈善机构，我去过香港公益金、保良局、东华三院、义工局、国际扶轮社香港分社，澳门的同善堂、镜湖医院，台湾佛教慈济功德会，新加坡公益金、佛教居士林，马来西亚的马来人办的孤儿院，印度人办的孤儿院、华人办的残障人士中心、禅菩门，澳大利亚的堪培拉大学残障人士教育与就业中心、十字军服务中心。国际 SOS 儿童村总部在中国援建了八座儿童村，我去了其中天津、烟台、南昌三座，还去了本溪儿童福利院、丹东五龙背荣誉军人疗养院、北京聋儿语训中心和天津六个区各自为弱智儿童开办的启智学校……

　　不知不觉中我成了一名"慈善作家"。90 年代头几年，我担任了电影兼电视剧《启明星》的编剧兼制片人，那部戏得到了国家民政部、中国残疾人联合会和天津市政府的支持。由著名导演谢晋执导，由 16 名弱智儿童出演，荣获了多种全国奖项。那次拍摄过程本身就称得上是一种全新的慈善文化活动。

　　《启明星》的创作与拍摄使长篇小说《普爱山庄》写作计划推迟了几年，却又为构筑《普爱山庄》帮助我做了心理准备和创作预习。

　　我在写《普爱山庄》时表现出从来没有过的从容、超脱、轻松，或许因为我总怕把这个好题材糟踏了，宁可细细研磨。找到了适合自己的题材，我享受到写作的欢乐，像有些个孩子躲在角落里品尝自己偏爱的食物。或许因为我自信这个冷门题材非我莫属（当然别的作家也不大涉足这个不被人注意的生活角落），我告诫自己切勿浮躁，切勿急于求成。在前两年"长篇热"时，我犹豫再三也没有拿出来。躲在"普爱山庄"里我对自己说：要耐得住寂寞，乃至冷漠。

几度春秋，写写停停。拖拉的原因并不是因为写作本身遇到阻碍，而是因为"山庄工程"太大，经常要让路给一些短稿。那段时间，我和朋友陆焕生、李玉林两位先生创办了《慈善》杂志。为给自己的刊物打天下，我写了采访台湾佛教慈济功德会创始人证严法师的长篇报告文学连载《俗眼观佛门》。

所有这些活动虽然使《普爱山庄》推迟了几年，但聪明的读者会从这部小说中找到上述活动给我的隐性与显性的影响。

尽管做了长期的创作准备，我在写初稿时并不理智，而是任凭感情与想象信马由缰。因为掌握的生活素材太多了，竟发生了"细节拥挤"和"人物塞车"现象。要写（也能够写好）的人物太多，哪一个都不肯"下车"；尤其是孤儿形象，对哪一个我也不肯忍痛割爱。我自己明明知道，"人像展览式"的结构弄不好就是一盘散沙，但我宁可先放些日子，再想一想。

长篇小说的结构问题，对于作家来说是一种困扰，也是一种挑战。初版完成稿的结构仍然不理想，尤其是由后三个故事组成的"外一卷"之设置似乎前所未见。如果把这挂"列车"的后三节"车厢"摘去，单从结构上讲前面的布局似更合乎规范一些。但是，那样一来，普爱山庄里将会少了克难、雨生、孤歌、柳絮、玉莲几位小主人公；展晴、郭山梅、杨大妮、端仪等女性形象也无法展示她们的长情大爱之风采了。我也曾设想过用戏剧的手法，把后三个故事中的主人公们和前面的主人公们的关系全部纠葛起来。我是编剧出身，那样做可以说是轻车熟路。但是，我担心那样一来，取自生活原生态的宝贵矿石反而会因为过分的人工雕琢而失真失色了。因此，我决心选择了"结构让位给人物"的方案。米洛斯的断臂维纳斯向世人昭示着残缺美，鼓励了我作这一尝试的勇气。

感谢老朋友杨成绪大使，帮助我达到了赴奥地利、联邦德国采访的愿望。

　　感谢百花洲文艺出版社和 21 世纪出版社的联合出版。江西朋友张秋林、关小群、彭学军诸位，促成了《普爱山庄》的问世。

　　感谢我的亲人们，先生刘晋秋，女儿刘欣，儿子刘悦，儿媳张畅和他们即将出生的小宝宝。家人用他们给予我的爱，和我共同构筑了《普爱山庄》。

作　者

1999 年岁末

再 版 感 怀

感谢文汇出版社桂国强、何璟诸位朋友为出版《航鹰文集》所付出的辛劳，文集使得《普爱山庄》有了再版的机会。我一直感叹这部故事独特，语言精致，人物众多且富于浪漫主义诗情画意的长篇小说的生不逢时。2000 年初版时其关怀女性尊严，特别是关怀儿童尊严的主题显得有些超前了，社会人心还无暇关注这个角落。时过境迁，如今再版，文学，特别是纸媒纯文学又被商品社会和网络冲击给边缘化了。

感谢老朋友李玉林，曾专门出版了《普爱山庄》少年儿童版。

来日方长，我相信读者朋友终将会发现它具有全人类意义的人文精神人道主义价值。

作 者

2017 年 9 月 9 日

附录：航鹰作品出版概览

单 行 本

《倾斜的阁楼》	中国青年出版社	1984 年 5 月
《东方女性》	人民文学出版社	1985 年 7 月
《名演员》	百花文艺出版社	1987 年 8 月
《前妻》	花城出版社	1988 年 6 月
《枫林晚》（法文版）	中国文学出版社	1990 年
熊猫丛书《枫林晚》（法文版）	中国文学出版社	1990 年
《东方女性》（台湾版）	台湾新未来出版社	1991 年 2 月
《商旅》（传记）（精装版、平装版）	天津社会科学出版社	1995 年 2 月
《航鹰幽默小说选》	百花文艺出版社	1995 年 5 月
《欧罗巴之梦》（散文集）	百花文艺出版社	1995 年 5 月
《普爱山庄》（长篇小说）	百花洲文艺出版社	
	21 世纪出版社	2000 年 4 月
《中国作家经典文库·航鹰》	光明日报出版社	2002 年 6 月

两 人 合 集

《智商的误区——〈启明星〉拍摄散记》	航 鹰 维 佳	青岛出版社	1996 年 4 月
《俗眼观佛门——慈济的世界》（报告文学）	航 鹰 李玉林	中国社会出版社	2008 年 5 月

入 选 合 集

《1981 年全国优秀短篇 　　小说评选获奖作品集》	《金鹿儿》入选	上海文艺出版社	1982 年
《飘逝的花头巾》	《开市大吉》入选	四川人民出版社	1982 年 4 月
《1981 年短篇小说选》	《金鹿儿》入选	人民文学出版社	1982 年 4 月
《当代女作家作品选》	《开市大吉》入选	花城出版社	1982 年 8 月
《中国文学》（法文版）	《金鹿儿》入选	中国文学出版社	1982 年第 1 期
《中国文学》（英文版）	《金鹿儿》入选	中国文学出版社	1982 年第 2 期
《中国文学》（法文版）	《明姑娘》《前妻》 《访女作家航鹰》入选	外文出版社	1983 年第 3 期
《归来的儿子》	《明姑娘》入选	四川人民出版社	1983 年 6 月
《1982 年全国优秀短篇小说 　　评选获奖作品集》	《明姑娘》入选	上海文艺出版社	1983 年 8 月
《青年佳作：1982 年优秀 　　小说选》	《明姑娘》入选	新华书店北京发 　　行所	1983 年 8 月
《中国获奖短篇小说选 　　（1980—1981）》（英文版）	《金鹿儿》入选	外文出版社	1985 年
《1984 年全国短篇小说佳作集》	《宝匣》入选	上海文艺出版社	1985 年 4 月
《小说拾珠》	《前妻》入选	百花文艺出版社	1985 年 10 月
《新时期女作家百人作品选》	《明姑娘》入选	海峡文艺出版社	1985 年 10 月
《凝结着爱的死亡》	《演员二题》入选	时代文艺出版社	1986 年 8 月
《鲁班的子孙》	《东方女性》入选	时代文艺出版社	1986 年 11 月
《妇女小说选》	《前妻》入选	宁夏人民版社	1986 年 11 月
《中国当代女作家文选》	《我与书的初缘》入选	香港新亚洲出版社	1987 年 3 月
《小说与小说家》	《前妻》入选	重庆出版社	1987 年 5 月
《新笔记小说选》	《后台趣谈七题》入选	作家出版社	1992 年 9 月
《美丽的天空·20 世纪 　　华夏女性文学经典文库》	《宝匣》入选	中国文联出版公司	1995 年 8 月
《百家文粹　文学报 1000 期》	《蜗居》入选	上海文艺出版社	1998 年 5 月
《百年大观奇人绝事》（中）	《老喜丧》入选	漓江出版社	1998 年 9 月

《中国当代精品文库—— 　绝妙·幽默小说卷》	《后台趣谈七题》入选	中国文学出版社	1999 年 7 月
《百年烟雨图》	《点与线》入选	中国文联出版社	1999 年 9 月
《华人世界英才传略大系》	《商旅》入选	中国言实出版社	2003 年 1 月
《读者人文读本（初三）》 　（上册）	《生命之水》入选	甘肃人民出版社	2004 年 8 月
《滚滚红尘中拈花微笑： 　名家谈佛缘》	《俗眼观佛门：我拜见 　了证严法师》入选	中国青年出版社	2005 年 1 月
《名家名作　微型小说集》	《地毯》入选	京华出版社	2006 年 5 月
《唐山大地震亲历记》	《目睹震后唐山实录》 　入选	团结出版社	2006 年 7 月
《世界华文微型小说精选》 　（中国卷·上）	《地毯》入选	上海外语教育出 版社	2007 年 11 月

航鹰文集（9 册）

《东方女性》（航鹰文集·小说卷一）	文汇出版社	2017 年 11 月
《航鹰幽默小说选》（航鹰文集·小说卷二）	文汇出版社	2017 年 11 月
《宝匣》（航鹰文集·小说卷三）	文汇出版社	2017 年 11 月
《倾斜的阁楼》（航鹰文集·小说卷四）	文汇出版社	2017 年 11 月
《普爱山庄》（航鹰文集·小说卷五）	文汇出版社	2017 年 11 月
《误攀穹顶》（航鹰文集·散文卷一）	文汇出版社	2017 年 11 月
《绿魂》（航鹰文集·散文卷二）	文汇出版社	2017 年 11 月
《商旅——华人实业家王克昌的一生》 　（航鹰文集·长篇传记）	文汇出版社	2017 年 11 月
《火凤凰》（航鹰文集·电视喜剧文学剧本）	文汇出版社	2017 年 11 月